FRANK SCHÄTZING

Lautlos

D0802922

Buch

Juni 1999: In Köln werden zahlreiche hochrangige Politiker zum
G-8-Wirtschaftsgipfel erwartet, darunter auch Bill Clinton und
Boris Jelzin. Der serbische Diktator Milošević hat vor den Ver-
bänden der Nato die Waffen gestreckt, und nun soll über die Zukunft des Kosovo verhandelt werden. Die Stadt gleicht einem
Hochsicherheitstrakt. Geheimdienstleute aus aller Welt, Polizei
und Terrorspezialisten sollen Gefahren aller Art abwenden. Inmitten der Gipfelhysterie trifft der irische Physiker und Bestsellerautor Dr. Liam O'Connor zu einer Lesereise in Köln ein. Am Flughafen erkennt er einen alten Bekannten, einen IRA-Aktivisten, der
sich als Handwerker getarnt auf dem Flughafengelände herum-
treibt. Sofort ist O'Connor alarmiert. Kann es Zufall sein, dass er
am nächsten Tag Tony Blair in Köln eintreffen soll? O'Connor be-
schließt, ein wenig Detektiv zu spielen, und wird dabei von der äußerst attraktiven Pressefrau seines deutschen Verlages unterstützt.
Als man kurze Zeit später den IRA-Aktivisten erschossen auffin-
det, weiß O'Connor, dass er auf der richtigen Spur ist. Während er
alles daransetzt, den Hintergründen der Verschwörung rechtzeitig
auf die Spur zu kommen, trifft eine perfekt organisierte Terror-
gruppe alle Vorbereitungen für einen High-Tech-Anschlag auf den
amerikanischen Präsidenten. Die Katastrophe nimmt ihren Lauf –
bis die Geschichte eine unerwartete Wendung erfährt, an deren
Ende niemand mehr weiß, wer noch Freund und wer schon Feind
ist...

Autor

Frank Schätzing, Jahrgang 1957, lebt gleich mehrere Leben: als
Musiker und Musikproduzent, begeisterter Hobbykoch und
Schriftsteller. Seit dem Erscheinen seines Bestsellers »Der
Schwarm« zählt Frank Schätzing zu den erfolgreichsten deutschen
Spannungsautoren. Er lebt und arbeitet in Köln. Mehr über den
Autor und seine Bücher unter www.frank-schaetzing.com

Von Frank Schätzing außerdem bei Goldmann lieferbar:

Tod und Teufel. Roman (45531)

Frank Schätzing
Lautlos

Roman

GOLDMANN

FSC

Mix

Produktgruppe aus vorbildlich
bewirtschafteten Wäldern und
anderen kontrollierten Herkünften

Zert.-Nr.SGS-COC-1940
www.fsc.org
© 1996 Forest Stewardship Council

Verlagsgruppe Random House FSC-DEU-0100
Das FSC-zertifizierte Papier *München Super* für Taschenbücher aus dem
Goldmann-Verlag liefert Mochenwangen Papier.

8. Auflage
Taschenbuchausgabe März 2006
Copyright © der Originalausgabe by
Hermann-Josef Emons Verlag, Köln
Ungekürzte Lizenzausgabe des gleichnamigen Romans
Umschlaggestaltung: Design Team München
Umschlagfoto: Zefa/masterfile/Valiquet
JE · Herstellung: MW
Satz: Uhl + Massopust, Aalen
Druck und Bindung: GGP Media GmbH, Pößneck
Printed in Germany
ISBN-10: 3-442-45922-2
ISBN-13: 978-3-442-45922-3

www.goldmann-verlag.de

Verschmitzt,
für Paul

EINFÜHRUNG

In den neunziger Jahren ist die Welt zweimal mit Krieg konfrontiert worden. 1991 mit dem Krieg am Golf und acht Jahre später mit dem Krieg um das Kosovo.

So jedenfalls stellt es sich in der Erinnerung dar.

Tatsächlich waren in der letzten Dekade des zweiten Jahrtausends weit über hundert Nationen weltweit in kriegerische Aktivitäten verwickelt, starben Millionen Menschen im Zuge bewaffneter Auseinandersetzungen und an den Folgen von Folter und Vertreibung. Die Schauplätze reichten von Ruanda über Tibet und die Kurdengebiete bis nach Tschetschenien und in den Gaza-Streifen. In weiten Teilen Afrikas und Südamerikas forderten Bürgerkriege große Opfer. Dennoch haben nicht diese Konflikte die Frage über die Führbarkeit von Kriegen neu aufgeworfen, sondern das Gerangel eines Despoten um Ölquellen und das eines anderen um ein Stück Land, auf dem vor über sechshundert Jahren ein gewisser Fürst Lazar den Osmanen unterlag.

Wirft man einen Blick auf die rasante Entwicklung der westlichen Medienkultur, wird klar, warum wir die Dinge so sehen. Fernsehen und Internet verschaffen uns Zugriff auf nahezu jede gewünschte Information. Wir können uns nach Belieben mit Daten versorgen und müssen dafür nicht einmal Wartezeiten in Kauf nehmen. Kein Teil der Welt, kein Fachgebiet, keine Intimität bleibt uns verschlossen. Im Gegenzug haben wir unser Urteilsvermögen eingebüßt. Wir bemessen die Wichtigkeit weltweiter Vorgänge daran, wie lange im Fernsehen darüber berichtet wird. Zwei Minuten Tschetschenien, drei Minuten Lokales, eine Minute Kultur, das Wetter. Das Problem ist, dass wir uns angewöhnt haben, dieser medienseits vorgenommenen Wertung blind zu vertrauen. Als Folge unterliegen wir einem Irrtum. Wir verwechseln die Frage, ob eine Sache für uns interessant ist, mit der Frage, ob sie *grundsätzlich* interessant ist, und lassen diese Frage von den Medien beantworten.

Aus der Sicht des Westens hat es darum tatsächlich nur zwei Kriege gegeben, nämlich jene beiden, die uns zwangsläufig interessieren mussten. Spätestens als Saddam Hussein damit drohte, Kuwaits Ölquellen anzuzünden, ging dieser Krieg jeden etwas an. Fachleute prophezeiten ein globales ökologisches Desaster. Der Regionalkrieg wurde zum Weltkrieg, beherrschte die Medien und die Meinungen.

Weit rätselhafter stellt sich auf den ersten Blick das weltweite Interesse am Schicksal der Kosovo-Albaner dar – vor allem in Amerika, einem Land, in dem kaum jemand die geringste Ahnung haben dürfte, wo das Kosovo überhaupt liegt und warum man sich dort seit Jahren an die Gurgel geht. Hinzu kommt, dass Slobodan Milošević nicht mal einen souveränen Staat überfallen hatte, sondern sich sozusagen im eigenen Haus herumprügelte. Dass dennoch ein weiterer Weltkrieg daraus wurde – im Sinne eines Krieges, der die ganze Welt beschäftigte und in Atem hielt –, verdankt sich einem neuen Begriff, der klammheimlich Einzug ins Vokabular der Weltpolitik hielt – dem »Krieg der Werte«.

Dieser Begriff sorgte für alles Mögliche, nur nicht für Klarheit. Natürlich ist es von großem Wert, Menschenleben zu retten. Fest steht aber auch, dass jede noch so gut gemeinte Hilfsaktion in völlig anderem Licht erscheint, wenn sie stellvertretend für die Machtverhältnisse in der Welt durchgeführt wird. Gelangen wir zu dem Schluss, dass Kriege wieder führbar sind, schließt das auch mit ein, wer diese Kriege führen darf. Nämlich der mit den meisten Waffen und den meisten Werten beziehungsweise dem, was er dafür hält. Ist eine Nato also wertemäßig legitimiert, zu den Waffen zu greifen, hat das weniger mit den tragischen Vorgängen in einem Balkanstaat zu tun als vielmehr damit, wer der Welt zukünftig ihre Werte verordnet und nötigenfalls jedem eins auf den Hut haut, der sie nicht befolgt.

Etwas blauäugig ging der Westen davon aus, diese Idee fände allgemein Akzeptanz. Und dass auch diesmal wieder, ähnlich wie am Golf, eine ganze Welt geschlossen gegen den Erzschurken stünde. Stattdessen lief der Konflikt aus dem Ruder und artete in ein grundsätzliches Kräftemessen aus. Was im Kosovo begonnen hatte, fand sich wieder in den Straßen Pekings, wo amerikanische Flaggen verbrannt wurden, stellte die deutsche Bundesregierung vor tief greifende Verfassungsfragen und manövrierte Russland in eine gefährliche Außenseiterrolle.

Vor all dem saß und sitzt der normale Konsument der Abendnachrichten und sehnt sich im Wunderland globalen Infotainments zurück nach seinem abgeschotteten Tal, nach Überschaubarkeit und Problemen, die er versteht. Unfähig, die Wirklichkeitsschnipsel aus aller Welt ins rechte Verhältnis zu setzen, sucht er sich einen schlichten, kleinen Ausschnitt, um endlich wieder Anteil nehmen zu können, widmet seine ganze Betroffenheit dem einzelnen, im Fernsehen gezeigten Flüchtling, um den es längst schon nicht mehr geht.

Seine Wirklichkeit ist nicht *die* Wirklichkeit.

Im Juni 1999 erlebte dieser normale Nachrichtenkonsument dann die Kapitulation Miloševićs und den Gipfelmarathon in Köln. Der Frieden überstrahlte alles. Der abschließende G-8-Gipfel präsentierte Bilder der Eintracht. Clinton, Jelzin, Schröder, alle schienen sich wieder lieb zu haben. Da die meisten Menschen immer noch nicht so richtig wussten, worum es in dem Krieg überhaupt gegangen war, vertrauten sie auch diesmal den Bildern und gaben sich der Vorstellung hin, einem Film mit Happy End beigewohnt zu haben.

Aber so einfach geht das nicht in einer vernetzten Welt, in der täglich komplexere und abstrusere Interessengeflechte entstehen. Niemand hätte vermutet, dass die Intervention in Jugoslawien Boris Jelzin dazu veranlassen könnte, mit dem dritten Weltkrieg zu drohen. Niemand konnte ahnen, dass die Kosovofrage schon lange vor dem Krieg Kräfte auf den Plan gerufen hatte, die ganz eigene Ziele verfolgten. Im globalen Netzwerk sehen wir nur noch, *was* passiert. Nicht mehr, worum es geht. Nicht, wer Einfluss nimmt und mit welchen Auswirkungen. Vor diesem Hintergrund haben sich die Ereignisse während des Kölner Gipfels abgespielt, die nicht in die Medien gelangt sind und in den Akten nur als »der Zwischenfall« auftauchen. Dieser »Zwischenfall« hat auf erschreckende Weise deutlich gemacht, welche Gefahren ein globales Dorf bereithält, in dem sich die Bewohner nicht mehr auskennen und selbst die Entscheider jeden Überblick verloren haben. Und dass wir gut beraten sind, unserer Vorstellung der Wirklichkeit mit Skepsis zu begegnen.

In den Zeitungen wird man keinen Hinweis auf den »Zwischenfall« finden. Nichts davon drang damals an die Öffentlichkeit. Ohnehin sind die meisten derer, die direkt darin verwickelt waren, tot, und die Regierungen der beteiligten Länder haben wenig Interesse daran, die Sache publik zu machen.

Weil der »Zwischenfall« in den Medien nicht auftauchte, hat er am Ende gar nicht stattgefunden.

Das ist seine Geschichte.

Eine Gesellschaft, die alles weiß, weiß nichts.
Theodor Adorno

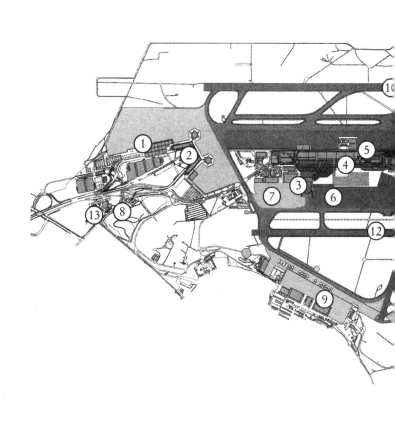

KölnBonn Airport

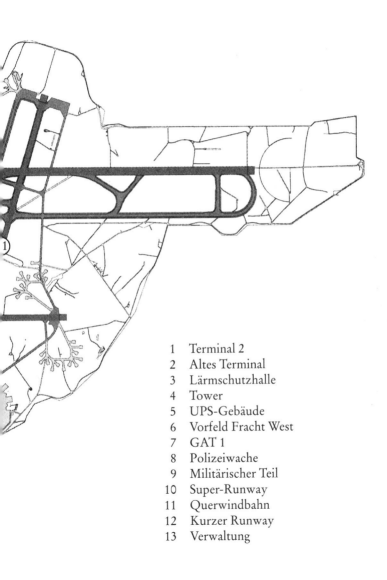

1   Terminal 2
2   Altes Terminal
3   Lärmschutzhalle
4   Tower
5   UPS-Gebäude
6   Vorfeld Fracht West
7   GAT 1
8   Polizeiwache
9   Militärischer Teil
10   Super-Runway
11   Querwindbahn
12   Kurzer Runway
13   Verwaltung

PHASE 1

1998. 20. NOVEMBER KLOSTER

Der alte Mann nahm mit halbem Bewusstsein das Geräusch des Wagens wahr, der sich aus der Ferne näherte. Er starrte hinaus auf die Umrisse der Berge jenseits der baumbewachsenen Hügel, die Hände auf die steinerne Brüstung gestützt, den Kopf zwischen die Schultern gezogen. Er hätte nur wenige Schritte nach rechts tun müssen, und der Schatten des mächtigen Giebeldaches über ihm wäre dem warmen Sonnenteppich gewichen, der das Land bis zum Horizont überzog. Es war ein ausnehmend klarer Tag und der Himmel von jenem Blau, das einen den Weltraum erahnen lässt, und trotz der späten Jahreszeit war es warm wie im Juli. Aber der alte Mann zog die Kühle vor. Die Augen unter den weiß durchsetzten Brauen zusammengekniffen, so dass sie im Gewirr der Faltenrisse kaum auszumachen waren, das Kinn vorgereckt, suchte er Distanz zur Schönheit der Landschaft. Die Zeit war noch nicht reif, um die Stufen der alten Klosterkirche hinunterzugehen, dorthin, wo die Stiefelsohlen einen Zentimeter versinken würden im weichen Gras und Erdreich und man Lust bekäme, auszuschreiten zu den so nahen und doch unerreichbar fernen Bergen. Was den Alten interessierte, ließ sich nicht erwandern. Es war noch hinter den Bergen, und es war nicht das Meer und auch nicht ein noch größeres und weiteres Land, sondern eine Vision.

Eine Eidechse flitzte den warmen Stein entlang, passierte die Schattengrenze und näherte sich seinen Fingern. Er hoffte, sie würde darüberlaufen. Als er klein gewesen war, hatte er oft stundenlang darauf gewartet, und einmal war es passiert. Einmal nur, aber seine Geduld hatte sich ausgezahlt.

Der alte Mann seufzte. Wie geduldig würde er diesmal sein müssen? Wie viele Jahre waren noch entbehrlich, um sich in Geduld zu üben?

Er senkte den Blick zu den Flecken auf seinen Handrücken und erschauderte.

Ich bin gar nicht so alt, dachte er. Nicht mal sechzig. Man muss so viele Hände ergreifen, so viele wollen geführt werden. Sie graben dir die Fingernägel ins Fleisch. Sie reißen Stücke aus dir heraus, aus deiner Liebe zu diesem Land, und du gibst mehr, als du bist. Sie nennen dich Führer und teilen dich unter sich auf, wie soll einer da nicht alt aussehen? Und doch geben sie dir zugleich die Kraft, die du brauchst, ihre Blicke brennen sie dir ein, wenn du zu ihnen sprichst, und du weißt, du magst sterben, aber deine Ideen leben in ihnen weiter! Alter ist nicht wichtig. Eine Illusion. Die Ideen zählen, nichts sonst.

Sein Blick suchte die Eidechse. Sie zuckte zurück und verschwand.

Fast ärgerlich registrierte er, dass sich das Motorengeräusch nun vollends des Friedens ringsum bemächtigt hatte und sein Urheber ins Blickfeld geriet. Der Wagen rumpelte die Böschung hinauf und kam unterhalb der Treppe zum Stehen. Einige Sekunden rasselte der Diesel weiter, dann erstarb der Lärm der Maschine und überließ das Land wieder den kleinen und älteren Lauten, auf die der Alte seit dem Morgengrauen gelauscht hatte.

Der Neuankömmling war Anfang vierzig, hochgewachsen, trug borstig geschnittenes Haar, das an den Schläfen zu ergrauen begann, und eine schwarze Lederjacke über verblichenen Jeans. Mit federnden Schritten kam er die Stufen herauf. Der alte Mann drehte ihm den Kopf zu und musterte das ebenmäßig geschnittene Gesicht mit den grünen Augen. Offen, befand er. Beinahe freundlich, aber ohne jede Wärme, ohne Humor. Er wusste sofort, dass der andere miserable Witze erzählen würde, falls er es überhaupt jemals tat.

»Wie soll ich Sie ansprechen?«, fragte der Alte.

»Mirko«, sagte der Mann und streckte die Hand aus. Der alte Mann starrte eine Sekunde darauf, nahm sie dann und drückte sie.

»Einfach Mirko?«

»Was heißt hier einfach?« Der andere grinste. »Das sind fünf Buchstaben, und sie haben mir verschiedene Male das Leben gerettet. Ich liebe diesen Namen.«

Der Alte betrachtete ihn.

»Sie heißen Karel Zeman Draković«, sagte er nüchtern. »Sie wurden geboren 1956 in…«

»Novi Pazar.« Mirko winkte ungeduldig ab. »Und so weiter und so fort. Schön, Sie kennen meine Daten. Ich kenne sie ebenfalls. Wollen wir über was Wichtiges reden?«

Der alte Mann dachte nach.

»Dieses Land ist etwas Wichtiges«, sagte er nach einer kurzen Weile des Schweigens. »Können Sie das verstehen?«

»Natürlich.«

»Nein, können Sie nicht.« Der Alte hob einen Zeigefinger. »Wem es gehört, ist wichtig. Das ist überhaupt das Wichtigste, wem was gehört! Kriege, Konflikte, Streitereien, was könnten wir uns alles ersparen, wenn sich nicht ständig jeder bemüßigt fühlte, durch anderer Leute Wohnzimmer zu marschieren!«

Er reckte das Kinn noch weiter vor. »Wissen Sie, was ich sehe, wenn ich auf dieses Land hinausblicke, Mirko Karel Zeman Draković? Ich sehe ein Schild mit der Aufschrift ›Reserviert‹. Und wissen Sie auch, für wen? Für unser Volk, für unsere Leute! Das alles da draußen wurde für uns gemacht. Gott ehrt die Seinen, habe ich Recht? Nun gut, ich bin großzügig und tolerant, also sage ich, jeder mag das Recht für sich in Anspruch nehmen, sein Land zu lieben, aber seines, wohlgemerkt, sein Land! Nicht das Land anderer!«

Mirko zuckte die Achseln.

»Das klingt doch ganz einfach und natürlich, oder?«, fuhr der Alte fort. »Ich meine, was tun Sie, wenn Sie ein Haus bauen? Sie leben da mit Ihrer Frau und Ihren Kindern, also was machen Sie? Sie schützen es! Und wenn Sie Fremde darin vorfinden, die sich eingenistet haben, Ihnen den Kühlschrank leer fressen, die Füße auf Ihren Tisch legen und in Ihre sauberen Polster furzen, na, dann schmeißen Sie das Pack eben raus! Kein Richter auf der Welt wird Ihnen das verübeln. Aber in diesem Land soll plötzlich jeder mit am Tisch sitzen dürfen, der sich Minderheit nennt und irgendwas von ethnischer Vielfalt daherfaselt, und wenn die Eigentümer ihr gottgegebenes Recht anmelden, ihn hinauszujagen, werden sie noch von den eigenen Leuten verdroschen, und das nennt sich dann liberal!«

Mirko wandte ihm den Blick zu.

»Wann hätten Sie sich je verdreschen lassen«, sagte er.

»Eben! Nebenbei, was ist mit Ihnen? Lieben Sie dieses Land?«

»Ich liebe es, über meinen Auftrag zu sprechen.«

»Ihre Kontaktleute meinten, Sie seien schon so etwas wie ein Patriot. Trotz Ihres …«

Mirko lächelte höflich.

»Trotz meines Berufs? Sagen wir mal so – ich sehe zu, dass ich mir meinen Patriotismus leisten kann. Im Übrigen, was mir persönlich wichtig ist, dafür kann sich kein anderer was kaufen.«

»Sie müssen doch eine Meinung haben.«

»Bei allem Respekt, hatten Sie eine, als Sie zum Nationalismus konvertierten?«

Der alte Mann lächelte dünn zurück und trat durch das Portal der Klosterkirche ins Innere.

»Das sehen Sie falsch. Ich war immer auf Seiten derer, denen dieses Land von Gott gegeben wurde. Aber ich glaube auch, dass man sich den Zeitpunkt des Handelns sehr genau aussuchen muss. Man braucht Ansehen, eine gesellschaftliche Stellung, Geld. Ich halte nichts von aus der Gosse gekrochenen Revolutionären, die mit Dreck an den Schuhen zu den Leuten sprechen, das gehört sich einfach nicht, verstehen Sie?«

Drinnen war es kühl und dunkel. Auch hier blieben die Sicherheitsleute, die ihn auf Schritt und Tritt begleiteten, unsichtbar, aber der Alte wusste, dass sie nah genug waren, um seinen Atem spüren zu können.

Sein Leben war ohne menschliche Schutzschilde nicht mehr denkbar. Im Gegensatz zu anderen, denen das nach einiger Zeit auf die Nerven ging, genoss er den Zustand. Jeder einzelne der Männer würde für ihn durchs Feuer gehen, sie waren bis ins Knochenmark geprüft, ihm überschrieben, sein Eigen. Ein Augenzucken von ihm, ein Hauchen, und Mirko würde die nächsten zwei Sekunden nicht überleben.

»Ihnen ist klar, dass mein Name auf keinen Fall auftauchen darf«, sagte er beiläufig, während sie die schwarzen Kirchenbänke entlangschritten. »Ich werde Ihnen die benötigten Mittel zur Verfügung stellen, aber ich werde Sie nicht schützen.« Er drehte sich um und sah Mirko an. »Anders gesagt, wenn ich Ihr Leben opfern muss, werde ich keine Bedenken haben, es zu tun.«

»Natürlich nicht. Wenn ich mir die Frage gestatten darf, haben Sie es vor?«

»Nein. Hätte ich es vor, würde ich nicht davon sprechen. Mir ist bewusst, dass Sie auf unserer Seite stehen, auch wenn Sie mit aller Vehemenz auf Ihre Unabhängigkeit und Neutralität pochen.« Der Alte ging ein Stück weiter und blieb vor einer geschnitzten Marienfigur stehen. »Vergessen Sie nicht, dass ich alles über Sie weiß. Vielleicht ein paar Dinge, die selbst Ihnen entgangen sind.«

»Ich fühle mich geehrt.«

»Das sollten Sie auch. Können Sie den Auftrag erledigen?«

»Ja.«

»Kein Wenn und Aber?«

»Tausende«, erwiderte Mirko. »Machen wir uns nichts vor, die Sache ist beinahe unmöglich. Aber eben nur beinahe. Wenn ich es schaffe, die richtigen Leute zusammenzubekommen...«

»Was wird uns der Spaß kosten?«

»Uns?«

»Im Bauch des Trojanischen Pferdes ist für mehr als einen Platz. Ich habe die Elite dieses Landes auf meiner Seite, wir zahlen die Rechnung zusammen oder gar nicht. Also, wie viel?«

Mirko sog an seiner Backe. Sein Blick endete im Leeren.

»Schwer zu sagen. Es gibt kaum Präzedenzfälle, jedenfalls nicht unter den vorgegebenen Bedingungen. Aber ein paar Millionen sollten Sie schon einplanen.«

Der Alte breitete die Hände aus.

»Der Herrgott hat's gegeben.«

»Ja. Ich weiß aber noch nicht, wer's nehmen wird, und darum auch noch nicht, wie viel. Den Besten hat Frankreich leider einkassiert, er sitzt im Gefängnis.«

»Carlos? Wenn schon. Er ist kein Serbe.«

»Schon. Aber er hat die Latte ziemlich hoch gelegt. Will sagen, das ist so ungefähr die Liga, von der wir reden.«

»Sie haben alle Freiheiten, Mirko. Aber ich bestehe auf einem serbischen Kommando«, sagte der Alte mit Entschiedenheit.

»Wir sprechen hier von einer großen patriotischen Geste! Was ist mit Arkan?«

»Der Chef vom Fußball-Club in Prizren?«, spöttelte Mirko.

»Wir wissen beide sehr genau, dass er mehr ist«, sagte der Alte. »Die ganze Welt kennt Arkan.«

»Genau deshalb kommt er nicht in Frage. Wollen Sie nach der Vorstellung Autogramme geben?« Mirko schnaubte geringschätzig. »Vergessen Sie's. Arkan gefällt sich als Medienstar, und er lebt vom Heimspiel. Er ist geschwätzig. Das ist gefährlich in seiner Branche. Eines Tages wird ihn jemand über den Haufen schießen.«

»Gut. Suchen wir uns jemand anderen.«

»Der Markt gibt längst nicht so viel her, wie Sie denken«, sagte Mirko. »Osteuropa hat sich zwar gemacht, seit die Russen wieder Gras fressen, aber der terroristischen Szene dort geht das Moralgebaren ab. Nur, genau so jemanden brauchen wir! Diese alte Klasse, die nicht gleich mit sowjetischen Kofferbomben rumläuft und ganze Stadtteile niederkachelt, sondern wirklich noch den Kopf gebraucht. Wir müssen realistisch sein. Die besten Leute sitzen in Nordirland. Ein komplett serbisches Kommando kann ich Ihnen einfach nicht versprechen.«

»Sie enttäuschen mich, Mirko. Sollte es etwas geben, das sich mit Geld nicht ermöglichen ließe?«

»Darum geht es nicht.« Mirko lehnte sich an eine der wuchtigen Säulen, die das Mittelschiff von den Seitenkapellen trennten. »Das Problem ist die Qualifikation. Zweitens die Anonymität. Das Gute an Carlos war ja, dass ihn jeder kannte und keiner.«

»Ich will auf gar keinen Fall irgendwelche Amerikaner …«

»Beruhigen Sie sich. Ich habe verstanden, was Sie wollen. Lassen Sie mich ein bisschen das Feld sondieren. Auf jeden Fall garantiere ich Ihrem Unternehmen einen serbischen Kopf!«

Der alte Mann musterte Mirko und fragte sich, was ihn an seinem Gegenüber so irritierte. Irgendetwas an Mirko war nicht – komplett. Weniger im Sinne einer fehlenden Qualität, nichts, um Zweifel an der Richtigkeit seiner Wahl aufkommen zu lassen. Mit Mirko in einem Raum zu sein war eher, als betrachte man einen Film auf einer Leinwand, die nur Zweidimensionales wiedergibt. Eine Kleinigkeit, die das Abbild des Menschen in einen richtigen Menschen verwandelte, blieb Mirko schuldig.

»Gut«, sagte der Alte. »Finden Sie diesen Kopf.«

Mirko stieß sich mit einer Bewegung seiner Schultern von der Säule ab.

»Möglicherweise habe ich ihn schon gefunden. In einer Woche bin ich klüger.«

»Zwei, wenn Sie wollen.«

»Es gibt da jemanden. Falls meine Idee funktioniert, müsste eine Woche reichen. Bis dahin brauchen Sie sich um das Thema keine Gedanken mehr zu machen.«

»Gut.«

Mirko zögerte. »Darf ich mir eine Frage erlauben?«

»Natürlich. Fragen Sie.«

»Ich hörte, dass die Gespräche wieder aufgenommen werden.«

»Rambouillet?«

Mirko nickte. »Der Ausgang könnte einiges ändern. Holbrooke hat ja nicht gerade chinesisch gesprochen, als er mit der Bombardierung drohte. Nur…«

»Sie meinen, ein positiver Ausgang der Verhandlungen nimmt unserer Sache den Stachel?«

»Gewissermaßen.«

»Nett, dass Sie sich aufgefordert fühlen, mitzudenken.« Der alte Mann verzog die Mundwinkel. Er hätte selbst nicht zu sagen gewusst, ob aus Anerkennung oder Missbilligung. »Aber da Sie sich nun schon mal meinen Kopf zerbrechen, Mirko Draković und wie auch immer Sie sonst noch zu heißen belieben – Sie haben natürlich Recht. Selbstverständlich möchten wir in Rambouillet alle Parteien mit den erklärtermaßen besten Absichten am Tisch sitzen sehen. Ich selbst führe keinen anderen Wunsch im Munde.« Er schüttelte den Kopf. »Aber ich schätze, die Gespräche werden ins Leere laufen. Alle werden sehr traurig sein und es sehr bedauern.«

»Und wenn nicht?«

»Bekommen wir dennoch, was wir wollten. Ich würde Sie auch gern etwas fragen.«

»Sicher.«

»Warum wollen Sie das wissen? Ich denke, Sie sind neutral.«

Mirko lachte. Um seine Augen bildeten sich tausend Fältchen, die merkwürdigerweise nichts am Eindruck seiner absoluten Humorlosigkeit änderten.

»Ich bin neutraler Geschäftsmann. Wenn die Verhandlungen zu einem positiven Ergebnis führen, werden Sie Ihren Auftrag überdenken. Ich weiß einfach nur gern, woran ich bin.«

»Ich sage Ihnen, woran Sie sind. Sie sind am Drücker, Mirko. Am Drücker!« Der Alte sah auf seine Armbanduhr und hob die Hand. »Es war eine Freude, mit Ihnen zu plaudern. Machen Sie's gut. Wir sehen uns, sobald Sie fündig geworden sind. Ach, und Mirko! – Enttäuschen Sie mich nicht. Mein Wohlwollen ist mindestens so wertvoll wie Ihre fünf Buchstaben.«

Er wandte sich ab und ging raschen Schrittes durch das Kirchenschiff zurück ins Freie. Die Sonne stand nun tiefer, hatte den Schatten von der Terrasse genommen. Er spürte die Wärme auf seiner Haut, aber sie war nichts im Gegensatz zu der Glut in seinem Herzen. Wilde Befriedigung durchlohte ihn angesichts der Tatsache, den Stein ins Rollen gebracht zu haben. Auf legalem Wege hatten sich die Mittel erschöpft. Seine Schuld war es nicht, er würde nur dafür sorgen, dass sein Land wieder jenen zukam, denen es von alters her gehörte. Die Dissonanz der Vielvölkergesellschaft würde einem anderen Klang weichen. Millionen Kehlen, aufrechte Männer, Frauen, die ihren Platz kannten, Kinder mit hoffnungsvollen Gesichtern würden einen Choral singen, und am Ende würde Gerechtigkeit triumphieren.

War die Schlange erst besiegt, stand der Rückkehr ins Paradies nichts mehr im Wege.

Er lachte leise in sich hinein. Wie gut sich die Religion einfügte ins Orchester der Demagogie. Manchmal bedauerte er fast, im Grunde seines Herzens eine Glaubenslosigkeit zu verspüren, die ihn zu der Vorstellung verleitete, er selbst sei das höchste aller Wesen und spiele in Ermangelung geeigneter Partner ein Spiel gegen sich selbst. Kirchen flößten ihm Ehrfurcht ein, aber in ihrem Innern fand er immer nur sich selbst.

Dumpfes Knattern drang an sein Ohr, als der Helikopter die Rotoren anließ.

Im selben Moment wurde dem Alten bewusst, worin die besondere Eigenheit Mirkos bestand.

Mirko ging umher, bewegte Arme und Beine, sprach. Aber er machte nicht das leiseste Geräusch. Eine Holographie hätte kaum lautloser auftreten können als dieser Mann.

Kein Humor, keine Geräusche.

Die Sache ließ sich gut an.

1998. 26. NOVEMBER. PIEMONT. ALBA

»Signora Firidolfi, Sie sehen bezaubernd aus. Ihre Konten sehen bezaubernd aus. Ich frage mich, was unsereinem noch zu tun bleibt.«

»Schöne Dinge sagen«, bemerkte Silvio Ricardo und verstaute einen Packen Schnellhefter in einer ledernen Aktenmappe. In den mattsilbernen Verschluss war das Emblem der Neuronet AG eingeprägt, dezent genug, dass man zweimal hinschauen musste, um es zu erkennen.

Direttore Ardenti hob die Hände und verbreiterte sein Lachen um je zwei nikotingelbe Zähne. Bis auf den Umstand seiner offensichtlichen Zigarettensucht war seine Erscheinung über jede Kritik erhaben. Dunkles, teures Tuch, breit geknotete Armani-Krawatte, Goldrandbrille. Die Reste von Haar waren nach hinten gekämmt und blauschwarz gefärbt, die einzige Extravaganz, die sich der Direktor des bedeutendsten piemontesischen Geldinstituts erlaubte.

»Ohne Unterlass singe ich Ihr Lied«, sagte er. »Die Bank von Alba gehört quasi Ihnen.«

»Vorsicht, Direttore«, scherzte Ricardo. »Sie könnten der Wahrheit näher kommen, als Ihnen lieb ist.«

Ardenti beugte sich vor und senkte seine Stimme zu einem verschwörerischen Raunen.

»Also, dann will ich mal deutlicher werden. Das Institut ist zu der Überzeugung gelangt – nach eingehender Besprechung mit den Damen und Herren des Vorstands, die allesamt große Vertrautheit zu Ihnen bekunden –, Ihrem Ersuchen um eine Erweiterung des Kreditrahmens... ja, sollte ich sagen, stattzugeben?«

Er lehnte sich wieder zurück, versteifte alle zehn Finger und verzahnte sie vor seinem Bauch. »Wir verbrachten die Mittagsstunde in der Osteria lalibera und aßen Ravioli tartufati, Sie wissen, wo sie in einem Bett aus Ricotta und Spinat ein ganzes Eigelb versenken und dann – tschak, tschak – mit dem Hobel drübertrüffeln. Madonna, der Duft! Ich brauche Ihnen nicht zu sagen, welche Auswirkung so etwas auf den gemeinhin monetär veranlagten Sinn des Bankers hat. Waren Sie kürzlich da? Lohnt! Gehen Sie unbedingt hin, der Weinkeller ist von Geheimnissen durchweht, um deren Lüftung wir uns sehr bemühten! Nur wenige Flaschen eines magischen '88er Pio Cesare, und Ungeheures folgte auf Intimes, Weisheit auf Wahnsinn! Kurz, man war übereinstimmend der Ansicht, die Beziehungen zu Neuronet ausweiten zu wollen, ich bin versucht zu sagen, Ihre Anwesenheit hätte stehende Ovationen ausgelöst!«

Laura Firidolfi lächelte, denn die letzten Worte hatte der Direttore mit geschmeidigem Blick in ihre Richtung gesprochen.

»Ich bin beruhigt zu hören«, erwiderte sie amüsiert, »dass die Herren noch hätten stehen können.«

Ardenti ließ ein vertrauliches Lachen hören und reichte es an Silvio Ricardo weiter, der es im linken Mundwinkel verstaute. Sie fühlte das Interesse des Direttore auf sich ruhen wie Messerklingen. Flach, kühl und wohltuend, solange ihr Laden weiterhin gut lief. Bei Problemen würde Ardenti es verstehen, die Messer so weit zu drehen, dass sie ins Fleisch zu schneiden begannen. Im Augenblick jedoch war der Raum gesättigt von Partikeln des Erfolgs, und Neuronet – besser gesagt Laura Firidolfi – weit davon entfernt, das Wohlwollen des Direttore in absehbarer Zeit zu verlieren.

Ricardo klappte die Mappe zu.

»Wir sind sehr zufrieden«, sagte er zu Ardenti. »Ich werde Ihnen übrigens noch einige Kopien des Geschäftsberichts nachreichen müssen, mir war kurzzeitig entfallen, dass der Vorstand Ihres geschätzten Instituts Gehälter in zwölffacher Ausfertigung bezieht. Ab wann könnten wir über die zusätzlichen Mittel verfügen?«

Ardenti hob die Brauen.

»Wann immer Sie wollen! Sagte ich schon, dass sich unser Vorstand für Ihre Zusammenarbeit mit Microsoft interessiert?«

»Nein, aber es freut uns zu hören.«

Ardenti räusperte sich. »Was machen Sie denn mit denen, wenn ich mir die Frage erlauben darf? Ich hörte, man sei mit einem Kaufangebot an Sie herangetreten.«

»Das ist kein Geheimnis«, sagte Firidolfi. »Wir haben natürlich abgelehnt.«

»Das freut mich zu hören.«

»Aber wir werden gemeinsam ein paar Lösungen weiterverfolgen, um die Nutzung des Internets stärker zu individualisieren«, erklärte sie. »Neuronet arbeitet an einer *Finder*-Generation, die kurz davor ist, persönliche Freundschaften zu ihren *Usern* zu entwickeln.«

»Geisterhaft!«

»Überhaupt nicht. Das Programm speichert einfach nur Ihr Persönlichkeitsprofil und lernt ständig dazu. Sie können ihm natürlich jeden beliebigen Befehl geben, aber solange Sie ihm gewisse Freiheiten einräumen, denkt es für Sie mit.«

»Wer also«, sagte Ardenti gedehnt, »etwas über mich erfahren will, muss nur warten, bis ich online bin, um dann meine Codierung zu knacken. Ist das nicht sehr gefährlich, wenn der Computer beginnt, meine Persönlichkeit zu verwalten?«

»Er verwaltet sie ja nicht. Er selektiert und macht Vorschläge. Was den Zugriff angeht, so stehen wir in Verbindung mit dem Chaos Computer Club in Hamburg. Die haben spaßeshalber versucht reinzukommen. Es ist ihnen nicht gelungen, also gehen wir bis auf weiteres davon aus, dass die Codierung einwandfrei ist.«

Ricardo wies auf die Golftrophäen, die hinter Ardenti auf einem Sideboard aufgereiht waren.

»Ein Beispiel. Das Programm durchforstet, wenn es einmal Ihre Passionen kennt, regelmäßig das Netz nach allem, was mit Golf zu tun hat. Nehmen wir an, Sie schätzen das Klima des hohen Nordens...«

»Bewahre!«

»Nur mal angenommen. Das weiß der *Finder*, also konzentriert er seine Suche auf die entsprechenden Plätze. Sie können eine beliebige Reihe von *Icons* anlegen, auch eines für Golf. Wenn der *Finder* etwas aufgestöbert hat, von dem er meint, es würde Sie interessieren, blinkt das *Icon*, und Sie rufen die Neuigkeiten ab – sagen wir, drei Tage Irland, Cliffs of Moher, Steilküstenplatz in zweihundert Metern Höhe, was Außergewöhnliches! Komplettpaket mit zwei Übernachtungen und Luxusdinner im nahe gelegenen Schloss.«

»Da wollte ich tatsächlich schon mal hin«, sinnierte der Direttore.

»Sehen Sie. Sie geben dem *Finder* also den Befehl, das Angebot für kommendes Wochenende zu buchen. Der Zufall will es, dass eine Ihrer Kolleginnen aus dem Vorstand mit dem gleichen *Finder* arbeitet. Nach gegenseitiger Absprache können Sie Ihre Programme miteinander vernetzen, nehmen wir weiter an, das haben Sie getan. Nun sieht Ihr *Finder* plötzlich, dass die Kollegin das nämliche Arrangement für ein späteres Wochenende gebucht hat. Was wird er also tun?«

»Er wird mir einen Vorschlag machen«, überlegte Ardenti, sah an Ricardos Miene, dass er ins Schwarze getroffen hatte, und strahlte.

Ricardo nickte.

»Richtig. Er wird Ihnen vorschlagen, das spätere Wochenende zu fahren, um die Freuden des Golfspiels mit der Dame zu teilen.«

»Wird er darauf bestehen?«, fragte Ardenti spitzbübisch. »Die Qualitäten unserer weiblichen Vorstandsmitglieder sind eher fachlichen Charakters.«

Firidolfi lachte, während sie im Geiste den Terminkalender für die anstehende Woche durchging.

»Nur, wenn ich die Vorstandskollegin wäre«, sagte sie.

Ardenti breitete die Hände aus wie ein Prediger und legte den Kopf schief.

»In diesem Fall müsste er nicht insistieren, Signora.«

Komm zum Ende, dachte Firidolfi. Sie schickte einen schnellen Blick zu Ricardo, der besagte, dass genug geplaudert worden war. Ihr Privatsekretär verstand augenblicklich. Sie hatten Ardenti einerseits hinreichend beeindruckt, andererseits nichts verraten, was er nicht auch woanders hätte erfahren können. Derartige Balancen waren Ricardos Spezialität. Zwischen komprimiertem Informationsaustausch und Small Talk wusste er sich ebenso leichtfüßig zu bewegen wie der Direttore. Er verstand es, Sekunden und Minuten so zu investieren, dass sie sich in Stunden und Tagen verzinsten. Nie gab er seinem Gegenüber das Gefühl, berechnend zu sein, und immer war er es. Soeben hatte er Ardenti das wärmende Gefühl vermittelt, sein Vertrauen und seine Fürsprache gut angelegt zu haben.

Als rechte Hand von Laura Firidolfi war er perfekt.

Aber es gab noch jemandem, dem er wertvolle Dienste leistete.

Sie fragte sich, wann es wieder so weit sein würde. Ein Gefühl sagte ihr, der Moment stehe unmittelbar bevor.

Zugleich mit dem Direttore erhoben sie sich. Ardenti geleitete sie bis zum Fahrstuhl und sagte auf dem Weg noch ein paar lobende Worte über die erfreuliche Entwicklung der Internet-Branche, bevor er sich verabschiedete. Firidolfi wusste, dass sein Tag in unzählige solcher Treffen zerfiel. Das wiederum schätzte sie an Menschen wie Ardenti – nie gaben sie sich und ihren Gesprächspartnern den Anschein terminlicher Kurzatmigkeit. Aufmerksamkeit war unteilbar. Wer diese Regel nicht beherrschte, brachte es nicht weit.

Niemand wusste das so gut wie Laura Firidolfi.

Sie traten hinaus ins mittelalterliche Alba. Seit Mitte Oktober waren die Straßen gesättigt vom Duft der weißen Trüffeln. Die immer rarer werdende Knolle wuchs an geheimen Orten, und die Sucher hatten sich zu Meistern der Camouflage entwickelt, wenn sie nachts mit ihren Hunden loszogen. Wer auf einen solchen Schatz gestoßen war, setzte im Folgenden alles daran, ihn mit niemandem teilen zu müssen – kein Wunder bei einem Kilopreis von bis zu sechs Millionen Lire. Die spätherbstlichen Nebel in den piemontesischen Wäldern hatten schon manchen Schuss verschluckt, gedacht als Warnung für den Suchenden, der dem Wissenden zu folgen beabsichtigte. Einige waren nie zurückgekehrt. Ihr Blut hatte sich mit dem Erdreich vermengt, und manchmal hieß es, die Körper der Getöteten seien vom Humus absorbiert worden, um der kriechenden, wimmelnden Natur Nahrung zu geben, inmitten derer das neue verborgene Gold der Feinschmecker heranwuchs.

Es gab viele Gründe, einander zu töten, wenn man einmal bereit war, es zu tun.

Ricardo ließ sich in den Beifahrersitz des roten Lamborghini fallen und zog den Gurt zu sich herüber. Firidolfi legte die Hand auf den Türgriff, stieg aber nicht ein.

»Soll ich fahren?«, rief Ricardo aus dem Innern.

Sie starrte über die Straße hinweg auf die Front der kleinen Geschäfte, die überwiegend Delikatessen und Weine verkauften. Sie versuchte sich zu erinnern, wann sie das erste Mal Trüffel gegessen hatte und wie oft seitdem. Zu oft, dachte sie. Wenn man die Besonderheiten nicht mehr zählen kann, hören sie auf, welche zu sein.

»Laura?«

Die Erwähnung des Namens schreckte sie aus ihren Gedanken. Rasch stieg sie ein und startete den Wagen. Während sie das massige Gefährt durch die engen Straßen zum Ring steuerte, der sich um Alba zog, war Ricardo schon wieder mit seinen Bilanzen beschäftigt.

»Sie sollten sich von dem Wagen trennen«, sagte er wie beiläufig.

Firidolfi blickte nachdenklich zu ihm hinüber. Ricardo war ein hübscher Junge. Er kam aus Mailand, sah mit dem gescheitelten blonden Haar und der Hornbrille aber eher aus wie der Juniorpartner eines Londoner Notars. Sie wusste, dass sie ihren Wohlstand seinem eisernen Regiment über ihre Konten verdankte. Ricardo unterzog das ganze Leben einer permanenten Kosten-/Nutzenanalyse. Aus seiner Perspektive hatte sie den Zeitpunkt, den Lamborghini abzugeben, bereits überschritten.

»Ich werd's mir überlegen«, sagte sie.

»Es gibt tausend andere. Andere Lamborghinis, meine ich.«

»Schon. Aber das war mein erster.«

»Es ist immer noch Ihr erster!« Ricardo grinste sie an. »Sie bezahlen meinen Lohn, gnädige Frau, da steht es mir natürlich nicht zu, Sie der Sentimentalität zu bezichtigen. Erlauben Sie, dass ich es trotzdem tue. Das Ding ist durch die Abschreibung. Mit jedem Meter, den Sie die Karre weiter durch den Piemont schieben, verlieren Sie bares Geld.«

»Gut. Ich denke darüber nach.«

»Ja, natürlich.« Ricardo lehnte sich zurück und sagte eine Weile nichts. Sie folgten der Landstraße durch das Flachland in Richtung Cuneo und bogen nach wenigen Minuten in die sanfte Hügellandschaft der Langhe ein. Das Herz des Barolo präsentierte sich in der späten Nachmittagssonne pastellfarben und unwirklich. In den Weinstöcken lag der Dunst.

»Brauchen wir diese Krediterweiterung wirklich?«, fragte Firidolfi.

Ricardo schüttelte den Kopf.

»Nicht wirklich. Aber sie verschafft uns zusätzliche Reputation und Reserven. Außerdem könnten wir die alte Fattoria hinter Monforte d'Alba kaufen und zu einem neuen Werk umgestalten. Auch wenn Microsoft abspringt. Wir hätten genug zu tun.«

»Wir brauchen vor allem Platz«, sagte Firidolfi und folgte einem Wegweiser nach La Morra. »Im Hauptgebäude hängen sie einander fast auf dem Schoß.«

»Ja. Komisch, nicht? Sie arbeiten trotzdem über die Maßen wirtschaftlich.«

»Ich frage mich, wie lange noch. Eine Legebatterie arbeitet auch über die Maßen wirtschaftlich, solange die Leute Eier essen wollen, die nach Fisch stinken und vor lauter Salmonellen in Eigenbewegung verfallen.«

»Prinzipiell richtig. Aber was wollen Sie? Programmierer sind die reinsten Ferkel. Geben Sie ihnen einen größeren Raum, und sie machen mehr Dreck.«

Firidolfi lachte.

»Nicht alles ist so sauber wie Geld, Silvio.«

»Computer sind sauberer als Geld«, bemerkte Ricardo geringschätzig. »Sollten Sie anderer Meinung sein? Gut, kaufen wir die Fattoria.«

»Ist der Preis okay?«

»Zu hoch. Ich sorge dafür, dass sie runtergehen.«

»Gut.«

»Ansonsten können wir uns wirklich nicht beklagen. Das Thema Forschung und Entwicklung werden wir dieses Jahr mit einem satten Plus abschließen, ich glaube, das hat dem alten Sack mit seinen sepiagefärbten Haaren am meisten imponiert. – Ach, nebenbei, wir kommen noch mal besser weg, wenn wir den

Stock verringern – soll heißen, wir schlagen einen Teil der Hardware los, bevor das Zeug wertlos wird. Pumpen Sie ein paar Ressourcen in die neuen i-Macs, wir bekommen sie zum Vorzugspreis.«

»Das übernehmen Sie. Was ist mit den Turinern?«

»Alpha? Sieht gut aus. Sie möchten uns kommende Woche treffen. Das Programm für die Fahrsimulation hat ihnen sehr gefallen.«

Neuronet spaltete sich auf in Neuroweb und Neuroware. Während Neuroweb vornehmlich eigene und lizensierte Internet-Lösungen vertrieb, konzipierte Neuroware Programme für unterschiedlichste Einsatzzwecke. Der Leiter der Programmierung war ein russischer Exilant, der seit einigen Jahren für Neuronet arbeitete.

Ricardo blätterte weiter in seinen Unterlagen. Firidolfi steuerte den Wagen gemächlich über die sich hochschraubende Straße auf das Städtchen zu, dessen Silhouette zackig und scharfig einer Hügelkuppe unmittelbar über ihnen entsprang. Jenseits der Mauer, die La Morra zum Osten hin umgab, stürzte der Fels steil ab in die sanft geschwungene Tiefebene der Langhe.

»Ardenti frisst uns aus der Hand«, sagte Firidolfi. »Gute Arbeit, Silvio. Nehmen Sie sich für den Rest des Tages frei. Soll ich Sie irgendwohin fahren?«

Ricardo zögerte.

»Ich kann nicht freinehmen«, sagte er langsam und fügte hinzu: »Sie übrigens auch nicht.«

Sie hatte es gewusst.

»Warum nicht?«, fragte sie trotzdem.

»Es gibt noch eine Anfrage.«

»An wen? Neuroweb oder Neuroware?«

Ricardo schüttelte den Kopf.

»An Jana.«

1999. 15. JUNI. KOELN. HYATT

Was gegen 9.30 Uhr mitteleuropäischer Zeit auf den Bildschirmen der Durchleuchtungskontrolle erschien, die das BKA und der Secret Service im Zulieferereingang des Hyatt aufgebaut hatten, waren keine verdächtig aussehenden Gepäckstücke, ominösen Aktenkoffer, Jacken oder Mäntel, ebenso wenig Golftaschen, Kameras, Laptops und mit Kokain gefüllte Teddybären, sondern das Resultat der Vermengung von Wasser und Mehl. Den Mitarbeitern der Security gelang dank der Technik des ausgehenden zwanzigsten Jahrhunderts ein faszinierender Einblick ins Innere von rund dreihundert Frühstücksbrötchen, knusprig gebacken, appetitlichen Duft und letzte Reste von Wärme verströmend.

Unter anderen Umständen wäre die Prozedur an Lächerlichkeit kaum zu überbieten gewesen. Die Ankunft des Präsidenten der Vereinigten Staaten jedoch setzte andere Umstände schlicht außer Kraft. Hatte das Hyatt bis vor wenigen Tagen noch über normale Ein- und Ausgänge verfügt, war nun jede Öffnung, durch die man aufrechten Ganges ins Innere gelangen konnte, zu einer Sicherheitsschleuse mit Detektoren und Durchleuchtung umfunktioniert worden – nur eine von ein paar hundert Maßnahmen, hinter denen andere Umstände ins Glied der Verhandelbarkeit zurückzutreten hatten.

Kika Wagner saß, eine Zeitschrift auf den Knien, in der Vorhalle und betrachtete das Kommen und Gehen.

Zwei Tage vor Bill Clintons Ankunft in Köln glich das Hyatt einer Festung. Vor dem Gebäude parkten keine Autos mehr. Selbst Schiffstouren waren abgesagt worden; die nahe gelegene Frankenwerft durfte seit Gipfelbeginn nicht mehr angefahren werden. Das Innere des Hyatt präsentierte sich augenscheinlich unverändert, sah man davon ab, dass der Secret Service seit Wochen jeden Stein, aus dem das Hotel erbaut war, dreimal umgedreht hatte, durch jeden Lüftungsschlitz gekrochen und mittlerweile in jedem Winkel, unter jedem Teppich und im Innern jeder Fußleiste vertreten war. Das Dach beherrschten amerikanische Satellitenanlagen, in den meisten Zimmern waren eigene Telefonnetze gelegt worden. In achtundvierzig Stunden würde es einfacher sein, Aussagen über Lebensformen auf dem Mars zu treffen als über das, was in der sechsten Etage vor sich ging, wo Handwerker in fiebernder Hast versuchten, die Suite für den mächtigsten Mann der Welt fertig zu stellen. Der sechste Stock würde vollends in den hypothetischen Raum entrücken.

Falls sie es schafften.

Wagner hatte eine ungefähre Vorstellung davon, was die Crew des Hyatt durchmachte, nur weil Miss Albright hier ein halbes Jahr zuvor so gut geschlafen hatte. Die Außenministerin höchstpersönlich war der Meinung gewesen, Hillary und Bill könnten beim Blick auf den Dom den einen oder anderen romantischen Seufzer nicht lassen. Die Wahl für Köln fiel damit auf Deutz, Kölns rechtsrheinischen Appendix, gottlob in Zeiten, da sich die Linksrheinischen mit dem Stiefbruder von gegenüber gütlich arrangiert hatten, weil man von da so schön auf die andere Seite gucken konnte.

Vom ersten Tag an fragten Journalisten und Medienberichterstatter dem verzweifelten Scherflein Auskunftswilliger der Abteilung Öffentlichkeitsarbeit des Hyatt Löcher in die Bäuche, ob Clinton denn nun käme und wann. Seit fünf Monaten war die Auskunft immer die gleiche: Kann sein. Kann nicht sein. Ja. Nein. Vielleicht. Weiß nicht.

Tatsächlich hatten im April die Besuche der amerikanischen Delegationen begonnen. White House, Secret Service, CIA, der Botschafter… jeder kam mal schauen, ob's auch wirklich so luxuriös sei, wie Clintons Hausdrache versprochen hatte. Es wurden Büros und Konferenzräume gecheckt bzw. die Möglichkeit, Hotelzimmer entsprechend umzubauen und das Hyatt *ex officio* in den Rang des Hauptquartiers der Vereinigten Staaten von Amerika zu erheben. »Security« entwickelte sich zum meistgebrauchten Wort. Ah, der Koch macht Frikadellen! Die sehen aber gut aus. Sind die auch sicher? Und so weiter und so fort.

Der Grund für die um sich greifende Verwirrung war eines jener Gerüchte, die kraft minimalen Entstehungsaufwands ein Maximum an Auswirkungen nach sich zogen. Danach würden im Hyatt vielleicht E.T. oder Madonna oder Elvis' Geist absteigen, aber ganz sicher nicht Bill Clinton, weil nämlich das ganze Deutzer Theater nur der Ablenkung halber vonstatten gehe und der Präsident tatsächlich auf dem Petersberg residieren werde. Die Nachricht – mit an Sicherheit grenzender Wahrscheinlichkeit von den Amerikanern selbst lanciert – weitete die Konfusion auf den Petersberg aus, wo natürlich keiner von irgendetwas wusste und sich voller Bestürzung fragte, warum nicht? Im Folgenden erlebte man dort eine ähnliche Heimsuchung durch die Medien wie das Hyatt, die Stellungnahmen der Presse gegenüber nahmen vollends kryptische Züge an, und die anderntags erscheinenden Artikel waren dünn wie Kasernenkaffee.

Amerika hüllte sich in Schweigen. Selbstverständlich werde der Präsident im Hyatt absteigen. Oder auch nicht.

Aller Konfusion zum Trotz hatte das Hyatt unbeirrt die heiße Phase angesteuert, die vor nicht ganz sieben Wochen heißer geworden war, als den Verantwortlichen lieb sein konnte. Ausgerechnet in der Sauna der für Clinton reservierten John-F.-Kennedy-Suite gab es einen Kurzschluss. Erst brannte die Sauna aus, dann die hundertachtzig Quadratmeter große Suite. Schwarzklebriger Ruß bedeckte jeden Quadratzentimeter der kompletten sechsten Etage, Teile der fünften waren nicht mehr bewohnbar, die Lounges verräuchert. Die Hotelleitung sah sich unter Lawinen öffentlichen Interesses begraben und nahm via Einrichtung eines Krisenstabs den verzweifelten Wettlauf gegen die Zeit auf, wohl wissend, dass der Petersberg um die Ecke lag. Mittlerweile erglänzte alles in makelloser Erneuerung, einzig die Suite wurde partout nicht fertig, trotz des Irrsinnstempos, mit dem Heerscharen von Spezialisten Hand anlegten.

Wenn sie es schafften, dann in letzter Sekunde.

Die Zerreißprobe ging nicht spurlos an den Leuten vorbei. Wohin Wagner blickte, sah sie angespannte Mienen. Dass sie überhaupt hier sitzen durfte, verdankte sie einerseits der Unbedenklichkeit ihres Handtascheninhalts. Zweimal durch die Schleuse gehen, während ihre Schminkutensilien, Zigaretten und sonstigen hilfreichen Kleinigkeiten über den Bildschirm geisterten, diverse Male Sonderausweis vorzeigen, checken, gegenchecken, danke, bitte. Alles sehr unaufdringlich und freundlich, aber von der eisernen Entschlossenheit geprägt, diesen Staatsbesuch durch nichts und gar nichts zu verpatzen, und hieße es, in aller Öffentlichkeit eine Handtasche zu erschießen.

Zweitens erwuchs Wagners Anwesenheit dem Umstand, dass der designierte Leiter des Lektorats Belletristik im Rowohlt Verlag, Franz Maria Kuhn, eine Etage höher mit Aaron Silberman das Frühstück teilte. Silberman war Stellvertretender Chefredakteur für Politik bei der angesehenen Washington Post. Er war den amerikanischen Presseleuten, die im Gefolge des Präsidenten erwartet wurden, vorausgeeilt, um über die Aktivitäten des Hyatt zu berichten und bei dieser Gelegenheit Kuhn wiederzusehen, den er aus dessen Zeit als politischer Korrespondent in der amerikanischen Hauptstadt kannte.

Sie hatten sich beide oft genug im legendären *Briefing Room* des Weißen Hauses herumgedrückt und so eine gewisse Nähe zueinander entwickelt. Das schmucklose, winzige Zimmerchen mit dem blauen Vorhang und dem Präsidialwappen darauf war eine wohl durchdachte Zumutung und Ausdruck des ständigen Kampfes, den der Amts- und Wohnsitz des Präsidenten mit seinen ungeliebten Schnüfflern ausfocht. Dennoch war kein Presseausweis der Welt begehrter als der des *White House Press Corps*. Dessen Mitglieder arbeiteten immerhin unter einem Dach mit dem mächtigsten Mann der Welt, sie hatten ihre Zentrale direkt im Allerheiligsten. Auch wenn man im White House alles tat, um der elitären Journaille das Gefühl zu geben, auf einer Stufe mit Wanzenbefall und Hausschwamm zu stehen – im Grunde ein Übel zu sein, dem man nur durch fortgesetzte Erniedrigungen beikommen konnte –, kämpften die Medienhöflinge wie eine Meute Dobermänner um ihre Privilegien. Als Clinton sie in helle, freundliche Räume des Nachbargebäudes umquartieren wollte, gaben sie sich hart. Niemand sah ein Problem darin, sich mit anderen Ölsardinen eine Dose zu teilen, solange sie in unmittelbarer Nähe des Präsidentenschlafzimmers situiert war.

Silberman hatte es tatsächlich geschafft, einmal zehn Minuten mit Clinton persönlich zu sprechen – ein Ritterschlag, der selbst lang gedienten Kollegen in den seltensten Fällen zuteil wurde. Darum gehörte er nun zu den wichtigeren Berichterstattern und war der Washington Post eine Akkreditierung bei Hofe wert gewesen, sprich ein Zimmer im Hyatt.

Derzeit gab es in Kölns erster Adresse keine privaten Gäste mehr. Dafür Legionen von Mitarbeitern der amerikanischen Regierung, Vertreter der CIA, Bilderbuchausgaben von Geheimdienstleuten mit den obligatorischen schwarz getönten Ray-Ban-Sonnenbrillen, Agenten des FBI sowie Dutzende hochkarätiger Vertreter von CNN. Insgesamt zweihundertfünfzig der dreihundertfünf Zimmer waren Clintons Kohorten, die restlichen fünfzig dem Hauptaufgebot der Presse vorbehalten. Noch zwei Tage, dann würde eine mit Journalisten voll besetzte Tristar im Gefolge des Präsidenten eintreffen und das Hyatt endgültig in ein zweites White House verwandeln. Es fehlte letztlich nur das Sternenbanner auf dem Dach.

Der eigentliche Grund, warum Wagner im bestgeschützten Gebäude Kölns auf Franz Maria Kuhn wartete und nicht wusste, ob sie darüber lachen oder weinen sollte, hieß allerdings nicht Bill Clinton, sondern Liam O'Connor.

Prof. Dr. Liam O'Connor, um genau zu sein.

Sie legte die Zeitschrift auf den Glastisch neben sich und schlug die Beine übereinander.

Kuhn tauchte auf. Er kam, mit der Rechten an seinem Krawattenknoten nestelnd, in der Linken ein angebissenes Sandwich, die Freitreppe vom Buffet herunter, sah sie und hielt mit ausladenden Schritten auf sie zu. Er war schmächtig und wie immer schlecht gekleidet.

»Wir müssen dann mal«, sagte er etwas zu laut. Es klang, als habe er auf sie gewartet, nicht umgekehrt. Wagner hasste Menschen, die ihre Lautstärke an öffentlichen Plätzen nicht unter Kontrolle hatten. Sie griff nach ihrer Handtasche und stand auf.

»Hübsche Beine«, bemerkte Kuhn kauend.

Wagner sah an sich herunter. Der Rock ihres dunkelgrauen Kostüms war ein Stück hochgerutscht. Der Stoff wanderte auf ihren Strümpfen nach oben. Reibungswiderstände, gegen die sich nichts machen ließ, als von Zeit zu Zeit am Saum zu zerren.

Blödmann, dachte sie.

Nicht, dass es ihr etwas ausmachte, Komplimente über ihre Beine zu hören, aber nicht von Kuhn. Er war brillant auf seinem Gebiet, menschlich hingegen eine ziemliche Katastrophe. Je mehr er versuchte, nett zu sein, desto schlimmer war das Resultat.

Sie zückten ihre Sicherheitsausweise und näherten sich dem

Ausgang. Wagner lächelte die beiden hochgewachsenen Männer an, die gleich daneben Posten bezogen hatten. Der Sitz ihrer dunkelblauen Anzüge war perfekt, die dezent gemusterten Krawatten makellos gebunden. Vom obligatorischen Knopf im Ohr wand sich ein dünnes Kabel in den Hemdkragen, das Mikrofon verbarg sich manschettenknopfgroß im Ärmel. Ein winziger Sticker, der einen goldenen Marshallstern auf rotem Grund zeigte, wies sie als Agenten des Secret Service aus – »bullet catchers«, wie sie sich selbst voller Stolz nannten, Kugelfänger. *»Heute ist der Tag, an dem der Präsident angegriffen werden soll«*, lautete jeden Morgen ihre Beschwörungsformel. *»Und ich bin der Einzige, der das verhindern kann.«* Im Augenblick gaben sie sich gelassen. Ihr Präsident würde erst noch eintreffen. Dann aber war es besser, ihnen nicht zu nahe zu kommen. Jeder, der unkontrolliert in den fünf Meter weiten Bannkreis um Bill Clinton trat, riskierte einen verdrehten Arm oder Schlimmeres. Dieser Bereich galt als Todeszone, in dem potentielle Attacken auf das Staatsoberhaupt als lebensbedrohlich eingestuft wurden. Die *bullet catchers* kannten keine Gnade.

Sie lächelten zurück, auf gleicher Blickhöhe mit ihr.

In solchen Momenten genoss sie ihre Körpergröße. Wagner maß einen Meter siebenundachtzig – ohne die High-Heels, die sie in dutzendfacher Ausfertigung besaß, weil sie fand, auf die paar Zentimeter komme es nun auch nicht mehr an. Sie wusste, dass ihre Beine in der Tat von bemerkenswerter Länge, die komplette Kika Wagner dafür aber auch bemerkenswert dünn, blass und eckig war. Mit ihrer schmalen, endlosen Nase voller Sommersprossen hätte sie einem Bild von Modigliani entstammen können. Leider fehlte ihren übrigen Formen die entsprechende Üppigkeit, als habe der Italiener nach Fertigung des Porträts die Lust verloren und den Pinsel an Egon Schiele weitergegeben.

Nachdem sie als Teenager durch die kleinen Höllen gewandelt war, die das Schicksal klapperdürren Riesenkindern bereitet, hatte sie irgendwann die Flucht nach vorn beschlossen. Ihr honigfarbenes Haar war knapp über der Taille gerade abgeschnitten, die Röcke grundsätzlich kurz, die Schuhe hoch, über ihre Blusen zogen sich bevorzugt schmale Krawatten. Insgesamt sah Wagner auf diese Weise noch länger aus, als sie tatsächlich war, eine Frau, nach der man, wie Spencer Tracy einmal über die junge Katherine Hepburn gesagt hatte, einen Hut werfen konnte in der Gewissheit, dass er irgendwo hängen bleiben würde.

Die beiden Amerikaner warfen einen Blick auf die Ausweise und Kuhns Butterbrot.

»Kein Dynamit, Jungs«, sagte Kuhn jovial. »Schwarzwälder Schinken! You know?«

Das Lächeln verschwand aus den Gesichtern der beiden Männer. Einer deutete auf die Schleuse im Ausgang, wo Polizisten beiderlei Geschlechts zur routinemäßigen Leibesvisitation bereitstanden. Wagner nickte stumm, während Kuhn demonstrativ das Gesicht verzog.

»Kika!« Als ob sie an allem schuld sei. »Wir gehen doch raus, nicht rein! Haben Sie eine Ahnung, was die schon wieder von uns wollen?«

»Fragen Sie sie.«

»Verstehe! Ich versteh ja alles. Rein, okay! Aber raus? Kommen Sie, das ist Geldverschwendung. Das sind Ihre Steuergelder, Kika, haben Sie darüber schon mal nachgedacht? Sie und ich, wir bezahlen den ganzen Quatsch, und was haben wir davon? Staatsverschuldung!«

Wagner verdrehte die Augen. Sie gingen durch die Schleuse, wurden abgetastet, und Kuhn musste sein Brot der Durchleuchtung anvertrauen.

»Ich will raus, nicht rein«, maulte er weiter.

»Wir wissen's inzwischen«, sagte Wagner. »Wir wissen jetzt auch, warum wir eine Staatsverschuldung haben. Wer hätte gedacht, dass die Zusammenhänge so einfach sind!«

Sie schob ihn nach draußen und beschleunigte ihren Schritt. Vor dem Hotel wartete ein Shuttle darauf, sie zu einem der öffentlichen Parkplätze in der Nähe zu bringen. Kuhn stellte fest, dass seine Jacke auf halb acht hing und ein Schnürsenkel aufgegangen war, versuchte, beide Probleme gleichzeitig unter Einbeziehung seines Butterbrots zu lösen und hampelte hinterdrein.

»Die Zusammenhänge sind aber so einfach!«, rief er. »Bleiben Sie doch mal stehen, verdammt, ich … die Staatsverschuldung ist das Resultat des Zusammenspiels kleinster Faktoren. Am Anfang setzen sich alle an einen Tisch und sagen, jetzt wird regiert, was könnten wir denn mal machen... Mist! Halten Sie bitte das Brot. Wollen Sie hören, was Silberman mir eben erzählt hat? Wussten Sie, dass Franklin Roosevelt keine Ahnung hatte, was er tun würde, als er zum ersten Mal das Oval Office betrat?«

»Nein. Warum essen Sie das Brot nicht auf?«

»Weil...« Kuhn ging in die Hocke, schaffte es irgendwie, seinen Schnürsenkel neu zu verknoten, und kam wieder hoch. »Also, er bat um einen Bleistift und einen großen Block mit weißen Seiten. Verstehen Sie? Er hatte nicht den leisesten Schimmer, was er tun sollte! Erste Amtshandlung, Block holen für den Präsidenten, weil er keinen Plan hat, das lässt sich schon mal in barer Münze ausrechnen. Aber heute...«

»Wie lange wollen Sie eigentlich noch herumtrödeln?« Wagner wandte ihm den Rücken zu und setzte den Fuß auf die unterste Stufe der Bustiege.

»...sind Präsidentenübergänge die reinsten Großunternehmen geworden«, fuhr Kuhn unbeirrt fort, während er hinter ihr hersprang. Wagner nahm Platz. Kuhn stopfte sich den Rest des Brotes in den Mund und nuschelte: »Jedes Mal, wenn sie einen neuen Präsidenten an die Spitze wählen, entsteht sozusagen über Nacht ein dreitausendköpfiges Ungeheuer, dreitausend Amateure, die sich Regierungsapparat nennen. Den meisten ist schleierhaft, welche Politik sie machen wollen. Wussten Sie, dass ein Präsidentenübergang Wochen und Monate dauern kann? Einfach um alles zu koordinieren, jedes Ministerium, jeden kleinen Wicht, der irgendwo mit dabei ist. Ich war in Washington, da bekommt man einiges mit. Ich könnte Bücher darüber schreiben! Jeden lieben langen Tag beenden sie mit einer Sitzung, in deren Verlauf ein hochrangiges Gremium die allgemeine Koordinierung zu koordinieren versucht. Ein bürokratischer Alptraum!«

»Interessant. Was hat das mit Köln zu tun?«

Kuhn wies mit einer schwungvollen Geste auf das Hyatt, und Wagner musste sich ducken, um nicht aus Versehen erschlagen zu werden. »Glauben Sie, hier wäre das anders? Das ganze Geld geht doch durch den Schornstein, weil jeder jeden zu koordinieren versucht. Politische Logistik ist ein Kostenmonster, das von berufsmäßigen Anfängern geschaffen wird! Sie geben eine Heidenkohle aus einzig für den Zweck, den Durchblick zu behalten. Dieser Gipfel kostet eine zweistellige Millionensumme. Ich gehe jede Wette ein, dass ein Großteil der Kosten nur entsteht, weil Amateure damit betraut wurden. So ist das nämlich.«

»Ahja.«

»Ahja! Schröder, unser aller Feldherr, was meinen Sie, was wollte der wohl?«

Kuhn sah sie erwartungsvoll an. Wagner seufzte.

»Kanzler werden«, sagte sie um des lieben Friedens willen.

»Ganz richtig! Und sonst gar nichts. Der wollte tatsächlich Kanzler werden, obwohl er sich für Politik überhaupt nicht interessiert hat. Plötzlich war er's aber, da hat er nachgedacht und sich überlegt, was machen wir denn jetzt? Ein Amateur, sicher mit den allerbesten Absichten. Nur, wissen Sie, was allein diese ersten Wochen uns alle gekostet haben?«

Wagner sah ihn an, während der Bus losruckelte.

»Sie reden dermaßen kreuz und quer, dass man Kopfschmerzen bekommt«, sagte sie.

Kuhn hob die Brauen und pulte etwas aus seinen Zähnen.

»Ich versuche lediglich, Sie für den politischen Alltag zu sensibilisieren.«

»Sensibilisieren Sie mich lieber für O'Connor«, schnaubte Wagner. »Gibt es noch irgendetwas, das ich über ihn wissen sollte?«

Kuhn grinste und sah angelegentlich auf ihre Beine.

»Eigentlich nicht.«

»Ich warne Sie. Irgendein dummer Spruch von Ihnen, wenn er vor uns steht, und Sie können sich allein mit ihm rumschlagen.«

»O'Connor ist der netteste Mensch der Welt«, flötete Kuhn.

Wagner bedachte ihn mit einem grimmigen Blick. Dann musste sie unversehens lachen, biss sich auf die Unterlippe und sah demonstrativ aus dem Fenster. Über der Deutzer Brücke wehten bunte Fahnen.

Kuhn machte es seiner Umwelt nicht gerade leicht, ihn zu mögen. Er schien als Kind ohne eigenes Verschulden in ein Fettnäpfchen gefallen zu sein, erwies sich jedoch, was die Erzeugung und Meisterung von Peinlichkeiten anging, als konsequent schmerzfrei. Es fiel ihm nicht auf, wenn er anderen Leuten die

Tür vor der Nase zuschlug. Er fand nichts dabei, in Gegenwart einer Dame seinen weit geöffneten Rachenraum zu befingern. Einen Spiegel schien er ebenso wenig zu besitzen wie einen Kamm, durch die Kinderstube war er mit dem Schnellzug gefahren, und was er sich an zweifelhaften Komplimenten gestattete, ging nicht zuletzt darum so derb unter die Gürtellinie, weil es im Grunde lieb gemeint war.

Seltsamerweise nahm die Persönlichkeit des Lektors diametral entgegengesetzte Züge an, sobald es um seine Arbeit ging. Vor seiner Hinwendung zu wissenschaftlichen Themen hatte er das Ressort Politik bei Rowohlt geleitet mit Schwerpunkt USA und UdSSR. Kuhn konnte einem die Geschichte des amerikanischen Präsidentialismus ebenso dezidiert und spannend auseinander legen wie die Emissionsmodelle schwarzer Löcher, und er war ein brillanter Lektor. Umso mehr verwunderte das zusammenhanglose Geschwafel, das er mitunter von sich gab. Wagner schien es, als versuche er sich mit seinem unbeholfenen Stammtischgehabe auf das Terrain Normalsterblicher herabzubegeben, wie er sie empfand – als sämtlich halbgebildet –, weil er im Grunde einfach nur Anschluss suchte. Humor besaß er möglicherweise, wenn auch höchst zweifelhaften. Er lachte antizyklisch, also bevorzugt dann, wenn es sonst keiner tat. Unterm Strich war er schlicht und einfach ein übrig gebliebener Achtundsechziger mit Bildung, die ihn daran hinderte, Spaß zu haben.

Der Bus fuhr auf den Parkplatz hinter dem alten Messegelände und stoppte. Sie stiegen aus und gingen einige Meter zu Fuß.

»Wo steht Ihr Wagen?«, fragte Kuhn und sah sie mitleidig an. »Bei der Größe einer Straßenlaterne sicher ein Problem, was Passendes zu finden. Ich meine, will sagen, dass Ihre… äh… Beine…«

Wagner starrte zurück. Sie tat nichts, als ihn einfach mit Blicken zu geißeln.

»Tja… vielleicht… ein Mini?«

Wagner holte tief Luft. Kuhn machte runde Augen und gab sich den Anschein von Bestürzung.

»Doch nicht etwa eine Isetta!?«

Er *hatte* Humor!

Wagner verfrachtete ihn auf den Beifahrersitz ihres Golf und riskierte ein Auge, ob sich ihr Sitz noch ein Stück weiter zurückstellen ließ. Er war am hintersten Anschlag arretiert. *Rien ne va plus.* Sie klemmte sich hinters Steuer und hoffte, ihre Knie würden nicht so sehr nach oben stehen.

Kuhn beobachtete sie, sagte aber nichts.

»Los«, forderte Wagner ihn auf, »tun Sie was Nützliches und verraten Sie mir, wann und wo O'Connor genau ankommt.«

»Ich dachte, das wüssten Sie.«

»Nicht genau.«

»Komisch, ich meine, ich hätt's Ihnen…«

»Wann?«, donnerte Wagner. Kuhn zuckte zusammen.

»10.40 Uhr. Wir, äh… sollen in der Lufthansa Lounge auf ihn warten. Die begleiten ihn bis an die Bar.«

Bis an die Bar. Heiliger Sankt Patrick!

Wagner drehte den Zündschlüssel und fuhr los. Kuhn rutschte unruhig auf seinem Sitz hin und her. Dann beugte er sich zu ihr herüber und setzte das Gesicht auf, das sie von ihm kannte, wenn er etwas Freundliches sagen wollte. Sie hoffte, er würde es unterlassen.

»Ich zum Beispiel bin ja nicht besonders groß…«, begann er.

Wagner gab Gas. Kuhn plumpste zurück in seinen Sitz und gab etwas von sich, das wie »Oh!« klang.

Vielleicht hatte aber auch nur der Motor aufgeheult.

1998. 02. DEZEMBER. MIRKO

Am Tag, als Mirko das zweite Mal zum alten Kloster draußen in den Bergen fuhr, hatte er eine halbe Zusage in der Tasche. Gemessen an den exorbitanten Schwierigkeiten, die sein Auftrag mit sich brachte, wog sie mehr als eine ganze, die ihm irgendjemand sonst hätte machen können. Es war immer noch weniger, als er sich wünschte, und dennoch mehr, als er zu hoffen gewagt hatte.

Anders als vor zwölf Tagen entsprach das Wetter der Jahreszeit. Es regnete. Die Hügel und höheren Erhebungen verbargen sich in schlierigem Grau. Je höher er kam, desto mehr senkten sich die Schwaden nieder und krochen kolossalen Raupen gleich auf die schmale Straße zu. Das Himmelreich lastete auf den Menschen und ängstigte sie zu Lebzeiten.

Mirko stellte das Radio an, aber hier oben empfing er nichts als Rauschen. Er legte eine Kassette ein.

Leise Musik erklang, irgendein Kaufhauszeug. Missmutig dachte er daran, dass er dem alten Mann eine Woche versprochen hatte. Es ärgerte ihn, länger gebraucht zu haben, der einzige Schönheitsfehler in seiner ansonsten gelungenen Recherche. Aber wenn sie sich heute einig würden über den Preis, bestand Aussicht, dass alles Weitere sehr schnell vonstatten ging.

Das musste es auch. Sie hatten ein halbes Jahr zur Verfügung, und das war nicht viel.

Aus dem Dunst tauchte das gezackte Band einer Serpentine auf, die aus den Wäldern in die steileren und kahlen Berge führte. Mirko schaltete zurück und trat aufs Gas. Der Geländewagen schraubte sich hoch, bis er über die Kuppe war und sich das jenseitige Tal vor ihm öffnete. An schönen Tagen konnte man von hier die ganze Ebene überblicken, in der das Kloster lag, bis dorthin, wo der nächste Gebirgszug begann.

Mirko stoppte, rieb sich die Augen und starrte hinaus.

In dem Talkessel stand eine schwarze Wand. Sie musste an die drei Kilometer hoch sein. Blitze zuckten darin. Mirko wusste, was ihn erwartete. Selbst in dem Allradfahrzeug würde er in den nächsten zwei Stunden unablässig das Gefühl haben, von den herunterrauschenden Wassermassen weggeschwemmt zu werden. Das Tor zur Hölle konnte nicht eindrucksvoller sein, und dieses Unwetter war für hiesige Verhältnisse nicht einmal sonderlich spektakulär.

Ergeben ließ er den Wagen talabwärts rollen. Die letzten Kilometer sichtbarer Straße lagen gefältelt vor ihm, dahinter begann Dantes Inferno und das Aus für jeden Scheibenwischer.

Er fragte sich, warum ein Mann in der Position seines Auftraggebers es vorzog, ihn an einem solchen Ort zu treffen. Es gab komfortablere Gegenden um diese Jahreszeit, um konspirative Zusammenkünfte abzuhalten. Vielleicht braucht er das Gefühl, in einem Film mitzuspielen, dachte Mirko. In allem, was er sagt und tut, ist er weniger dem wirklichen Leben verbunden als einer Inszenierung. Das Stück spielt irgendwo in der Vergangenheit, und wer seine Rolle darin nicht lernen will, muss abtreten. Nationalismus ist immer auf diese merkwürdig verklärende Weise retrospektiv. Alle großen Nationalisten nehmen ihr Land vordergründig als Schatten einer leuchtenderen Epoche wahr und sich selbst als diejenigen, die das Rad zurückdrehen und das Licht neu entzünden werden. Wie die Zukunft auszusehen hat, sagt ihnen nicht der Verstand, sondern ein mythologisches Gespür.

Auch sein Auftraggeber träumte von etwas, das es nie gegeben hatte. Aber er schlief auf einem Bett, das mit genügend Geld gestopft war, um Zerrbilder seines Traumes Realität werden zu lassen und ihnen perverses Leben einzuhauchen. Wie immer würde das Ergebnis eine zynische Fratze sein, ein Frankenstein-Monster, getrieben von unerträglicher Selbstbehauptung und zusammengehalten von ein paar schnöden Parolen. Die Träume eines onanierenden kleinen Jungen, aufgebläht zur Orgie.

Sie alle waren gescheitert, die großen Führer. Einige zugegebenermaßen fulminant. Immer hatten sie es verstanden, Millionen für ihren Auftritt bezahlen zu lassen, bevor sie die Bühne durch den Hinterausgang wieder verließen. Und immer hatten sie selbst bezahlt. Millionen und Milliarden. An Menschen wie Mirko, die überdauerten, weil es ihnen gleich war, welchem Herrn sie gerade dienten.

Wäre Mirko getrieben gewesen von jeglicher Moral, hätte ihn die Erkenntnis dessen, was der alte Mann vorhatte und was er de facto damit erreichen würde, die schwarze Wand gar nicht erst durchqueren lassen. Die Mission konnte gelingen. Das Resultat hingegen würde seinen Platz finden in der Chronologie menschlichen Versagens.

Aber Mirko war weit davon entfernt, den Alten darauf hinzuweisen. Es war nicht sein Job. Er hatte sein Leben darauf ausgerichtet, das Geld zu nehmen, das man ihm bot. Was er dafür tat, änderte die Dinge ohnehin nur kurzfristig. Nichts, wofür es sich lohnen würde, ins Lager der Weltverbesserer zu wechseln. Die Menschheit war es gewohnt, Katastrophen zu durchleiden, um sich irgendwann auf die eine oder andere Weise wieder ein-zupendeln. Der Alte irrte, wenn er ihn für einen Patrioten hielt. Mirkos Treue zum Land erwuchs einzig den Möglichkeiten, die es ihm bot. Zwar fand Mirko, eigentlich müsse auch er ein Ge-wissen haben, einfach der Komplettierung halber, und manch-mal ertappte er sich dabei, Mitleid mit Tieren zu empfinden. Da-rüber hinaus galt seine aufrichtige Sorge allenfalls dem Tag, an dem er Privilegien einbüßen und nicht mehr würde tun können, was ihm Spaß machte.

Er drehte die Musik lauter.

Um ihn herum wurde es Nacht, dann peitschte der Wind schwere Regentropfen gegen die Scheibe. Im nächsten Moment brach eine Sintflut über ihn herein. Er schaltete zurück und fuhr langsamer. Ab jetzt brauchte er seine volle Konzentration. Was immer den Mann, den er heute zum zweiten Mal treffen würde, antrieb, hatte für Mirko keine Relevanz. Der Reiz lag in der Aufgabe selbst, in ihrer Durchführung, dem Lohn und der adre-nalinfördernden Gewissheit, dass Versagen das Ende von allem sein würde, auch von Mirko.

Als er nach einer halben Ewigkeit aus dem Unwetter heraus-fand, geschah es schlagartig und ohne Übergang. Vor ihm er-streckte sich die sanft gewellte Ebene, darüber trieb diffuse Hochbewölkung. Im Rückspiegel konnte er die blauschwarze Wand sehen, der er entronnen war.

Mirko zündete eine Zigarette an, beschleunigte den Wagen und dachte an nichts.

Auf einer Anhöhe tauchte das Kloster auf. Seitlich bemerkte er einige schwarze Limousinen, schräg dahinter den schwarzen Insektenkörper eines Helikopters. Mirko parkte ein Stück ab-seits und stieg aus in Erwartung, die weißhaarige Gestalt wie vor zwölf Tagen an der Balustrade stehen und auf das Land hinaus-blicken zu sehen, aber es war niemand dort. Unter seiner Jacke spürte er die zwei Pistolen. Dass er dennoch keine Chance hätte, sollte ihm der Alte ans Leder wollen, war ihm klar und be-unruhigte ihn nicht sonderlich. Leute wie er wurden in Blei oder Silber bezahlt, das war nichts Neues. Im Allgemeinen hatten sie die Wahl.

Mirko hatte sich für Silber entschieden.

Er ging die Stufen hinauf. Das Portal war offen. Langsam betrat er den dämmrigen Innenraum.

»Mirko. Wie schön, Sie zu sehen.«

Der alte Mann saß dort, wo früher ein Altar gewesen sein musste. Nun hatte man einen Tisch an der Stelle platziert sowie zwei Stühle, deren einer noch frei und ein Stück zurückgeschoben war. Der Alte winkte ihn heran und prostete ihm mit einem Becher zu.

»Ein Scheißwetter, nicht wahr? Möchten Sie einen Kaffee?«

»Gern«, sagte Mirko und ließ seinen Blick schweifen. Niemand außer ihnen beiden schien sich in dem dämmrigen Kirchenschiff aufzuhalten. Er wusste, dass das nicht stimmte. Sie waren überall.

Blei oder Silber.

Er nahm dem Alten gegenüber Platz, der ihn unter zusammengezogenen Brauen anblitzte und eine Thermoskanne aufschraubte. Köstlicher Duft stieg Mirko in die Nase.

»Milch? Zucker?«

»Danke. Nichts von allem.«

»Pur wie der gesunde Menschenverstand«, grinste sein Gegenüber und schob ihm seinen Becher zu. »Genauso halte ich es auch. Manche Dinge darf man nicht verdünnen oder versüßen. Das ist hier die letzten Jahre viel zu oft gemacht worden.«

Mirko trank. Nach der Höllenfahrt durchströmte ihn die heiße Flüssigkeit wie ein zusätzliches Jahr Lebenszeit.

»Was gefällt Ihnen so sehr an diesem Ort?«, fragte er. »Sie kommen den ganzen Weg hier raus, um sich in einer ungeheizten Kirche mit jemandem zu treffen, während draußen die Welt untergeht.«

Der Alte lachte trocken.

»Soll ich Sie lieber vor laufenden Kameras empfangen?«

Mirko schüttelte den Kopf.

»Das meine ich nicht. Anderswo wäre es auch geheim. Warum nehmen Sie die ganze Mühe auf sich?«

»Sie kommen doch auch hierher.«

»Ich folge Ihrem Ruf.«

Der alte Mann sah ihn mit der Andeutung eines Zwinkerns an. Trotz des Dämmerlichts fiel Mirko mehr noch als bei ihrem letzten Treffen auf, von welch intensivem Blau diese Augen waren. Unwirklich wie ein Postkartenhimmel.

»Stimmt, Mirko. Sie folgen meinem Ruf. Ich rufe, und Sie fahren zum Arsch der Welt. Und wissen Sie, was? Ich selbst komme aus keinem anderen Grunde hierher. Ich folge einem Ruf. Es wäre mir ein Leichtes, Sie in irgendeinem hübschen Salon zu empfangen, wo wir uns den Kaviar hinten und vorne reinschieben und ein paar Liter Champagner obendrauf kippen. Streng geheim, versteht sich! Ihnen würd's auch besser gefallen, schon klar. Aber Sie haben vielleicht gehört, dass ich zu Absonderlichkeiten und Extremen neige. Warum, glauben Sie, liegen mir dieses Land und seine Geschichte so sehr am Herzen?«

»Sagen Sie es.«

Der Alte beugte sich vor und schlug mit der flachen Hand auf den Tisch. »Weil ich in seiner Erde wurzele. Ich bin ein alter Baum, Mirko, und ich kann Ihnen sagen, das Land hat sein eigenes Leben und einen gewaltigen Puls. Hier in der Wildnis können Sie seine tiefen, unruhigen Atemzüge vernehmen, sein qualvolles Stöhnen. Nicht in irgendeinem komfortablen Louis-Quatorze-Zimmerchen! Das Blut unserer Vorfahren durchströmt das Sediment, die Schreie der Entrechteten mischen sich in den Sturm, der durch die Täler fegt, das Gelächter der Gottlosen! Nur hier draußen hören Sie das. Wo die Sonne herniederbrennt und Ihnen der Wind um die Ohren pfeift, da sind Sie weit genug weg vom narkotisierenden Moder, der den Stätten der Diplomatie entströmt. – Ich sage, wir haben genug geredet! In dem Unwetter, das Sie gerade durchquert und wahrscheinlich aus tiefstem Herzen verflucht haben, erkenne ich die Musik des Aufbegehrens: Nein, wir werden uns nicht entwaffnen lassen! Ja, wir werden verhindern, dass hergelaufene Usurpatoren und Mörder unsere von Gott verliehene Heimat an die Ungläubigen und Minderwertigen verteilen! Der Gesang der Toten, Mirko, ihm lausche ich, sie sagen mir, was ich für die Lebenden zu tun habe, was meine Aufgabe ist.«

Er wartete, als wolle er abschätzen, wie seine Worte wirkten. Mirko rührte sich nicht.

»Darum bin ich hier«, fuhr der Alte ruhiger fort, »weil man die gepeinigte Kreatur in Augenschein nehmen und eins mit ihr werden muss, um ihr Leid zu begreifen. Ich sitze in dieser Kirche, weil sie unsere Kultur symbolisiert, unser Erstgeborenenrecht. Und weil sie zerfällt, so wie das Land zerbrochen und einem Zoo gleich geworden ist, in dem die Affen das Sagen haben.« Er lächelte grimmig. »Aber das wird sich ändern. Und Sie werden uns dabei zur Seite stehen. Nicht wahr? Das werden Sie doch.«

Mirko betrachtete ihn und fragte sich, wie viel von dem Unsinn der Alte selbst glaubte. Konnte es sein, dass dieser hemmungslose und genusssüchtige Machtmensch, der dort in gespielter Bescheidenheit an seinem Becher nuckelte, seinem eigenen Drehbuch aufgesessen war?

»Könnte sein«, sagte er.

Der alte Mann runzelte die Stirn und knallte seinen Becher auf die Platte. Die Maske des Predigers wanderte in die Requisite.

»Der Wortlaut Ihrer Nachricht klang verbindlicher als ›könnte sein‹.«

»Ich will nur keine vorschnellen Hoffnungen wecken.«

»Ich bin aber nicht hergekommen, um Zeuge Ihrer Ratlosigkeit zu werden. Haben Sie nun was für mich oder nicht?«

Mirko nahm einen Zug aus seinem Becher. Er hasste es, angepöbelt zu werden. In solchen Momenten blieb er die Antwort exakt so lange schuldig, wie der andere brauchte, um sich brüskiert zu fühlen.

Der alte Mann starrte ihn an.

»Ja, ich habe jemanden«, sagte Mirko. »Eine Frau. Sie hört auf den Decknamen Jana.«

»Serbin?«

»Geboren und aufgewachsen in Belgrad.«

»Gut!«

»Spricht außer Serbisch fließend Deutsch, Italienisch und Englisch. Ich würde sie zu den zehn gefragtesten Spezialisten der Welt rechnen.« Er machte eine Pause. »Und zu den zehn teuersten.«

Die Augen des Alten verengten sich zu Schlitzen. Mirko sah, dass ihn die Nachricht erregte.

»Mehr«, drängte er. »Sie müssen schon ein bisschen präziser werden.«

»Es gibt nicht viel zu präzisieren. Ich konnte noch nicht mit ihr persönlich zusammentreffen. Das ist so gut wie unmöglich. Sie benutzt verschiedene Tarnungen, aber man kommt über Umwege immerhin an ihren Finanzdirektor. Neunundneunzig Prozent aller Anfragen lehnt er grundsätzlich ab. Diese fand sein Interesse. Er hat mit ihr darüber gesprochen.«

»Eine Terroristin mit Finanzdirektor?«

»Nicht doch«, sagte Mirko, ohne sich den Spott verkneifen zu können. »Terrorismus ist ein schlimmes Wort, das hört man in der Branche nicht so gern.«

»Sie meinen, ich könnte die Dame kränken?«, kicherte der Alte.

»Nein«, gab Mirko ruhig zurück. »Sie werden überhaupt nie die Gelegenheit haben, sie zu kränken, weil Sie nicht mit ihr zusammenkommen werden. Aber ich werde es tun. Falls wir – falls Sie! – ihren Preis akzeptieren.«

»Sie weiß, worum es geht?«

»Sie weiß, um wen es geht.«

»Und?«

Mirko zuckte die Achseln. »Haben Sie fünfundzwanzig Millionen übrig?«

Im Gesicht seines Gegenübers machte sich Erstarrung breit. Einen Moment lang wirkte der Mann wie sein eigenes Memorial.

»Dafür will ich ein Wunder«, sagte er tonlos.

»Jana geht davon aus, dass Sie eines wollen«, sagte Mirko. »Es gibt nicht viele Möglichkeiten, dieses Wunder zu vollbringen, aber dass fünfundzwanzig Millionen viel Geld sind, weiß sogar sie.«

»Und was ist alles drin in diesen… fünfundzwanzig Millionen?«

»Jana. Ihr Kopf, ihre Ideen, die Ausführung.«

»Sonst nichts?«

»Material und Spesen gehen extra. Auch die Branche arbeitet marktwirtschaftlich. Natürlich sagt uns der gesunde Menschenverstand, dass es andere Gelegenheiten gibt, Ihren Auftrag auszuführen. Mit mehr Aussichten auf Erfolg. Weniger schwierig. Der Preis würde sich mindestens halbieren.« Er machte eine

Pause. »Aber Sie wollen das Brett ja unbedingt an der dicksten Stelle anbohren.«

Der Alte beugte sich vor. Seine blauen Augen leuchteten.

»Wir sprechen hier von einer unabdingbaren Notwendigkeit«, sagte er. »Aber natürlich geht mein Ansinnen noch darüber hinaus. Ich will einen Aufschrei! Etwas, wonach die Welt sich schneller dreht! Mir ist klar, dass es einfachere Möglichkeiten gibt. Wo es eine gibt, gibt es Tausende. Aber die Macht der Symbolik liegt im Wie und Wo und Wann! Ich will diesen einen Tag, Mirko. Ich werde Ihnen sogar sagen, welche Minute und welchen Quadratmeter! Und wenn es tausendmal unmöglich ist, werde ich für fünfundzwanzig Millionen verlangen, dass es geschieht! Ist das klar? So spektakulär, so beschämend für unsere Feinde, dass zuerst die Titelseiten und dann die Geschichtsbücher voll davon sein werden.«

»Oh. Sie wollen in die Geschichte eingehen?«

»Ich bin in die Geschichte eingegangen! Jetzt mache ich mich persönlich daran, sie umzuschreiben.«

Mirko sah auf seine Fingernägel.

»Es steht mir natürlich nicht zu…«, sagte er gedehnt.

»Was?«

»Ich dachte nur einen Moment lang, dass unserer kleinen Aktion doch mehr zugrunde liegen müsste als Ihre persönlichen Animositäten. Ich meine, bei fünfundzwanzig Millionen.«

Der Alte klappte die Lippen nach innen und produzierte ein Haifischlächeln.

»Sie nehmen sich in der Tat einiges heraus. Aber das gefällt mir. Wer mir in den Arsch kriechen will, nimmt jahrelange Wartezeiten in Kauf, der Andrang ist beträchtlich. Ich hätte es Ihnen ohnehin gesagt, schließlich sind Sie mein strategischer Feldherr.« Er zwinkerte. »Sie sehen, ich lebe in der beruhigenden Gewissheit, Sie überall ausfindig zu machen, falls Sie mein Vertrauen enttäuschen sollten.«

»Wie Sie schon letztes Mal bemerkten.«

»Man kann den Dingen nicht genug Nachdruck verleihen. Sagen Sie dieser Dame, ich akzeptiere ihre fünfundzwanzig Millionen, sobald ich ihre Referenzen überprüft habe. Sie hat doch welche?«

Mirko lächelte.

»Wenn Sie in Russland jemanden anheuern wollen, können Sie wählen zwischen halblegalen professionellen Boxervereinen, Veteranen aus dem Afghanistankrieg, Spezialeinheiten der Polizei, Ex-KGB-Offizieren und Beamten des Innenministeriums. Es gibt ein Klassifikationssystem innerhalb der Branche. An der Spitze stehen ehemalige Angehörige des Militärischen Geheimdienstes oder aus der 1. Abteilung des KGB. Die Auswahl ist beträchtlich, und dennoch haben einige der einflussreichsten Vertreter der Moskauer Mafiokratie auf Jana zurückgegriffen. Sie taucht auf, macht ihren Job und hinterlässt keine Spuren, beziehungsweise nur solche, die sie hinterlassen möchte. Die Russen schätzen ihre Zuverlässigkeit, übrigens auch der israelische Geheimdienst. Jana ist absolut neutral, solange es nicht um serbische Belange geht. Ich stelle Ihnen ein paar Details zusammen, das meiste werden Sie aus den Nachrichten kennen. Jedenfalls haben Sie da alles, was Sie wollen. Die erste Garnitur, einhundert Prozent serbisch, meines Wissens im höchsten Maße patriotisch.«

»Hm.«

»Im Ernst«, bekräftigte Mirko, innerlich belustigt. »Jana glaubt an die serbische Sache. Sie ist aus dem serbischen Separatismus hervorgegangen.«

Der Alte sah ihn abschätzig an. Dann nickte er.

»Meinetwegen. Sie kann eine Million sofort haben, den Rest bei Vertragserfüllung. Falls sie damit Probleme hat, suchen wir uns jemand anderen.«

»Sie wird darauf eingehen.«

»Und wie stelle ich sicher, dass sie sich an die Vereinbarungen hält, falls wir welche mit ihr treffen? Mit einer Million in der Tasche lässt es sich gut türmen.«

»Unsinn«, sagte Mirko. »Würde Jana so denken, wäre sie längst tot. Im Übrigen, der Garant bin ich. Da Sie mich ja überall auf der Welt finden, können Sie beruhigt schlafen.«

Der Alte rieb sich das Kinn. Er wirkte auf Mirko, als schwanke er zwischen Entschlossenheit und Ratlosigkeit.

»Zweifel?«

»Es ist die mit Abstand höchste Gage, die ich je einem Menschen gezahlt habe«, brummte sein Gegenüber. »Kann sie den Erfolg garantieren?«

»Nein.«

»Aber…«

»Kennen Sie Dr. Georges Habasch? Natürlich nicht, Sie sind ein Ehrenmann. Er ist der Begründer des modernen länderübergreifenden Terrorismus, wenn Sie so wollen. Und er hat –«

»Woher sollte ich solche Leute kennen?«, unterbrach ihn der Alte mit einem Anflug von Ärger.

Mirko verschlug es einen Moment die Sprache.

»Die Frage stellen Sie doch wohl nicht im Ernst?«, sagte er. »Aber gut, wahrscheinlich setze ich zu viel voraus. Habasch gilt als Gründer der Volksfront zur Befreiung Palästinas. Ihm zufolge ist der wichtigste Punkt, Ziele auszuwählen, die hundertprozentigen Erfolg versprechen. So lapidar das klingt, es ist die Regel, an die sich alle zu halten versuchen. Terrorismus funktioniert heute ähnlich wie eine Karriere in einem Konzern oder in der Politik. Man fragt nach Ihren Zeugnissen und Referenzen. Niemand, der seinen Marktwert steigern möchte, wird einen Misserfolg auch nur erwägen, aber jeder Professionelle weiß, wie schmal der Grat ist. Es kommt darauf an, welche Anforderungen Sie stellen. Wollen Sie jemanden nur töten oder auf eine ganz bestimmte Weise töten, an einem ganz bestimmten Ort, zu einem ganz bestimmten Zeitpunkt? In gleichem Maße, wie sich die Anforderungen summieren, verringern sich die Chancen, dass es klappt, so ist das nun mal. Aber *wenn* es klappt… dann – wie sagten Sie so treffend? – dreht sich die Welt ein bisschen schneller. Dann spielen Sie plötzlich in der Oberliga.«

»Welche Referenzen hatte denn dieser… Habasch?«

Mirko lächelte. »München, 1972. Olympiade. Sie haben elf israelische Athleten ermordet, wissen Sie noch? Ausgerechnet in Deutschland. Es gab ein Blutbad, auch ein paar Palästinenser gingen drauf, und die anderen wurden verhaftet. Nimmt man Habaschs Regel wörtlich, war die Aktion ein ebensolcher Fehlschlag wie die missglückte Befreiung durch die deutsche Polizei. Aber dafür nahm die Welt erstmals wahr, dass es überhaupt ein israelisch-palästinensisches Problem gab. So gesehen also wieder ein Erfolg. Es ist immer die Frage, wie Sie Erfolg definieren.« Er machte eine Pause. »Der Punkt ist, es hätte der Volksfront nichts gebracht, irgendwelche El-Al-Büros in die Luft zu jagen. Es ging explizit darum, den Israelis ihre wichtigsten Leute zu nehmen. Da sie an die Politiker nicht rankamen, verlegten sie sich eben auf die Sportler und Künstler.«

Der alte Mann nagte an seiner Unterlippe.

»Sie meinen, es gibt tatsächlich keine Garantie?«

»Nicht für das, was Sie vorhaben. Aber es gibt eine Garantie für den Effekt, wenn es hinhaut. Aus dieser Zwickmühle kann ich Ihnen auch nicht raushelfen. Sie wollen eine Inszenierung. Gut. Wenn Sie Pavarotti buchen, und er hat an dem Abend Grippe, ist das Scheitern ebenso fulminant, wie es der Erfolg gewesen wäre. Carlos hat einen Millionendeal platzen lassen, weil Nebel war und er sein Opfer nicht sehen konnte. Das passiert. Die IRA hat als erste Organisation eine mikrochipgesteuerte Bombe zum Einsatz gebracht, um Maggie Thatcher in die Luft zu sprengen. Sie hatten das Ding Wochen vorher platziert. Dummer Zufall, dass es nicht klappte. Oder nehmen Sie Ghaddafi. Er war mächtig sauer wegen der amerikanischen Bombardierung von Tripoli und Bengasi zwei Jahre zuvor, also bat er Carlos und die Japanische Rote Armee um Hilfe. Lauter Spitzenleute. Sie ließen es in einer US-Luftwaffenbasis krachen, vor amerikanischen Militärclubs. Die Krönung sollte ein Anschlag mitten in Manhattan sein, mit Hunderten von Toten. Dummerweise geriet der Mann, der die Sprengkörper platzieren sollte, in eine routinemäßige Verkehrskontrolle, und alles flog auf. Tja. Hohe Ziele, hohe Risiken.«

Der alte Mann sagte nichts.

Schließlich fragte Mirko: »Und? Was soll ich Jana sagen? Wollen Sie sich die Sache noch mal überlegen?«

»Nein! Sie soll sich verdammt noch mal was einfallen lassen.« Der Alte legte die Fingerspitzen aneinander. »Der Preis klingt höher, als er ist. Ich trage die Kosten ja nicht ganz allein. Sobald das Abkommen steht, werde ich Sie über sämtliche Einzelheiten ins Bild setzen.« Er lächelte wieder sein Haifischlächeln. »Sie sollen nicht dumm sterben, Mirko. Ursächliche Zusammenhänge von größter Delikatesse werden sich Ihnen offenbaren. Sie dürfen gespannt sein.«

»Ich bin gespannt, ob ich Recht behalte«, sagte Mirko, der langsam Gefallen an dem Katz-und-Maus-Spiel fand, das sein Gegenüber betrieb. »Ich würde sagen, wir addieren Hass und Patriotismus und multiplizieren es mit den wirtschaftlichen Interessen einer größeren Clique, die Ihnen finanziell unter die Arme greift. Den Hass bezahlen Sie, den Patriotismus Ihre politischen Freunde, und der Rest kommt von den schwarzen Konten der Konzerne. Bin ich in etwa auf der richtigen Fährte?«

»Willkommen im Trojanischen Pferd«, sagte der Alte und klatschte in die Hände.

Mirko neigte leicht den Kopf.

Der Hofnarr macht einen Knicks und lässt die Schellen bimmeln, dachte er. So überlebt man im Zweifel seinen König.

1999. 15. JUNI. KOELN. AIRPORT

Das Erste, was Prof. Dr. Liam O'Connor erblickte, als er kerzengerade an der Stewardess vorbeidefilierte, war eine Röhre von Escher'schen Eigenheiten. Reste seines Verstandes sagten ihm, dass sie eigentlich nur aus der gelandeten 727 ins Innere des Terminals führte. Zwanzig Meter weiter, wo er die vor ihm ausgestiegenen Passagiere verschwinden sah, lauerte bei näherer Betrachtung wahrscheinlich auch kein kosmisches Wurmloch, um ihn aus Raum und Zeit in eine andere Galaxis zu schleudern, sondern schlicht eine Kurve. Er versuchte sich zu erinnern, wie man Kurven berechnete, wenn die Gesamtmotorik schon am aufrechten Gang zu scheitern drohte. Im Geiste unterwarf er das vor ihm liegende Gebilde einer knappen mathematischen Analyse und gelangte zu dem Schluss, im Flugzeug sei es sicherer. Er machte kehrt, um wieder hineinzugelangen.

»Dr. O'Connor?«

Das lächelnde Gesicht einer zweiten Stewardess, die so tat, als schlage ihr nicht das Odor zwölf Jahre alten Whiskys entgegen. Er stierte sie an, wurde sich der Tatsache bewusst, dass er die Frau anstierte, und stierte sie noch mehr an.

»Haben Sie etwas vergessen?«

Eine gelungene Frage. Hatte er etwas vergessen? Waren sie überhaupt schon gelandet?

Erneut machte er kehrt und sah sich wieder mit der Röhre konfrontiert, die mittlerweile an Länge hinzugewonnen zu haben schien und eindeutige Anzeichen von Erwärmung zeigte! Nicht anders war es zu erklären, dass der Menschenstrom, der sich höflich bis rabiat an ihm vorbeidrückte, so geschwind in den ominösen Knick hineingesogen wurde. Offenbar wechselte das System in einen höheren Energiezustand. Er war in einem Teilchenbeschleuniger gelandet. Wartete er noch ein Weilchen, würde er auf Lichtgeschwindigkeit beschleunigt und seine Masse unendlich werden.

Ach nein. Das ging ja nicht. Jedenfalls nicht so.

»Ich kann da nicht reingehen«, sagte er.

Die Stewardessen warfen einander hilflose Blicke zu und lächelten synchron. O'Connor überlegte. Wenn es gelang, das Lächeln aller Stewardessen des bekannten Universums zu synchronisieren und in einem Resonator rückzukoppeln, müsste man einen gebündelten Freundlichkeitsausstoß von unvorstellbarer Intensität erhalten! Man würde pausenlos gefragt werden, ob man noch etwas trinken wolle.

»Wir möchten Sie ganz herzlich in KölnBonn willkommen heißen, Dr. O'Connor«, sagte eine Stimme, die empirisch keiner der beiden Stewardessen zuzuordnen war.

Erneut veränderte O'Connors Körper seine Position. Sein Wahrnehmungsvermögen schleifte ein wenig hinterher und produzierte Bilder von seltener Rätselhaftigkeit auf der Netzhaut – auch die Masse der Stewardessen schien unendlich geworden zu sein. Dann sah er wieder klar. Ein Mann mit Litzen und Gold auf der Mütze strahlte ihn an. O'Connor beschlich der Verdacht, es müsse sich um den Piloten handeln, aber beweisen ließ sich das natürlich erst nach aufwendigen Messungen.

»Wenn Sie sich Frau Schiffer anvertrauen wollen«, sagte der mathematisch nicht nachgewiesene Pilot, »werden Sie jetzt in die Lufthansa-Lounge geführt, wo Ihr Begrüßungskomitee und ein Willkommenscocktail auf Sie warten.«

Täuschte er sich, oder hatte ihn der andere beim Wort Willkommenscocktail blöde angegrinst? Es gab keine Veranlassung, über Alkohol Witze zu machen. Nicht, wenn die unmittelbare Gefahr bestand, in einem harmlos aussehenden Gang von elektromagnetischen Kräften umgetrieben zu werden.

Es half alles nichts. O'Connor räusperte sich.

»Ich werde jetzt eine andere Wellenform annehmen«, sagte er nicht ohne Würde, drehte sich langsam um und betrat den Gang mit Todesverachtung. Es ging ein wenig abwärts, und tatsächlich wurde er, ganz wie er es vorausgesehen hatte, ein bisschen schneller. Oben und Unten machten Anstalten, die Plätze zu tauschen, beließen es jedoch bei einer leichten Krümmung des Kontinuums. Sonst tat sich nichts Bedenkliches.

»Dr. O'Connor!«

Was war jetzt schon wieder?

»Würden Sie bitte… Könnten wir wohl das Glas hier behalten?«

Er stutzte. Erst jetzt fiel ihm auf, dass seine Rechte etwas umklammert hielt. Sein Langzeitgedächtnis identifizierte den Inhalt als irischen Whisky. Das Kurzzeitgedächtnis kam hinzu, versuchte zu präzisieren, seit wann er das Glas mit sich herumschleppte, gelangte zu keinem Resultat und verzog sich wieder.

O'Connor dachte nach.

»Nein«, sagte er.

Hinter sich konnte er sie tuscheln hören. Etwas in der Art wie, um Himmels willen, er kann doch nicht mit dem Glas, das geht doch nicht, ach was, lass ihm doch das dämliche Glas, wenn er dran hängt, ja, aber die Sicherheitsbestimmungen, und so weiter und so fort.

Ach ja, die Sicherheitsbestimmungen. Wieder drehte sich O'Connor um. In seinem ganzen Leben hatte er sich noch nicht so oft in einem fort herumgedreht wie hier.

Das Lächeln der Stewardessen war von ungetrübter Herzlichkeit. Eine von beiden betrat die Röhre und drückte ihm einen Aktenkoffer in die freie Hand.

»Den haben Sie vergessen«, sagte sie freundlich. »Ich bringe Sie jetzt zur Lounge, Dr. O'Connor. Das Glas dürfen Sie behalten.«

»Herzlich willkommen in KölnBonn«, wiederholte der Pilot und winkte. »Würde uns freuen, Sie mal wieder an Bord zu haben.«

Die zweite Stewardess sagte nichts und lächelte weiter, aber ihr Blick ging eigene Wege. Er sagte, Herzlich willkommen, Dr. O'Connor. Es würde uns freuen, wenn Sie draußen in einen Haufen Hundescheiße treten und auf die Fresse fallen.

Hatte er irgendwas gemacht?

»Habe ich irgendwas gemacht?«, fragte er die Stewardess, die theoretisch Frau Schiffer sein musste, weil sie ihm voraus- und er ihr hinterherging. Seit wann taten sie das? Wie lange waren sie schon in der Röhre unterwegs? Sekunden? Stunden?

Sie schüttelte den Kopf und sah ihn aus grünen Augen an, während sie unaufhaltsam der Kurve zustrebten.

»Sie haben gar nichts getan, Dr. O'Connor.«

»Lügen Sie mich nicht an«, sagte er sehr bestimmt. »Die Frau da ist ganz anderer Meinung.«

»Nun ja.« Frau Schiffer bleckte die Zähne. »Sie sind doch Physiker, stimmt's?«

»Ja. Warum?«

Sie zuckte die Achseln.

»Na, dann werden Sie Frau Klum wohl zu rein wissenschaftlichen Zwecken in den Hintern gekniffen haben.«

Sie erreichten die Kurve. Während O'Connor noch fieberhaft überlegte, wie er darauf antworten sollte, beschrieb sein Körper eine makellose Neunzig-Grad-Drehung und folgte Frau Schiffer auf ihrem Weg zur Passkontrolle.

»Wissen Sie, was ein Teilchenbeschleuniger ist?«, rief er beglückt.

Sie sah sich zu ihm um und hob die Brauen.

»Ja. Ich schätze, so was wie Sie.«

1998. 04. DEZEMBER. LIGURIEN. TRIORA

»Es könnte tatsächlich so etwas wie ein mathematisches Exempel werden«, sagte Jana. »Ich habe oft darüber nachgedacht, ob man unsere Arbeit in Formeln ausdrücken kann. Etwas Verbindliches, das uns sagt, ob der Wahnsinn unterm Strich mehr als null ergibt.«

»Sie glauben, es ist Wahnsinn?«, fragte Mirko.

»Ja. Sie nicht?«

»Kommt drauf an. Können Sie die Person töten?«

Jana antwortete nicht sofort. Mit langsamen Schritten gingen sie durch das Passagenwerk aus mittelalterlichen Arkaden, Durchlässen und Bogengängen des Quartiere della Sambughea. Die Gasse wurde schmaler und endete vor einem halbverfallenen Haus. Im düsteren Labyrinth des ältesten Viertels von Triora war sonst niemand unterwegs um diese Zeit. Jana hatte das Dorf in den ligurischen Bergen aus mehreren Gründen vorgeschlagen. Sie hatte am Nachmittag geschäftlich in San Remo zu tun, keine dreißig Kilometer entfernt, und Triora lag auf dem Weg. Vor allem jedoch waren sie hier ungestört. Niemand interessierte sich für zwei serbisch sprechende Touristen, die offenbar der finsteren Vergangenheit des Ortes nachspürten, dem Schrecken der dreißig Frauen, die 1587 im Auftrag der kirchlichen Inquisition und eines Kommissars aus Genua hier zu Tode gefoltert worden waren.

Mirko war in den frühen Morgenstunden auf dem Turiner Flughafen gelandet und von einem jungen Mann erwartet worden, dem er sich vereinbarungsgemäß als Signor Biçic vorgestellt hatte. Der Mann geleitete ihn daraufhin zu einer Mercedes-Limousine und ließ ihn auf dem Rücksitz Platz nehmen. Mirko hatte sich nicht die Mühe einer Konversation gemacht, während sie Turin verließen, ein Stück Autobahnring entlangfuhren und dann auf die A4 in Richtung Cuneo abbogen. Der Bursche war nur ein Chauffeur mit dem Auftrag, ihn zu einem bestimmten Ort zu bringen. Es überraschte Mirko keineswegs, als der Wagen wenige Kilometer vor Asti auf einen Parkstreifen fuhr, wo ihn ein anderer Mann in Empfang nahm, ein Yuppie-Typ mit elegantem Anzug, akkurat gescheiteltem Haar und Hornbrille. Die Fahrt ging weiter, diesmal in einem silbergrauen Alpha 164, schweigsam bis auf einige wenige Floskeln, die sie austauschten und deren Inhalt sich vornehmlich um die Schönheit der Landschaft und die hervorragenden Weine des Piemont drehten. Mirko war davon überzeugt, Janas legendären Finanzdirektor neben sich zu haben, mit dem er bis jetzt nur über Mittler in Kontakt getreten war, aber er stellte keine entsprechenden Fragen. Da er von Wein nicht viel verstand, versickerte die Konversation nach wenigen Kilometern und wich meditativem Schweigen.

Er hatte wenig Neigung verspürt zu erfahren, an welchen Ort der andere ihn bringen würde. Es war jedes Mal das Gleiche. Irgendwo hinfahren oder hingefahren werden, wo sich die Hühner gute Nacht sagten. Mitunter waren es mühselige Fahrten und freudlose Ziele wie die verfallene Klosterkirche, dann wieder gut situierte Restaurants oder Theaterfoyers. Am häufigsten hatte man ihn in Hotelzimmer zitiert. Mirkos einzige Hoffnung galt der Aussicht, im Anschluss an das folgende Gespräch einen Teller Pasta zu bekommen. Mirko liebte Pasta. Er litt schrecklichen Hunger, weil er – wenngleich weit davon entfernt, ein Gourmet zu sein – den Flugzeugfraß wie immer nicht hinunterbekommen hatte.

Er sah aus dem Fenster und erfreute sich an der Landschaft.

Am späten Vormittag erreichten sie Triora. Der junge Mann ließ ihn aussteigen und erklärte ihm den Weg durch die Gassen zur Bibliothek. Sie war nur im August geöffnet. Es spielte keine Rolle. Niemandem ging es an diesem Tag um Bücher oder Schriften.

Hier war es, wo Mirko zum ersten Mal mit Jana zusammentraf.

Im Allgemeinen pflegte er sich keine Vorstellung von anderen Leuten zu machen, bevor er sie nicht persönlich in Augenschein genommen hatte. Es war spekulativ und lohnte nicht die Mühe der Imagination. Nach wie vor war der Markt jedoch von Männern dominiert, und so war selbst Mirko letztlich dem Reiz erlegen, Jana a priori Gesicht und Statur zu geben. Viel war ihm nicht dazu eingefallen, allenfalls jemand mit den äußerlichen Attributen einer Sigourney Weaver, hochgewachsen und kantig, vielleicht nicht so attraktiv, aber durchaus in der Lage, sich nötigenfalls mit dem Teufel oder einem Dutzend Aliens anzulegen.

Die mittelgroße Frau mit den ansprechenden Zügen und dunklen Augen, gut aussehend und zugleich jemand, an dem man in der Menge vorbeiging, erschien ihm auf den ersten Blick unpassend. Sie trug das rotbraune Haar schulterlang und gewellt. Ihre Kleidung war elegant bis unauffällig, ihre Stimme weder laut noch leise. Einen Moment lang war Mirko enttäuscht, bis er ihre

Körperspannung gewahrte und begriff, dass er auf eine Hülle blickte, und er erkannte die Maschinerie der Präzision und das Chamäleon in ihr. Hier und jetzt sah er nur, was Jana ihn sehen lassen wollte. Einen Menschen, an den man sich nicht erinnerte. Morgen mochte sie die Pennerin an der Straßenecke sein, am selben Abend der glamouröse Mittelpunkt einer Dinnerparty. Jede Bewegung, als sie einen Schritt auf ihn zumachte, signalisierte ihm, dass die Frau mit dem Decknamen Jana alles und jeden ihrer Kontrolle unterwerfen würde, wenn es drauf ankam.

Sie gaben einander die Hand und begaben sich auf einen harmlosen Spaziergang durch die düstere Geschichte des Ortes.

Mittlerweile hatte sich das mittelalterliche Grauen der »Hexenhochburg« zur Sehenswürdigkeit gewandelt. Sie passierten die Cabotina, eine Ruine, die den angeblichen Hexen als Treffpunkt gedient hatte. Trioras finstere Vergangenheit übte einen morbiden Reiz auf Mirko aus. Nichts in dem Geflecht aus überbauten Gängen, das sie durchquerten, ließ die helle Leichtigkeit der Riviera erahnen, die nur eine halbe Autostunde entfernt lag. Im Dezember waren die ligurischen Berge in Dunst gepackt, der selten einen Blick auf die blasse Scheibe der winterlichen Sonne freigab. In die Hohlwege fand das spärliche Licht so gut wie gar nicht, sie schlossen die Gegenwart aus und jede Freundlichkeit und Wärme.

Janas Silhouette verschmolz mit den Schatten, bis die Häuserkaskade nach einer Biegung jäh abbrach und sie hinaustraten auf eine verborgene Terrasse. Mirko folgte ihr ohne Hast. Flechten, Moose und wilder Wein überwucherten das Mauerwerk der Brüstung. Es roch nach modrigem Stein. Einige Meter weiter endete eine eingestürzte Treppe im Nichts, dahinter ging es steil abwärts. Der Platz ruhte auf den Resten der mittelalterlichen Befestigungsanlagen, jenseits derer sich der Blick ins Tal und auf das verhangene Graugrün der Berge öffnete.

Mirko genoss die Stille. Kein Platz schien geeigneter, um in Ruhe über den Tod zu sprechen. Es gab nicht vieles, was ihn wirklich berührte, aber Stille gehörte dazu. Sie war ein Luxus und umso schöner, als man sie kaufen konnte. Insgeheim war er Jana dankbar, dass sie ihn hierher geführt hatte, wenngleich solche Empfindungen für den Inhalt ihrer Zusammenkunft ohne Belang waren. Er beschloss, das kleine Gefühl des Friedens in sich zu bergen und beizeiten abzurufen, wenn ihm danach war.

»Können Sie es?«, wiederholte er seine Frage.

»Man kann alles, wenn man nur will«, sagte Jana gleichmütig.

»Ja, aber können Sie es? Unter diesen Umständen?«

»Die Aufgabe ist in der Tat sehr reizvoll«, erwiderte sie. »Ich würde sagen, die Bedingungen treiben die Wahrscheinlichkeit gegen null. Andererseits wäre der Effekt gewaltig. Kein Zeitpunkt könnte besser gewählt sein. Die Frage ist, ob es sich dafür lohnt, einen Fehlschlag zu riskieren.«

»Über Fehlschläge wollte ich eigentlich nicht mit Ihnen reden.«

»Das ist mir schon klar.« Sie sah ihn prüfend an. »Kommen Sie, Mirko. Sie wissen ebenso gut wie ich, was Ihre Auftraggeber da von uns verlangen. Ich habe Ihnen meinen Preis gesagt ...«

»Und ich habe ihn weitergegeben.«

»... aber damit wird es nicht getan sein. Und garantieren kann ich schon gar nichts.«

Mirko schüttelte den Kopf.

»Ich erwarte keine Garantie.« Er ging bis nah an die Brüstung und sah in die Tiefe. »Nicht dafür, dass es gelingt. Ich will eine Garantie dafür, dass Sie es können.«

Jana trat neben ihn.

»Was, wenn ich Ihnen diese Garantie gebe?«

»Dann sind wir im Geschäft. Die Leute, die mich beauftragt haben, gehen davon aus, dass Sie sich die Sache sehr genau überlegen. Ich habe ihnen gesagt, dass Sie es unter fünfundzwanzig Millionen nicht machen. Das haben sie geschluckt. Sie denken nun, wir müssten alles unternehmen, um Sie für das Projekt zu gewinnen, obwohl ihnen dabei nicht ganz geheuer ist. Wie sehr Sie selbst an den fünfundzwanzig Millionen interessiert sind, habe ich natürlich vergessen zu erwähnen.«

»Warum wollen die gerade mich?«

»*Ich* will Sie. Weil Sie die Beste sind. Ich sage das widerstrebend, es festigt Ihre Position und damit den Preis, aber so ist es nun mal.«

60

»Es gibt andere Spezialisten.«

»Nicht für den Job. Wir brauchen jemanden, der auf ganz neue Ideen kommt. Auf etwas derart Abwegiges, dass niemand damit rechnen wird.« Mirko zögerte. »Für all das gäbe es sicher noch ein paar andere. Aber es kommt etwas hinzu, das meinen Auftraggebern sehr wichtig ist.«

»Was?«

»Sie sind Serbin.«

Janas Gesicht blieb reglos.

»Ich bin neutral«, sagte sie schließlich.

Mirko rupfte Moos aus den Ritzen der grob gefügten Steinmauer, zerrieb es zwischen seinen Fingern und roch daran. Der Duft hatte etwas Beruhigendes.

»Sie sind nicht neutral«, sagte er und sah Jana direkt in die Augen. Sie wich seinem Blick nicht aus. Durch nichts ließ sie erkennen, dass er ihren wunden Punkt getroffen hatte, aber Mirko ließ sich nicht täuschen. »Ihre Neutralität beschränkt sich auf Ihre Tätigkeit der freien Mitarbeit, wenn reiche Leute ein Problem zu lösen haben. Darin sind Sie kaum zu schlagen. Aber ich bin selbst Serbe, Jana. Ich weiß, dass Sie sich etwas anderes für unser Land vorstellen. Wenn Sie die impertinente Einmischung in unsere Geschichte ebenso satt haben wie ich, dann sind Sie nicht neutral.«

Es war ein Schuss ins Blaue. Janas Gesicht zeigte immer noch keine Regung. Sie wandte sich ab und ging ein paar Schritte von der Mauer weg.

Mirko wartete. Er war sicher, dass der Stachel ins Fleisch gedrungen war. Sie mochte sich selbst verleugnen, jeden Tag aufs Neue. Aber nicht ihr Land. Er konnte sich nicht so sehr getäuscht haben!

»Wer sind Ihre Auftraggeber?«, fragte sie.

»Das Trojanische Pferd ist mein Auftraggeber. Fragen Sie mich nicht, wer drin sitzt.«

»Genau das frage ich Sie.«

Mirko antwortete nicht.

Sie kam zurück und baute sich dicht vor ihm auf.

»Ich habe für Arkan und Dugi gearbeitet«, sagte sie. »Jahrelang. Ich kenne jeden, der mit den serbischen Milizen zu tun hatte. Die Paramilitärs hängen alle irgendwie an den Fäden der Milizenführer, niemand von denen ist mir fremd. Ich kenne die offiziellen und inoffiziellen Köpfe der Serbischen Garde und der Erneuerungsbewegung. Sie gehören nicht dazu, Mirko. Zu keinem. Also – wer bleibt in Serbien, der Sie zu mir geschickt haben könnte?«

»Ich kann und werde Ihnen das nicht sagen.«

»Dann kann und werde ich Ihnen nicht helfen.«

»Doch, das werden Sie. Weil Sie sich an Ihren zehn Fingern abzählen können, wer mich geschickt hat. Ist Ihnen während Ihrer Zeit bei den Milizen je ein Befehl, eine Anordnung, irgendetwas sonst untergekommen, das direkt aus Belgrad kam? Ich meine, von höchster Stelle? Natürlich nicht, aber das ist nur der faktische Beweis staatsmännischer Intelligenz. Dahinter steht eine Entschlossenheit ganz anderer Qualität, Gedanken von einer Tragweite, wie sie einem Arkan oder Dugi niemals kämen! Sie kennen nicht jeden, Jana, weil Sie nicht zu jedem vorgedrungen sind. Darüber hinaus hat unser Land immer noch ein paar starke Freunde, auch wenn wir im Moment dastehen wie eine Bande von Schlächtern. Wir sind allzu beliebt geworden. Es hilft dem Westen, die Palästinenser zu vergessen, Ruanda, die Kurden im Irak und in der Türkei, die Menschen in Tibet. Der Westen hat den Feind aller Werte endlich vor der Haustür. Wie praktisch. Falls die Nato Ernst macht mit ihrer Drohung und wirklich Bomben auf Serbien wirft, stünde der zu erwartende Konflikt in bestem Einklang mit westlichen Wirtschaftsinteressen. Ein Krieg in der Türkei wirft keinen ökonomischen Profit ab. Ein Krieg im Herzen Europas ist hingegen reiner Profit, der Dollar steigt mit den Raketen, und das nennen sie dann die neue Gerechtigkeit. Bravo zu diesem Krieg der Werte, ich sehe ihn kommen. Keiner von denen, die das Gespenst der Intervention heraufbeschwören, will eine humanitäre Katastrophe verhindern, sie wollen schlicht und einfach ihren Machtbereich ausdehnen. Wollen Sie das geschehen lassen, Jana? Sollen wir das kampflos hinnehmen? Die Russen sehen unsere Position zum Beispiel anders, und nicht nur sie.« Er machte eine Pause. »Wie viel muss ich noch verraten, ohne etwas zu sagen?«

»Warum reden die nicht selbst mit mir?«

»Weil sie es nicht können und auch nicht wollen. Manche Aufträge werden nie erteilt, das muss ich Ihnen doch nicht erzählen, Jana! Die reden mit mir, und ich rede mit Ihnen.«

»Und jetzt erwarten Sie, dass wir uns heulend in die Arme fallen und das Kosovo Polje heraufbeschwören?«

Mirko verzog das Gesicht.

»Dafür mangelt es mir am nötigen Sentiment. Aber ich glaube schon, dass wir ein Zeichen setzen müssen. Die Welt braucht ein Zeichen. Offen gesagt, ich bin mir nicht sicher, ob ich alles in Serbien liebe. In den Katalog der Zweifel gehören auch die Ansichten eines einzelnen alten Mannes. Aber ich weiß sehr genau, wen oder was ich hasse! Ich kenne die Sicht des innersten Zirkels, Jana, und sie stellt sich mir ein bisschen anders dar als möglicherweise einem Gerhard Schröder oder Bill Clinton oder Tony Blair. Wenn Sie wollen, können Sie das Patriotismus nennen. Mir sind solche Begriffe schnuppe, sie beschreiben nicht die Wirklichkeit, aber an irgendetwas muss man sich ja festhalten.«

»Sie sagten, ich bin denen nicht geheuer.«

Mirko schwieg eine Weile. Dann nickte er langsam.

»Sie haben Ihr Land verlassen«, sagte er.

»Unsinn. Ich bezweifle, dass Ihr Trojanisches Pferd weiß, wer Jana ist und woher sie kommt. Was spielt es für eine Rolle, welcher Nationalität sie ist? Ihre Leute brauchen einen Profi. Emotionen sind hier völlig fehl am Platz, geben Sie mir da Recht?«

»Grundsätzlich ja. Aber die sind nun mal emotional, was soll ich machen? Im Übrigen wissen sie sehr wohl, dass Jana Serbin ist. Und dass sie Serbien den Rücken gekehrt hat, auch.«

»Na und?«

»Man fragt sich dort, warum. Ich habe klargestellt, dass es nichts mit Ihrer Einstellung zu tun hat, aber sie wollen Gewissheit erlangen, ob Sie Ihr Vaterland... na ja, ob Sie einen gewissen Idealismus mitbringen. Sie möchten einfach, dass Sie persönlich von der Sache überzeugt sind.«

»Sind Sie es denn?«

»Ja.«

Erstmals trat eine gewisse Nachdenklichkeit in Janas Züge. Mirko wartete darauf, dass sie den Faden aufnehmen würde, aber sie sagte nur:

»Welche Garantien bekomme ich von Ihnen?«

»Eine Million ohne Vorleistung.«

»Wann?«

»Wann immer Sie wollen«, sagte Mirko. »Danach gehen Sie an die Arbeit. Ziehen Sie es dennoch vor, den Auftrag abzulehnen, geben Sie die Million zurück. Sie haben achtundvierzig Stunden Bedenkfrist. Wenn Sie sich gegen uns entscheiden, müssen wir uns wohl oder übel nach jemand anderem umsehen, aber wir möchten rasch Klarheit gewinnen. Die Zeit läuft uns davon. Ist das für Sie akzeptabel?«

Jana blickte an ihm vorbei hinaus ins Tal.

»Ich denke darüber nach.«

Mirko lächelte und breitete die Hände aus. »Gut. Haben Sie für den Moment noch Fragen?«

»Nein.«

Mirko ließ einige Sekunden verstreichen.

»Ich will noch etwas hinzufügen, was unserer Zusammenarbeit dienlich sein dürfte. Mir – und ich muss betonen, mir ganz allein nebst einer verschwiegenen Institution, die nur aktiv wird, falls ich mich über einen bestimmten Zeitraum hinaus nicht melde – ist bekannt, dass Sie unter dem Namen Laura Firidolfi auftreten. Ich weiß natürlich, dass das nicht Ihr wirklicher Name ist. In gewissen Kreisen hält sich wiederum das Gerücht, Jana sei identisch mit der untergetauchten Separatistin Sonja Cosic, geboren 1969 in Belgrad, Studium des Serbischen, der Physik und der Informatik, Patriotin durch und durch. Ich schätze, der eine oder andere dürfte es sogar mit einiger Verlässlichkeit bestätigen können. Meine Auftraggeber haben den Namen Laura Firidolfi nie gehört und werden ihn auch nicht zu hören bekommen, soweit es mich betrifft. Aber sie wissen um Ihre serbische Herkunft und gestatten sich aufgrund dessen die erwähnte Skepsis an Ihrer Gesinnung. Zusammengefasst sind Sie also in Personalunion Sonja Cosic, Laura Firidolfi und Jana. Die Liste Ihrer Inkarnationen dürfte damit kaum erschöpft sein. – Nun«, er drehte ihr sein Gesicht zu, »Sie sollen wissen, dass mich all das nicht im Geringsten interessiert. Aber wir werden Vertrauen zueinander fassen müssen. Ich bin meinerseits bereit, Ihnen die größtmögliche Offenheit entgegenzubringen, sobald wir eine gemeinsame Basis der Zusammenarbeit gefunden haben. Im Moment sollte dieses Vertrauen allerdings im gegenseitigen Verzicht bestehen, einander nachzuspionieren. Ich bin Ihnen ein Stück entgegengekommen, denn ich will nicht mit verdeckten Karten spielen. Dafür werden Sie meine Spielregeln beherzigen. Sie werden keinerlei Versuch unternehmen, Informationen über mich und meine Auftraggeber einzuziehen, mir zu folgen oder Leute auf mich anzusetzen. Meinerseits verspreche ich, keine Bemühungen in Gang zu setzen, um meinen Kenntnisstand über Sie, Ihre weiteren Identitäten und Ihre sonstigen Geschäfte und Verbindungen zu vertiefen. Können wir uns dahingehend verständigen?«

Jana schwieg. Dann lächelte sie. Es war das erste Mal seit ihrem Zusammentreffen, dass sie ihre Mimik einer Veränderung unterwarf.

»Ich hätte Sie um das Gleiche gebeten«, sagte sie. »Aber Sie haben Ihre Hausaufgaben ja schon gemacht.«

»Es liegt nicht in meinem Interesse, Ihnen Schwierigkeiten zu bereiten«, sagte Mirko freundlich. »Ganz im Gegenteil. Wir möchten Sie gewinnen. Wenn Sie sich entschließen, den Auftrag abzulehnen, hat unser Gespräch nie stattgefunden, mehr wird nicht geschehen. Sie werden dann erst wieder von mir hören, wenn ich mich für andere Zwecke Ihrer Fähigkeiten versichern möchte, falls das überhaupt jemals der Fall sein wird. Ich garantiere Ihnen in jeder Hinsicht Aufrichtigkeit und Loyalität, solange Sie sich an unsere Vereinbarungen halten. Einverstanden?«

»Wir sind hier in Italien, Mirko. Es gilt das gesprochene Wort.«

»Also sind wir uns einig?«

»Es wäre unsinnig, wenn sich Leute wie wir in die Haare geraten«, sagte Jana gelassen. »So etwas endet immer unerfreulich. Sie haben mir zwar eben einen Grund geliefert, Sie irgendwo in diesen schönen Bergen zu verscharren…«

»Ich weiß.«

»Aber ich mag Ihre Offenheit. Außerdem glaube ich kaum, dass ich so einfach zum Verscharren käme.« Sie nickte ihm zu. »Goliath gegen Goliath. Einverstanden bis dahin, Mirko.«

»Gut. Noch etwas. Falls Sie sich für uns entscheiden, werden wir die Operation gemeinsam in Angriff nehmen. Das heißt, Sie und ich. Ich werde mich Ihnen und Ihrem Kommando zwar unterordnen und Ihnen zuarbeiten. Aber ich werde mit von der Partie sein.«

»Auf Wunsch Ihrer Auftraggeber?«

»So ist es.«

»Verstehe. Nichts dagegen, solange Sie Ihren Job machen.« Janas Augen verengten sich, während sie mit gleicher Ruhe weitersprach. »Sollte ich allerdings auch nur die geringsten Anzeichen dafür sehen, dass Ihnen die Sache über den Kopf wächst, behalte ich mir vor, Sie erstens rauszuschmeißen und zweitens die Operation abzublasen. Das sind meine Bedingungen, Mirko. *D'accordo?*«

»Voll und ganz.«

»Sie unterstehen meinem Kommando. Sie tun, was ich Ihnen sage. Und Sie werden mich bitteschön beeindrucken.«

Mirko neigte den Kopf.

»Ich denke«, sagte er, »das dürfte sich machen lassen.«

Nachdem Mirko gegangen war, nahm Jana im Ort ein leichtes Mittagessen zu sich. Sie saß an einem wackligen Holztisch mit rotweiß karierter Decke, aß *panini* und hausgemachte Kleinigkeiten und genoss den atemberaubenden Blick in die einhundertzwanzig Meter tiefe Loreto-Schlucht. Mehrfach telefonierte sie über Handy mit La Morra und San Remo und verrichtete die Arbeit von Laura Firidolfi, während Ricardo den Mann namens Mirko zurück nach Turin fuhr.

Einerseits empfand sie eine gewisse Bewunderung. Mirko musste über eine beachtliche Kenntnis der Szene verfügen. Zugleich war es eben dieser Umstand, der sie beunruhigte. Niemand außer einer Hand voll Vertrauter kannte die wahre Identität von Laura Firidolfi. Wiederum hatte keiner ihrer bisherigen Auftraggeber je Kenntnis von der bürgerlichen Existenz Janas gehabt. Ricardo verkörperte die Schnittstelle über eine Reihe toter Briefkästen und Mittelsmänner. Allein den Weg einer Anfrage bis zu ihm zurückzuverfolgen, war beinahe unmöglich, geschweige denn Jana als Laura Firidolfi oder Sonja Cosić zu identifizieren.

Mirkos Bedingungen hingegen hatten sie nicht sonderlich überrascht. Es war üblich, dem Wunsch eines Kollegen nach Anonymität Respekt zu zollen. Die terroristische Szene unterschied sich insoweit von der rein kriminellen, als sie Kooperation über Zwistigkeiten stellte. Das geschah aus Eigeninteresse, nicht aus Ehrbarkeit. Terroristen lernten voneinander. Sie schätzten die Zusammenarbeit, sofern sie nicht – wie in den religiösen Lagern – auf zwei grundsätzlich verschiedenen Seiten standen.

Eine Ausnahme bildeten die *Professionals*. Wer ausschließlich für Geld arbeitete, war mehr als jeder andere darauf angewiesen, unerkannt zu bleiben. Auftragsattentäter hinterließen keine Bekennerschreiben. Sie verspürten nicht den Drang des Outings. Sie hatten keine Botschaften für die Welt, sondern Nummernkonten. Jana schätzte, dass Mirko, so patriotisch er sich geben mochte, dem professionellen Lager zuzurechnen war. Wenn seine Auftraggeber, wie er angedeutet hatte, in den Machtzentren Serbiens zu finden waren, musste er ihre nationalistischen Motive darum noch lange nicht teilen. Auch und gerade als Neutraler leistete er ihnen wertvolle Dienste. Jana selbst war dafür ein ideales Beispiel.

Ein anderes war Slobodan Milošević. Er vertrat den Nationalismus nicht, sondern bediente sich seiner, ein ehemals kommunistischer Betonkopf mit einem todsicheren Gespür für Trends. Gerade weil er sich das Mäntelchen der neuen Gesinnung so lose umgeschwungen hatte, stand es ihm besonders gut. Die richtige Inszenierung schien oft wahrhaftiger als die Wahrheit.

Es war offensichtlich, dass Mirkos Hintermänner tatsächlich nach Patrioten suchten, und ebenso, dass Mirko ihre – Janas – Geschichte kannte, seit sie sich dem patriotischen Geist verschrieben hatte. Sie hatten ihn eingeschaltet, um jemanden wie sie zu finden, eine Person, die beides war, Idealist und Profi. Betrachtete man es in diesem Licht, gab es zu Jana tatsächlich keine Alternative.

Sie winkte den Ober heran und bestellte einen Grappa. Bis das Glas mit der schwach gelblichen Flüssigkeit vor ihr stand, schaltete sie ihr Gehirn auf *standby* und betrachtete die Landschaft. Die Fähigkeit, jegliches Denken nach Belieben auszusetzen, gehörte zu den angenehmen Dingen, wenn man Arbeiten wie Jana verrichtete. Irgendwo über ihr sang ein Vogel. Im Hintergrund klapperten Bestecke, als der Ober die Schubladen des Schränkchens neben der Theke einräumte.

Sie trank den Grappa, zuerst in kontrollierten kleinen Schlucken, dann folgte sie einer Laune und kippte den Rest in einem Schwung hinterher.

Sie begann erneut zu überlegen.

Der jugoslawische Geheimdienst unterstand direkt der Belgrader Regierung. Ihm war eine derartige Operation, wie Mirko sie ihr angetragen hatte, am ehesten zuzutrauen. Sie hatte nie mit den Geheimdienstleuten zu tun gehabt. Die Paramilitärs gehörten nicht wirklich dazu, sie waren Söldner und Schergen. Auch mit dem innersten Zirkel, Verteidigungsminister Pavle Bulatovc etwa oder dem Wirrkopf Vuk Draskovic, dessen politischer Variantenreichtum die absonderlichsten Blüten trieb, war sie nie zusammengetroffen. Mirko hatte unterstellt, sie sei nicht in die höchsten Kreise vorgedrungen, und es stimmte. Tatsächlich hatte es nie irgendwelche Anweisungen an die Milizen gegeben, die sich ins Regierungsquartier zurückverfolgen ließen. Sie wusste, dass Milošević Arkan und seine Horden insgeheim befehligte und deren Tun nicht nur billigte, sondern maßgeblich initiierte, dennoch schien ein Universum die beiden zu trennen, ein unüberbrückbarer Raum. Belgrad war klug genug, sich keine Blöße zu geben.

Das Dumme war, dass Mirko mit an Sicherheit grenzender Wahrscheinlichkeit jeden Gedanken, den Jana in diesem Moment dachte, einkalkuliert und provoziert hatte. Er hatte gewollt, dass sie ins Grübeln kam. Ihr Denken zu manipulieren, war eine Anmaßung, die Jana verstimmte, wenngleich die Möglichkeit bestand, dass Mirko lediglich versucht hatte, offener zu sein, als er es eigentlich durfte.

Er hatte Russland erwähnt.

Die Russen sympathisierten mit Belgrad. Mirko hatte seine Bemerkung über die russische Position nicht ohne Hintergedanken fallen lassen. Es gab eine Menge einzelner alter Männer dort, die nicht Boris Jelzin hießen und die Macht in Händen hielten. Die roten Bosse vertraten alle möglichen Interessen, aber von einer weltpolitischen Verschwörung waren sie weit entfernt. Russland hatte den Terrorismus kriminalisiert und das Verbrechen dafür salonfähig gemacht. Die Grauzone zwischen Legalität und Illegalität barg den wahren Machtbereich des Riesenreichs, und diese Macht fußte auf dem globalen Geldfluss. Von Russland mochte einiges Säbelrasseln zu erwarten sein, wenn die Nato ihre Drohungen gegen Jugoslawien wahr machte, aber zu guter Letzt würden die harten Worte unter der Watte westlicher Kredite ihre Konturen verlieren.

Andererseits gab es keinen Zweifel daran, dass gewisse russische Kreise Kriege und Konflikte geradezu herbeisehnten.

Mirko plaudert über die Russen, also deutet er an, Moskau habe seine Finger im Spiel. Ihm musste klar gewesen sein, dass das ein bisschen platt klang. Warum hatte er es dann gesagt? Warum hatte er überhaupt Andeutungen gemacht? Hatten seine Hintermänner Angst, sie könnte nein sagen?

Sie zog eine Sonnenbrille aus der Innentasche ihres Mantels und setzte sie auf. Allmählich wurde es zu kalt, um weiter draußen auf der Terrasse zu sitzen. Ohne Hast ging sie durch die offenen Glastüren ins Restaurant und bezahlte. Der Kellner wünschte ihr einen guten Tag. Alles geschah mit der gewohnten Beiläufigkeit, die verhindert, dass Menschen sich später an andere Menschen erinnern.

Mirko hatte möglicherweise eine schwierigere Mission zu erfüllen, als sie dachte. Er wusste, dass die Gefühle, die sie für Serbien hegte, ihre Entscheidung beeinflussen würden. Gleichzeitig konnte er unmöglich die Karten auf den Tisch legen. Die Schweigepflicht gegenüber seinen Auftraggebern hinderte ihn daran, Jana das wichtigste Argument zu liefern, das sie für eine Zusage brauchte.

Wie es aussah, hatte er es trotzdem riskiert. Zumindest lag es im Bereich des Vorstellbaren. In diesem Fall hatte er sie über die Identität des Hauptdrahtziehers nicht im Unklaren gelassen. Anschließend hatte jeder von ihnen pro forma mit dem Säbel gerasselt und den anderen seiner Ungnade versichert, falls er die Spielregeln brechen sollte.

Das Übliche.

Gemächlich trat sie auf die Straße hinaus, wählte eine Nummer auf ihrem Handy und telefonierte mit Microsoft.

Wagner hatte sich hinter einer Illustrierten verschanzt.

»Was lesen Sie?«, wollte Kuhn wissen.

Was las sie? Eigentlich betrachtete sie Buchstaben, um Kuhn nicht zum Reden zu ermuntern. Viel schien es nicht zu helfen.

O'Connors Flug war mit dreißigminütiger Verspätung eingetroffen. Sie saßen in der Lufthansa-Lounge und tranken Kaffee, der zu lange gestanden hatte.

Es war offensichtlich, dass Kuhn sich langweilte.

»Wussten Sie, dass O'Connor mal mit der Nordirischen Befreiungsarmee sympathisiert hat?«

»Nein.« Augenblick, Kika, dachte sie. Das ist wirklich interessant. Sie legte die Zeitschrift beiseite und fragte: »Wann war das?«

»Bevor er zu Ruhm und Ehren gelangte. Hat's mir erzählt, als wir zusammen in Cork waren, letztes Jahr.« Kuhn setzte ein wichtiges Gesicht auf. »Ist das nicht unglaublich? Jemand, der im Stande ist, das Licht abzubremsen, entpuppt sich als Bombenheini.«

»Sehr differenziert ausgedrückt«, spottete Wagner. »Bringen Sie da nicht einiges durcheinander?«

Kuhn sah Wagner an, als erblicke er sie zum ersten Mal.

»Ich wollte nicht sagen, dass er selbst… Mein Gott, Kika! Er hat Verschiedenes von sich gegeben auf dem Trinity, was so in die Richtung ging, Nordirland den Iren und den Engländern was aufs Maul. Bullshit. Aber sie hätten ihn dafür beinahe vom College geschmissen. Sein Vater hat die Notbremse gezogen. Das war's. Wir haben alle mal mit irgendwas Bescheuertem sympathisiert.«

»Ich nicht.«

»Sie sind zu jung.« Kuhn lehnte sich zurück und schaffte es, seinen Körper so unglücklich in die Polster rutschen zu lassen, dass sein Hemd den Kontakt zum Hosenbund verlor. Zwei Fingerbreit behaarten Bauchnabels wurden sichtbar. »Ihr seid überhaupt eine ganz arme Generation. Eure Eltern hören dieselbe Musik wie ihr, tragen dieselben Klamotten, und sympathisieren dürft ihr nur noch mit Benetton oder Kookai. Wir hatten wenigstens noch jemanden, den wir richtig hassen konnten.«

»Ja, toll!«, sagte Wagner. »Darum seid ihr auch alle in gutbürgerlichen Berufen gelandet. Mir ist Kookai schon lieber als der prinzipienlose Schwachsinn eurer viel gerühmten Achtundsechziger.«

»Na, na!«

»Doch, das klang alles ganz klasse! Bloß dass ihr nichts daraus gemacht habt. Oder sehe ich das falsch?«

Kuhn schlürfte seinen Kaffee. Er wirkte beleidigt.

»Jedenfalls haben wir den Sinn des Lebens nicht ausschließlich darin gesehen, im Chanel-Kostümchen rumzulaufen.«

Kuhn geisterte im Chanel-Kostüm durch Wagners Vorstellungsvermögen und entlockte ihr ein Glucksen.

»Wollen wir uns über Mode unterhalten?«, fragte sie. Als Kuhn nicht antwortete, widmete sie sich wieder ihrer Zeitschrift, halb verärgert, halb belustigt über seinen unerschöpflichen Fundus an Pauschalismen. In einer Besenkammer ihres Verstandes wusste sie, dass er so Unrecht nicht hatte. Aber es missfiel ihr, Kuhn in irgendetwas recht zu geben. Zumindest nicht, solange er es vorzog, Platitüden zu verbreiten.

Was ich selbst auch ganz gern tue, dachte sie plötzlich schuldbewusst. Das mit den Achtundsechzigern hätte ich mir eigentlich sparen können.

Die Tür zur Lounge öffnete sich geräuschlos, und eine Frau in Lufthansa-Uniform trat ein. Sie war auffallend hübsch, aber es spielte keine Rolle. Sie hätte Miss World sein können. Jedes Interesse an ihr musste zwangsläufig erlahmen angesichts der Erscheinung, die ihr folgte, ein fast leeres Glas in der Hand, einen Aktenkoffer unter den Arm geklemmt und ein seltsam konspiratives Lächeln auf den Lippen.

Im Moment, da Kika Wagner Liam O'Connor erblickte, wusste sie, dass er der attraktivste Mann war, den sie in ihrem ganzen achtundzwanzigjährigen Leben gesehen hatte.

Und es machte sie nicht gerade glücklich.

Fotos von O'Connor kannte sie zur Genüge. Dementsprechend war sie nicht überrascht, dass er gut aussah, sondern, wie gut er aussah. Kein Bild konnte diesen Eindruck vermitteln, keine Videoaufnahme. Liam O'Connor betrat den Raum und veränderte seine molekulare Beschaffenheit. Kraftfelder schienen von ihm auszugehen, die vielleicht keine Elektronen aus ihrem Verbund herauszureißen vermochten wie die Photonenstöße in seinen Experimenten, aber durchaus geschaffen waren, festgefügte Persönlichkeiten in Konglomerate hilflos trudelnder Gemütspartikel zu verwandeln. Von Marlon Brando hieß es, er habe als junger Mann durch sein bloßes Erscheinen eine in vollem Gange befindliche Party schlagartig verstummen lassen, und eine ähnliche Magie schien auch O'Connor eigen zu sein. Nur dass der irische Doktor einen Kopf größer war als der Schauspieler.

Die Stewardess sah sich um und erspähte Kuhn, der augenblicklich hochfuhr. O'Connor verlor im selben Moment sein Lächeln, beäugte erst ihn und dann misstrauisch sein Glas, als könne Kuhn etwas dafür, dass es fast leer war. Er musste den Lektor erkannt haben, schließlich traf er ihn regelmäßig seit einer Reihe von Jahren und hatte ihn erst vor achtundvierzig Stunden in Hamburg verlassen. Dennoch legte er ein ostentatives Desinteresse an den Tag. Er warf den Aktenkoffer auf den nächststehenden Sessel, fuhr sich durch das silbergraue Haar, das in seltsamem Kontrast zu seinen jugendlichen Zügen stand, und begann, irgendeine Melodie zu summen.

»Liam!«

Kuhn flitzte auf den Physiker zu, wollte seine Rechte ergreifen und stockte. O'Connor tat, als finde er aus fernen Welten zurück in die bittere Realität, starrte Kuhn an und drückte ihm das Glas in die Hand.

»Voll machen«, sagte er.

»Ihr Willkommensdrink dürfte an der Bar stehen«, bemerkte die Stewardess.

Sie scheint der Magie nicht verfallen zu sein, stellte Wagner fest, während sie hinzutrat. Eher wirkte sie belustigt, wie eine Mutter, deren Filius in kurzen Hosen Erwachsener spielt.

Das also war der Mann, auf den sie aufzupassen hatte.

»Wagner«, sagte Wagner zu O'Connor.

Sie hatte sich unzählige Male ihren Namen sagen hören. Warum kam es ihr heute so vor, als habe ein Kakadu durch sie gesprochen?

Er sah sie an, offenbar verwirrt, seine Aufmerksamkeit plötzlich zwischen ihr, Kuhn und der Stewardess dreiteilen zu müssen. Dann gewann sein Blick an Klarheit, und Wagner fühlte sich von seinen Augen aufgesogen und zu einer Schmonzette verarbeitet.

Wofür, dachte sie zornig, machen wir uns eigentlich die Mühe der Emanzipation, wenn uns so was immer wieder passieren muss?

Die meisten Menschen sahen einander in die Augen, um Aufmerksamkeit und Interesse zu bekunden. Es geschah eher nebenbei, man nahm den anderen als ganze Person wahr. Was von Pupille zu Pupille geschah, folgte vornehmlich einer Funktion, nämlich Kommunikation zu ermöglichen und zu vertiefen. Wesentlich mehr tat sich selten und dann erst im Zuge einer intensiveren Annäherung.

O'Connors Augen ließen solche Halbheiten nicht zu. Sie suchten keinen Kontakt, sie nahmen Geiseln. Von tiefem Blau, eingebettet in fast anämisches Weiß, schienen sie aus sich selbst heraus zu leuchten. Vielleicht lag es an seiner Bräune, vielleicht daran, dass er sturzbetrunken war, wenngleich man nicht eben sagen konnte, dass er taumelte. Vielmehr ging er für Wagners Geschmack etwas zu aufrecht, zu kontrolliert. Aber auch ohne die Einwirkung des Alkohols, das wusste sie, würde man sich fühlen wie von Röntgenstrahlen durchdrungen, observiert, kategorisiert und für tauglich oder durchgefallen erklärt. Jeder Makel, mit dem man bis zu diesem Moment gut hatte leben können, würde aufgebläht und ins Unerträgliche potenziert werden, bis man verging im Unglück monströser Mittelmäßigkeit. Und zugleich – im offensichtlichen Widerspruch dazu – signalisierten O'Connors Augen demjenigen, den sie betrachteten, nie zuvor etwas von größerer Wichtigkeit und Schönheit geschaut zu haben, und im Vergehen wuchs man wieder über sich hinaus. Als seien sie eines flüchtigen Blickes nicht fähig, versprachen und abverlangten sie einem alles, machten süchtig und verhießen schlimmsten Entzug im Moment, da O'Connor sich abwenden und die Verbindung kappen würde.

Wagner lächelte und versuchte, das in ihm zu sehen, weswegen sie hier war. Einen versoffenen Zyniker mit einem brillanten Geist und einem Haufen schlechter Angewohnheiten, der es liebte, Skandale zu provozieren. O'Connors Verlag hatte auf ihrer Anwesenheit bestanden, damit es diesmal nicht zum Eklat kam wie in Hamburg, und Wagner war fest entschlossen, O'Connor nicht das Geringste durchgehen zu lassen.

Und möglichst auch, sich nicht in ihn zu verlieben. Falls es nicht soeben passiert war.

»Wir... ähm... sind Ihnen sehr dankbar«, hörte sie Kuhn sagen und zuckte zusammen. O'Connor drehte irritiert den Kopf von ihr weg. Im selben Moment war er nur noch ein elegant gekleideter Mann mit einem gut geschnittenen Gesicht und einer grauenhaften Fahne, und Kika Wagner atmete auf.

»Danke!« Kuhn lächelte die Stewardess väterlich an. »Danke, dass Sie ihn hergebracht haben. Was das Gepäck angeht...«

»Unterwegs ins Hotel.« Die Stewardess zögerte. »Übrigens, er ist jetzt folgsam.« Sie zwinkerte O'Connor zu. »Nicht wahr? Oder wollen wir noch mal zur Passkontrolle und versuchen, dem Polizisten die Mütze abzunehmen?«

»Er hat *was*?«, fragte Kuhn.

»Gebt mir endlich was zu trinken«, murrte O'Connor auf Deutsch. »Sie hat mich stundenlang durch Gänge geschleift. Mir ist zum Kotzen.«

»Falsch«, berichtigte ihn die Stewardess. »Wir haben einen Teilchenbeschleuniger durchwandert, und allenfalls ist uns ein wenig übel. War's nicht so?«

O'Connor grinste.

»Wollen Sie nicht bleiben?«

»Ein andermal.« Die Stewardess ging zur Tür. Dort hielt sie einen Moment inne und fügte an Wagner gewandt hinzu: »Passen Sie auf Ihren Hintern auf, *sweetheart*.«

O'Connor hob resignativ die Brauen, als die Tür hinter ihr zufiel. Kuhn drehte unsicher das leere Glas in seiner Hand. Dann lächelte er und klopfte O'Connor freundschaftlich auf die Schulter.

»Tja«, sagte er. »Da wären wir also in Köln. Ich hoffe, Sie...«

O'Connor schob sich wortlos an ihm vorbei und stelzte mit langen Schritten zu der kleinen Bar hinüber. Der Barmann, dem es oblag, den Champagner zu servieren, hatte mit so viel Eigeninitiative nicht gerechnet und machte sich hastig daran, die Flasche zu entkorken.

»Sie sind mein lieber Freund«, sagte O'Connor und schwang sich auf einen der Hocker, was ihm ohne Komplikationen gelang. Wagner folgte ihm, Kuhn im Schlepptau, dem es offenbar die Sprache verschlagen hatte. Sie bauten sich neben O'Connor auf und warteten, bis drei gefüllte Gläser vor ihnen standen.

»Also dann«, sagte Wagner, »herzlich willkommen.«

O'Connor wandte sich ihr zu und runzelte die Stirn.

»Kennen wir uns?«

»Ich heiße Kika Wagner. Ich arbeite für die Presseabteilung Ihres Verlages und …« Sie machte eine Pause und beschloss, sich ab sofort nicht mehr von ihm beeindrucken zu lassen, weder von seinen Blicken noch von sonst irgendwas. »… ich freue mich, freue mich wirklich sehr, Sie kennen zu lernen, Dr. O'Connor. Schön, dass Sie hier sind.«

O'Connor legte den Kopf zur Seite. Dann streckte er langsam die Hand aus. Wagner ergriff sie. Seine Finger umschlossen die ihren mit angenehm festem Druck.

»Es ist mir eine Ehre und ein besonderes Vergnügen«, sagte er. Sein irischer Akzent formte die Worte ein wenig weicher, ansonsten war sein Deutsch erstklassig. Das Schlingern in seiner Aussprache entsprach eindeutig der zugeführten Menge geistiger Getränke, die er im Laufe der letzten Stunden weggeputzt haben musste. Wagner überlegte fieberhaft, wie sie die Situation in den Griff bekommen sollte. Sie hatte nicht damit gerechnet, dass O'Connor schon betrunken eintreffen würde. Alles wäre weit weniger problematisch gewesen, hätte er nicht am selben Abend seinen ersten öffentlichen Auftritt zu absolvieren gehabt.

Er würde sich an dieser Bar ebenso festtrinken wie in Hamburg, als er seinen Pressetermin versäumt und die Journalisten zwei Stunden hatte warten lassen. Je mehr sie versuchen würden, ihn davon abzubringen, desto schlimmer wäre das Resultat.

»Sollen wir den Champagner vielleicht lieber ein andermal äh…?«, schlug Kuhn zaghaft vor. »Ich denke, wir sind ein bisschen knapp in der Zeit und …«

»Sie sind eine Milbe, Franz«, sagte O'Connor sehr bestimmt. »Diese junge Dame wird Champagner mit mir trinken, und Sie werden schweigen.« Er drehte Kuhn kurzerhand den Rücken zu und hob sein Glas. »Was Sie angeht, Sie sind ein sehr, sehr großes Mädchen.«

Er leerte das Glas in einem Zug.

Aus Kuhns Mund hätten die Worte sie in Rage versetzt. So, wie O'Connor es sagte, klang es beinahe wie ein Kompliment.

Sie nahm einen kleinen Schluck und beugte sich zu ihm herab.

»Eins siebenundachtzig, um genau zu sein.«

»Huuiiii!«, machte O'Connor und strahlte sie an.

»Wir sollten wirklich…«, begann Kuhn.

»Nein.« Wagner brachte ihn mit einer Handbewegung zum Schweigen und fragte O'Connor: »Wollen Sie noch ein Glas?«

O'Connor öffnete den Mund. Dann verharrte er und sah nachdenklich drein.

»Hatten wir nicht irgendwelche… Termine?«, sinnierte er.

»Heute Abend halten Sie eine kleine Ansprache im Physikalischen Institut. Nicht der Rede wert. Noch jede Menge Zeit. Was ist, wollen wir die Flasche leer machen?«

Kuhn schüttelte verzweifelt den Kopf und wedelte mit den Händen. Wagner ignorierte ihn. Sie griff nach der Champagnerflasche und machte Anstalten, O'Connor nachzuschenken.

»Nein, äh…«

»He, was ist los? Keinen Durst mehr?«

»Doch, aber…«

O'Connor wirkte, als habe ihn irgendein höherer Umstand vor unlösbare Probleme gestellt. Unvermittelt sprang er von seinem Hocker, trat in die Mitte des Raumes und klatschte mehrfach in die Hände. Die Anwesenden sahen auf, sofern sie ihn nicht schon seit seinem Eintreffen beobachtet hatten.

»Alles mal herhören!«

Die Unterhaltungen verstummten.

»Was hab ich eigentlich erwartet«, seufzte Kuhn. »Warum sollte es diesmal anders sein.«

»Los, Zeitungen weglegen«, befahl O'Connor. »Maul halten jeder! Ich hab was Wichtiges zu sagen.«

In der Lounge wurde es tatsächlich mucksmäuschenstill.

O'Connor räusperte sich. Dann zeigte er auf Wagner.

»Diese Frau…«, rief er. »Diese einzigartige Frau…«

Atemloses Schweigen.

Er stockte.

Was immer er noch zu sagen beabsichtigt hatte, schien sich irgendwo in den Weiten seines Geistes verloren zu haben, ein Gedankenteilchen, kollidiert mit einem Antigedankenteilchen, gegenseitiger Exodus in einem grellen Blitz des Vergessens, gefolgt von bleierner Schwere. Sein Kopf sackte herunter auf die Brust. Einen Augenblick stand O'Connor da, als trage er alles Leid der Welt auf seinen Schultern.

Dann zuckte er die Achseln und schlurfte zur Tür.

»Okay«, sagte er zu seiner Krawatte. »Fahren wir.«

1998. 05. DEZEMBER. PIEMONT. LA MORRA

Ricardo stützte das Kinn in die Hände und betrachtete Jana. Sein Blick hatte etwas Entrücktes, als ordne er im Geiste Zahlenkolonnen zu Bilanzen.

»Wenn Sie das machen«, sagte er, »machen Sie nichts anderes mehr.«

Jana nickte.

Ricardos Aussage traf in doppelter Weise zu. Entweder sie erledigte den Auftrag, dann wäre es ihr definitiv letzter und der Ausstieg aus dem Geschäft. Nach einer solchen Operation weiterzumachen, käme einem glatten Selbstmord gleich. Wo immer ihr Name fiele, würde sich die ganze Welt darauf stürzen. Man würde Jagd auf sie machen und sie mit fingierten Anfragen ködern, bis sie irgendwann in die Falle ging. Ebenso wäre es ihr letzter Auftrag, sollte sie ihn vermasseln. Auch dann würde sie nichts anderes mehr machen, weil jemand, der tot ist, eben nichts mehr macht.

Wie immer es ausging, sie müsste Sonja Ćosić, Laura Firidolfi und ein rundes Dutzend weiterer Identitäten noch am selben Tag zu Grabe tragen. Vor allem Jana durfte keinen Atemzug länger fortbestehen. Es wäre von einer Sekunde auf die andere so, als hätte es eine Spezialistin dieses Namens niemals gegeben.

Sie würde aufhören zu existieren.

Um Laura und den ganzen Rest war es ihr nicht schade. Bedauerlich wäre nur, dass auch Sonja dem Massaker an ihren diversen Alter Egos zum Opfer fiele. Sie war die Einzige, die eine Kindheit und Erinnerungen hatte an die Zeit, als die Phantasie noch über die Wirklichkeit gebot. Sonja Cosic – der Rest von Unschuld, den Jana sich bewahrt zu haben glaubte. Inzwischen war sie skeptisch. Wie etwas Mumifiziertes in einer Schachtel, das man von Zeit zu Zeit hervorholt und mit einer Mischung aus Wehmut und Abscheu betrachtet, wohl wissend, dass es tot ist, erschien ihr die Unschuld dieser Sonja Cosic, die in der Krajina über Blumenwiesen gelaufen und ihrem Großvater in die Arme geflogen war, wenn er sie zum Speckessen hereinrief. Sonja mochte Jana sein, aber Jana hatte das Recht verwirkt, sich auf Sonja zu berufen.

Vielleicht war es gut, wenn Sonjas Kindergesicht endlich verschwinden würde, um nicht länger von der Realität herabgewürdigt zu werden.

Sollte sie zusagen?

»Als Chef der Finanzen plädiere ich natürlich für ein Ja«, bemerkte Ricardo, als habe er ihre Gedanken erraten. »Erstmals hätten wir den seltenen und bemerkenswerten Fall, dass wir Ihre ganze Person in eine andere Währung umtauschen müssten. Irgendwie amüsant, finden Sie nicht? Möglicherweise lernen Sie Schwedisch oder Innuit. Wenn wir Neuronet liquidieren, gäbe es noch ein paar Millionen obendrauf, es würde sich also lohnen. Natürlich könnten Sie nicht zurück nach Serbien gehen. Auch in Italien zu bleiben, würde ich für unklug halten. Aber es gibt schöne Ecken in England. Irland ist ganz wunderbar, wenn man mit ein paar Kübeln Regen leben kann. Der französische und spanische Norden hat schon ganz anderen Unterschlupf gewährt, und man kann hervorragend essen.«

»Das können wir später entscheiden«, sagte Jana.

Ricardo zuckte die Achseln.

»Es ist Ihr Leben. Nach Abzug aller zu erwartenden Kosten, die eine Löschung von Jana aus der Weltgeschichte und die Auferstehung einer bis dato nicht näher spezifizierten Person mit sich brächten, verblieben Ihnen schätzungsweise dreißig Millionen. Ich rechne jetzt in Dollar. Sie könnten danach aus Spaß als Apfelsinenpflückerin in Marokko arbeiten oder als Supermarktkassiererin auf Hawaii oder am besten gar nichts tun und teure Weine trinken, aber eine Waffe werden Sie nicht mal mehr in einem Spielsalon berühren. Nicht öffentlich, meine ich.«

»Nette Lektion. Danke.«

»Wir bereiten die Auflösung der Neuronet so vor, dass das Unternehmen im Moment, da Sie Ihren Auftrag erledigen, sämtliche Mittel verflüssigt, alle Schulden bezahlt und seinen Mitarbeitern am folgenden Tag ordnungsgemäß kündigt«, fuhr Ricardo ungerührt fort. »Die zu beziehenden Restgehälter und Abfindungen werden aus einem Fonds beglichen, den wir beizeiten installieren. Gruschkow bildet die Ausnahme, wie ich die Sache sehe, müssen wir auch ihm ein neues Leben finanzieren.«

Jana nickte. Maxim Gruschkow war der Chefprogrammierer von Neuronet und zugleich Janas engster Vertrauter, wenn es um die Planung und technische Durchführung ihrer Operationen ging.

»Mit dem Ende Janas endet übrigens auch dieses Haus«, sagte Ricardo. »Leider wird es abbrennen. Kurzschluss. Nichts wird übrig bleiben. Persönlich hätte ich Sie gern beerbt, aber wir wollen ja nicht sentimental werden.« Er machte eine Pause und sah sie über den Rand seiner Brille an. »Auch Silvio Ricardo wird einen neuen Namen und Aufenthaltsort brauchen. Wir stehen uns zu nahe. Ich würde mich ungern schmerzhaften Fragen aussetzen, die ich nicht beantworten kann.«

»Machen Sie sich keine Sorgen.«

Jana durchmaß das Büro mit langen Schritten. In Momenten größter Anspannung trieb es sie durch den Raum wie ein Raubtier, das seinen Käfig abschreitet. Sie überlegte. Ricardo hatte gut gearbeitet in Triora. Sie war nun im Besitz einiger Fotografien, die Mirko zeigten, immer allein. Ricardo hatte es vermieden, sie mit aufs Bild gelangen zu lassen. Außerdem wusste sie, dass Mirko von Turin zuerst nach Köln geflogen war, dort übernachtet und am nächsten Morgen eine Maschine nach Wien bestiegen hatte. Ab hier hatte sie die Beschattung ausgesetzt. Sie wollte nicht ernsthaft die vereinbarten Regeln brechen, nur ein bisschen schlauer sein, als man sie ließ.

»Wie ich es sehe, könnte der Auftrag direkt aus der Schaltzentrale der serbischen Regierung kommen«, sagte sie. »Ob

Milošević selbst so weit gehen würde, wage ich zu bezweifeln. Aber jemand anderer dort könnte auf die Idee gekommen sein, durchaus. Mirko hat genau das gesagt und anschließend versucht, den Kreis zu erweitern, als er die Russen mit ins Spiel brachte.«

»Das musste er wohl«, meinte Ricardo. »Aber es scheint mir ziemlich konstruiert. Die meisten Moskauer Regierungsbeamten sind mit den größeren kriminellen Vereinigungen des Landes verbunden, und da geht's um Geld. Gut, Russland ist der Kernmarkt für Auftragsmorde, aber politisch halten sie sich eher raus. Die russische Mafia würde zu viel riskieren. Die verdienen an Tschetschenien, damit flicken sie dem Bären das Rückgrat, und alle sind wieder stolz. Alles, was die internationale Stabilität gefährdet, betrachten selbst die Kommunisten mit Skepsis.«

»Kommen Sie. Es ist nicht gerade eine sensationelle Neuigkeit, dass russische Offiziere und Ex-KGB-Agenten versuchen, Atomsprengköpfe zu verscherbeln.«

»Ich weiß, die Ukrainer. Das waren deutsche Geschäftsmänner, die den Deal eingefädelt haben.«

»Die korrupten Militärs verkaufen weltweit an den Meistbietenden. Und das sind Russen. Ich meine, wer dem Iran die Lieferung spaltbaren Materials zusagt, wird auch vor Königsmord nicht zurückschrecken.«

»Die Frage wäre immer, wer damit was erreicht.«

»Der Westen würde in seine Schranken verwiesen«, sagte Jana mit einer Heftigkeit, die sie selbst überraschte. »Er hätte endlich mal wieder mit sich selbst zu tun.«

Ricardo schwieg eine Weile.

»Bewundern Sie Milošević immer noch?«, fragte er schließlich.

Jana hielt inne. Ihr Blick suchte in dem komfortablen Wohnzimmer mit den teuren italienischen Möbeln nach einem Halt. Dann trat sie zum Fenster und sah hinaus auf die Hügel der Langhe.

»Es ist ein Job«, sagte sie.

Ricardo räusperte sich. Er stand auf und gesellte sich neben sie.

»Ich weiß, dass es ein Job ist. Sehen Sie, ich bin Ihr Finanz-buchhalter. Meine Aufgabe besteht darin, die Aktivitäten Lauras und Janas unter einen Hut zu bringen und beide Geschäftsfrauen gewinnbringend zu beraten. Wenn ich das Terrain wechsle, um Ihre Motive zu hinterfragen, tue ich uns damit betriebswirtschaftlich gesehen keinen Gefallen.« Er machte eine Pause. »Aber wir sind uns näher gekommen. Ich weiß nicht, irgendwie fühle ich mich verpflichtet, Sie zu warnen. Für Jana ist es ein Job. Ich würde nicht eine Sekunde in Erwägung ziehen, den Auftrag abzulehnen. Wir haben uns nie für die Ideologien unserer Auftraggeber interessiert. Aber für Sonja könnte das Ganze zu einem persönlichen Feldzug werden. Sie könnten Fehler machen. Wenn Ihre Objektivität getrübt ist, werden Sie den Ausgang der Aktion gefährden, ob Sie wollen oder nicht. Und es ist immer noch ein Unterschied, ob Sie sich benutzen lassen oder benutzt werden. Auch darüber würde ich einen Moment meditieren, bevor ich die endgültige Entscheidung treffe.«

Jana dachte darüber nach.

»Milošević zu vertrauen, war ein Fehler«, sagte sie. »Er richtet das Land zugrunde. Aber in den Grundsätzen hat er trotzdem Recht.« Sie seufzte, wandte sich ab und spürte Ratlosigkeit in sich aufsteigen. »Wir hatten bis heute nie die Situation, dass die Auswirkungen meiner Arbeit wirklich etwas… verändert hätten. Nicht wahr?«

»Nein. Eigentlich nicht.«

»Plötzlich vermischt sich wieder alles. Sie haben Recht, Silvio. Die Sache würde persönlich werden. Ich weiß, deshalb haben sie mich ausgesucht. Das ist es, was mir Mirko sagen wollte. Es ist nicht einfach ein Job, es stellt mich vor die Frage, ob wir der Welt ein solches Signal senden sollten. Und ob ich es will. Offen gestanden, Sonja Cosić steht gerade mit erhobener Faust auf einem Hügel in der Krajina, und alles in ihr schreit danach, dem Ruf zu folgen. Wir können uns nicht länger zu Randfiguren und Irrtümern der Geschichte degradieren lassen. Die Serben sind immer nur die Opfer gewesen. Jana hingegen weiß, was sie damit lostreten würde, und es ist ihr zumindest nicht völlig egal. Ich mache mir Gedanken um Menschen.«

»Das hat Leila Khaled auch gesagt.«

Jana wusste, worauf er anspielte. Die Palästinenserin Leila Khaled hatte zu den Volksfront-Kommandos gehört, die 1969 ein TWA-Flugzeug und im Jahr darauf einen Passagierjet von El-Al in ihre Gewalt gebracht hatten. Es ging ihnen nicht darum, den Menschen an Bord Schaden zuzufügen, sondern sie als Faustpfand zu benutzen, um Gesinnungsgenossen freizupressen, Publizität zu erlangen und den Blick der Öffentlichkeit auf die landesimmanenten Probleme zu lenken. Leila Khaled empfand sich selbst weder als skrupellos noch grausam, und wahrscheinlich hatte sie mit dieser Selbsteinschätzung sogar Recht. *»Sehen Sie«*, hatte sie später in einem der zahlreichen Verhöre gesagt, denen man sie unterzog, *»ich hatte den Befehl, das Flugzeug zu besetzen, nicht, es in die Luft zu jagen. Ich mache mir Gedanken um Menschen. Hätte ich das Flugzeug hochjagen wollen, so hätte mich niemand daran hindern können.«*

Aber die Geschichte Leila Khaleds lag dreißig Jahre zurück. Die Geschichte einer Idealistin, die nie etwas anderes hatte sein wollen – zitiert von einer Idealistin, die etwas anderes geworden war. Ein *Professional*, eine Auftragskillerin, die sich nicht mehr fragte, ob man für Geld töten durfte, sondern nur noch, wie weit man gehen konnte. Längst hatte sich ein Abgrund zwischen Jana und Leila Khaled aufgetan. Gerade darum traf Ricardos Bemerkung über das denkwürdige Statement der Palästinenserin Jana im Innersten. In den letzten Jahren hatte sie gut damit – und vor allem gut davon – leben können, Aufträge einfach zu erledigen. Eine andere Sache war der gerechte Kampf, den sie verloren geglaubt hatte und auf dessen Wiederaufnahme sie wartete. Beides voneinander zu trennen, hatte Jana keine sonderliche Mühe bereitet – bis zu dem Tag, als Mirko an sie herangetreten war und die alten Fragen neu aufgeworfen hatte.

Plötzlich schien über dem Abgrund eine Brücke zu schweben. Eine Einladung, die Kluft zu überbrücken.

Der Gedanke war verlockend. Es wäre beides zur gleichen Zeit. Die sachliche Erledigung einer Anfrage und der Triumph über die Arroganz eines feindlichen Imperialismus, der immer nur verurteilte, ohne sich je die Mühe gemacht zu haben, Sonja Cosics Volk zu verstehen. Und wiederum wäre es das größte je gezahlte Honorar, die Krönung und zugleich das Ende ihres Engagements, der Beginn eines neuen Lebens.

»Was raten Sie mir?«, fragte sie unvermittelt und wandte Ricardo ihr Gesicht zu.

Ricardo lachte leise.

»Sie wollen meinen Rat?«

»Ja.«

»Tun Sie es.«

»Warum?«

»Weil Sie auf die Dauer so nicht weitermachen können. Es wäre der Glanzpunkt und erklärte Gipfel Ihrer Karriere, und jeder weiß, dass der klügste Politiker auf dem Höhepunkt seines Ruhms zurücktritt. Sie wären gezwungen, völlig neu anzufangen, was Ihnen, glaube ich, ganz gut täte. Es würde Sie aus dem Dilemma erlösen, in dem Sie stecken, seit ich Sie kenne. Sie sind nicht wirklich glücklich, Jana. Nehmen Sie an. Tun Sie es. Viele würden Ihnen insgeheim auf die Schulter klopfen. Es gäbe Heulen und Zähneknirschen. Die Probleme Europas würden in den globalen Fokus geraten. Vielleicht würde der eine oder andere Staatenlenker darüber stürzen, aber weder die Vereinten Nationen noch Russland oder China sind an einem Schlagabtausch größeren Ausmaßes interessiert. Das Problem würde gelöst werden. Das Trojanische Pferd hätte den begehrtesten Skalp der Welt eingeholt, ohne dass es jemand wissen muss. Sie und Ihr Land hätten Genugtuung erhalten. Wie Sie persönlich damit umgehen, kann ich nicht beurteilen, aber das ist ja auch nicht meine Sache.«

»Was glauben Sie, woher der Auftrag kommt?«

»Serbien? Russland? Libyen? Mal ehrlich, Jana, spielt es eine Rolle, wer Ihnen die Möglichkeit gibt, ein neues Leben anzufangen?«

Jana starrte vor sich hin.

Plötzlich erschien es ihr, als steuere ihr Denken in eine Sackgasse. Es war, als öffne man in einem Programm mit begrenzter Speicherkapazität ein Fenster nach dem anderen, rufe Dateien über Dateien auf, bis auf dem Bildschirm der wohl vertraute graue Kasten erschien: Es ist zu wenig Speicherplatz vorhanden, um neue Fenster zu öffnen. Schließen Sie einige Fenster und versuchen Sie es erneut.

Es wurde dringend Zeit, einige Fenster zu schließen. Sie konnte nicht ihr Leben lang immer mehr Persönlichkeiten und Identitäten übereinander lagern. Ricardo hatte Recht. Jana war am Ende angelangt. Zwischen Professionalismus und Patriotismus hatte sich ihr innerer Cursor sozusagen aufgehängt.

Ein letzter großer Geniestreich, der alle Persönlichkeiten wieder miteinander vereinte – und dann aussteigen. Jemand anderer werden.

Dieses Haus in den Weinbergen des Piemont würde verschwinden.

Wenn schon. Es war schön, aber zu ersetzen. Sie hätte dreißig Millionen Dollar zur Verfügung!

Sie könnte endlich aufhören, Sonja Cosic hinterherzulaufen.

»Silvio«, sagte sie.

»Ich höre.«

»Setzen Sie sich mit Mirko in Verbindung. Sagen Sie ihm, ich akzeptiere den Auftrag. Er soll mich mit den nötigen Einzelheiten versorgen und eine Million auf das bekannte Konto überweisen.«

Silvio lächelte.

»Wird gemacht«, sagte er. »Signora Firidolfi.«

1999. 15. JUNI. KOELN. AIRPORT

Hätte O'Connor nicht nachweislich aus Dublin gestammt, hätte man ihn dorthin erfinden müssen – zumindest, was Wagners Verständnis der irischen Autorenszene betraf. Für sie war O'Connor weniger Physiker als Schriftsteller, eine Sichtweise, deren Subjektivität sie sich durchaus bewusst und die letztlich unzutreffend war. Zu allem Überfluss war O'Connor – obschon in Dublin geboren und dort aufgewachsen – nicht mal ein hundertprozentiger Ire. Sein Vater war Dubliner, seine Mutter stammte aus Hannover. Diesem Umstand verdankte es O'Connor, zweisprachig aufgewachsen zu sein und das Deutsche ebenso fließend zu beherrschen wie das Englische. Wollte er von beiden nicht verstanden werden, zog er sich auf die angestammte Sprache der Iren zurück und sprach gälisch, um seine Verbundenheit zu den keltischen Wurzeln seines Volkes zu bekunden. Ob dahinter echtes Interesse oder akademische Selbstgefälligkeit steckte, jedenfalls hatte er die archaische Sprache gelernt und oft genug zur Anwendung gebracht – im Westen und Nordwesten, wo er mitunter tageweise verschwand und nur alte Männer mit Stoppelbärten und Fischgeruch in den Kleidern zu sagen wussten, wo er steckte.

Die Wissenschaft hatte O'Connors Ruf geprägt, und als Wissenschaftler war er weder irisch noch überhaupt in irgendeiner Weise typisch. Die meisten Wissenschaftler, die Wagner kennen gelernt hatte, taten sich mit modischen Akzenten schwer. Sie balancierten Atome auf nanometerspitzen Nadeln, schienen aber faustgroße Beulen und Knitterfalten in Jackett und Hose nicht wahrzunehmen. Jüngere Generationen trugen Jeans und T-Shirt und entsprachen – wie die deutschen Forscher Gerd Binnig oder Horst Störmer – wenigstens ansatzweise dem Bild des akademischen Abenteurers. Eine wissenschaftliche Theorie wurde, wenn sie in sich stimmig war, in der Szene gern als elegant bezeichnet, der dazugehörige Theoretiker war es in den seltensten Fällen. O'Connor im stahlgrauen Armani-Anzug mit abgestimmter Krawatte und gleichfarbigem Hemd, braun gebrannt und perfekt frisiert, widersetzte sich dem einen Klischee in gleicher Weise, wie er das andere provozierte. Was ihm, wie Wagner zugeben musste, beides auf recht eindrucksvolle Weise gelang.

O'Connor, der Physiker, gefiel sich als Aushängeschild des Dublin Trinity, wo er sich seine Sporen verdient und das ihn gefördert hatte. Der Schriftsteller O'Connor war hingegen bekannt dafür, sich mit seiner Heimatstadt anzulegen, wo es nur ging. Damit befand er sich in bester Gesellschaft, was möglicherweise die Triebfeder seiner fortgesetzten Schmähreden darstellte. Jonathan Swift hatte Dublin erbärmlich genannt, W. B. Yeats bezeichnete die Metropole als blind und ignorant, während George Bernard Shaw zumindest von einer gewissen, für Dublin bezeichnenden Verhöhnung und Herabwürdigung sprach. James Joyce bekundete oft genug, er habe die Stadt der Unzufriedenheit, der Boshaftigkeit und des Scheiterns satt bis obenhin und sehne sich danach, weit weg zu sein. Dennoch konnten sie alle nicht von Dublin lassen. Jeder von ihnen vertrat auf seine Art die Paradoxie der Stadt an der Liffey, das Triste und Glitzernde, wie Joyce angemerkt hatte, den heruntergekommenen Wirrwarr, ohne den er dennoch nicht hätte leben und arbeiten können. Worauf immer die Hassliebe gründete, die Irlands Literaten ihrer Stadt entgegengebracht hatten, O'Connor hatte sie aufgenommen und liebevoll kultiviert.

Wagner zweifelte an der Ernsthaftigkeit seiner Verstimmung über den Trümmerhaufen, wie er Dublin nannte. Als wäre ihm nicht sonnenklar gewesen, dass sich hier im zwanzigsten Jahrhundert eine literarische Strömung ersten Ranges herausgebildet hatte, deren Vertreter allesamt ihren Habitus als Dickschädel pflegten, tranken und diskutierten und eher nebenbei zu ihren Meisterwerken fanden. Samuel Beckett, Brendan Behan und der einzigartige Flann O'Brien führten nicht nur mit sportlichem Ehrgeiz Prozesse gegeneinander, sondern waren auch Stammgäste in den Pubs, was ihnen den mythisch überhöhten Ruf begnadeter Trinker einbrachte. Ob O'Connor deshalb soff wie ein Loch, blieb dahingestellt; ebenso, ob überhaupt einer der als versoffen gehandelten irischen Literaten wirklich so viel getrunken hatte. Fest stand, dass kaum ein anderes Volk, insbesondere dessen intellektuelle Kaste, seine eigenen Klischees dermaßen auf die Spitze getrieben hatte wie die Iren. Nicht, weil sie es so wollten, sondern weil sie so waren. Tatsächlich schien Irland das einzige Land der Welt zu sein, in dem sich jedes Klischee bis zur hundertprozentigen Übernahme durch die Realität verwirklichte. So war es nur natürlich, dass O'Connor nicht einfach betrunken, sondern betrunken von irischem Whisky in Wagners Leben getreten war. Und dass er, ganz in der Tradition seiner schreibenden Vorgänger, aufrecht gehend durch sein Delirium schritt, mit einer gewissen Erhabenheit und in völliger Übereinkunft mit sich selbst.

Sie verließen die Lounge und durchquerten den ersten Stock des Flughafens. KölnBonn war eine Baustelle. An der Nordostflanke entstand eine neue Welt aus Stahl und Glas. Zu Beginn des neuen Jahrtausends würden Reisende in einem achtzehn Meter unter der Erde angelegten Bahnhof per ICE eintreffen und nach weniger als einhundert Schritten den Check-in passiert haben, um von luxuriösen Sesseln auf das Rollfeld zu blicken. Das Projekt folgte den Erfordernissen. Von der Gemütlichkeit alter Tage war nicht mehr viel zu spüren. Die Passagiere bevölkerten das viel zu kleine alte Terminal wie einen Ameisenbau. Noch war der neue Super-Airport nicht mehr als ein hochtechnisiertes Tohuwabohu, dem seit Anfang des Monats die weltpolitische Elite beinahe täglich die Ehre erwies.

Sie nahmen die Rolltreppe nach unten. O'Connor hatte seit Verlassen der Lounge nichts mehr gesagt.

»Wie war denn der Flug?«, fragte Kuhn endlich und drehte sich um, weil Wagner und der Doktor eine Stufe über ihm standen, während sie nach unten glitten. O'Connor hob die Brauen. Er streckte waagerecht seine linke Hand aus, spreizte Daumen und Zeigefinger ab und begann, sie hin- und her zu bewegen, als fliege sie Kurven.

»Bssssssssss«, sagte er.

»Ah.« Kuhn nickte. »Mhm.«

»Sagen Sie mal, Doktor«, fragte Wagner maliziös, »haben Sie sich eigentlich gut amüsiert in Hamburg? Nachtleben und so?«

Kuhns Augen weiteten sich vor Bestürzung.

»Ich glaube kaum, dass Liam uns darüber Rechenschaft schuldig ist, Kika«, zischte er. »Die ständige Fliegerei ist ausgesprochen anstrengend, wer ist danach schon wirklich frisch! Ich hab zum Beispiel Flugangst. Ich trinke ganz gern einen, wenn der Vogel hochgeht. Ist daran irgendwas auszusetzen?«

»Kika?«, echote O'Connor.

Wagner lächelte. »Mein Vorname.«

»Sie ist …«, begann Kuhn.

»Warum heißen Sie Kika, du lieber Himmel?«, rief O'Connor mit todernster Miene. »In Deutschland heißen die Frauen Heidi oder Gaby. Sie heißen Gaby. Merken Sie sich das.«

»Gehen«, sagte Wagner. »Jetzt.«

O'Connor warf die Stirn in Falten. Im nächsten Moment stolperte er, fing sich und taumelte über das Ende der Rolltreppe hinaus zwischen die Leute, die das Erdgeschoss bevölkerten. Er fluchte auf Gälisch. Kuhn sprang hinzu und ergriff ihn am Arm. O'Connor straffte sich, schüttelte den Lektor mit ärgerlichem Grunzen ab und drehte sich nach allen Seiten um, bis er Wagner erblickte.

»Sie hätten mir ruhig sagen können, dass wir in einen anderen Quadranten kommen«, knurrte er. »Pfui, Uhura! Kirk an Brücke, beamen Sie das Weibsstück in die nächste Singularität.«

Wagner sah zu Kuhn herüber, der mit gespreizten Fingern und hochgezogenen Schultern Hilflosigkeit bekundete.

»Tut mir leid«, sagte sie. »Draußen ist alles voller Klingonen. Sie wollen mich doch nicht im Ernst da rausschicken.«

»Doch«, erwiderte O'Connor und schürzte die Lippen. »Aber erst fahren wir ins Hotel.«

»Sehr gern.«

Sie setzten sich wieder in Bewegung. Wagner steuerte die gläsernen Flügeltüren an, die nach draußen zu den Taxis führten. Es war geplant, dass Kuhn mit O'Connor eine Limousine nahm und einen Abstecher über den Neumarkt zu einer der dortigen großen Buchhandlungen machte, wo O'Connor einhundert Bücher signieren sollte. Wagner wünschte, sie hätten die Bitte der Buchhandlung abschlägig beschieden, aber es war nicht mehr zu ändern. Sie selbst würde mit dem Golf ins Maritim fahren, wo sie O'Connor einquartiert hatten, dort sein Zimmer inspizieren und dem weiteren Verlauf des Tages entgegensehen. Das konnte heißen, mit O'Connor wie geplant den Dom zu besichtigen und möglicherweise zu ersteigen, was nicht sonderlich originell, aber für ausländische Besucher unabdingbar war. Es konnte ebenfalls heißen, den Nachmittag freizunehmen. O'Connor in seinem Zustand den Dom hinaufzuverfügen, gehörte zu den Dingen des Lebens, deren Wahrscheinlichkeit gegen null strebte. Sie konnten froh sein, wenn er es pünktlich um 19.00 Uhr ins Physikalische Institut der Kölner Universität schaffte. Zwar war der eigentliche Zweck der O'Connor'schen Tournee, sein neues Buch vorzustellen, aber das Institut hatte die Gelegenheit ergriffen, ihn zu einem Fachvortrag einzuladen. Immerhin war O'Connor soeben für den Nobelpreis vorgeschlagen worden, weil er das Licht gebremst hatte. Was auch immer das im Klartext hieß.

Sie hoffte für den Taxifahrer, der die Ehre mit O'Connor haben würde, dass sein Gast nicht auf die Idee kam, Warp-Geschwindigkeit zu befehlen. Falls doch, musste Kuhn eben eine Weile zusehen, wie er allein mit ihm fertig wurde.

Unterdessen hatte O'Connor offenbar Gefallen am Vokabular von Star Trek gefunden. Er ließ seinen Blick schweifen und zeigte auf eine Gruppe Japaner.

»Vulkanier«, sagte er.

Wagner lachte leise und ging weiter. Er hielt sie am Arm fest. Etwas, das sie normalerweise hasste. Aber sein Griff hatte nichts Forderndes.

»Bleiben Sie doch mal stehen, Kaki… Kika. Pardon. Gaby.« O'Connor senkte seine Stimme zu einem verschwörerischen Flüstern. »Der Flughafen ist unterwandert. Extraterrestrische Intelligenzen. Ich schlage vor, wir türmen.«

»In der Tat.« Wagner blickte einmal in die Runde. »Wir müssen es der Sternenflotte melden.«

»Unbedingt«, rief O'Connor und strahlte.

»Aber erst fahren wir ins Hotel, ja?«

Er schien nachzudenken.

»Wieso?«, sagte er gedehnt. »Wollten wir nicht irgendwo was trinken? Ich hätte wirklich gern was zu trinken, Gaby. Meine Kehle ist trocken wie ein Wurmloch. Wollen Sie, dass ich verdurste?«

»Im Hotel gibt es jede Menge zu trinken«, sagte Kuhn. »Wir trinken was im Hotel.«

O'Connor griff nach seiner Nasenspitze und ließ sie wieder los.

»Wer hat denn gesagt, dass wir ins Hotel fahren?«

»Sie.«

Die lapidare Antwort schien Wunder zu wirken. O'Connor setzte sich wortlos wieder in Bewegung. Wagner kam sich vor wie in einer Springprozession. Einen Schritt vor, zwei zurück. Sie fragte sich, wie betrunken der Physiker tatsächlich war. Irgendetwas sagte ihr, die Hälfte sei bloßes Theater. Mindestens die Hälfte.

Sie fühlte ihre Geduld schwinden und beschleunigte ihr Tempo. Die Flügeltüren glitten auseinander.

»Paddy!«, schrie O'Connor unvermittelt.

Wagner blieb stehen, holte tief Luft und fuhr herum. Lächeln, dachte sie. Freundlich sein. Denk an deinen Auftrag, er soll glauben, du bist seine Pressetante, nicht sein Wachhund. Pressetanten sind einfühlsam und lieb und endlos belastbar.

Sie konnte an Kuhns Miene sehen, dass er sich ernsthaft Sorgen machte. Plötzlich tat er ihr leid. Später würde ihn keiner danach fragen, wie schwer er es mit O'Connor gehabt hatte.

Sie im Übrigen auch nicht.

»Wir müssen dann mal«, sagte sie sanft. »Wirklich, Dr. O'Connor. In der Buchhandlung warten alle auf Sie, und ...«

O'Connor hörte nicht zu. Er starrte in eine andere Richtung und begann dann, von ihnen fortzulaufen, zurück in Richtung Rolltreppe.

»Paddy Clohessy! Patrick!«

»Ich halt's nicht aus.« Kuhn kniff die Lippen zusammen. »Dieses gottverfluchte Arschloch wird wieder alles kaputtmachen.« Sein rechtes Bein zuckte. Dann ging er dem davoneilenden Doktor mit vor Wut steifen Schritten nach. Wagner folgte ihm. Sie wusste, was sich in Kuhns Innerem abspielte. Er sah den Termin im Physikalischen Institut platzen. Es würde den üblichen Eklat nach sich ziehen. Memoranden würden geschrieben werden. Er würde pausenlos telefonieren und Entschuldigungen stammeln müssen. Sie würden ihn lynchen, häuten und vierteilen, erst in Köln, dann in Hamburg.

»Dr. O'Connor!«

O'Connor war stehen geblieben. Er wirkte plötzlich weit weniger betrunken als zuvor. Sein Finger wies in die Richtung, in der die Aufzüge lagen.

»Können wir jetzt gehen?«, bat Kuhn. »Sie werden die Signierstunde verpassen.«

O'Connor sah ihn an.

»Das war Paddy Clohessy«, sagte er.

»Ja, fein. Ich weiß nicht, wer das ist. Ich gebe nur zu bedenken ...«

»Er ist in dem Aufzug verschwunden. Nicht zu fassen. Wir müssen hochfahren. Wo fahren die Aufzüge denn hier überall hin?«

»Nach oben«, seufzte Kuhn. »Nach unten. Wohin Sie wollen.«

O'Connor nickte befriedigt.

»Nach oben!«

Sie fügten sich in ihr Schicksal und fuhren mit dem fraglichen

Lift in den ersten Stock. O'Connor streunte eine Weile zwischen den Countern herum und kam kopfschüttelnd zurück.

»Was ist unten?«, fragte er.

»Nichts. Die Straße.« Kuhn bleckte die Zähne. »Möchten Sie die Straße sehen? Man kommt von da ganz prima zu den Parkplätzen. Wirklich ganz wunderbar.«

O'Connor wirkte unentschlossen.

»Entweder«, sagte Wagner ruhig, »kommen Sie jetzt mit, oder Sie dürfen mich nicht mehr Gaby nennen. Was ist Ihnen lieber?«

Schließlich gab er auf. Sie schafften es ohne weitere Zwischenfälle zu den Taxis. Kuhn verfrachtete den Physiker auf den Vordersitz eines BMW und stieg selbst hinten ein. Wagner beugte sich zum Seitenfenster hinunter und gönnte sich einen letzten Blick in O'Connors Augen.

Er sah zurück. Ebenso gut hätte er ihr eine Einladung schicken können, sich unbekleidet in seinem Badezimmer einzufinden.

Die Scheibe summte herunter.

»Was heißt denn nun Kika?«, fragte er.

»Kirsten Katharina. Mir hat weder das eine noch das andere gefallen. Meinen Eltern offenbar auch nicht. Ich heiße Kika, seit ich denken kann.«

O'Connor versuchte so etwas wie eine Verbeugung. Sitzend und angeschnallt sah es ziemlich komisch aus.

»Kika«, sagte er. »Ki-Ka!«

»Bis später.« Sie klopfte zum Abschied gegen die Tür und wartete, bis der Wagen losgefahren war.

Kuhn hatte nicht einmal gelogen, als er sagte, O'Connor sei der netteste Mensch der Welt.

Er hat lediglich vergessen zu erwähnen, *wie* nett.

1998. 09. DEZEMBER. KOELN

Die Frau, die am frühen Abend die Passkontrolle des KölnBonn Airport durchschritt, sah der Unternehmerin Laura Firidolfi ebenso wenig ähnlich wie der Person, die Mirko in Triora getroffen hatte. Der Beamte warf einen flüchtigen Blick auf ihre Dokumente und nickte, den Blick schon auf den nächsten Ankömmling gerichtet. Die Maschine aus Turin war nicht voll gewesen. Die Abfertigung erfolgte reibungslos und ohne besondere Vorkommnisse, sah man davon ab, dass eine der gefährlichsten Frauen der Welt Kölner Boden betrat. Hätte der Beamte die Höflichkeit der Briten besessen, hätte er sich möglicherweise ein Lächeln und ein »Danke, Signora Baldi« abgerungen, aber hier war Deutschland.

Jana rückte die getönte Brille den Nasenrücken hinauf und beobachtete sich im Näherkommen in der Scheibe eines Schaukastens, als sie mit den anderen Passagieren zu den Gepäckbändern schritt. Die Frau, die ihr entgegenkam, hatte graues, straff nach hinten gebürstetes Haar, trug einen etwas aus der Mode gekommenen Mantel und wollene Handschuhe. Die Umhängetasche war aus Leder und sicher nicht billig gewesen, mittlerweile aber ebenso abgewetzt wie ihre Besitzerin. In wenigen Minuten würde sie ihren Koffer hinter sich herzerren, ohne dass sich ein aufmerksamer Mann fände, um ihr die Last abzunehmen. In ihrer Erscheinung gehörte die frühzeitig ergraute Frau mit dem arthritischen Gang zu jener Kategorie von Menschen, die sich buchstäblich durch nichts kenntlich machen, weder durch gutes noch durch schlechtes Aussehen, und die man aussortiert, bevor man sie richtig wahrgenommen hat.

Sie wartete in der Halle der Gepäckausgabe und sah mit leblosem Blick die Werbung auf den Transportbändern an. Mittlerweile hatten es findige Konstrukteure geschafft, die Kunststoffschuppen der Bänder für Displays zu nutzen, die der ständigen Beanspruchung durch die draufgepfefferten Koffer und Taschen standhielten. Gepäckstücke näherten sich nun nicht länger auf neutralem Schwarz, sondern auf Waschmitteln, Fernsehzeitschriften, glücklichen Hausfrauen, Mineralwässern oder Hundefutter.

Der Koffer geriet in Sichtweite. Jana ließ die Grauhaarige ihre rechte Hand ausstrecken und das schwere, unförmige Teil ergreifen. Sie zog den Koffer hinter sich her, nahm draußen ein Taxi und ließ sich zu der kleinen, preiswerten Pension hinter dem Bahnhof bringen, wo sie für die folgende Nacht ein Zimmer reserviert hatte. Dem Rheinpanorama schenkte sie im Vorbeifahren ebenso wenig Beachtung wie den erleuchteten Domtürmen und der Kirche Groß St. Martin. Der Taxifahrer wollte wissen, ob sie das erste Mal in Köln sei. Sie antwortete in gebrochenem Deutsch, sie besuche Verwandte. Danach fragte der Taxifahrer nichts mehr, weil eine verblühte und radebrechende Mittvierzigerin, die in Köln Verwandte besucht, nichts über Fußball und lokale Politik weiß und einem Taxifahrer darum nichts Bemerkenswertes zu erzählen hat.

Die Pension erwies sich als einfach, aber gemütlich. Diesmal erbot sich der Besitzer, ihr den Koffer auf das schmale Zimmer im zweiten Stockwerk zu tragen, und sie ließ ihn gewähren, kramte nach einem Zweimarkstück und drückte ihm die Münze in die Hand. Der Mann teilte ihr unbeeindruckt mit, Frühstück gäbe es bis 9.30 Uhr. Sie nickte, lächelte dankbar und wartete, bis seine Schritte auf der Treppe verklungen waren.

Dann starrte sie eine Weile reglos aus dem Fenster und machte Pläne.

Gegen acht verließ sie das Hotel, nachdem sie sich einen nicht so teuren Italiener hatte empfehlen lassen, der in unmittelbarer Domnähe lag. Dort aß sie Penne all'arrabiata und trank zwei Gläser Rotwein.

Anschließend schulterte sie ihre Umhängetasche und ging durch die mittlerweile geschlossenen Buden des Weihnachtsmarktes auf der Domplatte hinunter zum Rhein. Eine Zeit lang ließ sie ihren Blick schweifen und den späten Schiffen folgen, machte sich im Geiste Notizen und fügte lose Gedankengänge zusammen. Im Päffgen, dem traditionsreichen Brauhaus in der Altstadt, probierte sie Kölsch, fand den Geschmack angenehm und machte sich um kurz nach zehn wieder auf den Rückweg in die Pension, wo sie ihr Zimmer aufsuchte, das Licht löschte und sofort einschlief.

Das Frühstück nahm sie um 9.00 Uhr ein, bezahlte ihre Rechnung und bat darum, den Koffer noch eine Stunde im Flur stehen lassen zu dürfen. Dann fragte sie nach dem nächsten großen Kaufhaus. Der Pensionswirt versuchte, sie in ein Gespräch zu verwickeln, und schickte sie, nachdem die grauhaarige Frau sich mangels erforderlicher Deutschkenntnisse als unfähig dazu erwiesen hatte, zum Kaufhof. Jana bedankte sich, ließ sich vom Menschenstrom auf der Hohe Straße mittreiben und betrat das Kaufhaus wenige Minuten später. Nach kurzer Orientierung fand sie die gesuchte Abteilung und erstand einen eleganten Koffer von MCM und eine passende Handtasche. Sie bezahlte bar, verstaute die Handtasche in dem Koffer und zog diesen hinter sich her bis zum Bahnhof, wo sie ihn in einem Schließfach deponierte und zurück zur Pension ging, um ihren eigenen Koffer zu holen. Man rief ihr dort ein Taxi, mit dem sie sich zum Bahnhof fahren ließ, den neuen Koffer dem Schließfach wieder entnahm und mit beiden Gepäckstücken in der öffentlichen Toilette verschwand.

Dort suchte sie eine Kabine auf, befand den winzigen Raum nach einem schnellen Blick für tauglich und schloss hinter sich ab.

Was nun geschah, erfolgte mit dem messerscharfen Timing vollendeter Professionalität. Im Nu hatte Jana den schäbigen Koffer entleert, einen Teil des Inhalts auf den geschlossenen Toilettendeckel gelegt und den Rest vor sich auf den Boden gestapelt. Es war alles andere als einfach, in den beengten Verhältnissen einer öffentlichen Toilette Koffer größeren Formats umzupacken, aber durchaus machbar, wenn man in so etwas Übung hatte. Jana brauchte dafür keine zwei Minuten. Kleidung und Accessoires wechselten den Aufbewahrungsort, das meiste verschwand in dem neuen Koffer, verschiedenes in der neuen Handtasche. Sie legte die unscheinbaren Kleider, die sie am Leibe trug, bis auf BH und Slip ab, zog die graue Perücke von ihrem Kopf und rubbelte die hauchdünne Schicht Latex von Stirn und Wangen, die ihrer Haut das unreine und verblühte Aussehen gegeben hatte. Mit schnellen, aber kontrollierten Bewegungen legte sie nacheinander eine schwarze Strumpfhose, eine gleichfarbige Bluse, einen engen grauen Rock und ein dazupassendes Jackett an, verfügte eine teure Uhr und dezenten Silberschmuck um Handgelenke und Hals und schlüpfte in ein Paar mattschwarzer Pumps. Rasch zog sie einen Handspiegel hervor und widmete sich ihrem Gesicht. Das Make-up nahm eine zusätzliche Minute in Anspruch, dann verschwand ihr Naturschopf unter einer weiteren künstlichen Haartracht. Im nächsten Moment fielen blonde Locken auf Janas Schultern. Sie verstaute die Schminkutensilien in ihrer Handtasche, packte die graue Frau namens Baldi mit allem Drum und Dran zu ihrer übrigen Kleidung, warf ein schwarzes Lodencape um ihre Schultern und verließ die Kabine entspannt mitsamt ihren neuen Gepäckstücken.

»Ich glaube, da drinnen hat jemand seinen Koffer vergessen«, sagte sie zu der Toilettenfrau auf Deutsch mit slawischem Einschlag und platzierte eine Münze auf ihrem Teller. Ohne eine Antwort abzuwarten, den MCM-Koffer fest im Griff, die Handtasche unter den Arm geklemmt, ging sie hinaus in die Bahnhofshalle und von dort zum Taxistand. Der Fahrer des ersten Wagens, der sie kommen sah, stieg unverzüglich aus und half ihr, den Koffer zu verstauen. Sie registrierte befriedigt, dass er den Blick verstohlen an ihr herunterwandern ließ, bevor er sie hinten einsteigen ließ.

»Hotel Kristall«, sagte sie.

Den Koffer auf der Bahnhofstoilette und die alte Umhängetasche darin würde man ins Bahnhofsfundbüro geben. Beide Teile hatte sie ausschließlich mit Handschuhen angefasst, aber da sie leer waren und keinerlei Besonderheiten aufwiesen, würde kein Mensch je auf die Idee kommen, sie auf Fingerabdrücke hin zu untersuchen. Nach kurzer Zeit, in der niemand kam, um sie abzuholen, würden sie auf den Müll wandern oder in den Besitz irgendeiner armen Seele übergehen.

Jemand war nach Köln eingereist. Jemand anderer würde ausreisen. Das war alles.

Belustigt dachte Jana an die unzähligen Bücher und Filme, in denen Geheimagenten und Gangster ähnliche Verwandlungen mit ihrem Äußeren vollzogen hatten wie soeben sie. Immer wurde es als etwas Besonderes dargestellt, aber es war nichts Besonderes. Verwandlung gehörte zur Routine. Es ging lediglich darum, möglichst oft die Spur hinter sich abzubrechen, tunlichst, bevor irgendjemand sie überhaupt erst aufgenommen hatte. Möglicherweise war alles, was sie diesbezüglich bisher getan hatte und noch tun würde, gar nicht nötig. Zu einem späteren Zeitpunkt würde sie mit einiger Gewissheit offiziell als Laura Firidolfi nach Köln reisen. Im Moment jedoch gefiel es ihr so besser.

Kein Mensch würde später bekunden können, ob eine Person, die möglicherweise verantwortlich war für die kommenden Ereignisse, je in Köln geweilt hatte. Die Rekonstruktion der Vorgänge würde nahezu unmöglich werden. Zu keiner Zeit würde jemand Jana in Köln erblickt haben. Jana, wie sie wirklich aussah, gab es ohnehin nur in der Gestalt Laura Firidolfis, und die weilte zur Zeit im Beisein ihres Finanzdirektors Silvio Ricardo und des Chefprogrammierers der Neuronet, Maxim Gruschkow, im italienischen Süden, was beide auf Ehre und Gewissen bezeugen konnten.

Das Taxi stoppte vor dem Kristall, einem nicht ganz geschmackssicheren, aber dennoch gehobenen und komfortablen Designerhotel an der Nord-Süd-Fahrt. Sie gab dem Taxifahrer ein großzügiges Trinkgeld und ließ ihn den Koffer ins Innere tragen, wo dienstbare Geister sich unverzüglich um die Weiterbeförderung aufs Zimmer kümmerten. An der Rezeption wies sie sich als Karina Potschowa aus, Geschäftsfrau aus der Ukraine, erkundigte sich nach den wichtigsten Sehenswürdigkeiten und ließ beim Nobelitaliener Alfredo für den Abend einen Tisch reservieren.

Das Kristall entsprach Janas Vorstellungen von Lebensart schon wesentlich eher, wenngleich es ihr nichts ausgemacht hatte, in der Pension zu wohnen. Die jetzige Verkleidung hatte mehr mit der echten Jana zu tun als die graue Frau und war dementsprechend mit einer Reihe erfreulicherer Begleitumstände verknüpft. Dennoch nahm Jana auch eine verlauste Bruchbude in Kauf, wenn es die Sache erforderlich machte. Solange sie in die Rolle einer anderen Person schlüpfte, war sie diese Person. Sie bewegte sich so, dachte so, empfand so. Wer sich verkleidet vorkam, verhielt sich auch verkleidet. Jana war jeweils, was sie gerade darstellte.

Einen Augenblick gönnte sie sich den höchstpersönlichen Moment des Wohlgefühls, gute Kleidung zu tragen und den Luxus eines besseren Hotels zu genießen. Sie würde ausgezeichnet essen und einen hervorragenden Barolo oder Amarone dazu trinken. In bester Laune stattete sie ihrem Zimmer einen kurzen Besuch ab, kontrollierte ihr Make-up und begab sich zum Dom, den sie jetzt ausgiebig bestaunte, als sähe sie das kolossale Bauwerk zum ersten Mal. In einem der Andenkenge-schäfte zwischen Bahnhof und Kathedrale, eingelagert in die hässliche Betonplatte, die dem Dom als Sockel und Heerscharen von Touristen als Erlebnisplattform diente, erstand sie einen Stadtplan und einen Stadtführer, überflog die wichtigsten Passa-gen und begann ihre scheinbar ziellose Wanderung durch die Stadt.

An diesem Tag lernte Jana kennen, was sie an Köln am meis-ten interessierte. Opernhaus und Theater, die Museen, das Rat-haus und sonstige repräsentative Gebäude, von denen zu erwar-ten stand, dass man dort Staatsgäste empfing, sowie die angese-hensten und teuersten Hotels und die Altstadt. Noch besaß sie keinerlei Informationen darüber, welche dieser Plätze später eine maßgebliche Rolle spielen würden, falls überhaupt einer darunter war, aber sie kannte nunmehr in grober Skizzierung das Terrain und konnte erste Ideen entwickeln.

Der folgende Tag würde dem Flughafen gehören. Sie wusste, dass sie noch einige Male herkommen musste, aber schon dieser erste Besuch versprach Ergebnisse. Übermorgen um dieselbe Zeit, wenn Karina Potschowa nach Turin weiterreiste, um sich kurz darauf wieder in Laura Firidolfi zu verwandeln, würde sie zumindest wissen, was alles *nicht* ging.

Zum wiederholten Male fragte sich Jana, ob sich Mirkos Auftraggeber wirklich darüber im Klaren waren, was sie da ver-langten.

Sie spuckten fünfundzwanzig Millionen aus.

Sie mussten sich darüber im Klaren sein!

Eine Gruppe Holländer lief, die Häupter gekrönt von billigen Nikolausmützen, an ihr vorbei und schwenkte Einkaufstüten.

Richtig. Es war ja Weihnachten.

Seltsam, dass man sich trotz opulenter Weihnachtsmärkte und eindeutiger Dekorationen in den Schaufenstern immer wie-der daran erinnern musste. Das war in Deutschland nicht anders als im Rest von Europa. Vielleicht, weil das Fest der Liebe durch Öffnungszeiten geregelt war.

Jana projizierte die Vorstellung eines Fadenkreuzes auf das In-nere ihrer Netzhaut und nahm einen der Holländer ins Visier. Er lief gestikulierend neben den anderen her und redete auf sie ein.

»Bumm«, sagte sie leise.

Der Holländer lachte. Die Gruppe entfernte sich.

Jana sah ihnen einige Sekunden lang hinterher und widmete ihre Aufmerksamkeit anderen Dingen.

1999. 15. JUNI. KOELN

Wagner fuhr zuerst ins Maritim, um sich zu vergewissern, dass O'Connors Gepäck ordnungsgemäß auf seine Suite geschafft wurde. Sie musste einige Minuten warten, bis die beiden Koffer und die Golftasche eintrafen, die O'Connor zu allen Zeiten mit sich führte. Wenn er nicht gerade schrieb, forschte oder betrunken war, spielte er Golf wie ein Wahnsinniger. Sie hatten ihn für den folgenden Tag als Gast der Stadtsparkasse Köln auf dem Golfplatz Lärchenhof in Pulheim untergebracht und zum Lunch einen Tisch im dazuegehörigen Restaurant reserviert, wo mit einem Stern besser gekocht wurde als anderswo mit dreien.

Wagner ließ sich das Zimmer zeigen. Es war behaglich und großzügig eingerichtet und gewährte einen phantastischen Blick auf das gegenüberliegende Rheinufer mit dem Hyatt. Zufrieden fuhr sie mit dem Aufzug in die Lobby und fragte an der Rezeption nach einem guten Whisky, schottischem oder irischem, aber keinesfalls Bourbon. Es war nicht an ihr, O'Connor am Trinken zu hindern. Er konnte sich Alkohol verschaffen, wann und wo immer er wollte. Wenn er schon so viel Wert darauf legte, sollte er sich ruhig über eine Flasche auf seinem Zimmer freuen.

Die Rezeptionistin verstand von Whisky offenbar ebenso wenig wie Wagner selbst. Ein Kollege wurde hinzugezogen, der wissend die Mundwinkel hob und versprach, sich darum zu kümmern. Den Namen, den er erwähnte, hatte Wagner schon gehört. Er fügte noch etwas von Special Old Reserve hinzu und erwähnte die Worte Pure Single Malt. Das erschien ihr hinreichend exotisch, um sich der Kennerschaft des Mannes anzuvertrauen. Sie dankte ihm und ließ ihren Blick die Hotelhalle durchschweifen.

Auch hier war man im Gipfelfieber. Der Anblick breitschultriger Bodyguards fehlte, dafür sah sie Männer und Frauen in geschäftsmäßigem Grau das Basement durchqueren, in Gruppen zusammenstehen oder die Tische der Sitzgruppen mit Schnellheftern und Laptops belegen.

Zum zweiten Mal an diesem Tag machte sie es sich in einer Hotelhalle bequem, bestellte einen Capuccino und wartete. Die Sitzgruppen in der Lobby des Maritim waren von gleicher Eleganz und Bequemlichkeit wie die im Hyatt und ebenso wie diese nicht geschaffen für Frauen wie Kika Wagner. Sie lehnte sich zurück, zog die Knie an, ließ sie sacht nach rechts kippen, versuchte das Gleiche zur linken Seite hin und streckte sie schließlich aus. Zwei Männer, die etwas sprachen, das möglicherweise Russisch war, gingen vorbei und starrten.

Auch gut.

Eine Viertelstunde später trafen Kuhn und O'Connor ein. Der Lektor grinste mit hochgerecktem Daumen, was wohl heißen sollte, dass O'Connor sich in der Buchhandlung manierlich betragen hatte. Er zupfte an seiner Jacke herum und begab sich an die Rezeption. Wagner erhob sich, strich ihren Rock glatt, ärgerte sich im selben Moment über die Öffentlichkeit der Geste und trat dem Physiker entgegen.

»Hallo, Ki-Ka!«, sagte O'Connor und sah sie an.

Größere Mengen Atome in ihrem Bauch und Brustkorb wechselten auf ein höheres Energieniveau und schossen wild durcheinander. Sie lächelte. Er schien zu überlegen. Dann erhellte sich seine Miene. Er ging zu einem der Blumengestecke, die überall in der Lobby verteilt waren, riss eine Rose heraus und kehrte damit zu Wagner zurück.

Auch das noch.

Sie bereitete sich darauf vor, einen Dank von angemessener Kühle zu formulieren. Dann ging ihr auf, dass er keinerlei Anstalten machte, ihr die Rose zu überreichen. Er drehte sie hin und her, roch daran und nickte befriedigt.

»Ich liebe Rosen«, sagte er.

»Ja«, bemerkte Wagner trocken. »Das sieht man.«

»Werde sie mit aufs Zimmer nehmen und jedes Gewächs, das ich stattdessen vorfinde, in den Müllschlucker werfen. Ist Ihnen das mal aufgefallen, Gaby? Hotels verunstalten die besseren Zimmer immer mit den grauenhaftesten Pflanzenarrangements.

Wie Grabgestecke. Man legt sich ins Bett und wundert sich, wo der Priester bleibt.«

»Sie haben Suite 108«, mischte sich Kuhn ein und wedelte mit einem Schlüssel.

»Und?«, fragte O'Connor ernst. »Was soll ich da?«

»Nichts«, sagte Wagner. »Wir können auf den Dom klettern. Er ist direkt um die Ecke.«

»Ich selbst«, fügte Kuhn hastig hinzu, »bewohne die 344. Wenn Sie irgendetwas brauchen, ich werde die nächste Viertelstunde dort sein und mich frisch machen. Rufen Sie einfach an.«

O'Connor holte aus und schlug ihm jovial auf die Schultern.

»Das würde ich, Kuhn, alter Junge, wenn Sie rote Locken und die Titten von Lollo Ferrari hätten.«

Kuhn bekam knallrote Ohren.

»Ich kann… äh… sehen, was sich machen lässt. Habe ich Sie richtig verstanden, dass…«

O'Connor beugte sich zu ihm vor, wankte leicht und schnüffelte.

»Was ist das für ein Aftershave? Irish Moos? Wollen Sie sich beliebt machen?«

»Hey, Liam! Das reicht nun wirklich!«

»Ich bin Ihr Zugpferd. Was reicht, überlassen Sie bitte mir. Du lieber Gott, wie Sie stinken! Ich werde mich wohl heute Nachmittag im Bett aufhalten müssen. Gaby, will sagen, Kika… wo sind Sie denn? Ah! Ich glaube, Ihr Freund Kuhn hatte ein paar Gläser zu viel. Er kann kaum gerade stehen. Bringen Sie mich aufs Zimmer?«

»Wenn Sie in den ersten Stock fahren –«, begann Wagner.

»Wenn Sie in den ersten Stock fahren«, unterbrach sie O'Connor, »komme ich vielleicht mit. Ansonsten gehe ich an die Bar.«

Wagner registrierte etwas in ihrem Innern, das hochdrängte und sich Luft machen wollte. Sie zwang es zurück und nickte.

»Gut. Gehen wir.«

Kuhn holte den Aufzug. Sie fuhren nach oben und schritten den Gang entlang, der zu O'Connors Suite führte.

»Wie groß sind Sie denn?«, wollte O'Connor wissen.

»Zu groß für Sie«, gab sie mit zuckrigem Lächeln zurück.

»Das würde ich nicht sagen!«, protestierte O'Connor, zog den Kopf ein und sah mit Hundeblick zu ihr auf. »Ich bin eins vierundachtzig. Eigentlich bin ich sogar eins sechsundachtzig. Ich war immer eins sechsundachtzig.«

»Und warum sind Sie jetzt zwei Zentimeter kleiner?«

»Letztes Jahr hat mein Arzt behauptet, ich sei eins achtzig. Ich war längere Zeit nicht bei ihm. Wir haben sehr über das Thema gestritten und uns dann auf eins vierundachtzig geeinigt. Glauben Sie die Geschichte?«

»Nein.«

»Sie ist aber wahr. Der Mensch wird kleiner im Alter. Es gibt noch Hoffnung für Sie, Kika.«

Kuhn schloss Zimmer 108 auf und bugsierte O'Connor hinein.

»Sie sollten sich ein bisschen ausruhen«, schlug Wagner vor. »Um sieben sind Sie im Physikalischen Institut.«

»Ach, das.« O'Connor drehte seine Rose hin und her, tappte unentschlossen zu seinem Gepäck, zupfte an seiner Golftasche und bemerkte den Whisky auf der Anrichte unter dem Spiegel. Seine Augen weiteten sich.

»Glenfiddich«, sagte er.

Kuhn warf Wagner einen giftigen Blick zu. Sie fühlte sich unbehaglich. Vielleicht war es doch keine so gute Idee gewesen, ihm die Flasche aufs Zimmer zu stellen. Wenn O'Connor auf die Idee kam, das Zeug jetzt in Angriff zu nehmen, konnten sie das Physikalische Institut gleich absagen.

Immerhin, dachte sie. Volltreffer. Er ist ehrlich ergriffen.

»Glenfiddich«, wiederholte O'Connor leise. Er legte die Rose auf die Anrichte, nahm die Flasche in beide Hände und schüttelte den Kopf. »Ich werde diese Flasche unverzüglich leeren müssen.«

»Ich würde das keinesfalls tun!«, rief Kuhn entsetzt.

»Doch. Genau das werde ich.«

Er drehte den Verschluss auf und schlurfte ins Bad. Sie hörten ein gluckerndes Geräusch. Wagner fragte sich, was er da machte. Sie ging ihm hinterher und sah, dass er den kompletten Inhalt in den Ausguss leerte.

»Diese Schwachköpfe«, fluchte O'Connor leise. »Was glauben die, wer ich bin? Wollen die mich beleidigen? Kaufhaus-plärre! Exportpisse! Die mieseste Brühe, die sich je von Schott-land in die Welt verirrt hat, und mir stellen die so was hin. Vor nicht ganz hundert Jahren hätte man den Überbringer darin er-säuft, für nichts anderes ist der Fusel gut.«

Kuhn betrachtete Wagner mit anzüglichem Grinsen.

»Danebengegriffen, Frau Kollegin?«

»Halten Sie bloß die Klappe.«

O'Connor kehrte aus dem Bad zurück und gähnte. Er sah aus, als würde er jeden Moment zu Boden gehen.

»Ich werde mich hinlegen. Manchmal ist die Realität einfach viel zu realistisch. Wann müssen wir in dieses lächerliche Insti-tut?«

»Kuhn holt Sie um halb sieben ab«, sagte Wagner.

»Wann ist der Vortrag?«

»Um sieben. Es wäre hilfreich, wenn Sie ein paar Minuten vorher eintreffen.«

»Du lieber Himmel«, stöhnte O'Connor und ließ sich der Länge nach auf das Bett fallen. »Pünktlichkeit ist etwas Schäbi-ges. Albern und gewöhnlich. Sie stiehlt einem die Zeit, hat Oscar Wilde gesagt, und er hatte in jeder Beziehung Recht. Die Groß-zügigkeit der Autisten. Jeder Idiot kann pünktlich sein. Wecken Sie mich gegen sieben, dann sehen wir weiter.«

»*Halb* – sieben«, sagte Wagner mit Nachdruck.

»Na schön.« O'Connor deutete auf die Rose. »Ist das nicht seltsam? Kluge Frauen sind oft von bemerkenswerter Hässlich-keit. Sie nicht, das ist noch viel bemerkenswerter. Nehmen Sie die mit, sie kommt von Herzen.«

»Danke«, sagte Wagner im Hinausgehen. »Aber ich pflege mich nach Komplimenten nicht zu bücken. Dafür bin ich zu groß.«

Sie verließ das Maritim, ging zu ihrem Wagen und sammelte sich einen Moment. Wieder drängte das Etwas in ihr hoch. Sie ließ es passieren, und zu ihrer Verblüffung entpuppte es sich als Gelächter.

Was sie bis jetzt erlebt hatte, war nichts im Vergleich zu dem, was O'Connor möglicherweise noch an Überraschungen bereit-hielt. Immerhin hatte er in Hamburg den Großteil seiner Termine entweder nicht wahrgenommen oder war verspätet erschienen. Schlimm genug, aber immer noch harmlos gegen die Schlägereien, die er sich in unregelmäßigen Abständen lieferte. So wie im Vorjahr in Bremen. Angeblich – und diese Version unterstützte der Verlag ebenso wie die damals ermittelnde Polizei – hatte ein Geschäftsmann in der Szenebar, die O'Connor gegen ein Uhr morgens betreten hatte, ihn aufs übelste beleidigt und schließlich attackiert. Wer wem zuerst eine reingehauen hatte, ließ sich hinterher nicht mehr mit hundertprozentiger Gewissheit sagen, aber der Geschäftsmann musste mit gebrochener Nase verarztet werden, während O'Connor lediglich über Schmerzen in seinen Fingerknöcheln klagte. Das Objekt des Streits, hieß es, sei der einzige freie Barhocker gewesen, den der eine wie der andere zur gleichen Zeit erspäht und angesteuert hatte. Allen Beteiligten war die Sache furchtbar peinlich, bis auf O'Connor selbst, der sich in dem Schlamassel offenbar gut amüsierte. Wie auch nicht? Jedes Mal, wenn er sich schlug, schien ein höherenorts getroffenes Agreement in Kraft zu treten, das ihn von jeglicher Schuld freisprach und gnädig übersah, dass der Physiker in mindestens der Hälfte aller Fälle den ersten Treffer gelandet hatte.

Wie auch immer.

Sie startete den Golf, legte einen Gang ein und ließ den Wagen am alten Messegelände vorbeirollen. Ihr blieb ausreichend Zeit, ein paar Einkäufe zu erledigen und ihre Eltern zu besuchen, um ihr Gepäck dort loszuwerden. In den nächsten Tagen würde sie dort schlafen.

Sollte Kuhn sich um O'Connor kümmern, falls der Physiker nicht wie versprochen ins Koma fiel.

1998. 13. DEZEMBER. PIEMONT. LA MORRA

Jana saß über Bergen von Unterlagen und verfluchte den Verfall der guten Sitten im Geschäft des Tötens.

So merkwürdig es klingen mochte – der Terror hatte seine Unschuld eingebüßt. Lange Zeit waren die Gruppierungen bemüht gewesen, die Waage zwischen akzeptabler Gewalt und

Gewaltfreiheit zu halten. Man legte Wert auf die Feststellung, nur ausgemachte Lumpen zu bekämpfen. Das Hineinziehen Unschuldiger sei unethisch. Gewalt habe sich gegen den Staat zu richten, nicht gegen die Bürger, für die man das ganze unerfreuliche Geschäft ja letzten Endes auf sich nehme.

Das war natürlich in die Tasche gelogen. Wen man symbolisch um die Ecke brachte, der war trotzdem tot. Dennoch war es eben diese Schwammigkeit zwischen Eskalation und Ethik, die dem Terrorismus mitunter Sympathien auf breiter Ebene eintrug. In letzter Konsequenz ging es darum, Anhänger zu gewinnen, die keine Terroristen waren. Man erzwang die Bereitschaft zuzuhören, um sie dann sinnvoll zu nutzen, Nachdenklichkeit und Sympathie zu erzeugen und seine Lobby zu vergrößern. Organisationen wie PLO, IRA und ETA wussten zeitweise sehr genau, wie weit sie gehen konnten, um mit dem Märchen vom Symbol noch durchzukommen und einmal gewonnene Anhänger nicht wieder zu verschrecken. Ob die Öffentlichkeit nun wollte oder nicht, sie begann, sich mit den Problemen Nordirlands, der Basken und der Palästinenser zu beschäftigen und Verständnis dafür zu entwickeln. Man konnte dem Terrorismus vorwerfen, er sei menschenverachtend und brutal, aber im Resultat seiner Bemühungen hatte er sich hin und wieder legitimiert. Die Verleihung des Friedensnobelpreises an Jassir Arafat war dafür das beste Beispiel.

Dann, 1995, kam der Schock. Die Freisetzung des tödlichen Nervengases Sarin in der Untergrundbahn von Tokio durch die Aum-Sekte setzte über Nacht alle Statuten der Terrorismusforschung außer Kraft. Offenbar gab es Gruppierungen, die aus unerfindlichen Gründen wahllos Massen von Menschen töteten, je mehr, desto besser. Hatten die meisten Terroristen bis dahin eine Abneigung gegen Massenvernichtungswaffen gezeigt und beinahe konservativ mit Pistole und Nagelbombe operiert, wurde nun der Exodus der Menschheit propagiert, inspiriert von einem mystischen, fast transzendentalen, göttlich inspirierten Gebot.

Wie es aussah, war der internationale Terrorismus in eine Phase erhöhter Gewalttätigkeit und gesteigerten Blutvergießens eingetreten, die auf diffusen religiösen und rassistischen Maximen gründete. Die Frage, was diese Organisationen überhaupt wollten, wurde nur noch übertroffen von der Ratlosigkeit hinsichtlich ihrer Mitglieder. Das Schlimmste schien jedoch zu sein, dass den Massenmördern offenbar jede Form von High-Tech und gewaltige Summen Geldes zur Verfügung standen und dass sie sich professioneller Killer bedienten, die ebenso wenig eine moralische Grenze zogen wie ihre Auftraggeber.

Die Welt rieb sich die Augen und verfiel in hektische Aktivität. Als hätte man der Probleme nicht genug, dämmerte nach dem Zusammenbruch der Sowjetunion auch noch der Schwarzmarkt für Atomwaffen herauf. Internationale Krisenstäbe tagten. Ein Abkommen zur grenzübergreifenden Zusammenarbeit jagte das nächste. Der Schrecken vor dem Schrecken setzte ein globales Planspiel in Gang. Was kam als Nächstes? Chemischer Regen? Nukleargewitter? Kaum einer, der nicht mit sentimentaler Wehmut an die guten alten Flugzeugentführungen und politischen Morde zurückdachte, als Terroristen eigentlich noch nette Menschen waren, vielleicht mit einem etwas übersteigerten Empfinden für Symbolik. Die Zukunft lag im Dunkel. Alles konnte passieren. Nichts war abwegig genug, um nicht gedacht zu werden. Nichts, was nicht im Bereich des Möglichen lag.

Nichts, wogegen man sich nicht zu wappnen suchte.

Nur so war es zu verstehen, dass Jana am Abend des 13. Dezember 1998 bei einer Flasche Nebbiolo d'Alba Überlegungen anstellte, die weit über das gewohnte Instrumentarium des traditionellen Terrorismus hinausgingen. Ohne die Signale, die vom Wahnsinn der Sekte Aum Shinrikyo ausgegangen waren, hätte sie sich nicht mit einem Sicherheitsdenken herumschlagen müssen, das kaum noch Raum für bewährte Waffensysteme ließ und jeden Erfolg in den Bereich der Utopie rückte.

Wer zu dieser Zeit an dem Haus in den piemontesischen Bergen vorbeifuhr, wäre nie auf die Idee gekommen, was die angesehene Unternehmerin Laura Firidolfi dort gerade ausbrütete. Es lag ruhig und friedlich da. Aus dem großen Arbeitszimmer drang das Licht der Schreibtischlampe, die Janas Gedanken einsam beleuchtete. Über den Berg von Kladden, Dokumentationen und Fachbüchern hinweg konnte sie auf die Lichter von La Morra schauen, dessen Silhouette den Hügelkamm zackte. Hin und wieder tauchten die Finger von Scheinwerfern in der Dunkelheit auf, verklangen Motorengeräusche. Die Kälte trieb Nebel in die Weinstöcke. Ein Ort für Geistergeschichten war das, nicht für schweißtreibenden Terror.

Jana war eine Weile spazieren gegangen und hatte die winterliche Luft eingesogen. Im Allgemeinen kamen ihr die Ideen eher nebenbei. Ansatzpunkte fand sie schnell, Zeit kostete die Verfeinerung. Sie schöpfte aus einem reichhaltigen Repertoire und individualisierte die Methode ihrer Wahl im Laufe weniger Stunden. Der Rest war Routine, beinahe langweilig. Ein Gewehr blieb ein Gewehr, eine Pistole eine Pistole. Selbst wenn es sich um Einzelstücke handelte, die eigens für den einen Moment angefertigt wurden, den sich manche ihrer Arbeitgeber bis zu einer Million kosten ließen.

Diesmal war es anders.

Seit Tagen wartete sie darauf, dass sich die Initialzündung einstellte, sich die alles entscheidende Datei in ihrem Kopf öffnete und ihre Geheimnisse preisgab. Im Bewährten fand sich keine Lösung. Wieder und wieder war Jana den Tag durchgegangen, an dem sie sich ihrer fünfundzwanzig Millionen als wert erweisen musste. Immer wieder endete sie in einer Sackgasse. Error. Der Fehler 5 ist aufgetreten. Sichern Sie Ihre Daten. Schließen Sie das Fenster. Versuchen Sie ein anderes Programm. Neustart.

Es wäre halb so wild gewesen, wenn Mirkos Hintermänner die Randbedingungen nicht so eng geschnürt hätten. Aber Ort und Zeit lagen genau fest. Sie wollten es in diesem einen Augenblick, und sie wollten es so, dass es der Welt den Atem verschlug.

Die Quadratur des Kreises.

Wie immer die Lösung aussah, sie würde von bestechender Logik und zugleich vollkommen abstrus sein müssen. Etwas so Unglaubliches, dass selbst die ausgefuchstesten Sicherheitsleute nicht darauf kommen würden.

Ihr Blick wanderte zu der Uhr auf ihrem Schreibtisch. Allmählich fühlte sie Müdigkeit in sich aufsteigen. Es war Viertel vor drei am Morgen. Mittlerweile schnitten keine Scheinwerferkegel mehr durch die Hügel, und die Lichter von La Morra waren verlöscht bis auf einige Straßenlaternen. Jana stand auf, reckte die Gliedmaßen und fühlte eine leichte Verspannung in ihrer linken Schulter.

Das war nicht gut. Sie konnte sich keine körperlichen Ausfälle gestatten. Weder nach stundenlangem Sitzen noch nach durchgearbeiteten Nächten. Sie würde ihr tägliches Sportprogramm überdenken und vielleicht den Masseur wechseln müssen. Sie hatte zweimal mit ihm geschlafen und seitdem den unbestimmten Verdacht, dass der Druck seiner Hände einer albernen Zärtlichkeit gewichen war, wenn er sie anfasste.

Gähnend ging sie hinüber zu der Konsole mit den CDs, wählte *Space Oddity* von David Bowie und gestattete sich einen letzten Schluck von dem Nebbiolo. Das Glas in der Hand, trat sie bis nah ans Fenster und sah hinaus, so wie sie es immer tat, wenn sie Ratlosigkeit verspürte.

Im Unerwarteten liegt die Chance.

Wer hatte das noch gesagt? Irgendeiner von den Iren? Vermutlich. Sie hatten schon so viele kluge Dinge gesagt. Die Iren waren wirklich gut.

Leicht enerviert ging Jana zurück zum Schreibtisch, stellte das Glas ab und langte mit der Hand nach dem Schalter der Lampe.

Mitten in der Bewegung verharrte sie.

Ihre Hand schwebte einen Moment lang in der Luft und sank dann langsam herunter, während ihr Blick fasziniert auf das Glas gerichtet war. Im letzten Rest des Nebbiolo brachen sich die Lichtstrahlen und erzeugten funkelnde Kaskaden von intensivem Hellrot.

Die Lösung lag im Wein.

Nein, das war tatsächlich zu abstrus. Am besten, sie verschwendete keinen weiteren Gedanken an die Sache und legte sich schleunigst schlafen.

Aber noch während ihr Verstand protestierte, ging sie in die Hocke, ergriff den schlanken Stiel des Glases und begann, es leicht zu drehen und von der Lampe weg- und wieder darauf zuzuschieben. Die leuchtenden Bögen in der Flüssigkeit verloren oder gewannen an Intensität, je nachdem. Sie streckte den Zeigefinger aus und schob das Glas ganz unter die Halogenbirne, bis sich das Licht in einem strahlenden Punkt bündelte, einer kleinen Sonne, dort, wo der Kelch des Glases auf dem Stiel ruhte.

Dann ergriff sie das Glas und trank es aus.

Ungewöhnlich war es!

Aber würde es auch nur im Traum funktionieren?

Die Müdigkeit war verflogen, von Verspannung keine Spur mehr. Jana zog eine Schublade auf, entnahm ihr einen neuen Block und einen Bleistift und begann zu arbeiten.

1999. 15. JUNI. KOELN.
1. PHYSIKALISCHES INSTITUT

Für die meisten war O'Connors Besuch Anlass zur Freude.

Wagner nahm sich vor, alles zu tun, um die Freude einigermaßen abzusichern, als sie um Viertel vor sechs ihre Eltern verließ, aber ein Unwetter konnte man auch nicht mehr als ankündigen. Auf O'Connor warteten rund vierzig Studenten, eine Hand voll Professoren und diverse Leute von der Kölner Presse. Entweder sie schloss den Physiker im Hotel ein oder fugte sich in das Unvermeidliche, wie immer es sich darstellen mochte.

Die Innenstadt war dicht. Wagner brauchte zwanzig Minuten, um zum Institut zu gelangen und den Golf zwischen zwei rostzerfressene Renaults zu bugsieren, deren Seitenscheiben mit Verkaufsangeboten zugeklebt waren. Die Zülpicher Straße, an der die weißen Flachbauten des Instituts inmitten einer ausgedehnten Grünanlage hervorstachen, war die Handelsmeile der Studenten für ihre meist vorsintflutlichen Fortbewegungsvehikel. Man konnte Autos erstehen, die als mindestens so ausgestorben galten wie die Saurier, und manche fuhren sogar. In den letzten Jahren hatte sich der Durchschnittszustand der hier versammelten Blechhaufen etwas gebessert, aber immer noch sah man Kuriositäten zu Vorkriegspreisen, denen man kaum zutraute, ihren Parkplatz je wieder verlassen zu können.

Wagner schloss den Golf ab in der Hoffnung, dass niemand ihn zwischenzeitlich kaufte, sah sich nach beiden Seiten um und lief über die Straße. Keine hundert Meter weiter begann jenseits einer Eisenbahnüberführung das studentische Kneipenviertel.

Inzwischen, nachdem man jahrelang nicht durch bestimmte Straßen hatte gehen können, ohne auf Drogenverkäufer zu stoßen, die aus ihrer Ware keinen Hehl machten, ging es dort wieder einigermaßen gesittet zu. Einige der schlimmsten Läden hatten dichtgemacht oder die Besitzer gewechselt. Der Auto- und Fahrraddiebstahl war geringfügig zurückgegangen. Wirklich kriminell war nach Aussage einiger Studenten aus Wagners ehemaligem Dunstkreis nur noch das Essen in der Mensa, und selbst das hatte sich angeblich gebessert.

Sie umrundete das Gebäude auf gepflasterten Wegen, bis ihr Bäume den Weg versperrten und sie den kompletten Weg zurück musste. Der Eingang lag versteckt am gegenüberliegenden Ende. Wagner hatte in Köln Germanistik, Politik und Anglistik studiert, bevor sie an die Alster emigriert war, aber das Physikalische Institut hatte sie auch damals nie betreten.

Im Laufschritt nahm sie die wenigen Stufen zu den Glastüren, die ins Innere führten, und durchquerte die dämmrige Halle. Es gab schlimmere und erbärmlichere Orte der Gelehrsamkeit; wenigstens schmückten ein paar Bilder von Radioteleskopen und spektographische Aufnahmen der Erdoberfläche die Wände. Nachdem Wagner die Halle fast vollständig durchquert hatte, las sie zu ihrer Rechten die Aufschrift »1. Physikalisches Institut« auf einer großen Glasfläche. Dahinter lag der Hoheitsbereich der Leute, die verstanden, was der Weltraum zu erzählen hatte. Im angrenzenden Trakt begann das eigentliche Institut. Man kam nicht einfach herein, wenn man nicht angemeldet war. Auch die Wissenschaft schützte sich vor unerwünschten Eindringlingen.

An einer Wand hing ein Telefon. Sie wählte eine Nummer und wartete. Eine Stimme meldete sich.

»Kika Wagner«, sagte sie. »Ich bin die Vorhut von ...«

»Ich weiß schon«, antwortete die Stimme. »Warten Sie einen Augenblick, ich hole Sie ab.«

Sie hängte ein und legte den Kopf in den Nacken. Über ihr prangte ein Foto der Zugspitze. Die Spitze der Zugspitze, um genau zu sein. Hineingekauert in das Felsmassiv wartete die kompakte Halbkugel eines Observatoriums darauf, dem Universum seine Geheimnisse abzutrotzen.

Wagner stellte sich vor, eine sternenklare Nacht dort zu verbringen. Man vergaß allzu oft, dass viele Wissenschaftler im Grunde ihres Herzens Romantiker waren. Sie dachte, dass man sich dort oben unsagbar klein vorkommen musste, wie unter dem Mikroskop, und vielleicht war es ja so. Vielleicht wurden die Menschen mit ihren Gerätschaften, wie tief sie auch in die Welt des Allerkleinsten vordringen mochten, selbst gemessen – intelligente Kulturen in kleinen Glasschalen, angesetzt in einem unvorstellbaren Laboratorium eines noch unvorstellbareren Instituts von metakosmischen Ausmaßen, das Universen entstehen und vergehen ließ.

Die Tür zu einem der angrenzenden Gänge öffnete sich, und ein untersetzter Mann mit Vollbart und üppigem Haarwuchs kam auf sie zu.

»Dr. Schieder?«, fragte sie.

»Schön, dass Sie da sind.« Der Mann drückte ihr die Hand. »Kommen Sie, wir gehen in mein Büro. Haben Sie O'Connor schon mitgebracht?«

»Noch nicht«, sagte Wagner. »Aber wir haben ihn… naja, ziemlich wohlbehalten in Empfang genommen. Er dürfte in einer halben Stunde hier sein, zusammen mit Franz Maria Kuhn.«

»Das ist der Lektor, richtig?«

»Ja, richtig.«

Sie gingen an verschlossenen Türen und kahlen Wänden vorbei, bis Schieder sie in einen Raum führte, der anmutete wie eine Mischung aus Studierzimmer, Archiv und Laboratorium nach dem Einschlag einer Neutronenbombe. Tische und Tischartiges waren bis unter die nicht eben niedrige Decke voll gepackt mit Bergen von Ordnern, Heftern, Zeitschriften und allem möglichen Papier. Etwas hilflos sah sich Wagner nach einer Sitzgelegenheit um. Schieder bemerkte ihren suchenden Blick und zauberte hinter einer Pyramide aufgestapelter Videobänder einen Resopalstuhl hervor.

»Setzen Sie sich. Wir haben den großen Hörsaal vorbereitet. Ich würde Ihnen gern was zu trinken anbieten, aber alle verfügbaren Kaffeemaschinen sind im Einsatz oder kaputt. Unsere hier hat gestern ihren letzten Schnaufer getan, und keiner weiß, wie man sie wieder in Gang setzen kann. Dafür können wir Atome beobachten.«

»Woran arbeiten Sie?«, fragte Wagner neugierig. »Wenn ich fragen darf.«

»Sie dürfen, ist ja kein Geheimnis. An allem Möglichen. Wir bekommen Aufträge aus der Industrie, darum können wir uns auch vergleichsweise gut über Wasser halten. Zur Zeit verfeinern wir Systeme zur Bearbeitung von Materialien wie Silizium. Die Radioastronomie ist das zweite große Feld.«

»Ich habe das Observatorium auf der Zugspitze gesehen.«

»Sie waren da?«, fragte Dr. Schieder überrascht.

»Auf dem Foto draußen.«

»Oh, natürlich. Das ist ein gewaltiges Ding, nicht wahr? Ehemaliges Hotel. Wir haben da oben nicht die üblichen atmosphärischen Verunreinigungen. Wir empfangen ziemlich ungefiltert das, was uns der Weltraum reinschickt.«

»Und das finanziert die Industrie?«

»Teilweise. Einiges kommt vom Staat. Es ist nicht gut, wenn man sich allein von den Konzernen abhängig macht, die Forschung gerät dann in die Tretmühle. Wenn die Industrie Problematiken vordenkt, verlangt sie keine wirklichen Innovationen, sondern nur wettbewerbstaugliche Verbesserungen bestehender Systeme. Forschung kostet Zeit, und Zeit kostet Geld, so ist das.« Er lachte. »Einige der größten Errungenschaften der Menschheit wurden aus Versehen erfunden. Das ist die Schwierigkeit mit dem Neuen, dem wahren Fortschritt. Irgendwo müssen Sie als Forscher ja anfangen, also fangen Sie dort an, wo Ihr Verstand gerade einhakt. Am Ende stoßen Sie auf etwas völlig anderes, und das bringt die Menschheit vielleicht ein Riesenstück weiter, aber erzählen Sie das mal im Vorfeld einem Investor. Solange wir uns Freiräume bewahren, hat echte Forschung eine Chance, ansonsten steht es schlecht um die Erklärung der Welt.« Er machte eine Pause. »Ich will Sie nicht langweilen. Sollen wir mal rübergehen? Vielleicht haben Sie noch Verbesserungsvorschläge.«

»Welche Art Forscher ist eigentlich O'Connor?«, fragte Wagner, während sie erneut Gänge durchquerten und den Hörsälen zustrebten.

»Was meinen Sie?«, fragte Schieder irritiert.

»Nun ja. Ich denke, er arbeitet an etwas, das mir keinen unmittelbaren wirtschaftlichen Nutzen zu versprechen scheint.«

»Doch, schon. Es geht um Datenübertragung. Natürlich interessiert sich die Wirtschaft für alles, was mit Kommunikation zusammenhängt. Ich dachte, Sie kennen seine Auftraggeber.«

»Nicht wirklich.« Sie schwieg verlegen. »Ehrlich gesagt, wir bringen O'Connors Bücher unter die Leute. Die Frage, ob er frei forschen kann, habe ich mir noch nicht gestellt.«

»Machen Sie sich nichts draus.« Sie hatten den Hörsaal erreicht. Einige Studenten waren damit beschäftigt, die Verstärkeranlage zu checken. Schieder bedeutete Wagner, ihm zu folgen. Sie gingen die Treppen hinunter zum Pult des Redners mit der riesigen Tafel dahinter. »Kaum einer macht sich diese Gedanken. Genau das ist unser Problem und wahrscheinlich auch das O'Connors. Freie Forschung hat so einen Ruch in der Öffentlichkeit. Wenn Sie die Leute auf der Straße fragen würden, ob wir lieber einen neuen, superflachen Fernseher entwickeln oder versuchen sollen, Lichtwellen durch Modenkopplung so zu steuern, dass sie sich zu Femtosekundenimpulsen hochschaukeln, wäre die Antwort klar. Aber die Femtotechnologie ermöglicht Ihnen künftig höchste Übertragungsraten und das Verfolgen und Steuern ultraschneller Vorgänge auf atomarer und molekularer Basis, und das kommt dem Fortschritt in der Telekommunikation zugute. Oder nehmen Sie die Materialtechnik. Wenn wir auf Nanobasis Materialien bearbeiten können, sind wir wiederum in der Lage, mikromechanische Gebilde zu konstruieren, die verkalkte Arterien reinigen und Herzinfarkten vorbeugen können. U-Boote in der Blutbahn. Und so weiter und so fort.«

»Schön, aber die meisten Leute wissen halt eher, was ein Fernseher ist. Was ist überhaupt Femtotechnologie?«

»Femtosekunden sind die milliardsten Teile von millionstel Sekunden«, sagte Schieder, ohne belehrend zu klingen. Wagner mochte ihn. Er kam ihr ziemlich bodenständig vor.

»Das meine ich«, sagte sie. »Kein Normalsterblicher weiß das, wie soll er da beurteilen, ob sich Ihre Forschung lohnt?«

Schieder sah sie an.

»Sie haben es erfasst. Die meisten wissen es nicht, aber sie reden alle mit. Eine Vielzahl derer, die über Atomkraft diskutieren, weiß auch nicht, wie ein Reaktor funktioniert. Wenn einer aus Zufall das Penicillin erfindet, klatschen alle in die Hände, aber solange er versucht, es zu erfinden, wollen sie lieber einen ultraflachen Fernseher. So, da wären wir.« Er zeigte auf das Pult. »Ich dachte, wir lassen Dr. O'Connor erst ein bisschen erzählen. Hier kennt zwar jeder seine Arbeiten, aber es hört sich noch mal anders an, wenn er es selbst zum Besten gibt. Dann haben die Studenten ein paar Fragen vorbereitet, aber eigentlich wollten wir erst die Presse zu Wort kommen lassen. Oder?«

»Lassen Sie Ihren Studenten den Vortritt. Was die Presseleute im Vorfeld erfahren, müssen sie nicht erfragen.«

»Vielleicht ergibt sich ja auch alles irgendwie.« Schieder trat zu dem Pult, beäugte kritisch die Oberfläche und blies Staub herunter. »Ist Dr. O'Connor guter Dinge?«

Wagner fragte sich, wie viel Schieder über O'Connor wusste.

»Er ist etwas erschöpft«, sagte sie.

»Erschöpft?«

»Er kommt aus Hamburg, und es ist wohl spät geworden letzte Nacht. Hm. Unter uns, also, um ehrlich zu sein…«

Schieder hob die Brauen. Sie verschwanden unter der Masse in die Stirn gekämmter Haare.

»Ja?«, fragte er gedehnt.

»Er ist betrunken«, platzte Wagner heraus.

Idiotin, schalt sie sich. Du gibst eine hervorragende Diplomatin ab. »Es ist nicht wirklich dramatisch«, fügte sie schnell hinzu. »Ich glaube eher, sie haben in Hamburg ein bisschen auf den Putz gehauen. Der Verlag hat ihn eingeladen, am nächsten Morgen ist man dann eben nicht so frisch, und…«

Sie stockte. Schieder grinste sie an.

»O'Connors Ruf eilt ihm voraus«, sagte er. »Sie müssen mir keinen Rechenschaftsbericht über seine Tagesform abliefern. Meinen Sie, er steht unsere kleine Veranstaltung durch?«

»Ich denke schon. Ich weiß nur nicht, wie.«

»Unterschätzen Sie ihn nicht. Ich kenne ihn nicht persönlich, aber nach dem, was ich gehört habe, ist O'Connor ein verdammter Simulant. Wenn er tatsächlich betrunken ist, haben wir nichts zu befürchten.« Er strich sich über den Bart und lachte in sich hinein. »Falls er nur so tut, wird's allerdings haarig.«

»Ja«, sagte Wagner und sah Armageddon heraufziehen. »Genau das hatte ich befürchtet.«

»Dr. O'Connor!«

»Zu Diensten.«

Die Studentin strahlte über das ganze Gesicht und sortierte ihre Spickzettel. »Wir würden gern ein paar Dinge von Ihnen wissen. Vorsicht, es wird persönlich. Machen Sie mit?«

»Es wird mir eine Ehre sein«, flötete O'Connor, und in seinem linken Mundwinkel braute sich Unheil zusammen. Niemand sah es außer Wagner und Kuhn und vielleicht auch Dr. Schieder. Letzterer, die Arme vor der Brust verschränkt, legte eine beachtenswerte Gelassenheit an den Tag.

Allerdings musste man O'Connor zugestehen, dass er bislang positiv überrascht hatte. Der Mann, der pünktlich um sieben Uhr das Auditorium betrat, wirkte durchaus fähig, seinen Vortrag zu halten. Kuhn erschien neben ihm wie ein Gespenst. Wagner kam es vor, als sei er seit dem Moment, da sie sich im Maritim getrennt hatten, noch blasser geworden. Er zuckte beim Hereinkommen nur die Achseln, wie um zu sagen, unser aller Leben in Gottes Hand. O'Connor hingegen sah blendend aus. Er hatte den Anzug gewechselt, ein gütiges Lächeln mitgebracht und die Zeit im Hotel offenbar zu einer Blitzregeneration genutzt. Nachdem sein Blick jeden der Versammelten einmal gestreift hatte, schmolzen sie dahin. Keiner schien damit gerechnet zu haben, dem möglicherweise schönsten Mann Irlands zu begegnen. O'Connor hätte Shanties gröhlen können, und sie hätten ihn auf Händen getragen.

Seine Darlegung der Methode zur Abbremsung von Licht erfolgte sachlich und profund:

»Ein Photon braucht eine Sekunde, um dreihunderttausend Kilometer zurückzulegen, das wissen Sie. Der Wert ist fix. Natürlich freuen wir uns über das enorme Tempo, denn so können Lichtimpulse ungeheure Informationsmengen mit phantastischen Geschwindigkeiten übermitteln. Nur Dubliner Hausfrauen sind im Stande, Gerüchte noch schneller zu streuen.« Gekicher. »Aber die Sache hat halt einen Haken. Licht kann nicht schneller, aber auch nicht langsamer herumsausen als mit eben diesen dreihunderttausend Sekundenkilometern. Informatiker träumen von optischen Computern, in denen Lichtnachrichten auch ohne Umweg durch elektronische Schaltungen weiterverarbeitet werden, aber Lichtblitze sind flüchtig. Sie lassen sich nicht so ohne weiteres zum Sortieren und Verrechnen einfangen. Das ist in höchstem Maße ärgerlich und unkooperativ, also sind wir darangegangen, dem Licht unseren Willen aufzuzwingen…«

Es ging immer so weiter. Ein paar harmlose Scherze zwischendurch, gelehrter Small Talk. Jeder wusste ohnehin, was O'Connor erzählen würde. Zu Wagners Erstaunen verlor er kein einziges Mal das Gleichgewicht und wies sich durch klare Artikulation aus. Offenbar hatte er in den wenigen Stunden Schlaf – falls er geschlafen hatte – den Alkohol völlig abgebaut. Er saß rittlings auf der Kante des Rednertisches und gestikulierte mit den Händen, als dirigiere er ein unsichtbares Orchester.

Wagner versuchte, dem Vortrag zu folgen. Am Ende hatte sie begriffen, dass es O'Connor gelungen war, Licht tatsächlich für den winzigsten Bruchteil einer Sekunde abzubremsen und zu speichern – nach Lichtmaßstäben eine Ewigkeit. Ungehindert wäre der Lichtimpuls in der Zeit schon zehn Kilometer weitergeeilt. Sie fragte sich, wozu das gut sei. Schieder hätte wahrscheinlich gekontert, um ultraflache Fernseher zu erfinden oder Penicillin. Sie überlegte, ob es für ihre Pressearbeit unabdingbar war, die Aussagen ihrer Autoren bis ins Kleinste zu verstehen, und entschied sich für ein klares Nein.

Neben ihr gewann Kuhn wieder an Farbe.

Dann war der Vortrag zu Ende, und es durften Fragen gestellt werden. Wenige Minuten noch, um auf Fachchinesisch mit Fachchinesisch zu antworten. Wagner entspannte sich. Viel konnte eigentlich nicht mehr passieren.

So jedenfalls hatte sie sich die Sache vorgestellt. Bis diese rosenwangige Studentin mit feuchtem Blick ankündigte, persönlich werden zu wollen!

Kuhn wechselte erneut die Farbe. Ein Chamäleon war nichts gegen ihn. Er richtete den Blick zuerst auf Wagner und dann auf die Studentin. Seine Lippen formten eine stumme Bitte.

Zu spät.

»Dr. O'Connor, Sie haben uns alle hier sehr beeindruckt. Aber dann dachten wir uns, also… ähm… selbst jemand wie Sie muss doch irgendwo einen Schwachpunkt haben. Eine kleine menschliche Schwäche. Also raus mit der Sprache! Was ist Ihr größter Fehler?«

Sie sah ihn keck an und klimperte mit den Augen. O'Connor verbreiterte sein Lächeln.

»Fragen wie diese zu beantworten«, sagte er.

Schieder seufzte und kratzte seinen Bart.

An dieser Stelle hätte die Studentin dem Treibsand von O'Connors Boshaftigkeit vielleicht entrinnen können, wenn sie einfach das Thema gewechselt hätte. Aber sie schien wie gebannt. Ihr Blick zeigte immer noch die naive Verliebtheit, mit der sie den Physiker angehimmelt hatte, allerdings sagte ihr der Verstand, irgendetwas sei gerade dumm gelaufen. Das Ergebnis war ein Gesichtsausdruck von seltener Hilflosigkeit.

Dann beging sie ihren Kardinalfehler und fragte: »Warum?«

O'Connor stieß ein leises Zischen der Resignation aus, als könne er das Ausmaß an Dummheit nicht begreifen, mit dem ein offenkundig Geschlagener weitere Niederlagen herausfordert.

»Sehen Sie«, sagte er geduldig, »prinzipiell könnten Sie ein Buch lesen. Ich könnte in derselben Zeit Golf spielen oder arbeiten oder eines dieser Bücher schreiben, die Sie lesen sollen. Andererseits erzähle ich Ihnen gern persönlich, was Sie ohnehin schon wissen. Aber spätestens dann erwarte ich eine Auseinandersetzung, die mir das Vorhandensein von Geist anzeigt, von intelligentem Leben. Stattdessen stellen Sie niedliche Fragen. Darf ich mich erkundigen, was Ihre ganz persönlichen Ziele im Leben sind?«

»Das… weiß ich noch nicht.«

»Dann lassen Sie sich einen Rat geben. Hören Sie auf, Menschen zu vergöttern. Haben Sie Mitleid. Widmen Sie sich der Sache.«

»Das habe ich getan«, stammelte die Studentin. Allmählich dämmerte ihr, dass O'Connor sie maßregelte. Außerdem stahl sich nun doch eine gewisse Schwere in die Aussprache des Physikers, die seinem Tonfall etwas Süffisantes und Verächtliches gab. »Ich vergöttere niemanden!«, rief sie. »Ich käme gar nicht auf die Idee, Sie zu vergöttern. Ich versuche, mehr über Menschen zu erfahren, die bewundernswerte Leistungen vollbracht haben. Ist das so schlimm?«

»Nein. Problematisch sind Huldigungen immer nur für den, der sie entgegennehmen muss. Glauben Sie mir, Heldenverehrung ist etwas, woran mindestens einer keine Freude hat, und das ist der Held. Die Menschen quälen ihre Götter. Sie beten, weil sie etwas von ihnen wollen. Lesen Sie meine Bücher, und wenn Sie mich in irgendeinem Pub aufstöbern, wo wir uns im Stande sehen, eine garantiert wissenschaftsfreie Zone auszurufen, dürfen Sie mich getrost nach meinen schwachen Seiten aushorchen. Hier sind wir an der Uni. Nächste Frage.«

Die Studentin warf einen hilflosen Blick auf ihren Zettel.

»Was tun Sie am liebsten, wenn Sie nicht forschen?«

»Schreiben.«

»Und wenn Sie nicht schreiben?«

»Trinken. Das waren jetzt drei Fragen. Sollten Sie sich mit der Absicht tragen herauszufinden, warum ich ledig bin, ist es nicht Ihretwegen. Möchten Sie eine Familie?«

»Wie bitte?«

»Ich bin tatsächlich der Meinung, dass man eine Eignungsprüfung ablegen müsste, wenn man vorhat, sich ein Studium finanzieren zu lassen. Alle, die große Pläne nur hegen, bis sie sie gegen ein paar Phonstärken Babygeschrei eintauschen können, sollten die Haushaltsschule besuchen und der Forschung nicht auf der Tasche liegen.«

»Aber…«

»Sie haben meine Frage noch nicht beantwortet.«

»Doch, ich…«

»Sie sagten, Sie wissen nicht, welche Ziele Sie haben. Das ist bedenklich. Wollen Sie Kinder?«

Sie starrte O'Connor an, als sei er der fleischgewordene Mr. Hyde.

»Ich denke schon.«

Er beugte sich vor. Sein Ton war jetzt wieder freundlich, beinahe milde. »Ich sage Ihnen, was Sie wollen, meine Schöne. Sie haben ein Herz aus Gold, da bin ich sicher. Aus purem Gold. Das hätten Sie gern in kleine Münze umgewechselt. Nun, in spätestens drei Jahren werden Sie jemanden finden, der das tut. In Münzen, für die man alles kaufen kann, was das Leben nett macht, ohne es zu erhöhen. Willkommen in der Mittelmäßigkeit.«

O'Connor nahm den Blick von ihr, als habe sie aufgehört zu existieren, und wandte sich an alle. »Michael Collins, der arme Mann, der nicht auf die Mondoberfläche durfte, weil einer ja im Schiff bleiben musste, hat einmal von seiner Frau gesagt, es habe ständig Streit gegeben wegen der Weltraumgeschichten. Sie verstand einfach nicht, wie jemand zum Mond fliegen kann, solange zu Hause das Geschirr nicht abgewaschen ist. Die meisten hier werden sich ihre Träume und Visionen über kurz oder lang für einen muffig warmen Platz im bürgerlichen Mittelstand abkaufen lassen. Und warum? Weil sie versuchen, jemand zu werden, den es schon gibt, und das klappt nicht. Ein zweiter Einstein, ein zweiter Hawking, ein zweiter was weiß ich, wer. Sie vergessen dabei, dass Einstein kein zweiter Irgendwer werden wollte, sondern nur ein besserer Einstein. Das ist Ihr Problem und das Problem deutscher Forschermentalität. Sie alle hier würden liebend gern die Erfindungen machen, die andere schon gemacht haben, aber leider fehlt es den meisten von Ihnen an der irritierenden Substanz des Visionären. Irgendwann stellen Sie fest, dass Sie jedes Standardwerk rauf- und runterleiern können und sich selbst durch einen eklatanten Mangel an Inspiration ausweisen. Die Gelehrten des Mittelalters, als die Aufklärung dem Mystizismus den Kampf ansagte, bekannten sich auch nicht gerade zum Bruch mit den großen Alten, mit Aristoteles, Platon, Demokrit. Aber wenigstens empfanden sie sich als die Zwerge auf den Schultern der Riesen. So konnten sie von einer etwas höheren Warte wiederum ein wenig weiter in die Welt hinausblicken und die nächste Generation von Zwergen wieder ein bisschen weiter. Und was tun Sie? Sie lernen all dieses Zeug, Sie lernen es auswendig, und Ihre Professoren bewerten Sie danach, wie sehr Sie genetisch nach dem Papagei schlagen. Solange Wissenschaft repetitiv bleibt, ist sie keine, wollen Sie das bitte begreifen? Solange Sie im Verlauf einer Stunde wie dieser keine anderen Fragen an jemanden wie mich haben, als was ich gern esse oder wo ich mich kratze, wenn's mich hinten juckt, enden Sie vor Quizsendungen im Fernsehen. Wozu hören Sie sich aus meinem Mund an, was Sie alles bereits wissen? Wie oft wollen Sie den Rosenkranz des schon Dagewesenen herunterbeten? Forschen Sie! Stellen Sie in Frage! Zweifeln Sie! Zweifeln Sie an mir! Fragen Sie mich etwas wirklich Unbequemes. Solange Sie das nicht schaffen, wird die männliche Hälfte von Ihnen in der angewandten Forschung enden und die weibliche Hälfte ihren Männern das Gefühl geben, Berge versetzen zu können, um sie nach erfolgter Heirat daran zu hindern, es zu tun. Nächste Frage.«

Was für ein Arschloch, dachte Wagner.

»Warum spult er das alles ab?«, fragte sie Kuhn leise. »Sie hat ihm doch gar nichts getan.«

»Darum geht's nicht«, murmelte Kuhn. »Sie ist lediglich Stichwortgeberin für seine Meinung. In O'Connors Weltauffassung sind alle irgendwie nur Stichwortgeber.«

»Seine Meinung von Frauen ist erbärmlich.«

»Seine Meinung von jedermann ist erbärmlich. Abgesehen von den Kelten. Die findet er prima. Übrigens auch deren Frauen. Wahrscheinlich, weil die echten Kelten alle nicht mehr leben und sich nicht wehren können.«

Eine andere Studentin hob die Hand.

»Dr. O'Connor. Wie wollen Sie es schaffen, das Licht umzuleiten, ich meine, in sinnvolle Bahnen zu bringen? Im Moment haben Sie es nur verlangsamt.«

»Das ist einfach«, sagte O'Connor sichtlich erfreut. »Wir haben es im Übrigen schon gemacht. Wir haben eine zweite Schallwelle rechtwinklig zur ersten in den Kristall geschickt. Sie können das Licht regelrecht herumschubsen und an beliebige Orte auf dem Halbleiter transportieren, bevor Sie es wieder entwischen lassen.«

»Das heißt, Sie können Daten zwischen verschiedenen Glasfasern hin- und herschalten?«

»Ja. Das ist absolut richtig.«

Schieder drehte Wagner den Kopf zu.

»Da haben Sie die Antwort auf Ihre Frage. Die großen Telekommunikationskonzerne arbeiten seit Jahren daran, die Kapazitäten von Datenstrecken zu erhöhen. Die finanzieren ihm seine Forschung.«

Wagner nickte. Mittlerweile hatte sich die erste Studentin wieder gefangen und schoss mit einer Frage dazwischen.

»Dr. O'Connor. Könnten Sie das Licht theoretisch nicht endlos festhalten, indem Sie es durch verschieden umlaufende Schallwellen im Kreis bugsieren?«

O'Connor öffnete den Mund. Dann schloss er ihn wieder und sah die Studentin an, als habe sie gerade erst den Raum betreten.

»Das wäre theoretisch denkbar. Aber Licht ist flüchtig. Ich schätze, auf eine Sekunde Speicherzeit müssten wir kommen.«

»Und…« Wagner sah, wie ihre Wangen zu glühen begannen. »Heißt das, wenn Sie das Licht verlangsamen, dann verlangsamen Sie auch die wahrnehmbare Zeit?«

»Oh!« O'Connor lächelte, und es war ein wirklich nettes Lächeln. »Sie meinen die Sache, Zeitgeschwindigkeit gleich Lichtgeschwindigkeit? Der Spruch war mal in Mode. In der Tat hat Licht immer eine Menge zu tun mit Zeitreisegeschichten. Natürlich, wenn Sie sich mit Lichtgeschwindigkeit bewegen, steht in gewissem Sinne die Zeit still. Ihre Masse wird unendlich. Bewegen Sie sich mit Überlichtgeschwindigkeit, rasen Sie der Zeit praktisch davon und verflüchtigen sich in die Zukunft. Ähnliche Zeitverzerrungssymptome kennen wir aus schwarzen Löchern. Aus der subjektiven Sicht eines Betrachters in meinem Kristall verlangsame ich sicherlich die Zeit, er wird die Information, die ein Photon trägt, anders erleben, als wenn es mit den gewohnten dreihunderttausend Sachen an ihm vorbeisauste. Was wollen Sie bauen? Eine Zeitmaschine?«

»Vielleicht.« Sie knüllte den Zettel in ihrer Hand zusammen. »Sofern mir kein Babygeschrei dazwischenkommt.«

O'Connor starrte sie an. Dann lachte er.

»Das will ich bei der plötzlich aufkeimenden Genialität, deren Zeuge ich eben werden durfte, auch nicht hoffen. Aber Babys sind nicht das Problem. Das Problem ist, dass wir sie nur allzu gern zu einem machen, um eine Entschuldigung dafür zu finden, uns aus dem großen Team verabschiedet und in die

Mittelmäßigkeit verkrümelt zu haben. Babys können nichts dafür, wenn ihre Eltern beschließen, sich zu Höhlenbewohnern zurückzuentwickeln. Kaum scheint sich Nachwuchs anzukündigen, verhalten sich Menschen wie Schimpansen. Es gibt keine Visionen mehr, kein hohes Ziel, keine Allgemeinheit, nur noch Urinstinkte. Und immer hört man dieselben langweiligen Sprüche: Früher wollte ich mal die Welt bewegen, ich wollte ein Mittel gegen Krebs finden, ich wollte zum Mars reisen, ich wollte Shakespeare spielen, aber seit der Soundso da ist, ist das alles unwichtig geworden. Alles dreht sich nur noch um das offenbar wichtigste Blag der Welt. Von jedem wird erwartet, dass er fasziniert zusieht, wie der Kleine sein Breichen über das Lätzchen kotzt, und wehe, Sie wollen mal über was anderes reden! Wenn Sie wirklich eine Zeitmaschine bauen wollen, bauen Sie verdammt noch mal eine. Mit oder ohne Baby. Glückwunsch! Ich mache jede Wette, dass es nicht funktioniert, aber allein für die Absichtserklärung werde ich Ihnen stundenlang den Schraubenschlüssel halten, und Sie werden dabei so viele Kinder haben können, wie Sie wollen.«

»Alle Wetter«, zischte Kuhn. »Letzte Woche hat er noch das Gegenteil gesagt.«

»Sie meinen«, mischte sich ein Journalist ein, der ein Thema gefunden zu haben meinte, »Zeitreisen sind nicht möglich?«

»Ich meine«, sagte O'Connor, »wenn Menschen anfangen, vernünftig zu werden, beginnen sie zu sterben. Vernunft ist etwas zutiefst Glaubensfeindliches und Reaktionäres. Die Vernunft müsste Ihnen gebieten, nach Hause zu gehen, wenn Ihnen jemand erzählen will, er hätte Lichtstrahlen abgebremst. Es war nett, mit Ihnen zu plaudern. Die Vorlesung ist beendet.«

1998. 14. DEZEMBER. PIEMONT. LA MORRA

Am späten Vormittag des folgenden Tages starrte Maxim Gruschkow in einen Schnellhefter und bewegte leicht die Lippen. Auf seinem kahlen, überaus blanken Schädel schimmerten die Reflexe der Leuchtstoffröhren. Obschon draußen eine klare Wintersonne schien und der Himmel von einem opalisierenden

Blau war, bevorzugte Gruschkow heruntergelassene Jalousien und Kunstlicht. Er las die wenigen Zeilen mit solcher Konzentration, dass jedes Geräusch, selbst das Summen der Computer, aus Rücksichtnahme zu ersterben schien. Dann klappte er den Hefter langsam zu und legte ihn ohne Hast auf den Tisch, an dem er, Silvio Ricardo und Jana sich versammelt hatten.

Seine Finger massierten die Haut über den Augenbrauen. Er spitzte die Lippen, schien seinen Blick eine Sekunde nach innen zu lenken und fokussierte dann seine beiden Gegenüber.

»Das kann nicht Ihr Ernst sein«, sagte er.

Seine Stimme klang unbeteiligt und sachlich, so wie er immer sprach. Nur einmal hatte Gruschkow seine Beherrschung verloren. Das lag Jahre und Tausende Kilometer zurück und war der Grund dafür, dass er nun in Italien lebte und nicht mehr in Moskau.

»Ja.« Ricardo zog die Schultern hoch und breitete die Hände aus. »So was Ähnliches habe ich auch gesagt.«

Das Treffen fand in Gruschkows »Hexenküche« statt. Hier, in der Entwicklungsabteilung von Neuronet, heckte der Chefprogrammierer von Neuronet Softwarelösungen aus und bediente innovationshungrige Märkte. Sie hatten sich in den Besprechungsraum zurückgezogen und die Tür geschlossen. Der Raum war schalldicht. Das ließ sich jedermann leicht erklären, denn kaum irgendwo sonst hatte Industriespionage derartige Ausmaße angenommen wie im Computer- und Online-Business.

Ein Ausdruck lag auf Gruschkows Zügen, den man selten an ihm sah. Er wirkte ratlos.

Jana hingegen war äußerst zufrieden.

»Das ist gut«, sagte sie.

»Gut?« Gruschkow verschränkte die Arme und brütete eine Weile vor sich hin. »Ich weiß nicht. Es ist das Irrwitzigste, was mir je untergekommen ist.« Seine Hand glitt über das Dossier, als wolle er sich seiner Echtheit versichern. »Kein Mensch würde auf so eine Idee kommen außer Ihnen.«

»Man kann durchaus darauf kommen«, sagte Jana gleichmütig, »wenn man zur richtigen Zeit ein Glas Wein trinkt.«

»Eher wohl eine ganze Flasche«, bemerkte Ricardo trocken.

Jana winkte ab.

»Völlig unwichtig. Entscheidend ist, dass ich es ausgerechnet habe. Meine Kenntnisse sind rudimentär, ich weiß gerade das Notwendigste über die Technologie, derer wir uns dafür bedienen müssten. Aber der Gedanke ist verlockend. Wenn sogar meine engsten Mitarbeiter es für Irrsinn halten, besteht eine gute Chance, damit durchzukommen.«

»Eben«, sagte Gruschkow. »Hier liegt das Problem. Sie wissen das Notwendigste. Auf der Basis kann man Science-Fiction produzieren. Ich will nicht in Abrede stellen, dass Ihnen das gelungen ist.«

»Es ist mehr als Science-Fiction.«

»Augenblicklich nicht.«

»Ich will einfach nur wissen, ob es völlig ausgeschlossen ist.«

Gruschkow kratzte seinen Schädel. Ricardo schüttelte skeptisch den Kopf, sagte aber nichts. Er griff nach dem Dossier und schlug es auf. Es war das dritte Mal, dass er das an diesem Vormittag tat. Jana schwieg und wartete. Ihretwegen konnten sie es lesen, so oft sie wollten. Sie hatte keine Eile.

Für die Dauer weiterer Minuten war nichts als das Rascheln der umgeblätterten Seiten zu hören.

»Also, ich bin ja nun überhaupt kein Fachmann«, sagte Ricardo schließlich hilflos. »Ich kann nur mein Gefühl sprechen lassen. Ebenso gut hätten Sie schreiben können, dass Sie sich beamen lassen wollen. Ich glaub's einfach nicht.«

»Ich bin auch kein Experte«, sagte Gruschkow. »Jana will wissen, ob es grundsätzlich machbar ist. Darauf lässt sich antworten, dass es mit der Machbarkeit eines Mondfluges vor zweihundert Jahren auch nicht gerade weit her war.« Er stand auf und begann im Raum umherzugehen. »Das Problem ist, es gibt Dinge, die sind grundsätzlich nicht machbar oder nur nicht in ihrer Zeit. So gesehen ist es zumindest nicht ganz ausgeschlossen. Es klappt im Modellversuch wahrscheinlich spielend. Alle mit einbezogenen Faktoren auf ein Zwanzigstel ihrer Größe reduziert und in einem hermetisch abgeschlossenen Umfeld angeordnet, das könnte gehen. Wenngleich ich noch nicht weiß, wie wir ein bewegliches Ziel mit einem derart starren System treffen sollen. Die Crux ist, dass wir es mit dem wahren Leben zu tun haben, das ist ganz was anderes. Ich weiß nicht, ob so etwas in derartigen Dimensionen je gemacht worden ist.«

»Die Amerikaner haben es gemacht«, sagte Jana. »Russland übrigens auch.«

»Das ist was anderes. Ich weiß, worauf Sie anspielen.« Gruschkow blieb stehen. »Aber es war ein Heidenaufwand. Und sie haben es auch nur in der blitzsauberen Simulation geschafft. Es ist Science-Fiction, darüber müssen wir uns im Klaren sein, bevor wir weiter an der Idee arbeiten.«

Jana wies mit einer umfassenden Geste auf die Computer ringsum. »Das alles hier ist Science-Fiction«, sagte sie. »Wir können nicht in entfernte Regionen des Universums reisen, weil wir nicht wissen, ob es einen Weg gibt, die Naturgesetze auszutricksen. Bleibt der Glaube, dass irgendwann jemand dahinterkommen wird, wie's geht. Wurmlöcher, Quantentunnel. In unserem Fall liegen die Dinge anders. Wie es geht, wissen wir. Wir haben keinerlei Verständnislücken. Wir müssen nichts erfinden, was nicht schon da wäre. Die Frage ist einzig, wie wir es uns zunutze machen.«

»Ihr Rechenbeispiel bezieht sich auf die erforderliche Leistung unter Einrechnung der Entfernung«, sagte Gruschkow stirnrunzelnd. »Mir ist schon klar, dass wir die nötige Kraft entfesseln können, aber ist Ihnen bewusst, wie riesig das Ding sein wird, das wir brauchen? Wie wollen Sie etwas so Großes mitten in eine Hochsicherheitszone bringen?«

»Gar nicht. Ich schätze, die Hochsicherheit spielt sich in einem Radius von ein bis maximal zwei Kilometern ab.«

»Sie gehen von zwei bis drei Kilometern aus.«

»Nötigenfalls auch mehr. Ich denke, wir sind bis zu fünf Kilometern auf der sicheren Seite. Danach geht's immer noch, wird aber eng. So oder so können wir einen Gegenstand dieser Größe außerhalb der Sicherheitszone platzieren, ohne dass es auffällt.«

»Sie werden auf die Distanz Probleme mit Umwelteinflüssen bekommen. Aber wie auch immer. Nehmen wir an, das kriegen wir geregelt. Sie müssen es dennoch schaffen, die Vorrichtung beweglich zu gestalten. Das wird kaum möglich sein. Sie müssten einen Schlitten gigantischen Ausmaßes bauen, der noch dazu in einem Hochpräzisionsgestänge eingelagert ist und absolut erschütterungsfrei bewegt werden kann.«

Jana schüttelte den Kopf und wies mit dem Finger auf das Dossier. »Die Vorrichtung ist starr.«

»Ihr Ziel aber nicht. Es ist etwa so, als solle sich ein Haus mitdrehen, wenn jemand dran vorbeigeht.«

»Überhaupt nicht. Was wir brauchen, ist ein Umleitungssystem.«

»Sie meinen...«

»Die klassische Lösung.« Jana lehnte sich vor und trommelte mit den Fingern auf die Tischplatte. »Es wird funktionieren, Gruschkow! Nichts anderes haben die Amerikaner und die Russen auch gemacht. Ich habe noch keine Vorstellung davon, wie wir es steuerungstechnisch lösen, aber es müsste so sein, dass eine der Komponenten beweglich ist.«

Jana erläuterte Gruschkow den technischen Aufbau, wie sie ihn sich vorstellte. Tatsächlich war sie keineswegs so sicher, ob es funktionieren würde, wie sie tat. Sie wusste zu gut, dass die Idee einem roh geschliffenen Halbwissen, einer exzellenten Flasche Rotwein und der fortgeschrittenen Tageszeit von drei Uhr morgens entsprang. Aber wenn sie selbst zu sehr zweifelte, bekäme sie Gruschkow nicht dazu, sich weiter damit auseinander zu setzen. Zwar unterstand er ihrem Kommando, dennoch konnte sie nichts von ihm erzwingen, was er selbst für unmöglich hielt.

Ricardos Meinung war eher von akademischem Interesse. Er war Kaufmann, kein Wissenschaftler. Von ihm hatte Jana nichts anderes hören wollen, als was er gesagt hatte. Die meisten Leute gingen zuallererst nach ihrem Gefühl, wenn es um die Frage des Möglichen oder Unmöglichen ging. Die Mehrheit der Menschen war beispielsweise der Meinung, interstellare Fernstreckenreisen müssten über kurz oder lang möglich sein, obgleich es allen physikalischen Gegebenheiten zuwiderlief. Die wenigsten hielten es wiederum für möglich, dass Kraken Konversationen untereinander führten in einer Sprache auf Basis von Körpermustern, aber genau dafür hatte die Wissenschaft deutliche Anzeichen. Der Prozess des Aussonderns, den das menschliche Gehirn tagtäglich vollzog, geschah schnell und intuitiv. Was einem mangels tieferen Verständnisses nicht sofort einleuchtete, galt erst einmal als unwahrscheinlich. Hätte man den Deutschen erzählt, Gerhard Schröder sei ein getarnter Außerirdischer, hätte sich kaum jemand daran begeben, es nachzuprüfen. Entsprechend hatte Ricardo, ein intelligenter Mann von hervorragender Allgemeinbildung, reagiert, als Jana ihre Gedanken vortrug. Er schloss – obschon er es technisch nicht begründen konnte – die Möglichkeit von vornherein aus. Insofern war seine Meinung wertvoll, weil sie vermuten ließ, dass kaum jemand überhaupt auf die Idee gekommen wäre.

Im Unerwarteten liegt die Chance.

»Ich bin Programmierer«, sagte Gruschkow schließlich, nachdem er unbewegt zugehört hatte. »Vergessen Sie das nicht. Ich verstehe nur zufällig etwas von diesen Dingen.«

»Sie verstehen nicht zufällig etwas davon, sondern weil Sie ein wissenschaftlicher Allrounder sind«, sagte Jana. »Und das ist kein Lob, sondern eine Tatsache. Ich hätte Sie andernfalls nicht gefragt. Also, was ist? Halten Sie es für möglich?«

Gruschkow blähte die Backen. Er nahm seine Brille ab, zog ein Tuch hervor und polierte sie ausgiebig. Dann hielt er sie mit zusammengekniffenen Augen gegen die Deckenbeleuchtung und setzte sie wieder auf.

»Ja«, sagte er.

»Das wusste ich!«, rief Jana triumphierend. »Ich wusste, dass es klappt.«

»Langsam.« Gruschkow zeigte ihr die Handflächen. »Ich sagte, es ist möglich. Das ist nicht dasselbe wie klappen. Geben Sie mir Zeit und vor allem einen Sack dezidierter Informationen. Ich brauche genaue Angaben über das Gelände, Ausdehnung und Beschaffenheit des Terrains, vor allem hinsichtlich der höchsten Punkte. Was Details betrifft, nehme ich Kontakt mit Moskau und Leningrad auf, für die grundsätzlichen Fragen steht mir ebenfalls jemand zur Verfügung. Sobald – das heißt, falls! – es an die Konstruktion geht, fehlen mir allerdings die richtigen Verbindungen.«

»Ich schätze, da kann Mirko weiterhelfen. Ich sehe ihn demnächst in Köln. Er scheint alles und jeden zu kennen.«

Ricardo runzelte die Stirn.

»Sie sagten, er wird mit im Team sein.«

»Das war eine seiner Bedingungen.«

»Meinetwegen«, sagte Gruschkow desinteressiert. »Wie ich es augenblicklich sehe, wird das Team ohnehin noch größer sein müssen. Wir brauchen ein paar Leute mit besonderen Fähigkeiten, wie viele genau, hängt davon ab, was die nächsten Tage bringen.«

»In Ordnung. Was brauchen Sie sonst noch?«

Gruschkow überlegte.

»Meine Ruhe«, sagte er. »Möglichst ab sofort.«

Ricardo grinste und erhob sich.

»Schon verstanden, Einstein. Wir gehen und lassen Sie lebendig eingemauert zurück. Wollen Sie ein Pizza-Abo? Die Dinger kann man prima unter der Tür durchschieben.«

»Sie sind witzig, Ricardo«, sagte Gruschkow ohne einen Anflug von Erheiterung in seinen Zügen. »Ich bin sicher, eines Tages wird jemand lachen.«

Als sie die Programmierung verließen und nach draußen traten, sagte Ricardo zu Jana:

»Finden Sie es nicht bemerkenswert, dass wir bis heute nicht aufgeflogen sind? Ich meine, solche Treffen wie gerade gehen normalerweise unter ganz anderen Umständen vonstatten. Man trifft sich an irgendwelchen geheimen Orten unter verdeckten Namen und macht Klimmzüge, dass sie einem nicht draufkommen. Und wir arbeiten hier in aller Öffentlichkeit zusammen.«

Jana zuckte die Achseln.

»Eben. Wer sollte meinen, dass ein paar strebsame junge Leute wie wir hinter verschlossenen Türen über Mord und Totschlag nachdenken?«

Ricardo sog die winterliche Luft ein und betrachtete den Himmel. Vom Firmengelände der Neuronet aus, deren gläserne Flachbauten sich gelungen in die romantische Landschaft der Langhe einfügten, konnte man Janas Villa sehen.

»Eines Tages wird es einer meinen«, sagte er.

»Dann sind wir weg.«

»Das wäre gut. Sie wissen ja. Es ist ein ungeschriebenes Gesetz, dass irgendwann schief geht, was schief gehen kann.«

Jana lächelte.

»Ein Gesetz. Klar. Aber wann hätten wir uns je um das Gesetz gekümmert.«

Maxim Gruschkow war drei Tage sozusagen weggeschlossen von der Welt. Er ließ sich sein Essen tatsächlich in die Programmierung kommen. Da seine Mitarbeiter gewohnt waren, dass er sich des Öfteren zurückzog, um zu arbeiten, fand auch diesmal niemand etwas Außergewöhnliches dabei. Gruschkow verfügte über einen eigenen Computer-Circuit, den er durch ein kompliziertes Codierungssystem absolut zugriffssicher gemacht hatte. Außer ihm kannte nur Jana die Zugangscodes und war über ihren eigenen Circuit mit dem seinen verbunden.

Während der Zeit seiner Einkehr standen sie in Kontakt miteinander. Innerhalb ihres abgeschotteten Systems tauschten sie Nachrichten aus. Gruschkow stellte vorwiegend Fragen, die Jana nach bestem Wissen beantwortete, und versorgte sie dafür mit unbefriedigenden Häppchen und fortdauerndem Skeptizismus. Jana wusste, dass er erst einen Erfolg vermelden würde, wenn er hundertprozentig vom Gelingen des Plans überzeugt war. Sie hoffte, er werde seinen Segen geben. Tat er das, konnte sie sicher sein, dass das Unternehmen hieb- und stichfest war. Gruschkow war einer von den Hunderttausendprozentigen. Bislang hatte er sich nie geirrt.

Am Abend des dritten Tages rief er sie spät abends ganz normal über das Telefon an und plauderte mit ihr über neue konzeptionelle Ansätze für Suchmaschinen im Internet.

»Ich habe was programmiert, was speziell Microsoft einen ganz neuen Markt eröffnen könnte«, sagte er. »Am besten kommen Sie mal rüber und sehen es sich an.«

Jana verließ die Villa und ging hinüber zur Firma. Sie musste ein Stück die Straße hochwandern und in einen Weg einbiegen, der direkt vor dem Portal des Firmenhauptgebäudes endete. Es war kälter geworden, aber dennoch trug sie lediglich einen Blazer über ihrem T-Shirt. Kälte und Hitze machten ihr nichts aus. Sie schloss auf und durchschritt die verglaste Eingangshalle und den dahinter liegenden Verwaltungstrakt. Im Dunkeln glühten nur die Lämpchen einiger Computer, die auf Bereitschaft geschaltet waren. Dann betrat sie den fensterlosen Gang, der zu

Gruschkows Privatlabor führte. Eine der Leuchtstoffröhren über ihr summte und flackerte. Sie zog ihr Handy hervor und sprach eine kurze Nachricht auf die Mailbox der Zentrale. Zur Zeit waren keine Mitarbeiter im Haus außer Gruschkow, aber sie hasste es, wenn die Dinge unerledigt blieben. Morgen früh würde die Leuchte ausgetauscht sein, noch ehe sie gefrühstückt hatte.

Gruschkow erwartete sie. Er saß vor einem mit Gleichungen übersäten Bildschirm und hatte einen zweiten Stuhl neben sich gestellt.

»Setzen Sie sich. Wir schauen uns gemeinsam was an.«

Jana blieb stehen und stützte sich mit beiden Händen auf die Lehne.

»Wird es klappen?«, fragte sie.

Gruschkow grinste. Es geschah äußerst selten. Eigentlich nur dann, wenn er mit seiner Arbeit hochzufrieden war.

»Sie können sich die Mühe machen, Platz zu nehmen«, sagte er.

Jana setzte sich.

»Also es klappt?«

Gruschkow bewegte die Maus, klickte ein paar Fenster weg und öffnete ein neues.

»Ja«, sagte er.

Jana starrte fasziniert auf die Zeichnung, die den kompletten Monitor einnahm. Sie war beinahe ergriffen.

»Wie groß ist das Ding?«

»Tja.« Gruschkow breitete die Hände aus. »Ganz genau kann ich das noch nicht sagen, aber ich schätze, wir sprechen über die Ausmaße eines Kleinlasters. Es gibt verschiedene Modelle und Konstruktionsweisen. Das hier ist ein YAG. Er bringt die nötige Power auf. Außerdem brauchen wir ein Aggregat von einiger Größe.«

»Phänomenal.«

Er sah sie an. Seine Augen waren kaum zu erkennen hinter den Reflexen des Monitors auf seinen runden Brillengläsern.

»Nicht ganz so phänomenal ist, dass ich keine Ahnung habe, wo wir so was herbekommen sollen.«

»Sie meinen, dieses Ding da gibt es gar nicht?«

»Doch. Es gibt eine Menge davon. Auch größere. Sie können welche haben, die sind so riesig wie ein ganzer Häuserblock. Die Frage ist, wie wir an so eins rankommen.«

»Wenn es klappt«, sagte Jana leise, »kommen wir auch ran. Das lassen Sie meine Sorge sein.«

»Schön. Also, die Distanz ist kein Problem, Sie hatten Recht. Der hier schafft zehn Kilometer und ist dabei hundert Prozent zielgenau – erst mal nur theoretisch, das heißt, wenn wir eine lineare Gleichung zugrunde legen, was natürlich Quatsch ist! Für die Praxis müssen wir uns was einfallen lassen, weil wir wie gesagt mit jeder Menge Umweltfaktoren zu kämpfen haben.«

Er klickte ein neues Fenster an.

»Das ist in etwa das System. Ganz grob. Ich habe mir überlegt, wir konstruieren eine handliche Steuerungseinheit, über die Sie es bedienen können.« Er machte eine Pause. »Ich dachte an eine Kamera.«

»Worüber läuft die Steuerung?«

»Radiowellen. Hedy Lamar lässt grüßen.«

»Was ist mit Infrarot?«

»Nur weil wir zwei, drei Mal mit Infrarot gearbeitet haben, ist das nicht in Mode«, sagte Gruschkow tadelnd. »Infrarot können Sie bei der Entfernung vergessen! Radiowellen sind perfekt. Ich bin mir noch nicht sicher, ob wir mit GPS arbeiten sollten. Es würde die Sache vereinfachen, aber vielleicht geht es auch ohne.«

»Eine Kamera also«, sagte Jana. Sie wusste, dass er einen Hintergedanken dabei hatte. Gruschkow ließ sich gern ein bisschen locken.

»Ja.«

»Lassen Sie mich raten. Ich soll als Pressefotografin auftreten. Richtig?«

Das zweite Mal innerhalb weniger Minuten grinste Gruschkow. Er hatte seinen Monatsdurchschnitt damit eindeutig überschritten.

»Niemand wird eine Kamera so weit auseinander nehmen, um zwei Mikrochips zu entdecken, die da nicht reingehören. Keine Sicherheitskontrolle der Welt schafft das. Sie kommen also ganz nah ran.«

»Und wenn ich den Auslöser drücke…«

»Passiert's.«

»Gruschkow, das ist phantastisch.«

»Ich weiß.« Gruschkow lehnte sich zurück und ließ den Atem entweichen. Erst jetzt fiel Jana auf, wie angespannt er die ganze Zeit hindurch gewesen war. »Es klingt immer noch undenkbar, wie aus einem spinnerten Film. Absolut phantastisch. Aber sosehr ich mich bemühe, ich finde keinen Grund, warum es nicht klappen sollte.« Er zögerte. »Bis auf einen.«

»Welchen?«

»Es darf nicht regnen.«

»Was? Warum denn das nicht? Was hat…?«

Plötzlich wurde ihr klar, was er meinte. Physik. Simpelste Physik. Sie schwieg eine Weile. Dann sagte sie:

»Das ist profan, Gruschkow. Entsetzlich profan. Dann können wir die Sache vergessen.«

»Nicht unbedingt. Jetzt muss *ich* Sie am Ende noch davon überzeugen, was? Erstens ist es nur dann ein Problem, wenn es aus Eimern schüttet. Erinnern Sie sich bitte, dass ein Wolkenbruch schon verheerend sein kann, wenn Sie mit einem Präzisionsgewehr ein bewegliches Ziel hundert Meter weiter weg treffen wollen. Oder Nebel. Kann alles passieren. Im entscheidenden Moment kann ein Lastwagen vorbeifahren, wenn Sie gerade abdrücken wollen. Solcherlei Unwägbarkeiten sind nichts Neues. Wir werden außerdem im Sommer operieren, da besteht die Chance, dass es trocken bleibt.«

»Nicht in Deutschland. Aber egal. Weiter.«

»Sie haben mehr als einen Schuss. Ich denke, zwei oder sogar drei. Das erhöht die Chance selbst bei einem Nieselregen gewaltig. Es gibt aber noch einen Grund, es so zu machen.«

»Der wäre?«

»Plan B. Der gute alte Plan B, Jana. Ich weiß, Ihre Auftraggeber hätten gern diesen einen Tag an diesem einen Ort zu dieser einen Stunde. Sollen sie haben. Aber wenn es nun wirklich schief geht, müssen Sie eben eine Gelegenheit an einem anderen Tag finden.«

»Der ganze Aufwand ein zweites Mal?«

»Ist nicht so viel Aufwand. Überlegen Sie doch mal. Sie brauchen lediglich ein zweites Umleitungssystem. Wichtig ist, dass Sie im Voraus wissen, wo Sie es installieren müssen.«

Jana dachte darüber nach.

»Ich meine«, fügte Gruschkow hinzu, »grundsätzlich werden Ihre Auftraggeber doch daran interessiert sein, dass die Sache überhaupt funktioniert. Also machen Sie Ihren Salto mit Netz und doppeltem Boden.«

»Diese Waffe ist phantastisch«, flüsterte Jana. »Der Effekt wäre ungeheuerlich. Wir müssen es so machen!«

»Wir *werden* es so machen«, sagte Gruschkow. »Und der Effekt wird immer noch gewaltig sein, wenn er woanders eintritt und an einem anderen Tag. Das Resultat bleibt dasselbe. Die Bilder, die um die Welt gehen werden, auch.« Er stand auf und griff nach einem Pullover, der über der Lehne seines Stuhls hing. »Und das wollen Sie doch, oder?«

Sie überlegte kurz.

»Ja«, sagte sie. »Das klingt gut, Gruschkow. Wirklich gut.«

»Fein. Dann gehe ich jetzt was essen. Morgen besprechen wir die Einzelheiten.« Er grinste zum dritten Mal, und langsam wurde er Jana unheimlich. »Ich schätze, es gibt eine Menge zu tun. Nicht wahr?«

1998. 22. DEZEMBER. KLOSTER

Gut einen Monat nachdem Mirko den alten Mann das erste Mal in den Bergen getroffen hatte, konnte er ihm eine Lösung präsentieren. Er war sich nicht sicher, wie der Alte darauf reagieren würde. Jana hatte ihm klar gemacht, dass sie die Beschaffung des Equipments von Mirko erwartete beziehungsweise von seinen Hintermännern. Aber das war nicht das eigentliche Problem.

Die Frage war, ob der Alte über das nötige Vorstellungsvermögen verfügte.

Mirko fragte sich, wie seine Auftraggeber bloß auf den Decknamen Trojanisches Pferd verfallen waren. Als Allegorie war er verfehlt. Es kam ihm vor, als hätten sich die Streiter im Bauch des imaginären Pferdes allesamt vor dem Geschichtsunterricht gedrückt. Er fragte sich, wie eine Welt funktionieren sollte, in der die Führer weniger wussten als Menschen wie Mirko, die ihnen dienten und zuarbeiteten. Nicht, dass es ihn weiter kümmerte. Aber bemerkenswert war es dennoch, dass Karel Zeman Draković, der es aus einfachen Verhältnissen zum Drahtzieher der Mächtigen gebracht hatte, einen Mangel an Treffsicherheit registrierte, der einer Elite einflussreicher und studierter Leute offenbar entgangen war.

Andererseits, wer regierte denn die Welt? Ludwig XIII. mochte König von Frankreich gewesen sein, die Geschicke hatte Richelieu bestimmt. Nixon war über seine eigenen Leute gestürzt. Johannes Paul I. war Papst gewesen, bis er zu viel kontroverses Gedankengut einbrachte, dann war er plötzlich tot. Die Kaiser, Könige und Präsidenten, Päpste und Diktatoren mochten sich in Positur stellen, irgendjemand war immer mit auf dem historischen Schnappschuss, von nichts sagendem Äußeren, lächelnd und halb verdeckt vom winkenden Arm des Führers, aber wann dessen Kopf in den Korb rollte, bestimmte letzten Endes er.

Die Mächtigen mochten stürzen – die zweite Garde, derer sie sich bedienten, tauchte irgendwann wieder auf. Immer in Positionen, die einen maximalen Handlungsspielraum bei minimaler Gefährdung der eigenen Stellung ermöglichten. Sie waren die Schatten, die sich aussuchen konnten, wer sie warf, ob sie nun CIA oder KGB hießen. Die Schattenkrieger hatten alle Macht. Riskant wurde es für sie nur, wenn sie selbst dem Glamour des Rampenlichts verfielen.

Mirko dachte an Slobodan Milošević, während das Kloster in der Ferne auftauchte. Auch der Diktator hatte sein sicheres Terrain verlassen, als er beschloss, aus dem Schatten des dienstbaren Opportunismus zu treten und seiner Eitelkeit nachzugeben. Er war wie alle seiner Art verblendet und damit angreifbar geworden. Solange er es vorgezogen hatte, im richtigen Moment die Ideologie zu wechseln und anderen das Regieren zu überlassen, hatte er überdauert, Entscheidungen gefällt und im Verborgenen die Weichen gestellt. Es war ihm jederzeit möglich gewesen, in ein anderes Lager überzulaufen, wo ein neuer starker Feldherr seiner Dienste bedurfte. Jetzt aber – nachdem er 1986 die Parteiführung in Serbien und ein Jahr später die Präsidentschaft übernommen hatte – stand er selbst an der Spitze. Nichts und niemand kam mehr nach ihm, er hatte sich keinen Unterschlupf gelassen. Er war sein eigenes und das Produkt anderer geworden, eine Fieberphantasie der nationalen Intelligenz Serbiens, ein Homunkulus mit der einzigen Aufgabe, ein für alle Mal die Wahrheit zu verkünden, die serbische Wahrheit, die wahrer ist als jede andere Wahrheit, fußend auf der Monstrosität historischer Ansprüche, aus denen er Recht und Rechtmäßigkeit ableitete, das Gesetz schlechthin.

Als Folge vermochte der Diktator die Gesetze nicht mehr auszulegen, die er gemacht hatte. Er war das Gesetz! Milošević würde sein Schicksal ereilen, weil er an seiner eigenen Verbindlichkeit zugrunde ging. Im grellen Licht der weltpolitischen Bühne drohte ihm der Schurkentod, weil die Guten Kenntnis von ihm genommen hatten. Das war sein größtes Problem, und er hatte es zu keiner Zeit erkannt oder danach gehandelt. Jahre würde es dauern, in denen er ungeheuren Schaden anrichten und seine Feinde dutzendfach vernichtend schlagen konnte, aber nichts würde ihn schützen gegen den Jago oder Brutus mit dem nichts sagenden Gesicht, lächelnd, halb verdeckt vom winkenden Arm des großen Nationalisten, Verrat planend.

Viele waren wie der serbische Diktator, wie Kennedy und Nixon, wie Jelzin, Saddam Hussein, wie die Cäsaren. Gleich welcher Ideologie, entging ihnen ihre Mutation zur Handpuppe, in die andere schlüpften. Sie leisteten sich grandiose Schlachten, die keiner wirklich gewinnen konnte, also führten sie einen zweiten, verdeckten Krieg, in dem ein Mirko oder ein Carlos, ein Abu Nidal oder eine Jana aktiv wurden, ließen andere Hände ihr Schicksal in die Hand nehmen. Zu jeder Zeit waren sie ihrer selbst so sicher, dass sie keinen Zweifel an der Ausübung totaler Kontrolle hegten. Auf dem Scheitelpunkt ihrer Macht schob ihnen dann jemand den Dolch zwischen die Rippen, und die Inszenierung endete. Im Puppenspiel fiel der Vorhang. Die Figuren waren hinreichend demoliert, die Spieler zogen sich zurück und warteten auf ihren nächsten Einsatz. Die Welt der Puppen wandelte sich. Die der Spieler blieb gleich.

Mirko steuerte den Wagen auf die Böschung unterhalb des Klosters und stieg aus. Der Tag war diesig und kühl. Er zog den Reißverschluss seiner Jacke hoch. Der Alte erwartete ihn vor den Stufen, die zum Portal hinaufführten. Heute hatte er sich nicht der Mühe unterzogen, seine Sicherheitsleute im Hintergrund zu halten. Vielleicht wollte er Mirko mit seiner kleinen Demonstration beeindrucken. Mehrere Männer in Kampfanzügen waren auf dem Gelände verteilt. Sie hielten respektvoll Distanz. Mirko schätzte, dass sie zu einer der zahlreichen Milizen gehörten.

»Mein lieber Freund«, sagte der Alte herzlich. »Ihre Nachricht war ein duftender Korken! Nun lassen Sie mich den Wein trinken. Wie steht es mit unserem kleinen Unterfangen? Was sagt unsere geschätzte Freundin, wie sie die Sache angehen will?«

Mirko schickte einen Blick zu den Uniformierten.

»Hören diese Leute mit?«

»Kein Problem. Aber Sie haben natürlich Recht. Gehen wir ein Stück.«

Sie setzten sich in Bewegung. Vom Kloster führte ein Pfad bis zur Straße und setzte sich auf der anderen Seite fort. Die Ränder waren von niedrigem Buschwerk überwuchert. Wahrscheinlich endete der Weg nach wenigen hundert Metern in einem Feld, aber von hier sah es aus, als verliere er sich im milchigen Dunst der Berge weit hinten.

Drei der Männer folgten ihnen in einigem Abstand.

Nachdem sie ein paar Schritte schweigend nebeneinander hergegangen waren, sagte Mirko dem Alten, was Jana verlangte.

Sein Auftraggeber blieb stehen und starrte ihn an.

»Sie will *was*?«

»Sie haben richtig gehört.«

Der Alte schüttelte den Kopf und sah hinüber zum Kloster, als habe er die tröstende Realität dort zurückgelassen. »Wie soll das funktionieren? Hat Ihre Freundin den Verstand verloren? Das ist Unfug, Mirko. Fünfundzwanzig Millionen teurer Unfug!«

»Nein, ist es nicht«, erwiderte Mirko. »Um Sie zu beruhigen, ich war anfangs auch irritiert. Aber sie hat es mir erklärt. Es funktioniert.«

»Das kann ich kaum glauben!«

»Wenn Sie es ihr nicht glauben, glauben Sie es mir. Es klingt phantastischer, als es ist. Was einen so frappiert, sind die Dimensionen. Würde sich alles *en miniature* abspielen, wäre es die einfachste Sache von der Welt.«

»Ja, aber das ist ja nun mal nicht der Fall. Meine Güte, ich bin einiges gewohnt, aber… Gibt es keine Alternative?«

»Doch«, nickte Mirko. »Boden-Boden-Raketen. Vielleicht. Das Problem ist nur, dass wir gar nicht so weit kommen würden, eine Basis zu stationieren. Wir würden eine solche Waffe nicht ins Land schmuggeln können, und in Deutschland bekommen wir sie erst recht nicht.«

»Und wenn wir jetzt beginnen?«

»Auch dann nicht.«

Der alte Mann sah sinnend zu Boden. Dann ging er langsam weiter.

»Was würde passieren, wenn Jana ihren Plan ausführt?«, fragte er. »Ich meine, was wäre der Effekt?«

Die Bestürzung war aus seinen Zügen verschwunden, stattdessen begann sein Verstand, das Szenario offenbar in Bilder umzusetzen. Mirko spürte einen Anflug von Erleichterung. Die größte Hürde war genommen. Sie brauchten weniger die Zustimmung des Alten als vielmehr seine Hilfe. Aber dafür mussten sie ihn überzeugen.

Mirko erklärte ihm die Wirkungsweise der Waffe. Es brauchte nicht vieler Worte, und die blauen Augen des alten Mannes begannen zu leuchten.

»Ein verfluchter Aufwand, aber eine gute Show«, sagte er.

»Es ist das, was Sie wollten.«

»Sieht ganz so aus.« Der Alte zögerte. »Mein Gott, man lernt nie aus. Ich dachte immer, wir leben in Zeiten, da sich ein Mann mit einem Gewehr auf ein Dach legt und die Frage einzig darin besteht, das passende Dach zu finden.«

Mirko lächelte.

»Das ist Partisanenromantik, und das wissen Sie. Ein Mann und seine Waffe. Sind Sie sicher, dass Sie die Rede dem Richtigen halten?«

Der Alte lachte bellend und schlug Mirko auf die Schulter.

»Ach, Mirko! Verdammt, ich weiß selbst, dass es so nicht geht. Andererseits werden Sie zugeben, dass die Ideen Ihrer Freundin gewöhnungsbedürftig sind.«

»Es sind die Ideen einer Frau«, sagte Mirko gleichmütig. »Männer denken immer gleich an Kanonen. Frauen haben weitaus mehr Phantasie. Wussten Sie, dass es bändeweise Abhandlungen über die phallische Bedeutung von Handfeuerwaffen und Gewehren gibt? Was glauben Sie, warum Männer so gern ballern?«

»Weil sie einen Schwanz haben, Mirko«, lachte der Alte. Er schien sich königlich zu amüsieren. »Weil sie ohnehin schon wissen, wie man ballert. Gott sieht es gern, wenn ein Mann eine Waffe trägt.«

»So? Ich dachte, er sieht es lieber, wenn das allmächtige Rohr Leben spendet.«

»Manchmal spendet es eben Tod. Was ist los, haben Sie einen Katechismus verschluckt?«

»Keineswegs«, sagte Mirko spöttisch. »Ich fragte mich nur gerade, wie Sie zur gleichen Zeit das Hohelied auf den Schwanz und die Waffe singen können. Dann fiel mir Sigmund Freud ein, der geäußert hat, es sei tatsächlich in gewisser Weise dasselbe. Meiner Erfahrung nach das eine umso mehr, je weniger sich beim anderen tut.«

»Freud?«

»Ja.«

Der Alte hatte aufgehört zu lachen.

»Psychologengeschwätz«, rief er unwillig. »Ein Mann muss sich verteidigen können. Ich kenne viele aufrechte Männer, die Kinder gezeugt und im richtigen Moment abgedrückt haben.«

»Mag sein. Ich kenne andere. Aber das ist ohnehin alles nur von akademischem Interesse.«

»Ich weiß nicht.« Der Alte sah Mirko lauernd an. »Aus welchen Rohren schießen Sie denn?«

Mirko lachte.

»Aus dem jeweils richtigen. Ich habe mich noch nie vertan.«

»Ich will keine Moralpredigten, hören Sie!«

»Keine Sorge. Hätten Generäle besseren Sex, gäbe es weniger Krieg. Wäre schlecht für mich. Mir ist es recht so, wie es ist.«

»Sie beleidigen die Menschen, die für dieses Land sterben würden und gestorben sind. Wir möchten nicht kämpfen müssen. Jeder hier würde lieber zeugen als schießen. Uns allen wäre es viel lieber, wenn wir die Waffen im Haus lassen könnten. Uns allen wäre es auch lieber, wenn wir uns nicht solcher Individuen bedienen müssten, wie Sie eines darstellen.«

»Das haben Sie sehr schön gesagt. Ich nehme es als Retourkutsche.«

»Töten Sie gern? Sagen Sie es mir, Mirko, sind Sie ein Patriot oder einfach nur ein Schlachtgehilfe?«

»Ich bin Geschäftsmann.«

»Das sagten Sie schon beim ersten Mal.«

»Dann fragen Sie mich kein zweites Mal. Jana und ich werden einen Auftrag ausführen. Es liegt mir fern, Sie oder Ihre Ideale zu beleidigen, aber ist es Ihnen nicht viel lieber, wenn ich für meinen Teil keine Ideale habe?«

Der Alte kniff die Augen zusammen. Dann entspannte er sich.

»Gut gesprochen, Draković. Ja, das ist mir weitaus lieber.«

Immer, wenn es ihm darum ging, Mirko seine Position spüren zu lassen, benutzte er seinen richtigen Namen. Auch das belustigte Mirko, aber er fand, er habe den alten Mann für heute schon genug gekitzelt. Es war ein Spiel, in dem es darum ging, den Respekt voreinander nicht zu verlieren. Mirko wusste, dass der Alte ihn auch darum schätzte, weil er zu den wenigen gehörte, die ihm nicht nach dem Mund redeten. Außerdem war Mirko nicht ersetzbar.

Noch nicht, dachte er. Zu weit zu gehen, hieße, sich das Wohlwollen des alten Mannes zu verscherzen. Was garantiert tödlich wäre.

»Also gut«, fuhr der Alte fort. »Ich werde Ihnen gleich einiges erklären. Sie werden die Hintergründe unseres kleinen Anliegens erfahren und welche Auswirkungen das auf Ihren Auftrag haben wird. Das Trojanische Pferd steht Ihnen offen. Ganz sicher werden Sie begeistert sein vom komplexen Spiel unserer Gedanken – falls Ihre eigenen den unseren zu folgen vermögen.«

Mirko investierte ein höfliches Nicken.

»Das Trojanische Pferd war mithin die weiseste Idee, die Priamos jemals hatte«, sagte er.

Kein Widerspruch. Keine korrigierende Bemerkung, dass Odysseus auf den hölzernen Gaul gekommen war und wohl zuallerletzt Priamos.

Jetzt aber Schluss, dachte er befriedigt.

»Können Sie einen YAG besorgen?«

Der Alte nickte. »Ja, das dürfte kein Problem sein. Wenn ich Sie recht verstanden habe, wird es damit aber nicht getan sein, oder?«

»Um die Details kümmern wir uns selbst.«

»Gut. Ich will sehen, was sich machen lässt. Wir haben eine Menge Einzelheiten zu besprechen. In der Kirche ist für ein Mittagessen gedeckt, Mirko, Sie sollen ja nicht leben wie ein Hund.«

Mirko erwiderte nichts. Der alte Mann sah zu den Bergen hinüber. Über den Zinnen braute sich dunkles Grau zusammen.

»Es kommt mal wieder Regen«, sagte er. »Gehen wir zurück.«

Schweigend kehrten sie um. Die Sicherheitsleute traten beiseite, warteten, bis sie vorbei waren, und schlossen sich ihnen an.

»Nebenbei, wie wollen Sie das Riesending überhaupt nach Deutschland schaffen?«, fragte der alte Mann. »Ist das nicht ein bisschen auffällig? Zwar keine richtige Waffe, aber immerhin. Wege lassen sich zurückverfolgen.«

Mirko lächelte.

»Es sind schon ganz andere Sachen aus Russland gekommen, ohne dass es einem aufgefallen ist.«

Der Alte riss die Augen auf. Einen Moment spiegelte sich Verwirrung darin. Er öffnete den Mund.

Dann begann er zu kichern.

»Sie sind ein raffinierter Hund, Mirko.« Das Kichern steigerte sich zu dem bellenden Lachen, das Mirko schon kannte. »Das muss man Ihnen lassen. Wirklich ein raffinierter Hund!«

Er schlug ihm wieder und wieder auf die Schulter, lachte noch lauter und ging mit raschen Schritten voraus zum Kloster. »Ich genieße die Konversation mit Ihnen, Draković. Sie macht mir Appetit.«

Mirko senkte den Kopf. Die Gnade war sein.

»Ich weiß nicht, wie sie da oben kochen«, sagte Kuhn. »Für mich schmeckt ohnehin alles überteuert, was nicht mit Ketchup oder Fritten serviert wird.«

»Um Sie geht es aber nicht«, sagte Wagner ungehalten.

Kuhn machte eine wegwerfende Handbewegung.

»Ach, Kika, das Maritim hat einen guten Klang. Gucken Sie mich nicht so an. Das ist nun mal so! Sie essen Klang, egal wohin Sie gehen. Glauben Sie diesem ganzen Zinnober mit Kochmützen und Sternen doch nicht die Bohne, diese Tester sind allesamt gekauft oder haben einen ausgemachten Dachschaden. Fleisch ist entweder zart oder zäh, danach hört's auf.«

»Ich hatte Le Moissonnier vorgeschlagen, weil es danach eben nicht aufhört!«

»Ja, und dieser Lärchenhof morgen kostet uns auch nur haufenweise Geld. Dafür bekommen Sie den Wein von einem Humpen in den anderen geschüttet, ein Fitzelchen schmierige Gänseleber, stinkende Fischeier, Rotz mit Geschmack und all solchen Unfug...«

»Rotz mit was?«

»Austern! Kika, um Himmels willen, Ihr Blick jetzt gerade. Erzählen Sie mir bloß nicht, dass Sie das Geschlabbere mögen.«

»Sie scheinen es doch auch zu mögen.«

»Was?« Kuhn blinzelte verwirrt. »Wieso denn ich? Ich sagte doch gerade...«

»Ihre Krawatte sieht aus, als wäre eben so ein Ding darüber gekrochen.« Wagner förderte ein sauberes Papiertaschentuch aus ihrer Handtasche und befeuchtete es mit der Zunge. »Kommen Sie mal her, das ist ja fürchterlich. Haben Sie eigentlich keinen Spiegel auf Ihrem Zimmer?«

»Sie...« Kuhn wand sich und fuchtelte mit den Händen, während sie ihn an der Krawatte zu sich heranzog und begann, darauf herumzureiben. »Hey! Das ist unwürdig. Ich bin doch kein Pinscher, den man an der Leine... Aua! Wollen Sie mich erdrosseln? Eure Generation legt viel zu viel Wert auf die Tapete, ehrlich, Kika. Im Grunde sollte man überhaupt keine Krawatte tragen, wenn man nicht will. Verdammter Sozialzwang. Alles nur westliche Arroganz. Wussten Sie, dass indische Politiker…«

»Stimmt. Sie sollten wirklich keine tragen. Das Problem ist nur, dass Sie ohne auch nicht besser aussehen. So. Bitte schön.«

Kuhn schüttelte sie brummend ab und verstaute den Schlips zwischen den Revers seines Jacketts. Wagner fragte sich, wie er es immer wieder schaffte, dermaßen abgerissen auszusehen. Der Lektor war keineswegs so alternativ, wie er sich gebärdete. Er trug keine billigen Sachen. Er trug die teuren nur so, dass sie aussahen, als kämen sie aus der Altkleidersammlung. Hinzu addierte sich eine kaum zu überbietende Delikatesse in der Zusammenstellung von Farben. Neben O'Connor hatte er ausgesehen wie ein tragischer Irrtum. Im Kreis der Abendgesellschaft, die Kuhn den folgenden Abend im Restaurant des Maritim zu verdanken hatte, würde er auch nicht besser dasitzen.

Es war die einzige Reservierung gewesen, die sie ihm überlassen hatte. Prompt hatte er es vermasselt. Wagner hatte nichts gegen das Maritim. Sie hatte nur grundsätzlich etwas gegen Restaurants in Hotels, weil sie in den allermeisten Fällen Durchschnitt offerierten. Und Durchschnitt war das Letzte, was sie O'Connor anzubieten gedachte. Kuhn hatte den schönen Ausblick über den Rhein in die Waagschale geworfen. Schließlich hatte Wagner nachgegeben und nicht länger darauf insistiert, die Reservierung zu ändern. Sie beschloss, Kuhn schulde ihr für das Entgegenkommen irgendwann einen größeren Gefallen, und sie war entschlossen, ihn einzufordern, wenn es so weit war.

»Es wird schon schmecken«, sagte der Lektor väterlich. »Ich weiß ja schließlich auch, was sich gehört.«

»Mhm.«

»Große Portionen, Kika. Damit Sie endlich mal was auf die Rippen kriegen! He, da fällt mir ein, wissen Sie eigentlich, warum so viele Schauspielerinnen magersüchtig sind?«

»Nein«, seufzte Wagner.

»Ganz einfach. Klappern gehört zum Handwerk! Haha. Gut, was? Wie viel wiegen Sie überhaupt?«

»Sie kriegen gleich auch was auf die Rippen.«

»Entschuldigung, ich wollte nur…«

»Es geht Sie nichts an, wie viel ich wiege, hören Sie?«

»Bei Ihrer Größe…«

»Es geht nicht mal meine Waage was an!«

Kuhn zuckte die Achseln und suchte die Hotelhalle mit Blicken ab. Allmählich wurde es Zeit, dass sich die übrigen Gäste einfanden. Der Tisch war für Viertel nach neun bestellt. O'Connor weilte auf seinem Zimmer, um erneut die Garderobe zu wechseln. Auf der Rückfahrt mit Kuhn hatte er sich augenscheinlich lammfromm gegeben und war verschiedentlich eingenickt. Sie hatten das I. Physikalische Institut vor einer Dreiviertelstunde verlassen, und Wagner hatte voller Verblüffung festgestellt, dass man sich dort von O'Connors Arroganz kein bisschen gekränkt zeigte.

»Natürlich hat er einen Vogel«, hatte Schieder beim Abschied erklärt, als sie ein Stück hinter den anderen zurückblieb, um sich zu entschuldigen. »Aber keiner hier hat etwas anderes erwartet. Ich meine, er ist brillant! Denken Sie mal darüber nach, wie viele wohl erzogene und ausgeglichene Leute das von sich behaupten können. Der Mann ist ein Künstler. Die besten freischaffenden Physiker sind Künstler.«

»Das gehört wohl auch zu den Dingen, die keiner weiß, stimmt's?«

»Stimmt. Darum tun wir uns ja so schwer, finanzkräftige Galeristen zu finden. Schönen Abend. Ihr Schützling war prima.«

Es stimmte schon, was Schieder sagte. O'Connor war ein Künstler.

Aber musste er sich deswegen gleich so benehmen wie eine ganze Horde davon?

»…verstehe durchaus, dass man einen Autor, der Spitzentitel schreibt, nicht in die Würstchenbude schleppt«, sagte Kuhn gerade. »Aber das ist ein gutes und renommiertes Restaurant. Sie hingegen tun immer so, als hätte ich… Oh, sie kommen!«

Durch das Foyer näherten sich drei Männer und zwei Frauen. Da war der Buchhändler, ein jovial wirkender Mensch von gesundem Aussehen. Er war natürlich weitaus mehr. Seiner Familie gehörte eine der beiden großen Buchhandlungen der Stadt. Wagner wusste, dass in Köln ein Kampf der Giganten tobte. Die Frage, welcher Adresse man den Vorzug gab, hatte einiges Fingerspitzengefühl erforderlich gemacht. Der hiesige Markt wurde beherrscht von Gonski, dem Ableger aus der Bouvier-Gruppe, und der Mayer'schen. Beide Kontrahenten teilten sich den Neumarkt im Herzen der Innenstadt, wo sie einander dermaßen auf den Pelz gerückt waren, dass man keine fünfzig Schritte vom einen zum anderen brauchte. Kuhn hatte kurzzeitig mit dem Gedanken gespielt, den Vertreter der Gegenseite ebenfalls einzuladen, aber O'Connor würde dort nicht lesen, was Misstöne befürchten ließ. Zumindest dieser Gipfel, dachte Wagner erleichtert, blieb Köln also erspart.

Der zweite der Männer, hoch gewachsen und weißhaarig, wies sich gern als Kunstexperte aus, bevor er sich dazu bekannte, Geschäftsführer der Industrie- und Handelskammer zu sein. Er saß im Rat und verdankte seine Anwesenheit der Intervention des dritten männlichen Gastes, der für O'Connor die Gunst des Golfspiels auf dem Platz in Pulheim erwirkt hatte. Er bekleidete eine nicht ganz unmaßgebliche Position im Hauptgebäude der Kölner Stadtsparkasse, die ihm Zeit genug ließ, wichtige Leute kennen zu lernen.

Die eine der beiden Frauen war Kulturdezernentin der Stadt Köln, eindrucksvoll in ihrer Erscheinung, raumfüllend und mit wallenden Gewändern angetan. Die andere schauspielerte sich seit Jahren durch eine landesweite Endlosserie im öffentlich-rechtlichen Fernsehen und war eigentlich immer mit dabei, wenn wichtige Leute andere wichtige Leute kennen lernten. Sie war ältlich und rundlich und für ein gewisses Interesse an jüngeren Männern berüchtigt.

Wagner straffte sich. Es folgte die übliche Begrüßung und ausgedehntes Händeschütteln. Kuhn gelang es, die Schauspielerin mit dem Namen des Buchhändlers anzureden. Wagner plauderte atemlos darüber hinweg und warf einen Blick auf die Uhr.

Zwanzig nach neun.

Als hätten sich ihre Gedanken zu Fanfarenstößen gewandelt, erschien im selben Moment O'Connor hinter den auseinander gleitenden Glastüren des Fahrstuhls.

Er sah blendend aus. Anzug, Hemd und Krawatte waren perfekt aufeinander abgestimmt. Die silbergrauen Haare lagen wie mit dem Pinsel gezogen. Hätte ihr in diesem Moment jemand erzählt, dass sich ein ausgemachter Säufer näherte, sie hätte ihn glattweg ausgelacht.

»Warten Sie auf jemanden?«, fragte O'Connor gut gelaunt und gesellte sich zu der Gruppe. »Oder warte ich auf Sie?«

Gejohle. Kuhn übernahm nicht ohne Jovialität die Vorstellung der einzelnen Gäste. O'Connor gebärdete sich artig und fand für jeden ein paar ausgesucht nette Worte.

Wagner war ziemlich beeindruckt.

»Ich mag Ihre Anzüge«, sagte sie wahrheitsgemäß, als sie den gläsernen Lift ansteuerten, der zum Restaurant im fünften Stock führte. »Sehr im Trend.«

»Frau Wagner, Ihr Wort ist Musik.« Wenn O'Connor nüchtern war, schwenkte er offenbar auf Nachnamen um. »Um der Wahrheit die Ehre zu geben, ich bekomme von Trends gar nicht so viel mit. Sie überleben sich im Augenblick ihres Entstehens, das ist mir entschieden zu anstrengend. Ich habe genug damit zu tun, der Lichtgeschwindigkeit zu folgen.«

»Ich weiß nicht. Sie vermitteln eher den Eindruck, als seien Sie ihnen beständig auf der Spur.«

»Ich bluffe. Ich kaufe meine Klamotten, bevor sie in Mode kommen, und höre auf, sie zu tragen, bevor sie aus der Mode kommen. Auf diese Weise ist man immer schick, ohne gefällig zu sein. Nach Ihnen.«

Sie fuhren in den fünften Stock. Der Tisch am Fenster bot einen phantastischen Blick auf den Rhein und die Deutzer Seite. Es gab ein kurzes Durcheinander, bis jeder irgendwo saß, dann wurde Champagner serviert. Wagner schätzte, dass O'Connor nicht lange brauchen würde, um sich wieder auf das Niveau des Vormittags zu trinken, aber er nippte nur und sprach dafür umso reichlicher dem Mineralwasser zu. Sie betrachtete ihn unter zusammengezogenen Brauen und fragte sich, wie weit er mit seinen Bluffs eigentlich ging. Sie hatte das unbestimmte Gefühl, schon ziemlich bald ein paar tiefer gehende Antworten zu erhalten.

Die Unterhaltung drehte sich eine Weile um alles und nichts. Die Schauspielerin löcherte O'Connor mit den üblichen Fragen.

»Wie kommen Sie bloß auf Ihre Ideen? Ich kann mir überhaupt nicht vorstellen, wie man ein Buch schreibt.«

»So wie der makedonische Bildhauer, gnädige Frau.«

»Ach was!«

»Ja. Man fragte ihn, wie es ihm gelänge, aus einem massiven Marmorblock einen perfekten Löwen zu hauen. Er besann sich einen Augenblick und sagte: Ganz einfach. Ich nehme mir diesen Block zur Brust und haue alles weg, was nicht nach Löwe aussieht.«

»Köööstlich!«

Und so weiter und so fort.

»Ihre Stadt ist bemerkenswert«, sagte O'Connor höflich, während er ein winziges Stück Graubrot fingerdick mit Kräuterquark bestrich. »Wie ich hörte, gibt es nach dem Wunder von Kanaa und der Schlacht von Issos jetzt einen Frieden von Köln.«

Die Dezernentin verzog das Gesicht.

»Nach dem Gespenst von Canterville gibt es jetzt sogar den Geist des Kölner Doms«, erwiderte sie. »Der war selbst mir völlig neu. Aber unser Außenminister scheint ihn gesehen zu haben. Die Zeitungen schreiben, er sei über die illustre Runde gekommen in Gestalt von Martti Ahtisaari und habe uns alle in gläubige Pazifisten verwandelt.«

»Köln hat viele neue Freunde gewonnen und einen bösen Krieg beendet, weil wir so eine schöne Kirche haben«, bekräftigte der Mann von der Stadtsparkasse.

»Sehr wahr.«

»Wir können uns ohne weiteres eine Scheibe vom Frieden abschneiden«, bemerkte der IHK-Vertreter säuerlich. »Wissen Sie, Dr. O'Connor, Köln ist sein eigener Arschtritt. In Sachen Defätismus und Selbstzerfleischung läuft uns hier keiner den Rang ab. Dieser ständige Hader mit uns selbst. Wir haben weiß Gott eine Menge um die Ohren mit dieser Gipfelei, da darf man ruhig ein bisschen stolz sein.«

»Ich hadere ja gar nicht«, sagte die Dezernentin. »Ich finde es wunderbar, wenn unser Kardinal Meisner Milošević im Traum erscheint und Norbert Burger dann in zähem Ringen den Rest besorgt.«

»Das sehen Sie nun wiederum zu eng«, sagte der Vorstand der Stadtsparkasse. »Für die Akte von Helsinki konnte Helsinki eigentlich auch nicht viel. Jetzt ist es halt der Kölner Frieden.

Ein paar Striche auf dem Deckel der Kölner Weltpolitik. Wir haben an Ansehen gewonnen, ist doch prima. Wenn der Dom dran schuld ist – meinetwegen.«

»Hat Kardinal Meisner nicht sogar die Hoffnung geäußert, der letzte Krieg des Jahrhunderts möge im Schatten des Doms sein Ende finden?«, sagte Kuhn wissend.

»Was er gesagt hat, lässt mich annehmen, dass er selbst nicht im Schatten des Doms sein Ende finden möchte.«

»Lassen Sie Gnade walten. Jeder ist eitel.«

»Wie abgeschmackt, Herrschaften! Der Dom ist das Friedenssymbol schlechthin, das wollen Sie doch wohl nicht in Abrede stellen?«

»Warum denn das?«

»Er hat den Weltkrieg immerhin überdauert. Ich bin nicht übermäßig gläubig, aber so was nenne ich ein Symbol.«

»Ach, stimmt ja. Sie haben die Bomben lieber auf die Leute drumherum geschmissen. Auch ein Symbol.«

»Wäre Ihnen ein zerstörter Dom lieber gewesen?«

»Keineswegs.«

»Genau! Ohne Dom kein Frieden. Im EXPRESS stand kürzlich sogar, er hätte Weltgeschichte geschrieben.«

»Wer? Der Dom? Mannomann! Der erste Dom, der schreiben kann.«

»Bildlich gesprochen.«

»Ist doch alles unwichtig. Dem Bundeskanzler hat das Kölsch geschmeckt. Er hat mit Rudi Carell in der ›Kölschen Stuff‹ fünfzehn davon durchgezogen. So was ist wichtig. Wir haben so viele Gründe, uns was einzubilden, dass wir mit diesem einen Dom wahrscheinlich gar nicht mehr auskommen werden.«

»Klasse! Bauen wir einen zweiten!«

»Ich weiß nicht. Ich war seit Jahren nicht mehr in dem einen.«

»Nicht? Gehen Sie rein. Ich glaube, er ist jetzt noch ein bisschen größer geworden.«

»Sagen Sie mal, Dr. O'Connor, wie kommt denn Köln so rüber bei Ihnen in Dublin? Ich meine, in diesen Tagen, da alle Welt auf uns blickt.«

»Wie bitte?« O'Connor schreckte hoch. »Oh, nun ja. Die Irish Times hat einiges zum Gipfel geschrieben. Ich bin mir allerdings nicht sicher, ob sie wussten, dass er in Köln stattfindet.«

»Ach, Dr. O'Connor«, kam es leutselig von der Schauspielerin. »Die ganze Welt kennt unseren Dom.«

»Ja, man hatte so seine Sorge«, bemerkte die Dezernentin. »Wäre es der ursprünglichen Planung nach gegangen, hätten die internationalen Sendeteams ausschließlich vom Dach des Stadthauses filmen können. Die Welt hätte den Dom von der Südseite gesehen.« Sie machte eine Pause. »Mit nur einem Turm, Herrschaften. Ein halber Frieden.«

Räuspern, leises Lachen. Speisekarten wurden ausgeteilt.

»Jedenfalls, Tony Blair im Dom-Hotel, Jelzin im Renaissance, Clinton im Hyatt«, resümmierte der Buchhändler und blätterte in der Speisekarte. »Wir können uns glücklich schätzen. Was ist das alles gegen Liam O'Connor im Maritim?«

»Gerhard Schröder im Maritim«, korrigierte der Herr von der IHK trocken. »Jacques Chirac im Maritim. Wir sind zwar prominent, aber nicht exklusiv.«

»Haben wir's gut!«, sagte der Vorstand und lachte gewinnend in die Runde. »Da müssen wir uns wenigstens nicht mit Schuldenerlassen und Friedensplänen herumschlagen, was?«

Die Schauspielerin lachte mit.

»Es weiß ja ohnehin keiner, worum es auf dem Balkan überhaupt geht«, sagte sie. »Also, ich hab schon vor Jahren den Überblick verloren. Moslems, Nichtmoslems, für mich sind das alles Barbaren.«

Stille senkte sich herab.

Die Dezernentin hüstelte.

»Na, ich bitte Sie!«, entrüstete sich die Schauspielerin. »Finden Sie, dass die sich wie zivilisierte Menschen benehmen? Ich weiß gar nicht, warum wir uns da einmischen. Wenn die sich die Köpfe einschlagen wollen, sollen sie es meinethalben tun, aber doch nicht mit unseren Steuergeldern.«

Der Vorstand sah sie an wie eine Schwachsinnige.

»Habe ich Sie in dieser bescheuerten Serie, die Ihre besten Jahre kommen und gehen sah, nicht etwas anderes sagen hören?«, fragte er. »Man müsse helfen und dürfe nicht tatenlos zusehen?«

»Aber Sie haben doch gerade selbst…«, stammelte sie.

»Ich habe gesagt, dass es angenehmere Themen gibt! Nicht mehr und nicht weniger.«

Sie starrte ihn feindselig an. »Und ich bekomme Drehbücher vorgelegt. Na und? Mein Gott, Kosovo! Ich verstehe gar nichts davon, und ich will auch nichts davon verstehen. Man muss nicht alles verstehen. Ich finde, wir sollten uns da raushalten. Haben wir nicht genug eigene Probleme?«

»Ja. Scheint mir allerdings auch so.«

»Drehbücher«, murmelte der Buchhändler.

O'Connor beugte sich vor und strahlte sie an.

»Lassen Sie sich nicht ärgern«, sagte er. »Ich finde, Sie haben es in doppelter Hinsicht auf den Punkt gebracht.«

»Wirklich?«, lächelte sie.

»Aber ja. Erstens die Frage, warum wir uns einmischen. Gute Frage. Zweitens, dass Sie es nicht beantworten können, weil Sie nichts davon verstehen.«

Sie lächelte weiter. Nur ihr Blick ließ Zweifel daran erkennen, ob es die passende Reaktion zur Äußerung war.

Der Vorstand paffte und grinste.

»Manuel Azaña meinte, wenn jeder Spanier nur über das urteilen würde, was er wirklich weiß, herrschte eine große Stille, die man zum Lernen nutzen könnte«, sagte er gebildet.

»Azaña?«, echote die Schauspielerin.

»Spanischer Ministerpräsident der Dreißiger.«

»Wir sind aber doch in Deutschland.«

»Ach!«

»Nun, wie auch immer«, sagte der Buchhändler nach einer Pause. »Das müssen wir ja jetzt nicht ausdiskutieren. Kosovo, tragisch, aber genug davon. Das hatten wir nun wochenlang.« Er sagte es wie jemand, der auf den Hinterhof blickt und feststellt, dass irgendjemand dringend mal den Sperrmüll kommen lassen müsste.

»Wollen wir bestellen?«, schlug Wagner vor.

»Nur einen Augenblick, wenn Sie gestatten.« Die Kulturdezernentin lächelte O'Connor freundlich an. »Mich würde schon interessieren, was Sie so denken, Dr. O'Connor.«

»Ich denke, ich nehme den Loup de Mer und vorher den Salat von Steinpilzen und Gambas«, sagte O'Connor und hob sein Glas. »Einen Toast auf Sie alle. Mir ist soeben klar geworden, dass ich dem Gipfel bereits beiwohne.«

»Nein, pardon ... ich meine, wie Sie über diesen Krieg denken.«

»Warum nicht?« O'Connor legte die Fingerspitzen aufeinander. »Es berührt mein Arbeitsgebiet.«

»Licht?«

»Nein, Sprache. Ich denke, es ist kein Krieg.«

»Kein Krieg?« Die Dezernentin wirkte verdattert. »Das müssen Sie mir erklären.«

»Oh, dazu bin ich nicht prädestiniert«, sagte O'Connor bescheiden. »Ich verstehe nichts von Politik. Die Nato müsste es erklären.«

»Dass es kein Krieg ist?«

»Jamie Shea spricht immer nur von Luftangriffen. Würde er von Krieg sprechen, müsste er verbindlich die Rechtsgrundlage dieses Krieges erläutern. Offenbar kann er das nicht und tut es nicht, also ist es kein Krieg.«

»Was denn sonst? Da fallen Bomben.«

»Nun, es ist kein Angriffskrieg, richtig? Alle beteiligten Nationen unterhalten Verteidigungsministerien, keine Angriffsministerien, also kann es kein Angriffskrieg sein.«

»Hm«, machte die Dezernentin. »Richtig.«

»Bleibt der Verteidigungskrieg. Wir müssen uns aber nicht verteidigen. Jugoslawien hat ja keinen von uns angegriffen. Richtig?«

»Auch richtig.«

»Ja, aber – wie sollen wir es dann nennen?«

»Wie wär's mit Intervention?«, meinte Kuhn. »Ich nehme übrigens die Kartoffelsuppe und das Rumpsteak.«

»Ja, so nennen es alle«, sagte O'Connor. »Intervention. Nun, ich bin politisch ein ausgemachter Schafskopf. Pardon, aber was heißt das? So etwas wie eine Polizeiaktion gegen verbrecherische Aktivitäten?«

»Vielleicht.«

»Aber die Nato hat keine Hoheit über Jugoslawien. Als Polizei kann sie da nicht wirksam werden.«

»Sie machen's aber ganz schön kompliziert.« Der Vorstand förderte ein Kistchen Zigarillos zutage. »Gestatten Sie? Irgendjemand sonst? Was im Kosovo geschieht, ist blanker Terrorismus. Dagegen wollen Sie nicht vorgehen?«

»Doch. Wenn es Terrorismus ist, dann wäre jeder Beteiligte nach jugoslawischer Rechtsauffassung ein Straftäter. Dann müsste er verurteilt werden. Von jugoslawischen Richtern, meine ich. Sehen Sie, hier scheint es einen Konflikt zu geben zwischen rechtlicher und moralischer Legalität. Was mich beunruhigt, ist nicht so sehr, wenn jemand aus moralischen Gründen den Einsatz von Gewalt legitimiert, sondern dass er sich gezwungen sieht, das geltende Recht dafür zu umgehen. Das lässt nur zwei Schlüsse zu. Entweder er ist selbst im Unrecht, oder das geltende Recht ist im Unrecht. Glauben Sie, die Nato hat darüber nachgedacht, bevor sie tat, was möglicherweise richtig ist?«

»Naja. Wenn Sie es so sehen...«

»Verzeihen Sie.« O'Connor hob die Hände. »Ich wurde gefragt. Ich bin nur ein Physiker, der Bücher schreibt, kein Politiker. Mir teilt sich lediglich mit, dass keiner die Sache Krieg nennen mag, und da frage ich mich halt, wenn die Nato nicht so richtig weiß, was es ist, ob sie dann vielleicht auch nicht so richtig weiß, was sie tut.«

»Heißt das nun, Sie sind dafür oder dagegen?«, sagte die Schauspielerin.

Der Vorstand verdrehte die Augen und trank.

»Ich weiß es eben nicht«, sagte O'Connor, »weil ich immer noch nicht weiß, was es ist.«

»Ein Akt der Gerechtigkeit!«, sagte der IHK-Vertreter mit Entschiedenheit. »Das ist es! Die Entenbrust klingt übrigens ganz ausgezeichnet.«

»Hm.«

»Finden Sie nicht?«

»Doch, ausgezeichnet.« O'Connor schürzte die Lippen. »Wissen Sie, ich finde es gerecht, Übel zu beseitigen. Wie gesagt, ich bin blutiger Laie, und von Kriegsführung – pardon, Interventionismus! – verstehe ich nun gar nichts. Meine innere Logik sagt mir, dass es ergo ungerecht ist, Übel zu verursachen. Also kann ein Akt nur dann gerecht sein, wenn er Übel beseitigt, ohne welche zu verursachen, richtig?«

Die Dezernentin lächelte und schwieg.

»Ich weiß ja jetzt, es ist nur ein *Akt*, über den wir reden, gottlob kein Krieg«, fuhr O'Connor gut gelaunt fort. »Und natürlich wusste die Nato ganz genau, dass die entstehenden Probleme die zu beseitigenden nie dominieren würden. Ebenso wie sie wusste, dass sie den Akt über Nacht gewinnen würde, weil sie so kompetent vorgeplant hatte. So gesehen bin ich absolut für den Akt. Cheers, Herrschaften.«

»Vielleicht sollten wir ...«, begann Wagner.

»Natürlich ist es Krieg«, bemerkte der Buchhändler unwirsch. »Alles andere wäre ja Spiegelfechterei. Wer so argumentiert, kann überhaupt nie handeln, frei nach dem Motto: Bring deine Frau ruhig um, ich tue nichts dagegen, solange du es in deiner Wohnung machst. Es ist Krieg, zugegeben, aber es ist ein Krieg der Werte. Was meinen Sie, ist die Seezunge gut?«

»Bestimmt.«

»Augenblick.« O'Connor schüttelte den Kopf. »Wir verteidigen also Werte?«

»Genau.«

»Welche?«

»Die Seezunge mit Reis. Quatsch ... ähm ... naja, das Leben ... das Recht zu leben ... das menschliche Leben hat einen Wert. Wenn dieser Wert attackiert wird ...«

»Ich bin nicht Ihrer Meinung«, sagte O'Connor. »Mir ist diese Ideologie der Werte suspekt, wenn ich das sagen darf. Werte sind Bestandsaufnahmen der jeweiligen Kultur, die diese Werte postuliert. Im Westen haben wir westliche Werte, den *Western way of life*. Unsere Auffassung davon, was Werte sind, müssen wir nicht verteidigen, weil niemand sie angegriffen hat. Ebenso wenig können wir sie einem anderen Land aufzwingen, wenn es diese Werte nicht teilen mag. Glauben Sie im Ernst, die Kosovo-Albaner verkörpern unsere Wertvorstellungen?«

»Natürlich nicht!«

»Welche Werte wollen Sie dann verteidigen?«

»Den Wert des Lebens. Ist das etwa nichts?«

»Augenblick! Sie meinen Menschenrechte. Unveräußerliche

Menschenrechte. Werte als solche sind abstrakt, also verteidigen wir schlussendlich wieder Menschen.«

»Wortklauberei. Das ist doch dasselbe!«

»Verzeihen Sie einem alten Schwätzer. Ich bin sicher, dass auch Milošević ganz und gar der Meinung ist, Werte zu verteidigen. Hitler war das auch. Saddam Hussein ist es. Die Hisbollah meint, Werte zu verteidigen, die IRA, die ETA, die RAF waren der Ansicht. Werte verteidigen ist Unsinn. Wer meint, das zu tun, handelt nicht im Sinne real existierender Werte, sondern ficht seine persönliche *Auffassung* von Werten durch. Und das muss ganz und gar nicht im Interesse von Menschen geschehen. Sehen Sie, wir können uns nicht einmal auf objektiv gültige und die Situation beschreibende Vokabeln einigen. Niemand in diesem Krieg scheint das zu können, also worüber sollen wir reden? Schlicht und einfach darum sollten wir meiner Ansicht nach vergnüglichere Dinge besprechen, wie zum Beispiel Bücher. Wenn wir schon die Verschleierung der Wirklichkeit behandeln, dann wenigstens ganz auf dem Boden der Fiktion.«

Schweigen machte sich breit.

»Stimmt. Unser Gipfel ist die Literatur«, verkündete Kuhn endlich.

»Ganz richtig.«

»Genau!«

Das Gespräch drohte zu versanden. Ein Kellner eilte zur Rettung herbei und nahm geflissentlich Bestellungen auf. Im Folgenden verlagerte sich der Gesprächsgegenstand auf das Thema Wein, wozu bis auf Kuhn jeder etwas zu sagen wusste. Wagner schloss kleine Wetten mit sich ab, wie lange es dauern würde, bis die Runde ihr Augenmerk den Neuentwicklungen der Automobilindustrie zuwendete.

»Männer verstehen von so vielen Dingen etwas«, raunte sie der Kulturdezernentin zu. »Ich bin jedes Mal sprachlos.«

»Ja, ich sage auch irgendwann nichts mehr.«

O'Connor drehte langsam den Kopf und schickte Wagner einen Blick, der zu sagen schien, warum gehen wir dann nicht in eine hübsche Bar und lassen die anderen weiterschwadronieren? Lauschen irgendeiner geschmackvollen Anekdote am rauchüberwölkten Tresen. Verfallen der Musicbox und ihren Erinnerungen. Lassen die Politikaster schwätzen und sich gegenseitig einen runterholen auf den Kölner Frieden und den Krieg der Werte, während wir leidenschaftlich die Klappe halten.

Kika, deine Phantasie schlägt Blasen.

Der Vorstand der Stadtsparkasse förderte weitere Zigarillos zutage und fand in Kuhn einen Komplizen.

»Sagen Sie, Dr. O'Connor«, paffte er, »jetzt mal ganz was anderes. Wie gefällt Ihnen denn unsere schöne Stadt als Ire?«

»Als Ire?« O'Connor stutzte. »Um ganz offen zu sein, was ich bis jetzt gesehen habe, erinnert mich wirklich an Dublin.«

»Tatsächlich?«

»Ja. Ich mag den Charme des Unvollkommenen.«

»So? Hm. Unvollkommenheit will sich mir jetzt nicht erschließen. War Dublin nicht sogar Kulturhauptstadt?«

»Stonehenge war auch Kulturhauptstadt vor einigen tausend Jahren«, sagte O'Connor gleichmütig. »Dublin ist ein marodes Gebiss, dessen Besitzer die verbliebenen Zähne lieber mit goldenen Bürsten schrubben, als die Lücken mit Zahnersatz zu füllen. Aber ich gestehe, der Vergleich hinkt. Köln wurde zweimal zerstört, nicht wahr? Einmal von den Bomben der Alliierten, das zweite Mal von Architekten.«

»Völlig richtig«, pflichtete die Dezernentin bei. »Das Opernhaus gehört zum Beispiel in die Luft gesprengt.«

»Da Sie eben Charme erwähnten«, sagte der Buchhändler, »muss ich insistierend feststellen, dass aus Trümmern oft die schönsten Blüten sprießen. Ich habe in den schäbigsten Gegenden Dublins exquisite Pubs vorgefunden. Das ist in Köln nicht anders. Eigentlich, Dr. O'Connor, sollten Sie gar nicht hier sitzen, das Maritim ist ein Hotel wie jedes andere auch. Der wahre Reiz der Stadt erschließt sich hinter den Türen, nicht davor.«

Eine kaum wahrnehmbare Veränderung ging mit O'Connor vor. Wagner bemerkte, dass erstmals an diesem Abend der Glanz ehrlichen Interesses in seine Augen trat. Er beugte sich leicht vor und blähte die Nüstern, als nehme er Witterung auf.

»Und wo wäre das, wenn ich fragen darf?«

»Friesenviertel. Dahin hätten Ihre Gastgeber Sie heute Abend führen müssen – Sie verzeihen, liebe Frau Wagner, Herr Kuhn, aber für Dr. O'Connor müsste doch der irische Pub ein Eldorado sein.«

»Unsinn, Pubs hat er in Irland genug«, wandte die Kulturdezernentin ein.

»Aber keinen wie Jameson's. Es gehen echte Iren hin, im Ernst, und die Whiskykarte ist famos. Außerdem servieren sie Galway-Austern mit Brownbread und Guinness.«

»Quatsch! Er muss ins Päffgen.«

»Ach was, Kinderkram! Klein Köln, wenn schon. Ab ins Klein Köln.« Der Vorstand wedelte mit seinem Zigarillo und erzeugte Kalligrafien aus Rauch und Vergänglichkeit. »Das sind doch noch richtige Menschen da! Das ist viel origineller als das Päffgen.«

»Nutten und Zuhälter«, bemerkte die Schauspielerin und versuchte, O'Connor ein Stück näher zu rücken. »Was soll daran originell sein?«

O'Connor schenkte ihr keine Beachtung.

»Wo, sagten Sie noch, ist das alles zu finden?«

»In der Friesenstraße«, erklärte ihm der Buchhändler. »Sie sollten darauf bestehen, Doktor. Hören Sie meine Worte!«

»Danke.« Der Physiker grinste und lehnte sich zurück. »Aber ich fühle mich in Ihrer Gesellschaft ausgesprochen wohl. Ein andermal vielleicht. So viele kluge und gebildete Menschen, kein Grund, das Terrain zu wechseln. Nicht wahr – Frau Wagner?«

Wagner musterte ihn.

»Sicher«, sagte sie langsam. »Ein schöner Abend.«

»Was ich Sie im Übrigen noch fragen wollte…«, begann die Dezernentin, und von diesem Moment an drehte sich – bis auf einen kleinen Exkurs zum Thema Neuentwicklungen der Automobilindustrie zwischen Vorspeise und Hauptgang – das Gespräch endlich um O'Connors Bücher und seine Leistungen auf dem Gebiet der experimentellen Physik.

Es musste gegen zehn Uhr gewesen sein, erinnerte sich Wagner später, dass O'Connor aufgestanden war, um sich für einige Minuten auf die Toilette zu entschuldigen. Das Selbstverständlichste von der Welt.

Bis auf die Tatsache, dass er nicht mehr wiederkam.

Er kam nach fünf Minuten nicht und auch nicht nach zehn. Fragende Blicke gingen hin und her. Eine Viertelstunde verstrich, ohne dass einer der Anwesenden daran zweifelte, er sei für ein Telefonat oder einen Garderobenwechsel auf sein Zimmer gegangen und werde gleich wieder erscheinen, eine charmante Entschuldigung auf den Lippen.

Um zwanzig nach zehn verlor Kuhn zum dritten Mal an diesem Tag jede Gesichtsfarbe und Contenance.

»Ich könnte ihn –«

»Ruhig, Fury.« Wagner tätschelte ihm den Arm. Der Mann von der IHK vertrieb sich mit der Dezernentin die Zeit, indem sie Inszenierungen des Schauspielhauses sezierten. Der Stadtsparkassen-Vorstand fachsimpelte mit dem Buchhändler über E-commerce. Einzig die Schauspielerin sah mit verlorener Miene in ihr Glas.

»Wie seltsam«, meinte sie. »Wir kamen uns gerade näher.«

Nein, gar nicht seltsam, dachte Wagner. Wenn du wüsstest. Sie beugte sich zu Kuhn und sagte leise:

»Unterhalten Sie die Truppe. Ich verschwinde.«

»Was?«, zischte der Lektor. »Sind Sie noch zu retten? Sie können mich doch jetzt nicht allein lassen. Erst O'Connor, und jetzt Sie!«

»Das meine ich doch, Sie Schafsgesicht. Ich hole ihn zurück.«

Kuhn sah sie verständnislos an. Dann nickte er wie in Trance.

»Okay. Vielleicht ist er ja eingeschlafen.«

Wagner schüttelte den Kopf.

»Ich sagte, ich hole ihn zurück. Er ist nicht eingeschlafen. Übernehmen Sie die Rechnung, wir sehen uns irgendwann.«

»Kika«, jammerte Kuhn.

Sie klopfte ihm auf die Schulter, stand auf und winkte in die Runde.

»Ich gehe mal nachsehen, wo sich unser Freund versteckt hält«, sagte sie. »Bin gleich wieder da.«

»Vielleicht finden Sie ihn ja in der Friesenstraße«, witzelte der Vorstand und zog an seinem werweißwievielten Zigarillo.

Kuhn sank noch mehr in sich zusammen.

»Ja«, sagte Wagner fröhlich. »Das wär doch was.«

1998. 28. DEZEMBER. KOELN

In der Nacht vor dem Zusammentreffen mit Mirko in Köln hatte Jana einen Traum, der sie nachhaltig beschäftigte.

Der luzide Traum hat eine interessante Eigenart, dass er nämlich dem Erkennenden die Möglichkeit offen lässt, aufzuwachen oder weiterzuträumen. Das höchste der Gefühle ist, in einem luziden Traum zu fliegen und dies im vollen Bewusstsein auszukosten, es jenseits der Mauern des Schlafs nicht mehr zu können. So nimmt man plötzlich Einfluss auf einen Prozess, dessen Urheber und Protagonist man ist und der sich normalerweise zwingend vollzieht.

Sie war aufgestanden und hatte das große Fenster in ihrem Schlafzimmer, von dem aus sie das Tal bis zur Erhebung von La Morra überblicken konnte, an der dem Bett gegenüberliegenden Wand vorgefunden, wo es nichts zu suchen hatte. Sofort war ihr klar, dass sie träumte. Aber sie beschloss, sich auf das Abenteuer einzulassen, zumal der Schauplatz nicht aus der Luft gegriffen, sondern eine Art Paralleluniversum war. Neben ihr lag jemand und atmete schwer. Sie beugte sich über die Gestalt, aber das Gesicht schien wie zerschmolzen, ohne Konturen und Identität. Sie stand auf, nackt, wie sie war, und trat an das versetzte Fenster, um hinauszublicken.

Vor ihr lag eine stille, ländliche Straße im Licht der frühmorgendlichen Sonne. Ein paar alte Häuser mit großzügig angelegten Vorgärten dämmerten schräg gegenüber vor sich hin, dahinter erstreckten sich Wiesen mit rotem Klatschmohn bis zum Rand eines Wäldchens, durchbrochen vom üppigen Gelb wogender Kornfelder. Ein Zirpen lag in der Luft, irgendwo bellte ein Hund, und drei bäuerlich gekleidete Gestalten standen ein Stück weiter weg beisammen und rauchten altmodisch geschwungene Pfeifen. Bienen, dick wie Daumen, schwirrten kapriolend herum und setzten sich sekundenlang auf ihre Hände, mit denen sie sich auf dem Fenstersims abstützte, um besser hinaussehen zu können. Jana wusste, dass sie nicht zustechen würden. Es war mehr ein flüchtiges Willkommen, und es machte Sinn, denn was sich ihren Augen dort im frühen Sonnenlicht darbot, war nichts anderes als der Blick aus dem Kinderzimmer der Sonja Cosic bei ihren Großeltern in der Krajina.

Für ein kleines Mädchen sind Bienen etwas größer als für eine ausgewachsene Frau. So oft sie als Kind dort gewesen war, so selten hatte sie sich später bei ihren Großeltern blicken lassen. Vielleicht darum reduzierte ihr Auffassungsvermögen die Bienen jetzt nicht auf die ihnen zustehende Größe. Die zurücklaufende Zeit hatte sie wachsen lassen, ebenso wie sie jene alten Männer mit ihren Pfeifen leben ließ, die umgekommen, begraben und vergessen waren. Einer von ihnen winkte herüber und rief, na, Sonja, bist du wieder da?, und es schien tatsächlich so. Sie wollte winken und rufen, aber etwas hielt sie zurück, und sie sah weiter einfach nur hinaus.

War sie wirklich dort? Sie träumte, so viel war klar, aber hatte sie der Traum an den richtigen Platz geführt? Die Landschaft mutete eine Spur zu idyllisch an, alles in dieser Welt war künstlich überhöht, nuanciert zwar, aber unübersehbar. Und doch zeigte sich ihr die reine Wahrheit der Kinder, die in den ersten Jahren ihres Lebens nicht merken, dass sie wachsen, sondern staunend glauben, die Welt um sie herum schrumpft.

In das Glücksgefühl, das von ihr Besitz ergriffen hatte im Moment, da sie die Straße erblickt hatte, mischte sich Unsicherheit. Sie sah an sich herunter. Ihr Körper war der einer Erwachsenen, aber eindeutig befand sie sich an einem Ort ihrer Kindheit.

Einer der alten Männer löste sich aus der Gruppe und trat bis dicht unter das Fenster. Weiße Bartstoppeln überzogen Kinn und Wangen. Sie erkannte ihren Großvater.

Bin ich ein Kind?, fragte Jana. Ihre Stimme klang dünn und ängstlich.

Natürlich, nickte Großvater.

Aber ich sehe nicht aus wie ein Kind, sagte sie. Kann ich trotzdem bleiben, wenn ich verspreche, niemanden mehr zu töten?

Die Wahrheit der Kinder ist die Veränderung, Kleines, sagte Großvater sanft und zog an seiner Pfeife, und darum ist es eine lebendige und sich entwickelnde Wahrheit. Ein Kontinuum des Möglichen, eine metaphysische Manifestation, in der nicht zählt, was fehlt, wie bei uns Erwachsenen, sondern was ist. Und das, was ist, umfasst in deinen Augen eben weit mehr als die paar Dinge, die ein Mensch in meinem Alter sieht. Glaub nicht das Märchen von der Weisheit, Alter macht blind. Merke dir, die Welt ist nicht definierbar, sie ist interpretierbar. Solange du ein Teil der Realität bist, ist die Realität ein Teil von dir, und dann haben Pferde plötzlich Flügel, und sie haben wirklich welche. Aber du musst es wollen, und du musst es auch nicht wollen und die Kontrolle darüber behalten. Dein Wille ist der einzige Grund, warum du hier bist, Sonja. Wenn du anderen gestattest, für dich zu wollen, solltest du besser zurücktreten von diesem Fenster, weil du dir dann selbst nicht mehr trauen kannst. Es gibt keine Wahrheit als dich, denn die Welt existiert ausschließlich in deinem Kopf, und du wirst nie beweisen können, dass es anders ist.

Sie schaute auf den alten Mann herunter, der unzweifelhaft ein Riese war, und dachte an Kirschen. Je zwei zusammengehalten von den oberen Enden der Stängel. Ihr Großvater lächelte. Sollte sie aufwachen? Oder hinausgehen in ihre Kindheit und nach Wahrheit suchen, nach der Wahrheit der Kinder? Aber sie hatte offenbar zu lange gezögert, denn plötzlich war das Fenster nur noch ein altes Schwarzweißfoto, und Jana saß auf dem Bettrand und beobachtete enttäuscht, wie aus dem Blau des Himmels ein bleiernes Grau wurde und die Vision verging. Die Figuren mit den Pfeifen verblassten. Dann mischte sich ein neuer Ton mit in das Bild, ein strahlendes Rot, und das Foto begann sich an den Seiten schwarz aufzurollen und zu verkohlen.

Großvater!, rief sie.

Das Geräusch laufender Füße drang an ihr Ohr. Schreie und Schüsse. Sie begann zu schluchzen, warf sich auf das Bett und verbarg sich zwischen den Kissen.

»Jana?«

Sie schreckte hoch aus der Erinnerung, wandte den Kopf zu Mirko und lächelte.

»Tut mir leid. Ich war eine Sekunde in Gedanken. Was hatten Sie gesagt?«

»Ich hatte Sie gefragt, ob Sie jemals im Kloster Visoki Decani gewesen sind. Es ist eines der prächtigsten im Kosovo.« Mirko legte den Kopf in den Nacken und sah an den Türmen des Kölner Doms hoch. Sie standen vor dem Hauptportal auf der Domplatte und spielten Touristen. Jana war als Karina Potschowa eingereist und trug die Perücke mit den langen blonden Haaren, Mirko sah aus wie immer. Jeans, Lederjacke, angegrauter Bürstenhaarschnitt.

Sie waren den Vormittag über durch Köln geschlendert. Für jemanden, der ihnen gefolgt wäre, hätte es den Anschein gehabt, als absolvierten sie das übliche Besuchsprogramm. Historisches Rathaus, Altstadt, Gürzenich, die Märkte, Dom, Rheinpromenade, unterbrochen von Exkursionen durch die Geschäftsstraßen auf der Suche nach Souvenirs. In Wirklichkeit hatten weder Jana noch Mirko an diesem Morgen Augen für die Schönheiten der Stadt. Stattdessen schritten sie das ab, was Jana vorübergehend als Plan B vorgeschwebt hatte.

»Diese Kirche ist bemerkenswert«, sagte Mirko. »Ich frage mich, ob sie für die Deutschen dieselbe historische Bedeutung hat wie die kosovarischen Klöster für Serbien.«

Jana zuckte die Achseln. Sie kannte das Kloster Decani. Mirko hatte Recht, wenn er es als prächtig beschrieb. Die Klosterkirche entstammte der ersten Hälfte des vierzehnten Jahrhunderts und vereinte byzantinische, romanische und gotische Elemente. Das Gotteshaus, die Dormitorien, die Wirtschaftsgebäude, sogar die mächtigen Klostermauern fügten sich harmonisch in die Gebirgslandschaft ein, mit deren natürlicher Größe sie gar nicht erst in Wettstreit zu treten versuchten.

Kaum irgendwo sonst wurde so deutlich wie im Kloster Decani, warum den Serben das Kosovo als Wiege ihres Staates und ihrer Kirche galt. Tatsächlich waren die Kirchen und Klöster im Kosovo von kaum zu ermessender historischer Bedeutung. Es gab eine Reihe gut erhaltener Bauwerke aus dem Mittelalter, dazu die Ruinen und Überreste von rund zwei Dutzend weiterer Klöster und weit über hundert Kirchen. Als Jana das Kloster vor Jahren besucht hatte, hatte vollkommene Ruhe über Decani gelegen, und sie erinnerte sich an die mächtigen Erhebungen der albanischen Alpen ringsum. Deren östliche Ausläufer zogen hier eine natürliche Grenze: das Kosovo auf der einen, Albanien und Montenegro auf der anderen Seite. Damals – obschon Ende Mai – hatte noch Schnee auf den über zweieinhalbtausend Meter hohen Gipfeln gelegen, während in der Hochebene bereits der Frühling Einzug gehalten hatte, die Wiesen in sattem Grün dalagen und die Obstbäume Blüten trieben. Etwas Majestätisches war von dem Kloster ausgegangen. Sie war eingetreten und hatte dem psalmodierenden Gesang der Mönche gelauscht, der vor über sechshundert Jahren wahrscheinlich nicht wesentlich anders geklungen hatte als jetzt, und obwohl sie an keinen Gott glaubte, hatte sie den Einfluss einer höheren Macht zu verspüren gemeint, welche die rohe Gegenwart jenseits der Klostermauern ausschloss.

Auch das sollte ihrem Volk also genommen werden.

Jana folgte Mirkos Blick bis zu den Spitzen der Türme.

»Wie kommen Sie jetzt auf Klöster?«, fragte sie.

»Nur so. Ich hatte in letzter Zeit öfter Gelegenheit, mich in welchen rumzutreiben.«

»Freut mich, dass Sie sich von Geschichte beeindrucken lassen.«

»Tue ich nicht«, sagte Mirko. »Aber in Decani war ich als Kind. Wir waren oft im Kosovo. Decani ist ein schöner Spielplatz.«

Jana verspürte wenig Lust, die Unterhaltung auf persönliches Terrain abgleiten zu lassen, wenngleich ihr Mirko durchaus sympathisch war. Sie mochte seine nüchterne Art, und er sah gut aus. Sie hätte ihm erzählen können von ihrer eigenen Kindheit, von den Besuchen in der Krajina, von ihren Eltern.

Aber es ging niemanden etwas an. Es war die Geschichte eines Mädchens namens Sonja, das in sechs Monaten endgültig aufhören würde zu existieren. Kein Grund, intim zu werden.

»Wie gefällt Ihnen Plan B?«, fragte sie und wechselte damit unmissverständlich das Thema.

»Schwierig, so etwas in der Stadt zu machen«, sagte Mirko. »Die andere Variante gefällt mir besser. Draußen am Flughafen hätten wir im Übrigen auch so etwas wie Plan B, eine zweite Möglichkeit, falls es beim ersten Mal nicht klappen sollte.«

»Dann sind wir einer Meinung.«

»Außerdem ist der Standort hervorragend gewählt. Die Spedition scheint mir ideal.«

»Ich habe sie bis nächste Woche optioniert. Dann müssen wir uns entscheiden.«

»Wir sollten sie kaufen.«

»Einverstanden.«

»Ich leite alles Erforderliche in die Wege. Aber natürlich müssen wir die Innenstadt als möglichen Schauplatz nicht ganz begraben. Ich denke, wir werden das genaue Programm bald kennen. Der Dom wird darin vorkommen, das Rathaus und die Altstadt. Wahrscheinlich auch dieser … wie heißt er noch?«

»Gürzenich«, ergänzte Jana. »Wie schnell kommen Sie an die Informationen?«

»Verhältnismäßig rasch. Ein, zwei Monate.«

»Hm.« Sie sah sich um. Zusammen mit ihnen bevölkerten wahre Heerscharen die Domplatte. Der Weihnachtsmarkt war verschwunden, aber der Zustrom an Besuchern trotzdem ungebremst. »Nein, das bringt nichts. Vergessen wir die Innenstadt. Der Flughafen reicht voll und ganz.«

»Wie Sie meinen. Reden wir also über Einzelheiten.«

»Im Hotel«, sagte Jana.

Sie aßen eine Kleinigkeit in dem Brauhaus, das Jana in der Maske der grauen Signora Baldi besucht hatte. Anschließend wanderten sie zu Fuß zum Kristall. Jana hatte sich auch diesmal wieder hier eingemietet. Sie mochte die Atmosphäre und hatte einen weiteren Tag in Köln eingeplant, einerseits, um vertrauter mit dem Terrain zu werden, zum zweiten, weil ihr die Stadt gefiel und sie ein Restaurant ausprobieren wollte, das stadtauswärts in einem Schloss lag und wegen seiner hervorragenden Küche gerühmt wurde. Während Mirko, dessen Maschine am frühen Morgen in Köln gelandet war, beabsichtigte, noch am selben Abend weiterzufliegen, warteten auf Jana die exquisitesten Genüsse und hoffentlich ein alter Bordeaux.

Inzwischen war Mirko offener zu ihr. Sie wusste, dass er über Umwege nach Belgrad fliegen würde. Was er dort machte und mit wem er sich traf, entzog sich ihrer Kenntnis. Sie hätte ihn fragen können, aber sie bezweifelte, dass er ihr nähere Auskünfte erteilen würde. Jana machte nicht den Fehler, in ihn zu dringen. Beizeiten würde er ihr vielleicht mehr erzählen.

Sie betrat das Hotel allein und ging sofort auf ihr Zimmer.

Zehn Minuten verstrichen, dann klopfte es. Sie öffnete und ließ Mirko eintreten.

»Es war niemand an der Rezeption«, sagte er. »Praktisch.«

»Machen Sie es sich gemütlich.« Jana wies auf die kleine Sitzgruppe am Fenster, öffnete eine Aktenmappe und zog einen dünnen Schnellhefter hervor. Sie nahmen Platz. Mirko öffnete den Hefter und sah hinein.

»Gruschkow hat die Einzelheiten bis ins Kleinste ausgearbeitet. Sie haben also die definitive Liste dessen vor sich, was wir brauchen«, kommentierte Jana. »Ich muss hinzufügen, dass wir hier und da einige Optimierungen vornehmen werden, aber das soll nicht Ihre Sorge sein. Hauptsache, wir haben das Equipment beisammen. Der YAG ist die eine Sache, natürlich unser Herzstück. Das andere sind die Spiegel. Sehen Sie, es sind vier. Der Begriff Spiegel ist ein bisschen irreführend, sie sind beidseitig transparent und dielektrisch vielfachbeschichtet. Die Reflexion von Sonnenlicht wird gering sein, wenn die Spiegel einmal ausgefahren sind. Für jemanden, den man nicht unmittelbar mit der Nase drauf stößt, sind sie unsichtbar.«

»Was bedeutet dielektrisch?«

»Es heißt, dass die Spiegel für normales Licht durchlässig sind. Sie reflektieren ausschließlich eine Wellenlänge von 1 μm. Eigentlich Standard.«

»Verstehe. Was ist hiermit? Adaptive Optik.«

»Eine Spezialanfertigung. Gruschkow sagt, der adaptive Spiegel müsste sich dort auftreiben lassen, wo Sie auch den YAG herbekommen. Möglicherweise nicht in den gewünschten Abmessungen, aber dann sollte es kein Problem sein, das Passende herstellen zu lassen.«

»Wozu ist das nötig?«

»Wegen der Entfernung. Wir benötigen einen adaptiven Spiegel auf diese Distanz. Die Durchmesser der Spiegel bewegen sich zwischen zehn und dreißig Zentimetern, es ist alles exakt beschrieben.« Sie machte eine Pause. »Der kleine Spiegel ist der entscheidende, Mirko. Wir werden ihn zu einem ferngesteuerten Zielobjektiv umarbeiten. Das macht Gruschkow. Er schreibt auch das Programm. Was wir ebenfalls organisieren, sind die Aggregate. Wahrscheinlich koppeln wir zwei aneinander, je zehn bis zwanzig Kilovoltampere dürften reichen. Wir brauchen außerdem einen Untersatz und Schienen, das bekommen wir in Deutschland. Ich kenne jemanden, der uns so was zusammenschweißt. Was in unseren Kräften steht, leisten wir selbst. Dennoch ist es eine ganze Menge, was Sie an den Start bringen müssen. Schaffen Sie das?«

Mirko klappte den Hefter zu und nickte.

»Was den YAG betrifft, das ist so gut wie geklärt. Das Trojanische Pferd verfügt über die nötigen Verbindungen.«

»Wo bekommen Sie ihn her?«

»Aus Russland. Wahrscheinlich aus Weißrussland, möglicherweise aus der Ukraine. Es gibt in beiden Ländern entsprechende Forschungsinstitute. Wir haben außerdem Kontakt zu einer hochrangigen Persönlichkeit des Rings, über die ich auch den Kauf der Spedition abwickeln werde. Ich denke, hinsichtlich der Spiegel dürfte es ebenso wenige Probleme geben wie mit dem YAG. Man ist dort sehr kooperativ, wenn es um Geld geht.«

»Russland«, sinnierte Jana. »Der Ring. Ich hab's mir beinahe gedacht.«

Mirko lächelte und schwieg.

Der Ring verfügte über beste Kontakte in die Länder des westlichen Europa, vornehmlich in die Schweiz, nach Österreich und vor allem nach Deutschland. Was genau der Ring eigentlich war und wer ihm angehörte, inwiefern man ihn überhaupt der russischen Mafia zurechnen konnte, ließ sich nicht eindeutig sagen. Er war Teil des Netzes, mit dem die roten Bosse, wie die Karrieristen des neuen Russlands genannt wurden, Europa überzogen. Mittlerweile hatten sie ihre Fäden bis in die Vereinigten Staaten gesponnen. Dennoch gab es Länder, mit denen die russische Halbwelt bevorzugt Geschäfte machte. Hunderte Strohfirmen entstanden allmonatlich in England, Österreich und der Schweiz, um russisches Geld zu waschen. In Deutschland hatte der Urknall der Machtentwicklung russischer Tycoons Anfang der neunziger Jahre stattgefunden. Im Moment, da die Bundesregierung begann, der Roten Armee Geld für den Truppenabzug zu zahlen, kassierten die russischen Bosse fleißig ab. Beim Berliner Landeskriminalamt wusste man mittlerweile, mit welchem Geld die Russenmafia ihren fulminanten Start in Deutschland finanziert hatte. Es waren die sechs Milliarden Mark, die Bonn bis 1994 überwiesen hatte. Alles, was seitdem von den Aktivitäten der russischen Halbwelt in Deutschland ruchbar geworden war, hatte in irgendeiner Weise mit diesem Geld zu tun.

Der Kampf war verloren, bevor er überhaupt richtig begonnen hatte. Die Verknüpfung deutscher und russischer Interessen fand in der berühmten Grauzone statt, die Kriminologen so viel Kopfzerbrechen machte – war das nun noch Mafia oder schon nicht mehr? Milliarden gewaschener Gewinne des organisierten Verbrechens verwischten die Grenzen zwischen Legalität und Illegalität, öffneten Türen zu Zimmern, in denen politische und wirtschaftliche Entscheidungen ersten Ranges getroffen wurden, und schufen damit eine neue wirtschaftliche Realität. Illegales Geld gebar legale Strukturen. Deutschland etwa war regelrecht unterwandert von russischem und italienischem Mafiageld, die Verbindungen unentwirrbar geworden. Es gab Szenarien, was geschehen würde, wenn man dieses Geld der deutschen Wirtschaft von einem Tag auf den anderen entzöge. Sie würde zwar nicht gerade zusammenbrechen – aber auf jeden Fall Teile davon.

Was einerseits katastrophale Konsequenzen für russische und europäische Volkswirtschaften zu entwickeln drohte, kam den Interessen Janas und Mirkos in diesem besonderen Fall mehr als entgegen. Russisches Kapital ermöglichte Transaktionen auf höchster Ebene. Nicht umsonst war die Angst vor dem illegalen Handel mit nuklearem Material so ausgeprägt, weil es geschäftliche Verbindungen gab, die befürchten ließen, dass ganze Atomsprengköpfe an den Grenzen einfach übersehen wurden. Der YAG, der immerhin die Ausmaße eines Kleinlasters hatte, würde mittels gefälschter Papiere problemlos von Russland nach Deutschland gelangen, wenn jemand in Moskau seine Verbindungen spielen ließ. Er war ja nicht mal eine Waffe. Ihn offiziell an ein Institut in Deutschland zu adressieren, das ihn nie bestellt hatte, um ihn auf halbem Wege verschwinden zu lassen, war eine der leichteren Übungen deutsch-russischer Geburtshilfen bei der Verwirklichung dubioser Pläne. Ohnehin gab es – nachdem die Bosse auch die innovative Intelligenz des

Landes übernommen hatten – nichts, was man in Russland nicht bestellen konnte. Hätte Mirko davon gesprochen, in irgendeiner abgelegenen Region der Ukraine oder Weißrusslands eine Zeitmaschine oder ein interstellares Raumschiff in Auftrag zu geben, wäre das zumindest nicht ganz ausgeschlossen gewesen.

So konnten sie sicher sein, dass sie den YAG und die Spiegel bekommen würden. Und die Spedition. Wenn Mirko eine Persönlichkeit des Rings kannte, die versprochen hatte, das Ding zu liefern und die Spedition als Strohmann zu kaufen, war die Sache geritzt.

Das einzige Problem mochte darin bestehen, dass man die Spur des YAG vielleicht doch würde zurückverfolgen können. An den immer raffinierteren Methoden der russischen Mafia schärfte sich auch das Können der deutschen und internationalen Kriminologen. Möglicherweise würden die Deutschen nach dem Anschlag herausfinden, woher der YAG gekommen war, und die russische Beteiligung an der Sache aufdecken. Würde der Westen zu diesem Schluss gelangen, stand auf jeden Fall das Heraufdämmern eines neuen Kalten Krieges zu erwarten. Kam er außerdem zu der Erkenntnis, dass die eigentliche Federführung von Belgrad ausgegangen war, standen Vergeltungsmaßnahmen, wenn nicht ein heißer Krieg ins Haus.

Sollten sie schlussfolgern, was immer sie wollten. Jana würde weg sein. Weit weg. Dort, wohin ihr die Probleme Europas nicht folgen konnten.

Sie reichte Mirko einen zweiten Schnellhefter.

»Ich habe eine Aufstellung über das Team gemacht«, sagte sie. »An der Spitze sind Sie und ich, außerdem Gruschkow. Was Gruschkow angeht, so ist er zweifellos ein begnadeter Kopf, allerdings weniger für die Frontarbeit geeignet. Ich hätte ihn trotzdem gern dabei, er schreibt Ihnen ein komplett neues Programm zur Not im Stehen. Aber wir brauchen ein bis zwei Techniker, um die nötigen Installationen durchzuführen. Einen Spezialisten für die Spiegel und einen Assistenten. Und den sechsten Mann natürlich.«

Mirko runzelte die Stirn. »Ich muss zugeben, dass der mir noch Kopfzerbrechen bereitet. Der einzige Schwachpunkt.«

»Nun, es gibt nur zwei Möglichkeiten«, sagte Jana. »Bestechung oder Erpressung.«

»Wir haben rund sechs Monate Zeit«, sagte Mirko. »Würde das nicht reichen, um einen Doppelgänger einzuschleusen?«

Jana schüttelte den Kopf.

»Zu kompliziert. Wir müssten jemanden auftreiben, der eine grundsätzliche Ähnlichkeit mit der Person hat, die wir ersetzen wollen. Es müsste jemand aus Deutschland sein, über Fachkenntnisse verfügen und bereit sein, sich operieren zu lassen. Die Chirurgen müssten Wunder vollbringen! Zwei Monate dauert es, bis die Narben verheilt sind. Man dürfte nicht das kleinste bisschen von der Operation sehen, das ist kaum zu schaffen.«

»Und wenn er einen Autounfall hätte? Es würde erklären, warum man sein Gesicht nicht mehr so hinbekommen hat, wie es vorher aussah, von den Narben ganz zu schweigen.«

»Selbst dann nicht. Was ist, wenn die Person Familie hat?«

»Nanu?«

»Sie missverstehen mich«, sagte Jana ärgerlich. »Ich meine, wir müssten entweder alle töten oder die Idee vergessen. Sie täuschen keine Familie auf die Dauer. Diese Person hätte mehr als einen Kurzauftritt, sie müsste wochenlang vorgeben, jemand anderer zu sein, als sie ist, und zwar zu Hause, im Bett, überall. Außerdem wären wir gezwungen, einen Unfall zu inszenieren. Zu viele Nebenkriegsschauplätze.«

»Sie haben Recht«, sagte Mirko nach einigem Nachdenken. »Also die klassische Tour.«

»Beides ist denkbar«, stimmte Jana zu. »Bestechung *und* Erpressung. Daran können wir arbeiten.«

Mirko wog die beiden Schnellhefter in seiner Rechten und lächelte.

»Das ist Arbeit von ausgezeichneter Qualität«, sagte er. »Ich wusste, dass es richtig war, Sie mit der Sache zu betrauen.«

Jana lächelte zurück.

»Das freut mich.«

»Ich schlage vor, da ich bereits die Beschaffung des YAG organisiere, dass ich mich auch um die Techniker kümmere. Mit Ihnen und mir haben wir eine serbische Führung und das Trojanische Pferd zufrieden gestellt. Wenn wir noch jemanden aus

Serbien finden, umso besser. Andererseits haben meine Auftraggeber geschluckt, dass wir auf ausländische Professionelle angewiesen sein werden, und es ist ihnen mittlerweile auch gleich. Sie möchten lediglich, dass die Operation vom serbischen Geist getragen wird.«

»Das können Sie ihnen getrost versprechen.«

»Schön. Ich denke, ich werde als Erstes meine Fühler zur IRA ausstrecken. Die Iren sind unschlagbar in technischen Lösungen. Soweit ich weiß, hatten sie vor einigen Jahren dieselbe Idee wie Sie.«

»Tatsächlich?«

»Sie haben sogar begonnen, dran zu arbeiten. Aber dann kam ja bekanntlich alles anders.«

»Wieso? Was ist passiert?«

Mirko hob die Brauen.

»Frieden ist passiert.«

»Ach, das! Stimmt. Eigentlich praktisch, dass sie mit den Engländern verhandeln. Einige von ihnen dürften arbeitslos geworden sein. Ja, ich denke auch, dass wir da fündig werden.«

Sie ging im Geiste noch einmal die einzelnen Punkte durch. Alles war besprochen. Sie hatten nichts übersehen.

Zufriedenheit überkam sie.

»Gut, Mirko. Was meinen Sie, fahren wir raus zum Flughafen?«

»Mit Vergnügen«, sagte Mirko.

»Sie können gleich im Anschluss weiterfliegen. Wir haben etwa zwei Stunden, um alles in Augenschein zu nehmen, das dürfte reichen.«

»Wunderbar.«

Jana erhob sich. Mirko nahm die Hefter an sich, verstaute sie in seinem Aktenkoffer und hielt ihr die Tür auf.

»Wie galant.« Jana zögerte. »Ich dachte übrigens, wir geben unserer Operation einen Namen«, sagte sie.

»Gute Idee«, meinte Mirko. »Haben Sie schon einen?«

»Ja. Was halten Sie von ›LAUTLOS‹?«

Mirko grinste.

»Sehr passend. Ja, das gefällt mir ausnehmend gut. Besser kann man es nicht beschreiben.«

Allerdings, dachte Jana. Lautlos leben und sterben. Die nächsten Wochen und Monate werden entscheiden, wem welche Rolle zugedacht ist.

Sie setzte die Sonnenbrille auf und ging an Mirko vorbei nach draußen.

1999. 15. JUNI. KOELN

Es gibt Dinge, die man einfach weiß.

Ohne eine weitere Sekunde zu verlieren, ging Wagner nach draußen, stieg in ein Taxi und gab dem Fahrer die Adresse. Weit hatten sie es nicht. Ebenso gut hätte sie den Golf nehmen können, aber ein sicheres Gespür sagte ihr, dass es besser war, den Wagen in der Tiefgarage des Maritim zu lassen.

Fünf Minuten später zahlte sie, stieg aus und drängte sich ins Innere des überfüllten Brauhauses Päffgen. Augenblicklich trieb sie auf einer See aus Lärm. Hunderte von Stimmen mischten sich zu etwas, das Gegner von Großraumkneipen zur Flucht veranlasste, hingegen von den Stammgästen gern als Stille auf höherem Niveau bezeichnet wurde. Nur in Köln gab es diese Tempel der Klassenlosigkeit, an deren Schwelle jegliche Unterschiede zwischen Arm und Reich, Alt und Jung, links und rechts aufgehoben wurden und man eintrat in den real existierenden Kommunismus – jeder bekommt das gleiche Kölsch und die gleiche Scheibe Holländer Käse auf einem entweder knusprig frischen oder lappigen Roggenbrötchen.

Während Wagner dem Gerangel im Eingangsbereich entkam und das etwas geordnetere Innere durchschritt, immer bestrebt, den Köbessen nicht im Weg zu sein, die einen notfalls einfach umrannten, scannte sie ihre Umgebung. In der Schwemme und im dahinter liegenden Saal war es gerammelt voll. Sie ging weiter in den Biergarten und schlenderte zwischen den Tischchen mit den abgeblätterten gelben Klappstühlen hindurch. Kein Platz war frei. Im Vorübergehen schaffte sie es, einem der Bierträger ein frisch gezapftes Kölsch abzuringen, das sie durstig austrank – 0.2 Liter verdampften an einem warmen Sommerabend wie diesem praktisch auf der Zunge. Dann begab sie sich erneut ins

Innere und in den angrenzenden Schlauch, den ältesten Teil der Schänke, wo die Anordnung der Tische speziell im mittleren Teil an eine Mischung aus holzgetäfeltem Großraumwaggon und Legebatterie erinnerte. Aber auch hier war kein O'Connor auszumachen. Sie trat wieder hinaus auf die Friesenstraße.

Schräg gegenüber lag das Klein Köln, von dem der Vorstand der Stadtsparkasse gesagt hatte, es träfen sich dort noch richtige Menschen. Die Einschätzung der Sachlage war ein bisschen schick. De facto hatte das Klein Köln den Weg von einer halbseidenen Boxerkneipe zur Kultstätte der Letzten ihrer Art gefunden. Die kriminelle Szene Kölns hatte seit der massiven Zuwanderung von albanischen, tschechischen und russischen Banden einen anderen Ton bekommen. Seit der legendäre Kölner Gangster Schäfers Nas' sich voller Betroffenheit über die Zunahme sinnloser Brutalität in den Straßen der einstmals gemütlichen Rheinmetropole geäußert hatte, waren auch wieder ein paar Jahre vergangen. Hatte man Glück, traf man im Klein Köln die Überbleibsel aus den Tagen, als man Nutten ein Herz aus Gold nachsagte, und Luden, sie schlügen Freier, aber keine Frauen. Mit ziemlicher Gewissheit stieß man auf ein paar sonderliche Typen wie den Cowboy, einen alten Mann mit schlohweißer Alvin-Stardust-Frisur und besticktem Hemd, der Stunden swingend neben der Musicbox verbrachte und nie sein entrücktes Grinsen ablegte, oder angealterte Ausgaben von Olivia Newton-John, deren Garderobe den ersten Folgen von Dallas zu entstammen schien. Der Rest war Sightseeing, Milieu gucken und Schlager mitgrölen, die einem woanders Schauder des Entsetzens über den Rücken gejagt hätten.

Wagner bezweifelte, dass O'Connor sich dort aufhielt, selbst wenn er hineingegangen war. Vor ein Uhr morgens war im Klein Köln nichts los. Dennoch warf sie einen Blick hinein, aber wie erwartet konnte sie den Physiker nirgendwo ausmachen.

Blieb Jameson's, der irische Pub wenige Meter weiter.

Jameson's war ein Phänomen. Ziemlich groß und voller Versatzstücke, hatte er mit dem wahren Irland etwa so viel zu tun wie Hollywood mit der Wirklichkeit. Allerdings auch nicht weniger. Jameson's schaffte es, selbst den Kölner Iren so etwas wie den Traum von Irland zu verkaufen. Man hatte das Original-Interieur echter Pubs zusammengetragen und abenteuerlich kombiniert. Herausgekommen war eine gastronomische Chimäre, in der Liedermacher und Popgruppen auftraten, korrekt gezapftes Guinness inklusive Kleeblatt im Schaum und frische Galway-Austern mit Brownbread serviert wurden und so ziemlich jeder Whisky zu haben war, den Kenner schätzten. Das Personal sprach englisch, weil es vorwiegend tatsächlich von den britischen Inseln stammte. Die Gäste, sofern deutsch, zollten dem Charme des Authentischen Tribut, indem sie ebenfalls englisch sprachen. Natürlich blieb Kölns beliebtester Pub dennoch ein Disneyland, aber immerhin eines, in dem man echte Iren und wahre Fans der grünen Insel vorfand.

Und mit aller Wahrscheinlichkeit Prof. Dr. Liam O'Connor.

Wagner erblickte ihn, kaum dass sie die Flügeltüren mit den altmodisch geschliffenen Scheiben passiert hatte. Er saß auf einem Hocker an der Bar, offenbar ins Gespräch mit einer Gruppe jüngerer Leute vertieft. Als Wagner näher kam, stellte der Mann hinter der Bar gerade eine Phalanx Gläser vor sie hin, hohe Pints schwarzen Inhalts mit sahnig weißer Schicht oben drauf, sowie kleinere Gläser voller Sonnenlicht. O'Connor schien seinen Bedarf an Mineralwasser im Maritim gedeckt zu haben. Fast wirkte es beruhigend auf Wagner, dass er wieder zu seinen Usancen zurückgefunden hatte.

Sie stellte sich kommentarlos neben ihn. Da O'Connor ihr halb den Rücken zuwandte, nahm er den Neuzugang an der Bar nicht wahr. Wagner gab dem Barmann ein Zeichen und deutete auf den Whisky, den der Physiker vor sich stehen hatte.

»Jameson 1780, twelve years old«, sagte der Barmann und verharrte einen Moment in Erwartung ihrer Bestellung, den Körper halb schon neuen Aufgaben zugedreht. Wagner nickte. Er eilte wortlos davon, zapfte ein paar Pints und stellte sie vor eine andere Gruppe Leute hin, bevor er eine bauchige Flasche aus dem Barschrank holte. Ein weiteres Glas füllte sich mit flüssigem Gold, und Wagner fand sich im Besitz ihres ersten irischen Whiskys, zumindest soweit sie sich erinnern konnte.

Sie roch daran. Ein Duft von Heidekraut und seltsamerweise Sherry stieg ihr in die Nase, weich und süßlich. Sie nippte und fand den Geschmack durchaus angenehm. Sie dachte daran, wie

O'Connor den Glenfiddich in den Ausguss geschüttet hatte. Spaßeshalber suchte sie nach dem Etikett zwischen den unzähligen Whiskyflaschen auf dem Bord des Barschranks und fand die Flasche versteckt im obersten Regal. Auch hier stellte man ihn offensichtlich nicht gern in den Vordergrund.

Aus dem hinteren Teil des Pubs mischte sich Musik in die Geräuschkulisse. Jemand sang live zur Begleitung von Gitarre und Fiedel. Es klang wie *Fool on the Hill* in einer Bearbeitung von Brendan Behan oder Sean O'Casey.

Leise begann Wagner mitzusummen. Sie hatte keine Eile. Ihr war klar, dass O'Connor wenig Lust verspürte, zurück zu der Abendgesellschaft im Maritim zu fahren. Interessanter wäre herauszufinden, worauf er stattdessen Lust hatte, und ihn notfalls daran zu hindern.

Die Gruppe um O'Connor sprach englisch. Wagner hörte nicht hin, aber was an ihr Ohr drang, klang weder nach physikalischem Fachgeschwafel noch überhaupt nach irgendetwas aus O'Connors literarischer Domäne. Es schien um Flüsse und Boote zu gehen und einen ominösen Lebensmittelladen, der eigentlich keiner war. Nach einer Weile drehte sich O'Connor um, weil das Gold aus seinem Glas verschwunden war, hob die Rechte, um den Barkeeper heranzuwinken, räusperte sich und sah Wagner an.

»Was trinken Sie da?«, fragte er ohne das geringste Erstaunen.

»Jameson«, sagte sie.

O'Connor hob anerkennend die Brauen.

»1780, um genau zu sein«, fügte sie hinzu. »Zwölf Jahre alt.«

»Ich bin sehr zufrieden mit Ihnen«, sagte O'Connor. »Im Übrigen wusste ich, dass Sie früher oder später hier aufkreuzen würden. Darf ich Sie mit Scott und Mary bekannt machen? Der Mann mit der Mütze daneben hört auf den Namen Donovan. Das heißt, noch hört er, wenngleich er sich einem Stadium nähert, das eine gewisse Amnesie mit sich bringt. Man will sich nicht mehr kennen, weil man dann auch sein Zuhause nicht mehr kennen muss und keinen Grund hat, es aufzusuchen. Hier haben wir noch Angela, sie ist Donovans Freundin, was mir völlig unverständlich ist. Leute, die Kleine da heißt deutscher Rechtsauffassung nach eigentlich Gaby oder Heidi, aber sie weigert sich, und darum heißt sie Kika. Bietet ihr keinen Hocker an, sie sitzt bereits.«

O'Connor hatte die Vorstellung auf Englisch vollzogen. Dabei schien er jede dritte Silbe einer gewissen Dehnung zu unterziehen, so dass sich die Sätze anhörten wie durchgeknetet. Wagner schätzte, dass die anderen Iren waren. Sie schüttelte Hände.

»Wäre es ein Problem für Sie zu erfahren, dass man Sie im Maritim vermisst?«, sagte Wagner, nachdem die Gruppe ihr ein Guinness aufgenötigt und mit ihr angestoßen hatte.

O'Connor verzog das Gesicht.

»Da vermisst mich keiner. Offizielle Abendessen bringen Leute zusammen, die normalerweise nicht miteinander an einem Tisch sitzen würden. Glauben Sie, einer von denen interessiert sich wirklich für Experimente mit der Lichtgeschwindigkeit?«

»Sie interessieren sich für Ihre Bücher.«

»Dann sollen sie sie lesen. Kommen Sie, Kika, keiner will ernsthaft Prominente kennen lernen, es ist so desillusionierend. Entweder sie sind nicht halb so interessant, wie man es erwartet hätte, oder sie sind noch interessanter. In beiden Fällen haben die anderen nichts zu lachen. So ist es besser. Alle können sich endlich über das unterhalten, wonach ihnen der Sinn steht, und die Dame aus dem Fernsehen muss sich in ihrem Alter nicht mehr fragen, wie man einen Orgasmus simuliert. Allen ist gedient.«

»Mir nicht«, sagte Wagner mit einigem Nachdruck. »Auch Kuhn wusste seine Begeisterung zu zügeln.«

»Oje«, seufzte O'Connor. »Also, wo ist das Problem?«

»Ich sehe schon, Sie sind heute nicht so schnell von Kapee. Man wird uns in Öl sieden, das ist das Problem. Leider entbindet uns Ihr wohlverstandener Hang zur Selbstverwirklichung nicht der Verantwortung, dass alles klappt, wenn der Spitzenautor einer Verlagsgruppe auf Tour geht.«

»Na und? Ist doch nicht Ihre Schuld, wenn ich ausbüchse.«

»Noch nie vom Überbringer schlechter Nachrichten gehört? Ich hätte mich auch ins Bett legen können, statt Ihnen hinterherzulaufen.«

»Aber das dürfen Sie ja nun mal nicht«, sagte O'Connor und lächelte geheimnisvoll.

»Was meinen Sie damit?«

»Da Sie in verdeckter Mission hier weilen, wird man weniger Ihren Freund Kuhn zum Tode verurteilen als Sie.«

»Quatsch, geheime Mission. Was soll das, Liam?«

»Nicht? Tja.« O'Connor zuckte die Achseln. »Wie man sich täuschen kann. Schmeckt Ihnen der Whisky?«

Wagner sann einen Moment darüber nach, was sie tun sollte. Leidenschaftlich drängte sich die Frage vor, was sie tun wollte. Letzteres hatte wenig mit dem offiziellen Grund ihres Hierseins zu tun.

»Versprechen Sie mir, morgen fit zu sein?«, sagte sie.

O'Connor musterte sie. Dann zeigte er auf den jungen Mann mit der Mütze.

»Donovan hat einen Vetter in Shannonbridge. Raten Sie mal, was er tut.«

»Schön. Was tut dieser Vetter?«

»Er hat ein Boot!«, sagte Donovan, als sei der Umstand dieses Besitzes das Äußerste dessen, was ein Mensch tun kann.

»Und?«

»Es ist so eines von den Booten, die aussehen wie weggeschwemmte Häuser«, sagte O'Connor. »Und es ankert an der Brücke, um derentwegen die zwei Dutzend Häuser von Shannonbridge überhaupt eine Daseinsberechtigung haben. Es gibt nämlich kaum Brücken über den Shannon. Seltsam, nicht wahr? Ein Fluss, der die gesamte Insel durchschneidet, und kaum Brücken. Der zweite Grund, nach Shannonbridge zu fahren, ist der Pub. Die Theke endet aus unerfindlichen Gründen in der Wand, aber wenn um elf die letzte Bestellung ausgerufen wird, treten alle brav hinaus in die Nacht und verschwinden sogleich wieder im benachbarten Lebensmittelladen. Dort machen Sie dann die höchst frappierende Entdeckung, dass die Theke aus der Wand wieder zum Vorschein kommt. Auch eine Zapfbatterie hat sich auf wundersame Weise dorthin verirrt, also stehen Sie die nächsten Stunden am Bedienungstresen und trinken Ihr Guinness zwischen Chappi und Persil. Darüber verfallen Sie in merkwürdige Betrachtungen. Sie erinnern sich, dass Flann O'Brien über die Insel der zwei Vögel schrieb, die im Shannon just da liegt, wo man Shannonbridge noch eben sehen kann. Jemand schlägt vor hinzufahren, aber fahren können Sie zu einer Insel letztlich nur mit einem Boot. Ein anderer Jemand, Donovans Vetter, erklärt dann passenderweise, sein Hausboot verfüge über ein völlig unnötiges Beiboot, und wenn einer sich bereit erklären würde, die Ruder zu bedienen, könnte man nachsehen, wo der eifersüchtige Riese seine Frau und ihren Liebhaber erschlagen habe. Er sagt, an Bord des Bootes sei auch eine Flasche Paddys. Verstehen Sie?«

»Nein.«

»Morgen um sechs geht eine Maschine Richtung Shannon Airport.«

Wagner sah ihn an und fühlte eine wunderbare Ruhe in sich aufsteigen.

»Gut. Fliegen Sie.«

O'Connor schürzte die Lippen. »Fliegen Sie mit«, sagte er.

»Ich kann nicht mitfliegen. Ich habe verschiedenen Leuten zu erklären, dass der Typ, dessen Bücher sie verkaufen, mit einem Ruderboot im Shannon treibt.«

»Ach, Kika, nicht so unflexibel. Wollen Sie Ihre Pflicht tun? Pflicht ist Feigheit. Nichts bringt die Kapitulation vor dem Abenteuer Leben hässlicher an den Tag als die Behauptung, seine Pflicht tun zu müssen. Ich meine, Sie hatten Ihre kleine Show im Physikalischen Institut. Sie hatten Ihr Abendessen mit den geschätzten Damen und Herren Honoratioren. Lassen Sie uns ein bisschen Spaß haben, mhm?«

»Morgen früh um halb zehn sind Sie im Golfclub von Pulheim angemeldet«, sagte Wagner. »Und Sie werden jedes verdammte Loch spielen, das der Platz hergibt. Anschließend ist Lunch. Abends lesen Sie vor rund dreihundert Leuten, die alle ein Ticket dafür gekauft haben. Was Sie nachmittags tun, ist Ihre Sache.«

»Was wollen Sie dagegen unternehmen, wenn ich es mir anders überlege?«

»Nichts.«

O'Connor maß sie mit Blicken.

Dann grinste er. Seine Augen funkelten.

»Ich muss nicht zurück zu diesem Abendessen«, sagte er.

»Nein.«

»Wissen Sie, ich habe mein Leben lang immer irgendwo einen Donovan kennen gelernt, dessen Vetter ein Boot hat. Verstehen Sie, was ich meine?«

»Ich denke schon. Wollen Sie Opern aus Ihrem Leben quatschen oder mir einen zweiten Whisky bestellen?«

O'Connor strahlte.

»Dann fliegen wir eben nächste Woche«, sagte Donovan aus dem Hintergrund. »Okay?«

Stunden später steuerte O'Connor langsam, aber sicher den Zustand an, in dem er sich bei seinem Eintreffen am Morgen befunden hatte. Unter anderen Umständen wäre es Wagner schon früher aufgefallen, aber sie war inzwischen nicht weniger betrunken als der Physiker und die Truppe um diesen Donovan, dessen Vetter irgendwo ein Boot hatte, mit dem man zu irgendeiner Insel kam, wenn man um sechs den Flieger schaffte.

Tatsächlich hatte O'Connor die vier erst im Pub kennen gelernt, aber der Prozess des Anfreundens vollzog sich dafür umso schneller. Während Kuhn und seine Nöte verblassten, fand Wagner zunehmend Gefallen an der Vorstellung, zwischen Cornflakes und Waschpulver Guinness zu stemmen, aber das Thema hatte sich kraft ihrer energischen Intervention fürs Erste erledigt. Eine Weile war das Gespräch um Literatur gekreist, aus ungeklärten Gründen in der Karibik gelandet und von dort auf Schlingerkurs zu den Freuden orientalischer Massagen gelangt, weil Mary ihren letzten Urlaub in Marokko verbracht hatte. Alles, was danach kam, ergab so wenig Sinn, dass Wagner beim Zuhören und sogar beim Sprechen vergaß, worum es ging. Nie zuvor hatte sie solche Mengen konzentrierten Alkohols getrunken. Mittlerweile hatte sie die Bekanntschaft von Macallan, Oban und Balvenie gemacht, allesamt zwölf oder mehr Jahre alt, und eine gewisse Taubheit in der Mundhöhle davongetragen. Letzte Reste klaren Denkens versuchten die Oberhand über den Wirrwarr in ihrem Kopf zu gewinnen und suggerierten ihr, so viel gute Laune sei unanständig.

O'Connor und die anderen sangen ein Lied.

Pulheim.

Du musst nüchtern werden, sagte sie sich. Wenn du jetzt nicht aufpasst, wird Liam O'Connor auf dem Grün durch Abwesenheit glänzen. Reiß dich zusammen.

Sie bestellte ein Wasser und trank es aus. Viel half es nicht, aber die Nebel lichteten sich etwas. Während um sie herum die ersten Stühle hochgestellt wurden, leerte sie auch noch die Karaffe mit dem Quellwasser, das eigentlich vorgesehen war, um es mit den Single Malts zu vermischen, die beständig ihren Weg auf den Tresen fanden. Sie rutschte von ihrem Hocker, ging auf die Toilette, spritzte Wasser in ihr Gesicht und betrachtete sich so lange im Spiegel, bis sie allmählich zu sich zurückfand. Betrunken war sie immer noch, aber ihr Hirn arbeitete wieder.

Schön bis hierhin, dachte sie. Jetzt mach das Richtige und bring den verdammten Säufer ins Bett, bevor er doch noch in das nächste Flugzeug steigt.

Sie kehrte zurück an die Bar und stellte fest, dass die Truppe samt O'Connor verschwunden war. Was das Wasser nicht geschafft hatte, besorgte der Schock. Schlagartig wurde sie nüchtern.

»So ein Scheißkerl«, zischte sie.

Mit knallenden Absätzen lief sie hinaus auf die Straße und schaute sich um. Das Päffgen hatte zu. Im Klein Köln ging es jetzt hoch her. Wenn sie ihn da nicht fand, hatte sie verloren.

»Ki-Ka«, sagte jemand.

Sie fuhr herum. O'Connor lehnte an einer der Säulen, die das Vordach des Pubs abstützten. In der Rechten hielt er eine halbvolle Flasche.

»Du siehst erleichtert aus«, sagte er.

Einen Moment lang war sie versucht, ihm eine zu scheuern. Dann begann sie zu kichern. Der Rausch kehrte zurück.

»Ich dachte, Sie hätten sich aus dem Staub gemacht, Liam.« Sie machte einen Schritt auf ihn zu und knickte leicht ein. »Sie können einem den letzten Nerv rauben.«

Ihr Verstand arbeitete präzise. Warum schienen dann die Worte in ihrem Mund durcheinander zu purzeln, bevor sie ihn verließen?

Und seit wann duzten sie sich?

O'Connor wies mit der Flasche die Straße hinunter.

»Angela und Donovan sind weg. Mit dem Boot zur Insel.

Aber Scott und Mary meinten, sie würden uns irgendwo erwarten, wo man noch was kriegt. Gibt es hier ein ›Pink Schampain‹ oder so was?«

»Ja«, sagte Wagner. »Aber nicht für Sie.«

O'Connor nickte. »Ich hatte so was in der Art erwartet. Du bist und bleibst eine Spielverderberin, Kika.«

»Bin ich nicht!«, sagte sie gekränkt. »Ich bin vernünftig, das ist alles.«

O'Connor entkorkte die Flasche. »Wenn du eines Tages den Deckel über dir zuziehst, kannst du vernünftig sein, Frau Wagner. Du weißt doch, die größten Fehler sind die, die man nie gemacht hat. Also, was ist?«

»Du willst unbedingt Ärger haben, stimmt's?«

»Ärger ohne Ende.«

»Hör zu, Liam. Ich schleife dich eigenhändig auf diesen Golfplatz, kapiert? Meinetwegen gehen wir jetzt ins ›Pink Champaign‹, aber wenn ich morgen ein Wort des Jammers höre, bist du geliefert.«

»Bah. Wie viel Uhr ist es überhaupt?«

»Kurz nach drei.«

Er gab sich den Anschein, als müsse er nachdenken, aber Wagner ahnte, dass er wieder eines seiner Spiele mit ihr trieb.

»Um dir gleich zuvorzukommen«, sagte sie. »Du kannst da auch allein hin. Ich habe nämlich gerade beschlossen, nach Hause zu fahren.«

»Und die hier?« Er schwenkte die Flasche.

»Was soll damit sein?«

O'Connor stieß sich von der Säule ab und kam zu ihr herüber. Einen Moment lang stand er so nah vor ihr, dass seine Augen sie aufzufressen schienen. Sie spürte seinen Atem. Er war wenige Zentimeter kleiner als sie, aber irgendwie schaffte er es, den Eindruck zu vermitteln, als sehe er zu ihr herab.

»Ich würde mich eventuell bereit erklären…«, begann er.

Sie fühlte, wie ihr Herz in den Hals drängte.

»Nein«, sagte sie so ruhig wie möglich. »*Ich* würde mich eventuell bereit erklären. Damit du den Weg ins Hotel findest und ich dich morgen nicht in irgendeiner Absteige auflesen muss. Falls du aber unbedingt noch um die Häuser ziehen willst, fahre ich jetzt zu meinen Eltern und lasse dich hier stehen.«

O'Connor schniefte. Dann reichte er ihr die Flasche.

»Trink was.«

»Ich will nichts mehr trinken.«

»Schade. In den letzten Stunden war ich zu der Überzeugung gelangt, dass du so interessant bist, wie du aussiehst.«

»Du hast eine reichlich miese Art, Komplimente zu machen.«

O'Connor zuckte die Achseln. Er schob den Korken wieder in den Flaschenhals und ging ein paar Schritte von ihr weg. Plötzlich empfand sie den Gedanken, er könne die Stadt ohne sie unsicher machen, wie einen Verlust. Warum hatte sie ihn nicht einfach so kennen lernen können, ohne die dämlichen Verpflichtungen, die sie zwangen, ihn wohlbehalten bei Leuten abzuliefern, deren Eitelkeit er schmeichelte.

»Gib mir einen Schluck aus der verdammten Pulle«, sagte sie und stakste ihm nach. Ihr Gang war bei weitem nicht so sicher wie seiner. Sie reckte den Oberkörper und versuchte, sich ihre motorischen Probleme nicht anmerken zu lassen.

Er drehte sich um und grinste.

»Sechzehn Jahre alter Lagavulin«, sagte er.

»Mir ist egal, wie alt er ist. Gib schon her.«

Sie setzte an und trank. Das Zeug war beißend und bei weitem nicht von der Lieblichkeit der Single Malts, die sie drinnen getrunken hatten. Dieser hier schmeckte medizinisch und nach Rauch. Sie musste husten und spürte, wie sich der Alkohol über den letzten Rest klaren Verstands legte.

»Okay«, sagte O'Connor.

»Was okay?«, keuchte sie.

»Okay! Du hast gewonnen. Ich gehe schlafen. Dir zuliebe, damit du dir was drauf einbilden kannst. Fährst du wenigstens mit bis zum Hotel?«

Nichts lieber als das, sagte eine stockbetrunkene Kika in ihrem Kopf und drehte sich übermütig im Kreis.

»Meinetwegen«, räumte die andere auf der Straße ein. Sie hoffte, dass es einigermaßen unterkühlt geklungen hatte.

»Wo finden wir ein Taxi?«

»Da drüben.«

Erneut drohte ihr Gleichgewichtssinn auszusetzen, und sie ging einen Schritt auf Distanz, um ihm keine Gelegenheit zu geben, ihren Arm zu ergreifen. Schweigend marschierten sie los. Was um alles in der Welt tust du hier, dachte sie. Du solltest aufpassen, dass sich der Mann benimmt, stattdessen fällst du mit ihm zusammen über eine Whiskybar her und spielst mit dem Gedanken, nach Shannonbridge auszuwandern.

»Ich kann morgen Nachmittag sowieso nicht Boot fahren«, sagte O'Connor im Taxi. Wagner hatte ihn hinten einsteigen lassen, wo er sich breit machte wie eine Flunder. Selbst in die Polster gefleglt, mit offenem Hemd und gelockerter Krawatte, sah er besser angezogen aus als Menschen wie Kuhn in ihren erhabensten Momenten. »Wir müssen nach dem Golf noch mal zum Flughafen, Kika.«

Wagner drehte den Kopf nach hinten.

»Doch Shannonbridge?«

»Wegen Paddy.«

Paddy? Ach so.

»Du hast tatsächlich jemanden da gesehen«, stellte sie fest. »Ich dachte, du nimmst uns bloß wieder hoch.«

»Täte ich nie.« O'Connor schüttelte den Kopf. »Er ging leibhaftig an mir vorbei, zusammen mit einem anderen Burschen. Sie trugen Overalls wie Mechaniker oder Techniker. Er war kein Fluggast, und er ist einfach weitergegangen.«

»Pi – Pa – Paddy«, sang Wagner. Wie hatte das Zeug geheißen? Lagairgendwas? »Vielleicht hat er dich nicht erkannt.«

»Er hat sich mit dem anderen unterhalten. Möglich.«

»Wer ist denn dieser Paddy überhaupt?«

»Paddy Clohessy. Ich hab mit ihm studiert. Was für ein krummer Hund. Wir hatten jede Menge Spaß, aber er war immer schon ein bisschen aufrührerisch veranlagt. Eigentlich hätte ich erwartet, dass sie ihn in Ketten an mir vorbeiführen oder so was.«

»Huh! Was hat er angestellt?«

»Paddy? Ich weiß nicht. Wahrscheinlich nichts. Ich habe einfach vorausgesetzt, dass er irgendwann was anstellen würde. Er war so verdammt begabt und so erfrischend amoralisch.« O'Connor nahm einen Schluck aus der Flasche und stieß einen

Laut des Unwillens aus. »Ärgerlich. Läuft einfach an mir vorbei. Das Letzte, was ich von ihm hörte, war, dass er sich nach Nordirland verzogen hat. Mir schien er ein Reißbrettrevoluzzer zu sein, von zweifelhafter politischer Gesinnung, aber harmlos. Am Ende pries er im grundanständigen Dublin etwas zu laut den Widerstand. Da haben sie ihn von der Uni geschmissen.«

»So einer wie du, oder was?«

»Wieso? Wer hat dir erzählt, sie hätten mich von der Uni geschmissen?«

Halt den Schnabel, Kika.

Der Wagen bog in die Einfahrt zum Maritim ein. Wagner fingerte nach ihrem Portemonnaie, aber O'Connor kam ihr zuvor. Ihr Gesicht fühlte sich dick und taub an wie nach einer Zahnarztspritze. Dafür war ihr nach Fliegen. Während sie ihre Handtasche um und um drehte im Bemühen, sie zu schließen, bevor alles rausfiel, war O'Connor mit bemerkenswerter Schnelligkeit draußen und schaffte es, ihr die Wagentür zu öffnen.

»Sehr wohl erzogen, Dr. O'Connor«, hörte sie sich trällern.

»Ein Vergnügen, gnädige Frau. Soll ich eine Leiter holen, damit Sie nicht springen müssen?«

Sie warf ihm einen vernichtenden Blick zu und hoffte inständig, ohne seine Hilfe aus dem Taxi zu kommen. Der Wagen schien sie in sich hineinzusaugen. Ihre Rechte umfasste den Fensterholm. Mit aller Kraft stemmte sie sich heraus und stellte fest, dass es viel leichter ging, als sie gedacht hatte. Um ein Haar wäre sie O'Connor in die Arme gesegelt.

»Ich hoffe, du machst dich nicht über mich lustig«, sagte sie langsam. »Ich bin deinen Lagadingsda nicht gewohnt.«

»Lagavulin. Ich würde mich nie über dich lustig machen. Allenfalls würde ich mich über dich hermachen. Lässt du das Taxi los, damit der Mann weiterfahren kann?«

»Oh.«

Ihre Hand umfasste immer noch den Holm. Sie knallte die Tür zu, und der Wagen rauschte davon.

Wollte sie nicht zu ihren Eltern? Warum war sie nicht einfach sitzen geblieben?

»Ich muss weg«, sagte sie schwer.

»Das wäre ein Fehler.« O'Connor winkte ab. »Pass auf, ich war kooperativ, richtig?«

»Na ja.«

»Doch, ich bin weder nach Shannon Airport noch sonstwohin entwischt. Und morgen spiele ich Golf mit den Jungs von der Bank. Und in der Flasche hier ist noch was drin. Lass uns einen letzten Schluck nehmen, ich versichere dich der absolut heilsamen Wirkung dieses Getränks und des Ausbleibens jeglicher Spätfolgen.«

»Donnerwetter. Wie kannst du in deinem Zustand dermaßen geschliffen mit dem Genitiv umgehen?«

»Ich verrat's dir oben.«

»Ein Glas. Ein klitzekleines, hörst du?« Sie zeigte ihm mit Daumen und Zeigefinger, was klitzeklein war. O'Connor kniff die Augen zusammen.

»Dafür brauchst du kein Glas.«

Sie lachte und ging ihm voraus durch die Halle zu den Aufzügen. Wie eine Pappel im Wind kam sie sich vor. Eins siebenundachtzig plus sechs Zentimeter Absatz machte annähernd zwei Meter. Hinter sich hörte sie O'Connor nach dem Schlüssel fragen, dann kam er ihr nach.

»Du kannst so nett sein und ein solches Arschloch«, sagte sie im Lift.

»Stimmt«, erwiderte O'Connor, während er in Pirouetten den Flur entlangtänzelte.

»Ich frage mich, ob du jemals richtig einen auf den Deckel bekommen hast«, überlegte sie, als die Zimmertür hinter ihnen zufiel. »Ich meine, von einer Frau, weißt du? Ob du mal richtig bis über beide Ohren verliebt warst und rumgestammelt hast wie ein Pennäler, und sie hat dich ganz tief fallen lassen. Mit Aufklatschen und allem.«

»Ich pflege mich nicht zu verlieben. Von Gipfeln geht es immer nur abwärts.« O'Connor reichte ihr die Flasche. »Gläser sind kleinlich und edukativ, findest du nicht? Sie haben einen Rand, um dir vorzuschreiben, wie viel du trinken darfst. Schäbig.«

Wagner nahm einen Schluck und gab die Flasche an O'Connor weiter.

»So.«

Er sah sie fragend an.

»Was, so?«

»Ich werde jetzt gehen. Ich habe dir versprochen, einen Schluck zu trinken, und das habe ich getan.«

»Ach, Kika.« O'Connor stellte die Flasche ab und ließ sich aufs Bett fallen. Wagner trat ungeachtet ihrer Ankündigung vor den Spiegel an der gegenüberliegenden Wand und betrachtete darin den Physiker und sich selbst. Sie war so nahe und er so klein. Fast, als habe er auf ihrer Schulter Platz genommen.

»Ich werde in ein Taxi steigen«, sagte sie zu sich selbst.

»Das ist eine blöde Idee«, sagte O'Connor aus dem Hintergrund. »Du hattest schon bessere. Warum vögeln wir nicht endlich?«

Sie drehte sich zu ihm um.

»Du weißt, dass ich darauf nicht anspringe.«

Er schwieg.

»Verdammt, was bist du für ein linker Hund. Du hast dir ausgerechnet, dass ich nein sagen und furchtbar sauer sein werde! Das hast du im selben Moment gedacht, als du deine dämliche Frage gestellt hast. Du willst nämlich gar nicht.«

»Ich dachte, es macht dir so weniger Probleme«, sagte er entschuldigend.

»Was?«

»Ich meine, wir klären ein für alle Mal, was zwischen uns läuft und was nicht. Es gibt nur die beiden Möglichkeiten. Jetzt oder nie. Du kannst dich darauf zurückziehen, dass ich mich im Ton vergriffen habe und du gar nicht anders konntest als abzulehnen, das ist doch ungemein praktisch. Wir können unbehelligt von bacchantischen Anwandlungen unseren Job machen.«

»Ich revidiere mich. Du bist nicht nett, du bist einfach nur ein Arschloch.«

»Wie Recht du hast. In Kika veritas.« O'Connor verschränkte die Arme hinter dem Kopf und schlug die Beine übereinander. »Aber was willst du? Du hast darauf gewartet, dass ich mir beide Beine ausreiße, um dich rumzukriegen. Du hast dir das ganze schäbige Repertoire bieten lassen. Och bitte, Kika, komm doch mit ins Hotel, gehen wir noch aufs Zimmer, trinken wir noch einen. Alles, um dann deinen wohl erzogenen kleinen Rückzieher zu machen. Pfui, Liam, hast du mir etwa auf den Arsch geguckt? Siehst du, dann tue ich dir eben den Gefallen und spiele das Schwein. Ist doch bestens. Ich meine, so was musst du dir wirklich nicht bieten lassen.«

Wagner starrte ihn an. Sie versuchte, wütend zu sein, aber es war mehr die Fassungslosigkeit, die sie auf die Stelle bannte.

Fassungslosigkeit darüber, dass er Recht hatte. Dummerweise.

Und jetzt schmiss er sie raus.

»Drehbuch! Requisite!«, rief O'Connor. »Noch etwas Zornesröte für Frau Wagner!«

»Du Idiot!«, fuhr sie ihn an. »Du meinst also, bloß weil ich was mit dir trinke, muss ich auch mit dir in die Kiste?«

»Nein.« O'Connor schüttelte wild den Kopf. »Würde ich nie erwarten. Nicht mal, wenn du mit mir nach Shannonbridge fliegst.«

»Warum dann?«

Er setzte sich auf und sah sie an.

»Weil du es selbst am meisten willst und nicht tust. Darum.«

»Ach nee. Was macht dich da so sicher?«

»Du. Den ganzen Tag schon.« Er grinste. »Worauf sollen wir warten, Kika? Meinst du, das bringt irgendwas außer Kopfweh? Vielleicht will *ich* ja nicht. Also, sei sauer und fahr nach Hause. Noch einfacher kann ich's dir nicht machen. Oder lass uns endlich diese verdammte Flasche leer trinken.«

Wagner öffnete den Mund, um ihn mit ein paar wohlgesetzten Worten runterzuputzen.

Stattdessen trat sie neben ihn und verharrte.

Mistkerl, dachte sie. Wenn wir schon spielen, dann nach meinen Regeln.

Langsam beugte sie sich zu O'Connor herab und begann wie nebenbei, seine Krawatte aufzuknoten und weitere Knöpfe seines Hemdes zu öffnen. Ihre Gesichter waren nur Zentimeter voneinander entfernt. Er hob den Blick zu ihr, machte aber keine Anstalten, sie zu küssen.

»Hattest du mal Probleme wegen der IRA?«, fragte sie unvermittelt.

O'Connor riss die Augen auf.

»Wie kommst du denn auf so was?«

»Man hört Verschiedenes.« Sie richtete sich wieder auf, warf seine Krawatte auf den Boden und schlenderte hinüber zu der kleinen Sitzgruppe neben dem Sekretär am Fenster. Dort ließ sie sich seitlich in einen der Sessel fallen und streckte die Beine in die Luft. Lange, endlos lange Beine, dachte sie. Warum will der Kerl jetzt nicht mit mir ins Bett?

Ihre Pumps polterten zu Boden.

»Ich finde, es passt zu dir, Liam«, sagte sie. »Du bist dermaßen bemüht, den Flegel raushängen zu lassen, dass ich mir lebhaft vorstellen kann, wie du an der Uni schon aus Prinzip gegen alles Mögliche gestänkert hast.«

Er stützte sich auf einen Ellbogen und hob die linke Braue. Ihren Beinen schenkte er keinen Blick.

»Ich finde immer noch, dass die Engländer Nordirland zurückgeben sollten«, sagte er. »Aber inzwischen weiß ich, dass die Engländer gar nicht das Problem sind. Die Iren sind das Problem. Die IRA stellt keine Lösung dar. Früher sah ich das etwas anders.«

»Weswegen haben sie Paddy rausgeworfen?«

»Genau deswegen.«

»Und dich?«

»Beinahe deswegen.«

Wagner reckte die Arme, legte den Kopf in den Nacken und sah an die Decke. Eigentlich fühlte sie sich ganz behaglich.

»Du bist ein Blender, Liam. Du bist der lauteste Kläffer, der mir je untergekommen ist. Wahrscheinlich haben sie dich darum nicht von der Uni geworfen, weil du keinen Mumm hattest, ihnen einen echten Grund zu liefern. Du hast ein bisschen provoziert und ein vorlautes Maul riskiert, und als es ernst wurde, bist du auf ihre Linie zurückgeschwenkt. Stimmt's, Liam? Du hast einfach nur eine große Klappe, aber wenn es um die Konsequenzen geht, dann kneifst du.«

O'Connor erhob sich und kam über den weichen Teppichboden zu ihr herüber. Seine Schritte waren lautlos. Sie drehte den Kopf in seine Richtung und sah seine Augen leuchten. Hitzewellen schienen von ihm auszugehen, oder war das nur der Alkohol?

Er ging in die Hocke und sah sie an. Seine Hände glitten durch ihr Haar. Ein Lächeln umspielte seine Mundwinkel.

»Ich bin jedenfalls froh, dass du so überaus anständig und vernünftig bist«, sagte er sanft. »Da können wir wenigstens Freunde bleiben.«

»Ja, das ist prima.«

»Deine Eltern werden sich schon große Sorgen machen.«

»Bestimmt!«

»Soll ich dich nach unten bringen?«

»Sei so gut.«

Eine Weile sagte niemand etwas. Sie sahen sich einfach nur an.

»Ist noch was in der Flasche?«, flüsterte sie.

»Noch ganz viel.«

»Was meinst du, wie lange es reicht?«

»Ich schätze, bis zum Frühstück.«

Sie lachte leise. Dann griff sie in seinen silbernen Schopf und zog ihn zu sich heran.

1999. 29. JANUAR. MOSKAU

Wenige Tage nachdem ein sehr großer und schwerer Gegenstand die Grenze der Ukraine nach Polen passiert hatte und von dort nach Deutschland geleitet worden war, traf Mirko am späten Vormittag am internationalen Flughafen Scheremetjewo 2 ein. Er hatte sich nirgendwo für die Übernachtung eingemietet. Sein Aufenthalt würde nur wenige Stunden dauern, bis ihn der Flieger zurückbrachte in das Land des alten Mannes. Geduldig ließ er die umständliche Prozedur der Passkontrolle über sich ergehen, die hier immer noch in stundenlangem Schlangestehen gipfeln konnte. Er unterschrieb die übliche Zollerklärung und trat nach draußen. Sofort wurde er von mehreren illegalen Taxifahrern angesprochen. Mirko beachtete sie nicht. Er hatte einen Wagen vorbestellt, das Beste, was man tun konnte, wenn man Moskau anflog. Es war preiswerter, und man musste nicht warten.

Er war entspannt und guter Laune. Alles verlief nach Plan. Sie hatten den YAG. Die Frachtpapiere wiesen als Absender ein ukrainisches Institut aus. Adressat war eine deutsche Versuchs-anstalt für Quantenforschung, wo der YAG jedoch nie ange-kommen war. Mittlerweile befand er sich an seinem Bestim-mungsort in Köln. Die Spiegel waren im schweizerischen Chur in Arbeit, sie würden nächste Woche eintreffen. So gut wie fer-tig gestellt war der riesige Pritschenwagen. Janas Verbindungs-leute leisteten hervorragende Arbeit, aber natürlich wussten sie nicht, worum es ging. Sie würden das Ding selbst in die Spedi-tion schaffen müssen, so wie sie selbst auch die fünfundzwanzig Meter Eisenbahnschienen dort verlegt hatten. Es war kein Pap-penstiel gewesen, aber dafür hatten sie nun alles, was sie brauch-ten.

Mirko nahm auf der Rückbank des Wagens Platz und wid-mete sich einer Zeitung.

Die knapp dreißig Kilometer bis zum Stadtzentrum zogen sich hin. Es war einer jener Moskauer Tage, die man aus Fern-sehbildern kannte und die der Stadt nicht gerecht wurden. Der Himmel wies sich durch keine spezifische Struktur aus. Er war von einem diffusen Weißgrau, aus dem stecknadeldünne Eis-kristalle wehten. Es lag Schnee, nicht genug, dass es für roman-tische Anwandlungen gereicht hätte, sondern eben so viel, um den Eindruck der Trostlosigkeit zu steigern. In der äußeren Pe-ripherie passierten sie endlose Reihen grauer Wohnsilos. Alle Farbe schien aus der Welt gewichen zu sein. Wer zu Fuß unter-wegs war, eilte über die Schneefelder als flüchtiger Schatten, den Kopf gesenkt, konturlos.

Die Innenstadt bot ein anderes Bild. Mirko besaß keine nen-nenswerte kulturelle Bildung. Er konnte die Baustile nicht zu-ordnen, aber er mochte das Gemisch aus Konstruktivismus, Sta-lins Monumentalstil, barocken Elementen und Moderne. Mos-kau war eine gewaltige, beeindruckende Stadt. Doch auch hier schienen die Menschen nur widerwillig ihre Häuser verlassen zu haben. Der Verkehr war dicht und aggressiv. Etwas Unfrohes lastete auf der Metropole. Die Depression, die Wirtschaftskrise, die Willkür eines Cholerikers, dem die Kontrolle längst entglit-ten war, das Schattenimperium der Geschäftemacher, Tschet-schenien, das Ultimatum der Nato, Serbien zu bombardieren, und das Gefühl tiefster Demütigung.

An jeder Ecke sah Mirko, was das Land bewegte. Russlands offenkundige Friedensliebe und der Protest gegen den angekündigten Einsatz der Nato kaschierte nur schlecht die wahren Hintergründe des Protests, das Misstrauen gegen Amerika und seine Verbündeten, die Angst, überrannt zu werden, nichts mehr zu gelten, die Furcht vor der Okkupation und dem endgültigen Aus. Dass die demokratischen Kräfte im Land vor einem militärischen Eingreifen der Nato warnten, weil sie befürchteten, den konservativen Falken werde damit Nahrung gegeben, und dass sie um die Reformen fürchteten, verhallte mehr oder weniger ungehört. Was blieb, waren Zorn und Katzenjammer und eine gefährliche Saat, falls die Nato ihre Drohung wahr machen würde.

Russland verging an der Fäulnis eines gewaltigen Minderwertigkeitskomplexes, der von der russischen Seele Besitz ergriffen hatte, Leid und Hass erzeugte und alte Gespenster wachrief. Die Ereignisse um das Kosovo schürten die Ressentiments gegen den Westen und speziell gegen die USA, die schon länger schwelten, und ließen offene Feindschaft aufflammen. Eine Art instinktiver Panslawismus hatte von der Gesellschaft Besitz ergriffen, eine angeblich traditionelle Sympathie für das Brudervolk der Serben. Dass man sich unter Stalin und Tito alles andere als freundlich gegenübergestanden hatte, schien vergessen. Bei näherer Betrachtung erwies sich Russlands Haltung gegen den Westen und die Nato eher als Reaktion auf die Probleme im eigenen Land und als Versuch, von der Krise abzulenken, die Jelzin den Menschen guten Glaubens eingebrockt hatte. Aber eben diese Menschen interessierte das wenig, und die politische Kaste, die in Tschetschenien ihr russisches Vietnam erlebt hatte, träumte hinter mehr als einer Tür von globaler Verantwortung und der verlorenen Rolle einer Supermacht. Für die meisten hatte der Zerfall des Sowjetreichs letztlich nur das Ende einer relativ stabilen und sorglosen Existenz bedeutet. In Russland regierte Zar Boris gegen eine schleichende Nostalgie an, und die Falken wetzten ihre Schnäbel.

In Europa loderte eine Lunte.

Das Taxi ließ den Alexanderpark mit dem Kreml links liegen, überquerte die Moskwa und fuhr Mirko ins beschauliche Stadtviertel Samoskworetschje. Vieles hier war von der Erneuerungswut der Dreißiger unberührt geblieben. Mirko nahm im U babuschki, einem der besseren Moskauer Restaurants, eine leichte Mahlzeit zu sich. Eine Dreiviertelstunde später holte ihn der Fahrer wieder ab, und sie folgten der Hauptstraße, bis sie in ein wenig gut beleumundetes Viertel gelangten. Mirko stieg aus und bedeutete dem Fahrer zu warten. Er ging in eine Seitenstraße, folgte ihrem Verlauf und bog in eine schmale Gasse ein.

Antiamerikanische Parolen waren an die Hauswände geschmiert. Sie waren weniger das Resultat zorniger Studenten als vielmehr gezielte Aktionen chauvinistischer Kräfte, die auf eine großrussische Renaissance hofften und die derzeitige Situation den Liberalen und Demokraten in die Schuhe schoben. Waren sie es nicht gewesen, die den Bären seiner Kräfte beraubt hatten? Verweichlichtes Geschwafel! Kein Wunder, dass niemand mehr auf Russland hörte und der Westen den Russen auf der Nase herumtanzte. Die Liberalen waren schuld. Die Schwätzer und Anbiederer.

Mirko interessierte all das wenig an diesem Tag. Er ging weiter, bis er zu einem Haus kam, dessen klassizistische Fassade dringend eines Anstrichs bedurft hätte. Die Tür war nur angelehnt. Er durchschritt einen nach Moder und Kohl riechenden Flur und stieg in den ersten Stock, wo er in einem vereinbarten Rhythmus an eine Wohnung klopfte.

Ein kleiner Mann mit einem Fuchsgesicht öffnete und ließ ihn herein.

»War diesmal nicht ganz einfach«, sagte er ohne Begrüßung.

Mirko nickte. Der Kleine bedeutete ihm, auf einem zerschlissenen Sofa Platz zu nehmen, verschwand in ein hinteres Zimmer und kehrte mit etwas zurück, das in ein weißes Tuch gepackt war. Mirko nahm das Paket, wickelte eine Waffe aus dem Tuch und wog sie in der Hand. Es war eine PSM, eine Back-up-Waffe, wie sie hohe Militärs in Russland gern benutzten.

»Flach wie ein Stempelkissen«, sagte der Händler mit einigem Stolz. »Kaliber 5,45 mal 18, wie gewünscht. Hat einem Offizier in der DDR gehört, er hat sie verschiedentlich eingesetzt. Mit Erfolg!«

»Gut«, sagte Mirko.

Die PSM war tatsächlich verblüffend flach. Soweit Mirko wusste, verschoss sie die kleinsten Flaschenhalspatronen der Welt mit Zentralfeuerzündung. Er entnahm dem Tuch ein weiteres Päckchen. Es enthielt Munition.

»Explosivgeschosse«, führte der Händler aus, während Mirko die Waffe lud. »Ich musste sie anfertigen. Sie sind in der Spitze ausgehöhlt, enthalten je vier Gramm Tetryl und Bleiacid.«

»Sehr schön.«

Fuchsgesicht zögerte.

»Wollen Sie nicht mal was anderes?«, fragte er. »Ich bekomme ständig die feinsten Sachen. Die Armee veranstaltet ihren diesjährigen Winterschlussverkauf.«

»Danke.«

»Haben Sie eine Freundin? Ich hätte ein älteres Modell einer Walther TPH, Kaliber 6,35, wenn es Sie interessiert.«

Mirko lächelte. Die Walther PPK war die berühmte Waffe, mit der James Bond Löcher in die Leinwand geschossen hatte, und die TPH *so* etwas wie die kleine Schwester. Für den Geschmack der meisten *Professionals* waren die Löcher, die sie hinterließ, bei weitem zu klein. Es kursierte der Witz, die TPH brauche mehr Schuss als jede andere Pistole, weil die Geschosse den Gegner nicht töteten, sondern nur dezent perforierten. Im Grunde war es die richtige Pistole für Damen, ähnlich wie die legendäre FN Baby, die in jeder Handtasche und einer Reihe englischer Kriminalfilme Platz hatte.

»Ich werde darauf zurückkommen«, sagte er.

Der Händler grinste.

»Immer wieder nett.« Er nahm die Dollar, die Mirko ihm hinlegte, und ließ sie mit einer raschen Bewegung in seinem Hosenbund verschwinden. Leute wie er nahmen ausschließlich Dollar.

»Übrigens wird alles teurer. Ich meine, fürs nächste Mal. Wollen Sie die TPH nicht doch?«

»Verschenken Sie sie ans Museum. Ich habe schon Dutzende solcher Preiserhöhungen erlebt. Wer zu viel fordert, kriegt gar nichts.«

»Wir müssen alle leben.«

Mirko spielte mit der Waffe herum und hielt sie so, dass der Lauf wie zufällig auf den Händler zeigte.

»Ja«, sagte er. »Wir wollen alle leben.«

Der Händler erbleichte.

»Es lag mir natürlich fern…«, begann er.

Mirko ließ die Waffe in seine Jacke gleiten und ging zur Tür.

»Natürlich«, sagte er.

Nachdem er das Haus verlassen und zurück zur Hauptstraße gegangen war, stieg er wieder in den Wagen und ließ sich zurück auf die andere Flussseite ins Moskauer Finanzzentrum Kitaigorod bringen. Der alte und ehrwürdige Stadtteil flankierte das Kreml-Gelände und schloss den Roten Platz mit ein. Geist und Geld gaben sich hier die Hand. An der exklusiven Nikolskaja Uliza mit ihren Boutiquen und Juwelieren ließ er sich absetzen und gab dem Fahrer genaue Instruktionen, wo und wann er ihn abzuholen habe. Dann verschwand er in einer der Banken und trat nach einigen Minuten mit einem Aktenkoffer zurück auf die Straße. Von dort machte er einen kurzen Spaziergang durch einen nahe gelegenen Park. Dahinter begann der Iwanowskaja-Hügel, ein idyllisches Viertel, das eine Reihe exklusiver Villen und die Weißrussische Botschaft beherbergte. Mirko nahm den Koffer unter den Arm und schritt zügiger aus. Nach wenigen hundert Metern erklomm er die Stufen eines gut situierten Jugendstilhauses und klingelte.

Ein leises Summen ertönte, und er fand sich in einer Eingangshalle mit hohen Wänden und reichhaltigem Stuck wieder. Auf der gegenüberliegenden Seite öffnete sich ein Doppelportal. Ein bulliger Mann ließ ihn eintreten, ein zweiter tastete ihn ab.

»Der Koffer«, sagte der erste Mann.

Mirko nickte, öffnete den Aktenkoffer und zeigte dem Leibwächter das säuberlich darin geschichtete Geld.

»Eine Million«, sagte er. »Dollar, wie vereinbart.«

Der Leibwächter nickte. Mirko schloss den Koffer wieder und folgte den Männern in ein angrenzendes Zimmer, das mit teuren Möbeln eingerichtet war und wie ein wohnliches Büro wirkte. Hinter einem Schreibtisch erhob sich ein stattlicher Mann mit schütterem Haar und Schnurrbart.

»Herr Biçic«, sagte er freundlich. »Ich hoffe, man hat Sie mit allem gebührendem Respekt empfangen.«

»Es ließ zu wünschen übrig, Herr Abgeordneter.« Mirko, der

in diesem Haus als Stanislaw Biçic bekannt war, ging unaufgefordert zu einem der antiken Stühle, die vor dem Schreibtisch für Besucher vorgesehen waren, und machte es sich darauf bequem. »Für eine Transaktion, wie wir sie hier vollziehen, gehen Ihre Gorillas ziemlich herb mit einem um. Ich bin es nicht gewohnt, abgetastet zu werden wie ein Kleingauner. Hatte ich vergessen zu erwähnen, dass meine Regierung auch in Zukunft Geschäfte mit Ihnen machen will?«

Sein Gegenüber wirkte bestürzt. »Es tut mir leid, ich…« Er schickte einen vernichtenden Blick zu den beiden Männern, die Mirko hereingebracht hatten. »Was fällt euch ein? Hatte ich was von Filzen gesagt?«

Die beiden zuckten zusammen.

»Wir dachten…«

»Ihr denkt, und genau das ist das Problem. Raus mit euch! Herr Biçic ist ein willkommener Gast in diesem Hause.«

Die Männer verließen das Büro wie geprügelte Hunde.

»Wie viele von den Jungs haben Sie hier noch versteckt?«, fragte er beiläufig.

»Keinen. Die zwei sind schon zu viel.« Der Mann schüttelte den Kopf und breitete entschuldigend die Hände aus. »Wirklich, es ist mir peinlich. Möchten Sie etwas trinken, Herr Biçic? Wie war Ihr Flug?«

»Ich habe nicht darauf geachtet. Danke, Sie sind sehr freundlich, aber ich bin etwas in Eile.« Mirko klopfte mit der flachen Hand auf den Koffer. »Da drin ist eine Million Dollar. Ihre übereifrigen Leute hatten schon das Vergnügen, einen Blick hineinzuwerfen. Schwamm drüber. Wir haben erfreut zur Kenntnis genommen, dass der YAG in Deutschland eingetroffen ist, und sehen die Million weniger als vereinbarten Obulus für Ihre Bemühungen, sondern vielmehr als Anzahlung für unsere weitere Zusammenarbeit. Vorausgesetzt natürlich, Sie haben Interesse.«

Der Abgeordnete strahlte ihn an.

»Aber selbstverständlich!«, rief er aus. »Sprechen Sie. Was ist es, was ich für Sie tun kann?«

Mirko schlug die Beine übereinander. »Sie sollten als Erstes Ihr Misstrauen ablegen, mein Lieber. Sonst werden Sie überhaupt nichts mehr für mich tun.«

»Es kommt nicht wieder vor! Ganz bestimmt nicht. Man lebt eben gefährlich heutzutage, wem erzähle ich das, aber die Hohl-köpfe da draußen halten jeden immer gleich für einen Killer oder Schwerverbrecher. Mein Gott, was für Zeiten, nicht wahr? Aber sie haben keine Köpfe, sondern Denkbeulen, es wäre zwecklos, ihnen zu erklären, dass Geschäfte unserer Art rein monetären Charakters sind. Es freut mich jedenfalls zu hören, dass alles zu Ihrer Zufriedenheit geschehen ist.«

Mirko neigte zustimmend den Kopf.

»Bevor wir auf weitere Projekte zu sprechen kommen«, sagte er, »muss ich Ihre unbedingte Garantie dafür haben, dass Sie der Einzige sind, der die wahre Herkunft des YAG kennt. Kann ich mich darauf verlassen?«

Der Mann hob die Brauen und senkte die Lider. »Ich bitte Sie. Das war ausgemacht, und ich halte mich an unsere Absprachen.«

»Wie soll ich wissen, dass Sie nicht jemanden ins Vertrauen gezogen haben?«

»Mein Herr, ich war von Anfang an daran interessiert, unsere geschäftlichen Beziehungen auszuweiten. Indiskretionen sind hierfür keine Basis. Natürlich weiß nur ich um die Herkunft. Alle, die den YAG danach übernommen haben, werden seinen Weg nicht weiter zurückverfolgen können als bis zu dem von Ihnen gewünschten Punkt.« Er lehnte sich zurück und setzte einen selbstzufriedenen Ausdruck auf. »Man müsste mich schon der Folter unterziehen, damit ich verrate, woher das Gerät ur-sprünglich stammt.«

»Sehr gut.« Mirko lächelte herzlich und ließ die Schlösser des Koffers aufschnappen. »Dann sollten wir über neue Aufgaben sprechen. Aber ich will Ihnen nicht länger Ihren verdienten Lohn vorenthalten.«

Der Blick des Abgeordneten bekam etwas Gieriges. Mirko öffnete den Koffer weit und ließ die Geldbündel herausfallen. Sie purzelten durcheinander und bildeten einen unordentlichen Haufen auf dem Schreibtisch. Einige fielen über die Kante he-runter. Der Abgeordnete beugte sich hastig vor und griff in den Haufen hinein. Er zwinkerte nervös.

»Oh bitte, es wäre mir lieber, Sie würden das Geld nicht so …«

Mirko drückte ein Kläppchen an der Innenseite des Koffergriffs. Ein Abzug schwang heraus. Er riss den Koffer ein Stück hoch, drückte die Schmalseite gegen den Kopf des Abgeordneten und zog durch. Es machte Plopp. In der Stirn des Mannes klaffte ein Loch. Blut und Hirn traten daraus hervor. Er schwankte einen Moment mit offenem Mund und schreckgeweiteten Augen und brach dann über dem Geldhaufen zusammen.

Ohne ihm einen weiteren Blick zu schenken, öffnete Mirko den doppelten Boden des Koffers. Im Innern wurde ein flaches Gestänge sichtbar, in das die PSM eingelagert war. Wo der Lauf gegen die Kofferseite stieß, war das Leder besonders dünn gewesen. Ein Teil des Gestänges verband den Abzug der Waffe mit dem im Koffergriff, die Auslösung erfolgte über einen elektronischen Impuls, der Koffer selbst fungierte als Schalldämpfer. Der Trick war nicht ganz neu, aber dennoch ungewöhnlich. Nur wenige *Professionals* konnten mit dem komplizierten Mechanismus umgehen.

Mirko entnahm die Waffe und schloss den doppelten Boden wieder. Dann räumte er in aller Seelenruhe das Geld zurück in den Koffer, klappte ihn zu und ging durch das Büro zu der Flügeltür. Er stieß sie auf. Während er hinaus in die Vorhalle trat, schoss er auf die beiden Leibwächter. Sie hatten sich auf zwei Stühlen niedergelassen und lasen in irgendwelchen Magazinen. Den ersten erwischte Mirko im Sitzen. Der zweite schaffte es, halb hochzukommen und die Hand unter seinem Jackett verschwinden zu lassen, bevor er tot zurück auf den Stuhl kippte.

Mirko ließ den Blick kreisen, steckte die Waffe ein und verließ das Haus. Nach einigen Minuten erreichte er die Bank und stellte den Koffer zurück ins Schließfach; jemand würde sich darum kümmern. Dann ging er ohne sonderliche Eile durch den Park entlang der Dreifaltigkeitskirche, bis er zum Fluss gelangte, wo er die Waffe in einem unbeobachteten Moment ins Wasser warf. Er sog die kalte Luft ein. Zufrieden ging er weiter zum vereinbarten Treffpunkt. Der Wagen gabelte ihn dort auf und fuhr ihn auf direktem Wege zum Flughafen.

Der YAG war in Deutschland, die Spuren verwischt. Oder auch gelegt. Je nach Sichtweise. Außerdem hatten sie ihr Team beisammen. Bis hierhin hätte es nicht besser laufen können.

Mirko begann leise vor sich hin zu pfeifen. Er liebte Tage wie diesen. War Erfolg nicht wunderbar entspannend?

1999. 16 JUNI. KOELN. MARITIM

Nebeneinander zu liegen, konnte die Welt verändern.

Wagners Kopf ruhte auf O'Connors Brust. Sie hatte die Beine angezogen und kam sich vor wie achtzehn und eins achtundsiebzig.

Höchstens.

Das Bemerkenswerte an der Situation war, dass sie es genossen hätte, mit ihm zu schlafen, und zugleich eine gewisse Befriedigung verspürte, es nicht getan zu haben. Mittlerweile war es kurz nach sechs, und sie fühlte sich gleichermaßen sturzbetrunken wie von einer kristallenen Nüchternheit geleitet, die es ihr gestattete, die Kontrolle zu behalten.

Um nichts anderes ging es bei dem Spiel, das sie beschlossen hatten zu spielen. Es erforderte Kontrolle, sie im richtigen Moment zu verlieren. Sowohl O'Connor als auch Wagner war klar, dass ihrer Scheherezade die Nacht der Nächte folgen würde. Aber es war nicht diese. Das irritierende Moment des Loslassens ohne alle Vorbehalte gründete nicht auf Plänen und ausgetrunkenen Whiskyflaschen. Es war eine angenehme Ironie, dass die häufigste Rechtfertigung für One-Night-Stands, der Alkohol, diesmal als Grund dafür herhielt, sich die Sache verkniffen zu haben. Und sei es nur für die Dauer einiger Stunden oder Tage.

Eingehüllt in die Gewissheit, dass körperliche Größe relativ ist und geistige epochal, lag Wagner im Arm des Physikers. Seine Brust war ein Bienenkorb in ihrem Ohr. Er sandte Vibrationen aus, als er etwas summte, das man wahrscheinlich nur in Shannonbridge und ähnlich verwunschenen Orten zu hören bekam, lange nachdem es einen vom Pub in den Lebensmittelladen geschwemmt hatte, an dessen Tresen man mit dem Dorfpolizisten, der wiederum der Schwager des Wirts war, dessen Onkel das Geschäft gehörte, deren gemeinsamer bester Freund ein Boot hatte, bei einem späten Guinness einen Besuch der kleinen Insel im Shannon erwog zwecks Inaugenscheinnahme, ob der

Karpfen in dem noch kleineren Teich noch lebt, der bereits da war, als der Riese seine Frau und ihren Liebhaber mit der Schleuder tötete anno Vorzeit, weil die beiden es miteinander trieben und dabei die Frechheit besaßen, sich für die Dauer des Gebalzes in Vöglein zu verwandeln und den Riesen mittels Zaubertrank in Schlaf zu versetzen, was einmal nicht geklappt hatte, und das war's dann gewesen mit der Wollust, und so weiter und so fort.

Sie öffnete die Augen.

O'Connor hatte die Vorhänge nicht zugezogen. Es war strahlend hell. Durch das halbgeöffnete Fenster drang Vogelgezwitscher herein. Wagner fragte sich, wie sie jemals aufrechten Ganges auf den Golfplatz gelangen sollten, aber sie vertraute der wundersamen Fähigkeit O'Connors, Alkoholproblemen mit nüchterner Sachkenntnis zu begegnen und die Kurve für sie gleich mit zu kriegen.

Das Summen erstarb.

»Du bist doch nicht etwa eingeschlafen?«, murmelte sie in eine Falte seines aufgeknöpften Hemdes.

»Doch.«

»Das ist unsportlich. Und langweilig. Ich dachte, wenn du betrunken bist und dich unbeobachtet wähnst, schreibst du Meisterwerke oder bremst wenigstens ein paar Photonen ab.«

»Natürlich tue ich das«, sagte O'Connor. Ebenso wie sein Gesumme vorhin war auch seine Stimme in der Raum und Zeit entbundenen Wirklichkeit dieses Zimmers nicht viel mehr als ein dunkles, ungemein wohltuendes Vibrieren. »Aber nur in der wirklichen Welt.«

»Was ist die wirkliche Welt?«

»Die in meinem Kopf. Alles andere ist nur Phantasie. Deine und die anderer Leute. Wenn ich da oben fertig bin, gestatte ich euch allen, mich zu träumen und meiner Genialität teilhaftig zu werden.«

»Du meinst, du existierst gar nicht wirklich?«

»Ich meine, ihr existiert gar nicht wirklich.«

»Du spinnst.«

»Ich weise jede Verantwortung von mir. David Hume spinnt. Er hat das erfunden mit der –«

»Ja, ich weiß. Hume spinnt auch.«

»Wie Recht du wahrscheinlich hast. Ablehnung ist die ökonomischste Form von Interesse, ich gratuliere dir. Also gut, du existierst auch. Sonst aber bitte keiner.«

»Was hast du da eben gesummt?«

O'Connor begann ihren Nacken zu kraulen, dann drang wieder die Melodie an ihr Ohr.

»Ja, genau das! Was ist das?«

»*Na Géanna Fiáine*«, sagte O'Connor.

»Klingt irgendwie gälisch«, bemerkte Wagner.

»Es ist Gälisch und handelt von den Wildgänsen, die über das Land ziehen. Man kann es interpretieren. Die einen sagen, sie kehren zurück in das goldene Dublin von Richard Cassels, Thomas Ivory und James Gandon, das sind die Burschen, denen wir die Royal Exchange verdanken und Prächtigkeiten wie die Four Courts oder die Westfront des Trinity, hinter der ich mich jahrelang zu Tode gelangweilt habe. Die andere Version entspricht eher meinem Verständnis irischer Tristesse. Die Gänse verlassen die Insel, sie ziehen fort und nehmen das uralte Irische mit sich hinweg.«

»Es klingt schön. Was immer die Gänse sich dabei gedacht haben.«

»Ein Harfenist namens Patrick Quinn hat es Anfang des neunzehnten Jahrhunderts einem Mann verkauft, der so was sammelte«, brummte O'Connor. »Weißt du, alle Iren singen, auch die, die es gar nicht können. Nicht, weil sie so musikalisch sind, sondern weil man ihnen sonst das Elend nicht abkauft.«

»Du bist mir schleierhaft.«

»Ich mir auch.«

»Warum säufst du eigentlich so viel?«

»Das ist eine dumme Frage. Alle Iren –«

»Alle Iren trinken. Ja, natürlich, was denn sonst? Kannst du mir eine Erklärung geben, die nicht im Reiseführer steht?«

O'Connor schwieg eine Weile. Dann sagte er:

»Es gibt Wildgänse, die kommen, und welche, die fliegen davon. Dann gibt es welche, die kreisen.«

»Und warum tun sie das?«

»Würden sie eine Richtung einschlagen, könnte man ihnen folgen.«

196

»Und das ist ein Grund, zu saufen?«

»Es ist ein Grund, nie nüchtern zu werden. Gekonntes Kreisen entbindet dich von jeder Verantwortung. Du darfst ungestraft Licht abbremsen und anderen Unfug treiben. Du darfst dein Geschwätz in Form von Büchern unters Volk bringen. Du darfst dich danebenbenehmen und wirst im Gegenzug noch hofiert. Nur die Iren können sich das erlauben, diese elende Bande. Jeden anderen würde man ins Irrenhaus stecken. In Dublin gab es einen Mann, den sie den Yupper nannten. Wenn jemand zu Fuß die O'Connell Bridge überquerte, kam er von hinten herangesprungen und schrie ›Yup!‹, dass einem das Herz aus dem Hals sprang! Er yuppte jeden. Er war ein genialer Kreiser. Weißt du, manchmal denke ich, dass ich mein Leben damit verbringe, Yup zu brüllen, und jedes Mal funktioniert es. Kein Mensch will, dass ich irgendeine Richtung einschlage. Glaubst du im Ernst, so was lässt sich durchhalten, wenn man nüchtern ist?«

»Warum hörst du dann nicht auf zu kreisen?«

»Und was tust du?«

Wagner dachte darüber nach. Ihr fielen tausend staubtrockene Antworten ein, die an Ödnis kaum zu überbieten waren. Dann kam ihr in den Sinn, dass jedes halbwegs gesittete Statement einer dieser Richtungen zu entsprechen schien, von denen O'Connor gesprochen hatte. Es machte nicht im mindesten Spaß, rationale Aussagen über den Umstand ihres Hierseins zu treffen, die Frage sachlich zu erörtern, warum sie mit jemandem, den sie nicht mal vierundzwanzig Stunden kannte, auf einem Bett lag, eine beinahe leer getrunkene Flasche Single Malt daneben, beseelt von dem Gedanken, es miteinander zu treiben, und zugleich entzückt, es nicht zu tun. Während sie noch überlegte, wie sie die Logik dieser Philosophie zerschlagen konnte, offenbarte sich ihr tatsächlich die Vision umeinander kreisender Gedanken, die vergnüglich schnatternd ihre Bahnen zogen. Warum schließlich hatten die größten Schriftsteller immer über die gleichen Plätze und die gleichen Menschen geschrieben, die größten Maler immer dasselbe Bild gemalt, spielten die größten Schauspieler immer wieder dieselben Rollen?

Dieses Kreisen war schön. Irgendwie zu schön.

Sie stemmte sich hoch, so dass sie O'Connor in die Augen

sehen konnte. Sie waren halb geschlossen. Er krauste die Nase, und es sah ungemein liebenswert aus.

»Du kreist nicht«, sagte sie. »Du tust nur so, als ob. Wie in allem. Du gefällst dir in diesen Rollen. Liam, verdammt noch mal, du bist ein begnadeter Physiker geworden, du schreibst Bestseller, irgendwann musst du eine Richtung eingeschlagen haben.«

O'Connor lächelte.

»Wenn der Kreis nur groß genug ist, kommt er anderen wie eine Richtung vor.«

»Findest du nicht, dass wir allmählich sehr abstrakt werden?«

»Es ist das Privileg der Säufer, abstrakt zu sein. Joyce war so abstrakt, dass er mit Büchern zu Weltruhm gelangte, die kein Mensch versteht. Wenn ich mich recht erinnere, was Kuhn mir über dich erzählt hat, bist du in Köln geboren, aber du arbeitest in Hamburg.«

»Stimmt. Und?«

»Wie ist es denn so, zurückzukommen?«

»Es ist…« Wie war es denn? »Na ja, zurückkommen halt. Es ist gut. Meine Eltern leben hier.«

»Warum bist du überhaupt in Hamburg?«

»Der Job.«

O'Connor schüttelte sacht den Kopf.

»Du bist nicht wegen des Jobs nach Hamburg gegangen. Erzähl mir keine Märchen. Du liebst Köln, ich kann es förmlich riechen. Auch du bist nämlich nichts von dem, was du vorgibst zu sein. Weder so tough, wie du tust, noch gern in Hamburg. Und schon gar nicht bist du hier, weil du meine Pressearbeit machst.«

Wagner stutzte. Ihr Verstand war im Augenblick auf Absurdes gepolt, aber das war etwas, dem sie ernsthaft zu begegnen hatte.

Oder etwa nicht?

»Ich mache sie aber«, sagte sie trotzig.

»Das bestreite ich nicht. Ich sage nur, dass du nicht deswegen hier bist. Sie haben dich mitgeschickt, damit du auf mich aufpasst, stimmt's?«

»So ein Blödsinn.«

Er fasste sie sanft bei den Schultern und zog sie zu sich heran. In der Schwerelosigkeit des Kusses ging die Sonne mindestens dreimal auf und unter. Wildgänse verfolgten fliegende Whisky-flaschen.

»Stimmt's?«, fragte er noch einmal.

Wagner verschränkte die Arme auf seiner Brust, stützte das Kinn darauf und sah ihn an.

»Ich habe in einem Verlag die Pressearbeit gemacht und den Fehler begangen, mich in meinen Chef zu verlieben«, sagte sie. Seltsam, wie problemlos ihr das alles von den Lippen kam. »Ist ein paar Jahre her. Köln war nicht groß genug, um wegzulaufen.« Sie kicherte. »Römische Ringstruktur. Ideal, wenn man kreisen will. Das Problem ist, dass du dir hier ständig über den Weg läufst. Du triffst an jeder Ecke jemand Bekanntes, aber eigentlich immer nur dich selbst. Das kann schön oder schlecht sein. In meinem Fall war es übel, also hat die Gans das Land verlassen.«

O'Connor schwieg.

»Du willst es genau wissen, was?« Sie seufzte. »Nein, ich bin nicht gern fortgegangen. Wäre es anders gelaufen, hätte ich immer noch meine Wohnung im Belgischen Viertel oder würde mit einem netten Mann zusammenleben, der zumindest vorgibt, in gerader Richtung zu fliegen. Aber natürlich hast du Recht, ich bin gekreist, immer über der verdammten Situation, bis es zu viel wurde. Wir waren eine Zeit lang zusammen, dann wieder auseinander, liefen uns aber täglich dutzendfach über den Weg, was überhaupt nicht funktionierte. Schachmatt. Also habe ich mir auf Gedeih und Verderb was anderes gesucht, nur um erst mal von ihm wegzukommen. Hier in Köln. Ich hatte auch ganz schnell was, aber es war eine einzige Katastrophe. Wie auch anders, wenn du unter solchen Vorzeichen blind in irgendein Loch springst, um dich zu verstecken. Plötzlich hast du das Gefühl, die ganze Stadt ist dein Problem. Nichts gelingt dir, überall lauern nur Enttäuschungen und Ärger. Du nimmst dir jemanden mit ins Bett und möchtest ihn im selben Moment wieder rausschmeißen. Du rennst wie eine Wahnsinnige davon, aber du läufst auf einer Aschenbahn, und immer wieder kommst du an derselben Tribüne vorbei, und mit jedem Mal scheint alles auswegloser, und die Ratschläge deiner Freunde klangen auch schon mal origineller... Na ja, und eines Tages packst du dann einen Koffer und kapitulierst. Du redest dir ein, dass es woanders auch ganz prima sein kann und du sowieso überall glücklicher bist als hier. Ein bedeutender Verlag unterbreitet dir ein Angebot, also gehst du.«

Wagner machte eine Pause.

»Anfangs kommst du nicht wieder. Du musst dir ja beweisen, dass du die Stadt und dein altes Leben nicht brauchst. Dann regst du dich irgendwann wieder ab, der Liebeskummer verflüchtigt sich, und für Verbitterung bist du ohnehin zu jung. Alles wird wieder normal. Du hast Erfolg, neue Freunde und eine Menge Spaß, aber leider wohnst du in der falschen Stadt. Weil du das weißt, hast du auch keinen Freund, bringt ja eh nichts, wo du selbst nur bei dir zu Gast bist. Deine übrigen kleinen Unzufriedenheiten, zum Beispiel, dass du lang und dünn wie eine Pappel bist, melden sich zurück wie alte Bekannte zum Teetrinken, und fast freust du dich über die Vertrautheit deiner wiedergefundenen Komplexe. So lebst du nicht schlecht und suchst dir, ohne es richtig zu merken, einen neuen Radius zum Kreisen, einen größeren, der von der Alster an den Rhein reicht. Das läuft eine Weile wie geschmiert, bis du eines Morgens auf dem Bett eines Wahnsinnigen liegst, der dir was von anderen Wahnsinnigen erzählt und dich abfüllt, bis es dir zu den Ohren rausläuft, und du hörst dich dir selbst deine eigene kleine verfluchte Geschichte erzählen und denkst, wie gern du wieder hier leben würdest, und das ist alles. – Nein, ist es nicht!«

»Nicht?«

Sie wandte ihm den Blick zu. Ihre Mundwinkel drifteten auseinander. Das Grinsen war fällig.

»Nein, denn du musst schnell noch zugeben, dass du tatsächlich den geheimen Auftrag hattest, auf den Wahnsinnigen Acht zu geben, weil der Verlag die schlimmsten Befürchtungen an den Tag legte. Ich denke, damit sind alle Karten auf dem Tisch.«

O'Connor schmunzelte.

»Dein Verlag kann stolz auf dich sein. Du zeigst einen Einsatz, den sie ganz sicher nicht erwartet haben.«

Sie robbte ein Stück hoch, beugte sich über O'Connor und küsste ihn. Ihr Haar fiel rechts und links herab, und sie befanden sich im Innern einer Trauerweide.

»Das war nicht vorgesehen«, flüsterte sie.

»Ich weiß«, sagte er leise. »Mich hat auch niemand darauf vorbereitet, dass ich heute Nacht der Vorstellung erliegen könnte, mir Grundsätze anzuschaffen.«

»Du bluffst schon wieder«, murmelte sie.

»Überhaupt nicht. Du bist wunderschön. Das ist bemerkenswert auf einer gemessenen Länge von einem Meter siebenundachtzig.«

»Ich bin nicht schön. Ich bin dünn, groß, blass und eckig.«

Eine Zeit lang sangen nur die Vögel unter dem Fenster des Zimmers.

Als Wagner fast schon eingeschlafen war, sagte O'Connor:

»Nein, Kika. Eine Frau ist immer so schön wie das Kompliment, das man ihr macht. Du musst sie alle auf einmal bekommen haben.«

1999. 18. FEBRUAR. KOELN

Dass der Mann seit Tagen nichts Richtiges gegessen hatte, sah man auf den ersten Blick. Dass sein Körper noch viel länger nicht mit Wasser und Seife in Berührung gekommen war, roch man erst, wenn man ihm nahe kam.

Er saß auf dem Beifahrersitz eines funkelnagelneuen Audi und rieb beständig die Hände an seinem alten Mantel. Das rotblonde Haar hing ihm wirr in die Stirn. Sein Gesicht war sonnenverbrannt und aufgedunsen, so dass die Augen zwischen den Lidern lagen wie in Polster gebettet. Die Nase war ins Bläuliche verfärbt, ebenso seine linke Braue, Letztere von einem Schlag, den er sich bei einem Streit mit einem albanischen Zuhälter eingefangen hatte. Obwohl er in jeder Beziehung eine jämmerliche Erscheinung bot, machte der Mann keinen sonderlich unglücklichen Eindruck. Er lachte, wobei er ein gelbes, lückenhaftes Gebiss entblößte, und nickte dem Fahrer vertraulich zu.

Seit einer halben Stunde hatte er zwei BigMacs und eine Riesenportion Fritten im Bauch.

»Nett von dir«, sagte er. Seine Stimme war nicht viel mehr als ein Kratzen. Unter den Punkern und Obdachlosen Kölns hatte sie ihm den Spitznamen »Computerstimme« eingetragen. Wie Computerstimme wirklich hieß, wusste inzwischen kaum noch jemand, und er selbst schien es nicht mehr wissen zu wollen.

»Wirklich nett, Jungchen. Hat geschmeckt! Könnte glatt zur Gewohnheit werden, wenn du mich fragst.«

Der jüngere Mann lächelte.

»Kommt drauf an«, sagte er.

»Bah, du wirst zufrieden sein«, krächzte Computerstimme. »Bin schon mal fotografiert worden. Für eine Zeitung. Das war ... ach nee, ich weiß nicht mehr, ein Tag ist wie der andere. Egal. Sie machen immer Reportagen über uns, feine Leute lesen so was gern beim Frühstück.« Er kicherte und zupfte am Jackenärmel des Fahrers. »Du bist auch 'n feiner Bursche, wie? Edle Tapete und alles. Verdient man als Fotograf so viel Geld?«

»Halb so wild«, sagte der Fahrer, während der Wagen die Severinsbrücke überquerte. »Es gibt Fotografen wie Sand am Meer. Wenn meine Bilder nicht gut sind, kauft sie mir keiner ab. Und wenn sie gut sind, kann es mir immer noch passieren, dass sie irgendeinem Klugscheißer nicht gefallen. Dann geht's mir dreckig.«

Der Penner knautschte seine Gesichtszüge zusammen, sah den Jüngeren an und schob die Unterlippe vor.

»So dreckig wie mir kann's dir gar nicht gehen.«

»Nein. Da haben Sie wahrscheinlich Recht.«

Der Fahrer hatte ihn nicht gefragt, wie alt er war. Obdachlose mochten zu viel Fragerei nicht. Sie waren von Natur aus misstrauisch und feindselig. Mitteilsam wurden sie erst aus eigenem Antrieb, wenn der Funke übersprang und sie zu dem Schluss gelangten, dass der andere es ehrlich mit ihnen meinte. Es war ihnen nicht zu verdenken. Ihr einziges Kapital waren schlechte Erfahrungen, und die Zinsen waren Zurückhaltung und Vorsicht.

Der Fahrer hatte dem Mann etwas Geld gegeben und sich eine Weile einfach nur mit ihm unterhalten. Belangloses Zeug, Witzchen, Klatsch und Tratsch. Dann hatte er ihn zum Essen eingeladen. Erst beim zweiten BigMac, nachdem Computerstimme aufgetaut war, hatte er ihm den Vorschlag unterbreitet, sich für einen Bildband über die marode Seite Kölns fotografieren zu lassen, ein Dokument über die Welt der Glücklosen, die vor den Türen frieren und sterben. Computerstimme hatte eingewilligt, nachdem von zweihundert Mark die Rede gewesen war. Es war schon genug umsonst gewesen in seinem Leben. Wer sein Konterfei wollte, sollte wissen, was es wert war.

Dem Äußeren nach zu urteilen hätte er in Stalingrad dabeigewesen sein können, dachte der Fahrer. Wahrscheinlich war der Penner nicht mal fünfzig, aber er sah aus wie die fleischgewordene Summe mehrerer verpfuschter Existenzen.

»Du bist ein Dreck, wenn du keine Wohnung hast«, sagte Computerstimme, als sie die Straße zu dem kleinen Industriegebiet entlangfuhren. »Wenn du dir nichts zu fressen kaufen kannst, erst recht. Die Leute sagen, guck dir die Sau an, alles versoffen hat der Kerl, liegt da in seiner Kotze und pennt. Besser, wenn so einer abkratzt. Dann glotzen sie sich ertappt an und sagen, nee, nicht wegen uns, besser natürlich für das arme Schwein, was hat der schon vom Leben. Weil, draus gemacht hat er ja eh nichts, oder? Hätte ja können, wenn er gewollt hätte, arbeiten kann jeder. Nee, lass den mal sterben, dann isser weg, einer weniger.« Er kratzte sich die Bartstoppeln. »Jedes Tier ist mehr wert. Weißt du, dass ich mal'n Hamster hatte?«

»Nein. Haben Sie noch nicht erzählt.«

»Hatte ich aber. Weißt du auch, warum? Scheiß auf das Vieh, aber damit kannst du Geld verdienen! Ich hockte auf der Straße mit'm Pappkarton neben mir, da hatte ich ihn reingesetzt. Bisschen Gras dazu. Und ein Schild aus Pappe, wo draufstand: Bitte eine kleine Spende für Tierfutter.«

»Raffiniert.«

Computerstimme lachte wild und schlug sich auf die Knie. »Das war die beste Idee meines Lebens, Junge! Der Clou! Kommen gleich am ersten Tag zwei alte Frauen aus'm Café, voll gefressen mit Sahnetorte, und sehen mich da sitzen. Richtig angewidert waren die. So welche, die nie was geben, weißt du? Die meinen, der alte Drecksack hat das schon verdient, da zu sitzen und zu krepieren, weil, der liebe Gott ist gerecht. Wenn der das zulässt, ist das auch in Ordnung so. Aber dann sehen sie das Vieh. Und plötzlich fingert die eine in ihrem Portemonnaie rum,

holt fünf Mark raus und schmeißt sie in den Karton! Mannomann, fünf Mark! Da, sagt sie, so'n armes Wesen, kann ja nix dafür. Ist ja unschuldig an allem. Und die andere zieht gleich, das
will sie nicht auf sich sitzen lassen, dass Gottes geschundene
Kreatur verrecken muss vor Hunger. Nur, dass sie mit Gottes
geschundener Kreatur nicht mich gemeint haben.« Er machte
eine Pause. Das Lachen war aus seinem Gesicht gewischt. »Sondern den Hamster. Armer kleiner Hamster. Für das Tierchen,
sagen sie, kaufen Sie dem was Anständiges zu fressen, muss ja
nicht hungern. So ist das nämlich. 'nem Tier geben sie alle was,
von wegen Mitleid. 'n Tier darf nicht sterben, aber 'n Mensch,
was ist das schon, der klaut ja doch nur und verschandelt dir
deine schöne Straße und pisst sich in die Hose, der muss weg! –
Ja, so ist das. Der letzte Auswurf bist du, Jungchen. 'n Haufen
Scheiße. Kein Mensch mehr.«

»Das wollen wir ja ändern«, sagte der Fahrer.

»Mit 'm Bildband?« Computerstimme lachte. »Ja, macht mal.
Find ich ja prima. Weißt du, was für mich dabei zählt? Jetzt wirst
du schrecklich enttäuscht sein, Kleiner, aber die Kohle, darauf
kommt's mir an. Nur die Kohle. Tät ich sonst nicht machen.«

»Uns ist es die Kohle wert«, sagte der Fahrer und lächelte.

Der Penner sah ihn mit plötzlichem Misstrauen an.

»He! Du willst aber doch nicht irgendwelchen Schweinkram
fotografieren, oder? Irgendwelche Sauereien, ich meine, mit
Ausziehen und so?«

Der Fahrer schüttelte energisch den Kopf, bog links ab und
steuerte den Wagen durch eine Toreinfahrt auf einen Innenhof.
Zwei große Laster parkten dort, rechts lag eine flache, nahezu
fensterlose Halle. Eine umlaufende Mauer schottete das Gelände nach allen Seiten ab.

»Auf keinen Fall«, grinste er. »Aber die Fotos mache sowieso nicht ich. Die macht eine Frau.«

Computerstimme zuckte zusammen.

»Ui! Ich weiß nicht, ob ich da –«

»Eine schöne Frau«, sagte der Fahrer mit Nachdruck. »Übrigens eine sehr gute Fotografin. Sie ist weit besser als ich, muss
ich leider sagen.«

Der Penner sah ihn zweifelnd an.

»Und die will mir nicht an die Wäsche? Ich mach so'n Pornokram nicht, das sage ich dir gleich.«

»Keine Bange. Alles ganz seriös. Ehrenwort!«

Computerstimme fuhr mit den Fingern über seinen Mantel, als wolle er die Haut von seinen Handflächen reiben. Plötzlich lachte er unvermittelt wieder sein gelbes Lachen.

»Meinetwegen. Soll mir recht sein! Dann wollen wir's der Dame mal besorgen, was, Kleiner?«

»Und wie!«

Der Fahrer lachte konspirativ mit. Sie stiegen aus, gingen über den Hof zu dem Gebäude und traten durch eine Stahltür ein, die der Fahrer hinter ihnen schloss. Sie standen in einer geräumigen Halle, ausgeleuchtet von Neonröhren. Im hinteren Teil führten einige Türen zu angrenzenden Räumen. Bis auf einen Tisch und einige Stühle war die Halle nahezu unmöbliert. Dafür ruhte in der Mitte etwas Riesiges auf einer Art Eisenbahnwaggon, zwei technisch aussehende Apparate und ein gewaltiger, metallisch schimmernder Kasten. Er musste an die zehn Meter lang sein. Wenige Schritte vor dem merkwürdigen Gebilde wuchs ein metallener Ständer aus dem Boden, auf dessen Spitze etwas glänzte. Schienen erstreckten sich von dem Waggon oder was immer es war zur Wand. Computerstimme sah neugierig herüber. Er hatte nicht die mindeste Vorstellung davon, worum es sich bei dem Ding handelte, aber was wusste man schon vom Fortschritt nach Jahren und Jahrzehnten auf der Straße.

Eine Frau kam ihnen entgegen, schlank und von mittlerer Größe, mit einem hübschen Gesicht und langen blonden Haaren.

»Sie sind also unser Topmodel«, sagte sie herzlich und streckte die Hand aus. »Wie schön, Sie bei uns zu haben.«

Computerstimme blickte unsicher zu dem Fahrer, nahm die dargebotene Rechte zögernd in die seine und schüttelte sie langsam.

»Ich… wollte mich eigentlich noch waschen«, sagte er.

»Ich bitte Sie!« Die Frau schüttelte den Kopf. »Es zählt nur, dass Sie da sind. Wir sind Ihnen sehr dankbar.«

»Ich bin aber kein Schwein, Madame.« Der Penner versuchte, so etwas wie Haltung anzunehmen, während er sein Gegenüber mit den Augen auszuziehen begann. »Ich will, dass Sie das wissen.«

»Natürlich sind Sie das nicht. Ganz bestimmt nicht.« Die Fotografin breitete die Arme aus. »Tja, was meinen Sie, wollen wir gleich anfangen? Wir sind leider ein bisschen in Eile.«

»Ah … Augenblick … so schnell?«

»Ja. Warum nicht?«

»Und die Kohle?«

»Oh, natürlich. Das machen wir als Erstes.« Sie warf dem Fahrer einen kurzen Blick zu. Der Mann griff in seine Jacke, zählte zwei Hundertmarkscheine ab und drückte sie Computerstimme in die Hand. Beim Anblick des Geldes grinste der Penner von Ohr zu Ohr.

»Klar, Süße, sicher. Geritzt! Wie wollen Sie mich denn haben? Soll ich 'n Rad schlagen. Auf'm Kopf stehen? Bäume ausreißen?«

Der Fahrer lehnte an dem Kasten und beobachtete ihn nachdenklich. Dann deutete er auf die gegenüberliegende Wand mit dem Stahltor.

»Wir dachten, dass wir was mit Bewegung machen. Es geht darum, Sie möglichst voller Leben abzulichten. Voller Energie. Am besten wäre es, wenn Sie von dem Tor hier zu uns herüberkämen, während wir ein paar Fotos schießen. Gehen Sie einfach auf die Kiste zu.«

»Energie hab ich endlos, Jungchen!«, krächzte Computerstimme und begann, unbeholfen im Raum herumzuspringen. »Leg noch so'n Blauen drauf, dann hab ich mehr Energie als jedes verdammte Atomkraftwerk!«

»Danke, wir sind vollauf zufrieden.« Die Fotografin war zu dem Tisch hinübergegangen und kam mit einer Kamera zurück. »Sind Sie bereit?«

»Ay, Madame!«

»Fein. Dann mal los. Es ist ganz einfach. Gehen Sie in ganz normalem Tempo. Nicht rennen.«

»Wann? Jetzt?«

»Erst mal gehen Sie rüber zum Tor.«

Computerstimme hörte auf zu tanzen und tapste zur rückwärtigen Wand, wo er sich umdrehte.

»Jetzt?«

»Augenblick noch!« Die Frau hob die Kamera vor ihr Gesicht und drehte an dem Objektiv. Im Dämmerlicht der Decke über ihnen begann sich etwas von der Größe einer Videokamera langsam mitzudrehen.

Der Penner deutete auf die Kamera der Fotografin.

»Das ist ein Tele!«, rief er. »Teuer, was?«

»Ganz genau! Ein Tele und teuer.«

»He, krieg ich ein Foto? Ich will von den Fotos welche haben, hört ihr? Ich will alle haben!«

»Sie kriegen den besten Schuss Ihres Lebens«, lachte die Fotografin.

»Versprochen?«

»Klar doch! Okay, kommen Sie. Ja, jetzt. Und los!«

Der Penner wippte einen Augenblick auf seinen Fersen, als könne er sich nicht entscheiden, auf welchem Fuß er losmarschieren solle. Dann kam er mit unsicheren Schritten auf sie zu.

»Ich bin nämlich…«, krächzte er.

Die Fotografin drückte auf den Auslöser.

Aus dem Kasten kam ein trockenes Zischen. Gleichzeitig gab es ein reißendes, nicht allzu lautes Geräusch, als der Kopf des Penners in einer Wolke aus Blut, Hirn und Knochensplittern auseinander flog. Der Körper schien eine Sekunde lang weitergehen zu wollen, als sei nichts geschehen. Die Arme bewegten sich im Rhythmus des gemächlichen Schlenderns, dann erhielt der Torso Übergewicht, kippte zur Seite weg und schlug zu Boden. Die Finger der rechten Hand zuckten, als suchten sie nach einem Halt.

»Bemerkenswert«, sagte Mirko von dem Kasten her.

Jana trat zu dem Leichnam und ging in die Hocke. Sie betrachtete aufmerksam die klaffende Wunde. Rechts waren Kopf und Hals bis zur Schulter weggerissen, an der anderen Seite hingen noch ein Stück vom Kiefer und ein Ohr. Eine Blutlache breitete sich zwischen den Schulterblättern aus.

»In etwa das, was ich erwartet hatte«, sagte sie.

»Sie sind sicher, dass der Impuls auf größere Entfernung nicht an Kraft verliert?«

»Todsicher. Wir sind drei Kilometer vom Ziel entfernt. Ich

hatte fünf bis sechs einkalkuliert. Der Test ist befriedigend verlaufen. Das Resultat im Juni wird das gleiche sein.«

Mirko nickte.

»Ich muss Ihnen meine Bewunderung aussprechen«, sagte er.
»Ganz ehrlich, Jana. Ich bewundere Sie.«

Jana zuckte die Achseln. Sie ging hinüber zu dem Tisch und
legte die Kamera dort ab. Dann drehte sie sich zu Mirko um und
sah ihn an. Ihr Gesicht war bar jeden Ausdrucks.

»Danke. Bewundern Sie mich in vier Monaten.«

Mirko lächelte.

»Natürlich.« Sein Blick wanderte zu der Leiche. »Dann wollen wir mal sauber machen.«

PHASE 2

O'CONNOR

Etwas sagte ihm, dass es exakt sieben Uhr einundfünfzig war, aber er sah sich außerstande, den Beweis dafür anzutreten.

Genauer gesagt sah er nicht das Geringste. Jemand ruhte in seinen Armen, auch so viel wusste er, nur dass seine Augen sich nicht öffnen wollten. Den Jemand zu betasten, zu erblicken und sich seiner zu versichern, hätte die Kontrolle über seinen Körper erforderlich gemacht. Doch O'Connor hätte selbst mit äußerster Willensanstrengung nicht den kleinen Finger rühren können. Er lag in vollkommener Erstarrung da, unfähig, auch nur mit der Wimper zu zucken, geschweige denn die Augen zu öffnen und Herr seiner motorischen Fähigkeiten zu werden.

Früher hatte es ihm panische Angst bereitet, zu erwachen und festzustellen, dass sein Bewusstsein einen toten Baum bewohnte. Geschichten von Edgar Allen Poe über das lebendig Begrabenwerden waren ihm in den Sinn gekommen, über Scheintote und Menschen, die so vollständig gelähmt und in ihrem Körper gefangen waren, dass die Verliese des Grafen von Monte Christo die reinsten Gesellschaftsräume dagegen waren. Niemand hatte ihm zu erklären vermocht, woher diese zeitweilige Erstarrung rührte, viel schlimmer, niemand glaubte ihm. Seine Ärzte versuchten ihm wiederholt einzureden, er bilde sich den Wachzustand lediglich ein und liege stattdessen in einem handfesten Alptraum da. Sie verwiesen auf die wenig gesundheitsfördernde Wirkung übermäßigen Alkoholgenusses und besaßen allesamt kluge Halbbrillen zu dem Zweck, ihn über den Rand hinweg strafend anzusehen. Niemand konnte sich offenbar vorstellen, wie es war, zu erwachen und zur Bewegungslosigkeit verdammt zu sein, nicht einmal stöhnen und wimmern zu können.

Anfangs war es O'Connor gelungen, sich aus seinem Gefängnis zu befreien, indem er sich in enorme innere Spannung versetzte und versuchte, wenigstens einen Fuß oder eine Hand zu drehen, nur ein winziges bisschen. War der Bann einmal gebrochen, konnte es geschehen, dass die Ketten der Lähmung plötzlich und unvermittelt von ihm absprangen und er hochfuhr, seine Finger ins Kissen grub und den nächstbesten Fleck anstarrte, heftig atmend und überglücklich, sich wieder in der Gewalt zu haben. Seit einiger Zeit jedoch gelang ihm auch dies immer seltener, also hatte er eine neue Methode entwickelt, mit dem katatonischen Schrecken fertig zu werden. Das Hirn war ein Computer, ergo probierte er einen Neustart. Wenn sein Körper streikte, musste er eben wieder einschlafen und sich der Zwischenwelt stellen, die ihn noch nicht fortlassen mochte. Sobald er aufhörte, gegen die Starre anzukämpfen, beruhigte er sich augenblicklich und empfand nur noch ein vages Misstrauen gegen den Tod, den er der Generalprobe verdächtigte, und die Befürchtung, dem erneuten Aufkommen des Schlafes einmal zu oft nachzugeben und den Planeten zu verlassen, ohne genug Spaß gehabt zu haben. Allerdings war er bis jetzt jedes Mal wieder erwacht, wenn er die Regeln erst einmal akzeptiert hatte, und so unterzog er sich auch an diesem Morgen keiner Mühe, dagegen anzugehen. Sein Bewusstsein trieb auf einer morphinen See dahin, und dort geisterte Paddy Clohessy herum wie der Fliegende Holländer und lockte ihn hinab zum dunklen Grund der Vergangenheit.

Dublin entstand in geisterhaften Farben, bevor der Himmel über dem ehrwürdigen Trinity College aufbrach und ein sonniges und sorgloses 1980 offenbarte, samt Liam mit dunklem Haar und einer Reihe von Individuen, die sämtlich zu viel tranken und zu wenig lernten.

Er hatte die Schule mit hervorragenden bis miserablen Noten abgeschlossen und war in die Uni gehievt worden wie Falstaff aufs Ross. Wirklich schlecht war O'Connor in keinem Fach gewesen, außer vielleicht in Mathematik, ein Umstand, den er zu seiner Freude mit Albert Einstein teilte. Insofern machte es ihm keine Sorge, dass er in Klassenarbeiten über integrale Gleichungen an nichts anderes denken konnte als an die Mädchen in den Reihen vor und hinter ihm, oder an die allabendlichen Exkursionen ins bleierne Licht von Stephens Green Park, wo man

Menschen von ähnlich erfreulicher Lasterhaftigkeit zu Gesprächen über nationale Tugenden traf.

Sich auf höchstmöglichem Niveau danebenzubenehmen, gehörte praktisch zum Kodex der Dubliner Studentenschaft des Trinity, von der es seit Jahrhunderten hieß, sie rekrutiere sich entweder aus Rowdies oder Privilegierten oder beidem. Was anderes wollte man auch erwarten von einem College, dessen Frontgate die Polizei selbst im ausgehenden zwanzigsten Jahrhundert nur auf Einladung durchschreiten durfte. Und was anderes gebot die allgemein prekäre gesellschaftliche Lage zwischen Belfast im Norden und dem Rest von Europa im Süden, als das Geld begüterter Eltern mit vollen Händen auszugeben und nicht sich selbst dafür zu verachten, sondern sie!

O'Connor studierte Philosphie, Physik und Mathematik. Letztere blieb ihm nicht erspart, verlor allerdings ihren Schrecken, nachdem er herausgefunden hatte, dass sie ihm völlig neue Möglichkeiten bot, vergeistigte Schönheiten an- und auszuziehen. Es gab tatsächlich ausnehmend attraktive Mädchen, die erst bei Emissionsmodellen schwarzer Löcher, Gravitationsgleichungen und Elaboraten über spektrale Verzerrungsphänomene im Umfeld von Neutronensternen jede Scheu und anschließend gleich auch das letzte bisschen Bekleidung verloren. Spätestens im ersten Jahr seines Aufenthalts auf dem Trinity hatte O'Connor den Beweis für die stets geahnte romantische und erotisierende Kraft von Wissenschaft entdeckt und beschlossen, Wissen sei sexy und ein Doktortitel mithin das beste Aphrodisiakum.

So mittelmäßig er als Schüler gewesen war, so begabt erwies er sich hier, wenngleich er Wert auf die Feststellung legte, nie in seinem Leben einen einzigen Tag für eine Prüfung gelernt zu haben. Ostentativ, wie die meisten seines Semesters, hing er in den umliegenden Kneipen herum, bevorzugt bei Kenny's und Lincolns. Er schwang Reden für die Philosophical Society und übernahm bei den traditionellen Trinity Players in ihrem kleinen Theater am Front Square die Rollen der Schurken und Revoluzzer. Im Sommer führte er zusammen mit Kommilitonen Besucher durchs College. Es war einer dieser Tage, an dem er Patrick Clohessy kennen lernte, ein technikversessenes Großmaul, dem O'Connor Einzug in die Besetzungsliste der Players verschaffte, und Clohessy führte ihm im Gegenzug Damen von zweifelhaftem Ruf und außerordentlichen Talenten zu. Eine Interessengemeinschaft war geboren zu dem Zweck, sehr viel Alkohol zu vernichten und möglichst nichts Sinnvolles zu tun. Die Erörterung der Lage erforderte alle Kräfte. Schließlich ging es den Iren in ihrer Gesamtheit schlecht, im Gegensatz etwa zu den Engländern, denen es ja bis auf die Mehrheit gut ging. Als O'Connor und Clohessy über Pints voller Schwarzbier saßen, erwachte *Eire,* die grüne Insel, ein weiteres Mal aus seinem Dornröschenschlaf, rieb sich die Augen wie alle paar Jahrzehnte und stürzte sich mit Vehemenz auf die gesellschaftlichen Probleme. Wie kaum sonst wo reichten sich – anders als in England – die Traditionalisten mit den Revoluzzern die Hand. Alle fielen sich irgendwie in die Arme. Es war zu schön, um wahr zu sein, und darum war es eben vornehmlich schön.

Bis auf Belfast. Da war es schrecklich.

Folgerichtig – da sich alle einig waren im neu erstarkten Selbstbewusstsein – fokussierten sich die Dubliner Kneipengespräche auf das einzige Enfant terrible und schwarze Schaf, den Norden. Nordirland wurde nicht länger totgeschwiegen, sondern ausgiebig besungen. Da ging es wenigstens richtig zur Sache, und man konnte sich aus der Entfernung trefflich engagieren. So sehr gefielen sich die Dubliner in ihren offen geäußerten Ansichten und Kampfrufen, dass sie vergaßen, auch danach zu handeln. Jeder war König seines Pubs, und das Pub war die Welt. Was dort gesagt wurde, fand Einzug in die Chroniken des Verfalls und der Erneuerung. Wer wollte handeln? So blieb der Protest ein Bühnenspektakel und Nordirland mit seiner IRA ein kulturelles Problem, ein Gespenst, das man thematisierte und romantisierte, in Theatern, Filmen und Tonstudios auslebte, ohne sich im christlichen Bemühen um einen geordneten Lebenswandel allzu sehr davon stören zu lassen.

Solche Umstände gebaren Schwätzer wie Clohessy und O'Connor. Mit dem Unterschied, dass Clohessy aus schäbigen Verhältnissen stammte, der Vater ein Säufer und Schläger, die Mutter depressiv, dass er Armut und Elend kennen gelernt und sich an die Uni gekämpft hatte, während O'Connors Vater ein angesehener Richter und immens reich war. In England wäre der Vater Thatcherist gewesen. In Dublin war er wenigstens erzkonservativ. Seine Prinzipientreue wurde nur von seiner Oberflächlichkeit übertroffen. Was immer Liam anstellte, welche Ausfälle und Eskapaden er sich auch leistete, wurde mit Geld und guten Beziehungen aus der Welt geschafft. Was immer Clohessy anstellte, mehrte seine Probleme.

Am Trinity fanden und verließen sich die ungleichen Freunde. Sie begegneten sich im Rausch der Provokation, sympathisierten, weil es modern war, offen mit der IRA und gaben sich als potentielle Bombenleger zu erkennen. Aber während O'Connor kein wirkliches Interesse an Politik zeigte, machte sich in Clohessy dumpfe Wut breit. O'Connor schien es, als verliere der Bruder im Wort die Contenance. Clohessy entpuppte sich als extremer Nationalist und schlug ernsthaft vor, das Studium abzubrechen und der IRA beizutreten. Hinter aller Demagogie erahnte O'Connor die Bereitschaft zu tatsächlicher Gewalt, die er selbst nie in Erwägung gezogen hatte, und fühlte sich zutiefst beunruhigt. Das Leben war ein Jux, aber Clohessy machte Ernst. Dass es von Wichtigkeit ist, ernst zu sein, kaufte O'Connor allerdings viel lieber dem von ihm verehrten Oscar Wilde ab als jedem anderen. In der Folgezeit begann er den Kontakt zu Clohessy zu lockern. Und eines Morgens hieß es, Clohessy sei wegen aufrührerischer Aktivitäten von der Uni geflogen.

O'Connor suchte ihn auf. Er hatte mit der Leitung des Trinity eine mögliche Wiederaufnahme ausgehandelt, wenn Clohessy sich öffentlich entschuldigte, aber Paddy erwies sich als verstockt. Er schien sich die IRA als stellvertretenden Racheengel für alle Demütigungen auserkoren zu haben, die ihm selbst zugefügt worden waren oder von denen er meinte, er habe sie erlitten. Es waren die Orientierungslosigkeit, der Mangel an Perspektive und die Rätselhaftigkeit eines Lebensweges, der abwärts statt aufwärts führte, die Clohessy in die Isolation getrieben hatten. O'Connor versuchte ein letztes Wilde'sches Plädoyer, dass alles doch nur Spaß sei, und erhielt bewaffnete Parolen zur Antwort. Verärgert wandte er sich endgültig ab und erfuhr kurz darauf, Clohessy sei untergetaucht.

Eine Weile huldigte Liam dem Müßiggang, war lustlos und

langweilte sich. Schlussendlich fehlte ihm Paddy nun doch. Immerhin war er ein redegewaltiger und unterhaltsamer Saufkumpan gewesen. Das laue Gefühl beschlich ihn, er hätte sich vielleicht ein bisschen mehr um die verirrte Seele kümmern sollen. Andererseits wollte es ihm nicht gelingen, der Sache das nötige Interesse zu zollen. Interesse war ohnehin etwas, das O'Connor schnell verließ. Sich für nichts wirklich zu interessieren, war auch darum so angenehm, weil es das wirkliche Interesse anderer auf sich zog. Er scharte neue Saufkumpane um sich, feierte wildere Partys als je zuvor und vertiefte nebenbei sein politisches Wissen. Erfreut stellte er fest, dass seine früheren Tiraden hinsichtlich der Problematik des Nordens tatsächlich auch seinen Überzeugungen entsprachen, und nahm die großen Reden wieder auf. Er pflegte seinen schlechten Ruf und forderte im offiziellen Sprachrohr der Studentenschaft den gewaltsamen Rauswurf der Engländer aus Nordirland. Weil es ihm gerade einfiel, dehnte er die Forderung gleich auch auf Schottland aus. Dessen bewusst, dass es eigentlich nur die Langeweile und eine gewisse Lebensverdrossenheit waren, die ihn zu immer provokanteren Äußerungen veranlassten, warf er dennoch mit allem um sich, was irgendwie revolutionär und despektierlich klang. Oft genug war ihm dabei, als beobachte er sich selbst aus einer gewissen Distanz. In solchen Momenten sah er einen verwöhnten Playboy, den er nicht besonders mochte, aber die Anflüge von Selbstbetrachtung hielten selten lange vor.

Zu Hause wurde derweil über nichts geredet, was Althergebrachtes und Bestehendes in Frage stellte. Konflikte waren verpönt. Sein Vater war nicht gerade ein Despot, seine Mutter nicht wirklich unterdrückt. Sie lebten eher zusammen wie die bürgerliche Ausgabe der Royal Family. In der polierten Oberfläche ihres Daseins spiegelte sich die Dubliner Gesellschaft wider, darunter vollzog sich buchstäblich nichts. Liam hatte immerhin gelernt, dass man es im Leben zu etwas bringen muss und das auch kann, wenn man fleißig seine Schuhe putzt, und dass, wer alles hat, keine kontroversen Überzeugungen und Ideale braucht. Und falls doch, dann allenfalls als Spleen, wie die Weigerung des Parlamentariers Tony Gregory, eine Krawatte zu tragen, oder die Eigenart Lord Henry Mountcharles', seine exzentrischen politischen Ansichten mit dem Tragen kurioser Socken zu unterstreichen.

Je länger Liam studierte, desto mehr begriff er, worin sein Problem lag. Er suchte nach Überzeugungen wie jemand, der einen Kleiderschrank durchstöbert, weil er noch nicht weiß, was er anziehen soll, wohl ahnend, dass Ideale aus Not und Mangel und nicht aus Überfluss erwachsen. Ihm hingegen stand alles offen, und alles fiel ihm zu. Man bescheinigte ihm überragende Intelligenz und prophezeite ihm eine beispiellose Karriere. Was immer er tat und sagte, sein Elternhaus bog es zurecht. Seine Sauf- und Prügelexzesse, seine öffentlichen Schmähungen und Beleidigungen – sein Vater deckte ihn. Er war nicht länger ein privilegierter Rowdy – er war der König aller privilegierten Rowdies!

Ein einziges Mal, nach Erscheinen des Hetzartikels gegen die Engländer und der offenen Sympathiebekundung für die IRA, hatte man Liam mit einem Verweis vom Trinity gedroht. Seltsamerweise hatte es ihn mit Befriedigung und Stolz erfüllt, aber dann lenkte ein Telefonat seines Vaters alles wieder in die richtigen Bahnen, und fortan galt Liam als unantastbar. Er war zutiefst deprimiert. Es war, als renne er beständig mit aller Kraft in eine Wand aus Gummi. Er konnte machen, was er wollte, immer gab jemand freundlich nach.

Er verlor das Interesse am Norden mit seinem unentwirrbaren Interessenknäuel aus Religion und Macht. Ideale waren hier nicht zu finden. Nichts, wofür es sich lohnen würde, gewaltsam aus dem Garten Eden auszubrechen, in den das Schicksal ihn hineinbestimmt hatte. Genau das, fühlte Liam, hätte geschehen müssen, um sich endlich lebendig zu fühlen. Nur, dass es keinen wirklichen Grund gab, das Paradies zu verlassen, weil damit einzig eine Verschlechterung der Lebensumstände einhergegangen wäre und nichts sonst.

Und so, im selben Jahr, als Liam O'Connor ohne sonderliches Engagement summa cum laude promovierte, beschloss er – womit auch immer er in Zukunft unnötigerweise seinen Lebensunterhalt verdienen würde –, eines auf jeden Fall von Beruf zu werden:

Snob.

Alles Weitere verlief drehbuchgemäß. O'Connors Aufstieg vom wissenschaftlichen Assistenten zum Dozenten vollzog sich in der Hälfte der üblichen Zeit. Er wurde Professor, dann stellvertretender Leiter der Physikalischen Fakultät und widmete sich der experimentellen Forschung. Er begann, mit Licht zu experimentieren, und entdeckte die Welten der Phantasie, in denen er sein konnte, wonach immer ihm der Sinn stand. Tief im Innern sehnte er sich mehr denn je danach, etwas wirklich Sinnvolles zu tun, nach Überzeugungen und Idealen, aber er kam über das bloße Herumexperimentieren mit Standpunkten nicht heraus. Hofiert und geachtet, erklärter Mittelpunkt aller Stehempfänge, verzweifelte er zunehmend an der Erkenntnis seiner Charakterschwäche und der berühmten »unerträglichen Leichtigkeit des Seins« – das allerdings mit allem Komfort.

Seine Zynismen wurden gewählter. Er legte sich einen gepflegten Nihilismus zu, kultivierte sein Alkoholproblem und stürzte sich verstärkt in seine Experimente. Die etablierte Welt der Schönen und Reichen widerte ihn ebenso an, wie sie seine Bühne darstellte. Er wusste nur zu gut, dass er ohne das Publikum, das er verachtete, nicht existieren konnte, also bedachte er es mit Spott auf eine Weise, dass es ihn selbst dafür noch bewunderte. Er begann einen zweiten Anlauf als Schriftsteller, verfasste wissenschaftliche Sachbücher und dann utopische Romane. Wie nicht anders zu erwarten, reüssierte er auch hier.

Liam fühlte sich einsam. Er sammelte Eigenschaften, während sein wissenschaftlicher Werdegang ihn der Nominierung für den Physik-Nobelpreis entgegentrieb. Sowohl in seinen wissenschaftlichen Arbeiten wie in seinen Büchern hatte er sich dem Abstrakten verschrieben, und man überhäufte ihn dafür mit Anerkennung und Auszeichnungen. Auch sein Blick auf die Welt wurde immer abstrakter, nüchtern analytisch das Werden und Vergehen der Menschheit betrachtend und die individuellen Irrtümer ihrer Vertreter. Seine Intelligenz kreiste um sich selbst. Er trank mehr denn je, ohne betrunken zu werden. Lord Henry, das Enfant terrible der viktorianischen Salons im Dorian Gray, war ihm Vorbild, und er suchte nach dessen Authentizität, wohl wissend, dass sie ihm abging. Bei allem wissenschaftlichen und intellektuellen Schliff fehlte ihm etwas Entscheidendes, das

Oscar Wilde ausgezeichnet hatte – ein Anliegen. Und was das Fatale war, es fehlte ihm nicht, weil er keines haben wollte, sondern weil ihm keines einfiel.

Kaum hätte er jemandem begreiflich machen können, warum einer wie er überhaupt Probleme hatte. Also war er weiterhin brillant, trank, flirtete auf internationalem Parkett, hatte eine Affäre nach der anderen, überlegte kurz, ob er schwul werden sollte, und schloss wenigstens dies kategorisch aus, trank und flirtete noch heftiger und erlaubte sich jeden nur erdenklichen Ausfall gegen seine begeisterte Umwelt. Je mehr die anderen einsteckten, desto mehr teilte er aus. Niemand bot ihm Paroli. Sein Vater, den er an Reichtum und Popularität längst überrundet hatte, machte ihm unentschlossene Vorhaltungen, die abperlten am welterprobten Bonvivant, und nicht einmal die Aussicht, enterbt zu werden, hätte noch einen harten Keil unter das Federbett treiben können, in dem Liam sich räkelte. Ebenso wie seine Eltern polierte nun auch er die Oberfläche seines Daseins, jeder auf seine Weise und weit davon entfernt, dem anderen berechtigte Vorwürfe machen zu können.

Alles in allem hatte Liam O'Connor genau die Sorte Spaß, die Bitternis so schmackhaft macht wie ein Spritzer Orangensaft einen Bacardi. Also durchaus genussreich.

Das Fatale an seinen selbst gewählten Rollen war, dass ihm zu entgehen drohte, wenn ihn etwas wirklich aufwühlte. Es irritierte ihn, aufgewühlt zu sein. Das Abenteuer Emotion war ihm als einziges fremd. Sosehr er sich in früheren Tagen danach gesehnt hatte, so groß war unbemerkt die Angst vor den Verbindlichkeiten von Gefühlen geworden, die Furcht, verletzbar zu sein und nicht länger Gift zu verspritzen, sondern selbst vergiftet zu werden. Meist spielte er herunter, was ihn beschäftigte. Er weigerte sich anzuerkennen, dass sein Abscheu vor Krieg und Gewalt nicht seiner Menschenverdrossenheit, sondern einer tief empfundenen Menschlichkeit entstammen könnte. Mit letzter Kraft jemandem zu helfen, der selbst hilflos war, gehörte zu den Dingen, die er über alle Maßen bewunderte, aber wenn die Konversation um die Nöte von Menschen kreiste, war er eher bereit, die Menschheit für überflüssig zu erklären, als sein Mitgefühl auszusprechen.

Liam O'Connor, der Zyniker, hatte sich an seinem eigenen Gift betäubt. Sein Bewusstsein ließ nur noch durch, was das Leben angenehm machte. Ob es nun in hundert Jahren oder heute endete, ob in der Dubliner Oper oder in einem gemütlichen Pub an der irischen Westküste, wo Fischer und Bauern den Tresen festhielten, um ihn davor zu bewahren, umzukippen, was machte das für einen Unterschied? Hauptsache, es endete stilvoll und amüsant.

Aber es endete nicht. Es zog ihn, als wolle es ihm die Irrelevanz all dessen, was er erreicht hatte, vor Augen führen, hinab in sich selbst und erlegte ihm diese Starre auf. Wenn dich nichts mehr bewegt, Liam O'Connor, schien es sagen zu wollen, dann sollst auch du dich nicht bewegen können, aber davon kommst du uns nicht so einfach! Du wirst leben, du wirst dich zu Tode amüsieren, eines fernen Tages. Bis dahin erstarre und lebe in deinem Überdruss und deiner Nichtigkeit, das sei dein Los und hiermit beschlossen.

Es sei denn, du öffnest die Augen und wachst endlich auf, in dieser Reihenfolge, Professor Dr. Liam O'Connor!

Jemand lag in seinem Arm, bewegte sich, drückte sich an ihn. Es war eine sehr große und wunderschöne Frau mit Namen Kirsten Katharina Wagner. Das hatte er behalten. Eine Frau, die sich selbst nicht mochte, sich dünn und lang fand und knochig, blass und wenig attraktiv. Warum bloß? Sie hatte ihn berührt, ohne dass ihm klar war, wieso. Sie hatten nicht miteinander geschlafen, und er liebte es, dass es nicht geschehen war, so wie er den Gedanken liebte, dass sie es irgendwann tun würden, möglicherweise, wenn er dieser Erstarrung Herr geworden wäre und fähig, sie zu überwinden.

Er überlegte, ob er verliebt war. Seltsamerweise hatte er nicht den Eindruck. Und dennoch machte ihm die Erkenntnis, lebendig zu sein, an diesem Morgen so viel Spaß wie schon lange nicht mehr.

Dr. Liam O'Connor schlug die Augen auf und hob den Kopf.

Das Erste, was er sah, war eine Mähne verstrubbelter goldroter Haare. In die Haarmasse kam Leben, dann blinzelte ihn Kika Wagner aus Augen an, die von zu viel Whisky und zu wenig Übung im Saufen kündeten.

»Wie spät ist es denn?«, fragte sie mit einer ganz bemerkenswerten Stimme knapp oberhalb des wahrnehmbaren Schalls.

Liam O'Connor betrachtete sie.

»Noch nicht zu spät«, sagte er. »Glaube ich.«

WAGNER

Beim Frühstück musste sie sich Mühe geben, nicht fortlaufend zu grinsen. Sie war selten so unausgeschlafen gewesen und hatte es selten zugleich derart genossen.

Der schönste Mann Irlands sah sie an, als wolle er lieber sie verspeisen als das Brötchen in seinen Händen. Um seine Mundwinkel zuckte ein Lachen kurz vor der Explosion. O'Connor wirkte völlig nüchtern, während Wagner geschlagene zwanzig Minuten unter der Dusche verbracht hatte und sich immer noch vorkam wie eine Destillerie auf Beinen.

An diesem Morgen hätte sie gern nachgeholt, was sie sich in der Nacht verkniffen hatten, aber ihre Terminplanung ließ nichts dergleichen zu. So war Wagner ins Bad entschwunden und hatte sich erst dort entkleidet, dann teilnahmslos unter dem heißen Strahl gestanden, um angezogen wieder zum Vorschein zu kommen. Ganz oder gar nicht. O'Connor verhielt sich seinerseits wie ein Gentleman und gab sich im wörtlichen Sinne keine Blöße. Alles andere hätte zwangsläufig dazu geführt, den Golftermin zu versäumen und Kuhn in den Wahnsinn zu treiben.

Also waren sie frühstücken gegangen.

Sie fragte sich, wie der Lektor so blind sein konnte, nicht zu registrieren, dass sie dieselbe Kleidung wie am Abend zuvor trug. Mit Sicherheit war ihm nicht entgangen, dass irgendjemand am Tisch eine fürchterliche Fahne hatte, aber O'Connor und sein Ruf eilten jedem Verdacht voraus und nahmen alle Schuld von ihr. Da sie nebeneinander saßen, war die Quelle nicht exakt lokalisierbar, und Kuhn zweifelte offenbar nicht im mindesten daran, wessen Mund der unverkennbare Fuselgeruch entströmte. Zudem hätte jeder aufmerksame Beobachter die Blicke, die zwischen O'Connor und Wagner hin- und hergingen, zu deuten gewusst. Aber auch hier kam ihnen Kuhns Naturell zu Hilfe. Kuhn war hungrig, und in solchen Momenten war er kein aufmerksamer Beobachter. Er schaufelte Rührei in sich hinein und schaffte es, gleichzeitig zu reden und Kaffee zu trinken. Unter anderen Umständen hätte sich Wagner der Magen herumgedreht. Heute hätte der Lektor außerdem noch grunzen und scharren können, ohne dass es ihrer verknitterten guten Laune Abbruch getan hätte.

Lediglich für den Bruchteil einer Sekunde war Kuhns Blick entgleist, als sie eingetreten waren. Ein kurzes Aufflackern von Verstimmung, abgelöst von der offensichtlichen Erleichterung, O'Connor überhaupt zu erblicken. Die Frage in seinen Augen, als er Wagner ansah, beantwortete sie mit einem Achselzucken. Der Lektor räusperte sich, dann kam die Begrüßung, kumpelhaft, herzlich, dahingeflötet.

»Na, Liam, alter Junge! Sie haben gestern aber nicht sehr lange durchgehalten. Werden wir etwa alt?«

»Tut mir aufrichtig leid.« O'Connor sah keineswegs so aus, als empfinde er irgendeine Form der Reue. »Ich muss in der Tat sagen, Reisen zehrt, lieber Franz. Ich hatte mir Großes vorgenommen, aber am Ende siegte die Müdigkeit.«

»Ich hoffe, Sie haben wenigstens gut geschlafen.«

»Oh, besten Dank. Ich hatte alles gut im Griff, als ich erst mal lag.«

Kuhn bekam eindeutig nichts mit. Er grinste maliziös und senkte seine Stimme.

»Es gab zumindest eine Person, die Ihren frühen Abgang außerordentlich bedauert hat«, sagte er.

»Tatsächlich?« O'Connor runzelte die Stirn. »Nun, richten Sie der Dame meine Entschuldigungen aus. Ich glaube, ihr dürfte nichts entgangen sein, was ich ihr nicht abgeschlagen hätte.«

Mehr wurde darüber nicht verloren.

Der Mann, der an diesem Morgen als Vierter mit am Tisch saß, machte ohnehin jede eingehende Diskussion über den Verlauf des gestrigen Abends hinfällig. Es war Aaron Silberman, Kuhns Kampfgefährte um Pressetermine aus der Zeit in Washington. Er war ein freundlich aussehender Schwarzer mit Halbglatze und einigen Kilo zu viel um die Hüftgegend. Sein

Deutsch war mäßig, also wechselte man ins Englische, nachdem Kuhn ihn vorgestellt hatte.

»Sie kommen wie gerufen«, sagte Silberman. »Wir sprachen gerade von Ihnen.«

O'Connor fuhr in gespieltem Schrecken zusammen.

»Ich hoffe, nur Gutes!«

»Es gibt nichts Gutes über Sie zu berichten, Liam«, sagte Kuhn mit vollem Mund. »Außer vielleicht, dass Sie ein Genie sind.«

»Sie tun mir unrecht.« O'Connor gab sich den Anschein gekränkter Unschuld. »Ich habe geschlagene zwei Stunden den fragmentarischen Erörterungen über Sinn und Unsinn dieses Gipfels gelauscht, die zwischen den verehrten Teilnehmern des gestrigen Abends hin- und hergingen, den Versuchen einer nicht mehr ganz jugendlichen Aktreuse widerstanden, mich in die Geheimnisse des Seniorensex einzuführen, und viel zu wenig mit Frau Wagner gesprochen. Ich fand mich duldsam und tapfer.«

Silberman schmunzelte. Ganz offensichtlich hatte sich Kuhn bei ihm ausgeheult, aber da es unschicklich war, Bemerkungen darüber zu verlieren, fand das Thema nicht weiter statt.

»Die Ergebnisse Ihrer Forschung klingen erstaunlich«, sagte er. »Sie müssen entschuldigen, dass ich mich in Physik nicht sonderlich gut auskenne, Dr. O'Connor, aber ...«

»Das macht nichts. Ich verstehe dafür nicht das Geringste von Politik.«

»Franz erzählte, Sie hätten das Licht abgebremst. Darf ich fragen, warum man so etwas tut?«

»Natürlich. Es geht nicht ums Abbremsen, sondern darum, Licht zu domestizieren. Photonen sind ideale Informationsträger. Wenn uns das Licht gehorcht, können wir damit arbeiten, Informationen beschleunigen, umleiten und verlangsamen, wie es uns gefällt. Die Vorstellung müsste das Herz eines Journalisten eigentlich höher schlagen lassen, oder nicht?«

»Sicher.« Silberman nahm einen Schluck Kaffee. »Was mich betrifft, scheint mir die Verlangsamung ein besonders attraktiver Punkt zu sein. Oder sagen wir, der bedachtsame Umgang mit Nachrichten hätte zur Folge, dass wir vor lauter Information nicht immer dümmer werden.«

»Hui!«, machte Kuhn.

»Sitzen Sie dem Präsidenten nicht auf dem Schoss?«, fragte Wagner. »Es ist doch sehr angenehm, als Erster im Bilde zu sein.«

Silberman winkte ab. »Wir erfahren da auch nicht mehr als andere. Räumliche Nähe ist nicht mehr zeitgemäß.«

»Stimmt«, sagte Kuhn. »Clinton stand schon mit heruntergelassener Hose im Internet, als das Oral Office noch Oval Office hieß.«

»Und genau hier liegt das Problem, Dr. O'Connor«, fuhr Silberman fort. »Das Internet ist eine phantastische Sache, aber es hat den Nachteil, dass man jeden Unfug über Nacht in die Welt tragen kann. Wir können gar nicht so schnell recherchieren, wie die öffentliche Meinung beeinflusst wird. Und sich beeinflussen lässt!«

Wagner begann ein Ei auszulöffeln. »Arme Menschheit. Böse Medien.«

Sie hatte keine sonderliche Lust, sich über derartige Dinge zu unterhalten, nicht an diesem Morgen. Aber es war nicht mehr zu ändern. Kuhn und jemand wie Silberman in einem Raum ließen für nichts anderes mehr Platz.

Silberman zuckte die Achseln. »Die Medien sind nicht gut oder böse, sie sind einfach da. Im Übrigen sind es immer genau die Medien, die ein demokratisch regiertes Volk verdient. Es ist ein Irrtum zu glauben, dass wir tatsächlich Einfluss nehmen. Wir sind Teil der Kette und in gewisser Hinsicht fremdbestimmt. Ich sage das keineswegs zur Entschuldigung für die schwarzen Schafe der Branche, die beispielloses Unheil anrichten, aber um die amerikanischen Medien zu verstehen, müssen Sie erst mal die Amerikaner verstehen.«

»Das versuche ich, seit ich von der Existenz Amerikas gelesen habe«, sagte O'Connor und goss Wagner Kaffee nach. »Bis heute weiß ich eigentlich nur, dass Kolumbus sich verfahren hat.«

»Erklär's ihnen, Aaron«, sagte Kuhn trocken.

»Ich möchte niemanden langweilen an diesem schönen Morgen«, sagte Silberman höflich.

»Tun Sie nicht«, erwiderte Wagner. »Sie müssen sich auch

nicht wundern, wenn Dr. O'Connor mittendrin aufsteht und den Raum verlässt, um stundenlang nicht wiederzukommen. Er interessiert sich für alles auf einmal, das ist sein Dilemma. Nicht wahr, Liam?«

O'Connor verzog das Gesicht. Wagner lachte ihn breit an. Silberman machte eine Pause und schickte einen Blick von Wagner zu O'Connor. Im selben Moment war ihr klar, dass er Bescheid wusste. Es störte sie nicht weiter.

»Nun, es ist ganz einfach«, erklärte Silberman mit einem deutlichen Anflug von Amüsement in seinen freundlichen, breiten Zügen. »Im Innersten will der Amerikaner sein soziales Rudel. Die uneingeschränkte Anteilnahme. Wenn Sie je einen klassischen amerikanischen Western gesehen haben, wissen Sie, was ich meine. Man besucht einander auf der Nachbarranch, Enkel und Opa erzählen sich das Neueste, trinken was miteinander oder schreien sich an. Die Moral des Einzelnen ist die Moral aller und umgekehrt, jeder steckt seine Nase in jedermanns Angelegenheiten, alles ist öffentlich. Und heute? Wir hocken allein zu Hause. Unsere Nachbarn sind uns fremd. Mit wem soll man sich das Maul zerreißen? Über wen? Also suchen wir uns neue Nachbarn, Personen des öffentlichen Lebens, Schauspieler, Politiker. Die besuchen uns im Fernsehen, wann immer wir wollen, und je öfter sie das tun, desto mehr kommunizieren wir mit einer Kiste. Das Problem ist nur, wenn der Amerikaner, der so gern Anteil nimmt, seinen Fernseher anschreit, schreit der nicht zurück, und darum gibt es Menschen wie unseren Großinquisitor Kenneth Starr, die stellvertretend schreien.«

»Na gut«, sagte Wagner. »Aber was dabei rauskommt, will sagen, was die Medien daraus machen, ist weder Politik noch Unterhaltung, es ist ein ziemlich ekelhafter Mischmasch.«

»Natürlich ist es das. Aber auch das nur als Resultat dessen, was die Leute wollen. Fakten und Fiktion, Unterhaltung und Information, Kunst, Wissenschaft, wirkliche Kultur und Kolportage, alles fließt zu einem Brei zusammen, an dem alle widerwillig mitköcheln. Ist das in Deutschland so wesentlich anders? Natürlich lassen sich demokratische Monarchien wie England und Holland mittlerweile mit der US-Präsidentenfamilie vergleichen. Monarchie ist Boulevardthema. Wer will schon etwas über irgendeinen langweiligen Ministerpräsidenten erfahren? Die Amerikaner haben ihre Politiker eben zu Monarchen gemacht. Clintons Privatkram beliefert den Boulevardjournalismus. Dank dessen wissen wir jetzt zum Beispiel, dass unser Präsident das Peyronie'sche Leiden hat …«

»Das was?«, fragte Wagner.

»'ne krumm gewachsene Zigarre«, sagte Kuhn. »Andere haben einen Steifen, Clinton hat einen Schiefen.«

»Besten Dank. Könnten Sie bitte fortfahren, Mr. Silberman?«

»Ach, es ist kein Thema, das man beim Frühstück erörtern sollte. Ich will nur sagen, dass Medien und Volk einander einfach bedingen. Das muss nicht gut sein und sollte uns auch nicht daran hindern, uns alle zu bessern. Aber was wollen Sie? Amerika, die Moral und die Medien – vor eineinhalb Jahren hat der Papst Kuba besucht, das war nun wirklich eine ziemliche Sensation. Castro und der alte Schulmeister aus Rom. Im Zuge dessen hat sich Kuba erstmals ausländischen Medien geöffnet. Wir konnten berichten nach Herzenslust. Aber was passierte? Nach dem ersten ›live‹-Bericht von der Ankunft des Papstes erging der Ruf aus Washington, und plötzlich wurden alle Journalisten von einer Berichterstattungswelle hinweggeschwemmt, hinter der sich ein Castro und ein Wojtyla wie Randfiguren der Geschichte ausnahmen. Der Grund war, dass sich Slick Willie einen hatte blasen lassen. Selbst Anschläge auf amerikanische Botschaften mit Hunderten von Toten spielten da eine nebensächliche Rolle. Ich weiß noch, dass wir mit unserem Team gern in Kuba geblieben wären, aber man hat uns ziemlich unmissverständlich klar gemacht, dass wir dann raus wären aus der größten Geschichte aller Zeiten. Also haben wir die Zelte abgebrochen. Das wäre nicht möglich gewesen, wenn die überwiegende Mehrheit der amerikanischen Bürger es nicht so gewollt hätte. So viel zu den bösen Medien.«

»Clinton hat eben ein tiefer gehendes Verhältnis zu Zigarren als Castro«, bemerkte Wagner. »Vielleicht liegt's daran.«

»Wojtyla ist auch schon lange nicht mehr Ski gelaufen«, schob Kuhn nach. »Und vögeln tut er schon mal gar nicht.«

»Na, na. Spricht so der brave Journalist?«

»Bullshit!« Kuhn spuckte das Wort zusammen mit Krümeln

seines Brötchens aus und fuchtelte mit den Händen. »Es ist die Wahrheit. Bei Schröder haben sie sich doch auch geraume Zeit mehr für sein Liebesleben interessiert als für eventuelle politische Pläne, und trotzdem ist er Kanzler geworden. Nein, genau darum ist er Kanzler geworden, der eitle Hund! Alles eine Frage der richtigen Inszenierung.«

»Was? Weil er's mit Doris Köpf getrieben hat?«

»Weil Politik über Personen funktioniert. Das ist mehr als eine Marketingstrategie. Das ist System. Die Medien haben sich darauf verlegt, Menschen und Charaktere zu verkaufen, das kommt besser an als die Analyse komplexer Sachverhalte.«

»Das ist übrigens nicht ausschließlich amerikanisch«, fügte Silberman hinzu.

»Das ist Amerikanisierung«, trompetete Kuhn. »Überall, wo wir eine Infrastruktur der Massenmedien haben, findet das statt. Bei Blair war das auch nicht anders, der ist wegen seines netten Grinsens an die Macht gekommen. 'ne leeve Jung, würde man hier in Köln wohl sagen. Schröder hat sich von seiner Ollen getrennt, was die Hälfte aller Männer in seinem Alter gern täte, da hat er schon mal gut dagestanden gegen den Fettsack aus Oggersheim mit seinem Saumagen und seiner Hannelore. Dann das dialektische Gerangel mit Lafontaine. Alles Show. Glaubt wirklich noch einer, Person und Thema ließen sich voneinander trennen?«

»Was aber sagt uns das, o Sokrates?«

Kuhn hob erstaunt die Brauen.

»Das wisst ihr nicht? Daraus folgt, dass die Inszenierung den Inhalt killt. Wenn in einer Demokratie die schönsten blauen Augen gewählt werden, kann man sie auch gleich abschaffen. Warum ist der Kaffee alle, Kika?«

Wagner gähnte und gab der Bedienung ein Zeichen.

»Wäre es etwas Neues, zu erfahren«, warf O'Connor ein, »dass Demokratie schon immer der Triumph der Dummen war?«

»Kommen Sie, Liam, wenn eine Nation soziale Ungleichheit, Diskriminierung von Minderheiten und so weiter untern Teppich kehrt, aber die Sexualmoral ihrer Führer als öffentliche Angelegenheit betrachtet, ist das schlimmer als Dummheit. Eine solche Gesellschaft fällt zurück in Primitivität und Unterdrückung.«

»Franz, Sie sind unbezahlbar«, sagte O'Connor. »Man sollte Ihnen also auch nichts geben für den Klang der hehren Worte. Jetzt habt ihr euren Gipfel, und alle wollen sehen, wie Clinton und Jelzin von links nach rechts gehen. Personenkult ist so alt wie die Welt. Gestern war ich das Äffchen. Warum sprechen wir nicht über nette Dinge?«

Wagner sah auf die Uhr.

»Wir sprechen über gar nichts mehr, weil wir jetzt rausfahren werden zum Golfspielen.«

»Oh«, sagte Silberman. »Wie schön. Sie spielen Golf, Dr. O'Connor?«

»Ja, es ist so angenehm.« O'Connor faltete artig seine Serviette zusammen und erhob sich. »Man kann mit wichtigen Leuten spazieren gehen und komische Schuhe tragen. Es war sehr nett, Sie kennen zu lernen, Mr. Silberman. Sehen wir uns noch?«

»Wahrscheinlich nicht.«

»Dann grüßen Sie Ihren Präsidenten. Sagen Sie ihm, er soll es halten wie Bart Simpson: Ich war's nicht, ich hab nix gemacht! Der ist damit zum beliebtesten Amerikaner geworden und verdankt seine Berühmtheit auch nur einem Pinsel.«

»Das war gemein von dir«, sagte O'Connor, als Wagner ihn in ihrem Golf nach Pulheim fuhr.

»Was?«

»Das, was du zu Silberman gesagt hast. Ich würde mittendrin aufstehen und den Raum verlassen. Die Wahrheit ist, ich würde nie einen Raum verlassen, in dem du dich gerade befindest.«

»Ja, weil du mir dann erklären müsstest, warum.« Wagner lachte. »Komm, du hast es verdient, das musst du zugeben.«

»Was ich immer alles zugeben muss.« O'Connor reckte sich und legte den Kopf in den Nacken. »Mit wem spiele ich denn Golf?«

»Das weißt du doch. Mit dem Vorstand der Stadtsparkasse.«

»Dem von gestern Abend? Ach richtig.« Er seufzte. »Das heißt, sie werden mich herumreichen. Bin ich ordentlich gekleidet? Mein Gott, hoffentlich habe ich genügend geistreiche Bemerkungen eingepackt.«

Wagner sah zu ihm hinüber und grinste spöttisch. »Du hast deinen Oscar Wilde ganz gut im Griff.«

»Oh, ich bin nicht halb so geistvoll wie Wilde. Das ist ein Segen, weil es mich vor Inhaftierung und Kerker bewahrt. Kommt Kuhn auch zu diesem Mittagessen?«

»Ja.«

»Wie furchtbar. Er ist langweilig. Er weiß so viel, dass es keinen Menschen interessiert. Halt mal da.«

»Was?« Wagner suchte verwirrt das Band der Straße ab. Nichts Signifikantes war zu sehen. »Wo denn? Ich bin froh, dass ich mit dem ganzen Restalkohol überhaupt fahren kann.«

»Da irgendwo auf dem Seitenstreifen«, sagte O'Connor. Sie waren mittlerweile auf der Landstraße außerhalb des Stadtgebiets angelangt. Ringsum lagen Felder, in der Ferne sah man die weißen Wolkenberge eines Wasserkraftwerks. Wagner suchte nach einem geeigneten Platz, entdeckte einen Feldweg und parkte den Wagen zwischen zwei Ackerflächen.

»Und nun?«

O'Connor beugte sich zu ihr hinüber, zog ihren Kopf sanft zu sich heran und küsste sie. Wagner ließ es geschehen. Sie hätte noch mehr geschehen lassen, wenn sie nicht zu dem verdammten Golfplatz hätten fahren müssen und ständig Autos vorbeigerauscht wären. Außerdem war der Golf zu klein und sie selbst zu lang.

»So«, sagte O'Connor.

»So?«

»Ich dachte nur, das können wir jetzt bis heute Nachmittag nicht mehr tun.« O'Connor lächelte vergnügt. »Und wir sollten doch nicht aus der Übung kommen, oder?«

»Dr. O'Connor, Ihre Vorstellungen von Lesungsreisen sprengen jeden Rahmen. Ich weiß nicht, ob ich das Protokoll so einfach ändern kann.«

»Dafür haben Sie ja mich, gnädige Frau. Außerdem finde ich, Sie sollten den Gepflogenheiten ausländischer Gäste mehr Rechnung zollen. Ich versichere Sie der nämlichen Flexibilität, wenn Sie nach Dublin kommen.«

»Ich lese aber nicht.«

»Deswegen sollen Sie ja auch nicht kommen. Kriege ich noch einen Kuss? Dann bin ich bereit für alle Vorstände dieser Welt.«

Während O'Connor bei strahlendem Sonnenschein Golf spielte und Kuhn mit Silberman in die Stadt gegangen war, fuhr Wagner zu ihren Eltern und bereitete sie darauf vor, ihrem alten Bett auch in der kommenden Nacht möglicherweise fern zu bleiben. Ihr Vater zuckte die Achseln, ihre Mutter kochte ihr einen Kaffee und wollte unter kritischen Blicken wissen, ob sie genug esse bei der Rumtreiberei. Wagner versprach alles Mögliche. Sie legte sich zwei Stunden hin und zog sich um. Immer noch hatte sie das Gefühl, mit einem chloroformgetränkten Lappen vor der Nase herumzulaufen. Sie litt schrecklichen Durst und leerte zwei Flaschen Wasser und zwei weitere mit Orangensaft. Danach bekam sie Sodbrennen und beschloss, dem Exzess der vergangenen Nacht so bald keine weiteren mehr folgen zu lassen.

Während sie in ein hellgrünes Kostüm schlüpfte, dachte sie an O'Connor und fühlte ihr Herz klopfen. Es war aufregend mit ihm. Seltsamerweise hatte sie keine Angst mehr davor, sich in ihn zu verlieben. Im Moment, da sie sich das erste Mal geküsst hatten, war er von seinem Sockel herabgestiegen. Er sah immer noch unverschämt gut aus und übte eine kaum zu erklärende Faszination auf Wagner aus, aber der gestürzte Engel hatte sich in einen Menschen aus Fleisch und Blut verwandelt, der gern trank und dumme bis kluge Bemerkungen machte. Man konnte ihn anfassen.

Man durfte es sogar.

Kurz erwog sie, die aufkeimende Beziehung zu beenden, bevor sie miteinander im Bett landeten und sie doch noch an Verliebtheit erkrankte. Was würde hinterher kommen? O'Connor würde nach Dublin zurückkehren und sie nach Hamburg. Allzu verlockende Perspektiven zeichneten sich am Horizont dieses siebenten Himmels nicht gerade ab.

Es wäre idiotisch, sich mit ihm einzulassen.

Andererseits wäre es noch idiotischer, es nicht zu tun.

Sie korrigierte ihr Make-up, schlüpfte in ein paar schwarze Hochhackige und band die Haare zu einem langen, glatten Pferdeschwanz. Auf jeden Fall sah sie jetzt besser aus, als sie sich fühlte. Allmählich wich das Gefühl, betrunken zu sein. Als sie zum zweiten Mal an diesem Tag hinaus zum Lärchenhof fuhr, war die Straße wieder eine Straße und keine Schlange mehr, die sich unvermittelt wand und an Berechenbarkeit zu wünschen übrig ließ. Sie parkte den Wagen vor dem Restaurant, ging hinein und hoffte, nicht unversehens in die nächste politische Fachsimpelei zu stolpern.

Glücklicherweise drehte es sich um Golf und Kino. Kuhn erblickte Kikas erneuertes Outfit und sah plötzlich so aus, als beginne sein Verstand mit stundenlanger Verspätung, zwei und zwei zusammenzuzählen. Als Folge wirkte er überaus nachdenklich und vergaß eine geschlagene Stunde lang, mit vollem Mund zu sprechen.

O'Connor lobte das ausgezeichnete Menü. Er trank Rotwein und erging sich mit dem Vorstand in der Aufzählung berühmter Golfer und ihrer Usancen.

Alles war über die Maßen zufrieden stellend.

»Das hat ja geschmeckt«, sagte Kuhn artig, nachdem sie dem Vorstand gedankt hatten und zu ihren Autos schlenderten. »Und was machen wir jetzt, Kinder?«

»Kika und ich fahren zum Flughafen«, belehrte ihn O'Connor in einem Tonfall, der eine Beteiligung Kuhns an dem Unterfangen kategorisch ausschloss.

Kuhn blieb stehen.

»So?«, sagte er lahm. »Wo soll's denn hingehen?«

»Shannonbridge«, sagte Wagner.

»Ach. Nun, dann werde ich wohl... Liam, entschuldigen Sie, wenn ich Ihnen unsere geschätzte Kika einen Augenblick entführe.«

Er umfasste Wagners Oberarm und zog sie ein Stück beiseite.

»Was war denn nun gestern Abend?«, zischelte er.

»Was soll gewesen sein?«, flüsterte sie zurück. »Er war in der Friesenstraße. Das ganze Programm. Ich konnte ihn nur mit Mühe davon abbringen, das Land zu verlassen.«

»Du meine Güte!«, stöhnte Kuhn. »Was haben wir ihm denn bloß getan? Ich weiß ja, dass diese Schauspielerin ihn...«

»Nichts! Wir haben ihm gar nichts getan. Er wollte mit einem

Haufen betrunkener Iren nach Shannonbridge abhauen in irgendeinen Pub. Ich hätte ihn nicht mit zehn Pferden ins Hotel zurückbekommen, also musste ich wohl oder übel mit ihm durch die Kneipen ziehen.«

Kuhn blinzelte sie zweifelnd an.

»Scheint Sie nicht viel Überwindung gekostet zu haben, wenn ich es mal so ausdrücken darf.«

»Wie Sie es ausdrücken, ist mir verdammt piepegal.« Wagner schaute zu O'Connor herüber, der an ihrem Golf lehnte und freundlich herüberwinkte. »Sie müssen mir schon vertrauen, Franz. Ich bin mitgeschickt worden, damit er keine Zicken macht, und die macht er auch nicht.«

»Aber...«

»Kein Aber. Er war beim Golf, er war beim Mittagessen, und heute Abend wird er lesen. In Ordnung?«

Kuhn hob eine Braue und sah sie von unten herauf an.

»Na gut. Sie müssen wissen, was Sie tun.«

»Weiß ich auch.«

»Sie wissen gar nichts. Aber meinetwegen. Was will er denn überhaupt am Flughafen?«

»Paddy Clohessy suchen.«

»Verstehe. Das ist der ominöse Jemand, dessen Namen er gestern durchs Terminal gebrüllt hat, richtig?«

»Genau.«

Kuhn nickte.

»Um sechs in der Buchhandlung«, sagte er. »Und keine Minute später. Bitte, Kika, ich flehe Sie an. Ich liege auf den Knien. Machen Sie mich nicht unglücklich. Und wenn Sie unbedingt mit ihm... äh... also, Sie wissen schon, ich meine nur...«

Wagner beugte sich zu ihm herab.

»Ja?«, sagte sie gedehnt.

Kuhn verstummte, kratzte sich am Kinn und ging achselzuckend zu seinem Wagen.

»Wo willst du deinen Paddy überhaupt finden?«, fragte Wagner, nachdem sie die Flughafen-Ausfahrt genommen hatten und den Zubringer entlangfuhren. Etwa einen Kilometer vor ihnen tauchte das charakteristische weiße Schichtwerk des alten Terminals mit dem Tower und der Sony-Säule davor auf, die sich seit Anbeginn ihrer Aufstellung nicht recht entscheiden konnte, ob sie Werbung oder Kunst sein wollte.

O'Connor kniff die Augen zusammen.

»Was steht da?«, fragte er und deutete auf die Schilder, die die Straße überspannten.

»P2 und P3. Ankunft, Abflug.«

»Nein. Ich meine das Schild daneben, wo es rechts abgeht.«

»Flughafenverwaltung.«

»Da fahren wir hin.«

»Kann es sein, dass du eine Brille brauchst?«

»Kika«, belehrte sie O'Connor, »du darfst alles fragen, aber nicht alles wissen. Sobald du alles über mich weißt, wirst du nichts mehr von mir wissen wollen. Schau mal, sieht das nicht aus wie ein öffentlicher Parkplatz?«

Sie waren vor einem mehrstöckigen, quadratischen Bauwerk angelangt. Eine Auffahrt mündete in einen runden Vorplatz mit begrüntem Mittelpunkt und strahlenförmig angeordneten Parknischen.

»Müsste die Verwaltung sein«, sagte Wagner, während sie den Wagen die Auffahrt hinaufrollen ließ. Zügig bugsierte sie den Golf in die letzte freie Nische. Sie stiegen aus. Auf dem Weg zum Eingangsbereich des Verwaltungsgebäudes trug O'Connor eine merkwürdig siegesgewisse Miene zur Schau, als sei er weniger gekommen, um einen alten Studienfreund wiederzusehen, als vielmehr, ihn diverser Schandtaten zu überführen und *coram publico* zu verhaften.

»Und wen willst du jetzt fragen?«

O'Connor zuckte die Achseln.

»Sag du es mir. Du bist meine Presseagentin. Solltest du auf die Marotten deiner Schutzbefohlenen nicht vorbereitet sein?«

»Auf dich kann keiner vorbereitet sein.«

»Seltsam. Das hat meine Mutter auch gesagt, als man mich ihr in den Arm legte.«

»Im Ernst? Was hattest du angestellt?«

»Ich? Nichts. Ich habe mich einfach nur zwölf Stunden lang bitten lassen. Es war gemütlich da drin, weißt du. Dunkelrot und mollig wie in einem Hafenpuff. Als sie mich zwingen wollten rauszukommen, muss ich wild um mich getreten haben!«

»Du hast dich danebenbenommen. Wie immer.«

»Ich habe meine Zeit genutzt. Aus der Rolle fallen darfst du als Kind und wenn du alt bist. Ich will ja nichts Despektierliches über mein Elternhaus sagen, aber es dürfte der einzige Moment ihres Lebens gewesen sein, dass meine Mutter je wirklich von etwas erschüttert war und darüber in vernehmliches Wehklagen ausbrach. Ähnliche Gefühlswallungen habe ich nie wieder bei ihr erlebt. Aber wie ich schon sagte, du darfst nicht alles wissen – für den Augenblick jedenfalls!«

Sie gingen ins Innere und fanden sich in einem Atrium wieder. Die Etagen mit ihren Fluren und Zimmern zogen sich als Balustraden um einen Lichthof unter einer pyramidenförmigen Glaskuppel. Das Gebäude wirkte hell und freundlich. Auf einer großen Tafel stand zu lesen, wer in welcher Höhe residierte. Die Personalabteilung befand sich im zweiten Obergeschoss. Wagner fragte den Pförtner nach den Aufzügen.

»Warum bist du eigentlich so scharf darauf, Paddy wiederzusehen?«, fragte sie, während sie hochfuhren.

»Er hat mich daran erinnert, dass ich im Laufe der Jahre ein besserer Mensch geworden bin«, sagte er. »Komisch, nicht? Ich verspürte einen Anflug von Dankbarkeit, als ich ihn sah.«

»Ich weiß nicht. Dankbarkeit steht dir nicht.«

»Darum will ich sie ja an ihm auslassen. Vielleicht will ich auch einfach nur wissen, warum es jemand mit seinen Talenten und Geistesgaben nicht weiter gebracht hat. Wir hatten die gleichen Voraussetzungen.«

»Anteilnahme oder Neugier?«

»Für Anteilnahme reicht mein Kenntnisstand nicht aus.«

»Möglicherweise schätzt du die Situation falsch ein. Vielleicht ist er ja so was wie ein leitender Angestellter.«

»Paddy? Er konnte nicht mal sich selbst leiten.«

»Menschen ändern sich.«

»Ja, aber sie bessern sich selten.«

Der Fahrstuhl stoppte. Sie betraten das zweite Stockwerk.

»Sag mal, Liam …«, fragte sie. »Hättest du überhaupt irgendetwas für ihn tun können damals?«

»Wann?«

»Als sie ihn rausgeworfen haben.«

O'Connor blieb stehen.

»Interessante Frage.« Er machte eine Pause. »Ich sollte jetzt wohl sagen, Finger in die Wunde gelegt. Aber du hast dich vertan, da ist nichts. Keine alten Rechnungen. Kein Pakt, keine Selbstvorwürfe. Nein, ich glaube nicht, dass ich mehr für ihn hätte tun können. Ich hätte mich nicht dazu durchringen können, ihn für so wichtig zu erklären.«

»Warum jetzt?«

»Wie schon gesagt: Neugier.«

»Dann lass mich anders fragen. Gibt es überhaupt jemanden, der dir wichtig ist? Ich meine, außer dir selbst?«

»Wie inquisitorisch du sein kannst.« Er grinste. »Ich gebe mir zumindest alle Mühe, es herauszufinden. Sollte dir das nicht aufgefallen sein?«

»Ich bilde mir nicht ein, Teil einer Premiere zu sein.«

»Das bist du auch nicht – ein Teil, meine ich.«

Nachdem sie die Schilder an den Zimmern gelesen hatten, versuchten sie es schließlich im Sekretariat Personalwesen. O'Connor erklärte einer rundlichen Frau, die nicht wusste, ob sie mehr an seinen Lippen oder an seinen Augen hängen sollte, wen er suchte. Die Frau schenkte ihm ihr strahlendstes Lächeln, wandte sich ihrem Computer zu und rief nacheinander verschiedene Dateien auf.

»Wo soll Ihr Bekannter arbeiten?«, fragte sie.

»Möglicherweise in der Technik«, erwiderte O'Connor. »Vielleicht. Ich weiß nicht, er trug einen Overall.«

»Patrick Clohessy?«

»Ja.«

Eine Weile hörte man nur das Klacken ihrer Fingernägel auf der Tastatur. Dann schüttelte sie den Kopf.

»Tut mir leid. Eine Menge Leute tragen Overalls. Kann es eine andere Abteilung sein?«

»Keine Ahnung, welche Sie sonst noch anzubieten haben. Können Sie nicht gleich den ganzen Flughafen durchchecken? Geben Sie doch einfach seinen Namen ein.«

Eine weitere Minute verstrich. Die Frau hob bedauernd die Schultern.

»Fehlanzeige.«

»Clohessy«, wiederholte O'Connor, als habe sie ihn nicht verstanden. »Patrick Clohessy.«

»Ja, ich weiß. Es gibt keinen Patrick Clohessy.«

O'Connor rieb sich das Kinn.

»Das ist komisch«, murmelte er halb zu sich selbst. »Ich irre mich nie in Gesichtern. Er war es ohne jeden Zweifel.«

Wagner beugte sich zu ihm hinüber.

»Du warst voll wie tausend Mann«, sagte sie leise. »Ich gebe es nur ungern zu bedenken, aber mir kommt das Ganze ein bisschen vor wie ›Mein Freund Harvey‹.«

»Ich weiß, dass ich voll war«, sagte O'Connor unwillig. »Ich bin grundsätzlich voll. Er ging an mir vorüber, Kika, Seite an Seite mit einem anderen Typen, und sie trugen beide die gleiche Kleidung.«

»Es ist üblich, dass die Technik hin und wieder Mitarbeiter von Fremdfirmen beschäftigt«, sagte die Frau. »Wenn er auf deren Lohnliste steht, können wir ihn lange suchen.«

»Nein.« O'Connor schüttelte den Kopf. »Auf dem Rücken stand irgendwas von Köln/Bonn oder CGN Airport.«

»Vielleicht heißt Ihr Freund ja gar nicht mehr Clohessy.«

»Was?«

»Ich meine, vielleicht hat er geheiratet.«

»Er heißt Patrick«, sagte O'Connor eine Spur zu freundlich. »Nicht Patricia.«

Wagner trat ihm auf den Fuß.

»Es soll vorkommen, dass Männer wie ihre Frauen heißen wollen. Wir schreiben das Jahr 1999. Gemeinsam mit Kika Wagner dringt Liam O'Connor in Galaxien vor, die nie zuvor ein Mann betreten hat.«

»Spock hebt eine Braue«, sagte O'Connor. »Der einzige Grund für einen Mann, den Namen seiner Frau anzunehmen, ist, wenn er von der Fremdenlegion gesucht wird. Aber gut. Können Sie bitte nachsehen, ob es jemanden in der Technik gibt, dem das Schicksal wenigstens den Vornamen Patrick gelassen hat?«

Die Frau zögerte. Offenbar begann sie sich etwas verspätet zu fragen, ob sie zu alldem überhaupt befugt war.

»Wer sind Sie denn eigentlich?«, fragte sie misstrauisch.

Wagner klärte sie in kurzen Zügen auf. Die Erwähnung der Nobelpreisnominierung schien keinen sonderlichen Eindruck auf die Frau zu machen, aber als Wagner hinzufügte, er schreibe Romane, ging ein Leuchten über ihre Züge.

»Warten Sie.«

Sie verschwand in einem angrenzenden Zimmer. Als sie kurze Zeit später zurückkam, folgte ihr ein Mann mittleren Alters, der sich als stellvertretender Personalchef auswies.

»Sie müssen verstehen, dass wir keine Auskünfte über unsere Mitarbeiter herausgeben können«, erklärte er freundlich. »Ich werde in diesem Fall eine Ausnahme machen. Ihr Ruf eilt Ihnen voraus, Dr. O'Connor, ich habe Ihr letztes Buch mit großem Vergnügen gelesen. Glauben Sie wirklich, Ameisen seien intelligent?«

»Der Gedanke kommt mir jedes Mal, wenn ich im Flugzeug sitze und herunterschaue«, sagte O'Connor liebenswürdig.

Der Personalchef lachte kultiviert. »Ja, mir auch. Jedenfalls, ich habe mit der Flughafensicherheit telefoniert. Dazu sind wir verpflichtet. Man hat dort keinerlei Bedenken, Ihnen zu helfen, wenngleich es den Mann, den Sie suchen, offenkundig in Köln-Bonn nicht gibt. – Andererseits haben wir tatsächlich einen Iren. Er ist Fassadentechniker. Möglich, dass der eine den anderen kennt. Sie können mit ihm sprechen, wenn Sie wollen. Er heißt Ryan O'Dea.«

»Ryan O'Dea«, wiederholte O'Connor.

»Sagt Ihnen der Name etwas?«

»Nein.«

»Er ist auf einem Reparatureinsatz. GAT 1, glaube ich. Egal, Sie dürfen ohnehin nicht auf die Vorfelder. Wenn Sie mir eine Telefonnummer hinterlassen, ruft er Sie vielleicht zurück.«

»Ich bin nicht mehr lange in Köln. Um genau zu sein, nur noch ein paar Stunden«, log O'Connor. »Können Sie es nicht einrichten, dass ich ihn jetzt sprechen kann? Es ist sehr wichtig.«

Der Mann überlegte.

»Wir sind Ihnen gern behilflich. Bitte warten Sie noch einen Augenblick.«

Er telefonierte erneut. Dann sagte er:

»Ja, er ist draußen am Hangar 1. Fahren Sie rüber ins Hauptgebäude. Kennen Sie sich aus? Gut. Warten Sie im A-Bereich an der Bar der Cafeteria. Während Sie sich auf den Weg machen, richte ich O'Dea aus, dass er dort hinkommen soll.«

»Sie sind sehr freundlich.«

»Vielleicht war der andere Techniker, den du gesehen hast, dieser O'Dea«, meinte Wagner, als sie hinüber zum Terminal fuhren und den Wagen auf dem Platz für Kurzzeitparker abstellten.

»Möglich.« O'Connor hielt das Gesicht in die Sonne. »Ich habe eine andere Vermutung. Sollte ich Recht behalten, sattle ich um auf Kriminalromane.«

Sie warteten etwa eine Viertelstunde an der Bar der Cafeteria und tranken etwas, das sich Kakaoheißgetränk nannte und genauso schmeckte.

»Da«, sagte O'Connor plötzlich leise.

Wagner folgte seinem Blick. Durch die Flucht des Terminals kamen zwei Männer. Beide trugen Overalls mit der Aufschrift CGN und Fotoausweise an der Brust. Sie unterhielten sich gestikulierend.

»Ist er dabei?«, fragte Wagner.

»Der Linke. Den anderen kenne ich nicht. Jedenfalls ist es nicht der, den ich gestern Morgen in Clohessys Begleitung gesehen habe.«

»Es wird O'Dea sein. Hey, Liam, du hattest Recht. Ich nehme alles zurück, was ich über die Folgen von Single Malt gesagt haben sollte.«

O'Connor zog eine skeptische Miene.

Beide Männer hatten sich unterdessen in ihre Richtung begeben. Nun traten sie zu ihnen an die Theke. Der Mann, der O'Connor zufolge Paddy Clohessy hieß, hatte ein ernstes und etwas unglückliches Gesicht, eine spitze Nase und dunkle, tief liegende Augen. Sein Mund war kaum mehr als ein Strich zwischen eingefallenen Wangentälern. Er sah älter aus als O'Connor. Sein dunkles Haar war ungekämmt und gab seiner gesamten Erscheinung etwas Verwirrtes. Er starrte den Physiker an und schwieg.

»Sind Sie Dr. Kommer?«, fragte sein Begleiter.

Die wenigen Worte genügten, ihn als Deutschen auszuweisen. Von irischem Akzent keine Spur.

»O'Connor«, erwiderte der Physiker, ohne den Blick von Paddy zu nehmen – beziehungsweise von dem Mann, den er als Paddy kannte, denn zu Wagners Überraschung sagte der andere Techniker jetzt: »Sie wollten Herrn O'Dea sprechen, richtig?«

»Richtig.«

»Das ist Ryan O'Dea.«

O'Connors Gesicht blieb ausdruckslos. Ebenso das seines Gegenübers. Sie maßen einander, als vollziehe sich ihr Dialog auf rein geistiger Ebene, ohne dass es eines einzigen Wortes bedurfte.

»Tja.« Der andere Techniker trat unentschlossen von einem Bein auf das andere. »Ich will dann nicht weiter stören. War nur gerade auf dem Weg und dachte, ich bringe Ryan gleich mit. Kann ich sonst noch irgendetwas für Sie tun, Dr. … äh…?«

»Sie stören keineswegs«, sagte O'Connor, ohne den Schmallippigen aus den Augen zu lassen. »Entschuldigen Sie, Mr. O'Dea, dass wir Ihre Zeit in Anspruch nehmen. Es war sehr freundlich von Ihnen, so schnell herzukommen. Wir sind uns noch nicht begegnet, oder?«

Er streckte ihm die Rechte hin. O'Dea – oder der Mann, der sich O'Dea nannte – ergriff sie und ließ sie augenblicklich wieder los, als habe er in ein Spinnennetz gegriffen.

»Nein«, sagte er schroff.

»Hat man Ihnen gesagt, weshalb wir Sie sprechen wollten?«

»Nein.«

»Nun, dann will ich es erklären. Ich glaubte, gestern Morgen jemanden hier gesehen zu haben, mit dem ich sehr angenehme Studien über die Auswirkung nicht wahrgenommener Vorlesungen auf den persönlichen Werdegang betrieben habe. Er heißt Patrick Clohessy. Wir nannten ihn Paddy. Der Name ist Ihnen nicht zufällig geläufig?«

»Nie gehört«, sagte der Mann. So, wie er das R rollte, war er eindeutig kein Deutscher.

»Ich dachte, Sie haben vielleicht einen irischen Kollegen.«

»Nein.«

»Und Sie?«, wandte sich O'Connor an den zweiten Techniker. »Kennen Sie einen Paddy Clohessy?«

»Ach, man kann ja nicht jeden kennen.« Der Mann sah sich um und wies mit einer Armbewegung den Gang hinunter. »Jetzt, seit sie hier bauen, kommen täglich welche dazu. Wer weiß schon, wie die alle heißen.«

»Jemanden, der Patrick heißt? Mit Vornamen, meine ich.«

»Nein. Patrick? Nein!«

O'Connor fixierte wieder den schweigsamen Mann mit dem wirren Haar.

»Sie vielleicht?«

Der andere schüttelte stumm den Kopf.

O'Connor seufzte.

»Wie schade. Ich hätte ihm zu gern erzählt, was aus dem weißhäutigen Mädchen mit der Gitarre geworden ist, die im Hartigan's immer *A Stor Mo Chroi* sang. Er hat sich nach ihr verzehrt. Wir mussten seine Entwicklung zum Alkoholiker beschleunigen, um das größere Übel im kleineren zu ertränken. Sie sind wirklich sicher, einen solchen Mann nicht zu kennen?«

O'Deas Augen blitzten auf.

»Ich sagte schon…«

»Natürlich.« O'Connor lächelte verbindlich. »Entschuldigen Sie, wir möchten Sie nicht länger von der Arbeit abhalten. Hier ist meine Karte. Sollte Ihnen noch etwas Hilfreiches zu dem Thema einfallen, würde ich mich freuen, von Ihnen zu hören.«

O'Dea nahm die Karte und ließ sie in die Brusttasche seines Overalls gleiten.

»Irland ist groß«, sagte er.

»Nicht groß genug, fürchte ich.«

O'Dea schwieg. Dann drehte er sich um und ging davon. Der andere Techniker zuckte die Achseln.

»Er ist ein mürrischer Mensch«, sagte er. »Meint's aber nicht so.«

»Ich weiß«, sagte O'Connor immer noch lächelnd. »Haben Sie vielen Dank. Sie sind alle sehr aufgeregt hier, nicht wahr? Morgen kommt der Präsident der Vereinigten Staaten.«

»Hier kommen sie seit Anfang Juni wie die Tauben reingeschwirrt. Blair, Chirac, Guterres, Simitis, D'Alema, Ahtisaari.

Nur große Tiere. Man gewöhnt sich dran. Nichts für ungut. Ich werd dann mal.«

Er nickte ihnen zu und ging davon. Wagner sah ihm nach und wartete, bis er außer Hörweite war.

»Was war das denn für eine Nummer?«, fragte sie.

»Das?« O'Connor sah sie an, als habe sie ihn gefragt, wo hier die Züge fuhren. »Das war Paddy Clohessy.«

»Also heißt Paddy Clohessy jetzt Ryan O'Dea«, stellte Wagner fest, während sie zurückfuhren. »Das kann er noch nicht mal mit Heiraten bewerkstelligt haben.«

»Kaum.«

»Und was willst du jetzt tun? Abgesehen davon, dass du um sechs eine Lesung hast, die du wahrnehmen wirst – um etwaigen Schurkereien deinerseits zuvorzukommen.«

O'Connor schaute auf seine Armbanduhr. Sie sah ebenso schlicht wie teuer aus.

»Viertel nach vier«, konstatierte er.

»Wir haben der Buchhandlung versprochen, dass du eine halbe Stunde vorher kommst. Vergiss das nicht.«

»Warum denn das?«

»Um einen Haufen Bücher zu signieren.«

»Ich habe gestern schon einen Haufen Bücher signiert.«

»Die sind verkauft.«

»Erbarmen, Kika! Meine Unterschrift ist zu einem Tintenwurm degeneriert. Ohne irgendwelche signifikanten Merkmale. Mir ist unbegreiflich, warum die Leute so scharf auf das Gekrakel sind.«

»Ganz einfach. Sie unterwerfen sich der Täuschung, etwas Besonderes zu sein, wenn sie etwas Besonderes besitzen.«

»Siehst du? Genau das ist der Grund, warum ich mich so gern verdrücke.«

Wagner warf ihm einen warnenden Blick zu.

»Untersteh dich!«

»Mach dir keine Gedanken«, sagte O'Connor fröhlich. »Ich pflege selten an zwei Abenden hintereinander zu patzen. Nichts wäre schlimmer, als wenn man anfinge, mich für berechenbar zu halten.«

»Glaubst du, Paddy wird noch mal von sich hören lassen?«

»Ich hatte nicht den Eindruck.«

»Du hast ihn geschützt.«

»Ich habe versucht, mich zu wundern«, sagte O'Connor nach einer Weile des Schweigens. »Aber es klappte nicht. Mir war schon in der Personalabteilung klar, was los ist. Offen gestanden, als Paddy damals aus Dublin verschwand, gab es Gerüchte, er sei erschossen worden. Die einen reagierten mit Betroffenheit, andere fanden, es geschehe ihm ganz recht, ein bisschen tot zu sein. Nur wirklich gewundert hat sich keiner. Es war einfach jedem von uns klar, dass er auf die eine oder andere Weise eine fatale Entwicklung nehmen würde. Hinterher hieß es, er sei quicklebendig in Ulster gesehen worden, aber von da an verliert sich endgültig jede Spur von ihm. Wie immer sein Leben seitdem verlaufen ist, es muss ihn an einen Punkt geführt haben, wo es notwendig wurde, den Namen zu wechseln und das Land zu verlassen.«

»Klingt nach ziemlich krummen Wegen.«

»Ich kann nicht beurteilen, ob Paddy in Schuld verstrickt ist. Natürlich hätte ich ihn auffliegen lassen können, aber wozu? Möglich, dass er endlich seinen Frieden gefunden hat.« O'Connor schüttelte den Kopf. »Nein, ich sage mir einfach, dass Paddy verschollen bleibt. Was Mr. O'Dea angeht, so haben wir nichts mit ihm zu schaffen.«

Als sie im Maritim anlangten, verspürte Wagner unerwartet eine merkwürdige Distanziertheit zu O'Connor. Sie erwuchs weniger dem Erlebten als dem Unausgesprochenen und der Angst, etwas könne sich zwischen sie senken und der Zustand vor letzter Nacht wiederherstellen. Mit dem Unterschied, dass ihr nun etwas fehlen würde, das sie vorher nicht vermisst hatte. Sosehr es sie drängte, ihm in sein Zimmer zu folgen und wahr werden zu lassen, was sie im Rausch des *Uisge Beath* zur Wahrheit erklärt hatten, so denkbar unpassend schien ihr der Moment. Sie begleitete ihn vor die Zimmertür und stand unschlüssig neben ihm, während er aufschloss.

Bleib locker, dachte sie. Es ist nichts. Wir haben keinerlei Verabredungen miteinander getroffen. Nichts, was sich vollziehen müsste.

Aber plötzlich fühlte sie sich verkrampft. Die federleichte Bereitschaft, die noch am Morgen ihr Denken beherrscht hatte, stahl sich davon und machte einem hohlen Realitätsempfinden Platz, mit dem man Träume beim Aufwachen entgleiten lässt. Mittlerweile war sie wieder nüchtern und der Kopfdruck gewichen. Mattigkeit überkam sie. Die letzten vierundzwanzig Stunden machten sich in die Unwirklichkeit davon. In diesem Moment wartete sie einfach nur an der Seite eines ungemein gut aussehenden Mannes darauf, dass dieser die Tür aufschließen und sich mit einem »Dann bis später, Frau Wagner« verabschieden würde, und es hätte sie nicht einmal erstaunt, dass er sie wieder siezte.

Alles schien so weit weg zu sein. Die Nacht. Das exzessive Trinken, die Umarmungen, die Küsse. Das Teilen von Geschichten auf O'Connors Bett, das Hinauszögern, der lustvolle Verzicht. Aber das Buch war wieder geschlossen worden, ihr gemeinsames Kapitel daraus gestrichen. Wenn sie an diesem Nachmittag mit ihm schliefe, würde sie den Traum zerstören. Die Zwanghaftigkeit der Aufeinanderfolge war schal. Sie besagte, dass im Drehbuch jetzt die Stelle kam, an der sie miteinander Sex haben würden. Sie hatten eine knappe Stunde, keiner von ihnen andere Pläne, als diese Zeit irgendwie rumzubringen. Es gab keine Paddys mehr zu suchen und keine unvorhergesehenen Besäufnisse, in die man geraten konnte. Es gab keinen Kopf mehr zu verlieren. Nichts war mehr unvorhergesehen. Hierin lag das Problem, im Logischen der Situation, in der plötzlichen Kalkulierbarkeit. Sie nahm dem Augenblick jeden Reiz.

Die Nacht hatte ein wundervolles Vielleicht hervorgebracht. Diese eine Stunde erzwang ein Ja oder Nein.

Sie betrachtete ihn von der Seite und fühlte einen Stich. Er sah phantastisch aus. Wie gern wäre sie ihm einerseits gefolgt. In dieses Zimmer, nach Dublin, nach Shannonbridge, in das nächstbeste Universum! Wie unmöglich schien es ihr hier und jetzt. War sie verrückt? Was sollte sie tun? Ginge sie nicht mit ihm, bestand die Gefahr, dass es ein Traum blieb und sie von nun an wieder auseinander drifteten, unfähig, sich ein weiteres Mal fallen zu lassen. Nichts wollte sie weniger. Aber am anderen Ende der Skala lauerte die Angst vor der Enttäuschung, dass ausgerechnet der Zauber, den die Negierung aller Regeln erzeugt hatte, in einer Konsequenz aus Schweiß und verknautschten Bettlaken enden könnte, ohne dass sich Glück einstellen wollte.

Keine der beiden Möglichkeiten gefiel ihr, und am wenigsten gefiel ihr die bleierne Hilflosigkeit, die von ihr Besitz ergriffen hatte. Sie sah an sich herunter und kam sich vor wie ihr eigener größter Feind.

Es ist noch etwas anderes mit im Spiel, dachte sie. Etwas, das ich mir ungern eingestehe. Die Furcht, an diesem Nachmittag nicht mehr die schönste Frau der Welt zu sein.

Im herandämmernden Tag war sie es gewesen. Aber was, wenn er ebenso empfand wie sie?

Sein Zögern wäre vernichtend. Sie würde nicht einmal wissen wollen, warum er zögerte. Sie wäre nicht mehr die schönste Frau der Welt. Auch das wäre die Konsequenz, egal, wie sie sich entschied.

Diese verdammte Stunde machte alles kaputt!

O'Connor schien zu spüren, dass etwas nicht stimmte. Er verharrte, während die Tür zu seinem Zimmer langsam aufschwang und ihren Blicken das Bett preisgab, auf dem sie für Stunden hinweggeschwebt waren. Eigentlich fehlten nur noch Scheinwerfer, Kameramänner und der Regisseur.

Kika und Liam. Action!

»Tja«, sagte sie.

Er zog ein Gesicht. »Es ist zu blöde, Kika. Ich würde dich wahnsinnig gern auf einen Schluck hereinbitten, aber es geht nicht.«

Sie stutzte.

»Ich hatte nicht vor... ich meine...«

»Sie warten auf meinen Anruf. In Dublin. Ich habe versprochen, ein paar Berechnungen anzustellen für ein Experiment, das sie im Institut durchführen wollen, und da muss ich wohl oder übel ran.«

»Aber«, sagte sie ein bisschen hilflos, »zur Lesung wirst du doch fertig sein. Oder?«

»Versprochen.« Er sah sie an. »Ich werde eine halbe Stunde lang auf meinem Laptop herumhacken und eine weitere halbe Stunde am Telefon hängen. Aber spätestens um halb sechs stehe ich Gewehr bei Fuß.« Er zögerte. »Bist du böse?«

Wagner schüttelte den Kopf.

»Nein. Überhaupt kein Problem.«

»Gut. Bevor du gehst – hast du noch einen von diesen wunderbaren Küssen übrig?« Er grinste wie die Katze, die die Nachtigall gefressen hat. »Der von heute Morgen hält nicht mehr lange vor.«

Sein Blick fing sie ein. Zog sie zu sich heran und schickte sie zugleich fort. Wagner fühlte ihre Erstarrung weichen und abfließen wie Schmelzwasser. Erst jetzt merkte sie, dass ihre ganze Muskulatur sich unmerklich verspannt hatte. Sie lächelte, ließ sich gegen ihn sinken und schloss die Augen.

Da war es wieder. Das Heißkalte.

»Habe ich dich heute Abend mal ein Stündchen für mich?«, flüsterte sie.

»Was hältst du von einer kleinen Ewigkeit?«, gab er zurück.

»Auch gut.«

Er ließ seine Finger durch ihr Haar gleiten.

»Schade«, sagte er. »Aber jetzt muss ich arbeiten. Wahrscheinlich werde ich mich grauenvoll verrechnen. Ich werde Pi mit eins-komma-acht-sieben angeben und Lichtwellen im rotblonden Spektrum suchen.«

»Bis gleich«, sagte sie.

Mit jedem Schritt, den sie zurückging zu den Aufzügen, fühlte sie ihr Herz wieder fröhlicher werden.

Er hatte überhaupt keine Zeit!

Er musste arbeiten. Es gab nichts zu entscheiden. Er hatte zu tun!

Sie beschloss, die Treppe zu nehmen statt den Fahrstuhl. Alles kehrte schlagartig zurück, das Herzklopfen, die Aufgeregtheit. Und nur der Umstand, dass es keines gab, hinderte sie daran, das Geländer hinunterzurutschen und mit einem fulminanten Plumps auf den Hintern in der Lobby zu landen.

Die Zeit war wieder auf ihrer Seite.

ABEND

Wenige Moleküle eines Dufts: Gefahr!

Winzige Beinchen tasten mit gemessenen Schritten den Boden ab. Die erste Ameise schickt eine komplexe Serie von Düften an die anderen – eine Botschaft, dass eine räuberische Pflanze wenige Körperlängen voraus auf achtlose Insekten lauert, um sie zwischen ihren Kiefern aufzulösen und in aromatischen Schaum zu verwandeln.

Hektischer Austausch. Eine der Kundschafterinnen schlägt vor, den vorgegebenen Pfad zu verlassen und das unbekannte Terrain zur Rechten zu erforschen. Würden sie sich in Schlangenkopfformation bewegen, könnten sie etwaigen Gefahren am besten begegnen. Mehrere Kundschafterinnen würden der Ameisenschlange vorangehen, den Boden beschnuppern und den Himmel sondieren, um eine Nachricht an den Zug abzugeben und sich hinten einzuordnen. Augenblicklich würden die nachfolgenden Ameisen einen neuen Kopf bilden. Durch dieses Rotationsprinzip behielte der Zug stets eine hypersensible Nase und käme schnell und sicher voran.

Der Vorschlag wird akzeptiert, und etwa dreitausend rote Wanderameisen schicken sich an, den Bewohnern einer Farm den Garaus zu machen.

Spätestens hier begannen sich mehrere Leute im Auditorium zu kratzen. O'Connor hatte sein neues Buch über Ameisen geschrieben. Es war ein wissenschaftlicher Thriller, in dem die Menschen ziemlich schlecht wegkamen. Die Buchhandlung war bis auf den letzten Platz ausverkauft. Dreihundert Leute wollten hören, wie Mensch und Insekt gegeneinander antraten. Nicht im Stil herkömmlicher Monsterschinken, sondern angelehnt an die letzten Erkenntnisse der Biogenetik. Seinen Schrecken bezog das Buch aus seiner Denkbarkeit. Wie alle belletristischen Veröffentlichungen O'Connors war es hervorragend recherchiert, und ebenso wie alle seine Bücher gewährte es einen Blick auf O'Connors distanzierte Weltsicht.

Wagner lehnte sich zurück und lauschte der sonoren Stimme, ohne auf den Inhalt zu achten. Sie kannte das Buch. Wie immer versuchte O'Connor, die Menschheit aus größtmöglicher Höhe wahrzunehmen. Für ihn war sie ebenso eine Spezies wie die Ameisen mit ihren Königinnen, ihren Städten und ihren Kasten. Vordergründig ergriff er keine Partei, aber Wagner wusste es inzwischen besser. Er liebte es, Menschen uninteressant zu finden und genau dies seinem Publikum mitzuteilen. Mit zynischer Genugtuung ließ er den Homo sapiens gegen die kühle Logik des vielbeinigen Kollektivverstands alt aussehen. Die Menschen waren dumm, die Ameisen klug. Ausnahmen bestätigten die Regel, ansonsten dominierte O'Connors Abneigung gegen den überwiegenden Teil seiner eigenen Spezies jegliches Mitgefühl.

Zumindest sollte es so scheinen.

Sie fragte sich, was ihn so sehr an der Rolle des Menschenverächters reizen mochte. Die Geschichte der Literatur war voller großer Misanthropen. Die meisten hatten sich durch enorme Intelligenz ausgewiesen und den beschränkten Horizont der Massen verachtet, das Rohe und Dumpfe, das sie anwiderte. Andere waren keine eigentlichen Menschenfeinde, sondern Forscher und Analytiker, deren Geist es ihnen gestattete, übergreifende Strukturen und Gesamtzusammenhänge zu erkennen. Wer sich an die Erklärung des Universums wagte, verlor den Einzelnen zwangsläufig aus den Augen. Je größer der bekannte Kosmos wurde, je komplexer die Theorien über expandierende, kollabierende und inflationäre Universen bis hin zu der Überlegung, dass dieses ganze unfassbare Gebilde nur eines von unzähligen anderen in einer Art kosmischem Schaums sei, umso weniger Sinn ergab die Vorstellung eines Gottes, der den Bewohnern des dritten Planeten eines unbedeutenden Sonnensystems im Provinzwinkel einer Galaxis mittlerer Größe individuell zugetan war. Je weiter menschliches Wissen und Ahnen sich aufblähte, desto unbedeutender erschien ausgerechnet, wer dies alles zu denken vermochte – der Mensch. Warum sollte Gott – sofern er existierte – einen Haufen schlecht erzogener Gene lieben, die sich beständig an den Kragen gingen und nebenher ihren Planeten ruinierten? Warum sollten ausgerechnet die Bewohner einer von Milliarden und Abermilliarden Welten dem Schöpfer des Ganzen so wichtig sein? Der nächste Stern zur Erde, Proxima Centauri, lag dreiundzwanzig Billionen Meilen entfernt, vier Lichtjahre, und er war nur einer von einigen hundert Milliarden weiteren Sternen, die zusammen das ergaben, was die Menschen Milchstraße nannten und was den winzigsten Teil einer Struktur aus Galaxienhaufen und Superhaufen ausmachte, die wie Tautropfen auf einem virtuellen Netz hingen, gesponnen um schwarze Räume voll rätselhafter, unsichtbarer Materie. Wessen Gedanken begonnen hatten, diese Regionen zu bereisen oder die der Nanouniversen, des Allerkleinsten, der Moleküle und Atome, der Lichtwellen und Photonen, so wie O'Connor, der mochte an einen Schöpfer glauben – aber kaum daran, dass dieser die Spezies Mensch besonders wichtig nahm, vielmehr in seinem großen Experiment vielleicht gar nicht gemerkt hatte, wie sie plötzlich schimmelpilzartig einen kreisenden Brocken überzog und sich ihrer selbst bewusst wurde.

Warum aber sollte dann der Mensch mehr wert sein als die Ameise? Welche Arroganz trieb etwa einen besoffenen Fußballrowdy von rudimentärer Intelligenz und ständiger Bereitschaft zu Gewalt, der in seinem Leben noch nichts Sinnvolles geleistet hatte, sich für wichtiger zu halten als einen Blauwal oder einen Marder oder eine Heuschrecke?

Wagners Zeigefinger fuhr den schmalen Nasenrücken entlang. Etwas fiel ihr ein, das O'Connor am Nachmittag gesagt hatte, eine Bemerkung über sein Verhältnis zu Paddy Clohessy damals in Dublin:

»Ich hätte mich nicht dazu durchringen können, ihn für so wichtig zu erklären.«

Interessant. Was würde denn passieren, wenn O'Connor jemanden für wichtig erklärte?

Liam O'Connor war kein Menschenfeind, das hatte sie deutlich gespürt. Indem er sich jede Mühe gab, den biblischen Anspruch auf die Untertanmachung der Welt für nichtig zu erklären, schien es Wagner eher, als versuche er nur einer zu sein. Ihr war unklar, zu welchem Zweck. Seine Überheblichkeit brachte ihm zweifellos das Interesse der Öffentlichkeit ein. Er war ihr Hofnarr, ihr Götze, das Objekt ihres Abscheus und ihrer Begierde. Sie alle fragten sich, wie ein so blendend aussehender Mensch so bösartig schreiben konnte. O'Connor tat nichts, um diese Frage zu beantworten, weder den Leuten noch sich selbst.

Jede spitze, geistreiche, spöttische, süffisante oder charmante Bemerkung, die er zum Besten gab, verschleierte sein Wesen nur noch mehr. Aber was würde passieren, wenn er seine Menschlichkeit offenbarte, seine Zuneigung, seine Schwäche? Wenn er herabstieg und jemandem sein Herz schenken würde, falls er das überhaupt konnte?

Die Leute wären enttäuscht.

Denn eigentlich wollte niemand eine Antwort. Sie wollten ihn so haben, wie er war, so wie sie den Schauspieler Klaus Kinski hatten haben wollen, der sein Publikum öffentlich beschimpfte, so wie sie einen David Letterman brauchten, der sich über sie mokierte, einen Harald Schmidt, der sie verachtete, einen Stefan Raab, der sie verarschte.

Das war es.

Niemand wollte einen anderen O'Connor als den, der dort oben auf dem Podium saß und von Ameisen erzählte, von Säure, Gift und Tod. Der im Tonfall leichter Unterhaltung verkündete, was kaum jemand, wahrscheinlich niemand im Publikum verstand, und was Wagner in diesen Minuten sonnenklar wurde: Dass sie ihn alle am Arsch lecken konnten.

Plötzlich verspürte sie Sehnsucht nach ihm und die Gewissheit, dass ihre Geschichte kein Happy End nehmen würde.

Einen Moment lang war sie tieftraurig.

Andererseits, warum sollte ihre Geschichte überhaupt ein Ende haben? War Happy End nicht nur ein Wort dafür, dass der Film aufhörte, weil es nichts mehr zu erzählen gab? Alles kam zum Stillstand. Das Abenteuer war durch. Von nun an wurde es piefig und beschaulich, kannte man seine Zukunft bis zum letzten Atemzug.

Wie entsetzlich langweilig!

Ob ihre Geschichte zwei Tage, zwei Jahre oder ein Leben lang dauern würde, was spielte das für eine Rolle? Hauptsache, sie fand statt.

Elende Theoretikerin, dachte sie. Dann lass sie auch stattfinden.

Oben auf dem Podium war O'Connor zum Ende seines Vortrags gekommen. Schlangen formierten sich vor seinem Pult, weil er versprochen hatte, im Anschluss noch mehr Bücher zu signieren. Wagner ging hinüber zu der kleinen Bar, die man gekonnt in die Landschaft aus Büchertischen und Regalen eingefügt hatte, und bestellte ein Kölsch. Es war acht Uhr durch. Für halb neun hatte sie einen Tisch in Marios Trattoria reserviert, einem italienischen Restaurant im Belgischen Viertel Kölns mit einem hübschen Garten vor der Tür, das für seine ausgezeichnete Pasta gerühmt wurde. Das Team der Buchhandlung, das die Lesung organisiert hatte, war eingeladen sowie zwei Journalisten, beide Vertreter der Neven-DuMont-Gruppe. Kölns Presselandschaft war monopolistisch geprägt. Die drei maßgebenden Tageszeitungen entstammten demselben Stall, ernst zu nehmende Konkurrenz war nicht in Sicht. Vielleicht darum brachten sie alle einen mehr oder weniger inspirierten und gut aufgelegten Kulturteil ins Blatt, weil Tick, Trick und Track nun mal keinen anderen als diesen einen Onkel Donald hatten, um dessen Gunst sie wetteifern mussten.

Sie suchte in ihrer Handtasche nach ihrem Schminkspiegel, als sie aus den Augenwinkeln jemanden bemerkte. Im selben Moment verschwand die Gestalt in der Menge der Wartenden und Aufbrechenden. Was blieb, war ein verschwommener Eindruck von Paddy Clohessy.

Wagner stutzte. Ihr Blick suchte die Umstehenden ab. Hatte sie wirklich Paddy Clohessy gesehen?

Sie verließ die Bar und ging langsam durch die Menge, schaute sich genauer um. Dann trat sie hinaus auf die Straße.

Sie musste sich geirrt haben. Ihr Hirn hatte Clohessys spitze Nase und das wirre Haar gespeichert. Jemand, dessen Äußeres ähnliche Merkmale aufwies, hatte ihr Erinnerungsvermögen genarrt.

Nachdenklich ging sie zurück und gesellte sich zu O'Connor, der gerade von Kuhn mit Beschlag belegt wurde. Der Lektor war damit befasst, ihm Leute zuzuführen, die ihm ihre Bücher zum Signieren hinhielten wie Opfergaben. Er redete auf sie ein und pries O'Connors jüngstes Werk in einer Weise, dass es irgendwie klang, als habe er es selbst geschrieben. Wagner versuchte zu ignorieren, dass er eine beigefarbene Strickkrawatte über einem stahlblauen Feinkordhemd trug.

»Dr. O'Connor«, sagte eine ziemlich hübsche Mittvierzigerin

gerade. »Wie schaffen Sie es nur, dass Ihre Figuren mich so sehr berühren? Diese junge Farmerin, von der Sie vorgelesen haben, die den Kampf gegen dieses scheußliche Gekrabbele aufnimmt, sie ist so... menschlich... so warm... fast so wie...«

»Ja?«, sagte O'Connor lauernd.

»Wie ich!«, strahlte sie. »Ja, ich habe mich tatsächlich in ihr wieder gefunden! Als hätten Sie über mich geschrieben!«

»Das freut mich«, sagte O'Connor. »Sie wird gefressen.«

Die Frau schwieg. Sie nahm ihr Buch in Empfang, schlug es auf und betrachtete ehrfürchtig O'Connors lieblos hineingekritzelte Unterschrift.

»Siehst du, Kika«, sagte O'Connor und lächelte dünn.

»Ich sehe«, erwiderte sie.

Zwischen ihnen spannte sich das Band des Einverständnisses.

»Okay.« Kuhn zog die Nase hoch und stellte sich mit dem Rücken zu den restlichen Gästen, so dass er O'Connor gegen sie abschirmte. Offenbar hatte er beschlossen, dass es jetzt genug sei. »Ich habe Hunger. Was ist los, gehen wir essen? Die scharren hier ohnehin schon mit den Füßen. Können's wahrscheinlich kaum erwarten, sich von uns die Makkaroni bezahlen zu lassen.«

»Wiederholen Sie das«, grinste O'Connor. »So, dass sie's hören. Es wäre mir ein Kontingent Champagner wert.«

»Wenn das eine Mutprobe sein soll...«

»Es ist albern«, sagte Wagner. »Außerdem würde man Ihnen den Rüpel nicht verzeihen. Liam ist ein Scheusal und weiß das ganz genau.«

»Ich hatte nicht vor, mich darauf einzulassen«, stotterte der Lektor.

»Gut. Ich muss Liam etwas sagen.«

Kuhn blickte sie böse an. »Unter vier Augen, schätze ich. Meinetwegen. Wir sehen uns draußen.«

Er schob in aller Gemütsruhe sein Hemd zurück in die Hose, das im Laufe zweistündigen Räkelns immer mehr zum Vorschein gekommen war, ging rüber zu einer der Buchhändlerinnen und begann, auf sie einzureden.

»Was gibt's?«, fragte O'Connor.

»Liam, ich...«

Ein junger Mann schob sich zwischen sie und hielt ihm ein aufgeschlagenes Buch unter die Nase.

»Können Sie reinschreiben ›Für Gisela zum Geburtstag‹?«

O'Connor starrte ihn an.

»Nein.«

»Aber ...«

»Lernen Sie anzuklopfen. Das geht auch ohne Tür.«

Er schob den Mann beiseite, hakte sich bei Wagner ein und zog sie ein Stück vom Lesetisch weg. Der Junge sah ihnen hinterher, als wäre der Schriftsteller seiner verdammten Pflicht und Schuldigkeit nicht nachgekommen. Dann knallte er das Buch demonstrativ auf einen Stapel Lexika und stapfte nach draußen.

»Sie sind entweder hörig oder unverschämt«, seufzte O'Connor. »Wenn ich die Unverschämten abserviere, werden die Hörigen noch höriger. Es ist langweilig, Fans zu haben, Kika. Du wolltest mir sagen, dass wir es hier und jetzt treiben? Ich stimme zu. Was noch?«

»Liam, kann es sein, dass Paddy Clohessy hier gewesen ist?«

»Wie kommst du denn darauf?«

»Ich will es nicht beschwören, aber mir war, als hätte ich ihn gesehen.«

O'Connor zog die Brauen zusammen.

»Wann?«

»Gerade. Möglich, dass ich mich irre. Jemand ging an mir vorbei, ich dachte, er wäre es. Ich bin hinterhergegangen, aber dann war er plötzlich verschwunden.«

»Und du hast ihn deutlich gesehen?«

»Nein.« Sie zögerte. »Um ehrlich zu sein, es war eher so ein flüchtiges Déjà-vu. Egal. Wahrscheinlich irre ich mich tatsächlich.«

»Paddy war immer schon unberechenbar«, sagte O'Connor. »Es würde also zu ihm passen. Aber warum sollte er hier aufkreuzen, um wortlos wieder zu verschwinden?«

»Du lieber Himmel! Das fragst du mich?«

O'Connor ließ ein kurzes Schweigen vergehen. Dann sagte er: »Wenn überhaupt, Kika, hast du Mr. Ryan O'Dea gesehen. Das ist ein Mann, der am Flughafen arbeitet und der uns beiden nicht besonders sympathisch war. Wir kennen ihn nicht. Ich kenne ihn nicht. Und weil wir einen solchen Menschen auch nicht kennen lernen wollen, folgen wir ausnahmsweise dem Magen Franz Maria Kuhns und gehen essen.«

Gegen 22.30 Uhr kehrten sie ins Maritim zurück. O'Connor hatte Wagner zu einem winzigen Grappa überreden können, danach hatte sie abgewunken. Zwei durchgesoffene Nächte waren eine zu viel. Aber auch O'Connor legte erstaunliche Zurückhaltung an den Tag. Wagner schätzte, er tat es mit einer gewissen Rücksicht auf ihre geheime Mission im Dienste des Verlags. Sie war sicher, dass seine ursprüngliche Intention, nachdem er einmal das Kindermädchen in ihr gewittert hatte, darin bestanden hatte, sie in einer aufreibenden Machtprobe zu atomisieren und in alle Winde zu schicken. Aber seit letzter Nacht hatte sich einiges geändert. Sie waren Verbündete, und Verbündeten fiel man nicht in den Rücken.

Mario war wie üblich exzellent. Wagner schickte O'Connor über Vitello tonnato, Tagliatelle mit Scampi und Limonensorbet Blicke, denen er eindeutige Antworten folgen ließ. Sie erreichten Wagner unterhalb der Tischplatte, ohne von einem der anderen bemerkt zu werden, und sie genoss den Dialog der Berührungen, entzückter denn je, mit einem Paar endlos langer Beine gesegnet zu sein.

O'Connor war unterdessen die Aufmerksamkeit selbst. Während seine Zehen ihre Waden erwanderten und das weiche Terrain ihrer Oberschenkelinnenseiten für Irland in Besitz nahmen, ließ er den Journalisten und Buchhändlern gegenüber Artigkeiten vom Stapel, dass ihm Kuhn gelegentlich besorgte Blicke zuwarf, wie um sich zu vergewissern, dass sie nicht fälschlicherweise einen Doppelgänger mitgenommen hatten und der echte O'Connor zur selben Zeit in den nächsten Eklat ausbüxte.

Es war zu schön, um wahr zu sein.

Um kurz nach zehn hob Wagner die Versammlung auf mit der Bemerkung, O'Connor habe ein volles Programm hinter sich und ein noch volleres vor sich. Dem Physiker entging der Doppelsinn keineswegs, die anderen quittierten den Abbruch mit Verständnis. Wagner atmete auf. Sie hätte ihnen kaum erklären können, dass die Pressereferentin und der Autor nach ausgiebigem Füßeln nunmehr den Wunsch verspürten, auch andere Extremitäten in ihren privaten Diskurs miteinzubeziehen, und zu diesem Zweck beabsichtigten, eine bestimmte Suite im Maritim aufzusuchen. Kuhn zuliebe beschlossen sie, den gefällig verlaufenen Abend mit einem Drink an der Hotelbar zu krönen, was dieser mit Genugtuung aufnahm. Er tat Wagner ein bisschen leid, weil sie ihn so offenkundig außen vor gelassen hatten bei ihrer kleinen Exkursion zum Flughafen. Auf der Rückfahrt von Mario schlug sie O'Connor darum vor, ihn wieder mitspielen zu lassen und ihm von Paddys Doppelexistenz zu erzählen.

»Bist du verrückt?«, sagte O'Connor. »Er wird sich bis ans Ende aller Tage was darauf einbilden.«

Wagner zuckte die Achseln.

»Na und? Er wird mich ohnehin löchern, was uns beide umtreibt. Machen wir ihm die Freude. So haben wir wenigstens unsere Ruhe.«

»Na schön. Du bist der Boss.«

»Warum so begeistert? Es ist doch nur eine Geschichte.«

»Es ist eine dämliche Geschichte, die niemanden etwas angeht. Aber gut, nun, da du sie kennst, kann sie auch Kuhn kennen. Viel schlimmer ist, dass er unserem Bericht wahrscheinlich einen Vortrag über die Frühgeschichte des irischen Widerstands folgen lässt.«

»Dem entziehen wir uns durch Flucht. Fliehen wollten wir doch sowieso. Wie wär's mit Shannonbridge?«

»Kika, ich bin wie versteinert! Du hast eine Mission zu erfüllen, die Shannonbridge nicht vorsieht! Du musst auf mich Acht geben!«

»Keine Angst! Ich bestimme den Zeitpunkt der Umkehr.« Sie lächelte vergnügt. Dann sagte sie: »Was denkst du eigentlich über Kuhn? Ich meine, du kennst ihn länger als ich. Magst du ihn?«

»Gute Frage. Magst du ihn?«

»Keine Ahnung.«

O'Connor überlegte.

»Doch, mittlerweile mag ich ihn schon ein bisschen. Glaube

ich. Etwa so, wie die eingeschworenen Achtundsechziger ihr Woodstock-Video mögen. Du widmest ihm einen Abend unter Zuführung geistiger Getränke und bist ein Jahr lang bestens bedient.«

»Du findest auch, er ist so etwas wie ein übrig gebliebener Hippie?«

»Es gibt keine übrig gebliebenen Hippies. Es gibt nur erschütternde Fälle von Geistesgestörtheit. Es gibt auch keine übrig gebliebenen Rinder, nachdem jemand Hamburger draus gemacht hat. Kuhn hat mir Fotos gezeigt. Das war im ersten Jahr, als wir uns kannten. Er war tatsächlich mit dabei in Woodstock, wusstest du das?«

»Nein.«

»Mit langer Matte und wenig an. Die ganze Folklore. Aber im Schlamm gewälzt hat er sich nicht. Er muss gewusst haben, dass sein zukünftiger Chef das Video auch sehen wird.«

»Er sagt, es sei die politische Zeit gewesen damals. Nicht seine persönliche, grundsätzlich, meine ich. Und dass wir keine politische Zeit mehr hätten.«

»Tatsächlich?«

»Ja, wir sind oberflächlich und tragen Chanel.«

O'Connor verzog höhnisch die Mundwinkel.

»Mach dir nichts draus. Das sagen alle, die ihren Neid auf die Jugend nicht offen äußern.«

»Ich weiß nicht. Erinnere dich, was Silberman heute Morgen erzählt hat. *Entertainment rules.* Waren sie wirklich politischer damals?«

»Es war höchst unpolitisch, dass sie nichts bewegt haben. Aber ich bin zu jung, Kika. Ich kann dir sagen, dass man Jaguar fahren sollte, wenn man was auf sich hält, und dass er möglichst nicht nach 1977 gebaut sein darf. Pragmatiker wenden ein, dass man in diesem Fall mit ständigen Motorschäden, Wasser im Unterboden und schlecht schließenden Fenstern zu kämpfen hat, und man sagt, ja eben! So muss ein Jaguar sein. Erst dann hat man ihn lieb.«

»Ich bin beeindruckt. Was hat das mit Kuhn zu tun?«

»In zwei Monaten werde ich vierzig, Kika. Dann ist alles, was ich sage, altersweise. Jetzt bin ich noch ein Greenhorn. Woodstock lag vor meiner Zeit. Wenn ich diesen Film sehe, überkommt mich Trauer. Ich erlebe schlechte Musik. Die meisten, die auf der Bühne standen, waren stoned und kaum in der Lage, auf der Gitarre die Akkorde zu finden. The Who waren so miserabel, dass sie recht daran taten, ihre Instrumente zu zertrümmern. Grace Slick hatte ihren Song für erste und zweite Stimme aufgebaut, aber keiner konnte überhaupt den Ton halten. Sicher, Johnny Winter war exzellent, Hendrix auch, und auf ihre flauschige Weise gefallen mir Crosby, Stills and Nash. Cocker, na ja. Joplin, das Grauen. Aber Kuhn wird jede Note, die gespielt wurde, jede Silbe, die gesungen wurde, trinken wie Nektar, und er wird sagen, ja eben! Es waren die Achtundsechziger. Wir waren politisch, und darum muss es schief klingen, darum ging es ja gerade. Es ist sein Zuhause. Und er hat sicherlich Recht, er mag sich und seine Generation als große Hoffnung empfunden haben. Mir teilt sich nur mit, dass zigtausende halbnackter Menschen im strömenden Regen einen Traum geträumt haben, in dem es darum ging, wogegen man war, und nicht, wofür. Nur eines stand fest: Eines Tages wird jemand vom Himmel steigen und Unrecht in Recht verwandeln. Aus einem Job wird er tausende machen und zwar so, dass man Geld hat, ohne arbeiten zu müssen, weil diese Jobs vornehmlich darin bestehen, Partys zu organisieren und Joints zu drehen. Und er wird machen, dass alle Menschen sich beim Vornamen nennen und die Börsenmakler sich Blumen ins Haar flechten und vielleicht Wall Street symbolisch in die Luft jagen. Und es wird keinen Krieg mehr geben und kein Elend, und alle haben genug zu essen und vor allem genug zu rauchen, und jeder macht mit jedem Liebe. Sie dachten, Woodstock sei der Anfang, dabei war es das Ende. Der erste echte Orgasmus der Hippies und fatalerweise gleich ihr letzter. Niemand hatte ihnen verraten, dass danach das große Hängen kommt, die Talfahrt. Nichts ist geblieben außer ein paar Märtyrern, die jung gestorben sind, weil sie es nicht ertragen hätten, alt und so wie Kuhn zu werden. Er denkt immer noch, er verweigert sich dem Establishment, und erkennt nicht, dass es sich ihm verweigert. Andererseits gibt es genug Jüngere, die nie begreifen werden, was ich an maroden Jaguars finde, und eines Tages siehst du dich selbst konfrontiert mit noch jüngeren Vertretern der Menschheit, die dir klar zu machen suchen, dass du mit deinen Idealen gar nichts auf die Reihe bekommen hast, weil deine Ideale eben Blödsinn waren, und keiner versteht, was du darin gesehen hast. Jede Zeit hat ihre Blinden. Kuhn ist so hoffnungslos von gestern und zugleich ein solcher Moralist! Er ist eine tragische Gestalt, das verleiht ihm einen gewissen Charme. Ich glaube, darum mag ich ihn. Hin und wieder ist man gern mal sein Sancho Pansa.«

Wagner dachte darüber nach.

»Meinst du, er ist einsam?«, fragte sie.

»Bestimmt.«

»Armer Onkel Franz.«

»Na, so arm ist er auch nicht. Er ist ignorant und oberflächlich, weiß von allem viel zu viel und hat ein bemerkenswertes Untalent, es zu vermitteln. Wir haben verschiedene Male denselben Tresen geteilt, das war in Cork, wo er nach ein paar Gläsern Starkem in einen solchen Redefluss verfiel, dass ich mir vorkam wie in der Auffahrt zu einem fünfspurigen Highway. Du würdest dich gern einreihen, aber es kommt nie eine Lücke. Nach einer Weile habe ich ihn Freunden überantwortet, die seinen unsortierten Gedanken mehr oder weniger wortlos erlagen, und mich ganz offen absentiert. Es schien ihn nicht sonderlich zu stören.«

»So war das also? Er hat behauptet, ihr hättet die Nächte zusammen durchgemacht. Eine nach der anderen.«

»Ja, das haben wir wahrscheinlich auch«, sagte O'Connor sinnend, während Wagner den Wagen die Auffahrt zum Maritim hochsteuerte. »Aber ich war selten dabei.«

O'Connor bestellte einen zwölf Jahre alten Laphroig, so ziemlich das Härteste und Außergewöhnlichste, was sich unter den schottischen Destillaten auftreiben ließ. Der Barmann war stolz auf den Besitz der Flasche. Entzückt, endlich auf Kennerschaft gestoßen zu sein, machte er das Glas mehr als halb voll. Ein Odor nach Torf, Jod und Krankenversorgung wehte herüber. Der Mann war es gewohnt, Johnny Walker und Ballantines auszuschenken, eine vorwiegend desillusionierende Beschäftigung, wenn man dreifach von zweifach destillierten Spirituosen und die Speyside Malts von den Islay Malts unterscheiden kann. Um ein Haar hätte er O'Connor das Zeug spendiert, aber dann wären sie in der Verpflichtung gewesen, seinen Geschichten zu lauschen. Barkeeper sind wandelnde Speicherplätze von ungeheuren Kapazitäten. Wehe dem, der das Passwort kennt!

Kuhn trat in Opposition mit Cognac, Wagner blieb bei Wasser. Nach dem ersten Gläserklingen erzählten sie dem Lektor von Paddy Clohessy, um es hinter sich zu bringen. Aus der Distanz klang es wie ein billiger Krimi. Aber Kuhn war wie paralysiert. Er begann augenblicklich, Theorien zu spinnen, und wollte alles über den zu Ryan O'Dea mutierten Paddy wissen, und nach dem zweiten Cognac erwähnte er tatsächlich eine gewisse Frühgeschichte des nordirischen Separatismus, der die Paddys dieser Welt entsprungen wären. Alles ließ darauf schließen, dass er beginnen würde, sie zu erzählen. In Wagner regten sich ernsthafte Zweifel, ob ihre Idee so gut gewesen war. O'Connor leerte sein Glas in plötzlicher Eile und rutschte von seinem Barhocker.

»Was macht überhaupt ein solcher Mensch am Flughafen, he?«, fragte Kuhn gerade. »Das klingt nach Unterwanderung. Ich finde das in höchstem Maße beunruhigend. Die Iren sind Weltmeister in der Unterwanderung. Wusstet ihr zum Beispiel, dass die großbritische Medienlandschaft in den Neunzigern bis in Spitzenpositionen von Manipulateuren der Sinn Fein unterwandert war? Und wer steckte dahinter? Die IRA! Sie infiltrieren –«

»Ich muss ins Bett«, gähnte O'Connor.

Kuhn erstarrte.

»Warum, um alles in der Welt? Es wird gerade gemütlich.«

»Ja, ich weiß. Das ist ja das Fatale. Wenn es gemütlich wird, schlafe ich ein. Es gibt nichts Ermüdenderes als Gemütlichkeit. Gute Nacht, Franz… Kika…«

Er umfasste ihre rechte Schulter, zog sie zu sich heran und gab ihr einen flüchtigen Kuss auf die Wange.

»Fährst du noch zu deinen Eltern?«

Wagner strich sich demonstrativ mit Daumen und Zeigefinger über die Augen und nickte.

»Ich denke schon. Bin müde.«

»Dann gute Nacht.«

»Ja, schlaf schön.«

O'Connor machte einen Kratzfuß und ging.

»Schmierenkomödianten«, knurrte Kuhn. »Glaubt ihr im Ernst, ihr könntet mich verscheißern?«

Wagner überlegte einen Augenblick.

»Ja«, sagte sie. »Ich glaube schon.«

O'CONNOR

Das Schicksal wollte es anders.

O'Connor hatte eben die Hotelbar verlassen und ging durch die erleuchtete Halle zu dem gläsernen Aufzug, als er seinen Namen rufen hörte.

»Dr. O'Connor!«

Jemand kam ihm hinterhergelaufen. Es war einer der Livrierten von der Rezeption. O'Connor verharrte und hoffte, dass der Mann kein Buch signiert haben wollte.

»Telefongespräch für Sie.«

O'Connor stutzte.

»Wer ist dran?«

»Das weiß ich nicht«, sagte der Livrierte. »Er hat es mir nicht mitgeteilt. Möchten Sie, dass ich ihn frage?«

»Schon gut.«

»Ich kann das Gespräch in Ihre Suite legen.«

»Danke, mir wäre es lieber, wenn ich hier unten telefonieren könnte.«

»Selbstverständlich. Dort gegenüber in den Kabinen. Nehmen Sie Nummer eins, ich stelle durch.«

O'Connor betrat die verglaste Kammer und zog die Tür hinter sich zu. Einige Sekunden vergingen, dann klingelte es. Er nahm ab und wartete.

»Ich bin's«, sagte eine wohl bekannte Stimme auf Englisch mit starkem Dubliner Akzent.

O'Connor grinste.

»Und ich dachte schon, dein Vokabular sei auf ›Nein‹ und ›Weiß nicht‹ geschrumpft«, spottete er.

Am anderen Ende der Leitung entstand eine kurze Pause.

»Das musst du verstehen. Ich war dir übrigens sehr dankbar, dass du mitgespielt hast, wenngleich deine Bemerkung über Katie von altvertrauter Geschmacklosigkeit zeugt.«

»Stimmt. Es ging diesen O'Dea nichts an, dass mein guter Freund Paddy Clohessy jeden Abend, den Gott der Herr werden ließ, mit einem Riesenständer im Hartigans rumhing, um sie singen zu hören. Übrigens fand ich nicht, dass sie besonders gut gesungen hat. Aber dem Liebenden ist alles lieb.«

»Mistkerl. Ich war verliebt, und du hast sie gevögelt.«

»Die Libido ist der Diener des Intellekts«, sagte O'Connor. »Oder war's umgekehrt? Ich dachte eben, wir halten es wie in Cyrano de Bergerac. Du hast ihr Gedichte geschrieben, und ich hab's ihr besorgt. Wie besser hätte ich in deinem Sinne handeln können? Außerdem kannst du dich bedanken, weil ich dich vor einer herben Enttäuschung bewahrt habe, das darfst du mir glauben. Aller Kneipenromantik entkleidet machte sie eine weitaus schlechtere Figur als ihre Gitarre. Du hast nichts verpasst.«

»*Ego te absolvo*. Können wir uns sehen?«

»Warum nicht? Morgen –«

»Ich dachte eher, jetzt gleich.«

O'Connor zögerte.

»Nun, Paddy, es ist ein bisschen schlecht im Augenblick«, sagte er. »Ich übe mich gerade auf einem anderen Instrument und möchte es ungern verstimmen.«

»Das Mädchen, mit dem du heute am Flughafen warst?«

»Ja.«

»Sie ist außergewöhnlich. Ich bin sicher, du hast nicht ihre Größe.«

»Danke. Warum sehen wir uns nicht zum Frühstück?«

»Ungünstig.« In Clohessys Tonfall mischte sich etwas Drängendes, wie O'Connor jetzt bemerkte. »Lieber wäre mir sofort. Es muss ja nicht lange sein. Um der alten Zeiten willen. Morgen kann ich nicht, und übermorgen bist du schon wieder weg. Was ist, erübrigst du ein Viertelstündchen für einen alten Soldaten?«

»*From a dead beat to an old greaser*«, skandierte O'Connor. »Wo bist du überhaupt?«

»Ganz in deiner Nähe.«

O'Connor blickte hinaus in die Halle.

»So nahe auch wieder nicht«, sagte Clohessy passenderweise. »Unten am Rheinufer. Ich warte auf dich.«

»Na schön. Ich bin in fünf Minuten dort.«

Er hängte ein und betrachtete nachdenklich den Telefonapparat. Dann ging er zurück vor die Bar und spähte ins Innere. Wagner war eben dabei, ihre Handtasche zu schließen, während Kuhn miesepetrig vor einem weiteren, fast unangetasteten Cognac saß. Seine Lippen bewegten sich, als spräche er zu sich selbst oder zu seinem Glas.

O'Connor wartete, bis sie herauskam. Sobald sie ihn sah, wandelte sich ihr Gesichtsausdruck von vorgetäuschter Schläfrigkeit zu hellwachem Entzücken. Plötzlich fühlte er eine ungewohnt heftige Anwandlung von Besorgnis, sie könne ihm entgleiten, und ging schnell auf sie zu. Die nächste Minute schmolz in einem Kuss dahin, und O'Connor fragte sich ernsthaft, was er unten am Rheinufer sollte.

Andererseits.

»Es hat sich etwas geändert«, murmelte er in sie hinein.

Wagner zog den Kopf zurück und betrachtete ihn.

»Geändert?«

»Ja, es ist eine Kleinigkeit dazwischengekommen.«

Sie sog hörbar Luft in sich hinein und öffnete den Mund. Schnell legte er einen Finger auf ihre Lippen, bevor sie etwas erwidern konnte.

»Eine Sache von zehn, zwanzig Minuten«, fügte er hinzu. »Lass uns ein Stück von der Bar weggehen, Kuhn muss nicht unbedingt glauben, wir würden ihn zum Narren halten.«

»Er glaubt es aber. Er ist ja nicht blöde. Was gibt es denn?«

O'Connor erzählte ihr von Clohessys Anruf. Zwischen Wagners Brauen entstand eine kleine Falte. Skeptizismus stand ihr gut.

»Ich dachte, du wolltest mit Ryan O'Dea nichts zu schaffen haben.«

»Der Bursche ist mutabel. Neuerdings heißt er wieder Paddy. Ich will nur sichergehen, dass die Liste seiner Namen damit endet, dann komme ich zurück. Entweder du plünderst schon mal die Minibar in meiner Suite oder gehst zurück zu Kuhn an die Bar.«

»Beides verlockende Aussichten. Was soll ich in deiner Suite? Die Stehlampe verführen?«

»Ich mach's kurz. Versprochen!«

Sie präsentierte ihm einen Schmollmund und begab sich wieder in die elaborate Gesellschaft Kuhns. Der Hüftschwung, mit dem sie in der Bar verschwand, krümmte das Universum auf nie dagewesene Weise. O'Connor verspürte echte Ergriffenheit.

Ohne Hast ging er nach draußen, schlenderte durch die milde Nacht hinunter zum Ufer und ließ seinen Blick die Promenade erwandern. Er musste nicht lange suchen. Paddy lehnte mit dem Rücken am Geländer. Seine Augen lagen noch tiefer in ihren Höhlen als am Nachmittag. Das Licht der Uferbeleuchtung formte seine Wangenknochen und das Kinn zu einem benasten Totenschädel mit Gestrüpp obendrauf.

»Paddy«, sagte O'Connor.

Es klang in seinen Ohren, als habe er in die Vergangenheit zurückgerufen. Nichts wehte herüber als der Nachhall seiner eigenen Stimme. Wo eine Erinnerung hätte leben müssen, war ein Loch.

Nach kurzem Zögern fielen sie sich in die Arme und schlugen sich auf den Rücken. Es geschah halbherzig und steif. Am Telefon hatten sie zueinander gefunden, als wären keine fünfzehn Jahre vergangen, aber hier draußen, im Angesicht verstrichener Zeit, überkam O'Connor der Eindruck, dem Resultat eines gescheiterten Experiments ins Auge zu sehen. Das Ende einer Geschichte, die man sich geschworen hatte, nie enden zu lassen.

Eine Geschichte, die nie begonnen hatte.

»Du siehst gut aus«, sagte Clohessy. Es klang unpassend. Er hielt O'Connor zugleich um die Schulter gefasst und auf Distanz. Im selben Moment schien ihn die Vertraulichkeit der ganzen Szene zu beschämen, und er löste sich und trat einen Schritt zurück.

»Das späte Licht«, sagte O'Connor nonchalant.

Clohessy zog die Lippen von den Zähnen.

»Wir haben uns lange nicht gesehen. Ich gratuliere, Liam. Du bist berühmt. Wie hast du dich eingerichtet in deiner Popularität?«

O'Connor zuckte die Achseln.

»Mit Nichtigkeiten. Im Ambiente modisch, im Habitus viktorianisch, nur nicht so formell. Der Cagliostro des modernen Adels. Du weißt ja, das Trinity ist als Institution gedacht, Menschen in das zu verwandeln, was sie am meisten verabscheuen.« Er machte eine Pause und sah auf den Rhein. Gegenüber erstrahlten die Lichter von Deutz. Schiffe glitten durch verquirltes Schwarz, kenntlich an ihren Leuchten. »Reden wir nicht von mir. Viel wichtiger, wie geht es dir?«

»Ich komme klar.«

»Tatsächlich?«

Plötzlich fragte er sich, wozu das alles gut sein sollte. Jetzt hier draußen schien ihm die Idee, Paddy wieder sehen zu wollen, absurd und überflüssig. Zwischen ihnen klaffte ein Graben. Die Entfremdung galt rückwirkend. Vor der erleuchteten Kulisse eines der luxuriösesten Hotels Kölns erkannte O'Connor mit nüchterner Gewissheit, dass sie nie wirklich die gleichen Gedanken geteilt hatten. Der Mann, der ihm dort gegenüberstand, mochte Paddy Clohessy sein, aber die Wirkung seiner Präsenz auf O'Connor war die eines verspäteten Beweises für ein jahrelanges Missverständnis.

»Wo bist du abgeblieben damals?«, fragte er. »Ich weiß nicht das Geringste über dich, außer, dass du erschossen wurdest, und nicht mal darauf konnte man sich verlassen.«

Clohessy lächelte knochig.

»Deine Forschungen haben einigen Staub aufgewirbelt in der wissenschaftlichen Welt«, sagte er, ohne auf O'Connors Frage einzugehen. »Man redet vom Nobelpreis.«

»Nominiert. Ich hatte noch nicht das Vergnügen, Walzer vor der Königin zu tanzen.«

»Du wirst ihn bekommen«, sagte Clohessy ruhig. »Du hast immer alles bekommen. Seit Jahren sehe ich dein Konterfei auf den Rückseiten von Bestsellern. Bist du verheiratet?«

»Nein.«

»Keine Schönheit in Sicht, um die Klatschblattidylle zu komplettieren?«

»Es liegt mir nicht, Verträge ohne Garantie und Rückgaberecht zu unterschreiben. Und du?«

»War nahe dran. Aber sie hat die falsche Frage gestellt.«

»Welche?«

»Was denkst du.«

»Oh. Verstehe. Und was dachtest du?«

»Dass ich jemand anderer sein könnte, als ich meinte zu sein. Es war eine harmlose Frage. Frauen stellen sie dutzendweise, weil es sie nervös macht, dass es oben in deinem Kopf einen Bereich gibt, den sie nicht kontrollieren können. Sie haben Angst, deine Gedanken könnten sich zu einer Verschwörung zusammenrotten. Aber im Moment, da sie die Frage stellte, begann sich meine Welt irgendwie aufzulösen.«

»Deine Welt war immer in Auflösung begriffen, soweit ich mich erinnere«, sagte O'Connor. »Es ist unfein, den Frauen die Schuld dafür zu geben. Wohin ich blicke, haben sie bislang noch jede aufgelöste Welt so hübsch zusammengefügt, dass sie hinterher in jeden Setzkasten passte.«

»Du missverstehst mich. Die Frage war lediglich der Auslöser. Oder sagen wir, jemand öffnet den Deckel einer Kiste, auf der du jahrelang gesessen hast, um nicht reinschauen zu müssen, und etwas Böses und Schwarzes kommt herausgekrochen und hat dein Gesicht. Und plötzlich …« Er stockte. Dann sah er O'Connor direkt an. »Kennst du das Gefühl, Angst vor dir selbst zu haben?«

»Angst?« O'Connor schüttelte langsam den Kopf. »Nein. Abscheu vielleicht, aber nicht Angst.«

Clohessy nickte, als habe er nichts anderes erwartet.

»Der Tag, an dem ich Dublin verließ – es war sechs Monate nach meinem Rauswurf vom Trinity, und ich stand in der Küche ihrer kleinen Wohnung hinter dem Kilmainham Jail und schnitt Zwiebeln für ein Stew. Sie lehnte neben mir am Kühlschrank, nicht weiter weg als du jetzt. Ich ließ das Messer in beständigem Rhythmus auf der Klinge abrollen und schob die Zwiebel dabei millimeterweise voran. Jedes Mal eine kleine Guillotinierung. Ich wusste, wenn ich dieses Messer weiter auf und ab wiege und Zwiebeln drunter durchschiebe, dann gibt es Abendbrot. Das Wissen war intuitiver Natur, ohne dass mir dabei irgendein spezifischer Gedanke durch den Kopf ging. Aber sie hatte gefragt, was ich denke, also dachte ich plötzlich. Ich dachte, Paddy Clohessy, deine Hand umfasst diesen Griff. Wenn du die Hand hebst und damit eine Bewegung nach rechts vollführst, zerteilt die Klinge Luft, und es passiert nichts weiter. Bewegst du sie zwanzig Zentimeter nach links, zerschneidet sie Gewebe, und es stirbt ein Mensch. Wie erstaunlich, es ist dieselbe Bewegung und doch etwas völlig anderes! So wenig musst du tun, um so viel zu bewirken. – Aber natürlich schnitt ich weiter Zwiebeln. Nur war mir klar geworden, wie einfach ich es hätte tun können. Jeder kann es. Anschließend war ich allein, sie ging und deckte den Tisch, und wir unterhielten uns über die Räume hinweg. Mein Mund plapperte, ihrer plapperte, wir füllten die Wohnung mit Geräuschen der Beherrschtheit. Es war, als liefe irgendwo der Fernseher. Ich fand mich am offenen Fenster stehend. Und wieder dachte ich, mit einem schnellen Sprung bist du draußen. Ohne jede Anstrengung. Du musst nur einen geringen Höhenunterschied überwinden, einen Meter zehn vielleicht, wenn überhaupt. Der Schritt aus der Normalität ist so klein, er kostet dich nicht mehr, als eine unbedeutende Distanz zurückzulegen. Und ich dachte, wenn es so einfach ist, warum steigst du dann nicht über den Fensterrahmen und lässt dich fallen?«

»Und? Hast du dich fallen lassen?«

Clohessy schüttelte den Kopf.

»Nein. Aber allein, darüber nachzusinnen, machte mir schlagartig klar, dass ich die Grenze schon überschritten hatte. Die meisten Menschen stellen sich solche Fragen nicht. Sie schließen die Möglichkeit eines Sprungs aus dem Fenster ebenso instinktiv aus wie einen Mord. Solange du dir gewisse Dinge nicht bewusst machst, musst du nicht über sie befinden. Hingegen im Augenblick, da du ein Nein formulierst, entsteht auf der Gegenseite ein Ja. Und dieses Ja wächst. Es will ausgesprochen sein. Es beginnt dich zu quälen. Jede Minute deines Lebens. Jede verdammte Sekunde. Jeden Moment. Jedes Weiterrücken des verdammten Zeigers auf deiner Uhr!«

O'Connor schwieg.

»Die Angst vor dem, was ich tun *könnte,* wurde in kürzester Zeit unerträglich. Ich begriff, dass sie immer schon in einem versteckten Winkel darauf gelauert haben musste, ihre hässliche Fratze zu zeigen. Ganz gleich, was ich tat, wo immer ich war, wen immer ich traf, augenblicklich kreisten meine Gedanken um die fatalste aller Möglichkeiten. Die Vorstellung wurde zur fixen Idee: Was muss in deinem Hirn, deinem natürlichen Regulativ passieren, dass du jemanden vor ein Auto stößt, ihn erstichst, ihn oder dich verstümmelst, folterst, umbringst? Wie weit bist du davon entfernt? Vom Bösen, meine ich! Beziehungsweise ist es überhaupt das Böse und nicht einfach nur eine besondere Form der Freiheit? Und wenn ja, wie konnte ich mich befreien? Von diesem Druck, der unerbittlich zunahm!«

Clohessy machte eine Pause. Sein Blick endete wenige Zentimeter vor seinem Gesicht.

»Gut, ich fragte mich natürlich, ob ich verrückt sei. Ich saß mit dieser Frau am Tisch, wir aßen, und zugleich stellte ich mir vor, wie ich ihr die Klinge über die Kehle zog. Ganz klar, ich musste verrückt sein!

Aber es kam mir nicht so vor. Ich wollte sie ja nicht ermorden. Ich liebte sie. Ich empfand Panik vor dem Moment, da ich meine Beherrschung verlieren und etwas Grauenvolles tun würde, um das zu zerstören, was ich liebte, und zugleich war da eine unbändige Kraft, die mich trieb, es endlich zu tun, um nicht über dem Schrecken der Hypothese den Verstand zu verlieren. Es heißt, man soll seine Grenzen kennen, das ist Unsinn. Sie zu kennen heißt, sie überwinden zu wollen. Das Problem ist nur, es gibt kein Zurück. Einmal deinem inneren Dämon nachgegeben, und du fährst geradewegs in die Hölle.«

Er wandte O'Connor sein Gesicht zu und lächelte.

»Ich glaube, Liam, du hast diese Angst vor dir selbst nie gehabt. Den meisten Menschen ist sie fremd. Das hat uns unterschieden. Du warst zu jeder Zeit weit davon entfernt, mit begangenem Unrecht leben zu müssen. Bei dir war alles nur Spaß. Unter dir hätte es nie eine französische Revolution gegeben, keine Meuterei auf der Bounty, keinen bewaffneten Kampf gegen Imperialismus, Ausbeutung und Unterdrückung. Du magst dich mit dir gelangweilt haben, aber du hast nie unter dir gelitten.«

»Und ich habe nie jemanden ermordet oder in die Luft gesprengt.«

»Auch das ist wahr.«

O'Connor sah hinaus in das vorbeiziehende Schwarz.

»Warum sind wir hier, Paddy?«, fragte er.

»Warum? Meine Geschichte verlief anders als deine. Auch eine dieser Kleinigkeiten. Eine minimale Abweichung in unserem charakterlichen Profil, eine Prise Schicksal, ein Maß an Wut, das du nie kennen gelernt hast. Wir differierten um ein μm und drifteten Lichtjahre auseinander. Das gleiche überragende Talent, nur dass aus dir ein angesehener Forscher mit literarischen Ambitionen wurde und aus mir ein Geächteter. Ich habe mich in den Dienst eines Ideals begeben und verloren. Du hast dich der Bürde eines Ideals verweigert und gewonnen. Darin liegt keine Logik und keine Moral, nur eine kuriose Verdrehung, die einem den Glauben an die Menschheit nehmen könnte, wenn es irgendeine Relevanz hätte. Am Ende stehst du hier in deinem piekfeinen Anzug und hast dir einen Namen gemacht. Ich habe mir ebenfalls einen Namen gemacht, nämlich einen neuen. Keiner dieser Namen steht für das, was wir sind. Du hast irgendwie alles richtig angepackt. Ich habe jeden erdenklichen Fehler begangen und überlebe, weil ich mich verleugne. Diese neue Existenz ist meine letzte Chance. Ich wollte dir nur sagen, dass Ryan O'Dea einen guten Job macht und nicht mehr jede Nacht schweißgebadet aufwacht, weil er in ständiger Angst lebt, erschossen zu werden. Dein Besuch heute hätte eine Freude sein müssen für Paddy Clohessy, aber Paddy ist tot. Er fiel einer Reihe von Dummheiten zum Opfer, die ihn nichts Richtiges und nichts Gutes tun ließen. O'Dea möchte hingegen seine Ruhe. Verstehst du, was ich meine?«

»Ich bin mir nicht sicher.«

»Ich dachte, es wäre nur fair, unsere gemeinsame Geschichte zu einem Ende zu bringen«, fuhr Clohessy fort. »Ich war in der Buchhandlung, du hast mich nicht gesehen, schätze ich. Mir fiel auf, wie weit du von jeder Lebendigkeit entfernt bist. Und von jedem wirklichen Schmerz. Von dir geht die Kälte der Rechtschaffenheit aus, und ich beneide dich darum. Aber ich würde nicht mit dir tauschen wollen. Ich kann mir einen Tausch nicht mehr vorstellen, nicht einmal mehr, irgendetwas mit dir auszutauschen. Nichts ergäbe einen Sinn. Nicht einmal mehr, ein Bier mit dir zu trinken.«

»Was hat dich bloß in diese sinnlose Wut versetzt?«, fragte O'Connor nach einer Weile. »Wir haben uns auf dünnes Eis begeben. Der Reiz lag darin, draufzubleiben, nicht einzubrechen.«

Clohessy zuckte die Achseln.

»Ich sagte ja, für dich war es ein Spiel. Außerdem erinnere ich mich an Tage, als du froh gewesen wärest, einzubrechen, um selbst wieder rausfinden zu müssen aus dem klammen Loch. Schon vergessen? Den Überdruss, die Sinnsuche? Aber ich sehe, dass du ein hundertprozentiger Sohn deines Vaters geworden bist. Du hättest die Kronjuwelen klauen können, dir stand immer alles offen.«

»Dir etwa nicht? Unsinn, Paddy. Ich hatte nichts, was du nicht auch gehabt hast. Du wärest ein brillanter Physiker geworden!«

Clohessy lachte leise.

»*Ich bin* ein brillanter Physiker geworden, Liam. Dafür haben sie begonnen, mich zu jagen. Als ich begriffen hatte, dass sich die IRA, die Ulster Freedom Fighters und die Red Hand Commandos durch rein gar nichts voneinander unterscheiden als durch Parolen, wollte ich raus aus der Sache. Aber ich hatte zu viel hübsches Spielzeug für sie entwickelt. Zu viele gute Ideen gehabt. Ich war der sprichwörtliche Mann, der zu viel wusste.«

»Du hättest es gar nicht so weit kommen lassen müssen«, sagte O'Connor zornig. Seine Worte schienen übers Wasser davonzuziehen. »Du hattest eine Zukunft, Paddy, ebenso wie ich.«

»Nein, Liam. Du hattest eine Vergangenheit, mit der man leben konnte, und ich nicht. Aber die Zukunft ist die Vergangenheit. Nichts sonst.«

Als O'Connor die Bar wieder betrat, waren keine zwanzig Minuten vergangen. Er setzte sich wortlos zwischen Wagner und Kuhn, nahm dem Lektor das Glas aus der Hand und leerte es in einem Zug.

Kuhn sah ihm mit ausdruckslosem Gesicht zu.

»Okay«, sagte er. »Nur, dass ich's kapiere. Die eine verabschiedet sich ins Bett und taucht sofort wieder auf, damit mir die Zeit nicht lang wird. Der andere geht ebenfalls schlafen, um eine halbe Stunde später meinen Cognac auszutrinken. Nichts davon gibt mir das Gefühl, es hätte was mit mir zu tun. So weit richtig?«

»Richtig«, sagte O'Connor.

Er führte die Finger zu den Schläfen und begann sie mit kreisenden Bewegungen zu reiben. Dann blickte er auf und sagte langsam:

»Ich habe gerade mit einem sehr gefährlichen Mann gesprochen.«

Wagner seufzte. In O'Connors Augen stand zu lesen, dass er es ausnahmsweise ernst meinte. Paddy schien sich als Lustbremse ersten Grades zu erweisen! Sosehr es ihr missfiel, war sie fest entschlossen, O'Connor bei der Bewältigung des Themas nach Kräften zu unterstützen. Schlicht und einfach, um das hohlwangige irische Gespenst aus seiner Vergangenheit zu exorzieren, bevor es weiter in ihrer Romanze herumspuken konnte.

»Wir haben uns unterhalten. Nein, falscher Begriff. Ich habe ein paar rhetorische Zierschritte gemacht und anschließend einem Monolog von Macbeth'scher Düsternis beigewohnt. Im ersten Moment war alles einfach nur seltsam. Als ich dann rauf zum Hotel ging, wurde es unheimlich. Vielleicht wirft meine Phantasie Blasen, aber mir ist Verschiedenes durch den Kopf gegangen. Können wir darüber reden?«

»Natürlich«, sagte sie brav. »Wo hast du ihn gelassen?«

»Paddy?«

»Ja.«

»In der Nacht verschwunden.« O'Connor betrachtete das leere Glas in seiner Hand, drehte es hin und her und stellte es wieder vor Kuhn hin. »Vielleicht hätte ich ihn aufhalten sollen, aber ich denke, es war besser, ihn vorerst gehen zu lassen. Die Bar ist ein sicherer Ort.«

»Du meinst, in seiner Nähe könnte es gefährlich werden?«

»Ich meine, es ist jetzt nicht der Augenblick, nach Shannonbridge zu fahren. Wenn du verstehst, was ich damit sagen will.«

»Mhm. Kapiert.«

Einen Moment lang war es grabesstill. Selbst das Gemurmel der wenigen Gäste, die ein Stück weiter saßen, schien erstorben zu sein. Nur das Handtuch des Barkeepers quietschte leise in einem Weinglas.

Kuhn lächelte dünn.

»Wisst ihr was?«, sagte er. »Euer konspiratives Getue ödet mich an. Nicht auszuhalten!« Er pumpte sich auf, dann explodierte er: »Liam, bei allem Respekt, würden Sie mir die Freude einer Erklärung machen? Ich bin Ihr Lektor, Himmel, Arsch! Ich habe diese ganze verdammte Reise organisiert, damit Sie Ihre Schmöker an den Mann bringen, aber Sie schlagen Kapriolen, reißen aus, flirten mit meiner Assistentin, ergehen sich in Mysterien und saufen mir meinen letzten Trost weg! Was ist, wollt ihr mich loswerden? Gut, soll mir recht sein. Schon okay, ihr geht mir reichlich auf die Nerven! Nur, dann *sagt* es! Macht mich nicht krank! Ich fordere Genugtuung, ich wurde beleidigt und abserviert! Zum ersten und zum letzten Mal: *Was – ist – los?*«

O'Connor hob die Brauen.

»Säbel oder Pistolen?«, fragte er.

Es kostete sie mehr als einen doppelten Hennessy, den Lektor wieder auf normale Pulsfrequenz zu bringen, also berichtete O'Connor ergeben von seinem Wiedersehen mit dem Mann, der jetzt Ryan O'Dea hieß. Kuhn schmolz dahin. Er war wie ein Kind, stellte Wagner fest. Man musste sich mit ihm beschäftigen, sonst wurde er patzig. Bezog man ihn ein, war er die Versöhnlichkeit selbst.

Schließlich breitete sich kollektive Nachdenklichkeit aus.

»Paddy will also seine Ruhe«, resümierte Kika nach einer Weile. »Na schön. Warum lässt du ihm dann nicht einfach seine Ruhe?«

»Weil seine Ruhe trügerisch ist«, sagte O'Connor. »Ich kenne

Paddy. Was er mir erzählt hat, entsprach in jedem Wort der Wahrheit. Genau hier liegt das Problem.«

»Verstehe«, sagte Kuhn gelassen.

Der Physiker sah ihn an.

»Was verstehen Sie denn, werter Kollege?«

»Dass Sie der Offenheit eines Mannes misstrauen, der keinerlei Grund hat, offen zu sein.«

»Donnerwetter!«, sagte O'Connor, und dann sagte er eine ganze Weile gar nichts mehr.

Wagner überlegte, was sie mit der Situation anfangen sollte. Zwei in sich versunkene Männer starrten einen Tresen an. Sie selbst spann den Gedanken Kuhns weiter und kam zu einem merkwürdigen Resultat. Sicherheitshalber winkte sie den Barkeeper heran und orderte ein Tonic Water für sich selbst und einen zwölf Jahre alten Macallan für O'Connor. Mittlerweile hatte sie gelernt, dass Destillate vom Schlage eines Laphroig, Talisker oder Lagavulin Geschmack und Wirkung alkoholgetränkter Schinkenbrote entfalteten und sich beim Küssen eigenwillig bemerkbar machten. Dann besann sie sich, bestellte das Tonic Water wieder ab und schloss sich O'Connor an.

Die Getränke kamen. O'Connor bedachte sie mit einem Blick voller Zärtlichkeit und versenkte seine Aufmerksamkeit wieder im Glas.

Das Schweigen begann lästig zu werden.

»Wenn ich mal was sagen darf«, schlug sie vor.

O'Connor blickte auf.

»Dein Freund – oder auch gewesener Freund – Paddy Clohessy alias Ryan O'Dea gibt zu verstehen, er wolle dich gern noch heute Abend sehen, weil er am folgenden Tag beschäftigt sei. Richtig?«

Kuhn sah ebenfalls auf. Etwas in ihrem Tonfall schien Wunder zu wirken.

»Weiter«, fuhr sie fort, »sagt er, dass er dich ja später nicht mehr sehen könne, weil du dann abgereist seist. Auch richtig?«

O'Connor lächelte.

»Nur zu«, sagte er. »Ich will's von dir hören.«

»Paddy weiß also, dass du übermorgen abreist. Hast du ihm das am Telefon gesagt?«

»Nein.«

»Also woher weiß er es?«

O'Connor ließ einen Augenblick verstreichen. Dann legte er Kuhn den Arm um die Schulter, zog ihn wie einen Bruder zu sich heran und flüsterte:

»Ist sie nicht wundervoll?«

»Hätte er einfach nur rauskriegen wollen, wie lange du in Köln bleibst, hätte er dich fragen können«, setzte Wagner ihre Rede ungerührt fort. »Stattdessen weiß er es. Also hat er jemanden bemüht, damit er ihm Auskunft über dich erteilt. Warum tut er das? Warum fragt er dich nicht einfach selbst?«

»Ja, warum?«

»Ich schätze, weil ihn dein Besuch nervös gemacht hat. Ebenfalls richtig?«

»Fast richtig.«

»Und was ist ganz richtig?«

»Kika, du hättest Arthur Conan Doyle alle Ehre gemacht.« O'Connor lehnte sich zurück und betrachtete sie mit offener Bewunderung. »Es ist genau die Sache, über die ich auch ins Grübeln geraten bin. Aber ich gelange zu einem etwas anderen Schluss als du. Ich glaube, es hat jemand Drittem ganz und gar nicht gefallen, dass O'Deas Identität heute aufgeflogen ist. Wie gesagt, ich kenne Paddy. Tatsache ist, dass wir uns auseinander gelebt haben. Ich meine, falls uns überhaupt je etwas zusammengehalten hat, dann waren es Frauen, Alkohol und Illusionen. Keine sonderlich ruhmreiche Bilanz, aber dafür wenig anstrengend! Jedenfalls, Paddy breitet seine Seelenlandschaft vor mir aus, damit ich begreife, dass ich da bitte schön nichts mehr verloren habe. Er hat nicht einen Schlussstrich gezogen, sondern gleich ein ganzes Dutzend. Und er war ziemlich gut darüber informiert, was ich in Köln tue und wie lange ich hier sein werde, wie du selbst schon festgestellt hast. Solch luzide Eleganz hat der gute alte Paddy aus den Tagen des Trinity nicht im Entferntesten besessen. Er hätte mich entweder aufgesucht, wenn ihm an meiner Gesellschaft gelegen wäre, oder gar nicht. Stattdessen hetzt er mich durch das Labyrinth seiner Psychosen und entlässt mich mit einer deutlichen Warnung.«

»Warnung?«, echote Kuhn.

»Ja! Mich rauszuhalten. Ich soll glauben, dass er einen neuen Namen angenommen hat, um in Frieden leben und arbeiten zu können. Lächerlich. Der rechtschaffen gewordene Halunke und seine historische letzte Chance. Ich bin ergriffen und zu Tränen gerührt. Aber wischen wir den Rotz von der Nase und bemühen unseren Verstand: Was wäre also, wenn ihn jemand geschickt hätte? Jemand, der kein Interesse daran hat, wenn alte Freunde hinter Paddy Clohessy herschnüffeln und öffentlich verbreiten, dass ein ehemaliger Aktivist der IRA – oder wo immer er sich sonst noch rumgetrieben hat – plötzlich in der Technik eines renommierten europäischen Flughafens auftaucht.«

»Eines Flughafens zudem«, ergänzte Kuhn zwischen zwei Schlucken, »der seit Anfang des Monats von jedem irgend relevanten Politiker frequentiert wird. Ganz zu schweigen von denen, die noch kommen.«

Er hatte die Worte ausgesprochen, als handele es sich um eine Marginalie. Im nächsten Moment weiteten sich seine Augen. Erst jetzt schien er sich dessen bewusst zu werden, was er gesagt hatte.

»Mein Gott«, flüsterte er.

»Langsam.« Wagner trat zwischen die beiden Männer und legte jedem von ihnen einen Arm um die Schulter. »Wir konstatieren fürs Erste, dass aus Paddy Ryan wurde. Okay? Alles andere entspringt unserer Phantasie.«

»Wenn es nur unserer Phantasie entspränge, hätte ich dem Abend längst schon attraktivere Seiten abgewonnen«, sagte O'Connor mit eindeutigem Funkeln in den Augen. »Natürlich ist alles blasse Theorie, aber wozu kommt Paddy in einem solchen Affenzahn herbeigerauscht, nur um mich darüber aufzuklären, dass ich ihn vergessen soll? Seine Geschichte geht auf tausend Krücken. Er hätte nie aus freien Stücken so gehandelt! Aber jemand sagt ihm, Paddy, alter Unglücksrabe, das ist eine dumme Sache, war nicht vorgesehen. Gar nicht opportun, dieser O'Connor. Geh hübsch hin und sag ihm, er soll dich um Himmels Willen nicht verraten und dir die Zukunft vermasseln, gefallener Engel, der du bist, voll der edelsten Absichten, dem Bösen abhold und einzig darauf erpicht, ein ehrbares Leben zu führen. Seif den Kerl gehörig ein. Aber so was kann der gute Paddy eben nicht. Er steht vor mir und bringt es nicht fertig, Small Talk zu machen. Er weiß schlicht und einfach nicht, was er sagen soll, also sagt er die Wahrheit. Warum er abgerutscht ist. Was schief gelaufen ist. Er redet sich die Vergangenheit von der Seele und sagt viel zu viel. Schließlich hat er das Gegenteil von dem erreicht, was seine Einflüsterer beabsichtigen. Ich misstraue ihm. Ich denke, Paddy, du armseliger Idiot, jemand hat dich hergeschickt, um mich einzulullen. Und warum? Damit ich euch in Ruhe das zu Ende bringen lasse, weswegen ihr hier seid.«

»Gut«, sagte Wagner. »Wenn du der unbedingten Überzeugung bist, Clohessy und irgendwelche ominösen Drahtzieher hätten den Flughafen infiltriert, was schließt du dann daraus?«

»Ich weiß nicht. Wer landet hier alles in den nächsten Tagen?«

»Clinton«, sagte Kuhn, an seinen Fingern abzählend. »Morgen Abend, soweit ich weiß. Außerdem die Japaner. Möglicherweise Kanada.«

»Alle morgen?«

Kuhn zog die Brauen zusammen.

»Ja, ich denke schon. Jelzin erwarten sie übermorgen, glaube ich. Immer vorausgesetzt, er schafft es die Gangway runter.«

»So krank?«, fragte Wagner.

»So betrunken«, warf O'Connor ein. »Vorletztes Jahr in Dublin stand seine Maschine geschlagene drei Stunden auf dem Rollfeld. Der Taoiseach wartete, dass Boris Nikolajewitsch irgendwann zum Vorschein kommen würde, aber der balgte sich im Delirium mit seinem Leibwächter. Schließlich hob der Flieger wieder ab. Das Ehrenbataillon ging unverrichteter Dinge vom Rollfeld, und der Premier verlernte seinen russischen Begrüßungssatz.«

»Eine präzise Schilderung Jelzin'scher Staatskunst«, nickte Kuhn und rülpste. »Pardon auch. Ich glaube, die Japaner kommen doch erst am Neunzehnten. Oder? Halt, viel wichtiger, die First Lady! Die kommt am Neunzehnten, definitiv. Hillary und Billiboys herangewachsener Samen.«

»Chelsea? Du lieber Gott. Die ganze heilige Familie.«

»*America, the beautiful!*«, skandierte Kuhn. »Ach ja, Miss Albright nicht zu vergessen.«

»Das reicht jetzt«, sagte Wagner. »Liam, die Sache ist ganz einfach. Geh zur Polizei und sag ihnen, was los ist.«

Er brütete eine Weile über ihren Worten.

»Und wenn wir uns irren?«

»Keine Ahnung. Wenn wir uns irren, passiert gar nichts. Dann hat er sich eben nichts zuschulden kommen lassen.«

»Wir aber, Kika. Wir haben seine Identität auffliegen lassen.«

»Moment! Du hast selbst gesagt …«

»Ich weiß, was ich gesagt habe. Du hast ja Recht! Aber ich bin nicht sicher, ob ich das alles richtig sehe. Du darfst nicht vergessen, dass ich ein extrem gelangweilter Mensch bin. Ich pflege mir Unsinn einzubilden und aufzuschreiben, womit ich Millionen verdiene. Es wäre ungerecht, wenn Paddy im Gegenzug seinen Job verlieren würde.«

Wagner starrte ihn an.

»Ich glaub's einfach nicht! Wofür machst du diese Welle, wenn dann doch alles nur Blödsinn war?«

»War's ja nicht!«

Erstmals, seit sie sich kannten, erschien ihr O'Connor plötzlich hilflos. Der Eindruck war so überwältigend, dass Wagner sich außerstande sah, wütend auf ihn zu sein. Sie griff nach ihrem Whisky und trank.

»Wo wohnt dieser Paddy, der Ryan heißt und was weiß ich noch, wie?«

»Gute Frage.«

»Freut mich, dass sie deine Billigung findet.«

O'Connor kniff die Augen zusammen.

»Worauf willst du hinaus?«

»Wir machen jetzt zur Abwechslung mal Ernst, darauf will ich hinaus. Ich meine, morgen geht hier wieder das Theater mit den Staatsbesuchen los. Und da ist Paddy. Gut möglich, dass er tatsächlich nur in aller Stille sein neues Leben leben möchte. Ebenso gut möglich …«

Sie stockte. Nein, dachte sie, das ist absurd. In solche Situationen schlittern keine Menschen aus dem wirklichen Leben. So was ist Filmfiguren vorbehalten. Wir nehmen uns nur wichtig.

Wir spielen Krimi, dabei sollte Kuhn seinen Cognac bezahlen und aufs Zimmer gehen, und ich sollte mit Liam die deutsch-irische Freundschaft vertiefen.

O'Connor hatte das Kinn auf die Handknöchel gestützt und betrachtete sie mit seinen weiß schimmernden Augen. Erneut kam es ihr vor, als erstrahle das Blau der Iris in all dem Weiß noch intensiver, wenn er nachdachte. Ihr ganzer Körper begann zu schmelzen, und heftiges Verlangen überkam sie, sich bei ihm anzulehnen und sich in ihm zu vergraben.

Keine Zeit für Shannonbridge.

Sie holte Luft und hob das Kinn.

»Ebenso gut möglich«, sagte sie sehr bestimmt, »dass er aus dem Grund am Flughafen ist, ein Verbrechen zu begehen. Und dass es etwas mit dem bevorstehenden Gipfel zu tun hat.«

»Uff«, sagte Kuhn.

O'Connor sah sie unverwandt an.

»Was schlägst du also vor?«, fragte er.

»Nun ja...« Sie hob die Brauen. »Wenn er hier arbeitet, wird er wohl auch irgendwo in Köln wohnen. Ein Mister O'Dea müsste sich also aufspüren lassen. Wir fahren einfach hin und sehen nach, ob er zu Hause ist. Falls nicht, warten wir, bis er kommt. Du redest mit ihm. Zweite Runde. Diesmal gefällst du dir nicht in rhetorischen Standardtänzen, sondern bietest ihm deine Hilfe an. Wenn du danach immer noch der Meinung bist, Paddy habe irgendwelche Lumpereien im Sinn, verständigen wir die Bullen. Falls nicht, dann...«

O'Connor grinste.

»Shannonbridge.«

»Und zwar das volle Programm.«

CLOHESSY

Er sah auf die Uhr. Es war 23.30 Uhr. Janas Worte schmeichelten sich immer noch durch sein Hirn, zwanzig Minuten nachdem er mit ihr über die Kommunikationseinheit gesprochen hatte, die sie FROG nannten und die mit einem Codierungs-Decodierungs-System arbeitete. Äußerlich sahen die FROGs in nichts anders aus als Motorola-Handys, bis hin zum Schriftzug, aber Gruschkow hatte außer dem Code-Chip noch einige andere Extras eingebaut. Mirko und Jana etwa konnten über ihre FROGs die der anderen in der Gruppe abhören, selbst wenn diese ausgeschaltet waren.

»Ich habe ihn getroffen«, hatte er sie atemlos wissen lassen, während er noch am Rheinufer stand und O'Connor eben hinter dem Komplex des Maritim verschwunden war. »Ich habe ihm alles so gesagt, wie wir es vereinbart hatten. Wir müssen uns keine Sorgen mehr machen.«

»Er hat dir geglaubt?«

»O'Connor kennt mich, er –«

»Keine Namen.«

»Verdammt! Tut mir leid. Ja, er hat alles geglaubt. Er würde keinen Freund verraten.«

Jana hatte einen Moment lang geschwiegen.

»Gut. Sehr gut.« Ihre Stimme konnte erschreckend kalt klingen oder weich und angenehm. Jetzt hatte sie beinahe etwas Einschläferndes. »Ich bin froh, das zu hören. Dann gute Nacht.«

»Ja. Gute Nacht.«

Clohessy verlangsamte seinen Wagen und bog in die Straße ein, in der er seit einem knappen halben Jahr Quartier bezogen hatte. Sein Atem ging stoßweise. Zwischen seinen Handflächen und dem Kunststoff des Steuers hatte sich eine dünne Schicht aus Feuchtigkeit gebildet. Dafür war seine Kehle so trocken wie ein ausgedorrter Brunnen.

Es gab keinen Parkplatz direkt vor der Tür. Er musste etwa hundert Meter weiterfahren, bis er eine Lücke fand.

Als er das Stück zu seinem Haus zurückging, zwang er sich, nicht zu laufen. Er war sich nicht sicher, ob sie ihn unter Beobachtung hatten. Vermutlich war es so, dann konnte jede fahrige Bewegung, jedes kleinste Anzeichen von Nervosität sein Schicksal besiegeln. Seine einzige Chance war, Selbstsicherheit vorzutäuschen und ihnen das Gefühl zu geben, es sei tatsächlich alles in Ordnung.

Warum um Gottes willen hatte das passieren müssen?

Sein Herzschlag hatte ausgesetzt, als man ihn holte, um einem Dr. Liam O'Connor über sich selbst Auskunft zu erteilen. Ein halbes Jahr lang war alles nach Plan verlaufen, ohne die kleinste Panne. Sie hatten Probleme bewältigt, an denen Hochschulprofessoren gescheitert wären. In aller Stille hatten sie die Anlage installiert und den größten Sicherheitsapparat der Welt zum Narren gehalten, nur um Opfer der verschwindend geringen Möglichkeit zu werden, dass er und O'Connor sich an diesem Ort und zu dieser Stunde über den Weg liefen.

Es schrie zum Himmel.

Clohessy wusste sehr genau, was in Janas Kopf vorging. Sie war in höchstem Maße alarmiert! Dem Anschein nach hatte sie die Nachricht mit bemerkenswerter Gelassenheit aufgenommen, aber Jana zeigte sich nie sonderlich emotional. Ihr Hirn funktionierte wie ein Rechner. Sie musste, noch während er sie informiert hatte, alle denkbaren Möglichkeiten aufgerufen und gegeneinander abgewogen haben. Dazu gehörte vorrangig, das Schlimmste anzunehmen, dass O'Connor nämlich die Polizei verständigen würde, weil am Flughafen KölnBonn jemand unter falschem Namen arbeitete, von dem man in Irland wusste, dass er untergetaucht, möglicherweise der IRA beigetreten und mit Sicherheit gefährlich war.

Ihn zu identifizieren, würde kein Problem darstellen. Dass er als Ryan O'Dea unbehelligt arbeiten konnte, lag einzig daran, dass kein Mensch seine Identität in Zweifel zog. Niemand wäre je auf die Idee gekommen, die Personen Patrick Clohessy und Ryan O'Dea miteinander zu vergleichen. Niemand hätte sie je in einen Zusammenhang miteinander gebracht. Auf diese Weise war er völlig sicher gewesen.

Bis zu diesem verfluchten Nachmittag.

Wer Einblick nehmen würde in die Akte Patrick Clohessy unter der Maßgabe, eine Ähnlichkeit zu Ryan O'Dea festzustellen, würde dazu nicht lange brauchen.

Jana musste sich fragen, ob Clohessy noch tragbar für die Gruppe war. Ein inniges Verlangen nahm von ihm Besitz, O'Connor möge zur Hölle fahren. In einem anderen Leben hatten sie zusammengesessen und ihre unterschiedlichen Arten, das eigene Glück zu untergraben, auf einen Nenner gebracht. Es spielte keine Rolle mehr. Der Mann, den er vorhin am Rheinufer getroffen hatte, strafte die letzten sentimentalen Erinnerungen an die Zeit im Trinity Lügen. Er hätte sterben müssen, sofort, bevor er mit seinem Wissen hausieren ging.

Das Problem war nur, dass ihn eine Frau begleitet hatte, die möglicherweise dasselbe wusste wie der Physiker. Wiederum hatten O'Connor und die Frau danach Kontakt mit anderen Menschen aufgenommen. Im Verlauf des Abends hätte er dutzendfach Gelegenheit gehabt, von seiner Begegnung am Flughafen zu erzählen. Zwar ging Clohessy nicht davon aus, dass er es auch getan hatte, aber wen interessierte schon, wovon er ausging. Die Möglichkeit bestand. O'Connor und die Frau aus dem Weg zu räumen, hätte im Augenblick nur noch größere Probleme geschaffen.

Clohessys Gedanken rasten, während er die von fahlen Lichtinseln erleuchtete Straße entlangging.

Das Gelingen der Operation bedingte, dass sie Gewalt um jeden Preis vermieden. Im Netz der Sicherheitskräfte, das Köln überzog, durfte sich nicht der leiseste Zweifel daran regen, dass der Gipfel reibungslos über die Bühne gehen würde. Sie konnten es sich nicht leisten, Leute umzubringen. Nichts wäre schlimmer, als wenn der einmal beschlossene Ablauf des Gipfels in letzter Sekunde geändert würde.

Aber sie konnten es sich noch weniger leisten, dass jemand Ryan O'Dea verriet.

Sie konnten sich Patrick Clohessy nicht leisten.

Er zwang sich, ruhig zu bleiben und sich nicht umzusehen. Er bezweifelte, dass Jana sich in seiner Nähe blicken ließ, aber wo ihr Zerberus Mirko gerade herumschlich, war weniger klar zu sagen. Es hätte Clohessy nicht gewundert, in diesem Moment die Schritte des Serben hinter sich zu hören, nur dass man Mirko eben nicht hörte. Seit sich die Truppe vor Monaten zusammengefunden hatte, hatte er Mirko nur wenige Male gesehen. Er ließ sich selten blicken, tauchte zu festgesetzten Zeitpunkten auf und verschwand wieder. Nicht einmal Jana schien zu wissen, wohin er ging und was er in den verbleibenden neunundneunzig Komma neun Prozent seiner Zeit überhaupt tat. Jedes Mal hatte Clohessy in Mirkos Gegenwart tiefes Unbehagen verspürt. Mirko war in seiner lässigen Art so unspektakulär wie jeder x-beliebige Mann von der Straße. Immerzu vermittelte er den Eindruck, mit halber Aufmerksamkeit das Geschehen um sich herum zu beobachten, ohne selbst etwas Aufregenderes zu tun als zu essen und zu schlafen. Nicht einmal Sex schien der Kerl zu haben. Er sah nicht unbedingt schlecht aus, aber unterm Strich wirkte er so geschlechtslos, interessenlos und abwartend wie Ken aus der Barbie-Familie.

Clohessy war Profi genug, um zu wissen, dass Mirkos nichtssagende Art seine Masche war. Dahinter verbarg sich ein analytisch arbeitender Verstand. Mirko war hochintelligent, sprach ebenso wie Jana fließend mehrere Sprachen und kannte sich in Dingen der Planung und Bewaffnung bestens aus. Clohessy dachte an den Tag zurück, als der Serbe gekommen war, um ihn zu rekrutieren. Zu diesem Zeitpunkt hatte er von Jana schon gehört. Jeder in der Szene kannte sie. Und keiner. Sie war ein Phantom. Selbst die CIA besaß seines Wissens nicht mehr als ihren bloßen Namen. Sie wurde in einem Atemzug mit Leuten wie Carlos genannt, Abu Nidal und den namenlosen Profikillern der Topliga. Niemand wusste, woher Jana stammte, wo sie lebte, nicht einmal, wie sie aussah, obschon Fotos von ihr im Umlauf waren. Sie veränderte ihre äußere Erscheinung, wie es ihr passte, und dass sie eine serbische Patriotin hätte sein können, war nie jemandem in den Sinn gekommen.

Falls sie wirklich Serbin war. *Falls* Mirko Serbe war, wie er behauptete. Was wusste man schon, wenn man für eine Million etwas tat, ohne zu wissen, warum man es tat. Es war offenkundig, dass Mirko und Jana serbische Interessen vertraten. Hintermänner der Operation hatte keiner von beiden je erwähnt. Sie gaben sich den Anschein völliger Autonomie, aber Clohessy war sicher, dass sie im Auftrag einer ungemein potenten Macht arbeiteten. Seine Million jedenfalls schienen sie aus der Portokasse zu bezahlen.

Eine Million.

Es war genug, um der Spirale der Gewalt vielleicht doch noch zu entrinnen. Ein einziger Auftrag, der alles verändern konnte. Neue Papiere, ein neuer Name. Nie wieder Irland, schade um die Heimat, aber dafür ein Leben ohne Flucht und böse Träume.

Er hatte sich in der Illusion gewiegt, die Iren würden ihn in Frieden gehen lassen, wenn er einfach nicht mehr wollte. Es wäre die Chance für einen Neuanfang gewesen. Ohne Gewalt. Aber man verließ die IRA nicht. Die Mitgliedschaft war lebenslang und ein langes Leben nicht unbedingt garantiert in einer Organisation, die innerlich von Misstrauen zerfressen war. Wie es aussah, würde die klassische IRA ohnehin zerschlagen werden. Als Folge blieb den meisten der beschwerliche Weg zurück in eine bürgerliche Existenz. Andere hingegen, wie Clohessy, die im Nervenzentrum der IRA-Forschung gearbeitet hatten, stellten eine Gefahr dar. Clohessy kannte die Köpfe der Organisation, zumindest einige von ihnen. Er war zu hoch aufgestiegen, um nach seinem Ausstieg noch weich landen zu können. Als Folge blieb ehemaligen Aktivisten wie ihm, erneut unterzutauchen in der Hoffnung, von den ehemaligen Kampfgefährten nicht aufgespürt zu werden, und ihre Dienste dem internationalen Verbrechen anzudienen. Am Ende war er, der Ire mit dem Herzen für den unabhängigen Norden, Teil eines offenbar serbisch-nationalistischen Kommandos geworden und hatte begonnen, das von Jana und Gruschkow entwickelte System in die Praxis umzusetzen, unterstützt von einem, der ihm zuarbeitete. Seit vier Wochen war der YAG einsatzfähig. Bis heute hatten sie die Anlage täglich überprüft. Es grenzte an ein Wunder, aber die hochkomplizierte Steuerung und die ausgeklügelte Mechanik funktionierten mit der Präzision einer Atomuhr.

Clohessys Aufgabe war damit erledigt. Angesichts der neuen Entwicklung eine schreckliche Vorstellung.

Warum hatte er nicht kündigen können am Tag der Fertigstellung? Aber Jana hatte es nicht gewollt. Sie hatte es für klüger gehalten, dass er bis auf weiteres in den Diensten des Flughafens verblieb. Sie wollte nicht, dass sich dort vor dem Gipfel etwas in der Personalstruktur veränderte, das vielleicht Misstrauen auf den Plan rief. Zwar waren sie durch ein sechstes Mitglied der Gruppe abgesichert, aber die Minimierung aller Risiken stand im Vordergrund. Im Moment, da »LAUTLOS« abgeschlossen war, stand es ihm frei, aus dem Flughafen zu verschwinden. Und keine Sekunde vorher.

Clohessy erreichte die Hausnummer achtunddreißig, schloss auf, trat in den dunklen Hausflur und wartete, bis die schwere Bohlentür des Altbaus hinter ihm ins Schloss gefallen war. Dann hastete er, immer zwei Stufen auf einmal nehmend, in den zweiten Stock, stürzte in seine Wohnung und ließ sich gegen die Flurwand fallen. Der Spiegel auf der anderen Seite zeigte ihm ein Gesicht, das er nicht als seines erkennen mochte. Er sah aus, als sei er schon tot! Nur die brennenden Augen tief in ihren Höhlen zeugten davon, dass Paddy Clohessy verzweifelt über sein Leben nachdachte.

Genauer gesagt darüber, wie er vermeiden konnte, es zu verlieren.

Er sah erneut auf die Uhr. Es war 23.35 Uhr. Vor einer knappen halben Stunde hatten er und O'Connor sich am Rheinufer getrennt.

Glasklar erkannte er, dass Jana seinen Tod erwog. Die Frage war, ob er sie hatte glauben machen können, dass O'Connor ihm vertraute und bis morgen nicht auf dumme Gedanken kam. Er selbst glaubte es nicht. O'Connor war mit einem Übermaß an Phantasie ausgestattet. Er war zu klug, um sich hinters Licht führen zu lassen, und Clohessy hatte mehr erzählt als beabsichtigt. Statt den Physiker wie geplant einzulullen und sein Mitleid zu erregen für den armen untergetauchten Paddy, der nichts anderes wollte als seine Ruhe, hatte er sich zu einem grellen Outing hinreißen lassen. Er hatte O'Connor Einblick in sein Innerstes gewährt, um ihm klar zu machen, warum sie nichts mehr miteinander zu schaffen hatten. Und mehr noch, um sich selbst klar zu machen, was mit ihm geschehen war vor fünfzehn Jahren, als er die Frau verließ, die er liebte, um sich nicht eines Tages blutbesudelt neben ihrer Leiche wiederzufinden, das Messer in der Rechten und seinem entfliehenden Verstand hinterherstarrend.

Sie wollten ihn töten. Wollten sie das wirklich?

Er zwang sich zur Ruhe und überlegte. Wenn er blieb, musste er hoffen, dass Jana kein Risiko mehr in ihm sah. Der Lohn wäre die Million. Irrte er sich, würde er die Million nicht mehr brauchen.

Er konnte fliehen. Ohne die Million. Dafür mit seinem Leben.

Clohessy schätzte, dass ihm ein, zwei Stunden blieben. Falls Jana wirklich plante, ihn verschwinden zu lassen, mussten sie ihn vor seinem Dienstantritt liquidieren. Womöglich gaben sie ihm Zeit, um ihn in Sicherheit zu wiegen. Vielleicht wollten sie ihn im Schlaf ermorden.

Himmel, was für Gedanken.

Geld oder Leben!

Nie hätte er gedacht, dass die alte Bankräuberfloskel eine solche Bedeutung für ihn bekommen würde. Ohne die Million war er wertlos, ein Nichts auf der Flucht, ein Niemand. Alles wäre umsonst gewesen.

Eine Million!

Sollte er wirklich eine Million in den Wind schießen?

Schweißnass stieß er sich von der Dielenwand ab und begab sich ins Bad. Er drehte den Hahn auf und schlug sich kaltes Wasser ins Gesicht, mehrmals, bis die fiebrige Hitze aus ihm wich. Als er sich eben besser zu fühlen begann, klingelte sein Telefon.

Jedes Klingeln traf ihn wie ein Stromstoß. Er verharrte über das Becken gebeugt, die Hände zur Schale geformt, durch deren Ritzen Wassertropfen nach unten fielen. Erneut schien seine Kehle sich zuzuschnüren und sein Herz zu stolpern.

Er wartete, und es klingelte weiter. Nach dem sechsten Klingeln schaltete sich sein Anrufbeantworter ein und sagte sein Sprüchlein auf.

Eine Sekunde lang rauschte es in der Leitung. Dann legte jemand auf.

Gingen sie davon aus, dass er noch nicht zu Hause war? Würden sie warten oder kommen, weil sie dachten, sie könnten vor ihm in der Wohnung sein und ihn dort empfangen?

Die Entscheidung war gefallen. Sollten sie ihre verdammte Million behalten! Sie würden sie ohnehin behalten wollen.

Am liebsten wäre er durch das geschlossene Fenster nach draußen gesprungen und davongelaufen.

Nichts überstürzen, dachte er. Sieh zu, dass du so schnell wie möglich hier rauskommst, aber mach es richtig. Du bist nicht völlig mittellos. Etwa zwanzigtausend Mark besitzt du in bar. Alle Mitglieder der Gruppe verfügten über eine größere Summe, die sie im Notfall einsetzen konnten. Er brauchte Kleidung, er musste einen Koffer packen, und er musste genau überlegen, was er mitnahm. Seine gefälschten Papiere, alles, was seine Person ausmachte und was vonnöten war, um über die Grenze zu kommen.

Er löschte die Lichter, zog seinen einzigen Koffer vom Schrank im Schlafzimmer und machte sich im Dunkeln an die Arbeit.

WAGNER

Die Wärme, von der sie sich durchdrungen fühlte, entsprang nur zur Hälfte dem Umstand, dass Wagner sich in diesem Augenblick als ausgesprochen weise und konstruktiv empfand. Ihr Vorschlag war von salomonischer Qualität gewesen. Zugleich schien sich ihr ganzes Dasein in eine Art Zwischengeschoss oberhalb der Wirklichkeit verirrt zu haben. Seit sechsunddreißig Stunden schlief sie kaum, trank so viel wie nie zuvor in ihrem Leben und schien ausgerechnet ihre klarsten Gedanken zu träumen. Selbst jenseits der Toleranzgrenze allgemeiner Verkehrskontrollen, bretterte sie mit einem Volltrunkenen in besinnlicher Stimmung durch Köln, um die Realität daraufhin abzuklopfen, ob sie sich in einen kinoreifen Thriller verwandelt hatte.

Wie erwartet stand Ryan O'Dea im Telefonbuch. O'Connor hatte seine Nummer gewählt, aber der Anrufbeantworter schaltete sich ein. Möglicherweise war er von dem Treffen am Rheinufer noch nicht nach Hause gekommen. O'Connor hatte es vorgezogen, keine Nachricht zu hinterlassen. Also waren sie losgefahren. An jeder zweiten Ampel war ihr nach Umkehren, so absurd erschien ihr zwischendurch die ganze Geschichte. Dann wiederum folgte sie ihrem Verlauf, als gäbe es nichts Naheliegenderes als das Ungeheuerliche. Je näher sie der Rolandstraße kamen, einer mit Altbauten und Bäumen bestückten Allee zur Südstadt hin, desto astraler wurde ihr Empfinden, und sie trat aus sich heraus, kopfschüttelnd ihr Tun verfolgend, während ihr Fuß aufs Gas drückte und O'Connor ihren Nacken kraulte.

In ihren Ohren dröhnte ihr Herz.

Kuhn hatte wenig Begeisterung für den Plan gezeigt, Paddy

aufzusuchen. Allem Anschein nach war ihm nicht wohl bei der Sache. Nach einigen Überredungsversuchen und der in Aussicht gestellten Chance, Bruce Willis oder Harrison Ford zu begegnen, die in diesem Film vermutlich mitspielten, hatten sie es aufgegeben. Der Lektor saß an der Bar wie festgeschraubt. Vielleicht dachte er auch nur, sie würden seine Anwesenheit als störend empfinden. Allerdings glaubte Wagner zu wissen, was ihn beunruhigte. In die Rolandstraße zu fahren, war real. Die Gesetze der Fiktion galten nur in Büchern, und jenseits gedruckter Worte war Kuhn alles, nur kein Held.

Umso besser. Letzten Endes.

Die Rolandstraße lag in unmittelbarer Nähe des Volksgartens, einer ausgedehnten Parkanlage mit altem Baumbestand, Biergarten und Entenweiher. Wenn sich die Stadt im Sommer aufheizte, waren die Wiesen bis in die späte Nacht bevölkert. Es roch nach Gegrilltem, und das Schlagen von Bongos und Congas gab den Pulsschlag an. Im Moment hielten sich die nächtlichen Aktivitäten in Grenzen. Als der Golf an der dunklen Silhouette vorbeiglitt, schien der Park menschenverlassen dazuliegen.

Auch in der Rolandstraße war kaum jemand unterwegs. Die wenigen Laternen verstärkten den Eindruck von Verlassenheit. Heruntergekommene Altbauten wechselten sich ab mit aufwendig sanierten Fassaden.

»Liam, was wir hier machen, ist verrückt.«

»Dann ist es wenigstens wahrscheinlich.« O'Connor kniff die Augen zusammen. »Kannst du die Hausnummern erkennen?«

»Ach richtig, Haie sehen ja schlecht! Dein Freund wohnt in Nummer achtunddreißig. Hier ist achtzehn. Und eine Parklücke.«

Mit Schwung beförderte sie den Wagen unter eine Straßenlaterne.

»Das war knapp«, sagte O'Connor.

»Es war präzise. Soll ich im Wagen auf dich warten?«

»Nein, du musst unbedingt mitkommen. Deine Erscheinung vereint in seltenem Maße die Vorzüge, einen Mann gleichzeitig zu begeistern und einzuschüchtern.«

Sie gingen die dunkle Straße entlang bis zur Nummer achtunddreißig. Es war eines der weniger ansehnlichen Gebäude. O'Dea wohnte dem Schild zufolge im zweiten Stock.

O'Connor drückte lang und anhaltend auf die Klingel.

WOHNUNG

Clohessy erstarrte.

Nicht aufmachen, dachte er. Tot stellen.

Es klingelte erneut.

Mit trockener Kehle drückte er sich an den Rand des Wohnzimmerfensters und riskierte einen Blick hinaus.

Zu seiner Verblüffung waren es nicht Mirko oder Jana, die kamen, ihn zu holen. Unten stand, den Kopf in den Nacken gelegt, O'Connor und starrte nach oben.

Paddy prallte zurück, bevor der Physiker ihn sehen konnte.

Das war allerdings interessant. Was wollte Liam hier um diese Zeit, nachdem alles gesagt worden war, was es zu sagen gab? War er es auch gewesen, der angerufen hatte?

Es ist eben nicht alles gesagt worden, dachte Paddy. Er hat mir nicht geglaubt.

Einen Moment lang war er versucht zu öffnen. Dann entschied er sich dagegen. Liam würde wieder verschwinden. Besser kein Risiko eingehen. Jede Sekunde zählte, und Liam würde ihm die Zeit nur stehlen.

Mit noch größerer Eile widmete er sich wieder seinem Koffer.

WAGNER

O'Connor trat zurück und sah an der Hauswand empor.

»Es brennt nirgendwo Licht.«

»Versuch's noch mal.«

Auch nach mehrmaligem Klingeln machte niemand auf.

»Er ist noch nicht zu Hause«, brummte O'Connor. »Unartiger Junge.«

»Und was heißt das, Holmes?«

»Ganz einfach, Watson. Wir verkrümeln uns in deinen Golf und beobachten das Terrain, bis die Scheiben beschlagen.«

Es wurde die heißeste Observierung aller Zeiten, aber ganz sicher nicht die beste. Zweimal gerieten sie so heftig ins Gemenge, dass Wagner ernsthaft fürchtete, sie würden dem Golf die Rücklehnen brechen. Jedes Mal besannen sie sich widerwillig ihrer selbst auferlegten Pflicht und spähten hinaus.

»War er das jetzt?«

»Wieso? War da einer?«

»Verdammt, wir haben wieder nicht aufgepasst!«

»Da war keiner. Der vor fünf Minuten ist vorbeigegangen. Danach kam keiner mehr.«

»Bist du sicher? Ich habe einen Mann gesehen. Klar und deutlich.«

»Ich auch. Er lag auf mir und versuchte, meine Bluse aufzuknöpfen. Du hast keinen Mann gesehen.«

»Klingt schlüssig.«

»Wie viel Uhr ist es überhaupt?«

»Zu früh, um aufzugeben.«

»Jetzt sag schon, Blödmann. Oder kannst du nicht mal die Zeiger deiner Uhr erkennen?«

»Ich erkenne alles. Die Welt ist nur um so vieles schöner, wenn man weniger genau hinschaut.«

»Und?«

»Was und?«

»Wie spät ist es jetzt?«

»Augenblick, warte mal – null Uhr zehn.«

Kika löste sich aus seiner Umarmung und rutschte in ihrem Sitz nach oben. Das lange Haar hing ihr ins Gesicht. Sie strich es zurück und zog ihren Rock nach unten. Dutzende blauer Flecken würden der Lohn dafür sein, mit eins siebenundachtzig in einem Golf herumzuknutschen wie die erstbeste Pennälerin.

»Wir warten seit einer geschlagenen Viertelstunde auf deinen Paddy«, sagte sie. »Findest du nicht auch, dass es reicht?«

O'Connor massierte sein Kinn.

»Ich weiß nicht. Ehrlich gesagt weiß ich überhaupt nicht mehr so richtig, was wir hier tun.«

»Wir sind kurzfristig der Verbrechensaufklärung beigetreten.«

»Macht das Sinn?«

»Was fragst du mich?«

O'Connor reckte die Arme und sah aus dem Seitenfenster.

»Ich gebe zu, die Angelegenheit verliert an Reiz. Irgendwie machen wir uns lächerlich.«

»Bist du immer noch der Überzeugung, dass Paddy geschickt wurde?«

Er spreizte die Finger.

»Wenn ja, was bringt das? Möglich, dass ich Gespenster sehe. Oder auch nicht. Je länger wir hier stehen, desto blöder komme ich mir vor.«

»Also was? Polizei? Hotel? Weiter warten?«

Er sah sie an.

»Dein Golf ist eine Folterkammer. Warten geht mir zu sehr auf die Gelenke. Ich schlage vor, wir machen einen Spaziergang durch diesen vortrefflichen Park, an dem wir entlanggefahren sind, und durchdenken alles noch mal an der frischen Luft. Einverstanden?«

»Brillant«, sagte Wagner erleichtert.

Auszusteigen und die Glieder zu strecken war eine Wohltat. O'Connor legte ihr wie selbstverständlich den Arm um die Taille, und sie schlenderten die Straße zurück in Richtung Volksgarten. Es waren nur etwa einhundert Meter. Zu gern hätte sie den Kopf an seine Schulter gelehnt. Leider fehlten ihm einige Zentimeter, um dem Vorhaben die nötige Stütze zu geben.

Als sie unter den ersten Bäumen hindurchgingen und der stille Teich schwarzsilbern vor ihnen lag, klingelte Wagners Handy.

Sie hörte es nicht.

Auf dem Rücksitz des Golf, wo es aus ihrem Blazer gerutscht war, klingelte es weiter, als wolle es sie zurückrufen. Das Display leuchtete in geisterhaftem Grün, und das Wort ANRUF blinkte auf.

Dann herrschte wieder Stille.

KUHN

Kuhn saß, das Nokia ans Ohr gepresst, auf seinem Hocker in der Bar des Maritim und fragte sich, warum Wagner nicht ranging. Sie gehörte zu den Menschen, die mit der kleinen Maschine nahezu verwachsen waren. Sie war immer zu erreichen. Was hielt sie ab?

Ratlos drückte er die OFF-Taste.

Seit einer halben Stunde waren seine Pressereferentin und der verrückte Physiker jetzt fort. An sich waren dreißig Minuten keine lange Zeit, aber sie hatten ausgereicht, Kuhns Hirnkasten in einen Resonator zu verwandeln. Inzwischen schien es ihm eine Ewigkeit her zu sein, dass sie auf die Schnapsidee verfallen waren, diesen Clohessy aufzusuchen.

Es war keine gute Idee gewesen, das zu tun.

Er war beunruhigt. Im Verlauf der einsamen halben Stunde hatten sich seine Gedanken zu Hypothesen aufgeschaukelt, die als aberwitzig hätten gelten müssen, wären sie nicht so ernüchternd schlüssig gewesen. Köln fieberte dem zweiten, dem eigentlichen Gipfel entgegen. Seit Helmut Kohl Kölns regierendem Oberbürgermeister Norbert Burger zwei Jahre zuvor das Medienereignis in die Hand versprochen hatte, um die Rheinländer über den Verlust der Hauptstadt hinwegzutrösten, war die Stadt beseelt vom Odem der Geschichte. Die Weltsicht eines Altkanzlers, der Momente als historisch zu bezeichnen pflegte, bevor sie es wurden, paarte sich mit Schröder'scher Parkettsucht und rheinischem Selbstbewusstsein. Ein exzeptionelles Sicherheitsprocedere hatte schon Monate vor dem denkwürdigen Juni eingesetzt, protokollarische Abläufe von höchster Komplexität hatten ihren Weg durch die Instanzen gefunden und einen logistischen Frankenstein entstehen lassen, den Myriaden von Verantwortlichen mitschufen in der Hoffnung, nicht die Kontrolle darüber zu verlieren. Kompetenzen wurden gegeneinander abgewogen, und Köln wurde zur Schnittstelle des internationalen Austauschs.

Nie zuvor hatten sich so viele diplomatische Vertreter und Sicherheitskräfte unterschiedlichster Nationen hier herumgetrieben. Die einen organisierten, die anderen sahen ihnen auf die Finger, um jedes Risiko auszuschließen.

Aber wie schloss man jedes Risiko aus?

Kuhn wählte O'Connors Nummer. Das Handy des Physikers war ausgeschaltet. Typisch, dachte Kuhn. Wahrscheinlich fuhrte er es nicht einmal mit sich. O'Connor telefonierte ungern. Er hasste es, für jedermann erreichbar zu sein, und benutzte das Mobilephone nur, um seinerseits andere zu erreichen, wenn ihm danach war.

Sollten sie doch machen, was sie wollten.

Grummelnd griff sich Kuhn eine Zeitung, die jemand liegen lassen hatte, und beschäftigte sich mit dem Kölner Lokalleben.

Auch hier nichts als Gipfel.

Wie es aussah, war den Kölnern die Lust am großen Ereignis mittlerweile vergangen. Die Stadt schien im Belagerungszustand. Vergessen, dass Burger den Gipfel ursprünglich in der Messe mit seinem dortigen Pressezentrum hatte unterbringen wollen. Kohl war anderer Meinung gewesen, und die Meinung des Kanzlers hatte zu dieser Zeit immerhin zwei Zentner Gewicht. Volksnah sollte der Gipfel sein. Nicht abgeschottet wie in Birmingham.

Anfangs hatten die Kölner das Gipfelstakkato mit Genugtuung und volksfestähnlicher Ausgelassenheit goutiert, bis sie dahinterkamen, dass sie nun in ihrer eigenen Stadt nichts mehr zu sagen hatten. Am dritten und vierten Juni hatten die Regierungschefs der EU-Länder Köln in Beschlag genommen, fünf Tage später folgten die Außenminister der G-8-Staaten. Fast am Rande trafen sich die katholischen Bischöfe reicher Industrienationen mit ihren armen Brüdern aus den Schuldnerländern, um eine Kölner Erklärung zur Schuldenfrage zu verfassen. Köln war in den Mittelpunkt der Welt gerückt. Ähnliche Aufgebote an Polizei hatte man nicht einmal in den Jahren der RAF-Hysterie erlebt. Grün herrschte vor, einer denkwürdigen Statistik zufolge aufgelockert von 165 000 Fleißigen Lieschen, 90 000 Geranien und 55 000 Fuchsien, die nichts an der Tatsache änderten, dass Köln unter Waffen stand.

Während im Kosovo die humanitäre Katastrophe ihren Fortgang nahm, hatte die Stadt begonnen, sich herauszuputzen. Kosovarische Gehöfte und serbische Brücken gingen in Trümmer, die Stadtväter beschlossen, den erst halbfertigen Neubau des Wallraf-Richartz-Museums hinter bunter Folie zu verstecken. Fünfundfünfzig Menschen starben in einem Personenzug, als die Nato eine Eisenbahnbrücke im Südosten Serbiens bombardierte, die Straße zwischen Gürzenich und Rathaus erhielt zwecks Verschönerung eine neue Decke, und längst fällige Schlaglöcher wurden geflickt. In Korisha kostete der Bombenhagel knapp einhundert Kosovo-Albanern das Leben, Hunderte Kilometer entfernt wurden die Kölner Straßen per Sandstrahl von einer Viertelmillion festgetretener Kaugummis befreit. Das eine schien mit dem anderen nichts zu tun zu haben, und de facto hätten die beiden Welten, in denen sich die Ereignisse abspielten, nicht weiter auseinander liegen können. In Wirklichkeit bedingten sie einander und schufen eine Atmosphäre der Verunsicherung. Alles hätte so schön sein können. Der Gipfel, das ganze Drumherum. Stattdessen pfiff man im Keller, weil ein Irrer meinte, sich mit der mächtigsten Militärallianz der Welt herumprügeln zu müssen.

Am Tag dann, als Milošević und das jugoslawische Parlament dem Friedensplan der G-8 zustimmten, schien Europa wie von einem Krampf erlöst. Die Aussicht auf ein Ende des Krieges überstrahlte alles. Köln erhob sich zur Friedensstadt. Zwischen Karnevalsstimmung und Ausnahmezustand blieb kein Platz für Normalität. Straßen, Plätze und Brücken waren ein buntes Fahnenmeer. Heerscharen von Journalisten hetzten von Schauplatz zu Schauplatz, versehen mit städtischen Essensgutscheinen für Gipfelmenüs zum Zwecke wohlwollender Berichterstattung. Tausende von Delegationsmitgliedern erfreuten sich an einem kulturellen Rahmenprogramm mit einer Vielzahl von Ausstellungen, Konzerten, Lesungen und Filmreihen. Fassaden waren geschrubbt, Baustellen verhängt, Graffiti von den Wänden geschliffen, Brunnen gesäubert, Bänke gestrichen, Laternen repariert und Straßenbahnhaltestellen mit neuen Lampen bestückt worden. Kohls volksnaher Gipfel war Realität geworden. Oder, wie der Kabarettist Jürgen Becker bemerkte: Blitzsauber, die Stadt. Sogar die Hundescheiße ist verschwunden. Sechzehn Jahre Kohl waren nicht umsonst.

Inmitten des Potemkin'schen Charmes ließen nur das Geknatter der Helikopter und Kolonnen von Mannschaftswagen ahnen, was es wirklich hieß, Gipfelstadt zu sein.

Dann kam die Ermüdung.

Vielen ging die omnipräsente Polizei inzwischen auf die Nerven. War nicht alles vorbei? Serbien im Aus, Russland im Boot, Gerhard Schröder und Joschka Fischer in Bronze gegossen? Stattdessen schienen immer neue Absperrungen gleichsam aus dem Boden zu wachsen. Massive Kritik wurde laut. Den Gastronomen in der Altstadt hatte man das Geschäft ihres Lebens in Aussicht gestellt. Die Sperrstunde war aufgehoben worden, auf beispiellose Weise reichte die Bürokratie dem Nachtleben die Hand, aber dann fanden die avisierten Gäste vor lauter Gittern und Flatterbändern nicht mehr an die Tresen. Zu allem Überfluss nötigte der Secret Service das BKA, sämtliche Schirme und Blumenkübel, Stühle und Tische aus der Altstadt verschwinden zu lassen. Nach dem Wegfall der Außengastronomie rechneten erboste Wirte in halb leeren Kneipen nach, was es sie kostete, leichtgläubig Zusatzkräfte eingestellt und die Vorräte aufgestockt zu haben. Die einen erwogen Klage gegen die Stadt, andere schickten ihre defizitären Bilanzen kurzerhand an das Auswärtige Amt zur Begleichung. Ähnlich verärgert zeigte sich der Einzelhandel, dessen Erwartungen ebenfalls hinter den Gitterbarrieren zurückblieben. Zwecklos, den Betroffenen zu erklären, man sei selbst von den plötzlichen Forderungen der Amerikaner überrascht gewesen. Spätestens nach dem Außenminister-Gipfel war jede Euphorie verflogen. Während Burgers große Stunde über prominenten Eintragungen ins Goldene Buch nicht enden wollte, zogen die Bürger immer längere Gesichter – vor lauter Security waren beim EU-Empfang vor dem Rathaus eben mal zweihundert Plätze geblieben, um einen Blick auf die weltpolitische Elite zu werfen, und auf die hatte sich die Presse gestürzt.

Volksnah war vor allem die Polizei. Die Beamten gaben sich jede Mühe, den Unmut der Kölner abzufedern, aber nichts konnte darüber hinwegtäuschen, dass die Sicherheitshysterie einem neuen Gipfel zustrebte.

Die Leute schüttelten den Kopf. Was war denn nun mit dem Frieden von Köln? Alles war doch in bester Ordnung. Was sollte jetzt noch passieren?

Kuhn rutschte missmutig auf seinem Hocker hin und her und dachte daran, dass Gorbatschow in Deutschland vor Jahren nur knapp einem Attentat entgangen war. Auch damals hatte alles im Zeichen der Versöhnlichkeit gestanden. Die entspannte Atmosphäre trog. Ab morgen würde Köln noch mehr ins Fadenkreuz des Terrorismus geraten. Jenseits des jovialen Winkens und zufriedenen Wir-haben-es-nochmal-geschafft-Lächelns würde ein von jeglicher Euphorie unbeeindruckter Sicherheitsapparat seine Wachsamkeit erhöhen. Kuhn wusste aus Washington, wie groß die Angst der Amerikaner vor einem Anschlag auf das Leben ihres Präsidenten war und was sie alles in Bewegung setzten, um jeder Eventualität zuvorzukommen. Der Secret Service kannte kein Vertrauen. Der bevorstehende Supergipfel mochte vielen wie eine große, fröhliche Party vorkommen – er war vor allem der Gipfel der Security. Von Clinton hieß es, er werde mit eintausend Spezialagenten anreisen. Seit Wochen war Köln infiltriert von bewaffneten US-Sicherheitsleuten, vom BKA mit einer Waffentrage-Erlaubnis und Sonderausweisen ausgestattet. Der Apparat um Jelzin stand dem in wenig nach. Schröder, sosehr er sich zum Anfassen präsentierte, war unantastbar. Alle Regierungschefs genossen einen Schutz, der die Gefährdung ihrer Leben faktisch ausschloss. Keine Maus konnte durch diesen Ring aus Sicherheit schlüpfen.

Aber wie schloss man die Anwesenheit eines verdeckten Agenten am KölnBonner Flughafen aus?

Und was hatte seine Anwesenheit zu bedeuten?

Je länger Kuhn auf dem Knorpel der Frage herumkaute, desto mehr verstärkte sich sein grollendes Unbehagen. Sicher, bislang war alles glatt gegangen. Das Schlimmste war durchgestanden, nachdem sich Schröder und Ahtisaari auf dem EU-Gipfel in die Arme gefallen waren. Vor einer Woche hatte das Abkommen von Kumanovo den Krieg offiziell beendet. Im Grunde gab es weniger Anlass zu Befürchtungen als je zuvor. Der Belgrader Betonkopf lag am Boden, oder zumindest tat er so. Alle hatten sich wieder lieb. Jelzin telefonierte mit dem Bundeskanzler und bekräftigte seinen Willen zum Frieden. Der chinesische Ministerpräsident Zhu Rongji betonte Pekings konstruktive Rolle, was immer er damit meinte.

Blieb, die Sieger zu empfangen. Lorbeer den Cäsaren!

Dubios.

Wenn wirklich die Gefahr eines Attentats bestand, warum hatte es nicht vor zwei Wochen stattgefunden, als einhunderttausend Demonstranten in Köln gegen die Wirtschaftspolitik der reichen Nationen auf die Straße gegangen waren, durchmischt von Kriegsgegnern, Autonomen und militanten Krawallmachern, als Russland mit gebrochenem Rückgrat auf den Balkan sah und die Nato stirnrunzelnd ankündigte, der Friedensbotschaft Ahtisaaris so lange Bomben folgen zu lassen, bis eine Einigung über den Abzug der serbischen Truppen vorliege, mit getrockneter Tinte? Warum jetzt?

Weil die wichtigsten Skalps, die man sich holen konnte, damals noch gefehlt hatten?

Dieser Clohessy mit seinem falschen Namen wäre keine Sorge wert gewesen, hätte der Secret Service nicht einen Begriff geprägt, der sich in Kuhns Phantasie an diesem Abend zur Monstrosität auswuchs: das retardierende Moment. Das Nichterfolgen der Katastrophe zum Zeitpunkt, da alle ihr Eintreten vermuten. Das Verstreichenlassen des kritischen Augenblicks.

Dann der vernichtende Schlag, wenn niemand mehr damit rechnet!

Welchen Effekt würde ein Anschlag haben, wenn er jetzt erfolgte, auf dem Supergipfel? Im Angesicht der strahlenden Pose? Mit einem Boris Jelzin als Verbündetem und einem Großchina, das, starren Gesichts zwar, aber einlenkend, auf sein Veto verzichtet hatte?

Was, zum Teufel, wollte Paddy Clohessy? Falls er überhaupt etwas zu wollen hatte und nicht nur Handlanger war, wie Liam O'Connor abenteuerlustig vermerkt hatte.

Wer waren die Leute hinter ihm?

Kuhn seufzte. Nein, es war ganz und gar nicht gut, einen solchen Menschen mitten in der Nacht aufzusuchen. Ein Unfug! Eine verdammte Schnapsidee. Er hätte diesen Unsinn vehement verhindern sollen. Warum gingen sie nicht zur Polizei, statt Detektiv zu spielen?

Dann dachte er, vielleicht sind sie ja zur Polizei gegangen. Das Beste wäre es. Aber warum konnte er dann Wagner nicht erreichen? Sie hatte ihr Handy nicht mal ausgeschaltet, es klingelte durch. Natürlich gab es noch die Möglichkeit, dass sie tatsächlich bei diesem Kerl waren und mit ihm redeten. Aber auch das war kein Grund, nicht ranzugehen.

Oder sie konnte nicht mehr rangehen.

Einen Moment lang war er kurz davor, die Polizei zu verständigen. Aber O'Connor hatte sich dagegen ausgesprochen, die Polizei ins Spiel zu bringen, solange Paddys Unehrenhaftigkeit nicht eindeutig erwiesen war. Und O'Connor konnte furchtbar sauer werden, wenn man ihm nicht seinen Willen ließ. Er konnte die Zusammenarbeit mit dem Verlag überdenken. Er war eine Zicke ersten Grades. Jetzt einen Fehler zu begehen, nur weil er vielleicht Gespenster sah, missbehagte Kuhn noch mehr als die Möglichkeit, dass Paddy Clohessy ein Schurke war.

Er leerte sein Glas und beglich die Rechnung.

Es half alles nichts. Er würde rausfahren müssen in die Rolandstraße und nachsehen, was los war. Und sei es nur, um seine Nerven zu beruhigen. Vermutlich war nicht das Geringste los. Wie immer in solchen Fällen. Aber nachsehen konnte nicht schaden.

Warum bloß hatte man mit O'Connor immer nur Probleme?

Nichts wird los sein, dachte Kuhn, während er in die Tiefgarage des Maritim fuhr. Gar nichts.

Er suchte in der Jackentasche nach seinem Autoschlüssel. Zweimal entglitt er seinen Fingern, dann schaffte er es, ihn ins Schloss seiner alten Ente zu stecken und einzusteigen.

Der Cognac half ihm, seine Furcht für Tatendrang zu halten.

MIRKO

Mirko war im Dunkel der gegenüberliegenden Straßenseite nicht auszumachen. Er stand unter den Bäumen und sah den irischen Physiker und die hochgewachsene Frau aus dem Wagen steigen und in Richtung Park verschwinden.

Gelassen zog er das FROG aus der Lederjacke und rief Jana an.

»Die Vögelchen haben sich eine Viertelstunde in ihrem Wagen rumgedrückt«, sagte er. »Gerade sind sie ausgestiegen.«

»Das war nicht anders zu erwarten«, sagte Jana. »Was tun sie?«

»Keine Ahnung. Sie machen auf mich nicht den Eindruck, als wollten sie möglichst schnell Alarm schlagen. Sie sind Arm in Arm Richtung Volksgarten gegangen. Kamen mir eher vor wie ein Liebespaar.«

»Trotzdem. Solange sie in der Gegend sind, wissen wir nicht, was sie vorhaben. Wann sie zurückkommen und mit wem.« Sie machte eine Pause. »Ich würde sagen, damit ist die Entscheidung gefallen.«

»Ja. Lösen wir das Problem.«

»Wie besprochen«, bestätigte Jana.

Er schaltete ab. Clohessy konnte nicht wissen, dass sie ihn während seiner Unterhaltung mit O'Connor abgehört hatten.

Er fragte sich, was in den Techniker gefahren war, dass er O'Connor diese von Vergangenheitsbewältigung triefende Nabelschau geliefert hatte. Es musste das irische Sentiment sein. Clohessy hatte nichts weiter tun sollen, als ein bisschen Zuckerguss über die gemeinsame Vergangenheit gießen und den Physiker bitten, ihn nicht zu verraten. Die Geschichte vom guten Kerl, der Probleme bekommen hatte und nun unter falschem Namen im Ausland lebte und arbeitete – was war daran so schwer zu erzählen? Ein bisschen weniger Pathos, hier und da freundschaftliches Schulterklopfen, eine Verabredung zum Bier nach dem Gipfel mit der Versicherung, es sei alles in bester Ordnung, und O'Connor hätte keinen weiteren Gedanken an die Sache verschwendet.

Aber Paddy Clohessy war eben ein hoffnungsloser Jammerlappen und – schlimmer noch – ein Idealist. Alle Idealisten neigten zur Geschwätzigkeit. Der alte Mann in den Bergen, er mochte begnadet sein in seiner Perfidie, bigott und skrupellos, aber auch er redete wie ein Waschweib, wenn es auf Fragen der Ideale kam. Einzig Jana war anders. Für sie hegte Mirko stille Bewunderung, weil sie ihre wahren Beweggründe für sich behielt. Er ahnte, was sie im Innersten antrieb, der Wunsch, etwas für ihr Volk tun zu können, der Schmerz über die Wunden, welche die Vergangenheit ihr geschlagen hatte, ihre seelische Zerrissenheit, weil sie sehr wohl wusste, dass sie zu dem geworden war, was sie nie hatte sein wollen.

Die Spirale der Gewalt führte immer abwärts.

Ohne Hast ging Mirko über die Straße. Er gönnte sich ein Lächeln. Clohessy hatte ihn nicht gesehen. Nicht einmal während seiner Unterhaltung mit O'Connor am Rheinufer, obschon Mirko nur Meter entfernt dagestanden und auf das schwarze Wasser hinausgeblickt hatte, den Worten lauschend, die aus seinem Ohrstecker drangen.

Mit einigem Vergnügen zog er ein schimmerndes Bündel aus seiner Jacke und machte sich daran, das Schloss der Haustür zu öffnen. Es war ein beinahe nostalgischer Spaß, und er sah sich gezeichnet von der Hand eines Cartoonisten – mit schwarzer Augenmaske und Stoppeln im Gaunergesicht, schlappohrig und hundsnasig, so wie die Beagle Boys in den legendären Uncle-Scrooge-Comics von Carl Barks dargestellt waren. Immer wieder schön, das High-Tech-Instrumentarium für eine Weile gegen die guten alten Dietriche, Brecheisen und Totschläger einzutauschen. Mirko summte etwas vor sich hin, während seine Finger ein Eigenleben entwickelten und wie Spinnen über das Schloss krabbelten. Er brauchte keine zehn Sekunden, und der Mechanismus schnappte auf. Niemand würde später erkennen, dass er sich auf diese Weise Einlass verschafft hatte. Seine Art, Schlösser zu öffnen, hinterließ nicht den kleinsten Kratzer. Und zumeist auch keine Überlebenden.

Er trat in den dunklen Hausflur und verharrte, den Rahmen der offenen Tür umklammert. Wie oft würde er diese Tür öffnen müssen? Besser, sie vorübergehend zu blockieren. Er ließ den Holm herausschnappen, so dass sie nicht ins Schloss fallen konnte, lehnte sie geräuschlos an und erstieg die ausgetretenen Stufen der Altbautreppen zum zweiten Stock. Unhörbar rollten seine Turnschuhe auf den Planken ab, als er sich Clohessys Wohnungstür näherte. Er ging sehr nahe an den Fußleisten entlang. Hier war die Gefahr, dass die Bohlen knarrten, am geringsten. Die Wohnung lag etwa sechs Meter seitlich des geräumigen Treppenhausschachts am Ende eines kurzen, hohen Ganges. Mirko lehnte sich in unmittelbarer Nähe der Tür gegen die Wand, verhakte die Daumen in den Taschen der Jeans und wartete.

Er hatte sich nicht geirrt.

Zehn Minuten nachdem er seinen Posten bezogen hatte, wurden im Innern der Wohnung Geräusche laut. Jemand näherte sich. Dann schwang eine der beiden Flügeltüren auf, und Clohessy erschien in der Öffnung, einen mittelgroßen Koffer in der Hand.

»Guten Abend, Paddy«, sagte Mirko.

Entsetzen verzerrte die Gesichtszüge Clohessys. Mirko wusste, dass der Ire in diesem Augenblick an wilde Flucht dachte. Er stieß sich von der Wand ab und trat ihm in den Weg.

»Wir brauchen deine Hilfe«, sagte er, bevor Clohessy seine Sprache wiederfinden konnte. »Es gibt ein Problem.«

Der andere starrte ihn an.

»Was denn für ein Problem, Mirko?«

»Lass uns wieder reingehen. Ich erklär's dir drinnen.«

Clohessy schien wie erstarrt. Seine Pupillen zitterten. Bei Mirkos Anblick hatte er vermutlich an alles Mögliche gedacht, nur nicht daran, dass dieser ihn nach seiner Hilfe fragen würde. Er rührte sich nicht. Mirko legte ihm die Hand auf die Brust und schob ihn sanft zurück ins Innere.

»Warum läufst du hier eigentlich im Dunkeln rum?«, fragte er beiläufig.

»Kein besonderer Grund«, sagte Clohessy. Er hatte Mühe, seine Stimme unter Kontrolle zu halten. »Ich wollte nur …«

»Egal. Deine Sache.« Mirko ließ die Tür hinter ihnen zufallen und senkte die Stimme. »Das mit O'Connor ist gut gelaufen, wie ich höre.«

»Sehr gut. Ja, hätte nicht besser sein können.«

»Er hat dir geglaubt?«

»Auf jeden Fall!«

»Gut.« Mirko ließ eine dramaturgisch wirkungsvolle Pause verstreichen. »Ein Problem weniger. Dafür haben wir ein anderes. Es ist was schief gelaufen.«

»Und w … was?«

»Jana hat einen Testimpuls abgeschickt.«

Clohessy holte tief Luft. Dann stellte er den Koffer ab und straffte sich.

»Jetzt noch?«

»Ja. Sie sagt, das System habe nicht einwandfrei reagiert. In der Koordination des Zielspiegels mit dem Objektiv ist eine leichte Dissonanz aufgetreten. Jana meint, im Resultat hätten wir eine Abweichung von mindestens zwanzig bis dreißig Zentimetern. Ich brauche dir nicht zu sagen, was das bedeutet.«

Clohessys Züge sprachen Bände. Er überlegte ganz offenbar, ob Mirko die Wahrheit sagte. Hoffnung stahl sich in seinen Blick. Er runzelte die Stirn und kratzte seinen zerwühlten Schopf.

»Es können keine Dissonanzen aufgetreten sein«, sagte er langsam. Dann fiel ihm auf, dass es die dümmste aller Antworten war. »Das heißt, vielleicht doch«, fügte er atemlos hinzu. »Ich meine, es liegt definitiv nicht an der Mechanik, sie ist geschützt und funktioniert einwandfrei. Wenn, dann haben wir ein fehlerhaftes Signal in der Steuerung.«

»Jana fürchtet aber, es sei die Mechanik.«

»Unmög... ich weiß nicht. Ich muss mit Gruschkow sprechen.«

»Gruschkow ist in der Spedition. Wir hatten die gleiche Idee. Am besten, du kommst gleich mit mir.«

Clohessy trat einen Schritt zurück.

»Was ist denn los, Paddy?«, fragte Mirko ruhig. »Hast du Angst?«

»Warum sollte ich Angst haben?«

»Weil du Grund dazu hättest. Wäre das Gespräch mit O'Connor nicht so positiv verlaufen, hätten wir ernsthaft darüber nachdenken müssen, dich loszuwerden.«

»Ihr... habt darüber...«

»Natürlich. Was glaubst du?« Mirko lächelte. »Aber du hast Zeit gewonnen. O'Connor dürfte keine Gefahr darstellen. Beziehungsweise die Frau. Du kennst nicht zufällig ihren Namen?«

Clohessy schüttelte den Kopf.

»Egal. Mach dir keine Gedanken. Außerdem brauchen wir deine Hilfe. Es scheint eine unliebsame Tatsache zu sein, dass im letzten Moment irgendwas schief geht.«

»Was ist mit...«, begann Clohessy und bückte sich mit ausgestreckter Hand nach seinem Koffer. Dann besann er sich und richtete sich wieder auf.

»Du wolltest abhauen«, stellte Mirko fest.

»Nein, ich...«

»Du wolltest abhauen! Na und? Du hast keinen Grund, abzuhauen. Komm endlich, wir haben zu tun.«

Clohessy nickte zögerlich. Mirko registrierte, dass er sich entspannte. Er öffnete die Wohnungstür, ergriff den Iren am Ärmel und schob ihn hinaus in den modrigen Flur.

PARK

»Lass uns spielen.«

»Tun wir das nicht schon seit gestern?«

»Ja, aber dieses Spiel ist etwas anderes. Du wirst es lieben. Es heißt: Nutze die Zeit.«

»Ah! Carpe diem.«

»*Carpe tempum*. Weißt du, es gibt nur eines, was wir der Geschwindigkeit der Zeit entgegenhalten können. Das ist die Schnelligkeit, mit der wir sie nutzen. Darum geht's, verstehst du? Ergo gibt es in diesem Spiel nur eine einzige Regel.«

»Nämlich?«

»Nicht nachzudenken.«

»Verstehe. Und das Ziel?«

O'Connor schüttelte den Kopf.

»Es gehört zum Spiel, das Ziel nicht zu kennen, sondern zu erkennen, Kika. Alles, was du von jetzt an sagst oder tust, muss dir entströmen, ohne dass dein Verstand Schleusen einbaut. Du darfst platt sein, gebildet, pathetisch, blöde, albern, tragisch, elitär, derb, nur nachdenken darfst du nicht.«

Sie waren ein Stück unter den Bäumen hergelaufen und hatten den Teich umrundet. Auf der dunklen Restaurantterrasse gegenüber hatte sich eine Gruppe Teenager breit gemacht. Einige spielten auf mitgebrachten Bongos. Gedämpftes Lachen klang herüber. Dem Rhythmus der Trommler wohnte etwas Rituelles, Archaisches inne, das geeignet war, Regeln aufzuheben. Der Park lag keineswegs so verlassen da, wie es im Vorbeifahren den Anschein gehabt hatte. Dennoch war es, als hätten sich die Besitzer der wispernden Stimmen ringsum auf eine gemeinsam bewohnte Zone der Intimität geeinigt, in der man einander nicht störte, sondern Raum gab für kleine Wagnisse, Geständnisse und Abenteuer.

Vor ihnen lag eine Ansammlung dicht stehender Bäume. Der Weg führte mitten hinein.

»Erzähl schon«, forderte sie. »Wie geht dieses Spiel?«

»Jedes Mal anders.« O'Connor lächelte geheimnisvoll. »Es beginnt im Hier und Jetzt. Was folgt, ist, was du daraus machst.«

»Und wer gewinnt?«

»Auch das ist offen.«

»Du meine Güte. Also gut, spielen wir. Wer fängt an?«

»Du.«

»Okay. Was muss ich tun?«

»Beschreibe den augenblicklichen Zustand.«

»Hm.«

»Nicht überlegen!«

»Schon gut, schon gut! Warte. Äh… augenblicklich sind wir…«

»In einem Wort.«

Sie sah hinauf zum Himmel. Die Nacht war ungewöhnlich klar. Als bedürfe es nur eines Sprungs, um zu den Sternen zu reisen.

»Dunkelheit«, flüsterte sie.

O'Connors Augen funkelten.

»Peng! Urknall. Dunkelheit. Aneinanderreihung von Buchstaben, Unsinn, Sinn. Setzt sich fort. Das Dunkle, Finstere, Sinistre, Ungestalte, Leere. Verklumpungen, Strukturen, Welten formen sich in der Dunkelheit. Hinzufügung von Licht. Licht… Licht… Feuer, Lagerfeuer! Menschen sitzen zusammen an einem Feuer in der Dunkelheit. Legenden und Geschichten. Erzählungen. Mythen. Die Alten, die… die Hutu… Hutu, genau, in der Mythologie der Hutu ist die Dunkelheit der Urzustand und der Idealzustand zugleich. Die Dunkelheit war allesbeherrschend gewesen, bevor die Götter die Welt hatten werden lassen in strahlendem Glanz. Aber weil die Götter mächtig waren, mussten sie auch die Dunkelheit erschaffen haben, mächtig, allmächtig waren sie! Mussten die Dunkelheit erschaffen haben noch vor der Welt.

Nur erschloss sich den Hutu kein Sinn in der Erschaffung des Dunklen vor dem Hellen. Darum, so sprachen die Weisen an den Feuern, habe vielmehr die Dunkelheit die Götter geboren und sei somit selbst göttlich und das Höchste und das Göttlichste überhaupt und dem Licht in jeder Hinsicht vorzuziehen.«

Wagner hatte tatsächlich das Gefühl, einem Urknall beizuwohnen. O'Connor hatte mit rasender Geschwindigkeit gesprochen. Aus zusammenhanglosen Fetzen und Fragmenten waren Sätze geworden, dann eine Geschichte.

»Schon mal nicht schlecht«, sagte sie. »Hast du das gerade erfunden?«

»Und tatsächlich«, fuhr er fort, ohne auf ihre Frage einzugehen, »durchwirkt Dunkelheit die menschliche Geschichte als beständiges, schicksalhaftes Muster, werden wir unserer selbst bewusst in Lichtlosigkeit, endet Leben im Dämmer verhangener Zimmer, in dumpfen Hütten, in Erblindung und Umnachtung, finden Mörder ihre Opfer abseits erleuchteter Wege, werden Herzen gebrochen, zum Stillstand gebracht oder gestohlen, wo die Sonne sich verbirgt.«

»Wow. Starker Tobak!«

»Du bist dran.«

»Ich kann das nicht!«

»Unsinn, jeder kann das. Nicht stehen bleiben, Kika, Staffellauf! Weiter, weiter!«

Sie rang nach Luft.

»Gut, ähm ... also ... gut, wohledler Liam! Im Dunkel eilt Romeo zu Julia, sucht Orpheus seine Eurydike, nähert sich die verliebte Bestie der schönen Isabel. In der Lichtlosigkeit schlachtet Macbeth Duncan, köpft Judith den Holofernes. Finsternis ist das Gewand des eilenden Judas, herrscht im Kopfe Jagos, der das Licht der Großmut nicht kennt. Im formlosen Schwarz zuckt die gebärende Gäa, verbirgt sich die Natur der spinnenden Nornen ...«

»Nornen?«

»He, das ist unfair!«

»Lass dich nicht aufhalten.« O'Connor grinste.

Wagner lachte. Sie trat ins Innere eines bizarren Astwerks, das sich aus großer Höhe herabsenkte und eine natürliche Kuppel bildete. Der Baum musste von beträchtlichem Alter sein. O'Connor folgte ihr.

»Es ist schön hier«, sagte sie leise.

»Eine Kathedrale«, nickte O'Connor, »um die Angst der Hoffnung zu vermählen. Im Lichte der Vernunft erstarren wir, jedoch vom Urgrund sucht uns das Verlangen, aus der dunklen, unbewussten Tiefe steigt die Lust empor.«

Wagner drehte sich zu ihm um. Das Spiel begann ihr zu gefallen.

»Oft, uns in eignes Elend zu verlocken«, deklamierte sie, »erzählen Wahrheit uns des Dunkels Schergen. Verlocken uns durch schuldlos Spielwerk, uns dem tiefsten Abgrund zu verraten.«

»Donnerwetter!«, entfuhr es O'Connor.

»Na ja. Macbeth.«

»Der alte Schotte. Ich liebe Schottland. Ich liebe deinen Geist!«

Er trat zu ihr und brachte seine Lippen bis auf wenige Zentimeter an ihre heran. Wagner entzog sich ihm, warf die Schuhe von sich und ging bis in die Mitte der natürlichen Kuppel. Ihre Finger glitten über die borkige Oberfläche des Stammes.

»Schottland?«, sagte sie. »Ich denke, du bist Ire. Sollte es dir an klaren Standpunkten mangeln?«

»Ich habe keinen Mangel an Standpunkten. Ich habe so viele, dass ich problemlos ein paar abgeben könnte.«

»Du bist liederlich.«

Er lachte leise.

»Und was bist du, barfüßige Gräfin?«

»Wollten wir nicht darüber nachdenken, was wir in Sachen Paddy unternehmen?«

»Wir wollten nachdenken. Ich erinnere mich.«

»Dafür sind wir hergekommen.«

Er schüttelte den Kopf.

»Nein. Das Leben ist nicht linear. Die Umstände haben uns auf diesen Moment zugetrieben. Es ging alles nur um diesen einen Augenblick, Kika. Das Ziel erkennen. Erinnere dich der Regel.«

»Nicht überlegen.«

»Nicht überlegen! Nicht nachdenken!«

Sie lehnte sich mit ausgebreiteten Armen an den Stamm.

»Vielleicht ist das mit Paddy wichtiger als dieses ... Spiel.« Er kam näher.

»Die Nornen«, sagte er, »spinnen den Faden des Lebens, war es nicht so? Dazu gehört, dass die letzte Norne ihn zerreißt. Das ist das Spiel. Wenn wir das Leben nicht als Spiel begreifen, haben wir es schon verloren. Möchtest du heute Nacht verlieren?«

»Können wir überhaupt verlieren?«

»Ich weiß es nicht.« Er stand vor ihr, und wieder hatte sie das Gefühl, er sei von gleicher Größe wie sie. Seine Augen schimmerten im Dunkel. Einen Moment lang wirkte er ernst und nachdenklich. Dann grinste er. »Entscheide dich, Salome. Den Täufer zu küssen, bedarf es mondloser Nacht. Was verboten ist, muss jetzt geschehen, sonst geschieht es nie.«

Seine Hände streichelten ihr Gesicht und ihren Hals, glitten sanft über ihre Brüste.

»So komm, Geliebter, Kind der Nacht«, flüsterte sie. »Lieben und halten werde ich dich bis zum ersten Hahnenschrei. Wenn die Sonne dein untotes Fleisch verbrennt, wirst du erkennen, Fürst der Finsternis, wer dieses Spiel gewonnen hat.«

Das wird ja immer besser, dachte sie. Von Macbeth zu Dracula. Was kommt als Nächstes?

O'Connors Gesicht war ihr so nahe, dass sie seinen Atem spüren konnte. Sie öffnete die Lippen. Seine Zungenspitze begann, die ihre zu umspielen, drang vor, zog sich zurück.

»Das Spiel«, wisperte er. »Verloren hat, wer der Versuchung widersteht.«

»Und der Sieger? Was bekommt der Sieger?«

»Den Augenblick.«

Er begann, ihre Bluse aufzuknöpfen. Sie spürte seine Hände auf ihrer Haut, als er ihren BH nach oben schob. Seine Daumen kreisten auf ihren Brustwarzen.

Wir sollten das nicht tun, dachte sie in einer schwachen Anwandlung von Panik. Der Katzenjammer wird furchtbar sein. O'Connor lebt auf einer Bühne, und er weiß es. Er wird sich nicht ändern. Ich werde ihn nicht ändern können. Wir haben nicht die geringste Chance.

Gehörten solche Gedanken auch zum Spiel?

Sie legte den Kopf zurück und sah ihn an.

»Warum bist du nicht kleiner als ich?«, keuchte sie. »Alle Männer sind kleiner, du auch. Warum kommt es mir so vor, als wärest du größer?«

»Ich bluffe.«

»In allem?«

Er lächelte.

Sie packte ihn an den Schultern und ließ der Vernunft eine letzte Chance, das hier abzubrechen. Dann zog sie ihn zu sich heran. Ihre Finger krallten sich um die Revers seines Jacketts. Es flog ins Gras, die Krawatte hinterher. Knöpfe sprangen von seinem Hemd, als sie es aufriss und von ihm herunterfetzte, während sie zugleich die Nähte ihrer Bluse reißen hörte. Seine Haut war glatt, kaum behaart, die Bruststücke kräftig herausgemeißelt. Oberkörper und Arme glichen einer Skulptur. Nichts ließ die Maßlosigkeit erahnen, in der er lebte, den Umstand, dass er seine Venen mit Alkohol auffüllen musste, um existieren zu können. Er stieß ein dumpfes, rollendes Geräusch aus, wie das Schnurren eines Katers. Mühelos hob er sie in die Höhe. Sie schlang die Beine um ihn, ließ es zu, dass seine Zunge über ihre Brustspitzen fuhr, seine Hände unter ihren Rock fuhren, ihren Slip packten. Dann kam sie wieder auf die Füße, Slip und Rock fielen, und plötzlich sah sie sich selbst in ihrer Nacktheit, sah sich in seinen Augen und erschauderte.

»Mein Gott«, flüsterte er. »Wie schön du bist.«

O'Connor sank vor ihr auf die Knie, dass es den Anschein hatte, als wolle er sie anbeten. Seine Hände fielen herab, aber sein Blick war wie tausend Berührungen.

Flammen schossen aus ihrem Körper, und sie verging.

»Wahnsinniger Sweeny«, stieß er hervor. »Gewaltiger Finn, verehrungswürdiger Pooka, ihr Mächte Erins, heiliger Brendan, steht mir bei. Steht mir bei!«

Mit festem Griff umfasste er ihre Pobacken und versenkte sein Gesicht in dem goldenen Dreieck zwischen ihren Schenkeln.

KUHN

Irgendetwas quietschte.

Ein Geräusch von exquisiter Scheußlichkeit. Kuhn vermutete es in der Lenkradaufhängung, aber weil es nur eines von mindestens drei Dutzend weiteren Geräuschen war, allesamt groß in ihrer Rätselhaftigkeit, scherte er sich nicht weiter drum.

Er trat aufs Gas und rumpelte über den Ring.

Kuhn liebte den Wagen. Es war möglicherweise die älteste Ente aller Zeiten, aber keineswegs die lahmste. Dennoch dankte er dem Herrn für seine Rücksichtnahme. Bislang hatte er keine verkehrsberuhigte Zone durchqueren müssen. Im Allgemeinen reichte eine Straßenbahnschiene, um das Fehlen jeglichen Komforts wie brauchbare Stoßdämpfer zu offenbaren und der Wirbelsäule einen gewaltigen Schlag zu versetzen. In Kuhns Rostlaube fuhr man nicht, man ritt. Kleine Steine und Äste reichten, ihn durchzuschütteln. Straßenschwellen, die Autos auf Tempo zwanzig herabnötigten, waren Anschläge auf die körperliche Unversehrtheit. Jeder Orthopäde hätte den Wagen auf den Index gesetzt.

Aber die Ente zu verkaufen oder verschrotten zu lassen, würde die letzte Verbindung zu den Tagen kappen, bevor Kuhns Träume ins fortgeschrittene Verfallsdatum übergegangen waren. Auch die Aufkleber würde er opfern müssen. Er würde sie kaum von der alten Ente herunterbekommen, an der die Vergangenheit noch stärker haftete als an ihm selbst. Die alten Anti-AKW-Sticker, das Woodstock-Emblem, sie alle wären rettungslos dahin. Der Indizienprozess um eine würdige Vergangenheit wäre verloren.

Der Kassettenrekorder dudelte »*In-A-Gadda-Da-Vida*« von Iron Butterfly. Kuhn schaltete die Innenbeleuchtung ein, warf einen Blick auf den Falk-Plan, der den halben Beifahrersitz bedeckte, erkannte, dass er fast zu weit war, und bog haarscharf rechts ab.

Hier musste es hoch zur Volksgartenstraße gehen, die dann irgendwann Rolandstraße hieß. Sagte der Plan.

Seine Laune sank auf den Nullpunkt.

Kuhn hasste Köln. Er fand die Stadt in keinerlei Hinsicht mit

Hamburg vergleichbar. Kam man dort aus dem Bahnhof, sah man als Erstes in eindrucksvollen Lettern »Das Tor zur Welt« prangen. Entstieg man dem *ICE* in Köln und verließ das Bahnhofsgebäude durch den Hauptausgang, bot sich dem Auge in Nachkriegsschrift das Wort »Rievkooche« über einer lausigen, nach Fett stinkenden Bude. Dass direkt daneben das stalagmitenartige Turmwerk des Doms in den Himmel wuchs, mutete umso blasphemischer an. Nicht mal ihr Wahrzeichen konnten sie ordentlich präsentieren, sie hatten einfach keinen Stil, die Kölner, und ihr Dialekt besaß die Klasse billiger Schmierwurst.

Vor allem jedoch hasste Kuhn Köln für das satte Grinsen, mit dem man hier endlich bestätigt sah, was außer den Bewohnern des rheinischen Planeten bis dahin niemand hatte glauben wollen – dass Köln nämlich doch der Nabel der Welt war, der galileische Corpus, um den sich alles drehte. Kein Wort mehr von der Diskrepanz zwischen Außenwirkung und Eigensicht. Köln war in diesem Moment die geheime europäische Hauptstadt, hatte einen Frieden eingesackt, für den die Kölner gar nichts konnten, und gebärdete sich dabei mit einer Jovialität, dass einem anders wurde. Nicht einmal Staatsoberhäupter waren vor der polternden Kumpelhaftigkeit sicher, mit der man sie zur Kenntnis nahm wie Saufkumpane, um weitestgehend unbeeindruckt wieder seinen Geschäften nachzugehen.

Verfluchtes Köln. Woanders hätte O'Connor nicht Paddy Clohessy getroffen, das Zusammentreffen nicht Kuhns Phantasie in Bewegung gesetzt und er um diese Zeit nicht in eine ihm unbekannte Straße fahren müssen, um nachzusehen, warum Kika Wagner sich nicht meldete. Am Ende würde er dastehen wie ein Idiot. Verlacht und verhöhnt für seine Sorge. Der Welt Lohn.

Die Ente keuchte an einem Park entlang.

Der Volksgarten, wie der Plan verriet. Dann kamen wieder Häuser. Offenbar war er so gut wie da.

Im selben Moment sah er Kikas Golf.

Er stoppte und blickte hinüber, aber der Wagen war leer. Mit einem adrenalingesättigten Kribbeln in der Leistengegend fuhr er weiter, bis sich eine Lücke auftat. Die Ente passte knapp hinein. Kuhn ließ scheppernd die Tür zufliegen und machte sich auf die Suche nach der Hausnummer achtunddreißig, in der Kika, O'Connor und Clohessy wahrscheinlich bester Laune beim Bier zusammensaßen und sich über ihn totlachen würden.

Er warf einen Blick auf die Uhr. Fast schon halb eins.

Die Achtunddreißig erwies sich als ziemlich heruntergekommenes Exemplar vergangener Jahrhundertwendepracht. Kuhn suchte mit zusammengekniffenen Augen die Namensschilder ab. Offenbar wohnte Clohessy im zweiten Stock. Er trat zurück auf die Straße und ließ seinen Blick die Fassade erwandern, aber nirgendwo sah er Licht.

Sollte er klingeln?

Unentschlossen lehnte er sich gegen die Eingangstür und stellte verblüfft fest, dass sie nachgab. Das Schloss war herumgeschlossen. Unangenehm berührt, aber zugleich von ungewohntem Abenteuergeist gepackt, schlich er sich ins Treppenhaus und überlegte, ob er Licht machen sollte.

In einiger Entfernung glühte schwach orange ein Schalter.

Er entschied sich dagegen. Lichtmachen war unpassend, wenn man in Häuser eindrang, um Verschwörungstheorien nachzugehen. Hatte man je Sean Connery Licht machen sehen?

Nach wenigen Sekunden gewöhnten sich seine Augen an die Dunkelheit.

Er schlich die Treppen hinauf und schrak bei jedem leisen Knarren der Bohlen unter seinen Füßen zusammen. Auch im zweiten Stockwerk glühte ein Lichtschalter neben einer schemenhaft erkennbaren Flügeltür, die einige Meter rückversetzt in einem kurzen Gang lag.

Im Augenblick, da er in den Gang hinein und auf den blass leuchtenden Punkt zutappte, hörte er von jenseits der Tür Geräusche. Jemand drückte die Türklinke. Kuhn prallte zurück. Sein ganzer Mut versammelte sich in den Kniekehlen. Mit einem Satz war er im Treppenschacht und huschte die Stufen zum nächsthöheren Stockwerk hinauf, erspähte auf halber Geschosshöhe eine Nische und drückte sich hinein.

Stimmen erklangen.

»Ich verstehe das nicht«, sagte ein Mann mit nervöser Stimme auf Englisch. »Vielleicht liegt es an den Piezos. Der adaptive Spiegel ist empfindlicher als das Zielobjektiv.«

»Still. Und hör auf, englisch zu sprechen«, sagte der zweite Mann leise auf Deutsch. Seine Stimme klang metallisch kühl und war von einem schwachen slawischen Akzent gefärbt. »Du musst üben, wenn du in einem anderen Land bist.«

»Natürlich.«

Sie kamen in Kuhns Blickfeld. Er konnte ihre Gesichter nicht erkennen, aber einer der beiden war dünn und ging leicht gebeugt. Sein Haar war dunkel und wirr. Kuhn erinnerte sich der Beschreibung O'Connors. Wahrscheinlich hatte er Clohessy vor Augen. Der Mann, der halb hinter ihm ging, trug eine dunkle Lederjacke. Sie drehten Kuhn die Rücken zu und gingen die Treppe hinunter.

»Wenn der YAG schießt«, hörte er den Nervösen sagen, »dann wird das ganze System im Bruchteil...«

»Halt endlich den Mund«, unterbrach ihn der Slawe. »Wir...«

Der Rest war nicht zu verstehen. Wispern drang an Kuhns Ohr. Er hörte, wie ihre Schritte sich nach unten entfernten. Einen Moment später fiel die Haustür zu.

Kuhn stand reglos in seiner Nische und versuchte, sich zu beruhigen. Sie waren fort. Worüber hatten sie gesprochen?

Vorsichtig spähte er in den Flur.

Wagner und O'Connor mussten hier sein. Warum sonst parkte der Golf wenige Meter weiter? Sie wollten Paddy Clohessy aufsuchen und waren nicht in dem Wagen, also lag die Vermutung nahe, dass sie in der Wohnung waren.

Du spinnst, dachte Kuhn. Du drehst durch. Was glaubst du, wo du bist? In Hollywood?

Mit behutsamen Schritten, darauf bedacht, den Dielen kein weiteres Knarren zu entlocken, stieg er wieder hinab in den zweiten Stock. Sein Blick fiel auf die Wohnungstür.

Täuschte er sich, oder stand sie einen Spalt offen?

Er ging darauf zu. Nachdem Clohessy und der Slawe fort waren, konnte er eigentlich einen Blick hineinwerfen.

Seine Hand zitterte, als er sie auf den kühlen Messinggriff legte. Geräuschlos und wie in Zeitlupe schwang die Tür auf.

Kuhn war zum Weglaufen.

Stattdessen ging er hinein.

MIRKO

Es entsprach nicht Mirkos Naturell, Mitleid zu empfinden. Heute, im Falle Paddy Clohessys, beschlich es ihn auf eigentümliche Weise. Clohessy hatte etwas Tragisches. Er hätte ein hervorragender *Professional* sein können. Leider paarte sich sein immenses Können mit völliger Unfähigkeit zu nüchternem Denken. Er hatte das System meisterhaft installiert, war perfekt in seiner Tarnung als Ryan O'Dea aufgegangen. Bis Gefühle ins Spiel kamen. Solange es um Sachverhalte ging, war Clohessy Gold wert. Wurde es emotional, versagte er auf der ganzen Linie.

Sie überquerten die Straße.

»Wo steht dein Wagen?«, fragte Mirko.

»Etwa hundert Meter weiter die Straße hoch. Es sind nur ein paar Schritte, wir können –«

»Wir nehmen meinen«, unterbrach ihn Mirko.

Clohessy blieb stehen.

»Warum müssen wir mit deinem Wagen fahren?«, fragte er.

»Weil ich es sage.« Mirko seufzte und breitete die Hände aus. »Paddy, wir haben keine Zeit zu verlieren. Jede Sekunde, die wir hier herumstehen und diskutieren, kostet uns wertvolle Zeit.«

Clohessy schluckte. Plötzlich sah Mirko, dass er weinte.

»Ich habe Angst«, flüsterte er.

Mirko schüttelte sachte den Kopf. Dann trat er auf Clohessy zu, legte ihm den Arm um die Schulter und zog ihn zu sich heran.

»Paddy«, sagte er leise. »Alter Junge. Wir haben das hier gemeinsam durchgestanden. Wir haben ein halbes Jahr auf diesen Moment hingearbeitet. Wir sind so wenige, glaubst du denn, Jana und ich lassen ein Mitglied der Gruppe einfach so fallen?«

Clohessy schwieg. Sein Körper umfasste sich wie ein Brett.

»Natürlich wirst du noch diese Nacht untertauchen müssen. Das ist beschlossen. Du musst das Team verlassen, es ist zu gefährlich, wenn du morgen noch in Köln bist. Überprüfe das System, bring es in Ordnung. Dann holst du deinen Koffer und verlässt das Land.« Er fuhr Clohessy freundschaftlich durch die

Haare. »Und zwar schnell, verstanden? Dein Geld liegt bereit. Ich bin sicher, du wirst Gruschkow lediglich ein paar Hinweise geben müssen. Ich fahre dich dann wieder hierher. Mit dem Wagen wirst du in weniger als einer Stunde über die holländische Grenze sein.«

Clohessy atmete schwer aus. Dann nickte er.

»Ich dachte, ihr bringt mich um«, sagte er leise.

Mirko zog die Brauen zusammen.

»Wie gesagt, das haben wir erwogen. Aber es wäre nicht der Stil des Hauses. Und wir brauchen dich.«

»Okay.«

»Eines nur, Paddy – es ist unabdingbar, dass du dich versteckt hältst, bis wir die Sache hinter uns gebracht haben. Falls du morgen noch in Köln bist, wenn es so weit ist, kann ich nichts mehr für dich tun. Hast du verstanden?«

»Natürlich.« Clohessys Stimme klang fester. Er wischte sich über die Nase und setzte ein zuversichtliches Grinsen auf. »Wird schon.«

»Sicher. Jetzt komm.«

Sie gingen nebeneinander her und passierten die würdige Phalanx der Luxusaltbauten, die dem Park gegenüberlagen. Mirkos Geländewagen parkte unter einer riesigen Kastanie.

»Steig ein«, sagte er. »Es ist offen.«

Clohessy kletterte auf den Beifahrersitz. Mirko rutschte von der anderen Seite hinters Steuer.

»Willst du eine Cola?«, fragte er freundlich.

Paddy nickte dankbar.

Mirko griff hinter ihn, krallte die Rechte in Paddys Haar und schlug seinen Kopf gegen die Beifahrerkonsole. Es gab ein hässliches Knirschen. Paddy ächzte. Seine Hände fuhren hoch, die Finger spreizten sich und griffen ins Leere. Intuitiv musste er begriffen haben, dass ihm ein tödlicher Fehler unterlaufen war, aber der Angriff war zu schnell erfolgt, als dass er die Erkenntnis noch in Abwehr hätte umsetzen können. Erneut knallte seine Stirn gegen den Kunststoff. Sein Körper erschlaffte. Mirko zog mit der linken Hand eine kleine schallgedämpfte Walther PPK aus dem Futteral, presste den Lauf in Paddys Nacken und drückte ab.

Der dezente Tod. Kein Geräusch auf der Welt war dem einer abgefeuerten Pistole mit Schalldämpfer vergleichbar.

Als wolle er an Mirkos Schulter Trost suchen, sackte Paddy gegen ihn.

Mirko steckte die Waffe zurück in die Halterung, griff nach einem bereitliegenden Tuch und wickelte es dem Toten um Hals und Nacken. Die Walther PPK machte nicht ganz so kleine Löcher wie die TPH, aber immer noch recht dezente. Halt britisch. Mirko wusste, wie man jemanden tötete, ohne hinterher den Wagen reinigen zu müssen. Allenfalls Spurensicherer hätten winzige Blutspritzer in dem Jeep entdecken können. Dem bloßen Auge präsentierte sich ein makellos sauberer Innenraum.

Mirkos Blick suchte die Straße ab. Zwei Wagen kamen vorbei. Er wartete, bis ihre Rücklichter zu Punkten geschrumpft waren. Dann wuchtete er Paddy mit geübtem Griff in den Fond, zog eine Decke über den Körper und knüllte eine schwarze Plane obendrauf. Nichts wies mehr darauf hin, dass außer Mirko ein weiterer Mensch in dem Wagen war.

Er zündete eine Zigarette an und überlegte.

Als Nächstes würde er den Leichnam in die Spedition bringen, später dann Paddys Wagen. Vorher musste er noch einmal in die Wohnung und sicherstellen, dass sie nichts enthielt, was Spurensicherer auf ihre Fährte bringen konnte. Im Falle einer Untersuchung sollte es so aussehen, als sei Paddy überstürzt abgereist. Praktischerweise war ihm der Ire mit seinen Fluchtplänen ungewollt entgegengekommen. Viel blieb nicht zu tun. Paddy hatte in seiner Angst nicht einmal mitbekommen, dass Mirko die Wohnungstür nur angelehnt hatte. Es ersparte den neuerlichen Einsatz von Werkzeug.

Er stieg aus, verschloss den Jeep und ging mit federnden Schritten zurück in die Rolandstraße.

Sie hätten Clohessy ohnehin nicht mehr gebraucht. Er hatte das System meisterhaft installiert. Es funktionierte einwandfrei.

KUHN

»Hallo?«

In der Wohnung war es stockdunkel. Das konnte ein gutes oder schlechtes Zeichen sein. Gut, wenn Wagner und O'Connor nicht hier waren. Weniger gut, wenn doch. Im Kino war man dann entweder tot oder gefesselt und geknebelt.

Du bist aber nicht im Kino, sagte sich Kuhn zum wiederholten Male. Hör endlich auf, die Pferde scheu zu machen!

Seine Hand betastete den Innenrahmen der Wohnungstür, bis seine Finger einen Schalter berührten. Das Aufflammen der schmucklosen Deckenleuchte erhellte auch sein Denken. Wer sah, konnte gesehen werden. Einem Reflex folgend zog er die Tür hinter sich zu, so dass sie ins Schloss fiel, atmete tief durch und drehte sich um.

Er war nicht allein!

Mit einem unterdrückten Schrei fuhr er zurück und prallte schmerzhaft gegen die Tür. Der Mann ihm gegenüber, der plötzlich und unerwartet in sein Blickfeld getreten war, tat das Gleiche. Er musste sich ebenso erschrocken haben wie Kuhn. Auch in seinem Rücken war eine hohe, zweiflügelige Tür zu erkennen, auch in seinen Augen stand das Entsetzen.

Auch er sah aus wie Kuhn.

In plötzlichem Begreifen knurrte der Lektor sein Spiegelbild an und fühlte, wie aufkochender Zorn die Furcht verdrängte. Er schüttelte sich und warf einen Blick in die Diele. Buchstäblich nichts war darin zu sehen außer einigen Garderobenhaken und einem billigen Läufer zu seinen Füßen. Beidseitig und am Ende des Flurs standen Zimmertüren halb offen.

Kuhn spitzte die Lippen, pfiff die ersten Takte des *River-Qwai-Marsches* und betrat den zuvorderst liegenden Raum.

Er stand in einer kleinen Küche. Aus der Diele fiel genügend Licht herein, um eine billige Küchenzeile sowie einen Tisch mit zwei Stühlen zu erhellen. Über der Spüle hing ein Poster, auf dem eine grüne Steilküstenlandschaft abgebildet war. »Spirit of Ulster« rankte sich in keltischen Buchstaben darüber. Es roch schwach nach alter Wurst und Schimmel.

Er ging zurück in den Flur. Gleich neben der Küche fand er

ein winziges Bad vor. Das Waschbecken war der Toilettenschüssel so dicht benachbart, dass man sich im Sitzen die Hände darin hätte waschen können. Wenige Fußbreit weiter verdeckte ein halb zugezogener Vorhang aus blauem Kunststoff eine zu kleine Duschtasse.

Irgendwie beruhigend.

Kuhn pfiff die nächsten paar Takte und inspizierte das Zimmer am Ende des Flurs. Nachdem sich bislang niemand auf ihn gestürzt oder ihn sonstwie bedroht hatte, fühlte er seine Selbstsicherheit zurückkehren. Zu ihr gesellte sich eine Anwandlung konquistadorischer Arroganz. Unvermittelt begann ihm die Sache Spaß zu machen. Sie mochte nicht unbedingt seiner Vorstellung von einem unterhaltsamen Abend entsprechen, aber es war keineswegs zu leugnen, dass dieser Augenblick eine gewisse Würze in sein akademisiertes Dasein brachte.

Er grinste. Mit erwachender Freude am verbotenen Tun richtete sich seine Aufmerksamkeit nicht mehr einzig auf die Frage nach Wagners und O'Connors Verbleib, sondern trieb ihn zu lustvollen Indiskretionen. Was gab es nicht alles zu entdecken im Leben anderer Menschen! Leute waren wie Bücher. Sie selbst zu lektorieren – nicht ihre schriftstellerischen Werke, sondern die Personen als solche einschließlich ihrer sämtlichen Usancen, sie zu erziehen, Gewohnheiten wegzustreichen, falsche Entscheidungen durch richtige zu ersetzen, ganze Lebensabschnitte zu kürzen oder umzuschreiben – ein erhebender Gedanke! Ein Mann wie Kuhn würde das Objekt seiner Begierde ganz unappetitlich anbaggern können, unoriginell, chauvinistisch, platt, um den berechtigten Abscheu dann per Federstrich zu tilgen und durch ein dahingehauchtes Ja zu ersetzen. Wie unanstrengend könnte das Leben sein! Man müßte nicht mehr aussehen wie O'Connor mit seinem Betoncharme und seinen Designeranzügen. Man könnte Kika Wagner ungestraft wegen ihrer Größe hänseln und dürfte zur Belohnung mit ihr ins Bett. Jede Szene ließe sich im Augenblick ihres Vollziehens umschreiben. Aus Paddys Kleiderschrank etwa wäre in dieser Sekunde ein dumpfes Wimmern zu vernehmen. Im Innern würde man einer gefesselten und geknebelten Kika ansichtig. Im Anschluss an die heldenhafte Befreiung käme dann die Szene mit der Dankbarkeit.

O'Connor? Scheiß auf O'Connor!

Beflügelt öffnete Kuhn einen ärmlich zusammengestoppelten Kleiderschrank, aber außer gähnender Leere und einigen wenigen Wäschestücken hatte das Innere nichts zu bieten.

Plötzlich schämte er sich für seine Gedanken. War er nicht aus ehrlicher Sorge hierher gefahren?

Kopfabenteuer sind gratis, dachte er. Wenn schon!

Er sah sich weiter um. Paddy Clohessy schien ein ziemlicher Existentialist zu sein. Er schlief auf einer am Boden liegenden Matratze. Bücher stapelten sich daneben die Wände hoch. Interessehalber nahm Kuhn die Cover der zuoberst liegenden Exemplare in Augenschein. Er musste sich im Dämmerlicht darüberbeugen, um die Titel zu erkennen. Clohessy las englische Ausgaben der Werke Prousts! Kein dummes Kerlchen, dieser Ire. Eine Biographie Yassir Arafats, wissenschaftliche Sachbücher, die sich allesamt mit Physik beschäftigten. Romane von Hemingway, Tennessee Williams und Toni Morrison. Etwas über den Freiheitskampf Nelson Mandelas. Fast fühlte Kuhn so etwas wie Sympathie für den schlimmen Paddy erwachen.

Er verließ den Schlafraum und nahm sich das Wohnzimmer vor. Auch hier Verzicht, wohin man blickte. Clohessy schien bis auf das Ulster-Poster in der Küche kein einziges Bild zu besitzen. Eine schwarze Ledercouch war so in den Raum gestellt, dass man von dort den Fernseher im Auge hatte, der als einziges Möbelstück mit Liebe platziert und wahrscheinlich sehr teuer gewesen war. Sitzgelegenheiten für Besucher gab es keine. Unter dem Fenster stand ein Schreibtisch, flankiert von Rollcontainern. Die Arbeitsfläche war bedeckt mit Zeitschriften und Schnellheftern, losen Blättern, Stiften und einem Schreibblock. Mehrere Kaffeetassen standen dazwischen herum. Kuhn wusste, ohne sie näherer Betrachtung zu unterziehen, dass ihre Vielzahl kein Zeugnis von Geselligkeit ablegte, sondern Resultat derselben Schlamperei war, die auch sein Zuhause beherrschte. Angetrockneter Kaffee stank nicht. Manchmal standen die Tassen eine Woche oder zwei herum. Solange sich niemand darüber beschwerte, war es beinahe wohnlich.

Sinnend starrte er auf den Fernseher.

Er sollte gehen. Er hatte herausgefunden, weswegen er hergekommen war. Weder Wagner noch O'Connor hielten sich hier auf und auch nicht in der Begleitung Clohessys.

Natürlich konnte man noch einen Blick auf diesen Schreibtisch werfen.

Du bist unanständig, Kuhn, schalt er sich. Nicht das Geringste hast du hier verloren! Mach endlich, dass du rauskommst.

Aber gegen die Angst erhob sich der degeneriert geglaubte Philip Marlowe in Kuhn plötzlich zu ungeahnter Größe. Dass die beiden Nervensägen nicht hier waren, musste keineswegs ein Beweis für Paddys Unschuld sein. Was immer sich in diesem Zimmer fand, konnte durchaus von Interesse sein.

Und er, Franz Maria Kuhn, wäre der Mann, der den Schleier lüftete.

Er zögerte. Abenteuerlust wechselte mit Fluchttrieb.

Dass er zu lange gezögert hatte, wurde ihm klar, als er das leise Schaben und Kratzen hörte.

Jemand machte sich an der Wohnungstür zu schaffen!

Kuhn fühlte, wie das Blut aus seinem Kopf wich und ihn lähmende Schwäche überkam. Unfähig, sich zu bewegen, lauschte er in die Stille hinein.

Es war mehr eine Ahnung als ein klar vernehmliches Geräusch, nur Schwingungen von Bedrohung. Aber es reichte, jedes weitere Interesse an Abenteuern in ihm ersterben zu lassen. Mit zu Grabe getragen wurden die letzten Reste von Courage.

Die Klinke wurde heruntergedrückt.

Plötzlich schien er Flügel zu besitzen. Der Schwung des Entsetzens trug ihn in die Diele und ins gegenüberliegende Bad, schneller, als der unbekannte Eindringling den Griff ganz nach unten bewegen konnte. Die Badezimmertür schwang zu, fiel mit leisem Klicken ins Schloss, gerade, als die Tür zum Hausflur mit unvermeidlichem Quietschen aufging. Die Geräusche überschnitten sich, wurden eins. Kuhn starrte wie irrsinnig in die Dunkelheit, sprang in die Duschtasse, schloss den Vorhang und rutschte an den Kacheln entlang nach unten, bis sein Hinterteil den Boden berührte.

In den ersten Sekunden hörte er nur das Blut in den Ohren rauschen. Es schien aus sämtlichen Öffnungen seines Kopfes spritzen zu wollen. Sein Herz hämmerte einen unbarmherzigen Takt.

Sein Herz. Oh Gott, wie laut!

Er würde es hören! Der, die, das da draußen würde sein Herz klopfen hören und ihn holen kommen.

Ruhig. Ruhig!

Nach den furiosen letzten Sekunden fühlte er sich in der plötzlichen Stille wie ein Hühnchen in Gelee. Von jenseits der Badezimmertür erklang nicht das leiseste Geräusch. Oder täuschte er sich? Mühsam zwang er die Panik herunter und lauschte.

Doch, jemand musste in der Wohnung sein. Jemand, der sich sehr leise bewegte.

War es Clohessy? Oder der Mann mit dem slawischen Akzent? Dann saß er tatsächlich in der Patsche. Es hatte kein Licht gebrannt, als sie aus der Wohnung gegangen waren, und außerdem hatten sie die Tür aufgelassen. Wer immer da herumschlich, musste wissen, dass außer ihm noch jemand hier war.

Kuhns Hand tastete nach dem Nokia in der Innentasche seines Jackets. Er zog es hervor und aktivierte den Speicher. Das Display leuchtete auf. Eine Reihe von Nummern erschien. Er drückte den Daumen auf die Continue-Taste, bis Kika Wagners Name auf dem kleinen Bildschirm erschien, und ließ die Automatik wählen.

Geh ran, dachte er. Wo immer du bist!

Es klingelte durch. Wie gehabt. Keine Mailbox, nichts.

Kika, um Himmels willen, wo bist du?

Er musste sich irgendwie bemerkbar machen. Mit zitternden Fingern begann er, dem Handy eine Nachricht einzugeben. Ein Rest seiner Ratio soufflierte ihm, was er zu schreiben hatte. Sagen, wo er war, was er wusste – und um Hilfe rufen.

Geräusche. Schritte. Jemand blieb vor der Badezimmertür stehen.

In fiebernder Hast jagten Kuhns Finger über die Tastatur. Mit jedem Tastendruck gab das Handy ein dünnes Fiepen von sich. Der Speicher begrenzte die Nachricht auf einhundertsechzig Zeichen, aber die würde er ausnutzen, ganz gleich, wie oft er sich verschrieb.

Die Tür wurde geöffnet.

Licht fiel ein und färbte den Vorhang vor Kuhns Augen wolkig blau. Er stoppte die Eingabe. Schreiben konnte er jetzt vergessen. Nur warten und hoffen, dass der andere gehen würde, ohne die Dusche zu inspizieren.

Abschicken, durchfuhr es ihn. Du musst die verdammte Nachricht abschicken.

Es wird fiepen, wenn du das tust.

Leise Schritte näherten sich und stoppten unmittelbar vor der Dusche. Dann meinte Kuhn zu hören, wie der Unbekannte das Bad wieder verließ. Atemlos und mit aufgerissenen Augen wartete er. Aus der Diele erklangen nun lautere Geräusche. Offenbar war der andere zu dem Schluss gekommen, dass er allein in der Wohnung war, und machte sich keine Mühe mehr, sein Hiersein zu verbergen.

Einen Moment später schlug die Wohnungstür zu.

Ein tiefer Seufzer entströmte Kuhns Mund. Erst jetzt wurde ihm bewusst, dass er in Schweiß aufgelöst war. Seine Angst stieg in die Nase.

Er hoffte, dass er sich nicht nass gemacht hatte vor lauter Heldenhaftigkeit. Die Peinlichkeit würde ihm für alle Zeiten nachschleichen. Nie wieder würde er in aller Unschuld eine Dusche oder Herrentoilette aufsuchen können.

Schnell, ohne die Nachricht noch einmal zu lesen, schickte er sie ab.

Dann steckte er das Handy zurück in die Jacke und schob sich die Kacheln hoch.

Der Vorhang wurde beiseite gerissen.

Kuhn schrie auf und plumpste zurück. Über ihn gebeugt stand der Mann mit der Lederjacke. Er sah mit unbewegtem Gesicht auf Kuhn herab, als habe er nichts anderes erwartet als das Häufchen Elend, das sich seinen Augen darbot, nur dass in seinem Blick kaltes Interesse funkelte.

Kuhn keuchte. Er versuchte, etwas zu sagen, sich für sein Eindringen zu entschuldigen, zu rechtfertigen, aber seiner Kehle entrang sich nur ein hohles Stöhnen.

Halb besinnungslos vor Angst drückte er sich weiter in die Ecke.

Der Mann regte sich nicht. Er stand nur da und fixierte Kuhn auf eine Weise, dass der Lektor sich unter dem eisigen Blick kleiner und kleiner werden fühlte. Noch wenige Sekunden, und er würde hinweggeschrumpft und im Ausguss verschwunden sein.

Dann holte der Slawe aus.

Kuhn sah den Arm des Mannes in die Höhe fahren und auf sich herabsausen. Erneut schrie er auf, riss schützend die Arme über den Kopf und hörte sein Schreien in spitzes Kreischen umkippen. Todesangst erfasste ihn. Seine Blase entleerte sich im Moment, da die Faust des anderen wie ein Vorschlaghammer auf den Armaturenhebel krachte und ihn hochriss. Eiskaltes Wasser schoss aus der Dusche und durchnässte den Lektor im Bruchteil einer Sekunde. Brausen und Schreien verbanden sich zu einer infernalischen Klage. Er schrie immer noch, als der Slawe die Dusche wieder abgestellt hatte und ihn am Kragen hochzerrte.

Würde er je aufhören können zu schreien?

»Still«, sagte der Mann.

Kuhns Geheul erstarb in weinerlichem Gehüstel. Er würgte und zitterte am ganzen Körper.

Langsam hob er den Kopf und blickte in die Mündung einer Pistole.

PARK

»Wer ist Sweeny?«, murmelte Wagner.

Wieder, wie in der vorangegangenen Nacht, lag sie halb auf ihm, die Beine angewinkelt, den Kopf zwischen Brust und Bizeps gebettet. Dennoch war alles anders. Sie lauschte dem Schlag seines Herzens und fühlte sich auf wunderbare Weise kraftlos und entspannt. Zugleich war sie hellwach und voller Leben wie seit langem nicht mehr.

Sie wusste nicht zu sagen, wie oft und wie lange sie sich geliebt hatten. Es spielte keine Rolle. Bemerkenswert war etwas anderes – dass es ihr vorkam, als hätten sie etwas vollzogen, das seit Jahren fällig gewesen war. Etwas, das süchtig machen konnte. So sehr, dass sie die Sucht schon verspürte, bevor die Wirkung nachgelassen hatte.

Kann es sein, dachte sie, dass Menschen wie Puzzlesteine sind, vorbestimmt, in eine ganz bestimmte freie Stelle zu passen? Du weißt nicht, wo diese Stelle liegt, wer diese Stelle ist. Sie kann ein Mensch sein, ein Land. Im Moment, da du sie findest, da sie dich findet, fügst du dich ein. Jemand hat sie für dich freigehalten. Kann es ein größeres Glück geben? Wie viele Menschen sterben, ohne das je erlebt zu haben?

Wie viele Menschen sterben, ohne je gespielt zu haben?

Warum hatte sie erst nach Köln zurückkehren müssen, um ihren Platz im Puzzle zu erkennen? Wenn eine höhere Vorsehung sich die Zeit damit vertrieb, Zeichen zu geben, dann hatte sie es heute Nacht jedenfalls getan. Es war nicht O'Connor. Es war nicht sie. Es war ihr Zusammenkommen, das Gewaltige, Unfassbare, das über alles hinausging, was die Summe zweier Menschen und eine schwüle Nacht in den meisten Fällen ergaben. Es waren ein Ort, eine Zeit, ein Spielbrett und zwei Spieler, ein allem zugrunde liegender Wahnsinn, geeignet, die menschliche Seele von übermäßiger Vernunft zu heilen.

An ihrem Handgelenk tickte geschäftig und leise die Armbanduhr, die sie von ihrem ersten selbst verdienten Geld gekauft hatte. Sie war ihr lieb und teuer, schon weil sie tatsächlich sehr teuer gewesen war, und doch nicht wert, einen Blick darauf zu werfen. Das Letzte, was sie in diesem Augenblick interessierte, war die Zeit und ihr Verstreichen. Die Physiker mochten hundertmal betonen, dass der Mensch und die Welt und das ganze Universum gekettet waren an die zerstörerischen Kräfte des zweiten Hauptsatzes der Thermodynamik und demzufolge alle Energie und alle Materie irgendwann enden würde, alle Liebe, alle Leidenschaft, aller Hass, alles Elend, alles Glück, alles Fühlen, alles Sein. In dieser Nacht waren die Naturgesetze außer Kraft gesetzt.

Plötzlich fühlte sie sich nicht mehr zu Besuch in dieser Stadt. Über ihr rauschte leise der Wind in den Blättern. Das ferne Schlagen der Trommel war verstummt. Sie roch Erde, Gras und den Mann unter sich.

Sie war zu Hause.

»Sweeny?«, fragte O'Connor.

»Du hast seinen Namen genannt. Verrückter Sweeny. Du hast alle möglichen Götter angerufen.«

O'Connor lachte.

»Manchmal willst du in Champagner baden, und wenn du keinen hast, nimmst du eben Wörter. Sweeny ist kein Gott. Er war ein König. Der König von *Dal Araidhe* im alten Irland. Er hat einen fastendürren Pfaffen erschlagen und die Glocke eines heiligen Mannes zerbrochen. Zur Strafe wurde er in einen Vogel verwandelt und verlor seinen Verstand. Er konnte nur noch in Reimen sprechen. Der Fluch bannte ihn in die Lüfte, so dass seine Füße niemals den Boden berühren durften und er auf ewig dem Sturm ausgesetzt war.«

»Geschieht ihm recht. Zerzauster Totschläger. Und so jemand soll dir Kraft verleihen?«

»Sweeny? Natürlich! Versprich ihm, dass du ihn wieder Mensch werden lässt, und er tut alles für dich. Verfluchte sind korrumpierbar.«

Sie seufzte und rollte sich neben ihn auf den Rücken. Der Boden war angenehm kühl und gab ihr das Gefühl, darin wurzeln zu können. Hoch über ihr erstreckte sich die dunkle Kuppel aus Zweigen und Blättern.

»Hast du auch mitunter das Gefühl, dass an gewissen Plätzen keine... Zeit existiert?«, fragte sie.

O'Connor drehte ihr das Gesicht zu.

»Ich habe das Gefühl seit meiner Kindheit.«

»Ich ganz selten«, sagte sie. »Dieser Baum, das ist mein Platz. Weißt du, es ist komisch. Mir ist klar, dass wir gleich von hier weggehen werden. Vielleicht kommen wir nie wieder. Ich will mich nicht an einen Moment klammern, aber ich wünschte trotzdem, wir könnten es mitnehmen – dieses Gefühl, die Zeit besiegt zu haben. Wenn es einmal in uns ist, dann...«

O'Connor schwieg.

»Welches sind deine Plätze?«, fragte sie.

Er sah nach oben.

»Ich glaube, mein ganzes Leben ist dieser Platz.«

»Bist du damit glücklich?«

»Ich weiß nicht. Es hat seine Vorteile. Wenn du jung bist,

denkst du, irgendwann kommt der Punkt, an dem du erwachsen wirst. Spätestens ab dreißig wird dir klar, dass du nie erwachsen wirst. Du wirst nur älter. Der Gedanke macht dir noch weniger Spaß, also leugnest du einfach die Zeit und die ganze Welt in ihrer lächerlichen Ernsthaftigkeit. Ich kann mir nicht helfen, aber ich bin so ... unbeeindruckt von allem, was um mich herum vorgeht.«

»Manchmal ist es wichtig, Dinge ernst zu nehmen. Findest du nicht?«

Er streckte eine Hand aus und streichelte ihre Wange.

»Für wen, Kika? Es ist doch nur mein kleines, unbedeutendes Leben, um das es geht. Wer hat denn etwas davon, wenn ich die Dinge ernst nehme?«

»Es könnte jemanden geben.«

»Mag sein. Aber niemand ist auf der Welt, um den Vorstellungen anderer zu entsprechen.«

»Pardon«, sagte sie leise. »Natürlich, es ist dein Leben. Das hatte ich vorübergehend vergessen.«

»He, Kika!« Er zog sie am Ohr. »Wir sind geflogen heute Nacht. Wir werden wieder fliegen. Würdest du mich noch wollen, wenn meine Füße den Boden berührten?«

»Ich würde wollen, dass du freiwillig oben bleiben könntest.«

O'Connor schwieg. Wagner richtete sich auf und stützte sich auf den Ellbogen.

»Ich wollte dich nicht tadeln«, sagte sie leise.

»Das tust du nicht.«

»Gibt es nicht doch irgendetwas, das dich ein bisschen beeindruckt?« Im selben Moment ärgerte sie sich über die Durchschaubarkeit der Frage. »Ich meine, es hat einen Krieg gegeben«, fügte sie hinzu, um auf anderes Terrain zu entkommen. »Wir liegen hier und sind glücklich, aber anderswo ...«

Er runzelte die Stirn. Das Lächeln verschwand aus seinem Gesicht.

»Wo ist anderswo, Kika? Anderswo ist nicht hier. Anderswo ist hypothetisch. Anderswo ist immer nur da, wo ich will.«

»Anderswo ist überall«, sagte sie trotzig.

O'Connor rollte sich auf die Seite.

»Glaubst du das wirklich?«, fragte er.

»Ja.«

»Schön. Dann lass dir mal was über diesen Gipfel erzählen, auf den hier alle so stolz sind. Das ist Anderswo! Wenn ich ein zerlumpter kosovarischer Vertriebener wäre, der in der Hölle des Flüchtlingslagers von Blace darüber nachsinnt, wo seine Schwester und seine Eltern gerade sind und ob sie überhaupt noch leben, könnte es kein bizarreres Anderswo geben als diese pompösen Feierlichkeiten in eurem schönen Köln, nur weil ein gemeingefährlicher Irrer gerade zugesichert hat, für die Dauer der nächsten Jahre seine Bluthunde in Ketten zu legen. Ich bin beeindruckt. Was war denn mit dem Anderswo in Ruanda? Was ist mit Kurdistan? In unseren Städten verbrennen sich Männer und Frauen auf offener Straße, weil ihre Verwandten irgendwo hingemetzelt werden oder jeden Tag befürchten müssen, auf Minen zu laufen und ihrer Gliedmaßen verlustig zu gehen. Dennoch, Anderswo. Der kleine Unterschied liegt darin, dass Jelzin nicht mit Weltkrieg droht und chinesische Studenten keine amerikanischen Flaggen verbrennen. Nie teilen wir die Angst der anderen. Wir verwechseln nur deren Angst mit unserer.«

»Hattest du nicht gesagt, das alles lässt dich kalt?«

»Tut es auch. Ich bin nicht gut darin, mich in Verzweiflung zu winden angesichts einer Vielzahl von Kriegen, Unruhen und Verbrechen, Waldbränden und Sturmfluten. Bilder im Fernsehen. Ich kenne diese Leute nicht. Die Mechanik hinter allem kotzt mich an, darum geht's. Du wirst mir vielleicht Zynismus und Gefühlskälte vorwerfen können, aber niemals wirst du mich bei einer Lüge ertappen. Ich hasse Verlogenheit, und darum hasse ich das Anderswo vor unserer Haustür. Was um die Ecke in deiner eigenen Stadt passiert, das ist das wahre Anderswo, aber wir lassen unsere Rundumbetroffenheit lieber an irgendeinem möglichst weit entfernten Winkel der Welt aus.«

»Und das ist ein Grund, sich nicht zu engagieren? Kosovo, Kuwait, Ruanda. Kein Interesse?«

»Erzähl mir nichts, Kika. Wir alle wollten nichts sehnlicher, als dass Milošević die Vertreibungen und Säuberungen einstellt, damit uns nichts passiert. Darum sind uns die Kosovaren plötzlich so nahe, weil wir Angst vor einer Eskalation dessen haben, was die Nato da vom Zaun gebrochen hat. Kein Volk hat diesen

Krieg gewollt. England hat die Schnauze voll von dem Gerangel mit der IRA, die Briten wollen ihre Ruhe, und plötzlich philosophiert Jelzin über den Dritten Weltkrieg. Jetzt *müssen* sie sich engagieren, bloß weil Leute wie Tony Blair sich keinen Kopf darüber zu zerbrechen brauchen, wie und wo sie schlimmstenfalls überleben. In Diskrepanz zum Willen der Bevölkerung singt er das Hohelied der Betroffenheit wie euer Kanzler Schröder und euer Verteidigungsminister Scharping, wie euer nachgedunkelter grüner Außenminister, wie Bill Clinton, dessen Kenntnisse über das Land, auf das seine Flugzeuge Bomben werfen und Schuldige wie Unschuldige töten, kaum größer sein dürften als meine über Feuerland oder den Senegal. Geradezu rührend hat er über die glänzenden Aussichten für eine Bombardierung Jugoslawiens gesprochen, weil da im Mai besseres Wetter herrsche als im April. Und dass es im Juni noch mal besser wird als im Mai, wusste er auch, Donnerwetter! Erdkunde eins, setzen! Das Anderswo des Präsidenten. Findest du es so verwerflich, dass ich meinem Desinteresse an der Vielzahl weltweiter Katastrophen, Desaster und Kriege offen Ausdruck gebe? Nein, es betrifft mich nicht. Ich war nicht dabei. Ich sehe Bilder im Fernsehen. Danke der Nachfrage, mir geht es gut.«

Wagner starrte ihn an und war verblüfft. O'Connor hatte sich in Rage geredet. Er fühlte sich angegriffen, aber anders als sonst reagierte er darauf nicht mit Hochnäsigkeit und Spott.

Sie hatte ihn aus der Reserve gelockt.

Die Erkenntnis stimmte sie froh. Plötzlich musste sie grinsen. Sie rollte sich zu ihm hinüber und stemmte sich gegen seinen Arm, bis er einknickte und sie ihren Körper über seinen schieben konnte.

»So«, sagte sie.

»Was heißt so?«

»Es heißt, ich habe dich ertappt.«

»Sag bloß. Bei was denn?«

»Anteilnahme.«

O'Connor hob eine Braue. In diesem Moment sah er aus wie David Niven im Angesicht höchster Gefahr: geringfügig irritiert und in offensichtlicher Sorge um den Sitz seiner Garderobe.

»Wie es aussieht, hast du das.«

»Und daraus folgt?«

Er zögerte.

»Ich weiß nicht, was daraus folgt. Ich weiß nur, dass ich heute Nachmittag nicht arbeiten musste.«

»Was?«

»Ich musste nicht arbeiten. Es wird das erste und das letzte Mal sein, ich schwöre tausend heilige Eide, aber ich habe dich belogen. Ich hatte nichts zu tun heute Nachmittag. Nicht das mindeste bisschen.«

Allmählich begriff sie.

»Und... warum hast du dennoch...?«

»Ich hatte Angst.«

»Angst?«

»Ich hatte Angst, dich an den falschen Moment zu verlieren. Dieselbe Angst wie du, schätze ich.«

Sie wandte den Blick ab, sah ihm wieder in die Augen, schaute erneut zur Seite. Oh Gott, dachte sie. Oh mein Gott, das darf nicht passieren! Was sollen wir denn machen? Ich kann mich nicht in dich verlieben, Liam O'Connor, du verrückter Säufer, du Ausgeburt einer nihilistischen Phantasie, ich bin so glücklich und möchte es bleiben, bitte hilf mir, lass mich nicht allein, halt mich, lass mich gehen!

Zu spät.

Also gut, dann soll es eben geschehen.

Es geschieht.

Es ist geschehen.

»Schlaf mit mir«, sagte sie.

Was lebten sie bloß für ein Leben? Wie der wahnsinnige Sweeny flatterten sie von Thema zu Thema, packten verliebte Nachmittage und Flüchtlingselend in denselben Wortschatz unter dem Protektorat einer alten Eiche, schufen sich einen Kokon gegen die Welt, so wie sich alle in den vergangenen Wochen ihren höchstpersönlichen Kokon geschaffen hatten, und statt Kanonendonner gab es das vertraute Wispern des Windes in den Ästen und statt niederbrennender Häuser die Hitze ihrer Körper.

O'Connors Hände umfassten ihre Taille. Rittlings setzte sie sich auf ihn und erbebte.

In dieser Nacht sagte sie ihm nicht, dass sie ihn liebte. Und er sagte nichts Ähnliches zu ihr.

JANA

Karina Potschowa. Teresa Baldi. Laura Firidolfi.

Ein rundes Dutzend unterschiedlicher Persönlichkeiten bevölkerten das dunkle Zimmer mit den eleganten Möbeln im Hoppers, einem stilvollen Hotel in der Kölner Innenstadt. Eine geisterhafte Gesellschaft unter dem Vorsitz einer Unperson namens Jana, die angezogen auf ihrem Bett lag, die Augen geöffnet und in Nachdenklichkeit erstarrt.

Einzig Sonja Cosic fehlte.

In letzter Zeit fehlte sie immer häufiger. Es war gut so. Ihre Anwesenheit brachte nichts als Probleme mit sich. Jedes Mal, wenn Sonja sich hinzugesellte, erinnerte sie Jana daran, nur eine Erfindung zu sein, ein bloßes Geschöpf, zusammengefügt aus Illusionen und Notwendigkeiten. Seit dem Tage, da Jana den Auftrag angenommen hatte, hielt sie ihr vor, sich selbständig gemacht und den Grund für ihre Erschaffung vergessen zu haben, bezichtigte Jana des Verrats und machte sie verantwortlich für die Eskalation allen Elends in der Welt. Ganz allgemein erwies sie sich als hinderlich, wenn es darum ging, Geschäfte zu machen.

Jahrelang war es anders gewesen. Die Kreatur hatte es verstanden, im Einvernehmen mit ihrer Schöpferin zu leben. Einem Golem gleich hatte Jana eine Menge Drecksarbeit erledigt, um Sonja einen finanziellen Unterbau zu schaffen. Sie hatten sich gut ergänzt. Sonja konnte Wut und Trauer empfinden, Hass und Liebe. Jana verspürte weder von dem einen noch vom anderen sonderlich viel. Sie schätzte Professionalität und Präzision. Im Laufe der Jahre hatte sie ein paar Menschen das Leben geraubt, um Sonja geben zu können, was sie brauchte. Geld für den Aufbau einer eigenen Miliz im Einvernehmen mit dem großen Präsidenten, der das zersplitterte Erbe vereinen und jedem seinen Platz zuweisen würde. Eine starke, aber gerechte Truppe hatte sie aufbauen wollen, die Gewalt nur einsetzte, wo sie sich legitimierte, ohne die Dumpfheit der Schlächterbanden um Arkan und Dugi.

Es war das perfekte Abkommen.

Aber mit jedem Schuss, den Jana ins Ziel lenkte, wurde Sonja nur umso zögerlicher. Ihre Kraft schwand, ihre Sicherheit wich nagenden Zweifeln. Schließlich hatte sie sich in ein Kind zurückverwandelt, wie alle Kinder die verkörperte Hoffnung, dass aus kleinen Menschen keine schlechten Menschen werden können, und für die erwachsene Sonja Lebensjahre zurückgefordert. Vor sechs Monaten noch hatte die Stimme der Frau mit den vielen Persönlichkeiten zu Silvio Ricardo gesagt: »Sonja Cosic steht gerade mit erhobener Faust auf einem Hügel in der Krajina, und alles in ihr schreit danach, dem Ruf zu folgen. Wir können uns nicht länger zu Randfiguren und Irrtümern der Geschichte degradieren lassen. Wir sind immer nur die Opfer gewesen.« Sie hatte es gesagt, ohne zu begreifen, dass Sonja längst die Waffen gestreckt hatte, angewidert vom hässlichen Gesicht des Genozids. Und Ricardo in seiner rührenden Besorgnis, auch er hatte die Zeichen falsch gedeutet und die Partisanin gesehen, die der professionellen Attentäterin gefährlich werden konnte, weil sie sich von Hass und Unbeherrschtheit leiten ließ.

Mittlerweile wusste Jana, dass sie beide sich geirrt hatten. Am Ende der Geschichte würde keine bessere Welt stehen, kein errettetes himmlisches Volk, kein wiedergewonnenes historisches Erbe, kein Aufschrei der Gerechtigkeit, nicht einmal ein Symbol des Zorns, sondern fünfundzwanzig Millionen. Nicht weniger und auch nicht mehr. Jana und Sonja würden einander vernichten, um Platz zu schaffen für jemand Neuen, der keine Vergangenheit hatte, dafür aber möglicherweise eine Zukunft.

Jana und Sonja.

Der Tod war unteilbar.

Sie hob die rechte Hand, führte sie vor ihre Augen, bewegte die Finger.

Ein leises Summen drang an ihr Ohr.

Ohne Hast langte sie hinüber zum Nachttisch, ergriff das FROG und stellte die Verbindung her.

»Erledigt«, sagte Mirkos Stimme. »Ich bin in seiner Wohnung. Aber es gibt ein Problem.«

»Welches Problem?«

»Noch jemand hat ihm nachgeschnüffelt. Die Vögelchen scheinen in den Wald geflattert zu sein, aber in seiner Dusche war ein Kerl und hielt sich dort versteckt.«

»Hat er gesehen, dass…«

»Nein. Aber ich weiß natürlich nicht, ob er sonst was mitbekommen hat. Ich habe ihn gefilzt und eingeschlossen. Keine Ahnung, was der Bursche will.«

»Hatte er Papiere bei sich?«

»Personalausweis.«

Jana dachte nach. Die letzten Stunden steckten voller Unerfreulichkeiten.

»In Ordnung«, sagte sie. »Finden Sie raus, was mit ihm los ist. Machen Sie schnell, dann rufen Sie mich wieder an.«

»Verstanden.«

Sie platzierte das FROG wieder auf dem Nachttisch, erhob sich vom Bett und ging hinüber zu der Minibar, der sie eine Flasche Mineralwasser entnahm. Mit durstigen Schlucken trank sie. Kein Problem war unlösbar, aber die meisten hatten den unliebsamen Nebeneffekt, dass sie einem die Kehle austrockneten.

War es ein Fehler gewesen, Clohessy anzuheuern?

Nein, beschied sie, während sie eine zweite Flasche öffnete. Niemand hatte das voraussehen können. Mirko hatte Clohessy ausfindig gemacht, er war der Beste gewesen, den die Szene zu bieten hatte. Und er hatte sich auf der Flucht befunden. Die Bedingungen waren nahezu ideal gewesen. Clohessy, der mit der IRA gebrochen hatte und von einem besseren Leben träumte, gehetzt von seinen ehemaligen Kampfgefährten und empfänglich für das ultimative Angebot, mit dem man leben konnte, im wortwörtlichen Sinne. Wie hätten sie es besser treffen können?

Sie hatten ihm eine neue Identität geboten und eine Million. Clohessy hatte ohne mit der Wimper zu zucken angenommen. Gemeinsam hatten sie ihm eine wasserdichte Legende verpasst, sogar eine Reihe telefonischer Kontaktstellen installiert, über die man im Zuge einer routinemäßigen Überprüfung die Bestätigung aller persönlichen und beruflichen Etappen im Leben des Ryan O'Dea erhielt.

Mit allem hatten sie gerechnet.

Nur nicht mit diesem verfluchten irischen Doktor.

Jana leerte auch die zweite Flasche, legte sich wieder auf das Bett und wartete. Nach etwa zehn Minuten meldete sich Mirko und erzählte ihr, wer der Mann in der Dusche war.

»Das ist dumm«, sagte sie. »Wir können ihn nicht einfach erledigen.«

»Stimmt«, meinte Mirko nach einer kleinen Pause. »Aber laufen lassen können wir ihn noch viel weniger.«

»Nein, aber wir können ihn benutzen. Bringen Sie ihn in die Spedition. Wir treffen uns dort in einer halben Stunde.«

Plötzlich kam ihr eine Idee. Möglicherweise würden sie es schaffen, O'Connor und die Frau lange genug in Sorglosigkeit zu wiegen, bis der Auftrag erledigt war. Dieser Lektor konnte ihnen dabei helfen. Andererseits war die Entwicklung nicht mehr kalkulierbar. Schlimmstenfalls mussten sie damit rechnen, dass sein und Paddys Verschwinden zu Ermittlungen führte. Paddys Wohnung würde also observiert werden.

Um jeden Preis mussten sie vermeiden, dass jemand einen Zusammenhang zu einem möglichen Anschlag herstellte!

Aber vielleicht gab es ja einen Weg.

Sie spielte es durch. Falls O'Connor sich einschaltete, würde ein Ermittlungskommando schnell feststellen, wer sich hinter Ryan O'Dea verbarg. O'Connor war gefährlich, aber ihn zu liquidieren ergab keinen Sinn. Es ließ sich nicht rekonstruieren, wem er inzwischen alles von Paddy erzählt hatte. Aber sie konnten ihn seiner Glaubwürdigkeit berauben. Und auf diese Weise mögliche Ermittlungen in eine falsche Richtung lenken.

Sie beschloss, Gruschkow zu wecken. Sein Zimmer lag im Stockwerk über ihr. Jana wusste, dass der Programmierer darauf brannte, etwas zu tun. Er langweilte sich, weil alles installiert war und sie nur herumhängen und warten konnten. Vielleicht war es keine schlechte Idee, wenn er O'Connor und die Frau vorübergehend im Auge behielt.

Der Plan reifte in ihrem Kopf, wurde umgestaltet, verfeinert, erneut gecheckt, perfektioniert, alles in wenigen Sekunden.

So konnte es gehen.

»Hören Sie, Mirko?«

»Ja.«

»Tun Sie Folgendes. Schreiben Sie einen Brief.«

WAGNER

Es war zwanzig nach drei, als sie sich gegenseitig in ihre zerrissenen Kleidungsstücke halfen und darüber in albernes Gekicher ausbrachen.

»War das Hemd teuer?«

»Sehr. Gerade richtig, von dir zerfetzt zu werden. Was ist mit deiner Bluse? Erinnerungsstück an die verstorbene Oma?«

»Selbstverständlich.«

»Tut mir leid. Hat dir gut gestanden.«

»Ihr Geist wird über uns kommen. Wüstling! Du hast zu viele Filme mit Michael Douglas gesehen.«

»Irrtum. Er hat zu viele Filme mit mir gesehen.«

Sie traten aus der Kuppel des Baumes hinaus in den Park. Beinahe wollte sich Trennungsschmerz einstellen. Sie verließen nicht einfach einen Ort, sondern eine Insel jenseits der Zeit. Ein Anderswo, dachte sie.

Würde es ein Anderswo bleiben?

Sie dachte an den morgigen Tag. Sie konnten ausschlafen, sich lieben, faulenzen. Sie selbst hatte erst am späten Nachmittag eine Reihe von Terminen wahrzunehmen. Obgleich ihre Funktion die einer verdeckt agierenden Anstandsdame für O'Connor war, hatte es den Verlag nicht davon abgehalten, sie außerdem mit zwei Besuchen in der Kulturredaktion des WDR und bei RTL zu betrauen. Um halb fünf würde sie die Öffentlich-Rechtlichen treffen, eineinhalb Stunden später die Privaten. Danach, wenn es sich nicht allzu sehr hinzog und niemand dort auf die Idee kam, sie zum Abendessen einzuladen, war sie wieder frei. Frei für alles.

Eng umschlungen schlenderten sie an dem Weiher entlang. Über ihnen erstrahlte kühl und scharf die Sichel des Mondes.

»Geht es dir gut?«, fragte O'Connor nach einer Weile.

»Traumhaft. Und dir?«

»Ich bin geradezu unanständig guter Laune«, sagte er. »Wollten wir nicht jemanden beschatten?«

»Du hast mir verboten, darüber nachzudenken.«

»Seit wann lässt du dir irgendwas verbieten?«

»Schlossen die Spielregeln Nachdenken nicht aus?«

»Allzu wahr.«

»Aber du hast natürlich Recht. Was machen wir denn jetzt mit unserem guten Paddy?«

O'Connor überlegte.

»Das entscheiden wir, wenn dein Wagen noch da steht, wo du ihn abgestellt hast.«

Wenige Minuten später kletterte Wagner auf den Beifahrersitz des Golf. O'Connor hatte darauf bestanden, ihn zu fahren. Ihr war es recht. Irgendwie war ihr alles recht, solange es nicht endete.

Einer Eingebung folgend griff sie hinter sich und fingerte nach ihrem Handy.

»Was machst du?«, fragte O'Connor, während er im Dunkeln das Zündschloss suchte.

»Dachte, ich hätt's im Park verloren«, sagte sie. »Bist du eigentlich sicher, dass du mit links gesteuerten Autos zurechtkommst?«

»Nein.«

»Und Paddy?«

Er schüttelte den Kopf.

»Es dürfte ein bisschen spät sein, sich mit ihm zu unterhalten. Ich schlage vor, wir fahren morgen – pardon, heute früh zum Flughafen, wenn er wieder Dienst hat. Ich rede mit ihm, sofern er dazu bereit ist. Sollten wir danach immer noch der Meinung sein, es sei was im Busch, bemühen wir die allgewaltige Polizei.«

»Klingt vernünftig.«

Sie gähnte und reckte die Arme. Ihr Blick fiel auf das Display des Handys, das sie immer noch in den Fingern hielt.

»Mist«, entfuhr es ihr.

Er sah zu ihr herüber.

»Was ist los?«

»Kein Platz für neue Kurzmitteilungen. Steht da. Jemand hat mir eine SMS geschickt, aber der Speicher ist voll.«

»Erwartest du irgendwas von Wichtigkeit?«

Sie runzelte die Stirn. Nacheinander rief sie die gespeicherten

Mitteilungen auf. Sie stammten von Freundinnen, Bekannten, Mitarbeitern. Nichts, was man nicht hätte löschen können, nur dass sie es ständig vergaß und geflissentlich den aufblinkenden kleinen Briefumschlag übersah, der ihr anzeigte, wenn der Speicher voll war.

»Nein«, sagte sie. »Vielleicht der Verlag. Oder Kuhn.«

O'Connor startete den Wagen. Während sie zurück zum Hotel fuhren, löschte sie nacheinander die belegten Speicherplätze. Trotzdem war damit zu rechnen, dass die ominöse Nachricht, für die kein Platz gewesen war, jetzt stundenlang im Äther herumkurvte, bevor sie zu ihrer Adressatin fand.

Das D2-Display erschien und wurde sofort durch einen neuen Text ersetzt.

FÜNF ANRUFE IN ABWESENHEIT.

»Alle Wetter«, staunte Wagner. »Schwer was los im Netz. Wir waren sehr gefragt in den vergangenen drei Stunden.«

»Kannst du sehen, wer es war?«

KEINE NEUEN NUMMERN, sagte das Display.

»Das ist saublöd an dem Ding«, fluchte sie. »Es sagt dir, dass es den Anrufer kennt, aber nicht, wer's war. Ich habe an die drei Dutzend Nummern hier drin, jeder könnte es gewesen sein.«

O'Connor überlegte.

»Wer könnte es denn morgens zwischen zwölf und drei gewesen sein?«

»Gute Frage.«

»Ob Kuhn uns vermisst hat?«, mutmaßte er. »Vielleicht wollte er ja wissen, was wir treiben.«

O'Connor hatte Recht. Das ergab einen Sinn. Kuhn war nicht glücklich über ihre Idee gewesen, zu Paddy Clohessy hinauszufahren, und außerdem hatte er beleidigt gewirkt.

»Meinst du, ich rufe ihn mal an?«

»Um diese Zeit? Es ist halb vier durch, Kika! Er wird toben. Ja, ruf ihn an. Sehr gute Idee.«

»Du bist ein Scheusal. Ich meine nur, vielleicht gibt es ja wirklich was Wichtiges.« Sie zögerte. Dann zuckte sie die Achseln. »Okay, ich rufe ihn an. Mehr als mir den Kopf abreißen, kann er nicht.«

Sie wählte die Nummer seines Mobilphones. Über das Hotel

mochte sie ihn nicht wecken lassen, falls er schlief, was anzunehmen war. Sie würde es nicht ewig klingeln lassen. Wenn er nicht dranging, war es auch gut.

Aber er meldete sich schon nach dem dritten Signalton.

»Hier ist Kika.« Sie stockte. »Alles okay? Tut mir leid, wenn ich Sie geweckt habe, aber...«

»Sie haben mich nicht geweckt«, sagte seine Stimme. »Ich habe gelesen.«

»Gelesen?«

»Ja, ähm... ich hatte mir was mitgenommen. Dieses Manuskript von dem Typ, der einen Roman über die Staufer geschrieben hat. Wir haben mal darüber gesprochen.«

Irgendwie klang er komisch, fand Wagner. Nicht gerade übellaunig, eher niedergeschlagen.

»Ja, sicher«, sagte sie. »Die Staufer. Sie haben nicht zufällig heute Nacht auf meinem Handy angerufen? Ich konnte eine Weile nicht drangehen, und...«

»Was?«

»Mein Handy.« Was war los mit ihm? Er wirkte weggetreten. Wahrscheinlich war er kurz davor, über seinem Manuskript zusammenzuklappen. »Ich wollte wissen, ob Sie mich in den letzten Stunden angerufen haben.«

»Nein. Warum hätte ich anrufen sollen?«

»Keine Ahnung.«

Er schwieg eine Weile.

»Bei euch alles okay?«

»Bestens.«

»Wart ihr bei diesem Clohessy? War er da?«

»Nein. Sie klingen müde, Franz. Warum legen Sie das verdammte Manuskript nicht weg und gehen schlafen. Es ist kurz vor vier.«

»Das weiß ich selbst.« Er gähnte. Es klang zumindest so, als versuche er es. »Ach, was ich vergessen hatte zu sagen... Ich werde morgen zum Frühstück nicht da sein, den ganzen Tag wahrscheinlich nicht. Muss nach Düsseldorf, später nach Essen – dumme Sache, ich erhielt den Anruf, nachdem ihr schon durch die Tür wart.«

Wagner stutzte.

»Was für einen Anruf?«

»Hamburg.« Er schnaufte, als bekäme er schlecht Luft. »Das Übliche, sie haben ihre Hausaufgaben nicht gemacht. Es gab Lieferprobleme bei einigen Buchhandlungen, und außerdem liegen Anfragen wegen Lesungen vor. Sie dachten, wo ich ohnehin in der Gegend bin, dass ich mich drum kümmere, Schönwetter machen und all der Mist. Wie immer. Machen... machen Sie sich einen schönen Tag, wir hatten ja für morgen sowieso kein festes Programm. Ihr versteht euch ja so blendend«, fügte er hinzu.

»Affe auf Giraffe.«

Er lachte meckernd.

Fast war sie erleichtert, dass er die kleine Gemeinheit hinterhergeschickt hatte. Das war wenigstens der gute alte Kuhn.

»Ist wirklich alles in Ordnung?«, fragte sie besorgt.

»Was? Ja, sicher. Warum soll es mir nicht gut gehen. Aber ich, äh... werde jetzt schlafen, Sie haben Recht. Vier Uhr, mein Gott. Dämliche Staufer.« Eine kurze Weile rauschte es in der Leitung. »Ich glaube, ich bin heute nicht so ganz bei mir. Musste zu viel überbrücken in letzter Zeit. Also seid so gut und fallt mir nicht weiter auf die Nerven, okay?«

»Okay. Okay!«

»Wo seid ihr überhaupt?«

»Auf dem Weg zum Hotel.«

»Klopft bloß nicht an. Sonst gibt's Dresche.«

»Schon gut.«

»Bis... ja, bis morgen irgendwann. Wir können ja mal telefonieren, ich habe das Handy mit.«

»Alles klar.«

Sie unterbrach die Verbindung und starrte nachdenklich auf den kleinen Bildschirm. Nach einigen Sekunden erlosch die Beleuchtung.

»Und?«, wollte O'Connor wissen.

»Er hat nicht angerufen.« Sie stockte. »Klang irgendwie nicht gut. Sie haben ihm für morgen einen Haufen Termine reingedrückt. Meinst du, wir haben ihn gekränkt mit unserer Geheimnistuerei?«

»Wir waren nicht geheimnistuerisch. Er hätte ja mitfahren können.« O'Connor grinste. »Allerdings hätte er dann drei

Stunden auf den Wagen aufpassen müssen. Im Übrigen, was wären die Hotelbars dieser Welt ohne die Kuhns dieser Welt?«

»Ich weiß nicht. Er tut mir leid. Ich glaube fast, er ist ein bisschen eifersüchtig.«

»Auf mich?«

»Ihm fehlt eine Frau, das ist alles. Damit hat er's wirklich schwer.«

O'Connor lenkte den Golf die Auffahrt zum Maritim hoch und ließ ihn weiter in Richtung Tiefgarage rollen. Vor dem Rolltor stoppte er, beugte sich zu ihr hinüber und küsste sie lange und zärtlich.

»Mach dir keine Gedanken um Kuhn«, sagte er. »Zugegeben, er ist kein Typ, dem man nur wegen seines Aussehens hinterherguckt. Aber dafür muss er auch nicht befürchten, nur wegen seines Aussehens geheiratet zu werden.«

SPEDITION

Der Slawe nahm ihm das Nokia aus der Hand und nickte zufrieden.

»Das war gut«, sagte er. »Sehr gut.«

Kuhn sank in sich zusammen.

Warum hatte Kika nicht auf seine SMS reagiert? Sie musste die Mitteilung längst erhalten haben. Wenn die Nachricht sie nicht erreichte, war alles verloren.

Die letzten Stunden waren die Hölle gewesen. Der Slawe hatte ihn nach der unfreiwilligen Dusche im Bad arretiert und ihn die nächsten dreißig Minuten dort schmoren lassen. Das Nokia hatte er ihm abgenommen. Kuhn hatte ihn durch die Räume gehen und dort irgendwelche Dinge verrichten hören, und seine Angst, auf ewig hier eingeschlossen zu bleiben, war nur übertroffen worden von der Furcht vor dem Moment, da der Mann zurückkommen und ihn holen würde.

Als er dann endlich aus seinem Gefängnis befreit wurde, waren weder Prügel auf ihn herniedergegangen noch Schlimmeres. Der Slawe hatte ihn ins Wohnzimmer gedrängt und auf der Couch Platz nehmen heißen. Er hatte die Waffe weggesteckt, aber Kuhn zweifelte keine Sekunde daran, dass er sie schneller wieder hervorziehen konnte, als ein Mensch in der Lage war, aufzuspringen, geschweige denn wegzulaufen.

Der Mann hatte ihm Antworten abverlangt und ihm eindeutig klar gemacht, was Kuhn erwartete, sollte er auf den Gedanken verfallen, ihn hereinzulegen. Also hatte er folgsam von O'Connors abendlichem Zusammentreffen mit Clohessy erzählt und lediglich Kika mit keinem Wort erwähnt. Es war das Maximum dessen, was er an Heldenmut aufzubringen in der Lage war, aber möglicherweise konnte er wenigstens sie aus allem raushalten. Der Slawe hatte aufmerksam zugehört und am Ende ein dünnes Lächeln aufgesetzt. Ganz offensichtlich amüsierte sich der Mann über sein verzweifeltes Bemühen. Kuhn schätzte, dass er sich in den Augen des anderen ausnahm wie ein Schuljunge, der seiner Mutter mit roten Ohren etwas vorlog.

»Wirst du von jemandem erwartet?«, fragte der Slawe und zog Kuhns Handy hervor. »Wird dich jemand auf dem Ding anrufen?«

»Ich weiß nicht«, stammelte der Lektor. »Nicht heute Nacht.«

»Und wenn doch?«

Konnte er von der SMS wissen? Unmöglich. Kuhn hatte sie abgeschickt und sofort gelöscht. Im Speicher würde sich kein Hinweis darauf finden.

»Ich weiß es nicht«, wiederholte er.

Der Mann drehte das Handy nachdenklich hin und her.

»Und was ist mit O'Connor?«, sagte er gedehnt. »Und der Frau? Da wir gerade beim Thema sind, wie heißt die Frau?«

»Ich weiß …«

Erneut blickte er in die Mündung.

»Wagner!«, schrie er. »Kika Wagner. Mein Gott, bitte, ich flehe Sie an! Sie hat nichts mit alldem zu tun, sie ist meine Pressereferentin, sie weiß von gar nichts, das müssen Sie mir glauben!«

»Und du? Was weißt du?«

»Nichts. Ich schwöre, ich weiß nichts, gar nichts!«

Der Slawe schüttelte in milder Verwunderung den Kopf. Er steckte die Waffe wieder zurück und zwinkerte Kuhn zu. »Warum machst du dir das Leben unnötig schwer, Freund? Es liegt einzig an dir, was ich glaube. Warum sagst du nicht von vornherein die Wahrheit?«

»Ich versprech's«, keuchte Kuhn. »Ich verspreche alles!«

Sein Gegenüber ging in die Hocke.

»Immerhin ein Anfang. Weiter also, was ist mit morgen? Wer würde dich vermissen?«

Kuhn spürte, wie sein Herz stehen blieb.

»Bitte«, wimmerte er. »Tun Sie mir nichts, ich…«

»Reg dich nicht auf«, sagte der Slawe beinahe sanft. »Niemand spricht davon, dir etwas zu tun. Übermorgen kann alles vorbei sein, und du hast keine Sorgen mehr.«

Er blickte Kuhn eine Weile wortlos an. Kuhn konnte die Gedanken hinter seiner Stirn förmlich vorbeiziehen sehen. Dann wies er ihn mit einer Handbewegung an aufzustehen.

»Geh wieder in die Dusche«, sagte er freundlich.

Kuhn rappelte sich hoch. Seine Beine versagten fast den Dienst. Zitternd betrat er das Bad, und der Slawe schloss ihn ein weiteres Mal ein. Diesmal kam er schon nach wenigen Minuten zurück.

»Pass auf, was wir jetzt machen«, sagte er in einem Tonfall, als ginge es darum, gemeinsam eine Party zu planen. »Wir zwei denken uns einen schönen Plan aus. Was meinst du? Für alle Eventualitäten. Zum Beispiel, was du zu sagen hast, wenn deine kleine Maschine hier mit dir sprechen will. Und wo du morgen überall sein wirst, verstehst du? Ich will, dass du gleich in der Frühe deine Leute anrufst und ihnen eine feine Geschichte erzählst, die sie glauben können.«

Ohne eine Erwiderung abzuwarten, lud er Kuhn einen Packen Zeug auf die Arme, Kleidungsstücke, Papiere, Ordner. Sie verließen die Wohnung. Der Slawe war nicht sonderlich bemüht, leise zu gehen. Kuhn wusste, warum. Verstohlenheit war der schnellste Weg, ertappt zu werden. Brav tappte er vor dem anderen dahin, wohl ahnend, dass jeder Versuch, wegzulaufen, zum Scheitern verurteilt wäre. Sie gingen an Kikas Golf vorbei, und Kuhn versetzte es einen Stich.

Wo war sie? Wo war O'Connor? Was, um Himmels willen, war mit den beiden passiert?

Wenige hundert Meter weiter zog ihn der Slawe am Ärmel und wies auf einen Jeep, der unter den Bäumen der Vorgebirgsstraße parkte.

»Du fährst«, sagte er.

Die ganze Strecke über hatte der Slawe schweigend neben ihm gesessen. Es gelang Kuhn, nicht gegen Bäume oder über rote Ampeln zu fahren und den Wagen in der Spur zu halten, trotz flatternder Nerven. Seine Gedanken räsonierten zwischen wilder Hoffnung und ultimativer Rückschau. Er sah Szenen seines Lebens an sich vorbeiziehen, Entscheidungswege gabelten sich, suggerierten ihm, er hätte den Verlauf des heutigen Abends vermeiden können, endeten im Leeren. Sie hatten den Rhein überquert und waren schließlich in ein kleines Industriegebiet gelangt, vorbei an Baracken, Bürogebäuden, Ladeflächen und Parkplätzen. Der Innenhof, in den sie schließlich einbogen, schien einer Spedition zu gehören. Kuhn konnte im Dunkeln die massigen Silhouetten mehrerer Lastwagen erkennen. Der Slawe bedeutete ihm zu halten und auszusteigen. Sie gingen hinüber zu einer Halle und traten ein.

Neonröhren spendeten kaltes Licht. In der Mitte ruhte ein riesiger Kasten auf einer Art Achswagen. Im ersten Moment glaubte Kuhn, einen Lkw-Anhänger vor sich zu haben, so groß war das Gebilde, nur dass die Räder quer gestellt waren und auf Schienen ruhten. Aus einer der Seiten liefen Kabel und verschwanden in zwei klotzigen Gebilden. Nichts davon kam Kuhn bekannt vor. Wie alle Intellektuellen bewohnte er den Olymp des Wissens, von dessen Warte die Sicht auf die praktischen Dinge des Lebens eher vernebelt war. Er sah weitere Dinge, ein silbriges Dreibein und eine Schaltkonsole auf einem Sockel. Seine Neugier überwand die Mauer aus Furcht, aber er traute sich nicht, Fragen zu stellen. Und eigentlich wollte er es auch nicht wissen. Er wollte gar nichts wissen. Jedes Buch, jeder Fernsehkrimi lehrte einen, was es nach sich ziehen konnte, wenn man zu viel wusste.

»Geh da rüber.«

Der Slawe bugsierte ihn zu einer der Wände. Dünne Stahlrohre liefen aus der Decke und daran entlang bis zum Boden. Er förderte ein paar Handschellen zutage und kettete Kuhn damit an eines der Rohre. Dann wandte er sich ab und verschwand in einer Tür im hinteren Hallenbereich. Kuhn sah ihm nach, dann war er allein mit sich und seiner Not. Er blickte sich um. Außer dem rätselhaften Wagen enthielt die Halle so gut wie nichts. Ein langer Holztisch und einige Stühle waren ein paar Meter weiter an die Wand geschoben, das war das gesamte Mobiliar. Alles andere als ein Ort, um sich heimisch zu fühlen.

Schwach drangen Stimmen an sein Ohr.

Plötzlich, in der Endgültigkeit seines Gefangenendaseins, fühlte Kuhn sich elender denn je. Er wagte sich nicht auszumalen, was sie mit ihm tun würden. Oder was sie mit Wagner getan hatten. Und mit Liam O'Connor.

Ein schreckliches Gefühl der Verlassenheit überkam ihn.

Er begann zu schluchzen.

Die Tür öffnete sich wieder. Eine Frau kam zu ihm herüber.

»Wie dumm«, sagte sie.

Ihre Stimme klang weich und dunkel. Ihr Deutsch wies einen kaum merklichen Akzent auf. Im ersten Moment vermutete Kuhn, sie sei Italienerin, dann war er sich dessen nicht so sicher.

»Werden … Sie mich töten?«, fragte er.

Wie larmoyant er klang in der Leere der Halle. Plötzlich empfand er Scham. Es war lächerlich. Vielleicht würde sie ihn töten, und er schämte sich seiner Angst, weil sie eine Frau war.

Sie sah ihn aus dunklen Augen an. Auf unbestimmte Art war sie hübsch, wenngleich ihre Züge etwas Maskenhaftes hatten. Einzig ihr Blick war von irritierender Intensität.

»Es kommt darauf an«, sagte sie.

»Worauf?«

»Sie müssen keine Angst haben. Wir töten nicht wahllos Menschen. Wir suchen sie sehr genau aus.« Sie machte eine Pause und ließ die Worte wirken. Dann sagte sie: »Wenn Sie es schaffen, bis morgen Abend plausibel von der Bildfläche verschwunden zu bleiben, so dass keiner Ihrer Freunde einen Verdacht schöpft oder zur Polizei geht, sind Sie übermorgen frei. Das ist der Handel.«

In Kuhn regte sich Hoffnung. Was die Frau sagte, klang zumindest, als seien Kika und O'Connor nicht in unmittelbarer Gefahr.

»Ich werde dafür sorgen«, versprach er atemlos.

Sie senkte leicht den Kopf. Dann kam sie näher heran, ergriff sein Kinn und drückte seine Wangen zusammen. »Ich akzeptiere keine Fehler, keine Pannen und keine Probleme. Das sollten Sie wissen. Wenn Sie Ihre Sache gut machen, werden Sie leben.«

Sie ließ ihn los. Kuhn schluckte und lehnte sich erschöpft gegen die Wand.

»Ich werde alles tun«, murmelte er schwach.

»Sofern das reicht«, erwiderte sie.

Die Frau hielt einige Sekunden wortlos den Blick auf ihn geheftet. Dann drehte sie sich von ihm weg und verschwand wieder hinter dem Pritschenwagen.

Nach wenigen Minuten kehrte der Slawe zurück. Erneut fragte er Kuhn nach sämtlichen Einzelheiten seines Aufenthalts in Köln aus, nach O'Connor, nach Wagner. Dann gab er ihm eine Reihe von Instruktionen. Schließlich ließ er ihn wieder allein.

Längere Zeit saß Kuhn teilnahmslos auf dem Boden und starrte vor sich hin. Niemand kam, um sich mit ihm zu beschäftigen. Er wartete, ohne zu wissen, auf was, und das war überhaupt das Schlimmste von allem.

Sein Handy klingelte.

Der Slawe kam herbeigelaufen und legte viel sagend die Hand auf die Herzgegend. Was immer es heißen sollte, ob er dort die Waffe trug, die Kuhn notfalls auf der Stelle exekutieren würde, oder ob er andeuten wollte, wo die Kugel eindringen würde, der Lektor machte keinen Fehler. Er sagte, was sie ihm aufgetragen hatten, und er machte es gut genug, dass ein Lächeln die kantigen Züge des anderen überzog.

Kuhn schaffte es, zurückzulächeln.

»Ich will leben«, sagte er.

Der Mann nickte.

»Das wollen wir alle.«

Die SMS. Der Hauch einer Chance.

Und noch etwas. Möglicherweise.

Der Slawe hatte nicht mitbekommen, dass Kuhn zwei versteckte Hinweise in das Gespräch mit eingeflochten hatte. Sie waren so dezent ausgefallen, dass er sich sorgte, ob Wagner sie überhaupt mitbekommen hatte. Aber deutlicher zu werden, hatte er sich nicht getraut, und ganz sicher wäre es eine schlechte Idee gewesen, weil vermutlich seine letzte.

Jedenfalls, dachte er, bin ich nun in der beneidenswerten Situation, zu wissen, dass es eine Verschwörung gibt. Ich weiß es definitiv. Ich weiß sogar, dass es am Flughafen passieren wird.

Im selben Moment wusste er, auf wen sie es abgesehen hatten.

Nein, sie werden mich nicht töten, dachte er bitter. Nicht so bald. Möglicherweise nicht vor morgen Abend.

Bis dahin musste ein Wunder geschehen.

Egal, wer es vollbrachte.

COMPUTERRAUM

Mirko ging zurück in den Raum, den sie zur Zentrale umgebaut hatten, und wartete. Seine Lider sanken halb herab, sein Denken schaltete auf eine Art Notstromaggregat. Er schlief selten, zu manchen Zeiten mehrere Nächte nicht. Die Trance war seine Art, Körper und Geist zu regenerieren. Zehn Minuten Trance waren effizienter als drei Stunden Schlaf.

Nach einer Weile trat Jana neben ihn, eine Tasse frisch gebrühten Kaffee in der Hand.

Mirko betrachtete sie von der Seite. Befriedigt registrierte er, dass Jana trotz der unvorhergesehenen Ereignisse ausgeglichen und entspannt wirkte. Im Grunde hatten sie alle nicht viel zu tun in dieser letzten Phase. Ohne O'Connors Wiedersehen mit Paddy und Kuhns unplanmäßigen Auftritt in der Dusche wäre es regelrecht langweilig geworden. Wenn sie nicht in der Spedition waren, gab es keine Jana. Dann bewohnten Laura Firidolfi, alleinige Gesellschafterin der Neuronet AG aus Alba, und ihr Chefprogrammierer Maxim Gruschkow das elegante Hoppers im Belgischen Viertel von Köln und führten Gespräche mit ortsansässigen Software-Entwicklern. Nach Wochen und Monaten der Camouflage würde es keinerlei Hinweis darauf geben, dass einer der beiden je zuvor in Köln gewesen war. Erstmals weilte die administrative und technische Führung des piemontesischen Unternehmens für die Dauer einer Woche am Rhein, ausgestattet mit zwei Leihwagen vom Typ Audi 8, und wurde nicht müde zu betonen, wie gern man das Geschäftliche mit ein wenig Gipfeltourismus verband.

Eine Weile herrschte Schweigen.

»Das wär's dann also«, sagte Mirko endlich. »Mehr kann ich nicht für Sie tun. Ab jetzt sind Sie auf sich allein angewiesen.«

»Kann ich Sie notfalls über das FROG erreichen?«

»Natürlich. Das geht.«

Er betrachtete sie prüfend. Dann sagte er:

»Es ist ein bisschen anders verlaufen, als wir dachten, Jana. Ich will offen mit Ihnen sprechen, meine Auftraggeber zeigen wenig Interesse daran, wie Sie die Probleme lösen. Sie gehen einfach davon aus, dass fünfundzwanzig Millionen reichen. Natürlich wissen sie auch, dass man sich mit einer siebenstelligen Anzahlung trefflich aus dem Staub machen kann.«

»Das wird nicht geschehen«, sagte Jana gleichmütig. »Der Wechselkurs wäre mir zu hoch.«

»Und ich müsste ihn einfordern.« Mirko nickte. »Übrigens ungern. Wir sind einen langen Weg zusammen gegangen.«

»Ja, wir hatten viel Spaß«, sagte Jana mit einigem Sarkasmus. »Wann treffen Sie Ihre Auftraggeber?«

»Am späten Vormittag.« Er zögerte. »Unsere Auftraggeber, sollte ich wohl sagen. Man wird Ihnen zwar nichts durchgehen lassen, aber natürlich weiß man Ihren Einsatz sehr zu schätzen.«

Jana blies in ihren Kaffee.

»Lassen Sie das Wortgeraspel, Mirko«, sagte sie. »Solange ich die Insassen Ihres Trojanischen Pferdes nicht kenne, bleiben es Ihre Auftraggeber und nicht meine.«

Mirko zuckte die Achseln. »Wie Sie wollen. Zum Procedere. Wir haben heute Nacht weitere zehn Millionen auf das Konto überwiesen, das Sie uns genannt haben. Über die entsprechenden Umwege. Die restlichen Millionen gehen ein, sobald wir den sichtbaren Beweis für die Erledigung der Aufgabe erhalten.« Er grinste. »Und den bekommen wir ja ziemlich schnell. Jede Fernsehstation der Welt wird ihn ausstrahlen.«

»Reality-TV«, nickte sie.

»Ja. Manchmal glaube ich, wir könnten halb Amerika in die Luft jagen, und die Leute würden es für eine Soap halten. Jeder bekommt, was er verdient.« Mirko machte eine Pause. »Ich habe die Zusammenarbeit sehr genossen, Jana. Ich hoffe, ich werde sie auch weiterhin genießen können. In etwas weniger als einer Stunde werde ich dieses Land verlassen. Sie werden mir nicht folgen und keinerlei Anstrengung unternehmen, mich oder meine Auftraggeber ausfindig zu machen. Wir beide werden uns nicht wieder sehen und nie wieder voneinander hören. Falls es also noch etwas gibt, worüber wir reden sollten, ist jetzt der Moment.«

»Ein paar Streicher vielleicht, um den Abschied zu untermalen?«

Mirko lachte leise.

»Sie werden es vielleicht nicht glauben, aber ich mag Sie. Es gibt in unserem Beruf nicht viel Platz für Sympathien. Im Allgemeinen entwickle ich auch keine. Nehmen Sie es als Ausdruck meiner persönlichen Wertschätzung, dass ich Sie womöglich ein ganz klein wenig vermissen werde.«

Einen Moment lang blieb ihr Gesicht unbeweglich. Dann wich die Härte aus ihren Zügen.

»Es ist nett, dass Sie das sagen, Mirko. Aber Sie wissen auch, was es bedeutet, wenn man einen Job wie diesen persönlich nimmt.«

»Ist das, was Sie tun, nicht persönlich?«

»Unter anderen Umständen wäre es das vielleicht. Ich weiß, Sie haben damals versucht, mich bei meinen patriotischen Wurzeln zu packen. Möglicherweise hatten Sie Recht. Aber Sie haben mir im gleichen Atemzug fünfundzwanzig Millionen geboten. In letzter Zeit habe ich mich gefragt, ob ich es auch für weniger getan hätte.«

»Und? Hätten Sie?«

»Nein.«

»Hm. Ich dachte, Patriotismus fordert einen hohen Preis.« Mirko sah sie forschend an. Er fuhr fort: »Es wäre doch möglich, dass Sie das Geld für gewisse Zwecke verwenden, die Ihrem eigentlichen Interesse näher stehen als dieser Job. Abgesehen davon, dass Sie vielen Ihres Volkes allein schon mit der Erledigung dieser Aufgabe einen beispiellosen Dienst erweisen. Sie selbst mögen daran zweifeln, aber ein großer Sieg wäre es trotzdem.«

»Wessen Sieg?«

»Ein Sieg der Serben. Des serbischen Volkes.«

»Ja, wir Serben schaffen es immer wieder, aus jeder Niederlage einen Sieg zu machen. Glauben Sie ernsthaft, wir erweisen dem serbischen Volk einen Dienst?«

Mirko zögerte. »Der serbischen Sache, ja.«

»Der Sache.« Jana runzelte die Stirn. Dann schüttelte sie langsam den Kopf. »Es ist seltsam, nicht wahr? Offenbar gibt es jenseits aller persönlichen Schicksale immer auch eine nationale Sache. Früher habe ich das nicht begriffen. Wissen Sie, Mirko, am Ende meines Werdegangs finde ich mich auf abstraktem Terrain wieder. Zu Beginn habe ich für Menschen gekämpft. Das war in Ordnung. Über die Art und Weise kann man unterschiedlicher Ansicht sein, aber solange ich wusste, was ein Menschenleben wert ist, das ich retten will, war mir auch bewusst, wie ungeheuerlich es ist, ein anderes dafür zu opfern. Mir war nur nicht klar, dass es eine Absprache auf höherer Ebene gibt, wonach man Menschen in den Tod schicken kann, um ihrer Sache zu dienen. Vielleicht mangelt es mir an staatsmännischer Perspektive, aber mir ist nie recht klar geworden, was diese Sache eigentlich ist. Wo kann man sie finden? Wie sieht sie aus? Wo lebt sie? Milošević hat vor zehn Jahren noch vom serbischen Volk gesprochen. Neuerdings ist es die serbische Sache. Es gibt auch eine albanische Sache. Wer immer gerade an der Macht ist, definiert die Sache in seinem jeweils ureigensten Sinne. Gegen Serbien steht die Sache des Westens und der Nato, nicht zu vergessen die Sache der Menschen allgemein. Irgendwie wird nur noch um Sachen gekämpft.«

Mirko schwieg.

»Sehen Sie«, fuhr Jana fort, »ich kannte ein paar Menschen, Krajina-Serben, die umgekommen sind. Sie sind den Kroaten zum Opfer gefallen – nein, der kroatischen Sache, muss es ja wohl heißen. Damals war es jedenfalls die kroatische. Ich habe das einigermaßen persönlich genommen. Es schien mir der endgültige Beweis dafür, dass Milošević '89 Recht hatte, als er die Serben auf dem Kosovo Polje als Opfer einer sechshundert Jahre andauernden Tragödie darstellte, voller Zwietracht, Unterdrückung und Verrat. Ich war zu dieser Zeit mit jeder Faser Patriotin. Nach meinen Erfahrungen mit der kroatischen Sache dachte ich, was den Flüchtlingen aus der Krajina passiert ist, darf sich nie wiederholen. Aber es schien sich zu wiederholen. Im Kosovo. Also habe ich dort stellvertretend für die serbische Sache gekämpft, obwohl meine Sache streng genommen nur das Ableben einiger Menschen war.«

»Sie haben an etwas geglaubt. Was ist daran falsch?«

»Nichts. Nur als ich begriffen hatte, dass Milošević und selbst den serbischen Oppositionellen die Gräber ihrer Vorfahren im Kosovo wichtiger sind als die Menschen, die heute dort leben, verlor ich das erste Mal den Glauben. Als Slobo vor zwei Wochen die Waffen streckte, verlor ich ihn das zweite Mal. Sie werden feststellen, Mirko, dass die humanitäre Katastrophe im Kosovo ihren Fortgang nehmen wird. Die Albaner werden zurückkehren, und sie werden den Spieß umdrehen und die Serben jagen, foltern, ausplündern und töten. Slobo hat uns einen Bärendienst erwiesen, aber er ist Politiker. Er kann sich immer noch auf die Sache zurückziehen. Die Tragödie geht also in die zweite Runde, und die Welt wird diesmal nicht mehr so genau hinschauen. Wir sind ja die Bösen, und nach dem Frieden von Köln sind alle Werte wieder ins rechte Lot gerückt. Sollten diesmal die Serben aus dem Kosovo fliehen müssen und ihrer Habseligkeiten oder ihres Lebens beraubt werden, wird es keine zweite Intervention geben. Das hat Milošević in Kauf genommen. Dafür verachte ich ihn.«

»Sie haben ihn einmal bewundert.«

»Ich habe seine Entschlossenheit bewundert, den Serben zurückzugeben, was ihnen zusteht. Auch, dass er bereit war, es mit jedem dafür aufzunehmen. So etwas geht nicht ohne Kampf ab, das war uns allen klar. Aber ich kann keinen Schlächter bewundern, Mirko. Attentate sind Symbole. Völkermord ist Barbarei. Das war Milošević vom ersten Tag an klar. Er hat uns belogen und betrogen. Er hat sogar gewusst, dass er seine eigenen Leute opfern wird für seine... Sache. Noch vor einem halben Jahr war ich mir dessen nicht so sicher.«

Jana trank einen Schluck von ihrem Kaffee und sah Mirko ruhig in die Augen.

»Verstehen Sie, ich habe aufgehört, für Sachen zu kämpfen.

Ich wollte niemals Gemetzel, KZ und Vertreibung, für niemanden. Ich wollte keine Mörderin werden. Ich wollte nicht töten für die Interessen eines anderen oder für bloßes Geld. In allem bin ich gescheitert. Was bleibt, ist die besondere Befähigung zur Ausübung meines Berufs. Ich töte Menschen und werde dafür bezahlt. An Sachen kann ich nicht mehr glauben, und die Zeit zurückdrehen kann ich noch viel weniger, also bleibt mir die Wahl zwischen Erhängen auf dem nächsten Dachboden oder dem Bekenntnis zu meiner Profession. Offen gestanden, ich bin keineswegs so verbittert, dass es mir den Spaß am Leben raubt. Ich bin immens reich geworden über die Zeit, und ich lebe verdammt gut dabei. Ein bisschen inhaltsleer vielleicht. Aber das könnten fünfundzwanzig Millionen durchaus ändern.«

Mirko sah sie an und fühlte sich in gleicher Weise unangenehm berührt wie angezogen.

»Sie sollten mir all das nicht erzählen«, sagte er.

»Warum nicht? Ich finde es albern, düstere Geheimnisse mit sich rumzuschleppen. Ich hadere nicht mit dem, was ich tue. Es ist mein Beruf. Er ist es geworden. Wir alle führen Stellvertreterkriege. Auch Sie. Es interessiert mich nicht, welche Hinterhofgeschichte Ihnen den Anstoß gegeben hat, zu werden, was Sie sind. Jeder statuiert auf seine Weise ein Exempel. Milošević bringt nicht die Welt der Serben in Ordnung, sondern nur seine. Europa ist voll des reinsten Altruismus und erfüllt doch am Ende seinen Bündnispakt mit Amerika. Und Deutschland? Was glauben Sie, welchen Stellvertreterkrieg führen die Deutschen?«

»Ich weiß es nicht.«

Jana lächelte.

»Sie bombardieren ihr verkorkstes Jahrhundert, Mirko. Nirgendwo sonst ist die Intervention gegen mein Volk so oft mit Auschwitz begründet worden wie in Deutschland. Darum waren die Deutschen so einvernehmlich schweigsam, während in Belgrad die Bomben fielen, und darum wurde die Diskussion so seltsam unaufgeregt geführt. Sie alle hatten gewiss die besten Absichten, aber ich behaupte, dass sie in Wirklichkeit gar nicht Serbien bombardiert haben, sondern die Gestapo, die Waffen-SS und die Wehrmacht. Nachträglich, um endlich Absolution von der Erbsünde zu erhalten.«

Mirko hob die Hände.

»Sie haben vermutlich Recht«, sagte er. »Was ändert das?«

»Nichts. Ich wollte Ihnen nur klar machen, dass es keinen Grund gibt, mir für irgendetwas Ihre persönliche Anerkennung auszusprechen. Und um uns zu mögen, machen wir den falschen Job. Seien Sie nicht enttäuscht, Mirko. Fahren Sie zu Ihren Auftraggebern und sagen Sie ihnen, ich arbeite für mein Geld. Und dass ich es haben will, wenn die Arbeit erledigt ist. Das ist mehr als genug.«

Sie wandte sich ein Stück ab und trank weiter ihren Kaffee.

Mirko verharrte. Mehr denn je stellte er fest, dass er diese Frau bewunderte.

Eigentlich, dachte er, ist es jammerschade.

WAGNER

Sie schreckte hoch.

Im ersten Moment drehte sich alles in ihr. Sie versuchte zu ergründen, wo sie war. Ihr Herz klopfte wie wild. Die Phantome eines unruhigen Traumes verblassten im heraufdämmernden Tageslicht und hinterließen Eindrücke von Tod und Bedrohung.

Etwas hatte sie gejagt.

Neben sich konnte sie ein paar Füße ausmachen. Sie hob den Kopf und ließ den Blick daran entlangwandern, erkannte Beine, einen flachen Bauch, kräftige Schultern, einen ganzen Menschen. Es war O'Connor. Sein Atem ging ruhig und gleichmäßig, sein Kopf ruhte seitwärts geneigt auf dem Kissen. Bei seinem Anblick mischte sich ein tiefes Empfinden von Lust in die nervöse Unruhe, aber der daraus resultierende Cocktail war insgesamt eher verwirrend als erfreulich.

Wie es aussah, war sie diejenige, die verkehrt herum lag.

Langsam beruhigte sich ihr Herzschlag.

Warum träumte man so furchterregend, wenn das Glück nicht mehr zu steigern war?

Unsicher setzte sie sich auf und zwang die letzten Stunden in eine Chronologie. Nacheinander, wie verlorene Kinder, stellten sich die Bruchstücke dessen, was geschehen war, nachdem sie aus der Kuppel des Baumes hinausgetreten waren, wieder ein.

Sie war im Maritim.

Ihre Augen erfassten die Anrichte gegenüber dem Bett.

Beim Anblick der viertel vollen Flasche unter dem Spiegel ordnete sich mit einem Mal alles wie von selbst. Das Telefonat mit Kuhn, als sie hergefahren waren. Der Verlag hatte ihn abberufen. Mitten in der Nacht, wie es schien. Er würde in Essen und Düsseldorf sein und wahrscheinlich erst in den Abendstunden wieder eintreffen. Es war unfassbar! Sie hatten den Nachtportier dazu gebracht, ihnen eine Flasche von dem Zeug zu organisieren, morgens um vier. Dann waren sie auf O'Connors Bett gekrochen und hatten tatsächlich angefangen zu trinken, zu erschöpft, sich ein weiteres Mal zu lieben, und dennoch wild entschlossen, den Moment niemals enden zu lassen.

Wie lange konnte ein Mensch so etwas durchhalten, wenn er nicht O'Connor hieß?

Sie schwang die Beine über die Bettkante und grübelte darüber nach, was sie geweckt hatte. Von allein war sie nicht wach geworden. Da war ein Geräusch gewesen. Unangenehm, penetrant.

Ein Piepen.

Ein doppeltes, schneidendes Piepen, wie es ihr Handy von sich gab, wenn eine Kurzmitteilung eingetroffen war.

Die Nachricht!

Etwas zu hastig sprang sie auf die Beine und taumelte. Wie lange hatte sie geschlafen? Das Zifferblatt ihrer Uhr wechselte mehrfach seine Position, bis ihr Wahrnehmungsvermögen es schaffte, Zeiger und Zahlen zu einem klaren Ganzen zu koordinieren.

Viertel nach acht. Kein Wunder, dass sie kaum in der Lage war, gerade zu stehen.

Mit tastenden Schritten bewegte sie sich durch das Chaos aus verstreuten Kleidungsstücken, das den Boden weiträumig bedeckte. Fast wäre sie auf das Handy getreten. Es lag neben einem ihrer Schuhe. Sie bückte sich und merkte, wie ihr Hirn im Schädel nach vorne rutschte und weich gegen den Stirnknochen klatschte. Kurz wurde ihr übel, und sie musste sich unverrichteter Dinge wieder in die Senkrechte begeben. Beim zweiten Versuch war sie vorsichtiger. Langsam, das Handy in der Rechten, kam sie wieder hoch und las die Schrift im Display.

KURZMITTEILUNG ERHALTEN

Nacheinander drückte sie die Funktionen durch, bis die Nummer des Absenders im Sichtfenster erschien.

Es war Kuhns Nummer.

Kuhn?

Etwas sagte ihr, dass eine Unlogik darin lauerte, aber ihr fiel nicht ein, warum. Mit einem weiteren Daumendruck holte sie den Text auf den Bildschirm. Die Zeichen formten sich zu Worten. Apathisch starrte sie darauf, zuerst unfähig, einen Sinn in dem kurzen Text zu erfassen.

HILF – PADYS WONUN – DERJAK – DERIJAG? SCHIESST – HABEN PROBLEM – PIEZA DATSPIGLEN – OBJEKT V –

Darunter erschien Kuhns Nummer ein weiteres Mal in der Absenderzeile.

Aber das war es nicht, was ein Gefühl tiefer Unruhe in ihr aufziehen ließ.

Das Display zeigte ihr klar und unmissverständlich an, wann die Nachricht abgeschickt worden war:

GESENDET:

17. JUNI 1999

00:56:12

Zweieinhalb Stunden bevor sie mit dem Lektor telefoniert hatte.

»Liam«, flüsterte sie.

Ungeachtet der Schmerzen in ihrem Kopf packte sie O'Connor bei den Schultern und schüttelte ihn nach Leibeskräften.

»Liam. Liam! Wach auf.«

Er öffnete die Augen und sah sie an.

»Slainté«, sagte er. »Ist noch was in der Flasche?«

GRUSCHKOW

Im Maritim herrschte Geschäftigkeit. Es ging gegen neun. Busse fuhren vor. Weitere Scharen von Diplomaten und Korrespondenten waren angereist, Koffer wurden auf Garderobenwagen durch die Halle geschoben, an der Rezeption entstand Gedränge.

Maxim Gruschkow beobachtete das Geschehen mit einer gewissen Schläfrigkeit. Seine Brillengläser spiegelten das Licht des Tages wider, das durch die gläserne Eingangsfront ins Innere fiel. Er trug einen dunklen Anzug und einen weinroten Seidenschal. Mit der polierten Glatze und dem Taschenbuch in seiner Hand, den dritten Cappuccino vor sich, hätte er ein Künstler oder Literat sein können. Seit drei Stunden saß er in der Halle und las Platon, den Blick stets zur Hälfte über den Buchrand gerichtet.

Er wusste, dass O'Connor und die Frau am frühen Morgen hier eingetroffen waren. Sie hatten sich ohne Umschweife nach oben begeben und waren seitdem nicht wieder aufgetaucht.

Mit einem Mal sah er sie den Fahrstuhl verlassen und Richtung Ausgang streben.

Sehr lange Beine, dachte Gruschkow. Schöne Beine.

Er schlürfte den letzten Rest seines Cappuccinos, erhob sich und folgte den beiden. Sie gingen auf ein Taxi zu. Gruschkow ging vor dem Wagen her bis ans Ende der Ausfahrt und stieg in den dort geparkten Audi. Im Moment, als er den Zündschlüssel drehte, rollte das Taxi an ihm vorbei.

Ohne Eile fädelte er sich in den Verkehr ein und folgte dem Wagen, wobei er gehörig Abstand und einige Autos zwischen sich und dem Taxi ließ. Insgeheim amüsierte er sich über seine ungewohnte Rolle. Maxim Gruschkow, der in Russland wegen Mordes an seiner Ehefrau mit Haftbefehl gesucht wurde und in den Jahren danach mitgeholfen hatte, mehr als ein Dutzend Menschen umzubringen, fühlte sich wie in einem Krimi.

Folgen Sie diesem Wagen!

Es war eine Abwechslung. Immer nur Denken und Programmieren war auf die Dauer einfach zu anspruchsvoll.

Dann rief er sich in Erinnerung, in welcher Situation sie sich befanden, und fühlte seine Amüsiertheit schwinden.

Das Taxi fuhr auf die andere Rheinseite und bog auf die Flughafenautobahn ab.

Gruschkow beschleunigte. Wie es aussah, würden sich Janas Befürchtungen bestätigen. Eine Weile glitten sie durch dichten Verkehr, dann nahm das Taxi die Ausfahrt zum Flughafen, und sie fuhren den Zubringer entlang.

Schilder tauchten über dem Zubringer auf, Ankunft, Abflug, Hinweisschilder auf Parkhäuser.

Keine der ausgewiesenen Richtungen steuerte das Taxi an. Stattdessen verschwand es weit vor dem Terminalkomplex in einer Seitenstraße. Gruschkow bremste den Audi ab und ließ ihn langsam die Straße entlangrollen. Sie beschrieb eine Linkskurve, führte an der Verwaltung vorbei und auf einen Flachbau zu.

Er kannte das Gebäude, vor dem Wagner und O'Connor dem Taxi soeben entstiegen. Sie alle kannten den Flughafen wie ihre Westentasche. Ohne einen weiteren Blick zu verschwenden, fuhr er an dem Flachbau vorbei, hielt sich weiterhin links, unterquerte den Zubringer und fuhr zurück auf die Autobahn.

Der Flachbau war die Polizeiwache.

Er rief Jana an.

PHASE 3

KOELNBONN AIRPORT

Eric Lavallier lehnte sich zurück und sah die Frau und den Mann auf der anderen Seite des Schreibtischs unter halb geschlossenen Lidern an.

Mit jedem Wort entströmte ihren Mündern der Dunst nächtlicher Exzesse. Kirsten Wagner – oder hieß sie Katharina? – erweckte auf ihrem Stuhl den Eindruck eines aus dem Nest gefallenen Vogels. Offenbar litt sie unter Kopfweh. Ihre Augen waren verquollen, ihr Gesichtsausdruck zerquält. Sie schien jeden Satz dreimal im Mund herumzudrehen und dann unter größten Schwierigkeiten auszuspucken. Demgegenüber artikulierte sich der Mann, der ihm als Dr. Liam O'Connor vorgestellt worden war, überraschend klar und deutlich. Er hatte es abgelehnt, Platz zu nehmen, sondern ging beständig im Raum auf und ab. Sein Erscheinungsbild war gepflegt und kultiviert. Lavallier, der selbst kein großes Interesse an modischen Dingen hatte, registrierte sehr wohl den perfekten Sitz des silbergrauen Anzugs, der wahrscheinlich furchtbar teuer gewesen war. Ebenfalls wusste er, dass dieser O'Connor Romane schrieb und sich grenzübergreifender Popularität erfreute. Er fiel demnach unter die Kategorie Künstler und genoss das Privileg, nach Alkohol riechen und sich danebenbenehmen zu dürfen, ohne sofort der sozialen Achtung anheim zu fallen.

Ob man ihm glauben konnte, war eine andere Geschichte.

Mechanisch, während er lauschte, fügte Lavallier seine Besucher in Kategorien. Der Mann trank regelmäßig, konstatierte er, die Frau war es nicht gewohnt. Man musste kein Fachmann sein, um das zu erkennen. Es reichte, lange genug den Job zu machen.

Er gestattete sich einen Anflug von Verärgerung.

Kaum etwas hatte er mehr befürchtet, als dass heute jemand in sein Büro spazieren und ihm eine solche Geschichte aufti-

schen würde. Nicht, dass er sie jemand anderem erzählt wissen
wollte. Ihm war klar, dass niemand damit zu Winrich Granitzka
lief, der als leitender Polizeidirektor Kölns in diesen Tagen über
zwölftausend Beamte gebot und die Hauptverantwortung für
den reibungslosen Ablauf des Doppelgipfels trug. Lavallier hielt
die operative Leitung des Geschehens auf dem Airport in Händen. Es war schon gut und richtig, dass sie zu ihm kamen.

Es war nur nicht gut, dass sie überhaupt kamen.

Genauer gesagt war es eine Anmaßung des Schicksals. Der
Schutzpatron der Polizei hatte ihn nicht mehr lieb. Er fragte
sich, ob ihn eine göttliche Dienststelle strafen wollte für den
kurzen Anflug von Selbstsicherheit, der ihn beim Frühstück
überkommen hatte. Na und? War es denn so unanständig, sich
zu freuen, dass die Landungen der EU-Delegierten Anfang Juni
ohne Zwischenfälle über die Bühne gegangen waren? So viele!
In so kurzer Zeit. Sie waren in ihren zweistrahligen Jets herein-
gesegelt wie die Brieftauben, Viktor Klima, Antonio Guterres,
Tony Blair, elf Maschinen am Stück. Elf adrenalingesättigte Momente. Elfmal hoffen, dass nicht irgendein Verrückter doch noch
etwas tat, womit niemand gerechnet hatte, obwohl das BKA
schlichtweg mit allem rechnete, sogar mit dem Einsatz von Gift-
gasen und Marschflugkörpern. Zwar waren die Teilnehmer des
EU-Gipfels nur unter Sicherheitsstufe zwei gefallen – Anschlag
nicht auszuschließen – und einige nicht mal das. Aber die Klas-
sifizierung erwies sich als Makulatur. Welche Sicherheitsstufe
hatte für Olof Palme gegolten? Für Anwar el Sadat? Was hätte
vermuten lassen, dass jemand mit dem Messer auf Oskar Lafontaine losgehen oder Wolfgang Schäuble in den Rücken schießen
würde?

Wer immer in den letzten Tagen seinem Flieger entstiegen und
über den flaggengesäumten roten Teppich gegangen war – oder
daran vorbei wie der griechische Premier Simitis –, musste den
Eindruck eines freundlichen, nahezu gelassenen Willkommens
gewonnen haben, ohne sich ernsthafte Gedanken um sein Leben machen zu müssen. Geschenkt, dass Lavalliers Leute im
Vorfeld Stunden und Tage mit den ausländischen Delegationen
zusammengehockt und Sonderwünsche berücksichtigt hatten,
um schließlich einen mit Scharfschützen gespickten Flughafen in

die diplomatische Feuertaufe für den Supergipfel zu entlassen. Fast schon routiniert hatten sie wenige Tage später die Außenminister begrüßt, ohne auch nur den Bruchteil einer Sekunde in ihrer Wachsamkeit nachzulassen. Im Dutzend verlor die Starparade schnell an Glanz. Angesichts des stinknormalen Habitus, den manch politische Prominenz – auf Fleisch und Blut reduziert – an den Tag legte, fühlte man sich im entscheidenden Moment ohnehin eher an den Besuch der alten Tante erinnert. Madeleine Albright, wie üblich unbeeindruckt von jeglichem Pomp, hatte ausgesehen, wie sie immer aussah. Beschäftigt. Sie war in gewohnter Unbeholfenheit die wenigen Stufen heruntergegangen, und Lavallier hatte sich gefragt, ob jemand ihres Kalibers jemals Furcht empfand bei der Landung auf einem fremden Airport, beim Ausrollen der Maschine, beim Abschreiten der Ehrenformation. Der Landeanflug und der kurze Weg vom Flieger zur Limousine waren die kritischsten Momente. Der Alptraum eines jeden Scharfschützen. Der potentielle Tod eines jeden Prominenten.

Hatte Albright Angst?

Nein, hat sie nicht, hatte ihm Major Tom erzählt, wie sie Major Thomas Nader, den *Assistant Air Attaché* und Sicherheitsbeauftragten des USDAO scherzhaft nannten. USDAO war die Abkürzung für »United States Defense Attaché Office«. In diesen Tagen pendelte Nader zwischen der amerikanischen Botschaft und dem Airport ständig hin und her. Er war damit betraut, die Landung des Präsidenten vorzuplanen und den Wunschzettel der Amerikaner in Zusammenarbeit mit dem Auswärtigen Amt und den Repräsentanten des Flughafens bis ins kleinste Detail und möglichst ohne Kompromisse durchzusetzen. Wenn jemand die Befindlichkeit der US-Regierungsvertreter kannte, dann war er es.

Würde Albright jedes Mal Furcht empfinden, hatte Nader gesagt, könnte sie den Job nicht machen. So einfach. Die Amerikaner waren da ziemlich prosaisch. Außenministerin zu sein und in Deutschland einem Flieger zu entsteigen ist etwa so, als ob du, Lavallier, zu deiner Dienststelle fährst und das Auto nimmst. Erstens bist du Polizist und damit höheren Risiken ausgesetzt als die Kassiererin im Supermarkt. Zweitens ist die Gefahr, im Autoverkehr sein Leben zu verlieren, immens höher als in einem Flugzeug. Über nichts davon denkst du nach, weil du sonst verrückt würdest und dein Haus nicht mehr verlassen dürftest. Der Würstchenverkäufer lebt in seiner Welt nicht weniger gefährlich als ein Löwenbändiger in seiner. Die menschliche Seele verfügt über ausgezeichnete Schutzmechanismen. Amerikanische GIs in Vietnam, die durch eine feindliche Dschungelhölle voller Heckenschützen gestolpert waren, hatten sich im Moment der Strapazen weit ernstere Gedanken um die Blasen an ihren Füßen gemacht als darum, im nächsten Moment von einem Projektil zerrissen zu werden. Madeleine Albright begab sich nicht als ältere Frau oder Bürgerin der Vereinigten Staaten in risikoreiche Situationen, sondern ausschließlich in ihrer Funktion als Außenministerin Amerikas. Sie dachte so, handelte so, empfand so. Ihre Angst vor einem Anschlag war nicht größer als die Angst des Imkers, gestochen zu werden, sie tendierte gegen null. Angst hatten nur die, die für ihre Sicherheit sorgen mussten.

Es entsprach amerikanischer Denkart, die Dinge so zu sehen. Schon darum mochte Lavallier die Zusammenarbeit mit dem Secret Service, weil sie auf reinem Pragmatismus gründete. Außerdem waren die Amerikaner nett, zumindest die am Flughafen – aus der Stadt hörte man eher, der Secret Service raube dem BKA den letzten Nerv. Aber das war nicht sein Problem. Lavallier liebte die Hemdsärmeligkeit der US-Agenten. Er liebte auch die Russen, die das Sicherheitsbedürfnis ihres Präsidenten etwas gemächlicher zur Kenntnis nahmen und noch netter waren als die Amerikaner. Bis zu dieser Stunde, da der alkoholisierte Schriftsteller und die völlig verkaterte Frau hier aufgetaucht waren, hatte er überhaupt alles an diesem Gipfel geliebt. Es schien eine Geschichte persönlicher Erfolge zu werden.

Oder persönlicher Probleme. Neuerdings.

Am liebsten hätte er sie rausgeworfen. Gar nichts geht hier schief, wollte er sagen. In Köln nicht und am Airport schon gar nicht. Ihr habt kein Recht, mir die Zeit zu stehlen. Die einzige wirkliche Schrecksekunde zwischen dem zweiten und fünften Juni hatten wir dem Kühler eines Opel Kadett zu verdanken, der ausgerechnet vor dem Ramada-Renaissance in die Luft flog, als die Staats- und Regierungschefs dort tagten. Es hat einen Knall gegeben, womit wir statistisch, was das Aufkommen von Zwischenfällen angeht, aus dem Schneider sind. Eure Geschichte kann nicht stimmen. Legt euch wieder ins Bett und schlaft euren Rausch aus.

Stattdessen hörte er aufmerksam zu, während seine Rechte den Stummel eines Bleistifts im Rhythmus seiner Herzschläge auf die Schreibtischplatte stieß. Schließlich sagte keiner mehr etwas. O'Connor schaute aus dem Fenster. Wagner versuchte ihn anzusehen, hatte aber deutliche Probleme, etwas anderes anzustarren als ihre Füße.

Lavallier räusperte sich.

»Schön. Ich fasse zusammen, nur um zu sehen, ob ich alles richtig verstanden habe. Der Flughafentechniker Ryan O'Dea heißt in Wirklichkeit Patrick Clohessy und ist – oder war – Aktivist der Irisch Republikanischen Armee. Franz Maria Kuhn wiederum ist verschwunden und möglicherweise entführt worden, weil Sie einen Hilferuf von ihm erhalten haben. Sie selbst haben zweieinhalb Stunden später mit ihm telefoniert, und er klang komisch. Außerdem leuchtete Ihnen nicht ein, was die plötzliche Verschickung nach Düsseldorf und Essen sollte. Darüber hinaus haben Sie Clohessy letzte Nacht aufsuchen wollen, was Sie aber nicht taten.«

»Falsch«, sagte O'Connor. »Er war nicht da.«

»Ich darf meinerseits korrigieren«, gab Lavallier zurück. »Sie gelangten zu dem Eindruck, er sei nicht da. Entschuldigen Sie mich einen Augenblick.«

Er griff zum Hörer und wählte die Nummer der Flughafensicherheit.

»Ryan O'Dea«, sagte er. »Techniker Fassadenbau und Elektrik. Ihr müsstet ihn schnell mal herschaffen, möglichst mit Turbo. Außerdem hätte ich gern ein Treffen mit dem Leiter Sicherheit und dem technischen Leiter. Sagen wir um 10.15 Uhr. Wir treffen uns in der Verwaltung, dritter Stock, kleines Konfi.« Er überlegte eine Sekunde. »Noch was. Ich hätte gern O'Deas direkten Vorgesetzten mit am Tisch. Egal, was er gerade zu tun hat.«

Danach berief er noch den Stellvertretenden Personalchef zu dem Treffen ein. Niemand versuchte, mit ihm darüber zu diskutieren. Lavallier wusste, dass jeder von ihnen außerordentlich beschäftigt war. Sie wiederum wussten, dass Lavallier eine solche Konferenz nicht ohne Grund anordnete. Kurz überlegte er, den kaufmännischen und den technischen Direktor zu informieren. Dann entschied er sich dagegen. Es war verfrüht. Er musste jedem Hinweis nachgehen, aber von einer Krise zu sprechen, hätte im Augenblick zu viel Staub aufgewirbelt, und die Geschäftsleitung über Probleme in Kenntnis zu setzen, trug die Krise in sich.

Unterdessen war O'Connor zu der Frau getreten. Sie lehnte ihren Kopf gegen ihn und schloss die Augen. Alles in allem sah sie aus, als falle sie in der nächsten Minute vom Stuhl und in Tiefschlaf, in der einen oder anderen Reihenfolge.

»Frau Wagner.«

Sie öffnete die Augen einige Millimeter weit.

»Haben Sie heute Morgen mit der Rezeption gesprochen?«, fragte Lavallier. »Vielleicht hat ihn da letzte Nacht jemand gesehen.«

Wagner schüttelte stumm den Kopf.

»Was heißt das nun? Gesehen oder nicht gesehen?«

»Die haben keine Ahnung.«

»Waren Sie mal in seinem Zimmer?«

Wagner straffte sich.

»Ja. Vorhin«, sagte sie mit etwas festerer Stimme. »Das Bett ist unberührt.«

»Das muss nichts heißen«, meinte Lavallier. »Er kann früh aufgestanden sein. Die Zimmermädchen können es gemacht haben.«

»Haben sie aber nicht. Er war nicht in diesem Zimmer! Die ganze Nacht nicht. Und auf dem Handy ist er auch nicht zu erreichen. Er ist ganz einfach verschwunden.«

»Läuft seine Mailbox?«

»Ich habe zweimal draufgesprochen«, sagte Wagner hilflos. »Was hätte ich sonst tun können? Gestern Nacht hat er noch gesagt, er sei den ganzen Tag über erreichbar.«

»Und sein Wagen?«

»Was ist mit seinem Wagen?«

»Haben Sie nachgesehen, ob er noch da ist?«

»Monsieur Lavallier…« O'Connor lächelte entschuldigend. »Ich darf Sie doch Monsieur nennen?«

»Hauptkommissar tut's auch.«

»Verzeihung. Wir laufen seit etwa einer Stunde auf Beinen herum, die weniger als eine halbe Nacht gelegen haben und außerdem zwei dicke Köpfe tragen müssen. Ich bin versucht zu sagen, wir stehen unter Schock. Selbstverständlich haben wir an der Rezeption nachgefragt, in sein Zimmer gesehen und dann beschlossen, unserem Besuch bei Ihnen Vorrang vor der Inspektion des Parkhauses einzuräumen. Ich bin etwas verblüfft. Mir war nicht bekannt, dass man hierzulande erst Kriminologie studieren muss, bevor man auf ein Revier geht und einen Verdacht äußert.«

»Mir auch nicht«, sagte Lavallier kühl. »Wissen Sie übrigens, wo der Wagen steht? Auch ohne Studium.«

»In der Tiefgarage des Maritim«, sagte Wagner schnell, bevor O'Connor etwas erwidern konnte.

»Wagentyp?«

»Ente. Ich meine, ein…«

»Schon okay.« Lavallier lächelte sie freundlich an. »Das Kennzeichen haben Sie nicht zufällig in Griffweite?«

»Es ist die schäbigste Ente auf Gottes weiter Erde«, sagte O'Connor. »So ziemlich jedes Glaubensbekenntnis der Achtundsechziger lässt ahnen, dass der Wagen unter all den Aufklebern grün ist, und zwar die richtig grüne Version von Grün, wenn Sie verstehen, was ich meine. So, dass es wehtut beim Hingucken. Ich schätze, das Kennzeichen verrät Ihnen das Hotel.«

Lavallier verzog die Mundwinkel.

Er wählte die Nummer des PPK, des Polizeipräsidiums Köln, und ließ sich mit Hauptkommissar Peter Bär verbinden. Lavalliers Domäne war der Flughafen. Dieser Fall würde, wie es aussah, außerdem die Kölner Kripo beschäftigen. Er bat Bär, im Maritim nach dem Wagen zu forschen und den Barmann von letzter Nacht aus dem Bett zu holen. Dann schlug er ihm vor, mit seinem Team raus zum Flughafen zu kommen, um die Ermittlungen dort weiterzuführen. Sie hatten hier ebenso Zugriff auf die Datenbänke wie im Hauptquartier, und es würde die Zusammenarbeit erleichtern.

Er hatte kaum aufgelegt, als der Anruf von der Sicherheit kam. Lavallier hörte eine Minute schweigend zu und richtete seinen Blick dann auf O'Connor.

»Ich hoffe, der Schock hindert Sie nicht daran, sich später ein paar Bilder anzusehen. Mehr haben wir leider nicht aufzubieten. Ryan O'Dea ist heute Morgen nicht erschienen.«

O'Connor starrte ihn an.

»Er ist auch telefonisch nicht erreichbar«, fügte Lavallier hinzu.

»Das kann doch alles nicht wahr sein«, flüsterte Wagner.

Lavallier lehnte sich zurück.

»Ist es aber.« Er machte eine Pause. »Also gut, damit Sie im Bilde sind, ich werde Europol und notfalls Interpol mit einbeziehen. Von Ihnen brauche ich alle verfügbaren Informationen über Clohessy, sodann über Kuhn. Natürlich auch Ihre Personalien. Noch was. Ich muss Sie bitten, uns fürs Erste zur Verfügung zu stehen. Das kann heißen, für die nächsten Stunden oder Tage.«

Wagner sah unglücklich drein.

»Es tut mir leid«, fügte er hinzu.

O'Connor blinzelte. Erstmals erkannte Lavallier, dass der Ire hinter seiner kontrollierten Fassade bemüht war, die Allgewalt über seine Sinne nicht zu verlieren. Dann sagte er:

»Wie ernst nehmen Sie die Sache eigentlich, wenn ich fragen darf?«

»Ernst.«

»Mhm.«

»Wir würden sie sogar ernst nehmen, wenn es keinen Kölner Gipfel gäbe. Genügt Ihnen das?«

O'Connor wirkte unentschlossen. Dann zog er einen Stuhl heran und nahm Lavallier gegenüber Platz.

»Ich kenne Paddy Clohessy«, sagte er eindringlich. »Ich meine, wir hatten seit dem Trinity keinen Kontakt mehr miteinander, aber Menschen ändern sich nicht. Was sich ändert, ist nur die Art, wie andere sie sehen. Missverstehen Sie es nicht als Einmischung oder Arroganz, aber mir scheinen mehr unbekannte Größen in dem Spiel zu sein als Paddy.«

»Was meinen Sie damit?«

»Ich meine, dass es nicht seiner Art entspricht, eine größere Sache im Alleingang durchzuziehen.« O'Connor zuckte die Achseln. »Paddy ist immer in irgendwelchen teils lächerlichen Idealen aufgegangen. Er braucht eine Idee, an die er sich hängen kann, vor allem aber jemanden, der diese Idee vertritt.«

»An welche größere Sache hatten Sie denn gedacht?«

O'Connor hob die Brauen, als sei das eine äußerst dumme Frage. »Ein Attentat natürlich. Was denn wohl sonst? Ein Anschlag auf diesen Flughafen oder jemanden, der hier landen wird. Ist das so schwer zu kapieren?«

Lavallier betrachtete ihn nachdenklich. Er wählte ein weiteres Mal Bärs Nummer und bat ihn, jemanden zu O'Deas Wohnung zu schicken mit der Option, sich nötigenfalls gewaltsam Eintritt zu verschaffen. Dann legte er die Fingerspitzen aufeinander und atmete tief durch.

»Mr. O'Connor – ich darf Sie doch Mister nennen? –, ich muss Ihnen vielleicht etwas über die Problematik der *Innentäter* erzählen.« Er sah, dass ein Zucken über O'Connors Züge ging. »Flughäfen sind Hochsicherheitszonen, unabhängig davon, ob in Köln Gipfel ist oder nicht. Wir tun alles Erdenkliche, um jeden Vorfall auszuschließen. Wir haben Szenarien entwickelt, die jenseits Ihrer Vorstellungskraft liegen. Alles, damit Jelzins einziges Problem bleibt, nicht aus dem Jet zu fallen. Aber auch, damit Leute wie Sie nicht befürchten müssen, vergast, erschossen, verbrannt oder in die Luft gesprengt zu werden – hab ich was vergessen?«

»Ertränkt.«

»Ich schätze, das machen wir ganz gut«, fuhr Lavallier ungerührt fort. »Nur eines bereitet uns wirklich Kopfschmerzen. Dass jemand Geld nehmen könnte. Verstehen Sie? Bestechung. Oder plötzlich einen Rappel kriegt. Dass irgendeiner der über tausend Mitarbeiter dieses Flughafens einen Grund findet, zum Verräter zu werden. Der leiseste Verdacht auf Innentäter lässt bei uns die Alarmglocken schrillen. Gegenüber der Hauptlandebahn ist ein Wäldchen. Wir können gewährleisten, dass sich niemand unterm Zaun durchbuddelt und drei Wochen lang dort eingräbt, um heute Abend mit der Panzerfaust herauszuschießen. Aber wir können nicht in Köpfe gucken. Das ist unser

Problem. Wir konnten nicht in Ryan O'Deas Kopf gucken, und in weniger als zehn Stunden landet hier der Präsident der Vereinigten Staaten.« Lavallier ließ die Worte einen Augenblick lang wirken und beugte sich angriffslustig vor. »Was also glauben Sie, tue ich hier? Woran denke ich gerade? Welche Befürchtungen könnte ich haben?«

O'Connor sah stirnrunzelnd zurück.

»Sie haben Recht, ich war unsachlich und beleidigend. Macht nichts. Schwamm drüber.«

Lavallier starrte ihn an.

»Sie –«

»Warten Sie.« Wagner rieb sich die Augen und legte einen Zettel vor ihn auf den Tisch. »Das ist die Nachricht. Ich habe sie abgeschrieben.«

Lavallier setzte erneut zum Reden an, besann sich eines Besseren und studierte den Text.

HILF – PADYS WONUN – DERJAK – DERIJAG? SCHIESST – HABEN PROBLEM – PIEZA DATSPIGLEN – OBJEKT V –

»Ich vermute, was sich wie Schreibfehler ausnimmt, ist exakt, was Kuhn eingegeben hat, richtig?«

Wagner nickte.

»Wir haben im Taxi versucht, einen Sinn hineinzubringen.« Ihr Finger wies nacheinander auf die Wörter. »Bis hierhin würde ich sagen, er war in Paddys Wohnung und ist dort in Gefahr geraten. Wahrscheinlich hat er vorher versucht, mich anzurufen.«

»Wo hatten Sie denn Ihr Handy?«

»Auf dem Rücksitz meines Wagens.«

»Und wo waren Sie, als er versuchte, Sie zu erreichen?«

Sie legte den Kopf schief und krauste die Nase. Zwischen ihren Brauen entstand eine kleine Falte. Die Frage schien sie an Komplexität zu überfordern.

»Wir haben die Dunkelheit studiert«, sagte sie langsam.

»Die Dunkelheit. Zweieinhalb Stunden lang?«

»Ja. Haben Sie das noch nie?«

»Doch. Es ist mein Beruf. Ihre Antwort zum Beispiel war sehr dunkel. Ich muss Sie schon bitten, konkreter zu werden.«

»Wir waren spazieren«, sagte O'Connor in einem Ton, als falle der Vorhang. »Im Volksgarten.«

»Nachts um drei.«

»Ja.«

Lavallier nickte. Er hatte das Gefühl, die Art des Spaziergangs zu kennen.

»*Derjak.*«, las er weiter. »*Derijag schießt.*«

»Ab da wird's kryptisch.«

Er runzelte die Stirn. »Nicht unbedingt. Zumindest verrät uns der Umstand der zweifachen Schreibweise und des Fragezeichens, dass er jemanden belauscht hat.«

O'Connor schwieg. In seinen Augen blitzte so etwas wie Anerkennung auf. So lief das also mit ihm.

»Er war sich nicht sicher, wie er den Namen schreiben soll«, sagte Lavallier weiter. »Jemand schießt, und er klingt wie Derjak. Zumindest das Wahrscheinlichste. Mal sehen, was kommt dann? Haben Problem. – Haben Problem… Auch so eine Geschichte, die zwei Deutungen zulässt. Wer hat das Problem? Kuhn?«

»Er kann ebenso gut uns alle gemeint haben. Soll heißen, wir haben ein Problem. Er, Kika und ich. Sie meinetwegen auch. Alle in Köln. Die Menschheit, was weiß ich. Houston, wir haben ein Problem.«

Lavallier kratzte sich das Kinn.

»Es gibt noch eine Möglichkeit«, sagte er. »Die Leute, denen er zugehört hat, haben das Problem. – Was dann kommt, verstehe ich allerdings überhaupt nicht mehr.«

»*Pieza Datspiglen?*« O'Connor stützte das Kinn in die Hände. »Leider konnte ich gewisse Hirnfunktionen heute Morgen noch nicht aktivieren. Irgendetwas sagt es mir.«

»Es sagt dir was?«, echote Wagner erstaunt.

»Ich bin nicht sicher.« O'Connor schüttelte den Kopf. »Einmal denke ich, es liegt klar vor mir. Dann wiederum ist es nur Kauderwelsch. Was halten Sie übrigens von dem letzten Wort? Es kommt mir ziemlich eindeutig vor.«

»Objektiv«, murmelte Lavallier.

Ein Zielobjektiv, dachte er. Derjak schießt, und er schießt mit einer Präzisionswaffe. Er schaut durch ein Zielobjektiv. Ein Spiegelobjektiv? *Spiglen.* Ein verspiegeltes Objektiv?

Einen Moment lang kam ihm der Verdacht, das Ganze sei eine Aktion seiner Kollegen, um ihn am Tag von Clintons Landung hochzunehmen. Möglich auch, dass seine beiden Gegenüber sich plötzlich als Paola und Kurt Felix entpuppten. Eine grauenvolle Vorstellung und gleichzeitig ein Gedanke zum Herbeisehnen. Er fixierte aus den Augenwinkeln Wagner, während er zugleich auf den Zettel starrte, aber sie wirkte zu derangiert für einen Scherz.

»Sie sind ganz sicher, dass Sie das an irgendwas erinnert?«, fragte er O'Connor.

Der Schriftsteller nickte.

»Gut.« Lavallier seufzte. »Ich hoffe, Ihnen ist klar, dass Sie damit gerade zur wichtigsten Person in diesem Raum geworden sind.«

»Was heißt ›gerade‹?«, fragte O'Connor in offensichtlichem Erstaunen.

Lavallier kaute auf seiner Unterlippe.

»Warten Sie einen Moment«, sagte er schließlich. »Ich bin gleich wieder da. Nicht weglaufen.«

Er ging hinaus in den Flur. Beamte des mobilen Personenschutzes kamen ihm entgegen, einige in voller Montur mit kugelsicherer Weste. Sie gehörten der Spezialabteilung Polizeisonderdienste an und hatten die Aufgabe, das Umfeld hochrangiger Politiker und deren Wagenkolonnen zu sichern. Weiter hinten stand eine Kommissarin im Gespräch mit einem Agenten des Secret Service. Das flache Gebäude der Hauptpolizeiwache des Flughafens war in diesen Tagen der reinste Bienenstock. Lavallier schaute im Vorbeigehen in die offen stehenden Räume, bis er ein leeres Büro fand, zog die Tür hinter sich zu und ließ sich auf den abgewetzten Ledersessel hinter dem Schreibtisch fallen.

Er wählte Bärs Handynummer.

»Du hast heute große Sehnsucht nach mir«, meldete sich Bär. »Kann das sein?«

»Wo bist du?«

»Unterwegs. Ich und zwei Mann. In einer Viertelstunde sind wir bei euch. Lass Kaffee kochen. Große Mengen!«

»Peter«, sagte Lavallier. »Wir müssen mal reden über die beiden Vögel in meinem Zimmer.«

362

»Die Fahndung läuft. Hexen kann ich auch nicht.«

»Ich weiß.«

»Na schön. Also, um Clohessy kümmert sich Europol. Wir stehen in Kontakt mit Dublin und haben einen Wagen in die Rolandstraße geschickt. Sie müssten sich gleich melden. An der Überprüfung O'Deas sitzen die Jungs im PPK. Zufrieden?«

»Nein. Aber egal. Gib noch eine Fahndung heraus.«

»Nach wem?«

»Wenn ich das wüsste. Vielleicht werdet ihr in den Dateien des BKA fündig, vielleicht bei der CIA, aber erzählt denen nicht, warum wir die Information brauchen. Sag ihnen, es hat andere Gründe.«

»CIA? Du lieber Himmel, was ist los?«

»Wir suchen einen Killer, schätze ich. Wenn er überhaupt existiert. Egal. Findet einfach heraus, ob irgendwo auf der Welt ein Attentäter oder Terrorist in den Akten auftaucht, dessen Vor- oder Nachname oder meinetwegen Deckname Derjak ist. Weiblich, männlich, keine Ahnung.«

»Einfach. Das sollen wir einfach herausfinden?«

Lavallier zuckte die Achseln.

»Ich hab nicht mehr für dich. Ich weiß nicht mal, ob er wirklich so heißt. Kann auch Derijak sein. Mit G oder K hinten.« Er zögerte. »Sag mal, dieser Dr. Liam O'Connor – hast du mal was von ihm gelesen? Seine Bücher liegen neuerdings überall herum.«

»Er ist eigentlich gar kein Schriftsteller«, sagte Bär. »In der Zeitung stand, er sei Physiker. Er wird als ziemlich sicherer Kandidat für den Nobelpreis gehandelt.«

Auch das noch.

»Macht er Zicken? Oder die Frau?«

»Nicht direkt«, brummte Lavallier. »Sie riechen, als hätten sie die Nacht in einer Schnapsfabrik verbracht. Die Frau kann kaum geradeaus gucken, und O'Connor ist entweder albern oder unverschämt.« Er überlegte. »Alles an der Geschichte, die sie erzählen, klingt wie aus dem Kino. Nur dass O'Dea tatsächlich verschwunden ist. Im Augenblick habe ich keine andere Wahl, als sie ernst zu nehmen.«

»Herzlichen Glückwunsch«, sagte Bär. »In der Zeitung stand übrigens noch was.«

»Was?«

»O'Connor hat letztes Jahr einen physikalischen Kongress platzen lassen. Er hat behauptet, einen Anruf erhalten zu haben, wonach im Gebäude eine Bombe versteckt sei.«

»Warum denn das?«

»Er wollte einfach mal sehen, wie dreihundert Wissenschaftler einander über den Haufen rennen. Er schreibt auch merkwürdige Briefe an Politiker, in denen er sich als Multimilliardär ausgibt und behauptet, denen seine Reichtümer vermachen zu wollen, wenn sie in ihre nächste öffentliche Rede bestimmte Wörter einflechten.«

»Im Ernst? Du lieber Gott! Stand da auch, was für Wörter?«

»Einen hat er dazu bekommen, die Haushaltsdebatte mit – lass mich nachdenken – Latexmaske und Pantoffeltierchen zu bereichern. Er verarscht gern Leute.«

»Ja«, sagte Lavallier düster. »So kommt er mir vor.«

»Vielleicht verarscht er ja auch dich. Vielleicht hat O'Connor diesen O'Dea oder Clohessy umgebracht und Kuhn gleich mit. Jetzt erzählen sie dir irgendeinen Käse.«

»Unsinn.«

Bär lachte. Lavalliers Laune strebte dem Nullpunkt entgegen.

»D-E-R und dann irgendwas mit Jak«, sagte er. »Klingt in meinen Ohren irgendwie slawisch oder russisch. Vielleicht solltest du dein Augenmerk auf die Länder des Ostens lenken. Speziell die Serben haben in den letzten Wochen ein besonders liebevolles Verhältnis zu uns entwickelt. Oder besser gesagt, wir zu ihnen. Der nächste interessante Kandidat wäre dann die IRA. Ihr macht das schon.«

Er legte auf und ging zurück zu seinem Büro. Ein Blick auf die Uhr zeigte ihm, dass es wenige Minuten vor zehn war.

Was, wenn Bär Recht hat?

Der Tag hatte so wunderbar begonnen. Am Horizont seiner Hoffnungen hatte sich in strahlendem Glanz die Aussicht gezeigt, Bill Clinton die Hand zu schütteln. Nicht, dass Lavallier wirklich scharf darauf war. Aber Clinton die Hand zu schütteln, hieß, einen gut gelaunten Präsidenten vor sich zu haben, dem nichts fehlte. Das Leben zum Beispiel.

Jetzt war es anders.

Gut. Dann war es eben so.

Achselzuckend ging er hinein zu seinem ungeliebten Besuch.

WAGNER

»Lavallier! Was tut ein Techniker?«

O'Connor hatte die Frage abgeschossen, kaum dass Lavallier wieder den Raum betrat. Der Hauptkommissar ging zu seinem Schreibtisch.

»Das fragen Sie doch nicht ernsthaft«, sagte er.

»Wieso?«

»Ich hörte, Sie sind für den Nobelpreis nominiert worden.«

»Ich bin fürs Nachdenken nominiert worden, und nichts anderes tue ich in diesem Augenblick.«

Wagner unterdrückte ein Gähnen und hoffte, dass Liam endlich nüchtern wurde. Es war kaum zu überhören, dass er versuchte, den Polizisten an die Wand zu spielen. Mittlerweile war ihr klar, dass es nichts mit Lavallier zu tun hatte. Es war seine Natur, Ärger zu provozieren. Er konnte und wollte es nicht anders haben.

Warum bloß, fragte sie sich. Warum kann er nicht gut aussehend, charmant, intelligent *und* liebenswürdig sein?

»Worauf wollen Sie eigentlich hinaus, Dr. O'Connor?«, fragte Lavallier freundlich.

»Paddy ist Techniker des Flughafens, Monsieur... Ich bitte um Entschuldigung, Hauptkommissar. Monsieur le Commissaire! Oder er war es bis heute. Ich dachte gerade, man müsste doch herausbekommen, an welchen Einsätzen er beteiligt war.«

Lavallier sah auf seinen Schreibtisch und ordnete einen Packen loser Blätter.

»Es freut mich, dass Sie meine Arbeit machen«, sagte er. »Möchten Sie sich auch um die anderen Dinge kümmern, die ich heute noch zu tun habe? Um elf Uhr landet eine russische Materialmaschine, gegen halb fünf kommt eine Delegation der Kanadier hier an. Zwischendurch bereiten wir die Landung der amerikanischen Pressemaschine und der Air Force One vor. Ach ja, ein paar Japaner gibt es auch noch in Empfang zu nehmen. Sushi für die Nerven. Die Söhne Nippons sind lieb, aber furchtbar anstrengend. Was meinen Sie? Lust, meinen Job zu übernehmen?«

O'Connor brummte etwas in sich hinein. Lavallier sah auf.

»Hören Sie mal, O'Connor, wenn Sie wirklich helfen wollen, denken Sie über diese SMS nach.«

»Das tue ich die ganze Zeit.«

»Und? Immer noch überzeugt, sie sagt Ihnen was?«

O'Connor breitete die Hände aus.

»Es ist etwas so Naheliegendes, dass ich es offenbar übersehe. Kennen Sie die Geschichte von Poe, in der jemand einen Brief sucht? Das Ding steckt die ganze Zeit über in einem Postkartenhalter direkt vor seiner Nase, aber er zieht es vor, unterm Sofa nachzusehen und die Schrankwand abzuräumen.«

»Verstehe.« Der Anflug eines Grinsens huschte um Lavalliers Mundwinkel. Dann wurde er wieder ernst. Sein Blick wanderte zu Wagner.

»Als Sie mit Kuhn telefonierten letzte Nacht, war er also komisch.«

Sie nickte.

»Was genau war komisch? Seine Art?«

»Es war nicht Kuhn, wie ich ihn kenne. Er wirkte bedrückt.«

»Bedrückt«, sagte Lavallier langsam. »War er nur komisch, oder hat er auch was Komisches gesagt?«

In Wagners Kopf wuchteten sich zwei lethargische Beamte aus ihren Stühlen und schlurften zu einem großen Tor. Unter Mühen stemmten sie es auf. Davor wartete Lavalliers Frage, um ins Großhirn zu gelangen.

Sie überlegte. Hatte Kuhn etwas Komisches gesagt?

Eine Ahnung dämmerte in ihr hoch.

Worüber hatte sie sich noch gewundert letzte Nacht? Über den Umstand seiner plötzlichen Verlagsreise? Auch. Aber da war noch mehr.

»Ich erinnere mich nicht genau«, sagte sie.

Lavallier nickte.

»Ich mache Ihnen beiden einen Vorschlag«, sagte er. »In wenigen Minuten findet drüben die außerplanmäßige Sitzung statt. Ich lasse Sie so lange allein. Sie können im Holiday Inn frühstücken, es ist nur wenige Schritte von hier hinter dem Verwaltungsgebäude. Ein paar Eier mit Speck täten Ihnen gut, wenn Sie mich fragen. Starker Kaffee. Vorher nimmt im Nebenzimmer eine freundliche Dame Ihre Personalien auf, da müssen Sie durch. Hinterlassen Sie mir die Nummer des Verlags, wir kriegen raus, ob die gestern wirklich mit Kuhn gesprochen haben. Entweder ich finde Sie beide später im Hotel oder wieder hier, okay? Lassen Sie sich Zeit. Denken Sie nach, während Sie frühstücken. Jedes Detail kann wichtig sein, auch wenn es Ihnen noch so unbedeutend vorkommt.« Er lächelte. »Den Spruch kennen Sie mit Sicherheit schon aus dem Fernsehen.«

»Ein Bett wäre mir lieber«, stöhnte Wagner.

Dann fiel ihr ein, dass sie um halb fünf in der Redaktion des WDR erwartet wurde. Und anschließend bei RTL.

Auch das noch.

Andererseits, halb fünf war weit weg. Der WDR und RTL entglitten wieder in Vergessenheit.

»Eine Kleinigkeit noch«, sagte Lavallier im Hinausgehen. »Versuchen Sie Kuhn nicht weiter unter seiner Handynummer zu erreichen. Das machen wir ab jetzt. Alles klar?«

Wagner senkte zustimmend den Kopf.

O'Connor streichelte ihren Nacken. Er sagte ausnahmsweise nichts.

SPEDITION

Im Allgemeinen schnitten Entführer ihren Opfern die Ohren oder einen kleinen Finger ab und schickten sie den Angehörigen per Einschreiben zu. Das Entfernen von Körperteilen schien immer noch das probateste Mittel zu sein, Menschen von der Notwendigkeit größerer Geldausgaben zu überzeugen. Auf diese Weise waren Entführte wie Paul Getty jr. zwar freigekommen, aber gewissermaßen nicht ganz vollständig.

Als Kuhn sah, wie die Frau auf ihn zukam, mit der Linken einen Stuhl umklammert, fürchtete er mehr als den Tod die Möglichkeit, sie könne ihm mit einer blitzschnellen Bewegung irgendetwas abhacken, herunterschneiden oder ausstechen. Er presste sich gegen die Wand, vor der er seit Stunden saß, und versuchte, Abstand zu gewinnen. Die Lächerlichkeit des Vorhabens brachte ihm nichts ein als einen plötzlichen Schmerz im Handgelenk, als die Kette der Handschellen sich straffte und der stählerne Ring in sein Fleisch schnitt. Er stöhnte auf und schüttelte heftig den Kopf.

Sie blieb vor ihm stehen und sah auf ihn herunter.

»Besonders mutig scheinst du nicht zu sein«, sagte sie.

Kuhn zuckte zusammen. Wieder ein Indiz dafür, dass es dem Ende zuging. In der Nacht noch hatte sie ihn gesiezt und mit einer gewissen Höflichkeit behandelt. Zwar hatten sie und der Slawe ihm Löcher in den Bauch gefragt, ihn aber weder misshandelt noch angeschrien. Nach dem Telefonat mit Kika hatten sie ihm das Handy wieder abgenommen und es ausgeschaltet. Das war alles.

Schließlich hatte der Slawe die Halle verlassen, woraufhin die Frau in einem angrenzenden Raum verschwunden war. Kuhn schätzte, dass sie dort arbeitete oder ruhte. Für die Dauer der nächsten Stunden hatte er nichts von ihr gehört oder gesehen. Natürlich konnte es ebenso gut sein, dass sie ihn beobachtete. Im fahlen Schein der Neonleuchten hatte Kuhns Blick die Halle erwandert und dicht unter der Decke etwas von der Größe einer Kamera ausgemacht. Bei genauem Hinsehen mutete es eher wie ein kurzes Fernrohr oder Teleobjektiv mit einer transparenten Glasplatte an, die unmittelbar vor der Linse befestigt war. Er hatte keinerlei Vorstellung davon, wozu das Ding diente, und wollte es auch nicht wissen. Zutiefst deprimiert war er in sitzende Position gerutscht und hatte versucht, seine Angst mit Schlaf zu betäuben.

Zu mehr als einem nervösen Schlummer, durchsetzt von alptraumhaften Bildern, hatte es nicht gereicht. Danach fühlte er einen dumpfen Kopfschmerz und leichte Übelkeit. Er wusste, dass die Übelkeit von der Angst herrührte. Er wusste wie immer eine ganze Menge, nur nicht, wie man die Zeit zurückdrehen konnte bis zu der Stunde, da er an der Bar des Maritim gesessen und mit sich gerungen hatte, ob er zu Paddy Clohessy fahren oder doch lieber ins Bett gehen sollte.

Die Frau stellte den Stuhl verkehrt herum vor Kuhn hin.

Dann nahm sie darauf Platz, verschränkte die Arme über der Rückenlehne und musterte den Lektor. Erst jetzt fiel ihm auf, dass ihre dunklen Augen von eigenartiger Schönheit waren.

»Wie es aussieht, hat sich deine Lage nicht gerade verbessert«, sagte sie leise.

Kuhn bemerkte, dass sie etwas in der Hand hielt. Einen Moment lang schnürte sich ihm die Kehle zu, dann sah er, dass es keine Pistole und auch kein Folterwerkzeug war, sondern ein sehr kleines und flaches Handy.

Langsam ließ er die Luft entweichen.

»Ich habe Ihnen alles gesagt.« Es klang, als habe er monatelang kein Wort gesprochen. Die Frau sah ihn unverwandt an.

»Deine Freunde haben vor wenigen Minuten die Polizeiwache des Flughafens betreten«, sagte sie.

Die Nachricht, frohlockte Kuhn. Sie haben die SMS erhalten! Oder waren sie nur wegen Paddy dort?

»Du magst denken, es wäre gut für dich, wenn sie die Polizei einschalten«, fuhr sie fort. »Gib dich keinen Illusionen hin. Das Gegenteil ist der Fall. – Aber ich denke, du kannst mir vielleicht verraten, was sie da tun.«

»Ich?« Seine Stimme klang zu schrill. Verdammter Narr! Sie musste annehmen, dass er ihr etwas verschwiegen hatte. »Wieso denn ich?«

»Gestern Nacht haben sie es noch vorgezogen, sich gemeinsam in die Büsche zu schlagen.«

Sie darf nichts von der SMS erfahren, dachte er. Sag ihr nichts davon! Sie würde dich augenblicklich töten.

»Also, was ist?«, forschte die Frau. »Gar keine Idee?«

»Sie wollten ohnehin zu Clohessy«, sagte Kuhn hastig. Ja, das war gut. Es stimmte sogar weitestgehend. »Entweder noch in der Nacht oder heute früh. Sie dachten, wenn sie ihn zu Hause nicht antreffen, dann wahrscheinlich am Flughafen.«

»Ja, aber warum suchen sie ihn bei der Polizei?«

»Vielleicht …« Kuhn stockte. Dann sagte er: »O'Connor war der Ansicht, Paddy könne in etwas Größeres verwickelt sein. Er wollte im Grunde gestern schon zur Polizei. Andererseits wollte er Paddy eine Chance geben, weil sie alte Freunde sind.«

Die Frau stützte das Kinn in die Hände.

»O'Connor meint also tatsächlich, Paddys Anwesenheit am Flughafen könnte etwas mit dem Gipfel zu tun haben?«

Kuhn nickte. Dasselbe hatte sie ihn mindestens schon dreimal gefragt. Sie und der Slawe, immer abwechselnd.

Er fühlte, wie sich die Übelkeit breiig in seiner Kehle zusammenzog.

»Bitte...«

»Ja?«

»Lassen Sie mich leben. Ich werde alles tun, um Ihnen zu helfen, aber töten Sie mich nicht.« Erneut fühlte er, wie Tränen seine Augen füllten. Mühsam kämpfte er sie zurück, aber es gelang ihm nicht, das Zittern aus seiner Stimme herauszuhalten. »Ich... ich möchte nicht sterben, bitte. Ich habe Ihnen doch nichts getan.«

Die Frau hatte den Blick nach innen gerichtet.

Dann erhob sie sich und schüttelte langsam den Kopf.

»Wer sich unter die Oberfläche begibt, tut es auf eigene Gefahr. Das ist in der Liebe so und hier nicht anders. Falls es etwas gibt, das ich wissen sollte...«

Ohne ihn weiter anzusehen, ging sie durch die Halle davon.

LAVALLIER

Die Flughafenverwaltung beherbergte neben dem Personalwesen und der Leitung Technik auch die Geschäftsführung. Auf dem Weg zum Konferenzraum lief Lavallier Heinz Gombel über den Weg, dem kaufmännischen Direktor des KölnBonn Airport. Auch Gombels Alltag war geprägt vom Ausbau, der dem Flughafen zur Zeit eine eher wirre Verkehrssituation bescherte. Das gewaltige Vorhaben beschäftigte Heerscharen von Mitarbeitern, Technikern, Zulieferern und freien Spezialisten sowie das Marketing, dessen Sitz ebenfalls in der Verwaltung lag. Seit Anbeginn der Bauarbeiten im Vorjahr pendelte die Stimmung zwischen Euphorie und verhaltenem Optimismus. Mit hinein mischte sich neuerdings die Anspannung über den Gipfel, und Lavallier wünschte kurzzeitig, er könnte hinter der Fußleiste verschwinden, als er den Direktor erblickte. Er wollte ihn jetzt noch nicht informieren. Nicht, bevor er konkrete Ergebnisse vorzuweisen hatte.

»Na, Herr Lavallier.« Gombel kam auf ihn zu und gab ihm die Hand. »Was machen die Terroristen? Schon erste Anmeldungen?«

Er war ein freundlicher, jovialer Mann von korrektem Äußeren. Mit seinem Haarkranz und der Goldrandbrille hätte man ihn eher im Vorstand einer Bank vermutet. Lavallier lächelte und hoffte, dass man ihm nicht an der Nasenspitze ansah, wie alarmiert er war.

»Sie geben sich die Klinke in die Hand«, scherzte er zurück.

»Dann ist ja gut. Wohin gehen Sie?«

»Dritte Etage. Ich habe eine Sitzung mit der Technik und der SI einberufen«, sagte Lavallier.

Gombel, schon halb im Weitergehen, verharrte.

»Es ist doch nichts Ernstes? Wir können nichts Ernstes brauchen.«

»Im Augenblick brauche ich nur ein paar Informationen.«

»Hm. Na gut. Sie lassen mich wissen, wenn es Probleme gibt.«

»Wie immer.«

Gombel lächelte flüchtig und ging über den Lichthof in den gegenüberliegenden Gebäudetrakt. Lavallier sah ihm nach und hoffte, dass sich die Probleme bald erledigen würden. Irgendwie sah es nicht danach aus.

Er fuhr in den dritten Stock, betrat das Konferenzzimmer und nickte den Anwesenden kurz zu. Für dieses Zusammentreffen hatte er auf jegliche Formalitäten verzichtet. Es gab keine Agenda und, wie es aussah, auch keinen Kaffee. Pit Brauer, der Leiter der Abteilung Sicherheit, kurz SI, hatte sich bereits eingefunden, ein notorisch besorgter Mann mit gestutztem Vollbart und beginnender Glatze. Er wirkte nicht eben glücklich, aber das entsprach eher seinem gängigen Befinden als der besonderen Situation.

Für Lavallier war Brauer einer der wichtigsten Kontaktleute auf dem Gelände. Die Flughafensicherheit unterstand der Betreibergesellschaft und bildete somit neben der Polizei eine zweite Flanke in der Security. Nach Paragraph neunzehn des

LVG waren die Flughafenbetreiber zu Eigensicherungsmaßnahmen verpflichtet, um die Gefahr eines Anschlags zu mindern. Seit einigen Jahren hatte die SI ihre Einsatzzentrale und sonstigen Räumlichkeiten im A-Bereich des alten Terminals und gebot dort über einen hoch technisierten Zauberkasten, der Kartensicherung, Kameratechnik und Funküberwachung mit einschloss. Fußstreifen und Einsatzfahrzeuge, die Tag und Nacht auf dem weit verzweigten Gelände patrouillierten, stellten sicher, dass sich niemand auf den Vorfeldern herumtrieb und dass jeder Mitarbeiter des Airports nur dort anzutreffen war, wo er auch hingehörte.

Ebenfalls im Raum war Heribert Fuchs, der Technische Leiter des Flughafens. Er war das komplette Gegenteil von Brauer, ein ewig gut gelaunter Praktiker von schlanker, durchtrainierter Statur. Seine Kohorten verteilten sich in den Kellern des Terminals und umfassten die vage Größenordnung von einigen hundert Mann nebst freien Technikern, die für Sonderaufgaben tageweise gebucht wurden.

Neben Fuchs saß ein weiterer Mann, den Lavallier nicht kannte. Er war untersetzt, hatte ein rotes Gesicht, kurzes, hellblondes Haar und einen Oberlippenbart. Lavallier schätzte ihn auf Anfang fünfzig.

»Ich darf Ihnen Martin Mahder vorstellen«, sagte Fuchs, nachdem sie kurze Begrüßungen ausgetauscht hatten.

»Freut mich.«

»Er ist Abteilungsleiter für Fassadenbau und Elektrik und O'Deas direkter Vorgesetzter.«

»Hallo«, sagte Mahder.

Lavallier zog einen der Stühle heran und nahm an der Kopfseite des Tisches Platz. Im selben Moment öffnete sich die Tür, und Fichtner, der Stellvertretende Personalchef, trat ein, klein, dick und fahrig, wie man ihn kannte, Schweiß auf der Stirn.

Sie waren vollzählig. Lavallier wartete, bis das allgemeine Begrüßungsgeplänkel verklungen war.

»Ich danke Ihnen, dass Sie alle so schnell Zeit gefunden haben.« Er sah sie der Reihe nach an. »Möglicherweise können wir die Sache in der nächsten Stunde schon ad acta legen, aber im Augenblick beschäftigen uns einige Hinweise, denen wir leider nachgehen müssen.«

»Was haben wir denn?«, witzelte Fuchs. »Außerirdische Signale?«

»Wir haben O'Dea«, sagte Fichtner. »Oder besser gesagt, wir haben ihn nicht mehr, wie man hört.«

»O'Dea?«

»Spannen Sie uns nicht auf die Folter, Eric«, sagte Brauer.

»Ich will versuchen, es kurz zu machen.« Lavallier erklärte in groben Zügen den Sachverhalt. Details ließ er aus. Nur so viel verriet er, dass sich Ryan O'Dea als doppelte Persönlichkeit herausgestellt hatte und seit gestern Abend verschwunden war und dass der Ire ferner im Verdacht stand, in einen Entführungsfall verwickelt zu sein. Auch die SMS, die der ebenfalls verschwundene Lektor abgeschickt hatte, erwähnte Lavallier mit keinem Wort.

Dann sagte er, dass Konsequenzen für den Gipfel nicht auszuschließen seien.

Betretenes Schweigen.

»Es ist die augenblickliche Lage«, fügte Lavallier hinzu. »Ich kann natürlich keine Aussagen darüber treffen, ob O'Dea nicht doch wieder auftaucht. Für den Moment bleibt uns, sein Verschwinden zur Kenntnis zu nehmen und ihn zu suchen.« Er machte eine Pause. »Um ihn dann möglicherweise – nein, ganz sicher – zu verhaften.«

»Schöner Mist«, murmelte Brauer.

»Entführung.« Fuchs kratzte sich an der Stirn. »Muss das zwangsläufig was mit unseren Landungen zu tun haben?«

»Nein«, sagte Lavallier. »Aber es könnte.«

»Zum Kotzen«, schnaubte Brauer. »Wenn die Presse davon Wind bekommt, schreiben sie uns in Grund und Boden.«

»Wir müssen's denen ja nicht sagen«, meinte Fichtner.

»Wieso? Wir sagen denen doch alles! Jeder Mist dringt an die Öffentlichkeit. Und was machen sie draus? Diskussionen übers Nachtflugverbot. Wir bauen den modernsten Flughafen Europas, aber sie stürzen sich lieber auf irgendeinen mümmelnden Rentner, dem unsere Baustelle nicht gefällt. Sie werden auch aus dieser Geschichte ein Tribunal machen.«

»Augenblick«, sagte Lavallier schnell. »Vorerst erzählen wir überhaupt niemandem was. Niemand hier im Raum tut das.«

»Klar.«

»Schon klar.«

»Wer soll O'Dea denn sein, wenn nicht er selbst?«, fragte Mahder. Er wirkte verwirrt.

Lavallier sah zu ihm herüber.

»Sagt Ihnen der Name Patrick Clohessy was?«

»Nein.«

»Wie es aussieht, ist das sein Name. Wir können es noch nicht mit Bestimmtheit sagen, aber O'Dea scheint er jedenfalls nicht zu heißen.«

Fichtner runzelte die Brauen. Er schlug eine mitgebrachte Kladde auf und blätterte darin herum.

»Sehen wir mal nach, wann der Kerl angefangen hat.«

»Das brauchen Sie nicht«, sagte Mahder. »Ich kann Ihnen sagen, wann das war. Er ist auf mein Betreiben hin eingestellt worden und hat seine Tätigkeit am 25. Januar dieses Jahres aufgenommen.«

»Ein halbes Jahr erst«, sinnierte Lavallier.

»Hier steht's ja.« Fichtner stand auf und trat ans Fenster, die Akte in den Händen. »O'Dea, Ryan, geboren in Limerick, Irland. Techniker mit Schwerpunkt Elektrik und Nachrichtenwesen am KölnBonn Airport, zugeteilt Reparaturdienst Fassade und Einbau, dies und das, et cetera pp... Ausgebildeter Elektrotechniker, erster Job Shannon Airport. Warum stellen wir Iren ein? Haben wir in Deutschland keine guten Leute?«

»Sie haben ihn budgetiert und freigegeben«, sagte Mahder. »Von mir kam nur der Vorschlag.«

»Meinetwegen. Dann war er eine Zeit lang in England bei Rover, Halleninstandsetzung. Wechsel in die Schweiz, diverse Jobs in mittelständischen Unternehmen, zuletzt bei einer Technikerfirma in Bern. Danach selbständig in Hamburg. Tja.«

Fichtner drehte sich zu ihnen um, klappte die Akte zu und reichte sie Lavallier.

»Nur gute Zeugnisse. Seine Papiere sind in Ordnung. Aus Düsseldorf gab's auch keine Ressentiments. Unspektakulärer Mensch, dieser O'Dea. Und der soll jemanden entführt haben?«

Lavallier schüttelte den Kopf.

»Vergessen Sie die Entführung. Wer hatte in letzter Zeit am meisten mit ihm zu tun?«

Mahder hob die Hand.

»Und?«, fragte Lavallier.

»Zuverlässig.« Der Abteilungsleiter sah hilfesuchend zu Fuchs hinüber, der seine Handflächen nach außen kehrte zum Zeichen, dass man ihn am besten gar nicht erst fragte. »Ich kann nicht viel über ihn sagen, er war ein bisschen verschlossen. Guter Mann. Nicht unsympathisch, aber wortkarg.«

»Freunde, Bekannte?«

»Nicht, dass ich wüsste.«

»Kollegial?«

»Schon. Doch, durchaus.«

»Hat er mal über seine Vergangenheit gesprochen? Seine Heimat?«

Der Abteilungsleiter schüttelte den Kopf.

»Ich wollte Tipps von ihm. Kürzlich erst. Hab immer davon geträumt, nach Irland zu fahren, aber er fand keinen Geschmack an dem Thema. Als ich vom Norden anfing, ob man ohne Risiko hinkann und so, hab ich's gleich wieder gelassen. Es gefiel ihm nicht. Er sprach nicht gern darüber.«

»Hatte er möglicherweise Angst, darüber zu reden?«, fragte Lavallier aufs Geratewohl.

Mahder überlegte.

»Ja«, sagte er langsam. »Vielleicht. Ich weiß nicht.«

Lavallier warf einen Blick auf die geschlossene Akte.

»Wer hat eigentlich in letzter Konsequenz darüber entschieden, dass O'Dea eingestellt wird? Waren Sie das?«, fragte er Fuchs.

»Ach, Lavallier, Sie wissen doch, wie das geht.« Fuchs zuckte die Achseln. »Wir haben einen Haufen Leute. Ich verwalte Budgets. Wenn Mahder oder jemand in seiner Position Bedarf anmeldet, gibt es eine Ausschreibung. Das gängige Procedere. Wir checken, was reinkommt, aber letzten Endes müssen die Abteilungsleiter damit glücklich werden. Mahder sagt, ich will O'Dea, also kriegt er O'Dea.«

»O'Dea ist aber nicht auf eine Anzeige hin erschienen«, sagte Fichtner nörgelig. »Er hat sich beworben.«

Lavallier runzelte die Stirn. »Das heißt, Sie haben die Ausschreibung umgangen?«

»In diesem Fall ja.«

»Ich dachte…«

»Es gibt Ausnahmen. Anfang des Jahres hatten wir ohnehin sehr starken Zulauf, also haben wir einige Leute eingestellt, ohne die Jobs gleich knüppeldick in die Zeitung zu setzen. Passiert in jedem größeren Unternehmen.«

»Mir schien er einfach der Richtige zu sein«, sagte Mahder entschuldigend. Die Sache war ihm offenkundig peinlich. »Ich konnte ja nicht ahnen…«

»Schon okay.« Lavallier hob beschwichtigend die Hände. »Ich will nur sichergehen. Das heißt also, die – nennen wir es mal – Ratifizierung Ihrer Entscheidung erfolgte im Hinblick auf budgetäre Vertretbarkeit und den Umstand, dass keine ernsthaften Bedenken vorlagen. Richtig?«

»Wenn Sie so wollen«, meinte Fichtner säuerlich.

»Und die SI? Irgendwelche Erfahrungen mit O'Dea?«

»Nicht, dass ich wüsste.« Brauer zwirbelte die Enden seines Schnurrbarts. »Er ist nicht aufgefallen, hat sich kein einziges Mal irgendwo rumgetrieben, wo er nicht hingehörte, gar nichts.«

Lavallier nickte. Jeder Bedienstete auf den Vorfeldern musste einen Personenausweis tragen, sichtbar oder zumindest in der Tasche. Bevor man einen solchen Ausweis erhielt, wurde ein gesondertes Überprüfungsverfahren eingeleitet. Selbst dann kam nicht jeder Techniker überall hin. Die Ausweise waren in Punktfelder aufgerastert. Jeder Punkt stand für eine räumliche Berechtigung. Man sah sofort, wer sich im unbefugten Bereich aufhielt, was O'Dea offenbar vermieden hatte. Lavallier wusste, dass die SI wie ein Schießhund aufpasste. Wenn Brauer es sagte, war O'Dea mit einiger Gewissheit brav in seinem Revier geblieben.

»Schön.« Er sah in die Runde. »Oder auch nicht. Wer kann mir eine genaue Einsatzplanung geben? Alle Einsätze, für die O'Dea eingeteilt war und die er auch ausgeführt hat?«

»Bekommen Sie«, sagte Mahder eilig. »Terminal 2, da war er, das kann ich Ihnen jetzt schon sagen. Terminal West außerdem,

Luftpostleitstelle, die Hangars, vorwiegend Hangar eins. Ich kann Ihnen die Auflistung sofort zukommen lassen.«

»Danke. Ferner, mit wem hat O'Dea bevorzugt gearbeitet?«

»Die Konstellationen sind nicht fix. Das heißt...« Mahder runzelte die Stirn. »Warten Sie mal. Pecek. Der hat etwa zeitgleich mit ihm angefangen.«

»Pecek?«

»Josef Pecek. Fassadentechniker wie O'Dea. Sie hatten ein paar gemeinsame Einsätze.«

Lavallier notierte den Namen.

»Sagen Sie ihm, er soll herkommen. Ich will seine Akte, alles. Außerdem will ich wissen, mit wem O'Dea sonst noch gearbeitet hat und wer wann eingestellt wurde. Die SI täte gut daran, gemeinsam mit der Technik sämtliche Einsätze O'Deas vor Ort einer detaillierten Überprüfung zu unterziehen. Soll heißen, innerhalb der nächsten Stunde kennen wir jede Schraube und jeden Draht, den O'Dea im vergangenen halben Jahr angefasst und irgendwo eingebaut hat.« Lavallier erhob sich. »Gut, meine Herren. Ich habe Sie hiermit in Kenntnis gesetzt. Den Hinweis auf absolute Vertraulichkeit und so weiter kann ich mir sicherlich sparen.« Er schickte ein erwärmendes Lächeln in die Runde. »Wir wollen hoffen, dass die Abläufe des heutigen Tages durch die Geschichte keine Beeinträchtigung erfahren.«

Brauer sah ihn sorgenschwer an.

»Was schief gehen könnte, geht immer schief«, sagte er. »Haben Sie die Geschäftsleitung schon verständigt?«

»Noch nicht. Ich will die nächsten Ergebnisse abwarten.«

»Sehr vernünftig.«

»Wenn Sie den Flughafen evakuieren lassen, würde ich es gern als Erster erfahren«, frotzelte Fuchs. »Ich hasse es, im Stau zu stehen.«

Lavallier grinste.

Innerlich war ihm nicht danach zumute.

Als er gegen elf Uhr in das flache Gebäude der Polizeiwache zurückkehrte, waren O'Connor und Wagner noch nicht wieder eingetroffen. Lavallier hoffte, dass sie brav beim Frühstück hockten. Er war sich bei O'Connor nicht sicher, welche Überraschungen ein Mann bereithielt, der ein Kolloquium aus purem

Übermut in eine Stampede verwandelt hatte und es schaffte, dass sich Politiker öffentlich zum Affen machten.

Unterdessen waren Bär und seine Leute eingetroffen, hatten zwei Büros mit Beschlag belegt und telefonierten um die Wette. Lavallier wartete, bis Bär aufgelegt hatte, und nahm ihm gegenüber Platz.

»Was Neues?«, fragte er.

Bär drückte eine bis zum Filter abgerauchte Zigarette in seinen Aschenbecher und lehnte sich zurück.

»Wir haben den Wagen gefunden.«

»Die Ente?«

»Rate mal, wo.«

Lavallier brauchte nicht lange zu überlegen.

»In der Rolandstraße.«

»Ordnungsgemäß abgestellt und abgeschlossen. Etwas mehr als hundert Meter von O'Deas Wohnung entfernt, so, dass Kuhn daran vorbeigefahren sein muss, bevor er parkte.«

»Und O'Dea?«

»Das Spurensicherungsteam ist in seiner Wohnung zugange, aber wir können jetzt schon sagen, dass O'Dea sich aus dem Staub gemacht hat.«

»Du meinst, er ist untergetaucht?«

Bär schlürfte seinen Kaffee. Er entzündete eine weitere Zigarette und hielt Lavallier die Schachtel hin.

»Immer noch nicht«, sagte Lavallier. »Seit zweiundvierzig Jahren nicht.«

»Richtig. Vergesse ich jedes Mal. Ja, es deutet einiges darauf hin. Die Wohnung wirkt, als sei er überhastet aufgebrochen, hätte aber noch Verschiedenes eingepackt. Aufgerissene Kleiderschränke, offene Schubladen, kaum persönliche Gegenstände. Schließt du irgendwas daraus?«

Lavallier brütete vor sich hin.

»O'Dea hat gestern Mittag erfahren, dass O'Connor ihn erkannt hat«, sagte er halb zu sich selbst. »Abends treffen sie sich dann, und in derselben Nacht macht O'Dea sich aus dem Staub. O'Connor hat er erzählt, er habe die Identität wechseln müssen, weil es Ärger mit der IRA gab.«

»Also weiß O'Connor im Augenblick am meisten.«

»Wie man's nimmt. O'Connor hört sich gern reden. Ich schätze, er weiß auch nicht mehr als das, was Clohessy ihm erzählt hat.«

»Wenn die Geschichte stimmt«, meinte Bär, »muss die Sache nichts mit unserem Gipfel zu tun haben. Nehmen wir an, Clohessy war tatsächlich bei der IRA. Es gab Ärger, wie du sagst, dann ist es nur natürlich, dass er untertauchen muss. Wer bei den Irisch Republikanischen in Ungnade fällt, kann sein eigenes Grab schaufeln. Er lässt also was springen und verwandelt sich in Ryan O'Dea, einen Mann mit niet- und nagelfester Vita, der es schafft, eine Anstellung an einem deutschen Airport zu bekommen.«

»Warum tut er das?«

»Er will seinen Frieden«, schlug Bär vor.

»Einverstanden. Und weiter.«

»Weiter?« Bär blies die Wangen auf. »Na ja, plötzlich steht O'Connor vor ihm. Seine neue Identität ist geplatzt. Er bekommt Angst und setzt sich ab.«

Lavallier schwieg. Es klang nicht schlecht. Leider klang es auch nicht richtig gut.

»O'Dea und O'Connor sind Studienkollegen und waren befreundet«, sagte er nachdenklich. »Über die Jahre haben sie sich entfremdet, aber Ärger gab's eigentlich keinen. Jetzt stell dir vor, du bist Clohessy. Dein Persönlichkeitswechsel ist geglückt, du hast die IRA ausgetrickst und dich in Köln etabliert. Eines Tages läuft dir dein alter Kumpel über den Weg und erkennt dich! – Ich meine, klar, du erschrickst, es missfällt dir, aber würdest du deswegen abhauen? Deine mühsam erworbene neue Haut abstreifen? Würde es nicht reichen, O'Connor reinen Wein einzuschenken und ihn zu bitten, um alter Freundschaft willen den Mund zu halten?«

»Was er ja auch getan hat.«

»Eben. Und darum gibt es keinen Grund, einfach so zu verschwinden.«

Bär überlegte.

»Doch«, sagte er. »Zwei sogar.«

Lavallier sah ihn fragend an.

»Erstens«, führte Bär aus, »kann Clohessy nicht wissen, wem

O'Connor alles von seiner Entdeckung erzählt hat. Sein Stillschweigen ist also nur die Hälfte wert, selbst wenn er es hoch
und heilig verspricht. Zweitens...«

»Ja?«

»...könnte Clohessy Angst vor O'Connor haben.«

»Warum sollte er das?«

Bär zuckte die Achseln.

»Vielleicht ist O'Connor nicht der liebe Onkel. Möglicherweise hatte Clohessy – oder O'Dea, keine Ahnung, wie wir
ihn jetzt nennen sollen – berechtigten Grund zu der Annahme,
O'Connor würde ihn verpfeifen.«

»Und Kuhn?«

»Ist der Zweite, der Clohessy auf die Spur kommt. Oder wird
von O'Connor eingespannt, ebenso wie die Frau. Schau mal,
Clohessy hatte doch Recht. O'Connor beschattet ihn, der Lektor treibt sich in seiner Wohnung rum. Also lässt er Kuhn verschwinden und verschwindet dann selbst.«

Lavallier ließ Bärs Theorie sacken. Es war verlockend, daran
zu glauben. Sie nahm den Gipfel aus dem Schussfeld.

»O'Deas Wagen habt ihr nicht zufällig gefunden?«, fragte er.

Bär schüttelte den Kopf.

»Wir arbeiten dran. Aber wenn du mich fragst, werden wir
ihn nicht finden. Nicht, wenn O'Dea die Flucht ergriffen hat.«
Er machte eine Pause. »Womöglich befindet sich Kuhn ja in seiner Gesellschaft.«

Lavallier fuhr sich über die Augen. Was für ein Tag!

»Was schlägst du vor?«

»Fahndungsmeldung«, sagte Bär. »O'Deas Wagen. Er selbst
und ein Mann, auf den die Beschreibung Kuhns zutrifft. Aus-
weitung nach Holland, Belgien, Schweiz und so weiter.«

»Gut. Wo du gerade dabei bist, überprüf einen gewissen Josef
Pecek. Arbeitet hier als Techniker. Kollege von Clohessy.«

Bär griff mit der Linken nach seinen Zigaretten und mit der
Rechten zum Telefon.

WAGNER

Als sie um Viertel nach elf die Augen öffnete, hatten ihre Kopfschmerzen nachgelassen. Dafür war ihre Zunge so trocken, dass sie Mühe hatte, sie vom Gaumen zu lösen.

»Guten Morgen«, sagte O'Connor irgendwo hinter ihr.

Sie strich sich das Haar aus der Stirn und zwinkerte. Vor ihr stand eine halb volle Tasse Kaffee.

»Wie lange habe ich geschlafen?«

»Nicht lange. Eine halbe Stunde. Wir haben Frühstück bestellt, und mittendrin bist du an meine Brust gesunken. Was ich grundsätzlich sehr begrüße.«

»Meine Güte«, stöhnte sie. »Die letzte Nacht. Wessen Idee war es bloß wieder, die verdammte Flasche mit nach oben zu nehmen?«

»Deine«, sagte O'Connor.

»Im Ernst?«

»Ich schätze, du hältst es für protokollarisch unabwendbar, in meiner Gesellschaft Alkohol zu trinken, und ich wollte dich nicht blamieren. Möchtest du einen frischen Kaffee?«

Wagner setzte sich auf und gähnte. Sie saßen im Speisesaal des Holiday Inn. Abgesehen von einem älteren Mann einige Tische weiter schienen sie die einzigen Gäste zu sein. Ein Kellner ging geräuschlos über den weichen Teppichboden. Er schenkte ihnen keine Beachtung.

Kuhn!

Wie hatte sie schlafen können? Es wäre besser gewesen, sie hätte nachgedacht!

»Vergiss den Kaffee«, sagte sie. »Wir müssen rüber aufs Revier.«

»Was willst du da? Lavallier wollte uns abholen, soweit ich mich erinnere. Denk lieber nach, was Kuhn Komisches gesagt hat.«

»Es... fällt mir nicht ein.« Natürlich war ihr nichts eingefallen. Sie hatte geschlafen. Ein fürchterlich schlechtes Gewissen machte sich in ihr breit. »Und dir? Ist dir was eingefallen?«

»Wegen der SMS?« O'Connor schüttelte den Kopf. »Der Tag wird kommen.«

»Falls wir überhaupt noch Zeit haben«, sagte sie mutlos.

Im selben Moment kam ihr ein Fetzen des Gesprächs mit Kuhn in den Sinn. Sie versuchte daran festzuhalten, weitere Erinnerungen herbeizurufen. Bruchstücke reihten sich aneinander. Plötzlich wusste sie, dass der Lektor gegen Ende des Telefonats etwas Merkwürdiges gesagt hatte. Etwas, das keinen rechten Sinn ergab.

O'Connor beobachtete sie von der Seite.

»Hast du –«

Sie schnitt ihm mit einer Handbewegung das Wort ab.

Da war es!

»Wir müssen rüber«, sagte sie und wandte ihm ihr Gesicht zu. »Ich erinnere mich wieder!«

»Und?«

Tränen stiegen ihr in die Augen. O'Connor sah, was los war, und schlang die Arme um sie. Wagner zitterte. Sie presste sich in ihn hinein und fragte sich, warum der wunderbaren Nacht nicht ein ebensolcher Morgen hatte folgen können.

»Liam.«

»Mhm.«

»Ich habe Angst.«

O'Connor drückte sie fester an sich.

»Das ist schon in Ordnung«, sagte er. »Wie sehr ich dich beneide.«

SPEDITION

»Du bist also entführt worden«, sagte die Frau etwas zu ruhig.

Kuhn starrte sie verständnislos an.

Sie schien in sich hineinzuhorchen.

Dann holte sie plötzlich aus und schlug ihn mit dem Handrücken ins Gesicht. Der Lektor heulte auf und zerrte an seinen Handschellen.

»Was hast du verschwiegen?«

»Ich habe nichts verschwiegen. Ich schwör's!«

Ein zweiter Schlag traf hart sein Nasenbein. Blut schoss heraus. Er duckte sich und versuchte, sich auf die andere Seite des Rohres zu retten. Sie kam ihm nach.

»Ich denke, du willst leben! Du Idiot! Willst du leben?«

»Ja!«

»Warum haben dich O'Connor und Wagner als vermisst gemeldet?«

»Ich weiß es nicht. Wir wollten …«

Ihre Faust fuhr klein und spitz in seinen Bauch, und er klappte gurgelnd zusammen und fiel auf die Knie. Sein Magen wollte sich umstülpen, aber es war nichts darin, nur Säure, die unvermittelt seine Speiseröhre hochschoss. Er würgte und hustete, während seine Gedanken sich überschlugen.

Einen Moment lang war er versucht, ihr von der SMS zu erzählen.

Aber dann würde sie ihn töten. Was sollte sie noch mit ihm, wenn sie annehmen musste, dass das Märchen von der außerplanmäßigen Verlagsreise aufgeflogen war?

»Warum?«

Kuhn japste nach Luft. Nie zuvor war er so gedemütigt und erniedrigt worden. Mit einem Mal fühlte er, wie sich Wut zu seiner Angst gesellte, lodernder Hass auf diese kleine Drecksau, die sich anmaßte, über sein Leben bestimmen zu wollen. Er hob den Kopf und richtete den Blick auf sie.

»Wir wollten doch O'Connor anrufen«, sagte er heftig. »War das nicht Teil Ihres grandiosen Plans? Warum wundern Sie sich, dass die sich Sorgen machen, he? Ich habe Kika gesagt, sie könnte mich den ganzen Tag über erreichen, und dass ich mich melden würde, also hören Sie auf, es an mir auszulassen! Ich hätte mich längst melden sollen, dann wäre niemand auf die Idee gekommen, dass man mich entführt hat. Es ist Ihre Schuld, hören Sie, einzig Ihre!«

Er stockte. Entsetzt machte er sich klar, wie seine Worte auf sie wirken mussten. Beispiellose Furcht riss den Zorn mit sich hinfort. Sie würde ihn bestrafen. Sie würde es ihm heimzahlen, dass er so mit ihr gesprochen hatte.

»Es tut mir leid«, stammelte er. »Ich … ich wollte nicht …«

Die Frau betrachtete ihn. Sie machte keine Anstalten, ihn ein weiteres Mal zu schlagen.

»Ja, du hast Recht«, sagte sie erstaunlicherweise. »Ich hätte dich anrufen lassen sollen.«

Kuhn pumpte Luft in seine Lungen. Immer noch fühlte er sich kaum in der Lage, aufzustehen nach dem Schlag in die Magengrube.

»Ich kann jetzt anrufen«, keuchte er.

»Nein.« Sie schüttelte den Kopf. »Ich habe umdisponiert. Sollen sie ruhig nach dir suchen. Es ändert nichts.«

»Aber es könnte wichtig sein, ich meine…«

»Sie werden einer anderen Fährte folgen, die wir gelegt haben. Im Zweifel passt du da als Entführungsopfer ganz gut rein.« Sie machte eine Pause. »Oder als Leiche.«

Kuhn schluckte schwer und rappelte sich hoch.

»Wie lange noch?«, fragte er matt.

Sie sah ihn an und zuckte die Achseln.

»Ich will dich nicht töten.«

So wie sie es sagte, hatte Kuhn keinen Zweifel daran, dass sie es ernst meinte. Er lehnte sich schwer atmend gegen die Wand und wischte mit der freien Hand das Blut von der Oberlippe.

»Wenn Sie getan haben, weswegen Sie hergekommen sind«, sagte er, »können Sie mich doch fortlassen, oder? Ich habe doch überhaupt nichts mit Ihren Angelegenheiten zu tun.«

»Dafür hast du deine Nase ziemlich tief reingesteckt, findest du nicht?«

»Was Sie tun, ist unrecht. Ich weiß nicht, was Sie vorhaben, aber Sie begehen ein Verbrechen. Ich habe meine Nase reingesteckt, weil wir dachten, Liam, Kika und ich, dass wir ein Verbrechen verhindern könnten. Glauben Sie nicht, dass wir damit im Interesse eines wesentlich größeren Teils der Menschheit handeln als Sie?«

»Ja«, sagte die Frau. »Das tut ihr wohl.«

Er war irritiert. Er hatte erwartet und befürchtet, dass sie wieder auf ihn losgehen würde, aber offenbar reagierte sie auf Opposition mit Ruhe und Gelassenheit. Eigentlich machte sie auf Kuhn nicht den Eindruck einer blindwütigen Fanatikerin. Sofern man mit ihr reden konnte, würde seine einzige Chance eben darin bestehen. Zu reden.

Allmählich, trotz der nagenden Angst, schöpfte er wieder ein bisschen Mut.

»Werden Sie mir sagen, was Sie vorhaben?«, fragte er.

Sie runzelte die Stirn. Dann lachte sie kurz auf.

»Warum interessiert dich das?«

»Wenn ich sterben muss, damit Ihr Vorhaben gelingt, habe ich ein verständliches Interesse daran, oder?«

Sie hielt den Blick auf ihn gerichtet, während ihre Lider schwerer zu werden schienen. Dann drehte sie sich wortlos um und ging davon.

»Ich weiß, was Sie vorhaben«, schrie Kuhn ihr hinterher.

Sie verharrte.

»So«, sagte sie, ohne sich umzudrehen.

»Es ist ein Verbrechen! Keine Heldentat. Wenn Sie das tun, sind Sie nicht besser als jeder Ihrer Feinde.«

Es war ein Versuch auf gut Glück. Aber er brachte ein Resultat, wenn auch nicht ganz das, was Kuhn sich erhofft hatte. Sie fuhr herum und kam mit raschen Schritten zu ihm zurück. Ihre Augen blitzten vor Zorn.

»Und was weißt du, wer meine Feinde sind?«

»Ich … ich weiß es nicht, aber –«

»Dann sprich nicht darüber.«

»Sie sind keine Italienerin. Sie sind Russin oder Serbin. Sie –«

»Und wenn?«

»Ihr habt verloren«, schrie Kuhn wieder. »Ihr habt verloren, könnt ihr das nicht begreifen? Ihr – habt – verloren!«

Jetzt war alles aus. Alles vorbei.

Sie starrte ihn an.

»Ja, das mag sein«, zischte sie. »Aber ihr habt nicht gewonnen. Ihr habt Milošević nicht kleingekriegt, er ist immer noch da, und er wird euch weiterhin auf der Nase herumtanzen. Ihr habt nicht ihn und seine Truppen in die Steinzeit gebombt, sondern mein Volk und das Land, das ihr befreien wolltet. Eure Nato, euer Kanzler, der Präsident der Amerikaner, ihr denkt immerzu, die Frage nach dem Sieg sei eine Frage der technischen Überlegenheit. Die habt ihr weiß Gott demonstriert. Aber wie lange hat es gedauert, bis eure Technik den Diktator in die Knie gezwungen hat? Wer hatte alles zu leiden unter eurer Überlegenheit? Ihr redet von der Wiederherstellung von Werten und werft Bomben, aber wie viele serbische und albanische Werte habt ihr dabei vernichtet, wie viele Menschen sind dabei umgekommen?«

Ihr Atem schlug ihm entgegen. Kuhn drückte den Kopf in den Nacken und zog die Schultern hoch.

»Ihr habt euer elendes Gesicht wahren wollen«, fuhr sie fort. »Nur darum ging's euch. Verlogene Hunde! Ihr hättet das Bombardement tausendmal stoppen können, aber es wäre nicht mit eurem Verständnis von einem Sieg einhergegangen. Man muss das ganze schöne Spielzeug schließlich ausprobieren. Ihr infantilen Narren, was glaubt ihr eigentlich, wer ihr seid? Dieser Schwachkopf Bill Gates, kennst du sein letztes Buch?«

Kuhn schüttelte den Kopf.

»Aber ich. Es heißt *Business at the speed of light.* Du solltest es lesen, wenn du noch dazu kommst. Er hat ein Computerprogramm entwickelt, es heißt *Falcon View,* und er schreibt mit kindlicher Begeisterung darüber, man könne damit zum Beispiel jugoslawische Brücken zerstören. Ihr denkt, die Welt ist ein *Wargame!* Wir alle haben verloren, das ist die Tragödie. Unser Diktator hat sich über die Menschenrechte hinweggesetzt, eurer in Amerika über die Demokratie, er hat die UNO umgangen und Russland gedemütigt, um Menschen im Namen von Menschenrechten zu bombardieren! Und ihr wollt gewonnen haben?«

»Wir haben Milošević bombardiert«, versetzte Kuhn. »Wir –«

»Wer, wir? Die Deutschen? Warum die Deutschen? Weil die Nato gesagt hat, wenn wir mit Bomben drohen, dann wird auch bombardiert, wie stünden wir denn da? Oder weil ihr das ganze Gezeter satt hattet, wie man Hitler hätte stoppen können, wenn man ihm nur früher aufs Dach gestiegen wäre?«

»Na und?« Kuhn ballte die Fäuste. »Hätten wir lieber zusehen sollen, wie ihr ein paar hunderttausend Kosovaren abschlachtet? Und Russland, toll, sie haben einen Haufen Minderwertigkeitskomplexe mit ihrem alten Säufer an der Spitze, hätten wir sie deshalb auf den Knien bitten sollen, einem Massenmörder Einhalt zu gebieten? Gedemütigt, du lieber Gott, armer Osten, ihr tut mir ja alle so leid mit eurem Amselfeld und dem verlorenen Weltmachtstatus, zum Kotzen! Die Russen haben zugestimmt,

Milošević zu stoppen. Gerade die Russen sollten wissen, was das für Typen sind, die Massendeportationen und die Ausrottung ganzer Volksgruppen veranlassen, und wir in Deutschland wissen es am allerbesten. Darum haben wir zugeschlagen, darum war es richtig, es war richtig!«

Die Frau presste die Lippen aufeinander.

»Ja, ihr habt eure Probleme gelöst.«

Kuhn hing an seiner Kette und machte sich bewusst, was in diesen Minuten geschah. Ein Verschleppter, der möglicherweise nur noch kurze Zeit zu leben hatte, diskutierte mit seiner Entführerin über Krieg und Frieden.

Es war zum Heulen.

Aber vielleicht war es der einzige Weg.

»Ich… würde Sie gern mit einem Namen anreden«, sagte er. »Wenn ich… wenn es Ihnen nichts ausmacht.«

»Nenn mich Jana.«

Du hättest das nicht tun sollen, dachte er im selben Augenblick. Je mehr sie dir verrät, desto geringer wird die Chance, dass sie dich leben lässt. Aber jetzt war es ohnehin zu spät.

»Für wen arbeiten Sie, Jana?«, fragte er. »Für Milošević? Ist er derjenige, der diesen Wahnsinn will?«

»Das wäre einfach, was? Hübsch einfach. Aber die Welt ist nicht so einfach. Ich arbeite nur für einen einzigen Menschen.«

»Für wen?«

»Für eine Frau.«

Eine Frau?

»Und… wer…?«

Sie lächelte. Es war das erste Mal, dass Kuhn sie lächeln sah. Wie schade, dachte er, es ist ein Gesicht, das zum Lächeln geschaffen ist.

»Ich kenne sie noch nicht«, sagte sie beinahe heiter.

POLIZEIWACHE

»Sie kommen gerade richtig«, sagte Lavallier zu O'Connor. Er nahm eines der Fotos von seinem Schreibtisch und reichte es dem Physiker.

»Ist das der Mann, der Ihnen als Ryan O'Dea vorgestellt wurde?«

O'Connor starrte auf das Bild und gab es an Wagner weiter. »Ja.«

»Die Bilder sind eben von Europol reingekommen«, sagte Lavallier. »Sie entstammen einer Akte, die ihren Weg aus Belfast nach Dublin fand. Vor Jahren schon. Der Mann, für den die Akte angelegt wurde, heißt Patrick Clohessy.«

»Na also«, sagte O'Connor mit zufriedenem Gesicht und setzte sich. Er kam Lavallier nicht vor wie jemand, der sich vor Sorge verzehrt. Eher, als leite er selbst die Ermittlungen und habe seinem Assistenten gerade eine Lehre fürs Leben erteilt.

Lavallier beschloss, es zu ignorieren. Er nahm den Packen Ausdrucke zur Hand, den die Kollegen aus Dublin vor wenigen Minuten an Bär geschickt hatten, und ließ seinen Blick darüberschweifen.

»Hier steht außerdem, Clohessy habe von 1990 bis Ende 1998 aktiv in den Reihen der IRA gekämpft und trage die Teilverantwortung für eine Reihe von Anschlägen mit Sach- und Personenschäden. Es liegen diverse Haftbefehle gegen ihn vor.« Er sah auf. »Durch seine Mitschuld sollen Menschen gestorben sein. Hätten Sie ihm das zugetraut, Mr. O'Connor?«

»Mord? *Non, Monsieur le Commissaire.*«

»Tja. Er hat offenbar genug gehabt von seinen rebellischen Freunden. Es gibt Hinweise darauf, dass er Mitte '98 seinen Austritt aus der IRA erklärt hat. Die waren nicht gerade begeistert. Der wissenschaftliche Flügel der Armee hat ihm offenbar eine Menge zu verdanken.«

»Paddy?«, sagte O'Connor. »Ja, er war brillant.«

»Was hat er getan, dass man einen Mörder und Terroristen als brillant bezeichnen könnte?«, fragte Wagner.

Lavallier sah sie an. Er mochte sie für diese Frage.

»Zündungssysteme«, sagte er mit Blick auf die Ausdrucke. »Maßgeblich war er wohl an der Entwicklung einer Radarkanone beteiligt.«

»Und das Brillante daran?«

»Die Umstände«, mischte sich O'Connor ein. »Du musst dir vorstellen, dass die Briten immer schon bestens ausgestatte-

388

te Laboratorien, immense Budgets und ein Heer von Akademikern ins Feld führen konnten, während sich die Forschungsabteilung der IRA in irgendwelchen Kellern und Hinterzimmern herumdrückte. Dafür haben sie ganz schön raffinierte Schaltpläne ausgetüftelt. Die Engländer erfanden später ein System elektronischer Scanner, die Funkausstrahlungen aufspüren und stören können, Zehntelsekunden bevor der Bombenauslöser das Sprengsignal übermittelt. Aber die Radarkanone funktioniert anders. Sie können das Ding nicht orten. Man richtet es auf die Bombe, bevor man es einschaltet. Drückt dann einer aufs Knöpfchen, bleibt keine Zeit mehr, das Signal zu stören. Es ist sofort da.«

»Perfide«, sagte Wagner. »Abstoßend und abscheulich.«

»Vom wissenschaftlichen Standpunkt aus nicht«, sagte O'Connor. »Abscheulich ist immer nur, was man draus macht.«

Lavallier hatte ihm strinrunzelnd zugehört. Jetzt blätterte er weiter in den Ausdrucken. »Hier ist noch etwas, das er mitentwickelt haben soll. Lichtblitzzündung.«

»Simultane Blitze.« O'Connor nickte. »Ich weiß.«

»Das wissen Sie auch? Sie wissen ja allerhand.«

»Es ist mein Gebiet, wenn Sie gestatten. Ich arbeite mit Licht. Man benutzt ein Fotoblitzgerät, wie man es überall kaufen kann, zündet es in beträchtlicher Entfernung von der Bombe, aber nur, um einen weiteren Blitz anzuregen, der näher dran ist. Und so weiter, bis hin zur Bombe. Ein Blitz speist den nächsten. Zündung und Detonation erfolgen zeitgleich. Ganz einfach.«

Lavallier legte die Ausdrucke beiseite.

Lichtblitze! Bomben!

Es half alles nichts. Er musste die Geschäftsleitung verständigen. Seine Hand wanderte zum Telefon.

»Warten Sie«, sagte Wagner.

»Ja?«

»Mir ist etwas eingefallen. Eben im Hotel. Sie fragten, ob Kuhn komische Dinge gesagt hat.«

Lavalliers Hand verharrte über dem Hörer.

»Und?«

Sie zögerte. »Er sagte: *Ich glaube, ich bin heute nicht so ganz bei mir. Musste zu viel überbrücken in der letzten Zeit.*«

»Überbrücken? Was musste er denn überbrücken?«

»Keine Ahnung. Ich weiß es eben nicht. Die Formulierung wirkt irgendwie schief, schlecht gewählt. Es klingt, als wollte er sagen, ich musste zu viel aushalten, wegstecken, hatte zu viel um die Ohren. Jemand, der flüchtig zuhört, würde es vielleicht so verstehen. Aber überbrücken passt einfach nicht.«

»In welchem Jahr baute Moses seine Arche?«

»Was?«, fragte Lavallier verwirrt.

O'Connor breitete die Hände aus. »Ist doch ganz einfach. In welchem Jahr baute Moses seine Arche?«

Lavallier grinste dünn.

»Es war nicht Moses, Sie Schlaumeier.«

»Richtig. Aber die Frage ist so gestellt, dass man versucht ist, sich völlig auf das Jahr zu konzentrieren. Man überhört das Offensichtliche. Ich meine, wenn Kuhn nicht allein war, als er mit Kika sprach, wenn er nicht frei reden konnte, dann hat er versucht, ihr Hinweise zu geben. Er hat es so ausgedrückt, damit es klang wie: Hey, mir geht's nicht gut, ich bin durcheinander, war ein bisschen viel in letzter Zeit.

Vielleicht ist ihm die Finte ja geglückt, und seinen Mithörern ist entgangen, was er wirklich sagen wollte.«

Lavallier sah von ihm zu Wagner und wieder zurück.

»Ich bin nicht ganz bei mir«, wiederholte er langsam. »Soll heißen, ich bin bei jemand anderem. Sie haben mich entführt.«

O'Connor nickte.

»Und was er in letzter Zeit überbrücken musste, kurz vor Kikas Anruf…«

»Ist eine Brücke.«

»Ja. Der Ausgangspunkt seiner Überlegungen war das Maritim. Er ist auf der anderen Rheinseite, schätze ich.«

Lavallier starrte den Physiker einen Moment lang an. Dann wählte er die Nummer der Geschäftsleitung.

»Und?«, fragte O'Connor.

»Was und?«

»Da Sie ja nun über einen Sack voller Informationen verfügen…«

»Ich muss Sie bitten, vorerst zu bleiben.«

O'Connor verzog das Gesicht.

»Können wir wenigstens irgendwas tun?«, fragte Wagner. »Dieses Herumhängen macht mich krank.«

»Sie können Hauptkommissar Bär das Gleiche erzählen, was Sie mir erzählt haben. Er sitzt zwei Räume weiter. Wir bearbeiten den Fall zusammen, und er will Sie sehen.«

»Ich kann nicht endlos zur Verfügung stehen«, sagte Wagner. »Ich muss um halb fünf in Köln sein.«

»Gehen Sie zu Bär«, sagte Lavallier ungerührt. »Finden Sie heraus, was es mit der SMS auf sich hat. Besichtigen Sie den Flughafen. Gehen Sie was essen oder trinken, ich weiß nicht. Wenn Sie unbedingt nach Köln müssen, auch gut, aber seien Sie erreichbar.«

»Das Zeitalter der Erreichbarkeit«, philosophierte O'Connor. »E-Mail. Mobiltelefone. Ich wusste, dass die Sklaverei nicht wirklich abgeschafft worden ist.«

VERWALTUNG. GESCHÄFTSLEITUNG

Das Erste, was auffiel, wenn man das Büro betrat, waren zwei große, übereinander hängende Bilder zur Linken. Sie zeigten dieselbe merkwürdige Szenerie, einmal bei Tag und einmal in der Nacht. Saurierhafte Flugzeuge in einer Umgebung, die irgendetwas zwischen Wald, Vorfeld und Zoo darzustellen schien. Menschen schritten zwischen Maschendrahtabsperrungen auf die gigantischen Jets zu, Tieren gleich, die man durch Gittertunnel in eine Manege trieb. Wer sich die Mühe machte zu fragen, wurde belehrt, dass es sich bei dem Werk keineswegs um Kunst handelte, sondern um das neue Terminal 2 nach der Vorstellung eines der Architekten, die Anfang der Neunziger an der Ausschreibung des Flughafens um den Neubau teilgenommen hatten. Der aeronautische Jurassic Park war als Erstes aus dem Rennen gewesen, hatte allerdings seinen Weg in die Geschäftsleitungsetage und in Heinz Gombels Büro gefunden, wo er mit der Zeit dann doch zu etwas Kunstartigem avanciert war.

Bei seinen seltenen Besuchen hatte Lavallier dem Doppelbild jedes Mal eine Minute seiner Aufmerksamkeit geschenkt. Er mochte die Vision eines begrünten Flughafens. Heute hatte er keinen Blick dafür. Unmittelbar nachdem die Informationen über Paddy Clohessy hereingeflattert waren und Kika Wagner ihre Erinnerung wieder gefunden hatte, hockte er in Gombels Besucherecke und informierte vier ernst bis besorgt dreinblickende Männer über den Stand der Dinge.

Wie vorhin hatte jeder von ihnen seiner Einladung umgehend Folge geleistet. Neben Gombel saß der Technische Direktor Wolfgang Klapdor, der gleich um die Ecke residierte und sich seit Anbeginn der Bauzeit mit Behörden und Ämtern um Beglaubigungen und Genehmigungen für die Fertigstellung des neuen Terminals herumprügelte. Klapdors Markenzeichen waren Vollbart und Halbbrille am Band. Lavallier wartete ständig darauf, ihn aus einer Zigarettenspitze rauchen zu sehen, was den Eindruck eines distinguierten Kaffeehaus-Literaten komplettiert hätte.

Neben ihm lehnte Peter Stankowski in den schwarzen Lederpolstern, der Verkehrsleiter, ebenfalls bärtig und von Natur aus grimmig wirkend. Der vierte Mann im Raum hieß Dieter Knott. Er war der stellvertretende Verkehrsleiter. Beiden oblag die logistische Seite der Gipfel-Landungen, das VIP-Zelt, die Koordination der Presse und die protokollarische Seite. Sie standen in direkter Verbindung mit dem Auswärtigen Amt, wo man für die Geschichte, die Lavallier zu erzählen hatte, kaum mehr Begeisterung aufbringen würde als hier in diesem Büro.

Lavallier schloss seinen Bericht ab, legte die Fingerspitzen aufeinander und nickte bekräftigend.

»Das also sind die Neuigkeiten.«

Eine Atmosphäre des Unbehagens hatte sich ausgebreitet. Einen Moment lang sagte niemand etwas. Die Männer sahen auf ihre Füße oder in Lavalliers Augen, als erwarteten sie nach der Darlegung des Problems nun die Lösung.

»Unschön«, brummte Gombel. »Ich sagte doch, wir können nichts Ernstes gebrauchen.«

Klapdor räusperte sich.

»Was wissen wir über diesen O'Dea, was nicht in unseren Akten steht?«, fragte er.

Lavallier schüttelte den Kopf.

»Nichts.«

»Das ist nicht eben viel.«

»Ich schätze, Ryan O'Dea hat bis vor einem halben Jahr noch gar nicht existiert. Ich bin sogar sicher, dass er es bewusst vermieden hat, Freundschaften zu knüpfen. Beschäftigen müssen wir uns also mit Patrick Clohessy. Und das sieht gelinde gesagt nicht gut aus.«

»Sie sagten, er war bei der IRA…«

»Ja, richtig, bei der IRA«, unterbrach ihn Stankowski. »Na und? Machen wir nicht die Pferde scheu. Die IRA hat nie außerhalb der Britischen Inseln operiert.«

»Wie man's nimmt«, wandte Knott vorsichtig ein.

»Wieso?«

»Den Semtex-H-Plastiksprengstoff, mit dem sie Ende der Achtziger so gern rumspielten, hat ihnen zum Beispiel Gaddafi geschickt, für spezielle Dienste.«

»Ach, Gaddafi! Das ist über zehn Jahre her.«

»Ich weiß, worauf Sie hinauswollen«, sagte Lavallier. »Wir haben heute Morgen schon die Frage erörtert, ob es die Landungen betrifft. Keine Ahnung, um ehrlich zu sein. Kommissar Bär hat so eine Theorie, wonach es sich um einen internen Clinch der Iren dreht.« Er zögerte. »Andererseits könnte man sich die Frage stellen, was ein IRA-Aktivist dort verloren hat, wo in Kürze Tony Blair landen wird.«

Verschiedentlich wurde scharf die Luft eingesogen.

»Das würden sie nicht wagen.« Knott schüttelte heftig den Kopf. »Nicht so kurz vor der Nordirland-Lösung.«

»Warum nicht?«, sagte Gombel. »Sie wollten auch Thatcher in die Luft sprengen, vierundachtzig in Brighton.«

»Das war eine andere Zeit.«

»Und Major ebenfalls.«

»Aber getan haben sie's dann doch nicht.«

»Vielleicht ist ihnen aufgegangen, dass sie den Engländern damit eine zu große Freude bereitet hätten. Aber Sie haben Recht. Blair ist ihr Garant für den Frieden, oder nicht?« Gombel sah Lavallier an. »Warum sollten sie Blair umpusten, wo sich die Wogen gerade glätten?«

»Das sehen Sie zu idealistisch«, sagte Lavallier. »Ich bin kein Irlandexperte, aber wenn die IRA ihrer Entwaffnung zustimmt und die Iren sich mit den Engländern einigen, zerschlägt sich eine Riesenorganisation. Sinn Fein, der legale Flügel, ist zerrissen, die IRA gespalten. Der harte extremistische Kern wird weiterkämpfen. Die meisten von ihnen sind hoffnungslos kriminalisiert, was sollen sie tun, wenn sich der Streit mit den Engländern erledigt hat? Ich meine, was tut der KGB, und der war immerhin legal? Es ist schon mehrfach passiert, dass IRA-Extremisten gemordet haben, einfach um einen Friedensprozess zu stoppen, der sie arbeitslos machen würde. Nicht alle in Irland wollen diesen Frieden. Glauben Sie im Ernst, wenn es Blair hier und heute erwischt, hier in Köln, würde sich London noch eine Minute mit denen an den Tisch setzen?«

Klapdor zupfte am Band seiner Brille.

»Ich verstehe«, sagte er langsam. »Sie geben uns zu bedenken, dass wir im schlimmsten Fall die prominenten Flüge umleiten sollen.«

Es war raus.

Lavallier seufzte. Clinton, Jelzin, Blair und die übrigen Politiker des Gipfels auf andere Flughäfen umzuleiten, würde einem Alptraum gleichkommen. Aber ein Anschlag wäre noch viel schlimmer.

»In letzter Konsequenz wird das BKA diese Entscheidung zu treffen haben«, sagte er. »Oder die Amerikaner. Und das werden sie so lange nicht, bis ich eine entsprechende Empfehlung ausgesprochen habe.«

Stankowski schüttelte wütend den Kopf.

»Sehen Sie«, fuhr Lavallier fort, »ich hoffe auf weitere Ergebnisse. In den nächsten Stunden kann ich mehr dazu sagen und…«

»Solange Sie nichts anderes haben als diese Räuberpistole, sehe ich keine Veranlassung, das Programm zu ändern! Herrgott! Die Russen, die Serben, die Algerier, die Kurden, selbst der Irak, alle backen kleine Brötchen, und da kommen Sie mit der IRA!«

Lavallier verstand die Erbitterung des Verkehrsleiters. Er und Knott hatten monatelang jede Kleinigkeit mit den ausländischen Delegationen verhandelt, bis das Protokoll stand. Bestand er darauf, die Flüge umzuleiten, wäre das glanzvolle Willkommen dahin. Unendliche Mühe wäre umsonst gewesen. Ein paar Außenminister, ein paar Diplomaten, während die Häuptlinge Frankfurt oder Düsseldorf beehrten.

Die Vorstellung war schrecklich!

Eine Weile herrschte Schweigen.

»Gut, Lavallier«, sagte Gombel schließlich. Er versuchte sich an einem Lächeln. Es misslang. »Sie tun Ihr Bestes. Noch haben wir keinen Beweis für einen Anschlag auf das Leben der Staatsgäste, nicht? Schauen wir erst mal. Wir können auch später noch die Reißleine ziehen, was?«

»Ich schließe mich dem an«, knurrte Stankowski.

Schön, dachte Lavallier, dann schließ dich an. Lass Clohessy eine Bombe versteckt haben, die uns durch die Lappen gegangen ist, und dein schönes neues Terminal fliegt dir um die Ohren.

Laut sagte er: »Nein, natürlich haben wir keine Beweise. Das ist es ja, was ich eingangs meinte.« Er erhob sich und strich sein Jackett glatt. Im Moment hatte er das Gefühl, als sei es ihm in der letzten Stunde zu eng geworden. »Aber wenn sich die Anzeichen mehren, dass es doch was mit uns zu tun hat, muss ich Sie bitten, sich etwaigen Konsequenzen nicht zu verschließen.«

»Natürlich«, nickte Knott.

»Mann, wir haben *Clinton*«, fuhr Stankowski auf. »Glauben Sie, wir lassen uns *Clinton* durch die Lappen gehen?«

»Ist ja noch gar nicht raus, ob …«

»Der Secret Service hat den ganzen verdammten Flughafen umgestülpt! Hier ist nichts! In Düsseldorf, du lieber Himmel, wenn er da landet, kann er sich gleich selbst erschießen, aber wo soll denn –«

»Es sagt doch gar keiner, dass er in Düsseldorf landet«, versuchte Klapdor den aufgebrachten Verkehrsleiter zu beruhigen.

»Wo soll denn hier was versteckt sein? Lavallier, Mensch! Haben wir irgendetwas übersehen?«

Lavallier schüttelte den Kopf.

»Nein.«

»Mannomann! Verdammt!«

Knott seufzte. Klapdor sah die Bilder an. Gombel strich sich nachdenklich über die Glatze.

»Na gut«, sagte er. »Es wäre schon eine Schande, nicht? Könnte der Flughafen schlecht gebrauchen in dieser Phase. Aber was ist, das ist. Lassen wir Lavallier seine Arbeit machen, in Ordnung?«

»Ja, finden Sie den Scheißkerl«, schnaubte Stankowski. »Sie haben unsere Gebete.«

»Wir tun, was wir können«, sagte Lavallier.

Gombel brachte ihn nach draußen und schüttelte ihm die Hand.

»Sie machen das schon«, sagte er leise. »Stankowski sieht das nicht anders. Ich wäre an seiner Stelle auch sauer, aber er vertraut Ihnen ebenso wie ich. Es ist Ihre Entscheidung.«

Lavallier nickte unglücklich.

Es war eine gute Zusammenarbeit zwischen ihm, der Geschäftsleitung, Stankowski, Knott und den anderen, die in das Procedere der Landungen involviert waren. Während er die Treppen hinuntertrottete, rief er sich in Erinnerung, unter welch enormem Druck sie alle standen. Trotzdem kamen sie blendend miteinander aus, nur dass dieser Druck mit jedem Tag, den die Ankunft der Spitzenpolitiker näher rückte, immer mörderischer wurde. Jeder war ergriffen von den höheren Weihen, die dem Airport zuteil wurden, aber die Nerven lagen umso blanker.

Ohnehin war man hier in einer schwierigen Situation. Das ehrgeizige Projekt des neuen Terminals konnte nicht darüber hinwegtäuschen, dass KölnBonn in der Öffentlichkeit nach wie vor eklatante Imagedefizite aufwies. Als Beamtenflughafen entstanden, klein und provinziell, im Niemandsland der Heide, hatte ihn jahrelang keiner so recht zur Kenntnis genommen. Selbst nachdem immer mehr Airlines KölnBonn anflogen, hatten Kölner Reisebüros Urlauber mit beharrlicher Regelmäßigkeit in Düsseldorf eingebucht. Der Schatten der Nachbarstadt hatte jahrelang auf KölnBonn gelastet wie ein böser Fluch. Man gab sich alle Mühe, das Angebot zu erweitern, flog auf die Seychellen und in die Karibik, aber wer vier Kilometer weiter in einem Reisebüro der Kölner Innenstadt zwei Wochen Dominikanische Republik buchte, musste sich jemanden suchen, der ihn morgens früh um fünf nach Düsseldorf fuhr.

Dann kam die Katastrophe.

Der Brand am Düsseldorfer Flughafen änderte alles. Über Nacht platzte der ehemalige Heideflughafen Köln plötzlich aus allen Nähten. Der ohnehin geplante Ausbau war damit beschlossene Sache. In halsbrecherischem Tempo entstanden zwei neue Parkhäuser. Neue Touristiker, neue Airlines kamen hinzu, ein erweitertes Linienangebot. Jede nur erdenkliche Kurve tendierte nach oben und schuf ein Klima der Zerreißprobe zwischen den Bewahrern und den Visionären in KölnBonn. Mittlerweile fehlte kaum eine namhafte Fluggesellschaft mehr auf den Anschlagtafeln, kaum ein Reiseveranstalter, der etwas auf sich hielt, kaum ein Ziel, das nicht angeflogen wurde. Augenblicklich traten sich im ehemals beschaulichen Terminal 1 die Fluggäste gegenseitig auf die Füße. Das neue Terminal würde sechs weitere Millionen Menschen jährlich fassen – was die Frage aufwarf, ob sich die Propheten des Wachstums zuletzt nicht doch fürchterlich verschätzt hatten.

Hier lag die Angst.

Lavallier wusste, dass immer noch zu wenig Menschen eine ungefähre Ahnung davon hatten, was im Heideland wirklich passierte. Die Presse erwies sich dabei als wenig hilfreich. Sie schürte Ressentiments, indem sie mit nervtötender Regelmäßigkeit die Nachtflugfrage in den Fokus rückte und das neu entstehende Terminal eher ignorierte. Nun jedoch stand der Köln-Bonn Airport im Mittelpunkt eines Interesses, das über Köln oder Nordrhein-Westfalen weit hinausging. Die Landungen der weltpolitischen Elite schienen zu bestätigen, was man im Herzen immer schon gewusst hatte. Dieser Flughafen hatte Weltformat. Nichts hätte gelegener kommen können als solch illustre Publicity.

Und nichts war katastrophaler als ein terroristischer Anschlag!

Niemand wollte einen Anschlag. Aber genauso wenig wollte man eine verpatzte Sternstunde!

Während Lavallier zurück zum Revier ging, fragte er sich, wie sie wohl reagieren würden, wenn er ernsthaft darauf bestand, die Flüge umzuleiten. Seine vorgesetzte Dienststelle, der Leiter Secret Service für den Bereich Ankunft, sie alle vertrauten ihm. Er konnte lediglich die Empfehlung aussprechen, aber sie würden der Empfehlung aller Wahrscheinlichkeit nach folgen. Dennoch wünschte sich Lavallier in diesem Moment, ohne jeden Einfluss zu sein. Er hasste es, darüber nachzudenken, wie er allen den Spaß verdarb, um am Ende vielleicht festzustellen, dass er sich geirrt hatte.

Mit zusammengebissenen Zähnen stieß er die Tür zur Wache auf.

Stankowski hatte Recht. Sie hatten Clinton. Sie hatten sich abgerackert dafür, dass der mächtigste Mann der Welt hier landen konnte.

Er schwor sich, alles zu unternehmen, damit es auch geschah!

Lavallier war sich nicht sicher, ob er Wagner und O'Connor noch antreffen würde nach seinem Gespräch mit der Geschäftsleitung. Statt dessen fand Lavallier sein Büro im Belagerungszustand vor. Überall standen Kaffeetassen herum. Bär war da und O'Connor, Wagner, Mahder sowie jemand, der einen Overall trug und den er nicht kannte. Sie hatten sich vor dem Fenster versammelt, und jeder schien sich mit jedem zu unterhalten.

»Peter«, zischte er.

Bär wandte den Kopf, erblickte Lavallier und kam zu ihm herüber.

»Dieser O'Connor ist ein Phänomen«, sagte er leise. »Er hat mir die ganze Geschichte erzählt, ich muss schon sagen…«

»Ich weiß, dass er ein Phänomen ist«, antwortete Lavallier. »Mich würde interessieren, was das Phänomen gerade tut. Leitet er schon die Ermittlungen, oder haben wir noch eine Chance?«

»Warte.« Bär senkte seine Stimme noch mehr. »Ich habe ihn überprüft, er scheint sauber zu sein. Sehr prominent. Er ist tatsächlich für den Physik-Nobelpreis nominiert und hat sieben Bücher geschrieben, die sich allesamt verkaufen wie blöde. Auf der ganzen Linie beneidenswert, ich meine, er sieht ja weiß Gott nicht schlecht aus…«

»Ja, ja, ja«, unterbrach ihn Lavallier.

Bär lächelte geheimnisvoll. »Das ist aber noch nicht alles.«

»Nicht? Was ist er noch? Mitglied der Royal Family?«

»Nein, er ist beinahe vom College geflogen. Und weißt du

auch, warum? Weil er und Clohessy sich des Sympathisanten-tums mit der IRA verdächtig gemacht haben.«

Lavallier stutzte. Er sah aus den Augenwinkeln zum Fenster herüber. O'Connor beschrieb soeben irgendwelche Dinge mit großer Geste.

»Sympathisant?«, fragte er. »Oder mehr?«

»Nachweislich nicht mehr. Im Gegensatz zu Clohessy. Aber das will ja nichts heißen.« Er machte eine Pause. »Vielleicht hatten sie in den letzten Jahren mehr Kontakt zueinander, als O'-Connor vorgibt.«

»Ah, *Monsieur le Commissaire!*«

O'Connor hatte ihn erspäht. Die Gruppe löste sich auf und kam vom Fenster herüber. Plötzlich fand sich Lavallier im Mittelpunkt. Mahder schob den Mann im Overall nach vorne.

»Josef Pecek«, sagte er.

»Angenehm«, sagte Pecek. Er war klein, muskulös und untersetzt, mit drahtigem schwarzem Haar und dunklen Augen.

»Wir kennen uns bereits«, ergriff O'Connor das Wort, bevor Lavallier etwas sagen konnte. »Gestern Nachmittag auf dem Flughafen war er in… äh, Ryan O'Deas Begleitung, sie haben verschiedene Male miteinander gearbeitet. Sehen Sie? Pecek ist unser Mann! Sie müssen ihn nur noch fragen.«

Der Alkoholgeruch, den O'Connor am frühen Morgen ausgeströmt hatte, war weitestgehend verschwunden. Der Ire strahlte ihn an. Die Augen in dem gebräunten Gesicht blitzten, und Lavallier hatte das Gefühl, in Bedeutungslosigkeit zu versinken.

»Ich…«

»Können wir Kuhn nicht noch einmal anrufen?«, bat Wagner. Lavallier hob die Hände.

»Langsam! Eins nach dem anderen. O'Connor, Sie setzen sich jetzt mal da rüber.« Er atmete tief durch und wies auf den kleinen Konferenztisch schräg gegenüber vom Schreibtisch. »Nein, Sie setzen sich bitte alle.«

Er wartete, bis sie sich an dem runden Tisch verteilt hatten. Da gefielen sie ihm zumindest besser als am Fenster.

»Bleiben Sie sitzen«, sagte er mit erhobenem Finger. »Ich komme gleich wieder.«

Er zog Bär am Ärmel hinaus auf den Flur und deutete hinter sich.

»Was soll diese Partygesellschaft?«

»Ich konnte nichts dafür«, verteidigte sich Bär. »Mahder brachte Pecek mit, sie sind zu dir ins Büro, und da trafen sie auf Wagner und O'Connor. Ich kam dazu, die Unterhaltung kam in Gang, na ja.«

»Das heißt, wir können es vergessen, Pecek unter sechs Augen zu verhören.«

»Das hat gewissermaßen schon O'Connor –«

»Verdammt! So ein Idiot.«

»Eric…«

»Du bist auch ein Idiot.«

»He, nun mal langsam, so wild ist das alles gar nicht. Weder Mahder noch O'Connor haben Pecek irgendwelche Informationen gegeben. Dieser Physiker tut sich bloß dicke, um dir eins auszuwischen.«

»Mir eins auszuwischen? Na, toll! Warum denn eigentlich?«

»Der ist so! Purer Übermut, was regst du dich auf.« Bär zog an seiner Zigarette. »Eric, im Ernst, Pecek weiß nicht, worum es geht, er weiß auch nicht, dass sein Kumpel Ryan eigentlich Paddy heißt. Alles klar?«

»Was soll denn klar sein? Habt ihr Pecek überprüft?«

»Ja, natürlich.«

»Und?«

»Es liegt nichts gegen ihn vor. Untadeliger Lebenslauf.«

Lavallier schnaubte. Er sah zur Tür seines Büros und dann wieder zu Bär.

»Was ist mit O'Deas – ich meine Clohessys Wagen?«

»Noch nicht gefunden. Hör zu, du hast mich eben ja nicht ausreden lassen…«

»O'Connor hat uns nicht ausreden lassen«, berichtete ihn Lavallier verärgert.

»Wie auch immer. Punkt eins, es gibt in unseren Akten keinen Derjak. Das Ähnlichste war ein Ten Haake aus Belgien, und der sitzt. In ganz Europa haben wir niemanden dieses Namens, wie es aussieht. Jetzt brüten die Amerikaner über der Sache.«

»Gut. Zweitens.«

»Wir haben versucht, Kuhn auf seinem Handy zu erreichen, zwecklos. Wir probieren es weiter. Dafür hat uns Dublin ein paar dezidierte Informationen zu Clohessy zukommen lassen. Sie wissen natürlich auch nicht alles, aber dass Clohessy mit der IRA gebrochen hatte und von denen gesucht wird, scheint sich zu bestätigen.«

Lavallier zog die Brauen zusammen.

»Das heißt, Clohessys falsche Identität…«

»Na ja, wir wollen nicht allzu optimistisch sein. Aber wie es aussieht, könnte es sich tatsächlich um eine interne Sache der Iren handeln. Clohessy wollte offenbar raus, weil er zu dem Schluss gelangte, die IRA hätte sich erledigt. Alles, was jetzt noch folgen würde, wäre kein Kampf mehr um eine gerechte Sache, sondern nur noch Terror aus Perspektivlosigkeit.«

»Woher wissen die das?«

»Von V-Leuten aus Ulster. Er hat versucht, sich friedlich abzusetzen, aber sie wollten ihn nicht gehen lassen.«

Dasselbe, was ich eben der Geschäftsleitung erzählt habe, dachte Lavallier. Der extremistische Flügel wird weitermachen, ungeachtet dessen, ob es einen Sinn ergibt oder nicht. Clohessy dürfte ein wandelndes Verzeichnis der technischen Intelligenz der Iren sein. Einer der wenigen, die im Stande wären, den Engländern wirklich zu helfen im Wettlauf um die ausgefeilteste Technologie, weil er wusste, wie die IRA dachte.

Es war sonnenklar, dass sie ihn erledigen mussten.

»Wir haben auch Kuhn überprüft«, sagte Bär.

»Und?«

»Alter Achtundsechziger. Hat sich in den Studentenrevolten engagiert, aber eher als Mitläufer. Hier und da ein bisschen aufgefallen durch Äußerungen zur Situation der Dritten Welt, nichts Ernsthaftes. Dasselbe unausgegorene Zeug, das auch Baader-Meinhof umtrieb, allerdings gibt es keine Berührungspunkte zu RAF, Bewegung 2. Juni, Rote Zellen und wie sie alle hießen. Eine Nacht im Knast verbracht, weil er den einzigen Stein in seinem Leben geworfen und dummerweise sofort jemanden getroffen hat. Danach wird er bürgerlich und tüchtig. Karriere durch verschiedene Verlage, einige Jahre als Korrespondent in den Staaten, mittlerweile Cheflektor bei Rowohlt und O'Connors persönlicher Betreuer.«

»Politisch engagiert?«

»Eher retrospektiv und theoretisch. Aber er scheint ein fähiges Köpfchen zu sein. Wir haben seinen Verlag angerufen, er hatte natürlich keinerlei Anweisung, heute irgendwohin zu fahren.«

»Klar. Was hast du denen erzählt?«

Bär winkte ab. »Nichts. Sie wollten natürlich tausend Dinge wissen.

Interessant ist, dass diese Kirsten Wagner – O'Connor nennt sie Kika – als Wachhund auf O'Connor angesetzt wurde. Sie ist seine Pressereferentin, aber ihr eigentlicher Auftrag lautete sicherzustellen, dass er nicht zu sehr über die Stränge schlägt.«

»Mir kommt es vor, als hätte sich der Wachhund an die Leine legen lassen«, sagte Lavallier zweifelnd.

»Mir auch. Kuhn und O'Connor kennen sich jedenfalls eine ganze Reihe von Jahren. Ich weiß nicht, was sie über den Job hinaus miteinander verbindet, aber nehmen wir mal an, Clohessy glaubt – es würde ja reichen, wenn er es nur glaubt –, O'Connor sei ihm im Auftrag der IRA auf den Fersen. Er wird natürlich unruhig. Nachts sieht er O'Connor und Wagner dann vor seinem Haus stehen, und Kuhn rückt ihm sogar auf die Bude.«

»Hm.«

»Gefällt dir nicht, was?«

»Doch«, beeilte sich Lavallier zu versichern. »Es gefällt mir sehr gut. Weißt du, es gefällt mir irgendwie zu gut. Es würde so viele Probleme lösen, dass ich gar nicht wage, weiter darüber nachzudenken, nur dass mir diese SMS nicht schmeckt: *Derjak schießt, Pieza, Spiglen* und der ganze Rest. Sie passt irgendwie nicht in deine Theorie. – Haben wir übrigens was in Clohessys Wohnung gefunden?«

»Nichts, was auf einen Kampf hindeutet. Keine signifikanten Fusseln, Haare, ich sagte ja, es scheint, als sei er überhastet aufgebrochen und habe ein paar Sachen mitgenommen. Sein Mobiliar kannst du an einer Hand abzählen. Die Spurensicherung hat einiges sichergestellt. Sie nehmen es gerade unter die Lupe. Sie haben einen Block gefunden, Clohessy muss etwas mit der Hand darauf geschrieben und das Blatt dann abgerissen haben, aber die Schrift hat sich durchgedrückt. Vielleicht eine Spur.«

»Na gut. Gehen wir wieder rein.«

»…lade Sie gern zum Mittagessen ein«, sagte Mahder gerade zu Wagner, als sie das Büro betraten.

»Sehr gern, wir müssen ohnehin…«

»…gibt kein verbindliches Rezept für Irish Stew«, hörten sie O'Connor dazwischen zu Pecek sagen. »Die Vermutung liegt nahe, dass Irish Stew ebenso eine Erfindung der Deutschen ist wie die Pizza, die von den Süditalienern in den späten Sechzigern übernommen wurde und…«

»Ach. Ich dachte eigentlich immer…«

Lavallier schüttelte den Kopf, schickte Mahder, O'Connor und Wagner mit Bär in dessen Büro und sprach einige Minuten allein mit Josef Pecek. Der Techniker wusste wenig über Ryan O'Dea zu sagen. Sie hatten zusammen am Terminal 2 gearbeitet und zwei-, dreimal an den Hangars. Seiner Erfahrung nach war O'Dea ein Mann, der über seine Vergangenheit nicht gern sprach.

»Er hatte etwas Gehetztes«, sagte Pecek. »Ich konnte es in seinen Augen lesen. Und einmal hat er etwas gesagt, was ich behalten habe, weil es so merkwürdig klang. Dieser Job hier, sagte er, dieses Leben sei seine letzte Chance. Ich glaube, er wünschte sich nichts mehr, als in Ruhe gelassen zu werden.«

»Sie haben ihn nicht gefragt, was er damit meinte?«

»Wie schon gesagt, er wollte in Ruhe gelassen werden. Ich bin ein einfacher Mensch, Herr Kommissar. Wenn mir jemand sagt, er will in Ruhe gelassen werden, dann lasse ich ihm seine Ruhe.«

Lavallier sann darüber nach. Dann schickte er Pecek zurück an seine Arbeit, studierte die Liste der Einsätze, die Mahder ihm mitgebracht hatte, und ließ sich mit Stankowski verbinden.

»Brauers Leute und die Technik kriechen seit einer Stunde überall herum, wo Clohessy jemals Hand angelegt hat«, sagte der Verkehrsleiter. »Sie finden nichts. Nicht mal einen Kratzer.« Er machte eine Pause. »Lavallier, im Ernst, ich will ja nichts verharmlosen, aber wir hatten gestern eine umfassende Detailbesprechung mit Major Tom. Es ist alles auf Herz und Nieren gecheckt. Sind Sie sicher, dass die Geschichte mit Clohessy unsere Landungen betreffen könnte?«

Könnte. Würde. Wenn und Aber.

Lavallier seufzte. Er wusste, dass das USDAO, Stankowski und Knott am Tag zuvor drei Stunden im finalen G-8-Meeting verbracht hatten. Die SI, das Auswärtige Amt, Feuerwehr, Luftraumkontrolle, Militär, alle hatten sich eingefunden, um tausendmal besprochene Dinge noch einmal zu besprechen. Major Nader seinerseits hatte zwei Vertreter der Air Force One mitgebracht. Die Verkehrsleitung hatte jede Garantie dafür abgegeben, dass alles verlaufen würde wie geplant.

»Nein«, sagte Lavallier. »Ich bin nicht sicher.«

»Eric.« Immer, wenn er es wirklich ernst meinte, wechselte Stankowski zu Lavalliers Vornamen. »Tun Sie, was Sie tun müssen. Sie wissen, dass Ihnen keiner reinredet. Aber bedenken Sie, dass wir uns bis auf die Knochen blamieren würden. Das USDAO hat kein Problem damit, wenn wir ernsthafte Bedenken anmelden. Die Sicherheit ihres Präsidenten geht ihnen über alles. Aber sie hätten bestimmt ein Problem damit, wenn wir ihnen wochenlang erzählen, es sei alles in Ordnung, und dann stellt sich in letzter Minute raus, dass wir nicht mal unsere eigenen Leute vernünftig überprüfen. Die Sache mit O'Dea ist *peinlich!* Sie ist *beschämend!* Wir müssten die Hose weiter runterlassen, als ein Paar Beine lang ist!«

»Ja. Ich weiß. Wir werden sie nicht runterlassen.«

»Versprechen Sie mir das?«

»Ich kann Ihnen nichts versprechen.« Lavallier verdrehte die Augen. »Herrgott, glauben Sie, mir macht das Spaß?«

Stankowski schwieg einen Moment.

»Natürlich nicht«, sagte er. »Tut mir leid. Ich möchte ungern in Ihrer Haut stecken.«

»Ich stecke selbst ungern drin.«

»Sie machen das schon.«

Lavallier legte auf und stand eine Weile reglos da.

Sie machen das schon. Kaum einer, der ihm an diesem Morgen nicht versichert hätte, er würde das schon machen.

Es war zum Auswachsen. Nichts wäre befreiender gewesen als die Bestätigung, dass Bär mit seiner Version Recht behielt.

Aber auch so drohte der Fall O'Dea den kompletten Tagesablauf zu lähmen, ausgerechnet heute, wo tausend Vorbereitungen zu treffen waren. Um die Landung der russischen Iljuschin hatte er sich schon nicht kümmern können. Wenigstens die Kanadier wollte er am Nachmittag persönlich in Empfang nehmen.

Hatte er vorhin nicht gehört, wie Mahder Wagner und O'Connor zum Mittagessen eingeladen hatte?

Das war gut. Es war die beste Idee seit langem. So hatte er sie in seiner Nähe und zugleich aus den Füßen.

FLUGHAFENGELÄNDE

Die Kantine lag im alten Terminal. Martin Mahders Büro lag in der Verwaltung, die dem Flughafen – ebenso wie die Hauptpolizeiwache und das Holiday Inn – einen halben Kilometer vorgelagert war. Er wohnte unweit des Geländes in Porz. Normalerweise fuhr er zum Mittagessen nach Hause. Für Wagner und O'Connor machte er eine Ausnahme und erklärte sich bereit, sie zum zentralen Parkplatz zu chauffieren, den das Hufeisen des alten Terminals umschloss.

Als sie die Polizeiwache hinter sich gelassen und eine hoch gelegene Straße unterquert hatten, fiel Wagners Blick auf eine kleine Koppel.

»Pferde!«, rief sie verblüfft.

Mahder lachte.

»Ja, romantisch, was? Sie gehören der Polizei. Hohe Staatsgäste und andere Prominenz werden schon mal von der Kavallerie abgeholt.«

Wagner wandte den Kopf nach hinten. Die Koppel wurde rasch kleiner. Der Anblick der drei Pferde auf dem von mehrspurigen Straßen eingelagerten Rasenstück wirkte beinahe surreal. Sie fuhren weiter auf das Terminal zu. Links neben und über ihnen verzweigten sich die Zubringer, zur Rechten gewahrte sie eine riesige Fläche aus Sand und Schutt, der die Gerippe gerade begonnener Auffahrten entwuchsen. Es kam ihr vor, als habe ein Besessener das Gewirr aus hohen und ebenerdig gelegenen Straßen und Wegen in einem Anfall von Schaffenswahn begonnen, um dann mittendrin jedes Interesse zu verlieren. Etwas Apokalyptisches haftete dem Szenario an, als seien die Dinge nicht so sehr im Entstehen als vielmehr Zeugnisse einer zivilisierten Vergangenheit, bevor der große Sturm alles hinweggefegt hatte, Flugzeuge, Technik, Fortschritt und Menschen, um wieder Platz zu schaffen für Bäume, Pferde und die Abgründe des Instinkts.

Mahder deutete auf das Band des alten Zubringers, der sich auf mächtigen Säulen zur Abflugebene hochschraubte.

»Das reißen sie alles ab«, sagte er. »Das Problem mit den alten Zubringern wäre, dass sie direkt durch den neuen Flughafen hindurchstoßen und ihn in der Mitte zerteilen würden. Die neue Straßenführung nimmt ihn von außen in die Zange.«

»Wo ist denn nun das berühmte Terminal 2?«, fragte Wagner.

Mahder lachte erneut. Sein blonder Schnurrbart klappte nach oben und gab eine Reihe schlecht gemachter falscher Zähne frei.

»Gut versteckt.«

»Ich habe gestern schon danach gesucht.« Sie zeigte auf eine breite Front mit Stahlnetzverkleidung und Spiralauffahrt jenseits des Zubringers. »Das da ist ja wohl das Parkhaus.«

»Ja, das größte Europas. Toll, was? Unser neues P2. Schon schick. Das neue Terminal entsteht dahinter. Liegt an der augenblicklichen Straßenführung, dass Sie es nicht so gut sehen können.« Mahder steuerte den Wagen unter dem Zubringer hindurch, der jetzt eine Kurve beschrieb und sich hinauf zur Abflugebene wand. Er zeigte auf eine Stelle hinter dem Parkhaus. »Passen Sie auf, jetzt ... zwischen der Parkhausauffahrt und dem alten Terminal ... sehen Sie den Glasbau?«

Wagner folgte seiner ausgestreckten Hand. Jenseits des P2 wuchs etwas in die Höhe, das auf den ersten Blick wie ein gigantisches Gewächshaus anmutete. Die Konstruktion war licht und filigran, trotz der kolossalen Ausmaße. Wagner sah nur einen Teil. Es war schwer zu sagen, wie groß das Ding insgesamt war, aber es schien ziemlich groß zu sein.

»Wenn wir damit fertig sind, haben wir hier Europas modernsten Airport«, sagte Mahder. »Kein anderes Terminal in der Welt hat gläserne Fluggastbrücken. Es steckt voller Raffinessen.«

»Sie scheinen ja mächtig stolz darauf zu sein«, bemerkte O'Connor.

»Ja, sicher.« Mahder hob die Brauen. »Warum auch nicht?«

»Und das bekommen Sie alles unter einen Hut? Den kompletten Umbau und die Landung einiger Dutzend Staatsmänner?«

»Ach, wissen Sie, der Flughafen erlangt Bedeutung durch das eine wie das andere. Ansonsten tangieren die Landungen den Umbau selten. Weiter hinten, an den Landebahnen und Hangars, da legen wir schon mal für ein Stündchen die Arbeit nieder, wenn jemand Wichtiges reinkommt. Alles ruht, die Prominenz macht winke, winke, steigt in ihre Limousine, und wir hauen wieder rein, als sei nichts gewesen.«

»Klingt nicht sonderlich beeindruckend.«

»Wir kriegen ja gar nichts davon mit«, sagte Mahder. »Nur, dass man sich an manchen Tagen vorkommt wie bei James Bond. Überall Agenten, Scharfschützen, Polizei.« Er zuckte die Achseln. »Lavallier macht einen ordentlichen Wirbel. Ich weiß nicht, das muss er wohl, aber trotzdem. Die haben alles und jeden gefilzt, alles auf den Kopf gestellt, mir ist schleierhaft, was hier passieren soll. Na, was soll's. Ich bin kein Fachmann in solchen Dingen.«

»Hat Paddy auch beim Bau des neuen Terminals mitgewirkt?«

»Paddy?«, echote Mahder.

»Clohessy. Pardon, ich vergaß sein schlechtes Namensgedächtnis. Er hält sich ja seit kurzem für O'Dea.«

»Ja, hat er. Ich hatte ihn für andere Aufgaben vorgesehen, aber Sie wissen ja, wie so was geht. Wir arbeiten mit Heerscharen von Dienstleistern zusammen, ein Fiasko.«

Mahder ließ die Seitenscheibe herunterfahren und hielt einen Ausweis gegen ein elektronisches Lesegerät. Eine Schranke öffnete sich.

»Ich weiß nicht, ob Sie mal ein Haus gebaut haben«, sagte er, während sie auf einen geräumigen Parkplatz fuhren. »Mein kleines bescheidenes steht ganz in der Nähe. Es umfasst Erdgeschoss, ersten Stock, Mansarde, einen kleinen Garten und eine Garage. Sehr hübsch. Dennoch, ich würde nie wieder bauen, es war die Hölle! Selbst wenn Sie überall gleichzeitig sind, machen mindestens drei Leute gerade was falsch, sofern sie überhaupt erscheinen und nicht Kaffeepause machen oder woanders sind. Sie liefern Ihnen Sachen an, die Sie gar nicht bestellt hatten und verarschen Sie mit den Rechnungen. Jetzt potenzieren Sie das Ganze hoch auf ein Objekt wie das T2, und Sie wissen, warum unsere Leute ständig einspringen müssen. – So, da wären wir.«

Mahder parkte dicht am alten Terminal. Sie stiegen aus und folgten ihm in das Gebäude. Ungefähr hier hatten sie gestern auf Paddy gewartet.

»Ich will hoffen, dass es Ihnen schmeckt«, sagte Mahder, während sie mit dem Lift in den fünften Stock zur Kantine fuhren. »Sie kochen hier mal so und mal so, aber im Holiday Inn kochen sie eigentlich durchweg beschissen.«

O'Connor lächelte.

»Wie sagten die Könige immer so schön, wenn sie bei den Untertanen schmarotzen kamen? Lass es nicht allzu sehr schmecken. Wenn es schmeckt, versuchen sie uns zu vergiften.«

Sie fanden einen Tisch nahe der Essensausgabe. Es gab Frikadellen und Möhrengemüse. Mit Sicherheit war es keine hohe Kunst, was sie aßen, aber für einen Massenbetrieb ganz ordentlich.

Wagner konsumierte Unmengen von Wasser. Nachdem die Betrunkenheit und der Kater gewichen waren, empfand sie sich als vollständig dehydriert, wie einen Extrakt ihrer selbst, zu Pulver zermahlen und konserviert. Die letzte Nacht schien ihr jede Flüssigkeit entzogen zu haben. Mit dem Wasser kehrten Wohlbefinden und Auffassungsvermögen zurück.

Und die Sorge um Kuhn.

Solange es ihr schlecht gegangen war, hatten Verdrängungsmechanismen die Kontrolle übernommen und sich auf das Wesentliche konzentriert, nämlich ihren Gesamtzustand wiederherzustellen. Eine innere Registratur hatte den Fall Kuhn vorübergehend weggeschlossen. Der Schrecken, dass der Lektor vermutlich Opfer einer Entführung geworden war, zeigte erst allmählich sein wahres Gesicht.

Sie zog ihr Handy hervor, spielte einen Moment damit herum und wählte Kuhns Nummer.

O'Connor sah sie fragend an.

»Ich weiß schon«, seufzte sie. »Lavallier hat's verboten.«

»Dann mach's. Ungehorsam ist sexy.«

Mahder sah von seinem Teller auf.

»Darf ich fragen, wessen Sie O'Dea, ich meine Clohessy, überhaupt verdächtigen?«, fragte er kauend.

»Nun ja.« O'Connor breitete die Arme aus. »Wir schätzen, er will die Welt vernichten. Er hat aus Plastiksprengstoff und Gewürzen diese Frikadellen ...«

»Nein, im Ernst. Ich habe ihn eingestellt. Sie können sich vorstellen, dass ich mich verdammt unwohl fühle bei der Sache.« Mahder trank einen Schluck Cola. »Also, was glauben Sie? Ist das eine persönliche Geschichte zwischen Clohessy und irgendwelchen Leuten, die ihm ans Leder wollen, oder hat es tatsächlich was mit uns zu tun?«

O'Connor rieb sich das Kinn.

»Was ich glaube, ist unwichtig«, sagte er. »Vorgestern glaubte ich zum Beispiel, ich könnte mich nie verlieben.«

Wagner sah ihn aus den Augenwinkeln an, während sie dem Freizeichen in ihrem Handy lauschte. O'Connors Gesichtsausdruck wies jene Gleichgültigkeit auf, die sie inzwischen nur zu gut an ihm kannte.

Trau ihm nicht, dachte sie. Er verliebt sich ebenso in ein heißes Essen. So lange, bis es kalt wird.

»*The person you have called is temporarily not available*«, sagte die vertraute Stimme der Mailbox.

Wo, um Gottes willen, war Kuhn? Warum konnte er nicht wenigstens rangehen?

»Und Sie?«, fragte Mahder zu ihr gewandt. »Was glauben Sie?«

»Ich weiß es nicht«, sagte sie leise. »Aber es ist nicht Ihre Schuld. Sie konnten ja nicht wissen, dass er ein –«

Sie stockte.

Ja, was? Was war Paddy Clohessy?

Ein Mörder? Ein Attentäter? Oder einfach nur ein verzweifelter Mann auf der Flucht vor seiner Vergangenheit?

Mahder lachte, diesmal ohne jede Fröhlichkeit.

»Ich will Ihnen sagen, was passiert, wenn Lavallier zu dem Schluss gelangt, es hätte was mit uns zu tun. Er wird die Flüge umleiten. Wir sind dann raus aus dem Politspektakel. Nicht Köln, aber der Airport.« Er kratzte den Rest Möhrengemüse zusammen und schlang ihn herunter. »Mich würde wirklich interessieren, was er in der Hand hat. Uns gegenüber hat er nur davon gesprochen, Clohessy sei in einen Fall von Entführung verwickelt. Das Vertrackte ist, dass man nie gesagt bekommt, woran man ist. Wir dürfen uns den Arsch aufreißen, damit alles klappt, aber wenn es dann doch nicht klappt, sagt einem keiner, warum!«

»Vielleicht weiß Lavallier ja selbst nicht, warum«, sagte O'Connor.

Mahder gab ein unwilliger Brummen von sich.

»Eben in seinem Büro haben Sie davon gesprochen, dass Clohessy möglicherweise auf der Flucht ist. Vor der IRA, wenn ich mich recht entsinne. Und dass es mit uns nichts zu tun hätte.«

Es klang trotzig, so wie: Du hast's mir versprochen! Wir werden keinen Ärger kriegen.

»Ich habe ebenfalls gesagt, dass wir komplett falsch liegen können«, sagte O'Connor.

»Und was wäre Ihrer Ansicht nach die Konsequenz?«

»Ganz einfach. Paddy ist ein Terrorist.«

»Ein Terrorist. Scheiße! Und was hat er dann vor, der Terrorist? Alles nur Mutmaßungen. Warum sagt uns Lavallier nicht, was *er selbst* denkt?«

O'Connor zuckte die Achseln. »Unser Freund Kuhn ist verschwunden. Das war letzte Nacht. Heute verschwindet Paddy. Ein Überangebot an Rätseln, finden Sie nicht? Was sollte Lavallier denn Ihrer Meinung nach tun?«

»Uns involvieren«, sagte Mahder mit Nachdruck. »Er soll uns sagen, wie er überhaupt darauf kommt, dass Ihr Freund entführt worden ist. Vielleicht können wir helfen, vielleicht fällt mir oder Pecek oder sonst wem was Sinnvolles ein.« Er machte eine Pause. »Sie beide haben den Vorfall doch gemeldet. Was ist es denn, dass Sie so sicher sind, er sei entführt worden?«

»Er hat uns eine Nachricht geschickt«, sagte Wagner.

»Eine Nachricht?«

»Eine SMS. Einen Hilferuf. Letzte Nacht.«

Mahder hörte auf zu kauen und starrte sie an.

»Das ist allerdings… Aber hat es deswegen was mit uns zu tun? Was hat er denn geschrieben?«

»Kauderwelsch«, sagte O'Connor und wischte sich den Mund ab. »Kuhn ist so schlau, dass er sich nur in Komprimaten auszudrücken weiß.«

Mahder runzelte die Stirn.

»Was wollen Sie aus Kauderwelsch schließen?«

»Dass er in Paddys Wohnung war. Und da hat ihn sich jemand gekrallt.« O'Connor zögerte. »Sie sagten, er hatte keine Freunde. Hat er nie irgendwelche Namen erwähnt? Nicht doch einer, der ihn mal angerufen hat?«

»Was meinen Sie?«

»Kannte er vielleicht jemanden namens Derjak?«

Mahder schwieg eine Sekunde. Dann schüttelte er langsam den Kopf.

»Nein. Derjak?«

»Oder so ähnlich. Derijak.«

Der Abteilungsleiter schüttelte weiter den Kopf. Dann hielt er inne.

»Erleuchtung?«, fragte O'Connor.

»Derrick«, sagte Mahder.

Wagner stützte den Kopf in die Hände und sah ihn an.

»Derrick ist eine Fernsehserie«, sagte sie. »Mit Horst Tappert.«

»Ja, natürlich.« Mahder zog ein verlegenes Gesicht. Dann lachte er sie wieder mit seinen falschen Zähnen an. »Nun, keine Ahnung. Was ist? Hätten Sie noch Lust auf eine kleine Rundfahrt über den Flughafen? Ich könnte eine gute Stunde erübrigen, und bevor Sie sich in Lavalliers Hinterzimmer langweilen…«

Wagner warf einen Blick auf die Uhr. Es war zwei durch. Noch massenhaft Zeit bis zu ihrem Termin beim WDR.

»Klingt gut«, sagte sie. »Was meinst du, Liam? Lust, was dazuzulernen?«

»Hatte ich nie. Aber du siehst ja, was aus mir geworden ist. Fahren wir.«

LAVALLIER

Bär rief ihn an, als er gerade auf dem Parkplatz eintraf, über den die Journalisten und die Diplomaten in ihre Areale geleitet wurden, wenn Prominenz einflog. Hinter dem lang gezogenen weißen Dach des VIP-Zelts begann das Vorfeld Fracht West. Auch Clintons Air Force One würde hier einrollen.

Oder auch nicht.

Lavallier winkte Knott zu, der ein Stück weiter mit dem Fahrer einer Catering-Firma diskutierte, zog sein Handy hervor und drückte auf Empfang.

»Das musst du dir anhören«, sagte Bär.

Im Hintergrund startete eine 707. Lavallier hielt sich das rechte Ohr zu und ging ein paar Schritte abseits.

»Was muss ich mir anhören?«

»Ich habe dir doch von dem Brief erzählt.«

»Was? Ich verstehe kein Wort! Welcher Brief?«

Das Dröhnen der startenden Maschine verwandelte Bärs Stimme in einen schnarrenden Geräuschteppich. Lavallier ging zu seinem Wagen zurück, stieg ein und knallte die Tür zu.

»Noch mal. Wovon redest du?«

»Sie haben in Clohessys Wohnung einen Schreibblock gefunden«, sagte Bär. »Übrigens auch Briefmarken und Kuverts. Er muss kurz vor seiner Abreise einen Brief geschrieben haben, an wen auch immer. Die Schrift hat sich durchgedrückt.«

»Verstehe. Und?«

»Du kriegst die Motten, ich sag's dir! Es war relativ einfach zu entziffern. Leider sieht es so aus, als hätten wir nur die letzte Seite erwischt, es sind nicht mehr als zehn Zeilen, aber darin kommt unser lieber Onkel Physiknobelpreisträger gar nicht gut weg.«

»Lies schon vor.«

Bär räusperte sich gewichtig.

»Also, pass auf. Es beginnt mittendrin: ›... *ist zu allem fähig.*

Niemand käme je auf die Idee, dass er für Foggerty arbeitet, aber ich kenne ihn besser.‹«

»Foggerty?«

»Überprüfen wir gerade. Hör weiter: ›*Er mag tausendmal mit Preisen überhäuft werden und Bücher schreiben bis ans Ende aller Tage. Die scheinheilige Ratte! Tatsache ist, dass er mich für sie gefunden hat. Wenn ich diese Zeilen schreibe, habe ich meine Sachen bereits gepackt. Es ist meine einzige Chance. Ich dachte, alles wäre vorbei, aber heute Nacht ist Ryan O'Dea gestorben. Keine Ahnung, wie es weitergeht. Such nicht nach mir, ich melde mich, sobald ich kann. Meine Liebe ist bei dir. Paddy.‹*«

Lavallier schwieg.

»Bist du noch dran?«, quäkte Bärs Stimme aus dem Handy.

»Ah … ja.«

»Was sagst du dazu?«

»Ich weiß nicht. Habt ihr das Ding auf Echtheit überprüft?«

»Wir sind natürlich nicht losgezogen und haben Clohessy aufgespürt, um ihn zu fragen«, sagte Bär. »Aber sowohl an den Kugelschreibern, die wir auf dem Schreibtisch gefunden haben, als auch an dem Block waren seine Fingerabdrücke. Und nur seine!«

»Schriftanalyse?«

»Es gibt keine Schriftproben von Clohessy.«

»Wieso? Er muss doch irgendwann mal was unterschrieben haben.«

»Ja, seinen Arbeitsvertrag. Daraus kannst du nichts entnehmen, wenngleich ich sagen würde, dass die Unterschrift auf dem Papier der im Vertrag nicht unähnlich sieht.«

Lavallier legte die Rechte auf den Lenker des Autos und begann, mit den Fingern darauf zu trommeln.

»Nirgendwo steht was von O'Connor«, sagte er. »Oder von der IRA.«

Am anderen Ende der Leitung atmete Bär hörbar ein.

»Eric, bist du taub? Mit Preisen überhäuft! Bücher geschrieben, Mann! Von wem soll denn da die Rede sein, wenn nicht von O'Connor?«

Lavallier hörte auf zu trommeln.

»Das heißt also, O'Connor war tatsächlich hinter Clohessy her.«

»Die IRA war hinter ihm her. Und O'Connor *ist* die verdammte IRA!«

»Dr. Liam O'Connor? Bestsellerautor und angehender Nobelpreisträger?«

»Ja, um Himmels willen!«

Es kann nicht sein, dachte Lavallier. Zugleich durchzog ihn ein Gefühl tiefster Erleichterung. Wenn der Brief echt war und sich tatsächlich auf O'Connor bezog, dann behielt Bär Recht, und der Flughafen war aus dem Schneider.

Es wäre zu schön, um wahr zu sein.

Andererseits, ein Nobelpreisträger! Wenn auch ein angehender.

Er hatte keine Handhabe. O'Connor mochte der Teufel in Person sein, solange kein Verdacht bestand, dass er jemanden umgebracht oder sonstwie geschädigt hatte, würden sie nur weiterhin versuchen können, ihn aus der Reserve zu locken.

Er sah hinüber zu Knott. Schon jetzt war hier überall Polizei. Reihen grüner Mannschaftswagen säumten das Gelände. Eben noch hatte es so ausgesehen, als seien die ganzen Vorbereitungen umsonst gewesen.

O'Connor und die IRA. Unfassbar!

Lavallier startete den Wagen und fuhr los.

RUNDFAHRT

Etwa zur gleichen Zeit rollte Mahders Wagen langsam auf den Checkpoint zu, der die Straße zum Terminal 2 gegen Unbefugte abgrenzte. Er hielt seinen Ausweis gegen die Fensterscheibe. Zwei Männer kamen aus der Wachbaracke und näherten sich.

»Den einen kenne ich«, raunte Mahder Wagner zu. »Er ist von der SI. Der andere gehört entweder zu einem der SEKs, oder er ist ein Ami.«

Er ließ die Scheibe herunter. Der Mann von der SI nahm den Ausweis entgegen, beugte sich herab und kontrollierte das Bild. Dann nickte er und gab das Dokument zurück. Sein Begleiter stand mit ausdrucksloser Miene daneben. Wagner sah, dass er eine gepanzerte Weste trug.

»In Ordnung.«

Der SI-Mann hob die Hand. Auf sein Zeichen wurde in der Baracke die Schranke betätigt, und sie durften weiterfahren.

»Wieso denn die Amis?«, fragte Wagner.

»Die sind überall«, erwiderte Mahder. »Sie machen sich keine Vorstellung davon, was hier los ist. Seit Wochen und Monaten haben wir den Secret Service am Hals, die Russen, die Tommys, die Franzosen und die Japse. Heute Abend kommt Clinton. Sie überlassen nichts dem Zufall. Ich habe gehört, es sind keine von unseren Leuten, sondern Amis, die den Präsidentenjumbo einweisen. Nicht mal das lassen sie uns machen.«

»Ihr seid nicht mehr so ganz der Herr im Haus, kann das sein?«, spottete O'Connor.

Mahder sah ihn an.

»Darauf können Sie Gift nehmen!«

Er folgte dem Verlauf der provisorischen Straße. Vor ihnen wurde eine riesige planierte Ebene sichtbar. Zur Rechten erstreckte sich die gläserne Front des T2.

»Tja«, sagte Mahder. »Schon nicht schlecht, was?«

Wagner betrachtete wortlos den gewaltigen Bau. Obwohl es noch rund ein Jahr dauern würde bis zur Eröffnung, konnte man sich der Faszination schon jetzt schwerlich entziehen. Paradoxerweise waren es gerade die ausladenden Dimensionen, die das Filigrane an der Architektur zur Geltung brachten. Die spinnennetzartige Konstruktion des Dachs schien über den endlosen Glasflächen zu schweben.

»Es sieht toll aus«, sagte sie ehrlich beeindruckt.

»Warten Sie, bis die Fluggastbrücken fertig sind. Acht gläserne Brücken, über die Sie in den Flieger gelangen. Wie im Märchen.«

»Ja«, sagte O'Connor. »Ein wahres Luftschloss!«

Mahder lenkte den Wagen auf die planierte Fläche und fuhr in gemächlichem Tempo die Fassade entlang. Überall waren Arbeiter zu sehen. Menschen mit Helmen kletterten auf Gerüsten im Innern des Gebäudes herum, schweißten, hämmerten und bewegten Materialien.

»Wir sind hier auf dem neuen Vorfeld«, erklärte er. »Im Grunde entsteht hier ein zweiter Flughafen. Die Kapazitäten werden verdoppelt, nur halt auf einem ganz anderen Niveau als bisher.«

»Wie lang ist der Kasten?«, fragte O'Connor interessiert.

»Rund vierhundert Meter.« Mahder zeigte auf eine Gruppe Männer in dunklen Overalls mit Schirmmützen, die eben aus dem Terminal herauskamen und zu einem Transporter gingen. »Das sind auf jeden Fall Amerikaner. Schnüffeln überall rum. Einmal haben sie es beinahe umgestülpt, so genau haben sie alles unter die Lupe genommen. Zusammen mit den Jungs von der SI, damit die nicht auf die Idee kamen, sie hätten im eigenen Haus nichts mehr zu sagen. Mittlerweile sieht man hier kaum noch Sicherheit. Verstehen Sie, wenn hier jemand eine Waffe hätte verstecken wollen, wäre es aufgefallen. Oder ein Schütze, der von hier auf die Maschine ballert – gänzlich unmöglich!«

»Wo kommen die Flieger denn rein?«

»Wahrscheinlich hier.« Mahder wies auf die Seite des Vorfelds, die dem Terminal gegenüberlag.

»Ach! Da ist schon die Landebahn?«

Der Abteilungsleiter lachte.

»Ich weiß, man verliert schnell die Übersicht. Sie müssen sich das komplette Flughafengelände als rund fünf Kilometer langes Gebilde vorstellen. An der Kopfseite ist der eigentliche Airport, Autobahnzubringer, Terminal. – Warten Sie mal, Kopf ist gut, passen Sie auf, das Airport-Building ist Ihr Kopf, und Ihre Augen geben die Position des alten Terminals an. Ja? Die lange Landebahn beginnt gleich neben Ihrem linken Ohr. Das neue Terminal hingegen *ist* Ihr linkes Ohr. Darum haben Sie eine phantastische Sicht von hier, Sie sehen die Vögel kurz vor der Bodenberührung, es ist toll!«

»Beeindruckend«, sagte O'Connor. »Und so werden auch die Staatsgäste einfliegen?«

»Tja.« Mahder setzte einen verschmitzten Ausdruck auf. »Das weiß eben keiner so genau, von welcher Seite sie die Bahn anfliegen. Soviel ich weiß, bleibt es bis zur letzten Sekunde offen. Andererseits – was weiß ich schon.«

Wagner überlegte. Wenn Mahders Aussage zutraf, machte

eine Manipulation am neuen Terminal keinen Sinn. Von hier ein Attentat zu planen, war dann ziemlich sinnlos.

Sie fuhren weiter, ließen den Neubau hinter sich und erreichten den Vorfeldbereich des Terminal 1. Zwei sternförmige Gates zweigten von dem Hufeisenbau ab. Je ein halbes Dutzend Flieger konnte hier andocken. Mahder lenkte den Wagen über die riesigen Freiflächen und fuhr eine Reihe merkwürdiger Kurven, bis Wagner erkannte, dass er einer aufgemalten Fahrbahnmarkierung folgte. Ein Stück vor ihnen rollte eine französische DC 8 über das Feld. Einen Moment lang sah es so aus, als hielte die Maschine direkt auf sie zu, dann bog sie ab zu einem der Sterne.

»Wir haben drei Landebahnen«, erklärte Mahder im Tonfall eines Dozenten. »Der Super-Runway, von dem wir gerade sprachen, zieht sich vom Terminal bis in die Heide. Er hat eine Länge von 3800 Metern. Wir sind einer der wenigen Airports, auf dem Space Shuttles landen können, wussten Sie das?«

»Schöne Aussichten für die Zukunft«, sagte O'Connor.

»Allerdings. Parallel dazu verläuft eine kürzere Landebahn, eben mal knapp zwei Kilometer lang. Weiter vorne«, seine Hand wies in die Ferne, wo sich der Super-Runway in der Ebene der Heide verlor, »werden die beiden Bahnen von einer dritten gekreuzt. Wir nennen sie die Querwindbahn. Etwa zweieinhalb Kilometer lang. Das ist koordinationstechnisch alles sehr interessant, weil die Maschinen unsere Runways von beiden Seiten anfliegen können. Die großen Maschinen, also Jelzins Iljuschin oder die Air Force One, landen natürlich auf der langen Bahn.«

Sie hatten das alte Terminal und die Sterne jetzt im Rücken und passierten eine Front aus mehreren Gebäuden. Wagner stellte überrascht fest, dass dieser ausgelagerte Teil des Airports die Größe eines mittleren Industriegebiets hatte. Mittlerweile fuhren sie auf einer richtigen Straße. Rechts und links lagen Hangars und Frachtgebäude. Weiter vorne erhob sich der Tower.

»Wir bewegen uns immer noch parallel zum Super-Runway«, sagte Mahder. »Dieser Bereich ist übrigens das Herzstück. Zur anderen Seite hin landen die Cargomaschinen. Auch so 'ne Sache, die keiner weiß. Wir sind der zweitgrößte Frachtflughafen in Deutschland. Jedenfalls, den Tower haben wir neu gebaut.

Daneben sehen Sie den kleinen, alten. War mal das höchste Gebäude hier, kaum zu glauben. Man verknüpft so seine Erinnerungen damit, aber die Zeit hat uns einfach überrollt. Jetzt wird er wohl verschwinden.«

»Können Sie nicht ein Café oder so was reinbauen?«

»Wurde diskutiert. Erst hieß es, wir bauen ihn zu einer Sicherheitszentrale um, Einsatzzentrale, Notfallzentrum, aber jetzt kommt er doch weg. Mit Wehmut.« Mahder zuckte die Achseln. »Tja. Das Wesentliche haben Sie gesehen. Was sagt die Uhr?«

»Kurz vor drei.«

»Gut. Kehren wir um.«

Als sie zwischen den Hallen und Hangars zurückfuhren, kam Wagner plötzlich eine Idee. Sie wählte auf dem Handy die Nummer der Auskunft und ließ sich mit dem Hyatt verbinden.

»Sie haben einen Gast namens Aaron Silberman«, sagte sie. »Wäre es möglich, dass Sie mich mit ihm verbinden?«

Die Rezeptionistin schaltete Wagner in die Warteschleife. Nach einer Minute meldete sie sich wieder und sagte, Silberman sei nicht in seinem Zimmer.

Wagner hinterließ ihren Namen und ihre Nummer mit der dringlichen Bitte, sie wegen Kuhn zurückzurufen.

»Das ist eine gute Idee«, sagte O'Connor von der Rückbank.

Sie legte den Kopf in den Nacken und schloss die Augen. Ihr Geist sandte eine stumme Bedarfsmeldung nach hinten in der Hoffnung, ein virtueller Sachbearbeiter in O'Connors Kopf würde sie in Empfang nehmen, quittieren und zur umgehenden Erledigung weiterreichen.

Im nächsten Moment spürte sie, wie seine Finger begannen, ihren Nacken zu kraulen.

Es hatte funktioniert.

»Ja«, sagte sie. »Ich weiß.«

POLIZEIWACHE

Mahder brachte sie bis vor die Tür des Flachbaus und verabschiedete sich.

»Wenn ich Ihnen irgendwie helfen kann«, sagte er, »lassen Sie es mich wissen. Ich sitze ja gleich gegenüber.«

»Wird gemacht«, sagte Wagner. »Danke für die Einladung.«

»Danke für Ihr Interesse.«

Eine Gruppe Beamter kam aus der Wache. Zwei von ihnen trugen gepanzerte Westen, Springerstiefel und MPs. Sie stiegen in einen der Mannschaftswagen und fuhren in Richtung Terminal 1 davon.

Wagner sah ihnen nach.

»Und?«, fragte sie. »Was hältst du mittlerweile von der ganzen Sache, jetzt, wo wir wieder nüchtern sind?«

O'Connor kniff die Augen zusammen. Er fuhr sich durch das silberne Haar und sagte ein paarmal: »Hm. Hm.«

»Soso.«

»Ich bin mir nicht sicher. Paddy hat ganz sicher Dreck am Stecken, und dass Kuhn verschwunden ist, sollte uns zutiefst beunruhigen. Vielleicht fangen wir aber auch an, Gespenster zu sehen.«

»Du meinst, es gibt gar keine Pläne für ein Attentat?«

»Möglicherweise nicht. Nur den armen kleinen Paddy und seine hausgemachten Probleme. Wie schade. Es versprach gerade spannend zu werden. Aber Verschwörungstheorien sind nun mal die Domäne der Amerikaner. Komm, schauen wir, was Lavallier hat.«

Sie nickte.

»Ich versuch's noch mal bei Kuhn. Ganz gleich, was Lavallier sagt.« Während sie das Gebäude betraten und den Gang zum Büro des Hauptkommissars entlangschritten, meldete sich wieder Kuhns Mailbox. Wagner war entmutigt. Je länger er sich nicht meldete, desto schrecklicher wurde die Vorstellung, er könne vielleicht nie wieder an ein Telefon gehen.

Was, wenn er tot war?

Sie wollte diesen Gedanken nicht denken. Er hatte nichts in ihrem Kopf zu suchen.

»O'Connor«, sagte eine Stimme hinter ihnen.

Sie blieben stehen und drehten sich um. Lavallier kam ihnen mit eiligen Schritten hinterher.

»Mitkommen in mein Büro!«, sagte er schroff.

»Ah, *Monsieur le Commissaire*«, sagte O'Connor liebenswürdig. »Was ist los, haben Sie Sorgen? Warum fliegen Sie nicht in Urlaub, es steht alles voller Flugzeuge, und –«

»Um es gleich auf den Punkt zu bringen«, sagte Lavallier, »ich kann jetzt keinen einzigen von Ihren blöden Kommentaren gebrauchen. Entweder Sie beide kommen mit, oder ich *lasse* Sie mitbringen. Letzteres würde Ihnen kaum gefallen, das versichere ich Ihnen.«

Er schob sie in sein Büro und deutete stumm auf die beiden Stühle vor seinem Schreibtisch. Wagner setzte sich.

O'Connor sah missmutig drein.

»Was soll das?«, murrte er. »Haben wir was falsch gemacht? Waren wir zu lange draußen spielen?«

Lavallier schlug mit der flachen Hand auf den Tisch.

»O'Connor, ich erkläre Ihnen jetzt mal was in klar verständlicher Sprache! Sie gehen mir auf die Nerven! Ich weiß nicht, was Sie mit Kuhns oder Clohessys Verschwinden zu tun haben oder ob überhaupt einer von den beiden wirklich verschwunden ist, aber kommen Sie mir nicht mit dem Märchen vom zufälligen Wiedersehen.«

O'Connor starrte zuerst Wagner an und dann den Kommissar. Dann nahm er widerwillig Platz.

»Sind Sie verrückt geworden?«, blaffte er.

Lavallier ließ sich in seinen Sessel fallen und verschränkte die Arme.

»Kennen Sie einen Foggerty?«

»Foggerty?«

»Ganz richtig.«

»Du lieber Himmel, wen ich alles kennen soll. Ich kenne dermaßen viele Leute, dass es mich nicht die Bohne interessiert.«

»Denken Sie nach!«

»Nein. Nein, ich kenne keinen Foggerty. Nicht mal, wenn er mir was schulden würde.«

Lavallier fletschte die Zähne und beugte sich vor.

»James Foggerty wird verdächtigt, im Laufe der vergangenen zehn Jahre in die Führungsspitze der Irisch Republikanischen Armee aufgestiegen zu sein. Derselbe Verein, dem auch unser Freund Clohessy angehörte.«

»Na und?«

»Foggerty war zur selben Zeit am Trinity College in Dublin wie Patrick und Sie. Wir haben das nachgeprüft. Und Sie *kannten* ihn. Sie hatten gemeinsame Professoren und gemeinsame Kurse.«

O'Connor wirkte plötzlich verwirrt. Er hob die Hände und ließ sie wieder sinken. Dann schüttelte er langsam den Kopf.

»Kommissar Lavallier«, sagte er. »Auch ich kann nicht verhehlen, dass mir unser kleines Gespräch keine rechte Freude bereiten will. Das ist sehr schade, weil ich allmählich durchaus Geschmack an Ihnen finde. Wenn Sie mir eine Gegenfrage gestatten: Kennen Sie einen gewissen Krämer?«

»Hören Sie bloß auf«, zischte Lavallier. »Ich lasse Sie in Eisen legen, O'Connor!«

»Nein, Sie missverstehen mich. Ich verspreche ja, auf jede Ihrer Fragen wahrheitsgemäß zu antworten, aber kennen Sie einen Dieter Krämer?«

Lavallier schwieg einen Moment.

»Nein.«

»Er war aber mit Ihnen auf der Polizei-Akademie. Er hatte die gleichen Ausbilder und genauso wie Sie Kurse in Kriminologie, psychologischer Tätererfassung und Waffenkunde.« O'Connor lächelte. »Dieter Krämer könnte aber auch Fritz Schulte heißen. Oder sonst wie. Sehen Sie, am Trinity laufen Tausende Studenten rum, die die gleichen Lehrer und die gleichen Fächer haben, aber können Sie sich an jeden Einzelnen erinnern, der mal mit Ihnen in der Schule war?«

Lavallier sah ihn finster an.

»Niemand kann das. Trotzdem werden Sie mir etwas erklären, und erklären Sie es gut, wenn ich bitten darf.«

»So gut ich kann.«

»Warum schreibt Patrick Clohessy kurz vor seinem Verschwinden und eindeutig nach dem Treffen mit Ihnen in einem Brief, Sie seien ein Agent der IRA und hätten ihn im Auftrag von James Foggerty gesucht?«

»Ich soll was?«

O'Connor verlor sichtlich die Fassung. Wagner sah ihn an und merkte, wie sich der Boden unter ihren Füßen auftat.

O'Connor? Die IRA?

Kuhn hat gesagt, er hat mit der IRA sympathisiert. Kuhn ist verschwunden. Und Paddy auch.

Was um Himmels willen…

Langsam, dachte sie. Komm zur Räson! Du blöde Kuh! Lavallier sagt einen krummen Satz, und gleich witterst du Verrat.

»Erstens«, sagte sie, einem Impuls folgend, »wird Dr. O'Connor Ihnen diese Frage nicht beantworten. Da Sie so viel Wert auf klar verständliche Sprache legen, dürfte Sie das nicht überraschen. Zweitens wird er es allenfalls dann tun, wenn Sie uns einen schriftlichen Beweis für das vorlegen, was Sie gerade gesagt haben. Und lassen Sie mich klarstellen, dass der eine oder andere Anwalt augenblicklich hier sein wird, wenn ich es will.«

O'Connor sah sie aus runden Augen an.

Huch, dachte sie. Jemand muss durch mich gesprochen haben. Wie geschieht mir? Die Mutation zum unglaublichen Hulk?

Lavallier betrachtete sie unbeeindruckt. Dann griff er wortlos neben sich und schob ein Blatt Papier über den Schreibtisch.

»Eine Abschrift«, sagte er. »Das Original ist bei der Spurensicherung. Natürlich können Sie es später in Augenschein nehmen, wenn Sie drauf bestehen.«

O'Connor überflog die wenigen maschinengeschriebenen Zeilen und gab das Blatt an Wagner weiter.

»Weder mein Name kommt darin vor noch irgendetwas über die IRA«, sagte er.

»Nobelpreis«, konterte Lavallier. »Bücher. Foggerty.«

»Völliger Blödsinn.«

»So? Es sind Clohessys Fingerabdrücke auf dem Original.«

»Lavallier«, seufzte O'Connor. »Überprüfen Sie mich. Gehen Sie in Ihre gottverdammte Datenbank und holen Sie Informationen über mich ein. Ich bin eine Person des öffentlichen Lebens, jeder meiner Schritte ist besser kartografiert als die Erdoberfläche. Ich hatte nie Kontakt mit Foggerty. Wenn Sie mir ein Foto zeigen, werde ich ihn möglicherweise wiedererkennen, aber ich hatte keinen Kontakt mit ihm. Ich hatte überhaupt nie mit der IRA zu tun.«

»Sie wären fast vom College geflogen wegen der IRA.«

»Was? Ach, das!« O'Connor führte die Hand zur Stirn. »Oh Gott, Lavallier! Wir waren unausgegorene Breigehirne, die sich als Revoluzzer gefielen, weil es ihnen zu gut ging! Was haben Sie denn alles für Zeug von sich gegeben, als Sie jung waren? Paddy hat sich wirklich für die Probleme Nordirlands engagiert, ich hätte ebenso gut die Faust gegen das Aussterben der Wasserflöhe recken können. Mir ging es darum, Spaß zu haben.«

»Das war kein Spaß. Es kann kein Spaß sein, für eine terroristische Vereinigung –«

»Ich war gelangweilt«, sagte O'Connor heftig. »Begreifen Sie das nicht? Nein, das können Sie auch nicht begreifen, wenn es Ihnen vorne und hinten reingeschoben wird, dass Sie sich irgendwann fragen, was Sie eigentlich anstellen müssen, damit Sie mal auf die Schnauze fallen! Ich hatte immer jemanden, der mich rausgehauen hat, ich hätte um mich schießen können, verstehen Sie, wie öde das ist? Ich wollte, dass sie mich rauswerfen! Ich wollte raus aus diesem gemachten Bett, bevor mir darin die Knochen lahm wurden! Das war alles.«

Lavallier schwieg.

»Gehen Sie mal im Kopf zurück in Ihr Zimmer, als Sie ein junger Schnösel waren«, rief O'Connor. Er schien förmlich in Flammen zu stehen vor Zorn. »Was hing da an Postern rum? Na? Che Guevara? Welche Parolen haben Sie nachgebetet?«

»O'Connor«, sagte Lavallier sehr ruhig. »Haben Sie Briefe an Politiker geschrieben und sie überredet, sich vor laufenden Kameras lächerlich zu machen?«

»Nein.«

»Das ist eine Lüge.«

»Ich habe niemanden dazu überredet, sich lächerlich zu machen. Ich habe lächerliche Personen dazu gebracht, ihre Lächerlichkeit öffentlich kundzutun.«

»Was war mit dieser Bombengeschichte beim physikalischen Symposium?«

»Ein Streich.«

»Ein Streich?«

O'Connors Brustkasten hob sich. Wagner wartete auf den nächsten Ausbruch, aber er kam nicht. Stattdessen wandte O'Connor ihr den Kopf zu und sah sie hilfesuchend an.

»Kika, welche Strafe steht darauf, einem deutschen Polizisten die Zunge rauszustrecken?«

»Keine Ahnung.« Sie sah Lavallier an. »Wissen Sie es?«

»Notfalls werde ich eine einführen«, sagte der Hauptkommissar.

O'Connor lehnte sich zurück.

»Kika, erkläre diesem eifrigen und sicher über die Maßen fähigen Erwachsenen, dass ich ein großes Kind bin. Ich brauche meinen Spaß. Ich will nichts anderes als Spaß. Weder bin ich ein Agent der IRA noch jage ich Leuten nach, um sie dann verschwinden zu lassen.«

Die Stimmung im Raum war gereizt. Wäre sie brennbar gewesen, hätte ein Streichholz gereicht, die Polizeiwache in die Luft fliegen zu lassen.

»Noch einmal«, sagte Lavallier. »Wo waren Sie gestern Nacht zwischen Ihrem Aufbruch aus dem Maritim und dem Zeitpunkt Ihrer Rückkehr?«

Wagner sandte einen Blick zu O'Connor.

Der Physiker nickte.

Schließlich erzählten sie es Lavallier. Details ließen sie aus, aber am Ende war er so weit im Bilde.

Plötzlich sah der Hauptkommissar sehr müde aus.

»Haben Sie irgendwelche Zeugen«, sagte er beinahe lustlos.

»Für eine bestimmte Zeit ganz sicher nicht«, bemerkte O'Connor.

Lavallier seufzte.

»Und?«, fragte der Physiker. »Sind wir jetzt verhaftet?«

»Ich kann Sie nicht verhaften. Ich will's auch gar nicht. Ich will nur, dass heute Abend Bill Clinton hier landen kann und in drei Tagen Boris Jelzin und dazwischen all die anderen. Verstehen Sie mein Problem?«

Wagner nickte.

»Wenn Liam der wäre, für den Sie ihn gerade halten«, sagte sie, »meinen Sie, wir wären dann zu Ihnen gekommen?«

Lavallier zuckte die Achseln. Offenbar tat es ihm jetzt schon leid, dass er einen Moment lang schwach geworden und ihnen Einblick in seine Sorgen gegeben hatte.

»Bleiben Sie weiterhin zu meiner Verfügung«, sagte er kühl. »Was Sie, Dr. O'Connor, betrifft, so muss ich Sie bitten, das Flughafengelände nicht zu verlassen, bis ich es Ihnen erlaube.« Er machte eine Pause. »Ich habe keine rechtliche Handhabe dazu. Sie können beide gehen, ich kann Sie nicht zwingen, hier zu bleiben. Ich kann Sie nur bitten.«

O'Connor kaute an seiner Unterlippe.

»Einverstanden«, sagte er.

»Ich werde nicht bleiben können«, sagte Wagner. »Aber ich bin erreichbar. Ist das okay? Kann ich gehen?«

Ich will gar nicht gehen, dachte sie. Ich will nicht weg von dir, Liam, nicht in dieser Situation. Nein, falsch, in keiner Situation. Ich will überhaupt nicht mehr weg von dir.

Sie sah ihn an und fing einen Blick von ihm auf. Er schien zu sagen, fahr und mach dir keine Sorgen. Das alles hier ist Teil des Spiels. Wir machen nur ein bisschen Spaß, Lavallier und ich. Spielen Räuber und Gendarm. Wenn wir uns heute Abend wiedersehen, wirst du feststellen, dass ich das Spiel für uns gewonnen habe.

Sie streckte die Hand nach ihm aus.

Im selben Moment klingelte ihr Handy.

Atemlos zerrte sie es hervor und drückte auf Empfang.

»Silberman«, sagte die Stimme am anderen Ende der Leitung.

SPEDITION

Als Jana mit schnellen Schritten durch die Halle zu ihm herüberkam, wusste Kuhn, dass er verloren hatte. Er konnte es in ihren Augen lesen. Unwillkürlich schlang er den freien Arm um seinen Körper und zog den Kopf zwischen die Schultern.

Sie blieb vor ihm stehen.

»Du hast gelogen«, sagte sie.

Es klang weder verärgert noch sonderlich erstaunt. Jana traf eine sachliche Feststellung. Kuhn schätzte, dass sie ihn jetzt ebenso sachlich ins Jenseits befördern würde. Er wunderte sich, dass sie nicht voller Zorn auf ihn einschlug wie am Morgen.

»Ja, ich habe gelogen«, sagte er müde. »Und? Was macht das für einen Unterschied?«

Sie musterte ihn.

»Für mich macht es einen. Du hast deinen Freunden eine Nachricht übermittelt. Wie es aussieht, wissen sie nicht viel damit anzufangen, aber das könnte sich natürlich ändern.« Sie machte eine Pause. »Kuhn, du bist ein armseliger Idiot. Ich hatte dir einen fairen Handel vorgeschlagen, dein Leben gegen die Wahrheit, aber du ziehst es vor, den Helden zu spielen. Lächerlich. Du bist kein Held, hat dir das noch keiner gesagt?«

Ein Lachen gluckste in Kuhns Kehle hoch.

»Seid ihr denn welche?« Plötzlich war ihm alles egal. »Wir tun uns nicht viel, was Heldenhaftigkeit angeht. Es gibt in dieser ganzen Geschichte keinen einzigen richtigen Helden, also was erwarten Sie von mir?«

Kurz zuckte es in Janas Zügen.

»Es war dumm«, sagte sie.

»Es war nicht dumm. Ich versuche, am Leben zu bleiben, das ist alles. Was hätten Sie an meiner Stelle getan?«

»Kooperiert.«

»Sie hätten nicht kooperiert«, sagte Kuhn. »Sie wissen ganz genau, dass die SMS meine einzige wirkliche Chance war.«

»Gratuliere«, höhnte sie. »Und? Jetzt hast du gar keine mehr. Du wolltest schlau sein, stattdessen wirst du sterben, angekettet an ein rostiges Rohr.«

Kuhn senkte den Kopf. Seine Angst wurde überschattet von einer tiefen Traurigkeit, dass es so enden musste. Er schlang den Arm noch fester um sich, hielt sich tröstend umfasst und spürte, wie seine Kinnlade zu beben begann. Die Terroristin betrachtete ihn unverwandt. Dann sagte sie plötzlich:

»Du bist einsam.«

Er sah auf und schwieg.

»Einsame Entscheidungen sind entweder die klügsten oder die dümmsten.« Jana wies mit einer Handbewegung auf das Schienengefährt in der Mitte der Halle. »Das Ding da einzusetzen, ist eine sehr einsame Entscheidung. Ob klug oder dumm, wird sich herausstellen. Ich gehe Risiken ein, von denen du dir keine Vorstellungen machst, Kuhn. Am Ende steht alles oder nichts. Du hast deine Entscheidung getroffen, indem du mir die SMS verschwiegen hast, na schön. Du kanntest die Regeln, du kanntest die Alternativen. Ich habe dich gewarnt, mehr als einmal, also beklag dich nicht. Alles oder nichts, und du hast dich erwischen lassen, also nichts.«

»Es war keine dumme Entscheidung.« Kuhn schüttelte heftig den Kopf. Wenn er schon sterben musste, wollte er sich von dieser Person nicht auch noch Dummheit unterstellen lassen. »Es war das Beste, was ich tun konnte. Es war genial! Es war geistesgegenwärtig und kühn. In jedem Film, in jedem blöden Buch ist es genau das, was die Guten rechtzeitig auf den Plan ruft, bevor die Bösen zum Schuss kommen.« Er lachte gequält auf. »Was ist denn so dumm, Jana? Dass ich mich an jede Hoffnung klammere, hier noch mal lebend rauszukommen? Dass ich nicht professionell genug bin im Umgang mit Killern und Verrückten, dass ich eure perversen Spielregeln nicht beherrsche, auf die ihr so stolz seid? Dass ich finde, mein Leben gehört mir?«

»Im Augenblick gehört es dem, der am meisten dafür bietet, ob es dir gefällt oder nicht.«

»Nein, *dein* Leben gehört dem, der am meisten dafür bietet«, stieß Kuhn hervor. »Und er hat schon geboten, und du hast angenommen, ohne es zu merken!«

»Mein Leben gehört niemandem!«, schrie Jana.

Kuhn schluckte. Es war, als hätte eine andere Frau durch ihren Mund gesprochen.

Ihre Augen funkelten ihn hasserfüllt an.

Jetzt, dachte er. Jetzt wird sie es tun.

»Es gibt nur einen Menschen, der den Preis für mein Leben festsetzt«, sagte Jana sehr leise und akzentuiert. »Das bin ich selbst, hast du verstanden? Ich! Und den für deines mache ich gleich mit.«

»Zu spät. Du gehörst schon jemand anderem.«

»Was redest du?«

»Die Holding heißt irgendwas mit Nato, Milošević und so. Du kannst mir mein Leben nehmen, aber ich werd's nicht verkaufen. Wenn ich sterbe, sterbe ich wenigstens als freier Mann. Deines ist längst verkauft. Komm mir nicht mit einsamen Entscheidungen, für dich ist schon entschieden worden.«

Einen Moment lang sah Jana aus, als wolle sie doch noch zuschlagen. Dann seufzte sie und lehnte sich neben ihn an die Wand.

Eine Weile war nur Kuhns keuchender Atem zu hören, der sich allmählich wieder verflachte. Dann sagte Jana:

»So viel Pathos, Kuhn. Warum machst du uns beiden das Leben dermaßen schwer?«

»Ich?« Kuhn schüttelte in bitterer Verwunderung den Kopf. »Mein Leben war nicht schwer, bevor du dich eingemischt hast.«

Er spürte einen Schmerz in seinem Oberarm und merkte, dass er vom Griff seiner eigenen Finger herrührte. Immer noch hielt er sich selbst umklammert. Langsam ließ er den Arm sinken, und das Gefühl der Schutzlosigkeit überkam ihn noch heftiger als zuvor. Sein Handgelenk war wund gescheuert von der Handschelle.

Schutzlosigkeit und Einsamkeit.

Jana hatte Recht.

Er war einsam. Er war immer einsam gewesen. Sie standen hier und sagten sich Wahrheiten, und am Ende würde die Frau zwei Morde begehen. Zwei weitere zuzüglich zu denen, die sie wahrscheinlich schon begangen hatte.

»Man hat wenig Gelegenheit für ein vernünftiges Gespräch«, sagte Jana in die Stille hinein. »Das ist bedauerlich. Ich meine, man kann in meiner Lage über alles Mögliche sprechen, nur nicht über das, worauf es ankommt. Man unterhält sich mit seinem Echo, und jeden, der anderer Meinung ist, muss man leider töten.«

»Was für Sorgen«, sagte Kuhn.

»Willst du einen Kaffee?«

Er wandte den Kopf und sah sie an. Ihr Gesicht war wieder ohne Ausdruck, so wie meistens. Wie ein Testgelände für Gefühle. Testen, Abbruch. Testen, Abbruch. Wie eine Wüste. Nicht traurig, nicht glücklich, einfach nur ein Gesicht.

»Gern«, sagte er.

O'CONNOR

Die eine ging, der andere kam.

Wenige Minuten, nachdem Wagner zurück in die Stadt gefahren war, traf Aaron Silberman ein. Lavallier hatte sich unterdessen auf das Vorfeld Fracht West begeben, um wenigstens bei der Landung der Kanadier dabei zu sein. O'Connor wusste, dass weder der Hauptkommissar noch Bär begeistert von der Idee waren, einem Berichterstatter des White House Einblick in den Fall zu gewähren. Bär stellte Silberman dennoch ein paar Fragen, aber auch der Journalist hatte von Kuhn nichts mehr gehört oder gesehen seit dem gemeinsamen Frühstück am Tag zuvor.

Danach zeigte sich Silberman neugierig und Bär sehr beschäftigt. Er verbot dem Korrespondenten, ein Wort über die Sache verlauten zu lassen, und überantwortete ihn der Gesellschaft O'Connors, der ihn nach kurzem Überlegen in die Bar des Holiday Inn schleppte.

Während sie die wenigen Schritte hinübergingen, vorbei am Gebäude der Verwaltung, kämpfte O'Connor seinen Missmut herunter. Er war es gewohnt, dass man ihn des Zynismus, der Gleichgültigkeit und diverser schlechter Angewohnheiten bezichtigte. Aber nicht eines profanen Verbrechens! Es war einfach ungehörig, ihm Schlimmeres zu unterstellen als degoutantes Verhalten. Man mochte ihn einen Chauvinisten nennen, gut. Man hatte ihn als manirierten Parvenü, als dekadentes Arschloch und versoffenen Bastard tituliert, besten Dank! Rüpel, Schwätzer, Weiberheld, alles in Ordnung! Was immer den Ruf des Parkettschurken förderte, wurde unter Hochziehen der linken Braue als Kompliment verbucht.

Ihn jedoch wie einen Kleingauner zu verhören und terroristischer Handlungen zu verdächtigen – indiskutabel! Und es außerdem zu schaffen, dass er sich zu persönlichen Äußerungen hatte hinreißen lassen, allein dafür gehörte Lavallier geohrfeigt!

Mit vor Wut steifen Schritten stakste er vor Silberman dahin. Das Spiel nahm Züge an, die ihm nicht gefielen. Dennoch hätte er leben können mit seiner verletzten Eitelkeit, wäre da nicht noch etwas anderes gewesen. Etwas, das ihn zutiefst beunruhigte. Eine lauernde Vermutung, die plötzlich zur Gewissheit wurde.

Jemand hatte ihn ausgetrickst.

Dass er am Morgen den Finger auf ein mögliches Verbrechen gerichtet hatte, um sich nun als Verdächtiger wiederzufinden, war absurd. O'Connor bezweifelte nicht, dass man in Paddys Wohnung das ominöse Schreiben gefunden hatte. Dass es von Paddy stammte, schon eher. Paddy hatte keinen Grund, ihn auf diese Weise in Misskredit zu bringen. Bis gestern hatte er nicht einmal ahnen können, dass O'Connor ihm über den Weg laufen würde. Warum sollte er einen derartigen Unsinn verfasst haben?

Um O'Connors Glaubwürdigkeit zu untergraben?

Das war es! Hinter Paddys Verschwinden und der Entführung Kuhns steckte mehr als die Vergangenheit eines untergetauchten IRA-Aktivisten. Aber genauso sollte es aussehen. Wie eine Fehde im innersten Kreis des irischen Separatismus, die den Flughafen nur zufällig betraf.

Und ihn benutzten sie dazu!

Zielstrebig steuerte O'Connor den Tresen an und brachte zwei Hocker in Stellung.

»Was möchten Sie trinken, Aaron? Irischer Whisky empfiehlt sich eigentlich immer, wenn man ein Problem zu lösen hat. Und wir haben mehr als eines, wie mir scheint.«

Vom Moment der Begrüßung an, als Silberman mit bestürzter Miene die Polizeiwache betreten hatte, waren sie automatisch zum Vornamen übergegangen. Es war die amerikanische Art, vertraulich zu werden, ohne dass es der Vertrautheit bedurfte. Nichts Verbindliches, aber praktisch, wenn es etwa darum ging, gemeinsam eine Bar aufzusuchen und Dinge wie Entführungen oder Terroranschläge zu diskutieren.

Silberman sah skeptisch drein.

»Ein bisschen früh für Whisky, würde ich sagen.«

»Alles, was jenseits der Ein-Uhr-Marke liegt, ist als Abend zu betrachten«, sagte O'Connor. »Wir sind eigentlich spät dran. Ich kenne Gegenden in Sligo, da geht der eine Abend in den anderen über.«

»Ich bin wohl eher Amerikaner«, lächelte Silberman. »Die irische Form von Glück ist mir, fürchte ich, zu strapaziös.«

»Das haben Sie falsch verstanden«, sagte O'Connor geduldig. »Die Iren sind nicht glücklich. Sie haben sich für den Genuss entschieden. Er hält länger vor. Nebenbei, kommen die Amerikaner nicht alle irgendwie aus Irland?«

»Nicht die schwarzen.«

»Ach ja. Umso mehr ein Grund. Zwei Jamesons.«

Der Barmann wirkte verwirrt. Dann erhellte sich seine Miene. Er griff hinter sich und förderte eine Flasche Tullamore Dew zutage.

»Stopp«, sagte O'Connor.

»Das ist irischer Whisky«, sagte der Barmann schüchtern.

»Das tut man in den Kaffee, Sie Wasserspeier. Gut, versuchen wir's mit Schottischem. Was haben Sie an Single Malts?«

»Glenfiddich?«

Es war deprimierend.

»Für mich ein Tonic Water«, sagte Silberman und putzte seine Brille. »Ich glaube übrigens nicht«, fügte er zu O'Connor gewandt hinzu, »dass Sie hier fündig werden. Es sei denn, Sie steigen auf Bourbon um.«

»Das wäre mein Ende. Geben Sie mir ein Bier.«

»Jedenfalls bin ich Ihnen dankbar, dass Sie mich angerufen haben.« Silberman hielt die Brille prüfend gegen das Licht und setzte sie wieder auf. »Kuhn ist ein guter Freund. Diese Geschichte macht mir große Sorgen. Ich fürchte nur, ich werde Ihnen kaum weiterhelfen können.«

»Wie sagt die Polizei so schön?«, grinste O'Connor. »Jede Kleinigkeit kann weiterhelfen.«

Silberman lächelte sein freundliches, breites Lächeln.

»Nun, Zeit habe ich mitgebracht«, sagte er. »Wir können immerhin unseren Verstand bemühen. Ich wäre sowieso in zwei Stunden hier gewesen.«

»Stimmt, Sie sind ja akkreditiert. Wann kommt denn eigentlich der POTUS?«

POTUS war die geläufige Bezeichnung für den amerikanischen Präsidenten. Besonders Journalisten, die CIA und der Secret Service wussten das zu schätzen. Es ging schneller, mehrmals hintereinander POTUS zu sagen als jedes Mal President Of The United States.

»Die planmäßige Ankunft ist für zwanzig nach sieben vorgesehen«, sagte Silberman. »Bei Clinton weiß man das nie so genau.

Er liebt kleine Überraschungen.« Er nahm einen Schluck von seinem Tonic Water. »Wie auch immer, er ist der Präsident. Zeigen Sie mir doch mal diese Nachricht, die Kuhn geschickt hat.«

O'Connor reichte ihm den Zettel mit der Abschrift. Silberman las sie mit gerunzelten Brauen. Seine Lippen bewegten sich ohne Ton.

»Klingt bedrohlich.«

»Ich pflichte Ihnen bei. Irgendwelche spontanen Assoziationen?«

»Warten Sie mal. Jemand schießt. Es wird geschossen, um Hilfe gerufen, und Kuhn ist in dieser Wohnung, also wird er bedroht oder ist Zeuge, wie jemand bedroht wird.«

»So weit waren wir auch schon. Was ist mit dem Rest?«

»Ich muss gestehen, das sagt mir gar nichts.«

»Mir aber schon.«

»Ach!«, staunte Silberman. »Und was?«

»Ich weiß es nicht.«

Der Korrespondent runzelte die Stirn.

»Moment. Haben Sie nicht gerade…«

»Doch! Idiotisch, was? Jedes Mal, wenn ich draufschaue, weiß ich, es ist etwas völlig Vertrautes. Wie ein Gesicht, das man hundertmal gesehen hat, ohne sich erinnern zu können, wo.« O'Connor stürzte die Hälfte seines Biers herunter und wischte sich den Schaum von der Oberlippe. »Puh, grauenhaft! Wissen Sie, Aaron, ich starre auf diese Buchstaben, und sie sagen: Warm, Liam. – Ganz warm. – Heiß! – Die Lösung aller Fragen steht auf diesem Blatt Papier, und ich kann sie nicht lesen.«

»Na ja.« Silberman drehte den Zettel zwischen seinen Fingern. Dann las er die Nachricht ein weiteres Mal. »Kuhn hat sich hier und da verschrieben. Ein Zeichen, dass er unter Stress stand.«

»Er hat Wohnung falsch geschrieben und wahrscheinlich auch Spiegel. Irgendwas mit Spiegeln kommt darin vor. Und ein Objektiv. Aber das ist nicht wirklich von Bedeutung.«

»Was ist hiermit? Derjak schießt?«

»Könnte der Schlüssel sein. Möglich.«

»Also wäre die Frage, wer Derjak ist. Was sagt denn die Polizei?«

»Oh, sie entwickelt eine ganz erstaunliche Phantasie.« O'Connor lachte freudlos. »Mittlerweile bin ich der Buhmann.«

»Sie? Wieso denn Sie?«

O'Connor erzählte es ihm.

»Und was glauben Sie, wird passieren?«, fragte Silberman, ohne auf die Frage nach O'Connors Schuld oder Unschuld einzugehen.

O'Connor sah ihn an.

»Liegt das nicht auf der Hand? Hier am Flughafen ist was faul, und was da stinkt, ist nicht nur der gute alte Paddy. Darum haben sie mich kaltgestellt. Damit ich ihnen nicht weiter in die Quere komme.«

»Augenblick. Wer sind sie?«

»Na, sie halt! Die Leute, die Paddys Anwesenheit eingefädelt haben. Denen Kuhn auf die Spur gekommen ist.«

»Ich bin beeindruckt«, sagte Silberman und sah ganz so aus. »Eine waschechte Verschwörungstheorie! Kann es sein, dass die Iren eher aus Amerika stammen?«

»Das können wir gern diskutieren«, erwiderte O'Connor heiter. »So lange, bis wir alle in die Luft geflogen sind.«

Silberman zögerte. »Sie meinen das ernst, nicht wahr?«

»Ja. Aber statt der Sache nachzugehen, drangsaliert mich dieser Kommissar mit völlig aus der Luft gegriffenen Verdächtigungen.«

»Sie sind nicht aus der Luft gegriffen, wenn ich mir erlauben darf, das zu bemerken. Mit einem solchen Schreiben in der Hand, wie man es bei Paddy gefunden hat, wüsste ich auch nicht mehr, was ich noch glauben soll.«

»Mir glaubt er jedenfalls nicht.«

»Nun ja.« Silberman breitete die Hände aus. Es hatte etwas Pastorales. »Vielleicht denkt er, dass jemand, der das Licht umleiten kann, auch in der Lage ist, die Wahrheit zu verbiegen. Aber gut, nehmen wir Ihren Bericht als Tatsache. Dann stellt sich mir Folgendes dar. Sie treffen Clohessy wieder, der aber nicht mehr so heiß und wenig Begeisterung darüber an den Tag legt, Sie zu sehen. Dennoch sucht er Sie später auf.«

»Er wurde geschickt!«

»Gut. Er wird also geschickt und weckt Ihren Argwohn.

Wahrscheinlich erreicht er das genaue Gegenteil von dem, was er eigentlich wollte, jedenfalls spielen Sie und Ihre reizende Begleiterin ein bisschen Sherlock Holmes. Recht halbherzig, wenn ich auch das feststellen darf. Währenddessen oder als Folge lösen sich Kuhn und Clohessy über Nacht in Luft auf, und Sie sehen sich absurd erscheinenden Verdächtigungen ausgesetzt.«

»Paddy musste untertauchen«, nickte O'Connor. »So viel ist klar.«

Silberman schaute auf seine Hände. Dann sagte er langsam:

»Vielleicht musste er nicht einfach nur untertauchen, Liam.«

»Was meinen Sie?«

»Vielleicht musste er ja – verschwinden.«

O'Connor schwieg.

Paddy Clohessy tot?

Das war vorauszusehen, hörte er sich sagen. Natürlich war es das. Immer gewesen. Habe ich immer gesagt, es wird kein gutes Ende nehmen mit dem Kerl, noch ein Gezapftes, ah, Paddy, setz dich zu uns!

Mit einem Mal fühlte er sich von Wehmut erfüllt. Clohessy aus dem Spiel ausgeschieden, das konnte nicht wirklich stimmen. Standen sie nicht immer noch auf den Brettern des kleinen Theaters am Front Square? War ihm irgendwas entgangen? Hätte er das Drehbuch aufmerksamer lesen sollen?

Und Kuhn? Kuhn, der sich nicht meldete und nicht erreichbar war?

Was war ihm widerfahren, wenn jemand es für nötig hielt, Paddy Clohessy zu ermorden?

Silberman schien seine Gedanken zu erraten.

»Es tut mir leid, Liam«, sagte er entschuldigend. »Ich wollte Sie nicht beunruhigen, aber die Überlegung drängt sich auf. Und noch etwas. Nehmen wir an, Ihr Freund Patrick wurde geopfert. Kuhn bleibt verschollen. Sie selbst versucht man in Misskredit zu bringen. Alle diese Vorkommnisse haben eines gemeinsam, finden Sie nicht auch?«

»Was wäre das?«

»Zeit zu schinden.«

O'Connor runzelte die Stirn.

»Aber man kann auf diese Weise nicht viel Zeit schinden. Stunden. Einen Tag vielleicht.«

Silberman nickte.

»Das heißt –« O'Connor stockte. »Es ist die Zeit, die sie brauchen, um ihren Plan in die Tat umzusetzen.«

»Ich denke, ja.«

»Heiliger Sankt Patrick.«

»Natürlich gefallen wir uns jetzt ein wenig in der Rolle von Detektiven, aber dafür sitzen wir ja hier. Spinnen wir es also weiter, und wir gelangen nicht nur zu dem Schluss, dass sie etwas vorhaben, sondern auch, *wann* sie es vorhaben.«

O'Connor starrte sein halbvolles Bierglas an. Dann schob er es langsam von sich weg.

»Clinton«, sagte er halb zu sich selbst.

»Clinton ist nicht der Einzige, der in Frage käme.« Silberman dachte kurz nach. »Nach ihm, ich glaube gegen halb neun, erwarten sie die japanische Delegation, aber ich bin nicht sicher, ob Obuchi an Bord sein wird. Morgen treffen russische, englische, französische und italienische Maschinen ein. Das weiß ich sogar ziemlich genau. Mittags kommt Blair, etwa eine Stunde später Chirac und kurz darauf D'Alema.«

»Was ist mit den Russen?«

»Materialmaschinen, Presse. Jelzin selbst wird möglicherweise erst in drei Tagen eintreffen und am selben Tag zurückfliegen. Ihn würde ich ausklammern. Aber natürlich kann ich mich irren. Auch Jelzin steht auf der Liste der meistgefährdeten Politiker der Welt.«

»Schröder?«

»Der Kanzler?« Silberman spitzte nachdenklich die Lippen. »Nein. Entschieden nein! Er kommt nicht mit dem Flieger. Außerdem werden Attentate auf deutsche Politiker immer nur von Deutschen verübt. Sie mögen sich selbst am wenigsten. Nein, ich glaube nicht, dass wir es hier mit Deutschen zu tun haben.« Silberman machte eine Pause und nippte an seinem Tonic Water. »Sofern wir es überhaupt mit jemandem zu tun haben. Es ist und bleibt pure Spekulation.«

Plötzlich schien es O'Connor, als stehe der Berichterstatter kurz davor, einen Rückzieher zu machen.

»Diesmal kann ich Sie nicht schonen, Aaron«, sagte er. »Gut möglich, dass jemand Blair oder Chirac ans Leder will, aber glauben Sie das wirklich?«

Silberman schüttelte stumm den Kopf.

»Wer also könnte einen Anschlag auf den Präsidenten der Vereinigten Staaten verüben wollen?«

Silberman sah ihn an. Dann lachte er kurz auf.

»Alle! Jeder! Russland. Serbien. Libyen. China. Kolumbien. Der Irak. Nordkorea. Du meine Güte.« Er winkte dem Barmann. »Geben Sie mir einen Bourbon, schnell!«

»Welchen Bourbon?«, fragte der Barmann vorsichtig.

»Irgendwas.«

»Und – für Sie?«

»Ich ziehe es vor, stilvoll unterzugehen«, sagte O'Connor. »Was bietet die Abteilung Portwein?«

Der Barmann strahlte. Nacheinander stellte er eine ansehnliche Kollektion älterer Jahrgänge auf den Tresen.

O'Connor studierte mit Wohlwollen die Etiketten.

»Gut, gehen wir systematisch vor. Clinton gilt als treibende Kraft der Nato-Intervention. Die Serben zum Beispiel dürften einigermaßen sauer auf ihn sein. – Geben Sie mir den Achtundsiebziger Delaforce und eine Hand voll Nüsse.«

»Sie sind viel saurer auf Blair und Schröder«, bemerkte Silberman. »Von den Amerikanern haben sie nichts anderes erwartet als Krawall, aber schon wieder von Deutschland angegriffen zu werden, warum auch immer, das hat sie regelrecht traumatisiert.«

»Diesmal war's aber nicht die Wehrmacht.«

»Na und? Sie verkennen den serbischen Opfermythos. Wenn Sie sich im Recht fühlen, ist es Ihnen verdammt egal, warum Sie jemand angreift, derjenige ist immer im Unrecht. Sie werden es kaum glauben, aber Clinton war ursprünglich wenig begeistert davon, sich überhaupt einzumischen. Man muss der moralischen Attitüde der Intervention nicht unbedingt misstrauen, aber verschiedenes relativieren. Mit diplomatischem Gewicht haben sich die USA erst engagiert, als die Übergriffe Belgrads gegen die albanische Zivilbevölkerung überhand nahmen. Um die Wahrheit zu sagen, es gibt Gerüchte, wonach die Großoffensive Serbiens gegen die UÇK im letzten Jahr mit stillschweigender Billigung Washingtons geschah. Clinton hat die Spaltung der UÇK betrieben, sie war ihm suspekt. Ebenso wie man drüben die Idee verwarf, dem Kosovo den Status einer dritten Republik im restjugoslawischen Verbund zu geben. Und zwar gleichberechtigt mit Serbien und Montenegro!«

»Das konnte ja nicht klappen.«

»Oh, es hätte klappen können! Es waren ja nicht mal so sehr die Serben, die am lautesten dagegen protestierten. Interveniert hat Montenegro. Aber die Vereinigten Staaten haben es damals möglicherweise für gut befunden, nicht ganz mit dem Belgrader Regime zu brechen. Wenn Sie meine Meinung hören wollen, hatte Clinton nicht das mindeste Interesse an diesem Krieg. Er ist ein großer Harmonizer, unser Willie, kein Feldherr.«

»Ich dachte, Holbrooke hätte schon letzten Sommer mit Bomben gedroht.«

»Hat er. Weil Amerika davon ausging, mit dem Bluff durchzukommen. Gelang ja auch. Wir hatten dieses schöne Abkommen, Milošević rief ein paar Truppen zurück, und die OSZE richtete eine feine Mission im Kosovo ein. So weit, so gut.«

»Verstehe. Oder auch nicht.« O'Connor schüttelte den Kopf. »Vielleicht würden Sie mir mal was erklären, Aaron.«

»Wenn ich kann.«

»Warum hofiert man ein Arschloch wie Milošević?«

Silberman nahm einen Schluck Bourbon und ließ ihn einige Sekunden in der Mundhöhle. »Eine schöne Frage«, sagte er. »Ich will versuchen, eine Antwort darauf zu finden. Nein, es gibt eine Antwort! Sie ist denkbar einfach. Wir hofieren ihn, weil wir so sind, wie wir sind.«

»Oh.«

Silberman lächelte.

»Wir sind westlich. Das ist überhaupt das Problem dieses ganzen Krieges. Wir können uns darüber streiten, ob wir schon früher oder überhaupt hätten eingreifen sollen, aber fest steht, dass alles, was wir getan haben, unserer westlichen Denkart entspricht. Sehen Sie, zu Beginn der Neunziger wurde das Kosovo schon auf die Tagesordnung der Verhandlungen gesetzt. Sie erinnern sich, die Jugoslawien-Konferenz. EU und UNO in hübscher Eintracht. Übrigens auch ein Beispiel für den Unwillen Washingtons, die europäischen Probleme zu amerikanischen zu machen. Die Parole hieß damals: ›We got no dog in this fight‹. Ende '95 hatten wir dann die Bosnien-Konferenz.«

»Dayton.«

»Richtig. Spätestens dort ist auch dem Letzten klar geworden, dass der Krieg ins Kosovo zurückkehren würde, nur weil die Serben da vor über sechshundert Jahren eine Schlacht verloren haben. Ach was, '89 war das schon klar, als Milošević die Autonomie des Kosovo aufhob! Scharen von Experten, Journalisten und Menschenrechtlern haben vorausgesagt, was jetzt passiert ist. Auch die westlichen Geheimdienste wussten das. Sie trugen dieses akademische Wissen mit sich herum, und zugleich gingen sie ihrer eigenen Mentalität auf den Leim. Wollen Sie wissen, was in Dayton passiert ist? Ein Mann trat auf, weltgewandt, jovial und kompromissbereit. Ein rational kalkulierender Staatsmann, der mit Marodeuren vom Schlage eines Karadzic oder Mladic nichts gemein hatte. Slobodan Milošević. Sofort rastete das typische Wahrnehmungsmuster ein, das unseren westlichen Demokratien so eigentümlich ist. Man hatte im Haufen der Fundamentalisten den Vernünftigen erkannt! Man war stolz darauf! Mit diesem Mann konnte man reden, der war zivilisiert. Wissen Sie, speziell wir Amerikaner sehen alles Fundamentalistische, was sich jenseits der Balkangrenze bewegt, als geifernden Fanatiker mit schwarzem Bart, glühenden Augen, erhobener Kalaschnikow und einem religiös bis nationalistisch verblendeten Rudiment von Verstand. Aber dieser Mann war anders. Darum haben wir ihn hofiert. Weil er sich als westlicher Staatsmann verkleidet hat. Milošević war sein eigenes Trojanisches Pferd, und wir haben ihn aufs diplomatische Parkett gerollt, anstatt ihm rechtzeitig ein paar Backpfeifen zu verpassen und ihn gar nicht erst so weit kommen zu lassen. Dummer, dummer Westen. Dumme, dumme Psychologie.«

O'Connor lächelte. Silbermans Charakterisierung war nach seinem Geschmack. Der Korrespondent hatte Recht. Und wiederum hatte er Unrecht.

»Glauben Sie nicht, dass es gar nicht so sehr darum geht, ob Clinton den Krieg gewollt hat?«, sagte er. »Mir kommt es manchmal so vor, als habe der Westen jahrzehntelang an einem Symbol seiner selbst gebaut, und merkwürdigerweise kam dabei der Präsident der Vereinigten Staaten heraus. Ich meine, den POTUS zu töten, ist für jemanden, der dem Westen eine verpassen will, immer richtig, oder?«

Silberman schwenkte seinen Bourbon.

»Da haben Sie leider Recht. Aber da ist der Westen selbst schuld. Wer sich heute darüber beklagt, Amerika habe die Nato-Intervention dominiert, sollte sich in Erinnerung rufen, wie erbärmlich die EU in Bosnien versagt hat.« Er machte eine Pause. »Sie haben Recht, und vielleicht will ich es einfach nicht wahrhaben. Aber wenn uns die Pferde nicht durchgegangen sind und KölnBonn wirklich Gefahr läuft, Schauplatz eines Anschlags zu werden, dann gilt er mit einiger Sicherheit Clinton.« Er sah auf die Uhr und verzog das Gesicht. »Und zwar in ziemlich genau zweieinhalb Stunden.«

SPEDITION

»Nicht ganz zweieinhalb Stunden«, sagte Gruschkow zu Jana. »Etwas weniger.«

Er war soeben in der Spedition erschienen, frisch und ausgeruht. Bei dieser Gelegenheit sah er zum ersten Mal den angeketteten Lektor. Er verzog das Gesicht und nahm Jana beiseite.

»Was wollen wir noch mit dem?«, fragte er.

»Wir müssen ihn nicht töten«, entgegnete Jana. »Wir müssen ja nicht jeden gleich umbringen.«

»Dafür haben Sie den Penner vor vier Monaten ziemlich gründlich abserviert. Woher die plötzlichen Skrupel?«

»Der Penner musste sein. Wir brauchten einen Test am Objekt.«

Jana sah hinüber zu dem zusammengesunkenen Lektor. Er wirkte müde und deprimiert. Aus der Entfernung sah es aus, als döse er, aber sie wusste, dass er jede Kleinigkeit um sich herum mit nervöser Aufmerksamkeit verfolgte.

»Er ist nicht dumm«, sagte sie. »Ich dachte, er sei ein Feigling, aber er hat eigentlich nur Angst vor seiner eigenen Courage. Dafür was auf dem Kasten. Ich weiß nicht, ob wir ihn noch brauchen.«

Gruschkow verzog die Mundwinkel.

»Sie wissen sehr genau, dass wir ihn nicht mehr brauchen. Sie wollen ihn nicht töten, das ist alles. Na ja. Sie sind der Boss. Gehen wir an die Arbeit.«

Er richtete eine Fernbedienung auf die Längsseite der Halle, die zum Hof hin lag. Ein metallisches Rasseln erklang, als sich die Hälften des großen Tores in Bewegung setzten und auseinander glitten. Tageslicht fiel herein und überschwemmte die trübkalte Neonatmosphäre. Ein leichter Wind drang ins Innere. Aus einem postkartenblauen Himmel brannte die heiße Junisonne herunter. Mit Blick ins Freie sah man nun auch, dass sich die Schienen, auf denen der YAG ruhte, bis weit in den Hof hinein erstreckten und kurz vor der Mauer endeten.

Gruschkow nickte hochzufrieden.

»Könnte nicht besser sein.« Er trat hinaus ins Sonnenlicht und schaute aus verengten Lidern in den Himmel. Dann drehte er sich zu Jana um.

»In Ordnung«, rief er. »Fahren Sie das Ding ab.«

Jana trat zu der Schaltkonsole, die am rückwärtigen Ende des YAG aus dem Boden wuchs. Die Oberfläche teilten sich ein dicker grüner und ein ebensolcher roter Knopf. Sie drückte den grünen Knopf und richtete den Blick auf den YAG.

Ein Generator sprang summend an. Mit kaum wahrnehmbarem Ruckeln setzte sich die zwölf Meter lange und fast ebenso tiefe Konstruktion aus aneinander geschweißten Pritschenwagen mit dem riesigen Kasten und den beiden Starkstromaggregaten darauf in Bewegung. Die quer gestellten Räder glänzten schwarz von Öl. Sie rollten beinahe lautlos über die Schienen. Ohne jede Erschütterung glitt das monströse Gebilde aus dem Halleninnern ins Freie und näherte sich der Mauer. Reflexe von Sonnenlicht huschten über den stählernen Mantel des YAG und blendeten Jana.

Gruschkow lief vor dem Wagen her und hob die Hand.

»Einen Augenblick noch … jetzt gleich … und stopp!«

Jana presste den Handballen auf den roten Knopf. Das Summen des Generators erstarb. Draußen wurde die Konstruktion langsamer und passierte einen Mechanismus in den Schienen. Haken sprangen hervor und klinkten sich in die Räder ein, zogen das Pritschengebilde wenige Zentimeter weiter und stoppten es an einer präzise berechneten Stelle ab. Eiserne Manschetten drückten sich von beiden Seiten gegen die Räder und arretierten sie.

Der YAG hatte seine Position erreicht. Um ihn jetzt noch aus seiner Lage zu verschieben, und wäre es nur um Millimeter gegangen, hätte es eines mittelstarken Erdbebens bedurft.

Gruschkow rannte um die Pritschen herum zu einem knapp drei Meter hohen Holzgebilde von annähernd zwei Quadratmetern Grundfläche. Bei flüchtiger Betrachtung hätte man das Ding für ein Toilettenhäuschen halten können. Er machte sich an den Kanten zu schaffen und löste mehrere Verschlüsse. Nacheinander packte er die holzgezimmerten Wände und ließ sie vorsichtig zu Boden gleiten. Übrig blieb ein nach allen Seiten offenes Gestänge, in dessen Zentrum ein silbriger Dreifuß sichtbar wurde, das exakte Pendant zu dem in der Halle. An seiner Spitze, in Höhe des Lochs in der Schmalseite des Kastens und mit vier Metern Abstand dazu, schimmerte bläulich eine runde, spiegelnde Fläche von dreiunddreißig Zentimetern Durchmesser. Sie ruhte auf einem doppelt handbreiten Metallgehäuse, im Fünfundvierzig-Grad-Winkel gekippt, so dass sie den Himmel reflektierte oder die Öffnung in dem Kasten, je nachdem, von welcher Seite man hineinschaute.

Jana ging mit langsamen Schritten aus der Halle zu Gruschkow und trat zwischen den Dreifuß und den Pritschenwagen.

»Wann starten wir die Generatoren?«, fragte sie.

»In fünf Minuten«, sagte Gruschkow gelassen. »Das reicht. Wir werden ausreichend Leistung haben.«

Sie trat bis dicht vor das Loch in der Ummantelung des YAG. Es war ziemlich genau in Höhe ihres Kopfes. Mit einem eigenartigen Gefühl sah sie hinein und gewahrte in der Dunkelheit das schimmernde Auge des Spiegelteleskops. Sein Durchmesser war nur um ein Weniges geringer als der des Spiegels auf dem Dreifuß.

Sie dachte an den Penner.

»Ich werde gleich noch die Schraubfüße an der Pritschenkonstruktion justieren«, sagte Gruschkow. »Möglicherweise fehlen uns in der Höhe ein, zwei Millimeter. Es ist zwar Erbsenzählerei, aber wir wollen ja im letzten Moment nicht schlampen.« Er sah sie an. »Und? Lampenfieber?«

»Unbekannt. Wann checken wir die Kamera durch?«

»Jetzt. Kommen Sie, wir gehen wieder rein.«

Sie gingen die Schienen entlang zurück in die Halle. Jetzt, wo der YAG nicht mehr darin stand, wirkte sie ungleich größer. Der Lektor an seinem Rohr schien auf die Größe eines Insekts geschrumpft zu sein. Er hatte den Blick an Jana und Gruschkow vorbei nach draußen gerichtet. Jana konnte die Faszination in seinen Augen sehen, die sich zu der Angst und der Niedergeschlagenheit addierte.

Unter anderen Umständen hätte er ihr leid getan. Sonja wäre vor Mitleid vergangen.

Sie betraten den Computerraum. Jedes Mal schien es Jana, als seien neue Rechner und Fernsehschirme aus den Tischen gewachsen. In den Regalen türmten sich Ordner und Stapel säuberlich geschichteter Ausdrucke. Überall erblickte man technische Gerätschaften. Jana trat zu einem der Arbeitstische und ergriff die Nikon, mit der sie bereits auf den Penner gezielt hatte.

Gruschkow schaltete eine Reihe der Geräte ein. Jana richtete die Kamera auf ihn und schaute durch den Sucher.

»Perfekt«, sagte sie.

Von Gruschkow war im Sucher nichts zu sehen. Überhaupt zeigte ihr die Nikon nichts von dem Raum, in dem sie sich aufhielten. Stattdessen sah sie einen Ausschnitt der Halle, ein Stück Wand und einen Teil der Decke. Ihre Finger umfassten den vorderen Ring des Teleobjektivs und drehten ihn langsam.

Draußen in der Halle bewegte sich zeitgleich das Objektiv unter der Decke und übermittelte digitalisierte Informationen in die Nikon. Sie drehte weiter an dem Ring und sah den Lektor im Sichtfenster erscheinen.

Sie zoomte. Der Lektor wurde größer, bis seine Schläfe den Ausschnitt des Suchers vollständig einnahm.

Jana setzte die Kamera ab. Versuchsweise drückte sie gegen den kleinen Hebel, der das Fach für die Batterien öffnete. Beim Standardmodell ließ er sich nach rechts verschieben, und die

Batterienklappe öffnete sich. Die umgebaute Version hielt eine Variante bereit. Jana bewegt den Hebel leicht nach links. Aus dem Boden der Kamera schob sich ein dünnes Plättchen von der Größe einer halben Briefmarke und fiel zu Boden.

»Alles wie gehabt«, sagte Gruschkow. »Flutscht raus wie ein Neugeborenes.«

Das Plättchen war ein Mikrochip auf einem Siliziumträger. Einmal im Innern der Nikon installiert, blockierte er die üblichen Funktionen und verwandelte sie stattdessen in eine Steuereinheit, die mit einer Kamera in etwa so viel zu tun hatte wie ein Präzisionsgewehr mit einer Kinderschleuder. Mit Hilfe des Chips konnte die Nikon ein anderswo installiertes bewegliches Objektiv wie das in der Halle fernsteuern. Und mehr noch. Was dieses Objektiv sah, wo auch immer es sich befand, erschien im Sucher. Hatte die Fernsteuerung das Ziel fokussiert, musste Jana nur noch den Auslöser drücken.

Dann, unmittelbar nach dem Attentat, würde sie den Batteriehebel nach links drücken, den Chip herausfallen lassen und zertreten. Danach war die Nikon wieder eine gewöhnliche Kamera. Keine Überprüfung würde etwas anderes ergeben.

»Es ist eine Meisterleistung«, sagte Jana anerkennend.

Gruschkow zuckte die Achseln. Er strich sich über die Glatze und versuchte, einen möglichst gleichgültigen Eindruck zu machen, aber es war offensichtlich, dass er vor Stolz fast platzte.

»Schießen Sie ein schönes Foto«, sagte er.

HOLIDAY INN

O'Connor stützte den Kopf in die Handfläche und strich der Reihe nach Namen durch, die Silberman auf ein Blatt Papier geschrieben hatte.

Systematisch gingen sie noch einmal alle Teilnehmer der G-8-Runde durch. Schröder würde den Flughafen gar nicht erst betreten. Jacques Chirac war grundsätzlich gefährdet, stand aber eher auf der Abschussliste radikaler Moslems. Auch wenn die Abu Nidals dieser Welt zu allen Zeiten in Lauerstellung lagen, war ein moslemischer Anschlag zum gegenwärtigen Zeitpunkt nicht sehr wahrscheinlich. Das aktuelle Zeitgeschehen kreiste um den Balkan.

Vor diesem Hintergrund war Tony Blair nach Clinton der zweite extrem gefährdete Staatsgast. Mehr als alle anderen hatte er in dem Konflikt die harte Linie vertreten. Wäre es nach ihm gegangen, hätte es kein Tauziehen um den Bodenkrieg gegeben. Der Hass Serbiens und auch der Unmut Russlands trafen Großbritannien besonders hart.

D'Alema umzubringen, konnte allenfalls die Neomarxisten interessieren. Über Obuchi und Chrétien ließen sich keine Aussagen treffen außer der, dass es unsinnig war, einen kanadischen oder japanischen Staatsmann symbolisch in Deutschland zu ermorden.

»Wenn ein solcher Anschlag stattfindet«, erklärte Silberman, der mittlerweile auf O'Connors Portweinmarke umgestiegen war, »ist er streng symbolisch zu werten. Ansonsten gäbe es keinen plausiblen Grund, ihn unter derart schwierigen Vorzeichen durchzuführen. Clinton zum Beispiel ist grundsätzlich gut geschützt, dennoch könnten sie ihn beim Joggen hinterm White House ungleich problemloser wegpusten als hier.«

»Also geht es um die Demonstration von Macht.«

»Natürlich. Terrorismus ist immer da, wo Macht und Gewalt sich treffen, und sie treffen sich vor allem in den Medien. Macht erwächst aus Publicity und Anerkennung. Wenn Sie herausfinden wollen, was ein professionelles Terrorkommando plant und wie sie es umsetzen werden, müssen Sie einfach nur an die Hauptsendezeiten denken. Terroristen sind scharf auf Medienpräsenz. Was da am besten ankommt, werden sie tun, und die Medien sind allzu bereit, dem entgegenzukommen. 1975, die Besetzung des OPEC-Hauptquartiers in Wien und die Entführung der Ölminister, wissen Sie noch? Die Terroristen flohen auf höchst dramatische Weise mit ihren Geiseln aus dem Gebäude – aber erst, als sie sahen, dass auch genug Fernsehteams beisammen waren.«

»Frei nach dem Motto, schieß jetzt nicht, Abdul, es ist noch nicht Hauptsendezeit?«

»Genau. Das muss man wissen, wenn man verstehen will, warum sich solche Kommandos schwierige Situationen aussuchen.

Clinton heute Abend zu töten, ist so gut wie unmöglich. Es zu schaffen hieße, dem gesamten westlichen Sicherheitsapparat den Mittelfinger zu zeigen, und zwar vor laufenden Kameras. Wir würden für machtlos erklärt.«

Sie fuhren fort mit ihrer Analyse. O'Connor füllte hin und wieder die Gläser, bis Silberman abwinkte.

Am Ende blieben zwei Namen übrig. Bill Clinton – und Boris Nikolajewitsch Jelzin.

Jelzin. Zar Boris. Warum nicht?

Aber Jelzin kam erst in drei Tagen. Und er hatte seine mächtigsten Feinde nicht in der Welt, sondern im eigenen Land.

»Sie wollen Clinton«, konstatierte Silberman.

»Ja. Aber wer will Clinton?«, sagte O'Connor. »Wer sind sie?«

Silberman spielte mit seinem Glas und schob es durch die Gegend. »Ich würde sagen, es hängt davon ab, auf welchen Anlass sich das Attentat bezieht. Wenn es rückwirkend mit dem Weltwirtschaftsgipfel zu tun hat, kommt praktisch jede radikale Gruppierung in Frage, die ›Dritte Welt‹ auf ihrer Fahne stehen hat.«

»Die ewige Betroffenenliga? Kaum vorstellbar. Ich bin da wenig bewandert, Aaron. Aber dass ein Haufen Menschenrechtler diesen Sicherheitsgürtel durchbrechen könnte, ist noch nicht mal gute Science-Fiction. Sie haben selbst gesagt, es ist so gut wie unmöglich, Clinton hier zu töten.«

»Wohl wahr.« Silberman überlegte. »Außerdem, was immer sie vorhaben, es muss eine Stange Geld gekostet haben.«

»Und wer hat das meiste Geld?«

»Die Staaten. Ich meine, Staaten grundsätzlich. Regierungen. Stimmt schon. Eine Aktion wie diese riecht förmlich nach Nationalismus. Man entmachtet nicht nur Amerika, sondern das Gastgeberland Deutschland gleich mit. Und alle anderen, die an dem Treffen teilnehmen.«

»So. Und wer hasst die Amerikaner im Augenblick am meisten?«

»Die Frage muss heißen, wer hasst die Nato. Und für wen wäre Clintons Kopf die größte Trophäe aller Zeiten?«

»Serbien. Milošević.«

445

»Er würde zum Volkshelden.«

»Ja.«

»Sie würden ihn mythisch verklären. Und Milošević ist durchaus sein eigener Mythos, er hat sich erschaffen als Reinkarnation des unseligen Fürsten Lazar, um die Schlacht auf dem Amselfeld diesmal zu gewinnen.« Silberman hob die Brauen und sah O'Connor an. »Ist das nicht bemerkenswert? Alle großen Faschisten hatten diesen eigenartigen Hang zum Mythischen. Ich denke, wenn wir die Staatsmänner der Welt in Hinsicht auf ihr Mythenverständnis ins Auge fassen, sollten wir eigentlich so etwas wie eine Hitler-Früherkennung entwickeln.«

»Nur dass…« O'Connor zögerte. »Die Theorie ist schlüssig. Sollte es uns stören, dass Paddy Ire ist?«

Silberman schüttelte den Kopf.

»Der internationale Terrorismus ist ein Arbeitsmarkt. Paddy ist nicht der Kopf. Der Kopf verrät uns, mit wem wir es zu tun haben. Entschuldigen Sie mich einen Augenblick, Liam.«

Silberman begab sich auf die Toilette und ließ O'Connor mit seinen Gedanken allein zurück.

O'Connor trank weiter Portwein und fragte sich, ob sie im Begriff waren, durchzudrehen. Nachdem sie jetzt eine konkrete Theorie hatten, kam ihm das Ganze nur umso absurder und alberner vor. Er war Physiker. Sein Fachgebiet waren Photonen, seine Arbeitsstätte Laboratorien. Er schrieb Romane und erfand Geschichten. Abenteuer vollzogen sich auf gesellschaftlichem Parkett. Hier und da jemanden hochnehmen, eine wohlgezielte Beleidigung coram publico mit der Aussicht auf eine standesgemäße Prügelei – O'Connor prügelte sich nie mit Männern unterhalb seines Standes! – und grundsätzlich ein bisschen auf Messers Schneide leben. Der Rest war Arbeit, Wohlstand und Genuss. Dazwischen hatte O'Connor genug damit zu tun, sich selbst zu erfinden. Die schroffe Wirklichkeit, in der er sich plötzlich wieder fand, verwirrte ihn. Zwei erwachsene Männer wurden sich darüber einig, dass am selben Abend der Präsident der Vereinigten Staaten würde sterben müssen.

Benahmen sie sich am Ende wie die Kinder?

Sie mussten zu Lavallier, so viel stand fest. O'Connor schätzte, dass der Kommissar in seinen Ermittlungen noch nicht wesent-

lich vorangekommen war. Lavallier und Bär wussten, dass
O'Connor ins Holiday Inn geflohen war. Bestimmt hätten sie
ihn aufgesucht, wenn etwas Wichtiges geschehen wäre. Und sei
es, um ihn ein weiteres Mal mit dämlichen Fragen zu löchern.

Wie er es hasste!

Plötzlich und unerwartet stellte er fest, dass er sich nach Kika
sehnte.

WAGNER

Der WDR erwies sich als unübersichtlich. Wagner schaffte es
dreimal, sich zu verlaufen. Nach mehrmaligem Auf und Ab über
die Etagen und ergebnislosen Expeditionen in nahezu identi-
sche Gänge landete sie endlich im richtigen Vorzimmer und war
gut zehn Minuten zu spät.

Sie hasste Unpünktlichkeit. Im Geiste, während sie der
Sekretärin ihren Namen nannte, formulierte sie eine knappe
Entschuldigung, nur um zu erfahren, dass der Redakteur in
einer Sitzung befindlich und bedauerlicherweise eine weitere
Viertelstunde darin verhaftet sei. Plötzlich selbst Adressatin ent-
schuldigender Worte, wurde sie mit Kaffee und Gebäck versorgt
und der Besuchercouch im leer stehenden Büro anvertraut.

Sie griff nach einem Keks und knabberte lustlos daran herum.
Die Verzögerung brachte alle ihre Pläne durcheinander. Um
18.15 Uhr wurde sie in Hürth erwartet. Der Sender erwog die
Installation eines zweiten literarischen Quartetts, um Triviales
fürs gemeine Volk zu besprechen, und der Verlag hatte ein gewisses Interesse daran bekundet. Filmleute waren nicht sonderlich flexibel, was Terminverschiebungen anging. Jeder in der
Branche war immens wichtig und entsprechend gestresst, seltsamerweise diametral entgegengesetzt zu seiner tatsächlichen
Position. Es würde eine einzige Hetzerei werden nach Hürth.
Zu wenig Zeit für dieses, zu wenig Atem für das nächste
Gespräch. Sie hätte weiß Gott allen Grund gehabt, nervös zu
sein. Und tatsächlich war sie es, aber aus völlig anderen Gründen.

Ihre Gedanken kreisten um Kuhn und was ihm passiert sein

mochte. Sie machte sich Sorgen. Alles an der augenblicklichen Situation war zutiefst beunruhigend.

Und das Beunruhigendste war, dass O'Connor ihre Empfindungen vollends durcheinander brachte.

Sie überlegte, ob sie die Zeit nutzen und ihn auf seinem Handy anrufen sollte. Gut eineinhalb Stunden waren es jetzt her, dass sie ihn am Flughafen verlassen hatte, ein eher flüchtiger Kuss, eine schnelle Umarmung. Nach so viel Nähe schien die Verbindung plötzlich wie abgerissen. Sie war irritiert. Wie konnte man einander so nah sein und im nächsten Moment so fremd? Welchen Sinn ergab das? War es unmöglich, sich länger fallen zu lassen als einen verzauberten Augenblick lang in der Abgeschiedenheit eines alten Baumes?

Warum bloß musste alles immer so schwierig sein?

Sie erinnerte sich an den Text eines römischen Philosophen, über zweitausend Jahre alt, den sie einmal gelesen hatte: Wenn du plötzlich das Gefühl hast, dass Meere zwischen dir und dem anderen liegen, so kann es gleichwohl den Anfang oder das Ende einer Liebe bedeuten, du musst es nur zu deuten wissen. Wären wir uns im Klaren über unsere Gefühle und wüssten um ihre wahre Natur, ergäbe sich alles von allein. So aber übersetzen wir die Sprache unseres Herzens mit dem Kopf, und die Fehler in der Übersetzung zerstören das tiefere Verständnis der Liebe, das, was hätte werden können.

Entstand oder verging etwas zwischen ihr und O'Connor?

Im selben Moment wurde ihr klar, dass es die Angst vor der Kälte war, die die Kälte schuf. Vor O'Connor war sie allein gewesen. Würde nun alles enden, wäre sie einsam. Am Ende bliebe, alles gegeben zu haben, um feststellen zu müssen, dass es dem anderen nicht genug war. Dass nichts mehr galt. Dass sie nicht länger die schönste Frau der Welt war.

Du bist eine komplizierte Zicke, dachte sie.

Sie zog das Handy hervor und fuhr mit dem Finger unentschlossen über die Tasten. Plötzlich verspürte sie Sehnsucht nach ihm. Und zugleich nagende Schuld, nicht all ihr Denken und Empfinden auf das Schicksal des Lektors zu verwenden. Geradezu unanständig drängte sich ihr der Gedanke auf, O'Connor genau deswegen jetzt anrufen zu können, ohne befürchten zu müssen, einmal zu oft Interesse bekundet und das Gleichgewicht der Macht gefährdet zu haben, in dem keiner dem anderen Kredit einräumt. Anruf gegen Anruf, Zuwendung gegen Zuwendung. Hast du was von Kuhn gehört? Guter Trick.

Widerlich!

Also genau deswegen nicht anrufen?

Genauso blöde. Verdammtes Taktieren! Sie hasste es, zu taktieren.

»Frau Wagner!«

Der Redakteur betrat den Raum, das breite Lächeln der Entschuldigung im Gesicht, mit dem er sich selbst die Absolution erteilte, und Wagners Gedankengänge kamen zu ihrem vorläufigen Ende.

Du bist ein Feigling, dachte sie, bevor sie sich erhob und dem Redakteur die Hand schüttelte. Und dann dachte sie noch, was tut er wohl gerade, der sorglose ewige Spieler, was fühlt er, was denkt er? Oder tut er nichts von beidem?

O'CONNOR

Was fühlte er?

Kika hatte versprochen, so schnell wie möglich wieder herzukommen, falls Lavallier ihn bis zum Abend nicht fortließ. Gemeinhin beunruhigten ihn derartige Versprechen. In O'Connors Ohren nahmen sie sich wie Drohungen aus. Sinistre Ankündigungen, in seinen Lebensraum eindringen und ihn fremden Bedürfnissen unterwerfen zu wollen, einem nicht von ihm gemachten Zeitplan. Jedes Mal aufs Neue hatte er sich gefragt, warum nicht alles aus Anfängen bestehen konnte, aus beliebig gedehnten ersten Malen? Er hatte die flüchtige Natur des Lichts gezähmt. Warum konnten Liebesgeschichten nicht im Beginn verharren, konnte man ihr Fortschreiten nicht abbremsen wie Photonen? Warum unterwarfen sich Gefühle nicht der Physik? Das Chaos gebar den Augenblick, die Attraktion, die Reise ins Unbekannte, die Außerkraftsetzung von Regeln und Formen. Hierin lag etwas Großartiges. Aller Verbindlichkeiten ledig vollzog sich Einzigartiges, nie Dagewesenes, ungemein Elektrisierendes. Wie aufregend war es, Amerika zu entdecken!

Wie zäh und freudlos, es zu besiedeln!

Was folgte, waren gemeinsam verbrachte Stunden wie Perlen auf einer Schnur, sauber aufgereiht, von zunehmender Häufigkeit und Regelmäßigkeit. Man bemächtigte sich der Zeit des anderen und damit seiner Lebensumstände und seiner Person. Statuten wurden aufgestellt, feste Tage, an denen man sich sah und anderes dafür einschränkte. Dem Außergewöhnlichen folgte das Gewöhnliche. Es begann die zementartige Verdichtung zu dem, was sich irgendwann Beziehung nennen würde und mit dem Fortissimo des Auftakts nicht wesentlich mehr zu tun hatte als das repetetive Verstreichen von Minuten mit dem Urknall.

O'Connor goss Portwein nach und ließ die duftende Flüssigkeit langsam im Glas kreisen.

War es nicht genau das, was ihn immer abgestoßen hatte? Wie aus einer wilden, explosiven Leidenschaft ein domestiziertes Feuerchen wurde, auf dem der Alltag dahinköchelte. Wie der eine versuchte, dem anderen all das abzugewöhnen, weswegen er sich in ihn verliebt hatte. Feste Beziehungen liefen dem Wesen der Faszination zuwider. Das war so. Der andere begann, darüber zu befinden, was für einen wichtig war und was nicht. Man möblierte sein Leben, der andere möblierte es um. Er richtete sich so lange in der Persönlichkeit des Partners ein, bis er sich wohler darin fühlte als der ursprüngliche Bewohner. Der freie Geist verendete im Wir. Ja, wir fahren gern in die Berge. Nein, wir gehen nicht gern auf Partys. Ja, wir lieben dieses Auto. Nein, diese Partei wählen wir nicht. Der Film hat uns gefallen. Das Buch hat uns weniger gefallen. Wir gehen jetzt nach Hause, es ist spät genug. Wir finden, wir meinen, wir sind der Ansicht, dass.

Nicht wahr, Schatz?

Alles, weil man es nicht bei der Premiere belassen hatte.

Warum sehnte er sich dann nach ihr?

Bislang hatten sie nichts zweimal hintereinander getan, sah man davon ab, dass sie sich mehrfach geliebt hatten. Aber das war ein Event, und ein Event war unteilbar. Nun jedoch, da ihre kurze und schnelle Romanze zu ihrem Höhepunkt gefunden hatte, hätte es keinen Grund geben dürfen für eine Fortsetzung. Der zweite Teil war immer schlechter als der erste. Serien waren todlangweilig.

Das alles war richtig und gewissermaßen ein schlüssig bewiesener O'Connorismus.

Was war diesmal schief gelaufen?

Das Wort mit L?

Besorgnis erfasste ihn. Es verunsicherte ihn, auf eine Weise für sie zu empfinden, die ihm nicht geläufig war. Selbst hatte er sich andeuten hören, er habe sich verliebt. Das stimmte sogar. Er hatte sich in den Augenblick verliebt. Sich hingegen in diese Frau zu verlieben, die er kaum kannte, mit dem Resultat, sie wiedersehen zu wollen, hätte er sich weigern müssen zu akzeptieren. Nicht er! Nicht Liam O'Connor, die Insel im Destillat des freien Willens.

Diese Reise nach Köln hatte alles auf den Kopf gestellt.

Silberman kam von der Toilette zurück.

»Und?«, fragte er. »Ist Ihnen noch was eingefallen?«

O'Connor erhob sich. War ihm noch was eingefallen? Der Portwein hatte ihn wunderbar erwärmt. Eigentlich konnten sie jetzt losziehen und den Terroristen eins auf den Hut hauen.

»Haben Sie den Zettel mit der Nachricht noch?«, fragte er.

»Sicher.«

O'Connor nahm das Stück Papier und betrachtete es zum hundertsten Male.

Was war ihm alles durch den Kopf gegangen vorhin? Kika. Beziehungen. Irland. Prügeleien. Seine Arbeit.

Seine Arbeit.

Für den Bruchteil einer Sekunde glaubte er, die Dinge klar zu sehen, jeden Aspekt sauber abgegrenzt neben dem anderen, wie im Aufblitzen eines Stroposkops. Da, direkt vor seinen Augen, war die Lösung! Dann verschwamm alles wieder zu einem diffusen Durcheinander.

Seine Arbeit.

Paddys Arbeit?

Wo hatte Paddy überall gearbeitet?

Lavallier würde es wissen. Aber er würde es O'Connor nicht sagen. Nicht in hundert Jahren.

Und O'Connor würde ihn nicht fragen. Nicht in tausend Jahren!

»Hören Sie, Aaron.« Er schlug dem Korrespondenten freundschaftlich auf die Schulter. »Mir ist gerade eine Idee gekommen. Wir teilen uns. Sie gehen rüber ins Revier und erzählen denen unsere kleine Theorie. Ich meine, wenn Lavallier der gleichen Ansicht ist wie wir, kann er den Präsidenten immer noch woandershin umleiten. Alle dürften davon schwer begeistert sein und ihn schrecklich lieb haben für seine Entscheidung.«

»Und was machen Sie?«

»Geheime Mission.«

Silberman grinste schwach. »Sie sind unfair, Liam. Sie wissen, dass mich das als Journalist interessiert. Außerdem habe ich Ihnen maßgeblich geholfen, überhaupt eine Theorie zu entwickeln.«

»Schon gut.« O'Connor grinste zurück. »Ich will rüber in die Verwaltung. Mal hören, wo Paddy überall Hand angelegt hat.«

Silberman nickte.

»Wie kann ich Sie erreichen?«

»Mobilphone.«

»Warten Sie, ich schreib's mir auf.«

Silberman notierte die Nummer. Gemeinsam gingen sie nach draußen.

»Wissen Sie«, sagte Silberman, während sie den Parkplatz vor dem Holiday Inn überquerten, »im Grunde bin ich guten Mutes. Erstens hoffe ich immer noch, dass wir in der letzten Stunde Phantome gejagt haben. Zweitens ist Clinton bislang aus allem mit heiler Haut herausgekommen. Kein Präsident hat so viele Anschläge überlebt wie er. Er wird auch diesen jovial beiseite winken.«

»Ich wusste nicht, dass es Anschläge auf ihn gegeben hat«, sagte O'Connor verwundert.

Silberman lächelte.

»Natürlich wissen Sie es. Viele Menschen waren daran beteiligt. Der prominenteste Attentäter heißt Kenneth Starr.«

»Ach so. Der Spermatologe des Präsidenten. Ja, es gibt lustige Berufe in Amerika.«

»Wir sind politisch in einer größeren Krise, als wir selbst

glauben«, sagte Silberman. »Starr ist die Frontfigur. Er wird bezahlt. Dahinter stecken der rechtsextremistische Flügel der Republikaner und die ultrarechten Ausläufer. Erzkonservative Milliardäre und Zeitungsverleger. Eine Machtclique, deren gemeinsames Interesse die Vernichtung Clintons ist, angetrieben von Hass. Sie nennen es Gerechtigkeit und Aufklärung, was sie tun. Ich nenne es einen Anschlag auf die Demokratie.«

»Sie haben Recht. Ich war immer der Meinung, der mächtigste Mann der Welt sollte guten Sex haben«, sagte O'Connor. »Ihm das zu untersagen, dürfte vor allem ein Anschlag auf seine politische Gelassenheit sein.«

»Es ist ein Anschlag auf die Amerikaner und die Sicherheit der ganzen Welt. Wussten Sie, dass Starr überhaupt nicht wegen Lewinsky eingesetzt wurde? Er hat in der Whitewater-Affäre ermittelt.«

Whitewater war der berühmteste Investment-Flop der US-Geschichte. Clinton hatte in das Immobilienprojekt während seiner Amtszeit als Gouverneur von Arkansas investiert, was ihn zur Zielscheibe der Republikaner machte. Sie warfen ihm vor, er habe seine Investitionen in betrügerischer Absicht getätigt und seine Rolle in dem dubiosen Projekt vertuscht.

»Aber die Vorwürfe erwiesen sich als unbegründet, richtig?«

»Ja. Das eigentlich Perfide an der Sache ist aber, dass Kenneth Starr, nachdem Whitewater keine Anklage hergab, in seiner Funktion als Sonderermittler bestätigt und mit noch größeren Mitteln und Möglichkeiten ausgestattet wurde. Anders gesagt, der Gegenstand seiner Arbeit war nun nicht mehr ein vorliegender Verdacht, sondern ein zu findender und notfalls herbeizukonstruierender. Es ist, als ob jemand Tag und Nacht Ihr Haus beobachtet in der Hoffnung, Sie irgendwann bei etwas Verbotenem zu erwischen.«

»Und das lässt Ihr Rechtssystem zu?«

Sie hatten die Verwaltung erreicht. O'Connor blieb stehen. Silberman sah hinüber zur Baracke des Polizeireviers.

»Es ist schade, dass wir nicht mehr Zeit zum Plaudern haben«, sagte er. »Um es kurz zu machen, Kenneth Starr hat unsere Justiz korrumpiert. Er hat sie zum Instrument der Politik gemacht und mit ihrer Hilfe den Präsidenten daran gehindert, dem wichtigsten Amt der Welt nachzukommen. Das ist es, was ich mit Anschlägen meine, und dabei geht es nicht darum, wer es wem mit der Zigarre besorgt hat. Sie hier in Europa kennen das nicht. Bei Ihnen treten sich die Parteien der Mitte auf die Füße. Rechtsextremismus lebt noch in der Isolation. Bei uns ist das anders. Unseren Demokraten steht ein wirklich rechter Flügel gegenüber, und er hat einen gefährlichen, gewaltbereiten Rand. Ich würde sagen, unsere konservativen und religiösen Fundamentalisten können dem islamischen Fundamentalismus in jeder Hinsicht die Hand reichen, sie töten Menschen, verüben Sprengstoffattentate auf Abtreibungskliniken, lynchen Andersdenkende und geben ein Heidengeld aus, um Amerika den Teufel auszutreiben. Für sie ist Clinton ein Usurpator, ein tragischer Irrtum, der die alten Werte von christlicher Erziehung, puritanischer Moral und Nationalstolz nie verinnerlicht hat, eine Halbwaise aus Arkansas aus zweifelhaften Verhältnissen, die niemals Präsident hätte werden dürfen.«

O'Connor sah Silberman nachdenklich an.

»Ich will nichts davon verteidigen«, sagte er. »Aber Clinton ist tatsächlich ein feiger Hund. Was die Menschen wütend macht, ist, dass er lügt, nicht, dass er seine Praktikantinnen vögelt.«

»Er lügt ja nicht«, sagte Silberman mit gequältem Lächeln. »Er verdreht die Tatsachen. Darin ist er viel geschickter.«

»Er hat sich immer aus allem herausgestohlen«, schnaubte O'Connor. »Das wissen sogar die dummen irischen Bauern, und die kennen gemeinhin nicht viel mehr von der Welt als das Keimverhalten ihrer Kartoffeln. So etwas macht mich wütend, Aaron, diese Verlogenheit, die offenbar zur politischen Kultur gehört. Ich bin weiß Gott einer, der die Welt mit der Gelassenheit eines Theaterkritikers zur Kenntnis nimmt. Meine größte Betroffenheit gilt dem Umstand, dass die Besetzung so schlecht gewählt ist. Aber ich bin reich. Ich bin Multimillionär. Ich kann aufstehen und gehen. Die Menschen, die Clinton gewählt haben, können das nicht, sie müssen damit leben, dass das Verhältnis ihres Präsidenten zur Wahrheit im besten Fall interessant zu nennen ist. Er war gegen den Vietnamkrieg, aber nur ein bisschen. Er hat einen Joint geraucht, aber nicht inhaliert. Er hat sich einen blasen lassen, aber er hat ihr das Ding nicht reingesteckt. Und wie Clinton sind Dutzende. Hier in Deutschland ist so viel gelogen und ausgesessen worden, dass es mich wundert, die Parteiobersten nicht geteert und gefedert zu sehen. In Irland schweigen wir unsere Probleme einfach tot, wenn wir sie nicht gerade in Blut ertränken. Überall auf der Welt genießen Sie so lange Glaubwürdigkeit, bis man Sie an die Spitze gewählt hat. Danach betrachtet man Sie als gewählten Gauner. Es gibt keine Integrität in der Politik. Wer regiert, lügt. So sehen es die Leute.«

»Und Sie stehen auf und gehen?«

»Allerdings.«

»Warum tun Sie es dann nicht auch jetzt?«

O'Connor starrte ihn an.

»Was ich meine«, sagte Silberman bedächtig, »ist nichts anderes als das, was Sie eben gesagt haben. Es stimmt, Clinton ist feige, politisch ambivalent und von persönlicher Verantwortungslosigkeit geprägt. Aber er ist auch ein guter Politiker. Und er ist ein Mensch. Wenn schon die Tatsache, dass jemand überhaupt in die Politik gehen will, ihn in den Augen seiner Mitmenschen zum potentiellen Lumpen macht, ist das in der Tat bedenklich. Es ist ein Spiegel unserer Zeit. Unsere Freunde in Deutschland mögen politische Karrieristen mit persönlichem Wohlwollen betrachten, aber die wenigsten halten Politiker grundsätzlich für glaubwürdig. Sie halten Kohl für einen Paten und Schröder für einen Emporkömmling. In Amerika ist es noch schlimmer. Wir leben mit der Verachtung und dem Zynismus, der unseren Präsidenten grundsätzlich entgegengebracht wird. Ein Drittel aller Amerikaner verachtet Clinton.« Er machte eine Pause. »Aber dieses Phänomen betrifft die ganze Welt. Wir reden über Anschläge an Flughäfen und vergessen, dass der weltweite moralische Verfall der politischen Kultur die schlimmeren Attentäter wie Starr und seine Hintermänner erst ermöglicht. Wir öffnen den Rechten und Radikalen Tür und Tor, weil die Demokratie schwach und angreifbar geworden ist. Hinter Starrs Inquisition steckt der Versuch, das Amt des Präsidenten selbst zu beschädigen. Der Kreuzzug gegen Clinton, wie immer man ihn sehen mag, ist eine Offensive gegen einen Mann, der zweimal demokratisch gewählt wurde. Wäre er zurückgetreten, hätte das fatale

Auswirkungen gehabt. Es wäre einem rechten Putsch gleichgekommen. Die Methode der persönlichen Vernichtung hätte triumphiert.«

Silberman blinzelte, nahm seine Brille ab und sah O'Connor an. Ohne die Verstärkung durch die geschliffenen Linsen wirkten seine Augen in dem runden, freundlichen Gesicht klein und wie poliert. Analytische Schärfe und das Fehlen jeglicher Sentimentalität sprachen aus seinem Blick.

»Verzeihen Sie, dass ich Sie in dieser Situation so sehr mit meinen persönlichen Anliegen konfrontiere«, sagte er. »Sie haben andere Sorgen. Ich auch. Alles, was ich sagen will, ist, dass ein politischer Totschlag unseres Präsidenten noch viel schlimmer gewesen wäre als die Beendigung seiner physischen Existenz. Wenn diese Gefahr besteht, müssen wir alles tun, um ihr entgegenzuwirken. Aber verstehen müssen wir vor allem die Signale. Unsere demokratischen Strukturen werden lautlos demontiert. Ausgerechnet Amerika zerstört sein eigenes System und lässt eine Horde erzkonservativer Geiferer und religiöser Rechter den *American dream* in einen Alptraum verwandeln. Auch in Europa warten fundamentalistische Ideologen und Populisten der Angst auf ihren großen Auftritt. Schauen Sie nach Österreich. Nach Frankreich, nach Deutschland. Was wird aus Russland, wenn Jelzin geht? Die Welt kann keine weitere Banalisierung der Politik verkraften, Liam. Die Spaßgesellschaft hat genug Spaß gehabt. Wir brauchen eine neue Integrität in der Politik, wir brauchen Wahrheit, und wir brauchen Menschen, die daran glauben!«

»Eine Wahrheit hört auf, wahr zu sein, wenn sie von mehr als einer Person geglaubt wird«, sagte O'Connor trotzig.

»Zufällig ist mir dieses Zitat bekannt. Es stammt von Oscar Wilde, nicht wahr? Nun, Liam, gestatten Sie mir Folgendes: Wenn ein armer Hund, der nichts zu beißen und keine Perspektive hat, aufsteht und geht, sobald es unangenehm wird, habe ich dafür tief empfundenes Verständnis. Wenn ein gelangweilter Multimillionär es tut, leistet er dem Zynismus Vorschub. Die Politiker lügen, die Faschisten prügeln sie aus dem Amt, und das Volk steht auf und geht. Ich gratuliere zu einer so erhebenden Vision vom dritten Jahrtausend.«

Silberman rückte die Brille vorsichtig auf seinem Nasenrücken zurecht, als könne sie Schaden nehmen.

»Ich hoffe, Sie nehmen das nicht persönlich. Wie hieß der Kommissar noch gleich? Lavallier. Nein, Bär. Ich rufe Sie an, sobald ich mit einem von beiden gesprochen habe.«

O'Connor nickte.

Tausend Zitate, Bonmots und geistvolle Erwiderungen lagen ihm auf der Zunge. Stattdessen sagte er nur:

»In Ordnung, Aaron. Und ich Sie.«

»Das wäre nett. Ich mache mir wirklich Sorgen um den armen Franz.«

Silberman lächelte und ging davon. O'Connor sah ihm nach und fühlte sich einigermaßen überrumpelt.

Dieser Ausflug nach Köln stellte tatsächlich alles auf den Kopf!

Mit eiligen Schritten betrat er die Verwaltung und lief die Treppen hinauf in den zweiten Stock, wo die Technik saß.

JANA

Kaum eine journalistische Berichterstattung war je von längerer Hand vorbereitet und einem strengeren Sicherheitsprocedere unterworfen worden als der Doppelgipfel in Köln.

Ein halbes Jahr zuvor hatten Verlage und freie Journalisten ihre Akkreditierungsgesuche beim Bundespresseamt einreichen müssen. Akkreditiert zu werden hieß nicht automatisch, für beide Gipfel zugelassen zu sein. Es gab einen Ausweis für den EU-Gipfel und einen anderen für das G-8-Treffen. Ebenso zog das Ersuchen nicht zwangsläufig die Akkreditierung nach sich. Die Personalien der angemeldeten Journalisten wurden vom Bundeskriminalamt gegengecheckt, Lebenslauf, Leumund, beruflicher Werdegang, Dauer der Zugehörigkeit zum Verlag beziehungsweise der freien Mitarbeit, eventuelle Rechtsverstöße und Verdachtsmomente, die ganze Litanei.

Wer als unbedenklich aus dem Fegefeuer hervorging, bekam den begehrten Akkreditierungsausweis zugesprochen. Im Pressezelt auf dem Kölner Heumarkt gelangten die Ausweise schließlich an ihre Besitzer. Drei Tage vor dem jeweiligen Gipfel konnte man sie dort gegen Vorlage eines größeren Packens Dokumente – Personalausweis, Zeugnisse, Akkreditierungsanträge, Beglaubigungen des Bundespresseamts und des BKA – in Empfang nehmen. Als Erstes erwarb man damit die nachträgliche Berechtigung, das Zelt überhaupt betreten zu dürfen. Weiter kam man mit dem mühsam erworbenen Kärtchen nicht. Um etwa auf die Pressetribüne am Flughafen oder vor den Gürzenich zu gelangen, bedurfte es neben dem Akkreditierungsausweis wiederum so genannter Poolkarten. Für jeden nur erdenklichen Anlass gab es diese Karten. Wer sich erfolgreich hatte akkreditieren lassen, beantragte die Poolkarten seiner Wahl zwei Monate vor dem Gipfel und holte sie am Tag des jeweiligen Events im Pressezelt ab, sofern er im Besitz eines gültigen Akkreditierungsausweises war. So schloss sich der Kreis.

Jana stand vor dem Exit »Flughafen« und wartete geduldig auf den Shuttle-Bus. Für jeden Pool gab es im Zelt einen eigenen Ausgang. Gut eine Stunde vor dem fraglichen Termin passierte man seinen Pool-Exit, flankiert von Mitarbeitern des Bundespresseamts, bestieg seinen Bus und ließ sich ans Ziel kutschieren.

Es hatte einige Mühe bereitet, Jana zugleich in den Besitz einer ordnungsgemäßen Akkreditierung zu bringen. Mirko hatte sich darum gekümmert, und er hatte seine Sache mehr als gut gemacht. Nun war sie Cordula Malik, ausgestattet mit einer wasserdichten Legende und offiziell vermerkt als freie Journalistin aus Wien, seit heute offiziell eingebucht im Hotel Flandrischer Hof auf dem Hohenzollernring. Sie besaß einen Akkreditierungsausweis und seit wenigen Minuten eine Poolkarte für die Pressetribüne auf dem Vorfeld Fracht West des KölnBonn Airport.

Sie sah sich um. Das zweistöckige Pressezelt war stark frequentiert. Zweifellos hatten die Organisatoren des Gipfels hiermit ihr Meisterstück abgeliefert. Halb scherzhaft, halb ehrfürchtig wurde das provisorische Headquarter des internationalen Journalismus nun »Gipfel-Ufo« genannt. Hatte man die Sicherheitsschleuse passiert, Handy und Schlüssel dem Röntgenlaufband anvertraut und sich vom Metalldetektor absuchen lassen, während Scanner über Taschen und Geräte huschten, fand man sich in einem drei Millionen teuren High-Tech-Universum wieder, das der Kommandobrücke einer überdimensionierten Enterprise glich. Im Mittelpunkt des Ufos befand sich eine kreisrunde Faxzentrale. Von dort zweigten sternförmig endlos scheinende Reihen hochmoderner Arbeitsplätze ab, ausgestattet mit Laptop-Anschluß und PC, analogen und ISDN-Telefonen, E-Mail und Internet. Über die TV-Bildschirme einer zelteigenen Fernsehstation flimmerten fortlaufend Nachrichten und Pressekonferenzen, in den Pausen lief VIVA zur Entspannung.

Einige Schritte von Jana entfernt stand ein junger, stoppelhaariger Mann und sprach in ein Diktaphon, während er von Zeit zu Zeit in einen Notizblock schaute.

»Dreitausend Journalisten finden in dem Ufo Platz«, sagte er, »die nach vorläufigen Schätzungen bereits einige hunderttausend Hektoliter Kölsch, Wasser, Limo und Cola niedergemacht und neben Zentnern von Kanapees, belegten Broten, Salaten und Törtchen an die zweitausend Kilo Lachs verspeist haben. Alle zehn Minuten treffen die Nachschublaster ein. Es ist eine gewaltige Maschinerie in Bewegung gesetzt worden, um jeden Hunger zu stillen, sei es den nach Neuigkeiten oder Kohlenhydraten.«

Er machte eine kurze Pause, blätterte in dem Block und fuhr fort: »Die Stimmung ist gut, ganz ausgezeichnet. Man hat die Journalisten mit Wundertüten beschenkt, voll der nützlichsten Dinge – Augenblick, haben wir darüber nicht schon letzte Woche was gebracht? Egal. Jedenfalls, jeder hat was springen lassen. Der WDR einen Eurorechner mit Übersetzerfunktion, Ford ein Sitzkissen, Bayer einen Blutzuckermesser, um sich selbst auf Gipfeltauglichkeit zu testen.« Er grinste in sich hinein. »Das Sitzkissen ist den meisten, sagen wir ruhig, am Arsch vorbeigegangen, der Blutzuckermesser sorgte für Ratlosigkeit und anschließendes Entsetzen, weil man sich zwecks Diagnose in den Finger pieksen musste. Dafür waren die kostenlosen Eintrittskarten zum Gipfelkonzert auf dem Roncalliplatz, das unvermeidliche Fläschchen 4711, vor allem aber die vom Bundespresseamt großzügig verteilten Kondome auf lebhaftes Interesse gestoßen. Letzteres hat den kölnischen Klerus verdrossen, ebenso wie der Umstand, dass Kölns bekannteste Lustmeile mit neuen Matratzen und zweihundert Extramädchen aufgerüstet hat und seit Wochen ein einmotoriger Flieger über dem Dom ein Transparent hinter sich herzieht, auf dem für einen Nachtclub namens ›Pascha‹ geworben wird. Der Sprecher des Erzbistums hat einiger Verärgerung Ausdruck verliehen – haben wir ein Bild von dem Typ? Nachprüfen! –, allerdings in gedämpfter Form. Die Kirche weiß sehr genau, dass sie nichts davontragen wird als den Ruf des ewigen Spielverderbers, also begegnet man dem zu erwartenden Sündenbabel mit Last-Minute-Beichtgelegenheiten und zusätzlichen Gipfel-Gottesdiensten. – Irgendwie sind am Ende doch alle wieder versöhnt, und Köln hat, was es will, nämlich eine hochzufriedene Journaille.«

Der Mann, der da seinen Artikel ins Gerät diktierte, hatte es auf den Punkt gebracht. Jana war klar, was sich die Kölner Stadtgewaltigen wünschten. Bei allem Augenmerk auf die Protagonisten und politischen Inhalte des Gipfels erhoffte man sich vor allem die weltweite Etablierung *eines* Stars, und der hieß Köln.

Sie würden sich wundern.

Jana gähnte und überprüfte in einem Schminkspiegel ihr Make-up.

Cordula Malik existierte tatsächlich. Beziehungsweise, sie hatte existiert, wenn auch nur drei Lebensjahre lang. Dann waren sie und ihre Eltern bei einem Brand ums Leben gekommen, Anfang der siebziger Jahre. Mit Akribie und den richtigen Verbindungen ließ sich aus einem solchen Fall ein lebender Mensch gestalten, mit einem beruflichen und persönlichen Werdegang und einem festen Wohnsitz. Mirko hatte sich in den Besitz der Geburtsurkunde gebracht, eine gängige Methode international operierender Verbrecher und Terroristen, wenn sie unter falschem Namen in andere Länder einzureisen beabsichtigten. Eine ganze Reihe weiterer Schritte inklusive der Bestechung ehrbarer Beamter war erforderlich gewesen, um eine quicklebendige, dreißigjährige Journalistin zu erschaffen.

Cordula Malik war dem Grab entstiegen. Eine andere Frau würde dafür abtreten. Eine elegant gekleidete, gut aussehende Italienerin mit langem, rotbraunem Haar namens Laura Firidolfi, die nie zurückkehren würde. Jana empfand leichtes Bedauern. Sie hatte die erfolgreiche Geschäftsfrau gemocht. Laura Firidolfi hätte die würdige Nachfolgerin Sonja Cosics sein könne, aber die Geschichte hatte es anders gewollt.

Cordula Malik trug die Haare kurz und strohig. Vor einer Stunde hatte die Verwandlung mittels Schere stattgefunden, gleich nachdem Jana und Gruschkow die Kamera gecheckt hatten. Firidolfis teures Kostüm war einer ausgeblichenen Jeans und einem bauchfreien T-Shirt mit leichtem Blouson darüber gewichen, deren Farben die Siebziger widerspiegelten, gemäß der augenblicklichen Mode. An den Füßen trug Cordula Turnschuhe von Nike mit verstärkten Sohlen. Derart gekleidet, Augen und Lippen expressiv geschminkt, wirkte sie wie ein etwas verspätetes Girlie, nominell zu alt für den Look, in ihrer äußeren Erscheinung dennoch aufreizend genug, um als Vertreterin der Szene durchzugehen. Über ein Nabelpiercing hatte sie nachgedacht, den Gedanken jedoch verworfen und stattdessen mit Tattoostiften ein keltisches Symbol aufgetragen, das sich aus dem Hosenbund hinaufwand.

Sie sah aus wie die Bilderbuchvertreterin der Spaßgeneration. Eine Medienschlampe, wahrscheinlich furchtbar von sich eingenommen und nicht sonderlich intelligent. Mit Sicherheit die Allerletzte, der man einen Anschlag auf den Präsidenten der Vereinigten Staaten zutraute.

Die Nikon hatte sie zusammen mit einer kleinen Olympus um den Hals hängen, so, dass die Kameras nicht direkt vor ihrer Brust baumelten, sondern über der Hüfte. Ihre Kiefermuskeln spannten und entspannten sich in der Bearbeitung eines Kaugummis. Offensichtlich gelangweilt wanderte sie vor dem Exit auf und ab. Schließlich wurden die Türen geöffnet, und sie wurden nach draußen geführt.

Eine Menge Menschen war unterwegs. Das Sonnenlicht tauchte die Altstadt in warme Farben. Alles sah nach einem schönen frühsommerlichen Abend aus.

Bis auf die geschlossene Wolkendecke, die sich vom anderen Rheinufer näherte.

Regen. Das Einzige, was den Plan gefährden konnte.

Allerdings nur, wenn es wie aus Eimern schüttete. Und selbst dann hätte sie eine weitere Chance.

Dennoch, Regen war schlecht. Er würde sie möglicherweise

zwingen, länger zu bleiben, als ihr lieb war. Im Zweifel musste Laura Firidolfi noch einige Tage fortbestehen. Die Verkleidung war kein Problem, aber sie hasste den Gedanken trotzdem.

Kein Regen, dachte sie. Bitte.

»Auch POTUS?«, sprach sie der junge Mann mit den Stoppelhaaren an.

Sie wandte den Kopf. Der andere war mit Kameras behängt wie sie.

»Mhm«, drückte sie zwischen den auf- und abgehenden Kiefern heraus.

»Ich auch«, sagte der Mann. »Von welchem Blatt sind Sie?«

»Kein Blatt«, nuschelte sie. »Bin frei.«

Der junge Mann streckte ihr die Hand hin.

»Peter Fetzer. Kölner EXPRESS.«

»Oh. Die Lokalmatadoren.« Sie hob die Brauen und verstaute den Kaugummi im hinteren Winkel ihrer rechten Backentasche. »Cordula Malik. Wien. Korrespondentin für alles Mögliche.«

»Sind Sie schon lange in Köln?«, fragte Fetzer.

Sie schüttelte den Kopf.

»Ist mein erster Termin«, sagte sie.

Er grinste. »Wundern Sie sich nicht, wenn Sie Bus fahren. Meist fahren wir eine ganz manierliche Strecke, aber es kann Ihnen passieren, dass der blöde Bus Sie einfach nur um die Ecke karrt. Übermorgen, heißt es, geht Clinton in den Dom.«

»Weiß schon«, sagte sie gelangweilt. »Will ich auch hin. Geile Kirche.«

»Dann viel Spaß.« Er wies dorthin, wo die Türme der Kathedrale über die Häuser der Altstadt ragten, und lachte. »Das wird die kürzeste Busfahrt Ihres Lebens.«

Sie lachte zurück und versuchte, es ein bisschen gewöhnlich klingen zu lassen. Natürlich wusste sie genau, wovon er sprach. Alle Journalisten, die zu einem Gipfelevent wollten, mussten am Heumarkt oder einem anderen Fixpunkt den Bus besteigen, und wenn er nur zehn Meter weit fuhr. Man hatte ein Auge auf die Journalistenpools.

»Vielleicht sehen wir uns ja gleich«, sagte Jana. »Wann kommt denn der Bus?«

»Weiß nicht.« Fetzer schaute sich um und zuckte die Achseln.

»Hat offenbar Verspätung. Wenn ich Ihnen irgendwie helfen kann...«

»Ganz lieb. Komm schon zurecht.«

VERWALTUNG. TECHNIK

Mahder war im Begriff, sein Büro zu verlassen, als O'Connor eintrat. Der Abteilungsleiter trug einen Packen technischer Zeichnungen unter dem Arm und wirkte angespannt.

»Irgendwie macht uns die Gipfelitis alle fertig«, sagte er. »Ich bin froh, wenn es vorbei ist, aber das darf man ja nicht laut sagen, sonst springt einem Stankowski ins Gesicht.«

»Ich wollte Sie nicht aufhalten«, sagte O'Connor.

»Tun Sie nicht. Warten Sie einen Augenblick.«

Mahder ging ins Nebenzimmer. O'Connor hörte, wie er jemanden anwies, die Pläne ins alte Terminal zu bringen. Dann kehrte er mit entschuldigendem Gesichtsausdruck zurück.

»Die Arbeit geht ja weiter«, sagte er. »Oder besser gesagt, sie soll weitergehen, und zugleich dann doch wieder nicht. Meine Leute werden alle zehn Minuten kontrolliert, wenn wir rausfahren.«

»Die Technik wird kontrolliert?«

»Alle werden kontrolliert. Techniker, sonstiges Personal. Die SI kontrolliert uns, die Polizei kontrolliert die SI, der Secret Service kontrolliert die Polizei und wird wiederum von denen kontrolliert, und wenn das BKA nix zu tun hat, kontrolliert es wahrscheinlich noch sich selbst.« Er verzog das Gesicht. »Und das ist nur das amerikanische Kapitel. Dasselbe Spiel werden wir in drei Tagen erleben, wenn Jelzin kommt, dann haben wir die Kosaken am Hals, und morgen werden uns die Engländer und die Franzosen auf die Nerven gehen. Alle drehen durch. Haben Sie von Strack gehört?«

»Strack?«

Mahder lachte unvermittelt. Die billigen falschen Zähne blitzten. Das Lachen eines unzufriedenen Menschen, dachte O'Connor, der feststellt, dass jemand anders gerade auf einer Bananenschale ausgerutscht ist.

»Strack ist ein hohes Tier bei der Polizei, wussten Sie das nicht? Er macht den großen Zampano, läuft schon mal gern durchs VIP-Zelt und redet ständig mit wichtigen Leuten, während Männer wie Lavallier die ganze Arbeit erledigen. Jeder in Köln weiß das. Wollen Sie übrigens einen Kaffee?«

»Danke, ich möchte mich gar nicht lange –«

»Sie haben ihn verhaftet!« Mahder starrte O'Connor an und lachte aus vollem Halse. »Ist das nicht ein Ding? Waren natürlich Ossis. SEKs aus Brandenburg. Als letzte Woche der französische Premier abgeflogen ist, haben sie wieder mal alles abgesperrt. Aus allen Bundesländern haben wir hier Polizei, und manche sind zu dämlich, den eigenen Polizeichef durchzulassen, bloß weil er eben mal seinen Ausweis nicht parat hat. Lavallier musste ihn raushauen.«

»Allerhand.«

Mahder hörte auf zu lachen und zuckte die Achseln.

»Na ja. Soll mir egal sein, wie sie's machen. Das Problem ist, dass wir die Arbeit niederlegen müssen, wenn Clinton reinkommt.«

»Sagten Sie heute Mittag nicht, die Landungen würden die Arbeit nicht tangieren?«

»Grundsätzlich stimmt das. Im Terminal 2 geht alles normal weiter. Aber heute kommt Clinton. Vorfelder, Frachtflughafen, alles Mögliche wird gesperrt. Wir haben eine wichtige Baumaßnahme auf A2, da wird betoniert. Wir arbeiten auch nachts. Ursprünglich sollten wir komplett die Zelte abbrechen, aber wenigstens diesmal konnten wir den Amis ein paar Kompromisse abringen. Trotzdem ist für zwei Stunden Schicht, wenn Clinton kommt. Unsere Leute werden in Busse verfrachtet und dürfen da ihre Stullen essen. Lächerlich!«

»Er ist immerhin der Präsident der Vereinigten Staaten.«

»Na und? Was erwarten die denn? Dass wir mit Schaufeln nach der Air Force One werfen?«

»Ich weiß nicht, ob es so lächerlich ist«, sagte O'Connor. »Ich denke an Patrick Clohessy, will sagen, O'Dea.«

»Das ist natürlich wahr«, gab Mahder mürrisch zu. Er kratzte sich hinterm Ohr und sah O'Connor an. »Was kann ich eigentlich für Sie tun? Oder wollten Sie nur plaudern?«

»Nein.« O'Connor schüttelte den Kopf. »Mich würde interessieren, wo Clohessy überall gearbeitet hat.«

»Warum fragen Sie nicht Lavallier?«

»Er ist nicht da«, log O'Connor. »Außerdem schätze ich, Sie haben die detaillierteren Informationen.«

»Schon«, sagte Mahder zögerlich.

O'Connor trat zu dem Abteilungsleiter und senkte seine Stimme.

»Heute Mittag waren Sie der Ansicht, dass man Ihnen nicht genug erzählt. Nun, ich erzähle Ihnen was. Vielleicht können Sie ja bei der Aufklärung helfen, ohne sich mit den Institutionen herumärgern zu müssen, die Ihnen jeden Schritt verbieten.«

Mahders Augen verengten sich. Dann lächelte er.

»Ich muss zugeben, dass ich mir tatsächlich schon meine eigenen Gedanken gemacht hatte.«

»Ich auch.«

»Aber wir haben alles untersucht. Meine Leute, die SI, die Polizei. Ich habe Lavallier eine komplette Liste der Einsätze gegeben, an denen O'Dea – Clohessy beteiligt war. Ich bin selbst vorhin noch über die Gerüste balanciert. Wir haben nichts gefunden.«

»Wo war er denn am häufigsten?«

»Im neuen Terminal. Ich sagte ja, wir müssen da ständig aushelfen.«

O'Connor trat einen Schritt beiseite und rief sich in Erinnerung, was Mahder ihnen auf der Rundfahrt alles gezeigt hatte. In Höhe des neuen Terminals landete möglicherweise die Air Force One. Oder auch nicht. Sie machten ein Geheimnis draus. Sich dort auf die Lauer zu legen, war sinnlos. Zumal man ein ziemliches Kaliber ins Feld führen musste, um den bestgeschützten Jumbo der Welt aus der Luft zu holen.

Derjak schießt.

Wer in Herrgottsnamen war Derjak? Womit wollte er schießen?

Pieza Datspiglen.

»Können Sie mir auf dem Plan noch mal zeigen, wo Clinton genau landet?«, sagte O'Connor.

Mahder breitete die Hände aus.

»Sicher. Aber was soll das bringen?«

»Aufschluss.«

»Kein Problem. Kommen Sie hier rüber.« Mahder ging zu einer weiß getünchten Wand, an der mit Heftzwecken ein gezeichneter Plan des gesamten Flughafengeländes befestigt war. Daneben hingen mehrere Luftaufnahmen. O'Connor folgte ihm.

Erstmals sah O'Connor den Airport aus der Vogelperspektive.

Es war verwunderlich, wie klein das Hufeisen des alten Terminals im Vergleich zu der Gesamtgröße des Airports wirkte. Tatsächlich machte es nur einen winzigen Teil aus, erweitert durch das T2 und das riesige angrenzende Parkhaus. Ein Stück davor, auf der anderen Seite des Autobahnzubringers, konnte O'Connor die Gebäude des Holiday Inn, der Verwaltung und der Polizeiwache ausmachen. Sie lagen dicht beieinander und erschienen irgendwie abgeschlagen, als gehörten sie nicht wirklich zum großen Ganzen. Wie unliebsame Verwandte, die nicht im Schloss wohnen dürfen, sondern im Häuschen an der Auffahrt.

Jenseits des Terminals begannen die Runways, die Vorfelder und das, was Kika als »kleine Stadt« bezeichnet hatte. Wie O'Connor jetzt sah, handelte es sich dabei fast zur Gänze um den Frachtflughafen. Der Komplex aus Verwaltungsgebäuden, Hangars, Fracht- und Lagerhallen zog sich parallel zu den Landebahnen dahin. Sie hatten ihn durchquert, aber O'Connor war trotzdem verblüfft über die Ausdehnung des Trakts.

Mahder zeigte auf das Ende des Super-Runway.

»Daran sind wir entlanggefahren. Erinnern Sie sich? Auf dieser Bahn wird die AFO landen.«

»AFO?«

»Air Force One. Sie können nicht in dieser Branche arbeiten, ohne Abkürzungen zu benutzen, andernfalls hätten Sie keinen Feierabend mehr. Wie schon gesagt, es ist nicht definitiv sicher, aber ich schätze mal, sie werden bei 14L runterkommen, also in Terminalhöhe.« Mahders Finger fuhr die Landebahn entlang. »Sehen Sie, jede Bahn hat ihre eigene Codierung. Das nordwestliche Ende des großen Runway heißt 14L, die südöstliche Seite 32R. L und R für links und rechts. Also, er kommt links rein, rollt am Frachtflughafen vorbei in südöstliche Richtung. Hinten in der Heide macht er einen *Backtrack,* fährt über Rollbahn A zurück, dann links und wieder rechts auf die westliche Seite des Frachtflughafens.«

»Er fährt auf den Frachtflughafen«, sinnierte O'Connor.

Mahder grinste.

»Was dachten Sie denn? Der POTUS zeigt seinen Pass, geht durch den Zoll und wartet am Gepäckband auf sein Köfferchen?«

»Ich hatte überhaupt keine klare Vorstellung«, sagte O'Connor. »Der Luxus eines eigenen Vorfelds wurde mir noch nicht zuteil.«

»Darf ich Sie was fragen?«

»Natürlich.«

»Sie sind doch bestimmt ein wohlhabender Mann. Warum leisten Sie sich keinen eigenen Flieger?«

Da war er wieder, der hohle Neid, verpackt in Anteilnahme.

»Es wäre langweilig«, sagte O'Connor. »Man ärgert immer dieselbe Crew.« Er wies auf ein großes Gebäude, das in die westlichen Vorfelder hineinragte. »Was ist das hier?«

»Die Lärmschutzhalle. Hier auf der Luftaufnahme können Sie sie gut erkennen, ein ziemlicher Brocken. Wir testen darin Turbinen, darum mussten wir eine nach oben offene Halle anschaffen. Wenn die AFO in Richtung Frachtflughafen rollt, fährt sie über die beiden anderen Landebahnen auf die westliche Seite, dreht hier ein weiteres Mal, sehen Sie, über 14R auf Rollbahn T und kommt auf dem Vorfeld Fracht West zum Stehen. Es liegt gleich rechts von der Lärmschutzhalle, genau hier.«

»Und da verlässt Clinton die Maschine?«

»Alle Staatsgäste steigen da aus. Das VIP-Zelt steht da, Presse, Auswärtiges Amt, Polizei und Bundeswehrbataillon. Clinton schreitet die Ehrenformation ab, schüttelt ein paar Hände und steigt in seine Limousine. Der Frachtflughafen wird von der Heinrich-Steinmann-Straße durchquert, wir sind sie heute ein Stück entlanggefahren. Die Fahrzeugkolonne verlässt das Vorfeld, biegt auf die Straße ein und verlässt den Flughafen Richtung Autobahn.«

»Perfekt«, sagte O'Connor. »Er muss durch kein Gebäude.«

»Nein, nur dazwischen durch. Aber auch das ist kein Problem. Alle Fenster und Türen, alle Hangars und Hallen werden geschlossen, jeder Raum wird gecheckt sein.«

»Es gibt eine Menge Gebäude da.«

»Alles, was wichtig ist«, nickte Mahder. »Sie haben's ja heute gesehen. Schräg gegenüber der Lärmschutzhalle liegt der Tower, davor das UPS-Gebäude…«

O'Connor warf einen Blick auf eine der Luftaufnahmen. »Beide recht hoch, nicht wahr?«

Mahder schwieg eine Sekunde. »Na ja, der Tower ist natürlich das höchste Gebäude überhaupt. Dann haben wir hier Terminal West, Luftpostleitstelle, Luftsicherheit, Lkw-Verladestation und Zollgebäude, Gerätehallen, Frachthallen, weiter hinten die Feuerwehr und noch dies und das. Zur anderen Seite der Straße die Hangars 1 bis 3, das Lufthansagebäude, und so weiter und so fort.«

»Und die sind alle gesichert?«

»Da kann nichts passieren«, sagte Mahder im Brustton der Überzeugung. Bei allem Unmut, den er an den Tag legte, schien er darauf wiederum stolz zu sein. »Die Dächer sind übersät mit Scharfschützen. Ich habe sagen hören, sie sind sogar auf einen Angriff aus der Luft vorbereitet.«

O'Connor betrachtete stirnrunzelnd den Frachtkomplex. Mahder hatte vermutlich Recht. Wie sollte man eine Waffe in diese komprimierte Sicherheitszone einschmuggeln?

Derjak schießt.

Womit schießt er?

Derjak erschießt den POTUS.

POTUS.

POTUS war kein Eigenname. Es war eine Abkürzung. War auch Derjak eine Abkürzung?

»Und die Wagenkolonne fährt hier entlang?«

»Sie wartet auf der anderen Seite der Lärmschutzhalle«, sagte Mahder geduldig. »Hier. Dann –«

»Auf GAT 1?«

»Ja. GAT steht für General Aviation Terminal. Das GAT 1 ist für die kleinen Learjets vorgesehen, mit denen die Außenminister zum Teil gekommen sind. Sie werden da geparkt, während große Maschinen wie die AFO oder Jelzins Iljuschin auf den nahe gelegenen Militärflughafen...«

O'Connor hörte nicht mehr zu.

Das GAT. Dasgat. Daskat. Es gab tausend Möglichkeiten für ein Missverständnis.

Im selben Moment wurde ihm klar, was sie vorhatten und wie sie es bewerkstelligen würden.

Derjak war kein Name, kein Akronym und keine Person. Es war überhaupt kein zusammenhängendes Wort. Der war nichts weiter als der männliche Artikel.

Der YAG!

Alles fügte sich zusammen. Kuhn musste eine Unterhaltung belauscht haben. Offenbar hatte er aufs Geratewohl eingegeben, was ihm bedeutsam vorgekommen war, in großer Hast und ohne den Sinn zu verstehen, aber er hatte ins Schwarze getroffen. *Pieza datspiglen.* Piez Adapt. Spiegel. Piezomotoren in einem Adaptiven Spiegel. Ein YAG und ein System von Spiegeln, wie in der klassischen Physik. Ein Objektiv, um das Ziel ins Visier zu nehmen. Das war es. Zugleich erledigte sich die Frage, wie jemand eine Waffe in den Flughafen schmuggeln sollte und was mit Clinton passieren würde, sollte er getroffen werden.

»He. Dr. O'Connor.«

Er reagierte nicht. Sein Geist versuchte blitzschnell, sämtliche Möglichkeiten durchzugehen. Er konnte auf ein umfassendes Wissen zurückgreifen. Das Wissen eines Mannes, der sich bis zur Nobelpreisreife mit Photonenforschung beschäftigt hatte und jeden nur erdenklichen Aufbau kannte. Während er in fieberhafter Eile Paddys Arbeit zu rekonstruieren suchte, konnte er kaum fassen, dass er nicht schon eher darauf gekommen war.

Andererseits, es war absurd. Kaum vorstellbar, dass jemand mit so etwas rechnete. Und dass es überhaupt klappte.

Konnte es klappen?

»Dr. O'Connor? Ist Ihnen nicht gut?«

»Sie haben einen YAG«, murmelte er. Langsam sah er auf und in Mahders besorgtes Gesicht. »Ich weiß es.«

»Was wissen Sie?«

»Ich weiß, was sie vorhaben.«

Mahder wirkte verwirrt.

»Sie? Wer? Wovon reden Sie überhaupt?«

»Wo hat Paddy sonst noch gearbeitet außer im neuen Terminal?«

Mahder starrte ihn an.

»Wollen Sie mir nicht sagen –«

»Später. Wo?«

»Na, hier.« Mahders Finger fuhr über die Luftaufnahme und verweilte nacheinander auf einigen Gebäuden. »Terminal West, die Luftpostleitstelle, Hangar 1. Ach, und da drüben, auf der anderen Seite, das ist eine ganze Strecke weit weg, an den Zwischenlagern.«

O'Connor trat näher heran. Das Foto zeigte den Frachtflughafen klar und detailliert, aber dennoch aus beträchtlicher Höhe. Kaum eines der fraglichen Bauwerke wies die erforderliche Höhe auf. Und sie brauchten Höhe, um ihren Plan in die Tat umzusetzen.

Oder unterlag er einem gewaltigen Irrtum?

Nein, es ist möglich, dachte er. Es steht in der Wahrscheinlichkeit nicht weit hinter einem UFO-Angriff zurück, aber es ist zu machen.

Also doch im Terminal 2?

Es kam darauf an, wie groß der YAG war. Um ein landendes Flugzeug zu beschädigen, würde er so groß sein müssen wie drei Häuserblocks. Und selbst das würde kaum reichen.

Also mussten sie es auf den Menschen abgesehen haben. Auf den Präsidenten, im Moment, da er den Flieger verließ.

Das neue Terminal war möglicherweise hoch genug. Es fiel schwer, ein endgültiges Urteil auf Basis der Luftaufnahme zu fällen. Die Frage war weiterhin, wie viele Umleitungspunkte der Aufbau besaß. Es mussten mehrere Spiegel sein, und der erste war adaptiv.

Neben ihm begann Mahder nervös von einem Bein aufs andere zu treten.

»Dr. O'Connor, ich will Sie nicht drängen, aber ...«

»Keine Bange, Sie drängen mich nicht. Sie sind sicher, dass Paddy ausschließlich an diesen Gebäuden gearbeitet hat?«

»Natürlich.« Es klang gereizt. Mahder schien plötzlich seinen guten Willen zu verlieren. »Ich habe ihn persönlich für sämtliche Einsätze eingeteilt. Er hätte gar nicht woanders hingekonnt ohne meine Einwilligung. Wir sind hier keine Truppe von Clowns.«

»Ich bitte um Verzeihung.«

O'Connor zog sein Handy hervor und griff in die andere Innentasche seines Jacketts. Seine Finger tasteten nach dem Zettel mit den beiden Nummern von Lavallier und griffen ins Leere.

Wo hatte er den Zettel...?

Dann fiel es ihm ein. Sie hatten die Namen der Politiker daraufgeschrieben. Der Zettel lag an der Bar des Holiday Inn, falls er nicht schon dem Ordnungseifer des Barmanns zum Opfer gefallen war.

Was war er doch für ein verdammter Idiot!

Einen Moment lang überlegte er zurückzulaufen. Aber er würde nur Zeit verlieren.

»Wären Sie so freundlich, Lavallier anzurufen?«, sagte er mit liebenswürdigem Lächeln.

Mahder rang die Hände und öffnete den Mund. Dann zuckte er die Achseln und ging hinüber zu seinem Schreibtisch. Wortlos blätterte er in einem Buch, dann wählte er die Nummer der Wache.

»Hauptkommissar Lavallier, bitte.«

Er wartete einige Sekunden.

»Im VIP-Zelt? Ja, natürlich. Ja, ich notiere.«

Mahder schrieb zwei Telefonnummern auf ein Blatt, während O'Connor unruhig im Raum auf und ab ging. Er musste etwas unternehmen. Sie hatten keine Zeit, stundenlang der Polizei hinterherzutelefonieren.

»Versuchen Sie's bei Bär!«, rief er.

»Er ist ebenfalls nicht da«, sagte Mahder. »Sie sind alle raus zum VIP-Zelt. Alle ungemein beschäftigt. Ich probiere Lavallier auf dem Handy zu erreichen.«

»Bitte. Sie würden mir und dem Präsidenten der Vereinigten Staaten einen großen Gefallen tun.«

Mahder starrte ihn verwirrt an, während seine Finger über die Tasten des Telefons huschten. Er runzelte die Brauen, dann schüttelte er den Kopf. »Beide besetzt. Hören Sie, ich hätte auch noch Verschiedenes zu tun. Nicht, dass ich Sie loswerden will, aber wenn ich Ihnen weiter zur Verfügung stehen soll, müssen Sie mir schon einen Grund liefern. Sonst bin ich hinterher der Dumme, verstehen Sie?«

»In Ordnung«, sagte O'Connor. »Wenn Sie mich dafür ins neue Terminal bringen.«

»Was?«

»Ich will mich da umsehen.«

Mahder schnappte nach Luft.

»Das können Sie nicht so einfach. Man wird Sie nicht reinlassen, Sie sind nicht befugt, und –«

»In Ihrer Gesellschaft bin ich befugt«, brauste O'Connor auf. »Sie haben einen Ausweis, das hat heute Mittag schon mal funktioniert.« Er lief ungeduldig zur Tür. »Kommen Sie endlich, wir haben keine Zeit zu verlieren. Ich erzähle Ihnen im Auto, wonach ich suche, aber ich muss da rein, oder der Präsident der Vereinigten Staaten wird den letzten Blick seines Lebens auf das Vorfeld Fracht West werfen.«

Der Abteilungsleiter erbleichte. »Sie meinen …«

»Ja. Genau das meine ich.«

»Dann … ist gut, ich … ich hole nur gerade meine Autoschlüssel.«

»Beeilen Sie sich.«

Mahder verschwand im angrenzenden Zimmer und schlug die Tür hinter sich zu. Eine Minute zog sich zäh dahin, dann tauchte er wieder auf, einen Packen Schnellhefter unter dem Arm.

»Ich dachte nur, ich könnte bei der Gelegenheit gleich rüber ins alte Terminal und ein paar Dinge besprechen«, sagte er schnell. »Mein Wagen steht unten.«

»Es reicht, wenn Sie mich reinbringen«, sagte O'Connor.

»Ja, selbstverständlich.«

Mahder eilte zur Tür seines Büros und hielt sie für O'Connor auf. Der Physiker sah auf die Uhr.

Keine Stunde mehr bis zur Landung der Air Force One.

VORFELD FRACHT WEST

Lavallier trat aus dem Feuerwehrcontainer und richtete skeptische Blicke in den Himmel.

Es zog sich zu. Den ganzen Tag über hatte die Sonne geschienen, aber jetzt näherten sich von Osten her bleigraue Wolken. Wind war aufgekommen und blähte die Fahnen vor dem VIP-Zelt. Wenigstens ein erfreulicher Nebeneffekt der Wetterverschlechterung, dachte er. Schlaff herunterhängende Fahnen machten irgendwie keinen Spaß.

Er ging einige Schritte auf das Vorfeld hinaus und nahm die Atmosphäre in sich auf.

Mittlerweile hatten sich alle hier daran gewöhnt, ohne Unterlass Staatsgäste in Empfang zu nehmen, aber bei Bill Clinton war es dennoch etwas anderes. Unwillkürlich ertappte man sich dabei, hundertmal für gut Befundenes einer weiteren kritischen Betrachtung zu unterwerfen, die Fassade des Zelts nach Verschmutzungen abzusuchen, die grauen Stoffverkleidungen über den Sockeln der Fahnen auf korrekten Sitz und Unversehrtheit zu überprüfen. Die Vorstellung, dass der Präsident in etwas mehr als einer Stunde hier aussteigen und Hände schütteln würde, hatte etwas Erhebendes. Und natürlich wollten sie. Jeder hier wollte den Mann aus der Nähe sehen, der in kaum je da gewesener Weise Hoffnungsträger, Friedensengel, Moralist, Wüstling und Dunkelmann in einer Person vereinte – einer Person zudem, die bekannt war für ihre geradezu magnetische Ausstrahlung.

Lavallier richtete den Blick über die Betonfläche des Vorfelds.

In einigen hundert Metern Entfernung zogen sich der kurze Runway und die Rollbahn entlang, über welche die Air Force One einfahren würde, nachdem sie auf dem Super-Runway gelandet war und ihre Runden durch die Heide gedreht hatte. Jenseits des Runways konnte er die Flugzeughallen der Bundeswehr ausmachen. Der Militärflughafen lag am äußersten westlichen Rand des Flughafengeländes.

Nachdem Clinton den Flughafen verlassen hatte, würde die amerikanische Maschine dorthin gebracht werden, wo sie für die Dauer des Besuchs unter strenger Bewachung verblieb. Alle Maschinen wichtiger Staatsgäste kamen dorthin.

Lavallier drehte sich um und genoss den Anblick. Es sah schon verdammt großartig aus, was sie da hingekriegt hatten. Regelrecht feierlich.

Das VIP-Zelt selbst, weiß, mit Giebeldach und romanischen Rundbogenfenstern, erstreckte sich über die Länge von annähernd fünfzig Metern am Rand des Vorfelds. Rechts daneben ein knallroter Feuerwehrcontainer, zwei grüne Mannschaftswagen, Rettungswagen und Notarzt. Davor bildeten die Fahnen, an denen der Wind jetzt ungestümer zerrte, ein unbekümmertes Durcheinander von Farben, die Welt in seltener Eintracht.

Links vom Zelt zur Lärmschutzhalle hin war ein separater Bereich abgeteilt worden. Auch hier erhoben sich zwei Zelte, die kleiner und der Presse vorbehalten waren. Die Absperrungen, die das komplette Vorfeld umgaben und nur die Front des VIP-Zelts offen ließen, knickten hier diagonal ab und endeten an der Flanke der Lärmschutzhalle. Auf diese Weise hatte man für die Journalisten eine Fläche zum Rollfeld hin geschaffen, auf der sich Fotografen und Korrespondenten seit Gipfelbeginn auf die Füße traten, wann immer hoher Besuch zu erwarten war.

Hinter dem VIP-Zelt wuchs der neue Tower in den Himmel. Dazwischen verlief die Straße, über die Clintons Wagenkolonne den Flughafen verlassen würde.

Zwanzig Minuten zuvor würden die zuständigen SEKs damit beginnen, die komplette Autobahn und die darüber laufenden Brücken zu sperren. Es hatte eine Heidenlogistik erfordert, alle relevanten Bereiche in Köln zu sichern. Allein, was sie am Flughafen auf die Beine gestellt hatten, übertraf alles Dagewesene seit dem Besuch von Präsident Johnson, und der lag immerhin Jahrzehnte zurück.

Besonders an den Vorfeldabsperrungen hatten sie lange getüftelt.

Jetzt war alles perfekt. Um in die Pressezelte und ins VIP-Zelt zu gelangen, musste man von der Heinrich-Steinmann-Straße zuerst auf einen riesigen gesicherten Parkplatz und dann durch separate Checkpoints. Die Presseleute betraten das Gelände durch einen Container, in dem sie abgetastet, überprüft und ihre Geräte einem Röntgengerät überantwortet wurden. Danach passierten sie eine Detektorsperre, nahmen ihre metallenen Gegenstände und die Ausrüstung wieder in Empfang und durften über den angrenzenden Rasen zu den Pressezelten gehen. Den Gästen des VIP-Bereichs hatte man einen prosaischen Kasten wie den Checkcontainer nicht zumuten wollen und stattdessen ein schmuckes Zelt in die Phalanx der Gitter eingefügt, wo man sich höflich, aber bestimmt der authentischen Person des Eintretenden versicherte, bevor man ihn auf den kurzen Pfad über die Wiese zum Zelt entließ. Jenseits des Checkpoints trennte eine Absperrung die VIPs von den Presseleuten. Es hatte ein wenig den Augenschein von Klassentrennung, aber tatsächlich war es besser so. Man hatte Pressetourismus vermeiden wollen, wo Vertreter des Auswärtigen Amts mit Sicherheitsleuten und Diplomaten das eine oder andere besprechen würden, was man tags darauf nicht unbedingt in der Zeitung wieder finden wollte, und außerdem war ein VIP ohne Exklusivität kein VIP mehr.

Lavallier dachte an die eben zurückliegende Besprechung und fluchte leise vor sich hin.

Er hatte im Container eine zweite Krisensitzung einberufen. Von dem verschwundenen Lektor fehlte nach wie vor jede Spur, ebenso von Patrick Clohessy. Mehr und mehr schien sich die Sache als Gerangel unter separatistischen Iren zu entpuppen. Dennoch blieb die gespenstische Vision eines potentiellen Innentäters. Innentäter waren ein Alptraum, und Clohessy schickte sich mehr und mehr an, Lavalliers ganz persönlicher Alptraum zu werden. Zu allem Überfluss war auch noch dieser White-House-Journalist aufgetaucht, mit dem O'Connor im Holiday Inn an der Bar herumgehangen hatte, und hatte ihnen eine abenteuerliche Theorie aufgetischt. Er hatte nicht ganz nüchtern gewirkt, und was er sagte, klang schwer nach O'Connor im fortgeschrittenen Stadium, aber das hatte Lavallier nicht unbedingt ermutigt.

Die Serben wollten Clinton töten. So weit die Essenz.

Konnte man O'Connor trauen?

Sie hatten den Physiker auf Herz und Nieren überprüft und mit Hilfe der Dubliner einen lückenlosen Lebenslauf zusammengetragen. Lavallier wusste gut genug, dass Intellektualität und Berühmtheit nicht automatisch mit Ehrbarkeit einhergingen, aber O'Connor schien tatsächlich über jeden Zweifel erhaben. Seine gelegentlichen Ausfälle ergaben eher ein clowneskes Bild. Nachweislich gab es Frauen, die offen geäußert hatten, ihn umbringen zu wollen. Kriminelleres gab es über den irischen Doktor ansonsten nicht zu sagen. Unterm Strich entpuppte sich O'Connor als Freigeist ohne politische Ambitionen, zu dem Clohessys Brief einfach nicht passen wollte.

Falls Clohessy ihn überhaupt geschrieben hatte.

Dass jemand versuchen sollte, O'Connor in Misskredit zu bringen, bereitete Lavallier die meisten Bauchschmerzen. Welchen Sinn sollte das haben? Um seine Glaubwürdigkeit zu untergraben? Um davon abzulenken, dass O'Connor Recht hatte mit seinen Verschwörungstheorien?

Dann war ihm wieder Foggerty eingefallen, der IRA-Führer, den O'Connor vorgab, nicht zu kennen, beziehungsweise sich nicht an ihn erinnern zu können. Und Clohessy wurde tatsächlich von der IRA gejagt, das hatten die Dubliner bestätigt.

Alles hätte so schön sein können!

In den vergangenen zwanzig Minuten hatten sie sich in den Feuerwehrcontainer zurückgezogen, um die Sache ein weiteres Mal zu beraten. Er, Gombel und Klapdor, Brauer, Stankowski und Colonel Graham Lex, der örtliche Leiter des Secret Service für den Bereich Ankunft. Lex hatten sie am frühen Nachmittag über die Situation in Kenntnis gesetzt, als er im VIP-Zelt eintraf. Keiner der Beteiligten hatte während der Sitzung besonders glücklich ausgesehen, aber sie überließen die Entscheidung, was zu tun sei, widerspruchslos Lavallier und Lex. Selbst Stankowski hatte seine Proteste auf ein paar zusammengezogene Brauen beschränkt. Das Vertrauen in die Sicherheitskräfte war uneingeschränkt, und Lex hatte betont, er vertraue bis auf weiteres Lavallier.

Das Problem war, dass niemand sich vorstellen konnte, wie jemand mit einer Waffe nahe genug an Clinton herankommen sollte, um ihm ernsthaften Schaden zuzufügen. Nirgendwo konnte eine Waffe versteckt sein. Nirgendwo stand zudem geschrieben, dass ein eventueller Anschlag unbedingt Bill Clinton gelten musste, auch wenn O'Connor und dieser Silberman das annahmen. Falls wirklich die Gefahr eines Anschlags bestand, konnte er jedem gelten. Was sollten sie tun? Sämtliche Flüge umleiten?

Schließlich waren sie übereingekommen, alles programmgemäß weiterlaufen zu lassen, jedoch die südöstliche Seite der Lärmschutzhalle einem Blitzcheck zu unterziehen. Viel Zeit blieb ihnen nicht, aber es war der letzte kritische Punkt. Sofern sie dort nichts fanden, würden sie nirgendwo etwas finden.

Es konnte keine Waffe geben!

Lavallier sah erneut in den Himmel. Das graue Band der Wolken war näher herangerückt. Hinter ihm verließen die anderen Teilnehmer der Runde den Container. Gombel und Klapdor verschwanden mit Brauer im VIP-Zelt, um den amerikanischen Botschafter und seine Frau zu begrüßen, die soeben eingetroffen waren. Vor der Lärmschutzhalle hielten im selben Moment drei Fahrzeuge mit Hebebühnen. Ein Team aus Technikern, Polizisten und Sicherheitsleuten ging daran, die Fassade der Halle in Augenschein zu nehmen und Hohlräume abzuklopfen.

Stankowski und Lex traten zu ihm. Der Verkehrsleiter folgte Lavalliers Blick und sah mit zusammengekniffenen Augen nach oben.

»Es wird regnen«, sagte er.

Lavallier zuckte die Achseln.

»Ich kann nicht behaupten, dass das meine größte Sorge ist. Dann wird der POTUS eben nass.«

»Der Präsident der Vereinigten Staaten von Amerika wird nicht nass, merken Sie sich das«, belehrte ihn Lex. »Er ist so gut abgesichert, dass nicht mal Regentropfen an ihn rankommen. Wenn doch einer vom Himmel fällt, werden sich die Bodyguards dazwischenwerfen und Clinton mit ihren Leibern schützen.«

Lavallier starrte den Amerikaner mit finsterem Gesicht an. Dann musste er doch lachen.

»Nehmen wir's mit Humor, mhm?«

»Man vergisst über der ganzen Scheiße seine eigentlichen Sorgen«, knurrte Stankowski. »Wenn es regnet, werden die Angstschreie der Japaner bis nach Tokio zu hören sein. Mir werden die Trommelfelle platzen.«

»Die Japaner?«

»Das wissen Sie nicht? Punkt neun des aktuellen japanischen Wunschzettels: ›Entladen des Gepäcks bei Regen‹. Für den Fall haben sie Millionen Sonderwünsche, zum Schreien! Sie wollen auch wissen, wie lange unsere Röntgengeräte brauchen, um zweihundert Gepäckstücke zu durchleuchten. Ich schätze, in der nächsten halben Stunde werden sie mich fragen, was wir gegen Godzilla zu unternehmen gedenken, wenn er auftaucht.« Er lachte knarzig und schlug Lex auf den Rücken. »Ihr habt ja gar keine Ahnung, was Probleme sind. So was sind Sorgen, Männer!«

»Ich bin überrascht«, grinste Lex. »Ich dachte immer, es gäbe nichts Nervtötenderes als den Secret Service.«

»Stimmt. Ihr seid einzigartig.«

»Das will ich meinen.«

»Na ja.« Stankowski rieb seinen Bart. »Lieb sind sie schon, die Söhne Nippons. Nur, dass sie sich wegen jeder Kleinigkeit ins Hemd machen.« Er deutete zum Zelt hinüber. »Gehen wir rein. Mir knurrt der Magen.«

»Ich komme nach«, sagte Lex.

Sie warteten, bis Stankowski im Zelt verschwunden war.

»Und?«, fragte Lex.

»Was und?«

»Was meinen Sie? Blasen wir Clinton ab?«

»Das sollten Sie mir sagen«, erwiderte Lavallier. »Er ist Ihr Präsident.«

Lex zuckte die Achseln.

»Wissen Sie, die Theorie von diesem O'Connor hat für mich einen kleinen Schönheitsfehler. Die Zeit. Um hier und heute einen Anschlag durchzuführen, schleicht man sich nicht eben mal herein. So was bereitet man vor. Aber der Krieg ist erst vor gut zweieinhalb Monaten ausgebrochen. Vorher hatte Milošević eigentlich keinen Grund, sauer auf Clinton zu sein, und danach war einfach nicht genug Zeit, einen Anschlag dieser Kategorie vorzubereiten.«

»Ja. Sicher.«

»Wohl ist mir auch nicht, Eric. Aber wenn hier was im Busch ist, dann sind es die Iren. O'Connor scheint ein komischer Vogel zu sein. Ich weiß nicht, ob wir ihm trauen können.«

»Das weiß ich selbst nicht.«

»Schauen wir, was die Untersuchung der Lärmschutzhalle bringt«, sagte Lex. »Dann sehen wir weiter.«

Lavallier schwieg.

»Was ist, kommen Sie mit rein, bevor Stankowski uns die Kanapees wegfuttert?«

»Gleich.«

Lavallier ging näher an die Lärmschutzhalle heran und sah zu, wie die Hebebühnen an der Fassade emporfuhren.

Wenn sie nichts fanden, würden sie Clinton landen lassen. Es gab dann nichts mehr, was sie noch absuchen konnten. Immer vorausgesetzt, Lex blieb bei seiner Entscheidung. Lavallier wusste nicht, was er sich mehr wünschen sollte, dass sie fündig wurden oder nicht.

Etwas klatschte auf seine Wange.

Er wischte es ab. Es war Wasser.

Auf dem Beton des Vorfelds zeigten sich dunkle Flecken, zuerst vereinzelt, dann in wachsender Zahl. Leises Rauschen setzte ein, als die Tropfen immer dichter herniederklatschten.

In wenigen Minuten würde der Flughafen den Luftraum sperren. Niemand durfte mehr starten oder landen, bevor Bill Clinton den Flughafen nicht verlassen hatte. Tausende Menschen würden für die Dauer einer halben Stunde oder mehr am Himmel kreisen oder zu anderen Flughäfen umgeleitet werden.

Es war nicht zu ändern. Wo immer die Air Force One auftauchte, setzte sie jeden geregelten Flugverkehr außer Kraft.

In diesen Minuten wurden auf den Vorfeldern im Landebahnbereich sämtliche Arbeiten eingestellt. Nirgendwo gab es noch ein offenes Fenster, ein geöffnetes Hangartor. Nichts und niemand würde sich im Augenblick der Landung in den fraglichen Sektionen oder darauf zu bewegen dürfen, kein Fahrzeug, kein Mensch. Schon vor einer halben Stunde hatte ein Trupp Mechaniker, der Reparaturen dort ausführte, wo der Super-Runway die Querwindbahn kreuzte, einen Bus bestiegen und sich in größere Distanz verfügt.

Die Besucherterrasse war ohnehin seit Gipfelbeginn geschlossen, sie bot freien Blick auf landende Maschinen und galt damit als Tabuzone.

Was konnte noch passieren?

Was konnte *noch* passieren?

Es kam darauf an, wie man die Frage betonte.

Langsam ging er hinüber zum Zelt, zog eines seiner beiden Handys hervor und rief Bär an, um den Stand der Dinge zu erfragen.

O'CONNOR

Mahder schaffte es, die wenigen hundert Meter bis zum Checkpoint wie auf einer Rennstrecke zurückzulegen. Offenbar war ihm O'Connors Schreckensvision mächtig in die Glieder gefahren.

»Und was ist nun…?«, begann er.

»Später. Versuchen Sie es noch mal bei Lavallier.«

Der Abteilungsleiter wählte, während er mit der anderen Hand steuerte. Entnervt schüttelte er den Kopf und wählte ein zweites Mal.

»Versuchen Sie's bei Bär.«

Mahder nickte. Sein Daumen glitt über das Tastenfeld.

»Besetzt.«

O'Connor stieß ein unwilliges Knurren aus. Einen Moment lang überlegte er, ob er Silberman anrufen sollte. Dann fiel ihm ein, dass er dessen Nummer ebenso wie die Lavalliers im Holiday Inn hatte liegen lassen. Aber der Korrespondent würde ihm in dieser Situation ohnehin nicht weiterhelfen können. Wahrscheinlich war Silberman schon auf dem Vorfeld eingetroffen und traf Vorbereitungen für die Ankunft seines Herrn und Meisters.

Er reckte die Arme. Sein Nacken war verspannt, sein ganzes Kreuz schmerzte. Es war ein Genuss gewesen mit Kika unter dem alten Baum im Volksgarten, aber nicht eben sehr bequem.

Dann erzählte er Mahder in wenigen Sätzen, was passieren würde.

Der Abteilungsleiter schwieg. Er sah starr geradeaus. Sein Gesicht spiegelte Fassungslosigkeit wider. Sie passierten den Checkpoint und wurden kontrolliert, dann rollten sie in gemäßigtem Tempo weiter.

»Sie sind verrückt«, sagte Mahder schließlich.

»Nein«, erwiderte O'Connor ungerührt. »Der Plan ist verrückt. Aber er wird funktionieren.«

»Für mich klingt das nach *Krieg der Sterne*.«

»Jede Menge verrückte Dinge haben schon funktioniert. Zum Beispiel zig Tonnen Stahl das Fliegen beizubringen.«

Mahder steuerte bis dicht an die gläserne Front vor einen Bauzaun und stellte den Motor ab. Vereinzelt standen weitere Privatfahrzeuge herum, außerdem Transporter, Pritschenwagen und ein Mannschaftswagen der Polizei.

»Vertrauen Sie mir«, sagte O'Connor. »Ich verstehe mehr davon, als mir im Augenblick lieb ist.«

»Und was jetzt?«

»Zeigen Sie mir einfach, wo genau Paddy gearbeitet hat«, sagte O'Connor. »Und schicken Sie mir ein paar Leute, die suchen helfen. Am besten eine ganze Hundertschaft.«

»Und… wonach suchen wir?«

»Spiegel«, sagte O'Connor. »Kleine Spiegel, wahrscheinlich nicht größer als ein Teller. Oder einfach nur bläulich schimmernde Glasplatten. Möglicherweise irgendwo versteckt und auf ein technisches Gerät montiert. So was fällt in einer modernen Architektur wie dieser, wo alles im halb fertigen Zustand ist, kaum auf. Ich schätze, Paddy wird sie gut getarnt haben.«

Er stieg aus und sah die gewaltige gläserne Front empor.

Mahder schloss den Wagen ab.

»Kommen Sie.«

Auf dem Weg ins Innere ließ O'Connor den Blick schweifen, und sofort war ihm klar, dass er im unteren Bereich nicht fündig werden würde. Sie durchquerten eine schätzungsweise fünf Meter hohe Halle von beträchtlicher Länge und Tiefe. Förderbandähnliche Konstruktionen nahmen den größten Teil davon ein. Über die Decke liefen gewaltige Rohre. Es waren kaum Arbeiter zu sehen.

»Das ist die Gepäcksortieranlage«, erläuterte Mahder. »Wir befinden uns auf Level 0, das heißt ebenerdig in Relation zum Vorfeld. Im Querschnitt des Bauplans ist das Ebene 5.«

»Wie das?«

»Das Terminal hat einen überirdischen und einen unterirdischen Teil. Hier sind wir auf der Seite der Flugzeuge. Zur anderen Seite hin«, er deutete auf die einzige Wand, die das Terminal der Länge nach durchteilte, »wird die neue Vorfahrt für Autos

481

und Busse entstehen. Sie liegt tiefer als das Vorfeld, gut fünf Meter darunter. Es geht dann weiter abwärts bis Ebene 1.«

»Wie tief ist das?«

»Knapp achtzehn Meter unter der Erde. In zwei Jahren werden Sie da mit dem ICE einfahren können. Von dort bis zum Check-in-Schalter sind es dann keine hundert Schritte mehr. Schon praktisch.«

Mahder betrat den Schacht eines Treppenhauses. O'Connor warf einen letzten Blick auf die Gepäckbänder und folgte ihm nach oben.

»Der Flughafen hat sich für diesen Entwurf entschieden, weil er auf vergleichsweise kleinem Raum alles unterbringt«, sagte Mahder. »Wir nennen es das Terminal der kurzen Wege. Alles ist übereinander geschichtet, wie bei einem Hamburger. Das Gepäck wird auf null sortiert und eins drunter in der Vorfahrtebene ausgegeben. Von da kommen Sie ebenerdig zum Taxi oder runter zum Bahnhof.«

»Schön, aber wir müssen in die Höhe«, sagte O'Connor.

»Hier haben Sie Ihre Höhe.«

Sie traten aus dem Schacht hinaus. Einen Moment lang fiel kein Wort, dann sagte der Abteilungsleiter mit einiger Würde:

»Die Abflughalle.«

O'Connor ging ein paar Schritte in den Raum hinein und nahm die Atmosphäre in sich auf. Sein erster Eindruck war der unendlicher Weite. Ohne Zwischenwände erstreckte sich die Halle, in der später die Check-in-Schalter, Lounges und Gates sein würden, über mehrere hundert Meter Länge. Aber nicht das machte die Faszination aus, nicht die enorme Raumausdehnung, sondern die Tatsache, dass der komplette Oberbau des Terminals aus nichts als Glas zu bestehen schien. In regelmäßigen Abständen entwuchsen der Halle filigrane Konstruktionen aus Stahlrohren. Jedes der Rohre musste dick wie ein Mensch sein, aber im Verhältnis zu den Gesamtdimensionen wirkten sie wie in die Luft gemalte Pinselstriche. Darüber spannte sich das transparente, gefältelte Dach.

Ungefiltertes Licht durchströmte die Halle. Es war, als stünde man im Freien. Den kompletten Flughafen konnte man von hier überblicken, das Umland, die ferne Stadt. O'Connor sah eine startende 747 von British Airways an seinen Augen vorbeiziehen, nah genug, dass er Lust bekam, aufzuspringen und sich mit über die Wolken tragen zu lassen. Er sah über die Vorfelder hinaus auf die Heidelandschaft und die angrenzenden Wälder bis hin zur verwaschenen Silhouette Kölns.

Von hier abzufliegen, musste ein Erlebnis sein.

Plötzlich verstand er, warum am Flughafen alle so nervös waren. Er hatte es auch vorher verstanden, aber der ganze Ehrgeiz eines Airports, der sich anschickte, sich aus seiner provinziellen Larve zu schälen, um in der Weltspitze mitzumischen, wurde hier oben auf einen Blick deutlich.

Und jetzt kam die weltpolitische Elite.

Kein Wunder, dass sie Sorgen hatten. Die Frage war, ob sie gewillt waren, sich noch ganz andere Sorgen zu machen.

Lavallier musste die Air Force One umleiten!

O'Connor sah sich genauer um. Auf den zweiten Blick wirkte die Abflughalle weniger leer. Überall zogen sich Gerüste hoch. O'Connor hatte Geschäftigkeit erwartet, aber es waren nur wenige Menschen in dem Terminal. Zwischen den Arbeitern bewegten sich einige Zivilisten.

»Wir bauen überall gleichzeitig«, sagte Mahder, der unbemerkt neben ihn getreten war. Er wies mit einer Kopfbewegung zum Dach hinauf. »Clohessy hat vornehmlich auf den Gerüsten gearbeitet. Elektrische Leitungen in die Stangen unterm Dach gelegt.«

»Wo genau?«, fragte O'Connor.

»Südöstliche Schmalseite. Zum alten Terminal hin.«

»Richtung Frachtflughafen also?«

»Gewissermaßen.«

Sie durchschritten die Halle, vorbei an Gerüsten, Maschinen und provisorischen Verschlägen für Geräte. Mehrmals wurde Mahder gegrüßt. Er trug seinen Ausweis deutlich sichtbar am Overall. Einmal wurden sie angesprochen, und Mahder erklärte, dass O'Connor mit seinem Einverständnis auf ein paar Gerüste klettern würde. Der Mann, offenbar jemand von der Flughafensicherheit, nickte, und sie gingen weiter bis ans Ende des Glasbaus.

Von dort überblickte man das alte Terminal und einen großen Teil des Frachtflughafens mit dem Tower.

Sie waren hoch. Dennoch reichte die Höhe nicht aus. Irgendwo dort hinten musste es einen weiteren Spiegel geben, an einem der höheren Gebäude im Frachtbereich, auch wenn Paddy dort angeblich nicht gearbeitet hatte. Ja, das war möglich. Einer im T2, ein weiterer drüben.

O'Connor lief ein Stück an den Scheiben entlang und deutete zur Decke.

»Wie hoch ist das?«

Mahder legte den Kopf in den Nacken.

»Im Durchschnitt sechzehn Meter.«

»Im Durchschnitt?«

»Das Dach ist wie eine Ziehharmonika gefaltet. Unterschiedliche Höhen. Die Differenz beträgt etwa zwei Meter.« Er machte eine Armbewegung, die die gesamte Schmalseite einbezog. »Hier sind überall Gerüste, wie Sie sehen. Alle reichen bis unters Dach. Von einigen kommen Sie übrigens auch nach draußen, man kann außen herumturnen, auch da war Clohessy zugange.« Er machte eine Pause. »Sagen Sie mal, sind Sie wirklich überzeugt von dem, was Sie mir eben erzählt haben?«

O'Connor sah ihn mit reglosem Gesicht an.

»Ich habe keine andere Wahl, als davon überzeugt zu sein«, sagte er. »Die Alternative wäre, aufzustehen und zu gehen. Vor einer Stunde habe ich von einem klugen Mann gelernt, dass das keine Lösung ist. Also werde ich jetzt da hochsteigen.«

»Gut. Ich hole Verstärkung.«

Eigentlich, dachte O'Connor, hättest du das schon auf unserer Herfahrt tun können, Dummkopf. Warum hatte er selbst nicht daran gedacht? Die Zeit lief ihnen davon, und Lavallier war nicht zu erreichen.

»Versuchen Sie vor allem weiterhin, den Kommissar zu erreichen«, sagte O'Connor. »Versuchen Sie es alle dreißig Sekunden. Wenn er fragt, was los ist, sagen Sie ihm einfach, dass ich gerade durch sein neues Terminal turne und versuche, Bill Clintons Leben zu retten. Ich glaube, er wird schneller hier sein, als man Kirk auf die Brücke beamen kann.«

Mahder blinzelte ihn unentschlossen an. Dann nickte er mit zusammengekniffenen Lippen und lief los.

»Brechen Sie sich nicht den Hals«, rief er O'Connor im Davoneilen zu.

O'Connor sah ihm nach.

Der Mann war wirklich ein Trottel. Warum schickte er nicht ein paar von denen, die hier Dienst taten, zu ihm rüber? Fürs Erste wenigstens?

Einen Moment lang überlegte er, ob er selbst welche von den Männern ansprechen sollte.

Aber dann müsste er alles ein weiteres Mal erklären. Vielleicht würden ihn die Sicherheitsleute mit Fragen bombardieren und nicht mehr auf die Gerüste lassen. So dynamisch, wie Mahder ihm erschien, stand zu befürchten, dass es Ewigkeiten dauerte, bis überhaupt jemand käme, um das Dach in Augenschein zu nehmen.

Er strich seinen teuren Anzug glatt, öffnete die Jacke und kletterte die nächststehende Leiter hoch.

JANA

Verkleidung war Routine, und doch wieder nicht. In die meisten Rollen war Jana schon mehrfach geschlüpft. Man wurde vertraut mit einer Signora Baldi oder der ukrainischen Geschäftemacherin Karina Potschowa. Cordula Maliks Girlie-Look hingegen war neu und aufregend. Er machte Jana Spaß. Selten zuvor hatte sie sich mit so viel Vergnügen im Spiegel betrachtet. Cordula war das völlige Gegenteil der stets auf Korrektheit bedachten Laura Firidolfi, die in den letzten Jahren Janas Leben beherrscht hatte. Ihre gestylte Schlampigkeit drückte Lebensfreude und Sinnlichkeit aus, Dinge, von denen sie viel zu lange viel zu wenig zugelassen hatte.

Vielleicht wäre es eine gute Idee, aus der Asche von Jana, Sonja, Laura und all den anderen jemanden wie Cordula aufsteigen zu lassen. Das Leben würde lustiger sein mit bauchfreien T-Shirts.

Auch über das Piercing könnte man sich noch mal Gedanken machen. Ein kleines mit einem Stein darin. Einem wasserblauen oder einfach einem funkelnden kleinen Brillanten. Sie hätte Millionen zur Verfügung. Die Bezeichnung Edelschlampe würde eine völlig neue Bedeutung erhalten.

Jana sah aus dem Fenster, während der Bus sie und vierzig weitere Journalisten auf das Flughafengelände fuhr, und dachte an ihr neues Leben.

Für viele Menschen stellte die Überlegung, ein silbernes Schmuckstück in ihrem Nabel unterzubringen, den Gipfel der Komplexität dar. Wie sorglos waren solche Gedanken. Wie anders als solche, die um Waffen kreisten und um Auftragsmorde, die einen YAG schufen und einen Plan, wie man den mächtigsten Mann der Welt umbringen konnte.

Würde sie in ein Juweliergeschäft gehen und sagen, guten Tag, ich habe Bill Clinton umgebracht und ein gutes Dutzend weiterer Menschen, jetzt würde ich mir gern den Nabel versilbern lassen?

Würde sie es denken? Denken *können*? Wäre es möglich, ein Mensch zu werden, der in aller Unschuld einfach nur ein Mensch war?

Sie schob ihren Kaugummi von rechts nach links und versuchte, sich wie ein Girlie zu fühlen, aber sie fühlte sich nur wie eine Killerin aus der Eliteklasse, die ein bauchfreies T-Shirt trug.

Einmal noch, dachte sie. Dann wird sich alles ändern.

Der Bus passierte einen Checkpoint und fuhr weiter die Straße entlang. Links erstreckten sich die Neubauten des Flughafens, das Parkhaus 2 und das halb fertige Terminal, dann unterquerten sie eine Rollbahn und hielten auf einen Kreisverkehr zu. Dahinter begann der lang gestreckte Bereich des Frachtflughafens. Überall waren Sperren und Polizei. Mannschaftsfahrzeuge säumten die Heinrich-Steinmann-Straße. Jana wusste, dass dies der Weg war, über den die Politiker den Flughafen verließen. Links sah Jana den Flachbau der Luftpostleitstelle liegen, daneben das quer stehende Luftsicherungsgebäude, dahinter die Frachthallen. Wo die Frachthallen endeten, erhob sich ein sandgelber mehrstöckiger Bau, das UPS-Gebäude, nur überragt vom Tower.

Jana lächelte. Sie kannte den Flughafen wie ihre Westentasche.

Sie stoppten. Nacheinander stiegen sie aus und betraten den Parkplatz, von dem aus es zu den Zelten ging. Jana sah den EX-PRESS-Reporter neben sich auftauchen. Sie tauschten ein paar

Bemerkungen über das exzeptionelle Aufgebot an Polizei und ausländischen Sicherheitskräften aus, während sie über den Parkplatz gingen und sich der Absperrung näherten. Vor ihnen lag eine flache Speditionshalle, dahinter erhob sich der gewaltige, lang gestreckte Kasten der Lärmschutzhalle, die weit in die Vorfelder hineinragte und sie in zwei Hälften teilte. Rechts von der Halle lag das GAT, auf dem gemeinhin kleinere Maschinen parkten, Privatflugzeuge und die Jets der Außenminister. Zur Linken, von der Lärmschutzhalle flankiert, erstreckte sich das Vorfeld Fracht West.

Überall waren Polizisten, Scharfschützen, Sicherheitskräfte in Zivil.

Für eine kurze Weile herrschte ziemliches Gedränge. Vor dem Checkcontainer bildete sich im Nu eine Schlange. Jana versorgte ihre Kiefermuskulatur mit einem neuen Kaugummi und flirtete mit dem EXPRESS-Mann, bis die Reihe an ihr war. Sie stieg die zwei Stufen empor und ging ins Innere.

»Personalausweis, Akkreditierungsausweis, Poolkarte bitte.«

Die Beamten waren von sachlicher Freundlichkeit. Janas Ausweis wurde mit den Daten und dem Foto auf den Listen verglichen. Ein Beamter nahm sich ihrer Handys und der Kameras an und platzierte sie vorsichtig auf einem Band. Das Band setzte sich in Bewegung und fuhr die Nikon und die Olympus ins Innere eines Kastens, wo sie geröntgt wurden. Nacheinander verschwanden darin auch alle metallischen Gegenstände, die Jana mit sich führte, der Schlüssel zu ihrem Hotel, das Portemonnaie mit einer Mischung aus deutschem und österreichischem Geld, ihre kleine Umhängetasche mit Stiften und Schminkzeug.

Wegen der Röntgengeräte hatte Gruschkow eine Zeit lang Bedenken gehabt. Er fürchtete, sie könnten den Mikrochip in der Kamera beschädigen, und hatte vorgeschlagen, ihn mit einer hauchdünnen Bleischicht zu ummanteln. Schnell waren sie davon wieder abgekommen. Blei erschien als schwarzer Fleck auf den Bildschirmen von Röntgengeräten, und schwarze Flecken würden das Interesse der Beamten auf sich ziehen. Schließlich hatten sie eine Reihe von Tests durchgeführt und die Strahlung über das übliche Maß hinaus erhöht, um ganz sicherzugehen.

Nichts war passiert.

Ihre Kameras, das Handy und die Tasche kamen auf der anderen Seite des Kastens wieder zum Vorschein. Eine Beamtin tastete sie ab, dann musste sie durch eine Detektorsperre gehen. Belustigt dachte sie, dass es vielleicht doch ganz gut gewesen war, auf das Piercing zu verzichten.

»Vielen Dank«, sagte die Beamtin.

Jana grinste.

»Schönen Abend noch«, sagte sie schmatzend, nahm ihr Equipment wieder in Empfang und verließ den Container auf der anderen Seite, während hinter ihr der Nächste zur Überprüfung einstieg.

Sie war auf dem Sicherheitsgelände.

Sie war drin.

Einen Moment lang fühlte sie ihr Herz schneller schlagen. Ein Vorgefühl des Triumphs ergriff von ihr Besitz, die Genugtuung, es bis hierhin geschafft zu haben. Jetzt hing alles nur noch vom Funktionieren des Systems ab. Und vom Wetter.

Sie dachte an den Lektor in der Spedition. Gruschkow würde ihn erst töten, wenn sie ihm die Anweisung gab.

Wenn sie die Anweisung gab.

Sie dachte an die Frau, die am Ende des Weges auf sie wartete, des langen Weges, den sie bis hierher gegangen war, ihres Lebensweges, der bald enden würde, um einem neuen Leben Platz zu machen.

Vielleicht forderte dieses neue Leben einen Eintritt, eine Morgengabe. Vielleicht das Fortbestehen dieses Lektors.

Vielleicht, dass sie ihn leben ließ.

Der Gedanke gefiel ihr. Sie packte die Riemen ihrer Kameras und ging über die Wiese hinüber zu den Pressezelten.

TERMINAL 2

Sechzehn Meter waren sechzehn Meter.

Auf zwei Zwischenebenen des Gerüsts machte O'Connor Halt und inspizierte die Einfassungen der riesigen Glasscheiben.

Paddy musste den Spiegel außen installiert haben, wenn das System funktionieren sollte, aber nirgendwo ließ sich die gläserne Fläche öffnen. Unter ihm wurden die Menschen, die den Hallenboden bevölkerten, kleiner. Auf den Gerüsten selbst war niemand zu sehen. O'Connor warf einen Blick auf seine Armbanduhr, die kurz nach sieben anzeigte.

Noch eine Viertelstunde. Was zum Teufel trieb Mahder so lange?

Im selben Moment klingelte sein Handy.

»Ja?«

»Mahder.«

»Na endlich! Wo bleiben Ihre Leute?«

»Ich musste tausend Purzelbäume schlagen, bis ich Lavallier an der Strippe hatte«, quakte Mahders Stimme. »Ich dachte eigentlich, das sei das Wichtigste.« Er klang beleidigt. »Ich habe getan, was ich konnte. Gleich kommt Ihre Verstärkung, okay? Schneller ging's nicht.«

»Lavallier ist informiert?«

»Ich habe ihm alles so weitergegeben, wie Sie es mir erzählt haben. Milde ausgedrückt, er war bestürzt.«

O'Connor atmete auf.

»Gut. Bis später.«

Er schaltete ab. Eigentlich konnte er jetzt seine Suche einstellen. Aber er wusste von allen am besten, wonach er Ausschau halten musste.

Langsam kletterte er höher, bis er direkt unter dem Dach war.

Hier oben verlor man komplett die Übersicht. Zwischen den Gestängen war es wie in einem Wald. Einen Moment lang fühlte O'Connor seinen Mut sinken. Die stählernen Konstruktionen, auf denen das Dach ruhte, boten durchaus Raum für Vertiefungen, in denen man Spiegel verstecken konnte, aber sie lagen sämtlich hinter Glas. Er würde hinaus aufs Dach klettern müssen. Kein allzu behaglicher Gedanke. O'Connor war nicht unsportlich und kein Angsthase, aber große Höhen machten ihm zu schaffen.

Erneut sah er nach unten. Man musste halt einfach so tun, als befinde man sich lumpige zwanzig Zentimeter über dem festen Boden. Dann ging es. Sagten die Schlaumeier, die selbst kein Problem damit hatten, über ein zwischen zwei Kirchtürme gespanntes Seil zu laufen.

Unter ihm trat eine Gestalt vor das Gerüst und winkte.

»Dr. O'Connor!«

Er sah genauer hin.

Es war Josef Pecek. Der Techniker.

»Sie kommen wie bestellt«, rief O'Connor. »Können Sie mir helfen?«

»Ich *wurde* bestellt«, sagte Pecek. »Mahder schickt mich.«

Na wunderbar. Wenigstens einer.

Pecek begann, die Leiter zu ersteigen.

»Bin gleich bei Ihnen«, sagte er.

O'Connor nickte und wandte sich wieder den Gestängen zu. Die Plattform des Gerüsts, auf der er sich befand, war schätzungsweise drei Meter breit und nahm die komplette Breitseite des Glasbaus ein. Er ging einige Meter weiter, dorthin, wo die Schmalseite der Abflughalle im rechten Winkel an die Front stieß und eines der tragenden Rohre von unten hochwuchs und in die Decke mündete. Solche Schnittstellen waren mit Sicherheit am ehesten geeignet, um von dort aufs Dach zu gelangen, aber er konnte keine Luke und nichts dergleichen entdecken.

Hinter sich hörte er Schritte über die Planken näher kommen. Er drehte sich um und gewahrte die bullige Statur Peceks.

»Was suchen Sie denn?«, fragte der Techniker.

»Hat Mahder das nicht gesagt?«

»Er war sehr in Eile.« Pecek ging an ihm vorbei und inspizierte mit flüchtigem Blick die Gerüstebene. »Will noch ein paar Leute rüberschicken. Ich war zufällig in der Nähe. Hat es was mit Ryan zu tun?«

»Ryan?«

Ach richtig, für Pecek war Paddy immer noch Ryan O'Dea. Vermutlich hatte ihm auf der Wache niemand Paddys wahren Namen genannt.

Pecek schaute ihn an.

»Ja, Ryan. Hat es was mit ihm zu tun? Ist er wieder aufgetaucht?«

»Nein. Aber was wir hier machen, hat in der Tat einiges mit Ryan zu tun. Wir suchen Spiegel.«

»Spiegel?«

»Eigentlich eher transparente Scheiben. Von der Größe eines

Tellers. Oder auch kleiner. Bläulich schimmernd. Möglicherweise hat er so was hier eingebaut.«

Pecek zog die Brauen zusammen.

»Und wozu soll das gut sein?«

»Ich erzähl's Ihnen später«, sagte O'Connor. Dann kam ihm eine Idee. Im Grunde war es eine glückliche Fügung, dass Mahder ausgerechnet Pecek über den Weg gelaufen war!

»Haben Sie hier oben zusammen gearbeitet?«, fragte er. »Sie und Ryan?«

»Ja, einige Male.« Pecek umfasste eine der Dachstreben. Es sah nach einer überflüssigen Geste aus, als rüttele jemand an einem Baum, um sich zu vergewissern, dass er nicht umfällt. »Aber wir waren zumeist an unterschiedlichen Stellen. Ich zum Beispiel habe bei Schweißarbeiten geholfen, hier und weiter hinten. Paddy hat Kabel verlegt.«

»Wo sind die Kabel?«

»In den Rohren.«

Pecek kam näher. Unter seinen Schritten geriet der Bretterboden in Schwingungen. Jemandem wie O'Connor, der große Höhen nicht schätzte, entgingen sie keineswegs. Unwillkürlich hielt er sich mit einer Hand am Geländer fest.

»Also versteckt?«

»Natürlich, wie sähe das denn aus.«

Der Techniker kam auf seine Höhe und deutete nach oben.

»Wenn er was installiert hätte, das keiner sehen durfte, wäre das hier drin wohl schwierig geworden«, sagte er. »Was anderes ist es draußen auf dem Dach. Das haben sie draufgesetzt und Amen.«

Natürlich, dachte O'Connor, so schlau bin ich auch. Ich habe nur keine Lust, auf das verdammte Dach hinauszuklettern.

»Wie kommt man aufs Dach, Herr Pecek?«

»Nennen Sie mich Jo. Alle nennen mich so. Bin's nicht anders gewohnt.« Pecek sah ihn skeptisch an. »Es wäre gut zu wissen, wohin aufs Dach«, sagte er. »Das Dach ist groß.«

O'Connor ließ das Geländer los und sah nach oben. Pecek hatte Recht. Er konnte Wochen damit zubringen, auf dem Dach herumzukriechen.

Denk nach, Liam!

Der Spiegel muss so installiert sein, dass er eine schnurgerade Verbindung zu dem anderen Spiegel am Frachtflughafen ermöglicht. Es muss diesen zweiten Spiegel geben! Egal, was Mahder sagt. Paddy muss es gelungen sein, an einem der dortigen Gebäude einen weiteren Spiegel zu installieren, wie immer er das angestellt hat.

Damit kam hier nur eine Stelle in Frage.

»Dort vorne«, sagte er und zeigte in die Richtung, wo die tragende Strebe aus dem Hallenboden ins Dach mündete.

Pecek kniff die Augen zusammen. Dann zog er ein großes Taschentuch hervor und schnäuzte sich geräuschvoll. Allmählich begann er O'Connor auf die Nerven zu gehen mit seiner Behäbigkeit. War Mahder verrückt geworden? Hatte er chinesisch gesprochen, als er dem Abteilungsleiter gesagt hatte, was passieren würde?

»Da gibt's einen Ausstieg«, sagte Pecek, während er das Taschentuch sorgfältig wieder zusammenlegte und wegsteckte. »Kommen Sie, ich zeig's Ihnen.«

O'Connor folgte dem Techniker und zwang sich, nicht hinunterzusehen. Das Gerüst erzitterte unter jedem Schritt. Sie erreichten das Ende der Plattform, wo Längs- und Schmalwand des Terminals aneinander stießen, und O'Connor fühlte sich von leichtem Schwindel erfasst. Nicht genug dessen, dass es unter ihm sechzehn Meter abwärts ging, narrten ihn die Glasflächen und suggerierten ihm, in der leeren Luft zu stehen, nur wenige Zentimeter entfernt vom Abgrund. Er wusste, dass die Scheiben ihn schützten, aber sein Unterbewusstsein erhielt die Information, er stehe am Ende einer Planke und werde hinabstürzen.

Unwillkürlich trat er einen Schritt zurück.

Pecek grinste. Anscheinend amüsierte ihn O'Connors Höhenangst.

Er löste eine dünne Stange aus einer Halterung und drückte dagegen.

Dicht über ihnen schwang ein Rechteck von etwa vier Quadratmetern nach außen. Pecek griff über sich und zog eine Aluminiumleiter herab.

»Nach Ihnen«, sagte er.

O'Connor zögerte. Er spürte, wie ein Kribbeln seine Leistengegend durchzog.

»Warum gehen Sie nicht vor?«, sagte er. »Sie wissen ja, was wir suchen.«

Pecek schenkte ihm einen mitleidigen Blick. Dann kletterte er die Leiter hoch und durch die Luke nach außen. O'Connor sah, wie er sich aufrichtete und zu ihm herunterblickte.

»Kommen Sie nun, Doktor? Ich sehe keinen Spiegel, aber ich sehe wahrscheinlich nicht richtig hin.«

Er hat ihn getarnt, du Irrtum der Evolution, hätte O'Connor am liebsten nach oben gerufen. Mit einem tiefen Durchatmen zwang er die Furcht zurück und umfasste die Sprossen der Leiter.

»Es ist sicher hier oben«, hörte er Peceks Stimme. »Kann nichts passieren. Nach Ihnen werden noch Dutzendschaften hier rumlaufen und nach dem Rechten sehen, also seien Sie nicht so ein Hasenfuß!«

Der Techniker lachte. O'Connor biss die Zähne aufeinander und setzte den linken Fuß auf die unterste Sprosse.

Höhenangst. Fallangst.

Nichts konnte schlimmer sein. Er hatte mitunter Träume, in denen er auf der Spitze eines Turmes balancierte, einer winzigen Fläche, die ständig kleiner wurde, bis er sich nicht mehr halten konnte und kippte…

Entschlossen kletterte er nach oben.

Wind und Regen schlugen ihm ins Gesicht. Er zog sich aus der Luke und sah sich um. Hinter ihm erstreckte sich das Dach Hunderte von Meter weit. Es hatte tatsächlich etwas von einer Ziehharmonika. Oder erinnerte an ein Blatt, das man in parallelen Linien dutzendfach geknickt und dann auseinander gezogen hatte. Zwischen den erhabenen Falzen verliefen schmale stählerne Stege, auf denen man sich fortbewegen konnte, so geschickt angeordnet, dass man sie von unten nicht sah. Wer aus der Abflughalle nach oben blickte, gewahrte nur Glas.

Auf einem der Stege stand Pecek und winkte ihn heran. Sie waren direkt vor der Dachkante. Zu beiden Seiten des Winkels ging es steil abwärts. Tief unter ihnen lag das Vorfeld. Winzige Menschen bewegten sich darüber. Autos wie Modelle. O'Connor sah auf das sternförmige Gate, das ein Stück entfernt aus dem alten Terminal herauswuchs, und erschauderte. Von hier oben wirkten selbst die angedockten Jumbos wie Spielzeuge.

Nirgendwo gab es einen Schutz. Kein Geländer, nichts.

»Und?« Pecek schien bester Laune. Er trat bis dicht an die Kante und sah hinab. »Wo fangen wir an?«

»Gleich an der Ecke«, sagte O'Connor. Seine Füße schienen wie festgeschweißt. Unter Aufbietung aller Willenskraft bewegte er sich tastend zu dem Techniker und versuchte, den Abgrund zu ignorieren, aber es war beinahe unmöglich. Zu seiner Rechten ging es mindestens zwanzig Meter in die Tiefe. Schaute er nach vorne, war es nicht anders.

Pecek balancierte mühelos ein paar Schritte weiter und ging in die Hocke. Sein Oberkörper beugte sich über die Kante. O'Connor wurde schlecht vom Hinsehen.

»Kein Spiegel«, rief er.

O'Connor richtete den Blick in den Himmel und dann dorthin, wo der Super-Runway begann. Je weiter er in die Ferne schaute, desto besser ging es. Eine Maschine der Lufthansa kam herangeschwebt. Auf Höhe des Terminals war sie bereits tiefer als O'Connor.

»Versuchen Sie es direkt an der Spitze«, sagte O'Connor.

»Geht klar, Chef.«

Pecek rutschte einen Meter weiter und untersuchte das Gestänge. Seine Hände glitten über das rund gebogene Metall.

Plötzlich hielt er inne.

»He, Doc.«

»Was ist, Jo?«

»Ich weiß nicht, ob es das ist, was Sie suchen. Hier ist eine Klappe eingelassen. So was hat hier eigentlich nichts verloren.«

O'Connor fühlte, wie ihn eine Welle der Erregung erfasste. Für einen Moment vergaß er seine Angst. Mit unsicheren Schritten tastete er sich zu Pecek und ging neben ihm in die Hocke.

»Wie groß?«

»Zwei Handbreit, würde ich sagen.«

»Können Sie sie öffnen?«

Pecek beugte sich weiter vor und ließ ein Ächzen hören.

»Es … geht ein bisschen schwer«, keuchte er.

»Seien Sie um Himmels willen vorsichtig.«

Pecek keuchte noch lauter. Dann lachte er zufrieden auf.

»Was ist?«, rief O'Connor atemlos. »Was haben Sie gefunden?«

Pecek grinste ihn an. »Wie sind Sie bloß darauf gekommen, Doc? Woher konnten Sie das wissen?«

»Was ist da?«

»Am besten, Sie werfen selbst einen Blick drauf. Warten Sie.« Der Techniker erhob sich und trat einen Schritt zurück. »Robben Sie vor. Es ist zu eng für uns beide. Ich sichere Sie von hinten.«

O'Connor sog seine Lungen voller Luft. Dann ließ er sich auf Hände und Knie herunter und schob sich zentimeterweise bis zum Rand.

»Gleich können Sie's sehen«, sagte Pecek.

Was hieß gleich, um Himmels willen? Glaubte Pecek, er hätte Flügel?

Seine Angst hielt ihn mit tausend Händen zurück. Es bereitete ihm beinahe körperliche Schmerzen, dagegen anzugehen. Er reckte den Kopf ein Stück vor und sah die schimmernde Fläche der Front senkrecht in die Tiefe stürzen. Tief unten auf dem sandigen Vorplatz, der das neue Vorfeld vom Terminal trennte, nahmen sich die Menschen wie Ameisen aus.

Sein Blick suchte das Gestänge ab.

»Ich sehe nichts«, rief er.

»Es ist in dem Rohr darunter.« Der Wind schien Peceks Worte herüberzuwehen. »Ein wenig zurückversetzt. Ein Stück noch, dann haben Sie's. Keine Angst, ich passe auf.«

Unter allen anderen Umständen hätte O'Connor getan, weswegen Silberman ihn heute zurechtgewiesen hatte. Aufstehen und gehen. Sein Herzschlag beschleunigte sich. Mit schier übermenschlicher Anstrengung zog er auch die Schultern über den Rand und beugte den Kopf nach unten.

»Nicht zu fassen«, sagte Pecek hinter ihm. »Wer hätte gedacht, dass der gute alte Paddy ein solches Schlitzohr war.«

Paddy?

Wieso sprach Pecek plötzlich von Paddy?

O'Connor riss den Kopf nach oben. Mit einem Ruck fuhr er

zurück und rollte sich instinktiv zur Seite, gerade rechtzeitig, um Pecek mit vorgestreckten Armen heranstürzen zu sehen. Die Augen des Technikers spiegelten alles auf einmal, Hass, Wut und die Erkenntnis, dass er verloren hatte. In einem letzten verzweifelten Versuch, sich zu retten, griffen seine Hände ins Leere, dann verschwand sein Körper jenseits der Kante. Ein kurzer, gellender Schrei entfernte sich mit schrecklicher Geschwindigkeit und brach unvermittelt ab.

Keuchend prallte O'Connor auf den Rücken und rutschte über die Glasfläche der Dachschräge auf die andere Kante zu. Seine Finger bekamen eine der Streben zu fassen, die den stählernen Laufschienen als Abgrenzung dienten. Er glitt weg, strampelte mit den Beinen und suchte, zurück zu der Luke zu gelangen. Unter ihm knackte es in der gläsernen Fläche. In fiebernder Hast krallte er sich an der nächsten Strebe fest, nahm alle Kraft zusammen und schnellte ein Stück nach vorne. Seine Schulter schlug gegen etwas Hartes. Er kam hoch, sah vor sich die Luke und taumelte darauf zu.

Mit einem Geräusch, als habe jemand eine Kanone abgefeuert, brach unter ihm das Glas. Unerbittlich riss es ihn nach unten. Das Klirren und Splittern, als die Glasplatte auf der Hochebene des Gerüsts in tausend Scherben ging, zerschnitt seine Gehörgänge, dann schlug er hart auf und fühlte einen stechenden Schmerz.

Sein Körper lag auf den Pritschen der Plattform, sechzehn Meter über dem Boden der Abflughalle, aber sein Geist stürzte unaufhaltsam weiter. Er fiel in einen endlosen, nachtschwarzen Schacht, und das Rechteck aus Licht über ihm wurde kleiner und kleiner.

Er würde zerschmettert werden. Der Aufprall würde jeden Knochen in seinem Körper pulverisieren.

Aber der Schacht schien keinen Boden zu haben, und O'Connor raste weiter abwärts, tiefer und tiefer, bis seine Moleküle auseinander gerissen wurden von der unmenschlichen Geschwindigkeit, und er erkannte, dass es ihn am Ende doch noch in das schwarze Loch gesogen hatte, in die viel beschworene Singularität des Stephen Hawking, ins kosmische Wurmloch.

Aus der Tiefe reckte sich etwas Schwarzes zu ihm hoch.

»Wissen Sie, was ein Teilchenbeschleuniger ist?«, hörte er sich trällern, ein Glas in der Hand.

»Ja«, sagte eine freundliche Stewardess. »Ich schätze, so was wie Sie. Schön, Sie an Bord gehabt zu haben, Dr. O'Connor. Sie werden jetzt sterben. Wir wünschen Ihnen eine angenehme Reise.«

Unfähig zu schreien, fiel O'Connor in seinen eigenen Abgrund.

AIR FORCE ONE

»Honk!«

Wenn Bill Clinton sich schnäuzte, tat er es geräuschvoll und ausgiebig. Man sagte dem Präsidenten nach, sein Schnäuzen klinge wie der Schrei einer Wildgans. Der Vergleich stammte von Robert Reich, Clintons Arbeitsminister der ersten vier Jahre, der es wissen musste. Seine Kenntnis der Gewohnheiten Clintons hatte noch in Oxford eingesetzt, wo sie beide Quartier bezogen hatten in den alten Innenhöfen des University College, um im Zuge eines Jurastudiums erwachsen zu werden. Etwas, das Clinton nie vollständig gelungen war. Ein hervorragender Jurist war er geworden. Erwachsen eher nicht.

»Honk!«

Norman Guterson, Clintons Sicherheitschef, saß dem Präsidenten gegenüber, angeschnallt in einem der komfortablen weißen Sessel, die ebenso gut in jedem geschmackvoll eingerichteten Penthouse Platz gefunden hätten. Vor seinem geistigen Auge zog ein Strich Gänse vorbei, hoch am Himmel, die allesamt mit den Flügeln schlugen und »Honk!« schrien. Es war Reichs Schuld. Seit Erscheinen des Buches, das der ehemalige Arbeitsminister über seine Rolle in der Clinton-Administration geschrieben hatte, konnte Guterson nie wieder in aller Unschuld ein Niesen oder Schnäuzen seines Präsidenten hören.

Clinton knüllte das Papiertaschentuch zusammen und zog noch einmal die Nase hoch.

»Verdammte Pollen«, sagte er.

»Das ist die trockene Luft im Flugzeug«, sagte Guterson.

Clinton sah ihn an und kicherte.

»Blödsinn, Norman. Das ist Washington. Es hängt mir in den Kleidern.«

»Köln ist besser«, versicherte Guterson.

Clinton litt unter einer Reihe von Allergien. Er reagierte so ziemlich auf alles, was blühte, mit tränenden Augen und laufender Nase. Die Aussicht, zwei Perioden lang das Land zu regieren, hatte ihm keine Angst gemacht, wohl aber, Washington durchzustehen, die Pollenhauptstadt der Welt.

»Köln liegt in einer Senke, nicht wahr?«, sagte der Präsident. »Alles staut sich darin. Die Luft, der Regen, die Pollen. Wahrscheinlich werde ich aus dem Niesen nicht mehr rauskommen.«

»Wer sagt das?«

»Morris.«

Guterson schüttelte den Kopf. Dick Morris war ein Fall für sich. Es hieß, er habe '96 für Clinton die zweite Wahl gewonnen, indem er die Politik der hehren Absichten einer auf Umfragen und Marktforschungsstudien basierenden Strategie opferte. Am Ende der ersten Amtsperiode Clintons waren die Werte des Präsidenten in der Öffentlichkeit auf ein besorgniserregendes Niveau gesunken, trotz wirtschaftlicher Erfolge. Weiterhin hatte Clinton versucht, das zu tun, was ihm richtig und gerecht erschien. Morris hingegen hatte auf den so genannten Swing abgezielt, die Wechselwähler, ein unentschlossenes Potential, das die dringend benötigte Mehrheit darstellte. Mitte der Neunziger startete er darum eine beispiellose Marktforschung, um zu erspüren, was der Swing erwartete. Was im Swing gut ankam, empfahl er dem Präsidenten. Morris war es auch gewesen, der Vokabeln wie »Problem« und »Krise« gänzlich aus dem Wahlkampf strich. Clinton sollte nicht Probleme ansprechen, sondern gnadenlosen Optimismus ausstrahlen. Das Konzept war aufgegangen, und Morris und die Seinen feierten sich als Comeback-Macher des Präsidenten, während die sozial Schwachen weiter im Abseits verschwanden. Ihre Sorgen waren nicht populär, Clintons Kritiker, vor allem auch in den eigenen Reihen, vermerkten seitdem, der Präsident habe sich an die Marktforschung verkauft. Das mochte übertrieben sein. Unrecht hatten sie dennoch nicht in ihrer Beurteilung einer Politik, die weniger auf tatsächliche Missstände als vielmehr auf die verzerrte Perspektive eines unentschlossenen Mittelstands abzielte – frei nach dem Motto, löse nicht die Probleme des Landes, sondern das, was der Mittelstand als Problem empfindet. Am Ende der ersten Periode schienen nur noch Morris und seine Marktforschung die politische Entscheidungsfindung im Weißen Haus zu prägen. Hatte Clinton früher diverse Einschätzungen erhalten, was für die Vereinigten Staaten gut und richtig sei, wurden damals noch Optionen gegeneinander abgewogen und der Veränderungswille der frühen Jahre beschworen, schaute man jetzt in Umfragelisten.

Guterson wusste, dass es sich um kein rein amerikanisches Phänomen mehr handelte. Viele Politiker verließen sich mittlerweile auf Consultants wie Morris, die bei ihnen noch die letzten Reste von Prinzipien exorzierten und sie einzig auf ihre Vermarktbarkeit zurechtbogen. Weltweit entstanden auf diese Weise politische Superstars an der Spitze von Medienparteien, deren Charisma die kaum vorhandene Konzeptionslosigkeit überstrahlte. Tony Blair, Gerhard Schröder, sie alle waren als Lichtgestalten der Hoffnung angetreten, senkten den Altersdurchschnitt in der Politik um Jahrzehnte, gaben sich kumpelig und winkten und überlegten unterdessen, was dem Volk gefallen könnte. Gefiel es dem Volk dann doch nicht, korrigierte die Marktforschung die Strategie, und am Ende stimmte es wieder irgendwie.

Inzwischen hatte Clinton zu gewissen Grundsätzen zurückgefunden und sogar die Schlacht gegen die republikanische Inquisition für sich entschieden. Paradoxerweise war es gerade das von den Republikanern hochstilisierte Monicagate, aus dem Clinton gestärkt und selbstbewusst hervorgegangen war. Am Ende stand wieder der gute alte Bill aus Arkansas, ein unbändiger Optimist, der unkonventionell und an Instanzen vorbei Entscheidungen fällte und sich keinen Deut um formale Kanäle scherte. Was einerseits gut war, weil er überhaupt etwas entschied, und aus denselben Gründen schlecht, weil niemand genau wusste, mit wem sich der Präsident gerade über welches Thema unterhielt. Clinton fragte um Rat, wen er wollte. Solange er dachte, es sei der Richtige, fragte er auch den Nachtwächter oder die Putzfrau.

Entsprechend verdankte er seine Informationen über Köln wahrscheinlich auch nicht dem mühevoll zusammengestellten Exposé, das eigens für ihn angelegt worden war. Er hatte wieder alle möglichen Leute gefragt. Morris hatte dies gesagt, ein anderer jenes. Clintons Bild der Wirklichkeit war wie üblich fragmentarisch, und wie üblich würde der Präsident dennoch das Beste daraus machen.

Hierin, das wussten Guterson und alle, die um den Präsidenten herum waren, lag seine eigentliche, geniale Stärke. Er würde Köln das Gefühl geben, die schönste und für ihn persönlich wichtigste Stadt der Welt zu sein. Jeder Kölner, dem er in die Augen sah, würde den Eindruck davontragen, etwas ganz Besonderes zu sein.

Nicht anders hatten wohl die Menschen in Paris empfunden, von wo die Air Force One vor zwanzig Minuten gestartet war. Nach seinem Lunch mit Chirac war der Präsident Eis essen gegangen. Clinton auf der Terrasse eines Bistros, schäkernd mit der Serviererin, dann der unprotokollarische Kopfsprung in die Menge, Hände schütteln, quatschen. Das war Clinton. Der Traum vom anfassbaren Star, der Alptraum seiner Leibwächter.

Guterson schlug die Beine übereinander und sagte geringschätzig:

»Morris war garantiert noch nie in Köln. Er hat keine Ahnung. Es wird Ihnen gefallen, Mr. President.«

»Mir gefällt das Programm«, sagte Clinton. »Schröder ist ein viel lustigerer Bursche als Kohl. Er hat den besseren Schneider und mag die Stones, und seine Frau gibt einem nicht ständig das Gefühl, auf eine Breitwandprojektion zu starren. Sehr nette Leute.«

»Sie wollen wirklich auf das Stones-Konzert?«, fragte Guterson.

»Warum nicht? Wann ist das noch gleich? Am Sonntag! Seien Sie nicht so langweilig, Norman. Immer kommen Sie mit dem ewigen Sicherheitsgezänk. Ich weiß noch nicht, ob ich hingehe, irgendwann wollten die Schröders mit Hillary und mir zum Essen –«

»Mr. President …«

»Aber ich hab Chelsea versprochen, es möglich zu machen,

wenn es irgendwie klappt. Sie geht auf jeden Fall.« Der Präsident reckte die Arme und gähnte. »Sie können das nicht begreifen, Sie haben keine Kinder.«

»Nein, Sir.«

»Wie viel Verspätung haben wir jetzt?«

»Etwa zwanzig Minuten.«

»Das ist ärgerlich, Norman. Das nächste Mal informieren Sie mich am Boden darüber, dass wir zu spät sind, und nicht erst in der Luft. Es ist Ihre Aufgabe und die des Protokollchefs, das heißt, eigentlich ist es mir egal, wessen Aufgabe es ist, jedenfalls habe ich keine Lust, mir auch noch Abflugtermine merken zu müssen.«

»Tut mir leid, Mr. President«, sagte Guterson. »Es kommt nicht mehr vor.«

Clinton lächelte versöhnlich. Auch das war bemerkenswert an ihm. Kurzen Gewittern folgte fast augenblicklich Sonnenschein. Er konnte recht deutlich werden, aber er war niemals nachtragend. Tatsächlich hatte das Protokoll es versäumt, ihn rechtzeitig über die Verspätung ins Bild zu setzen. Sicherheitschecks waren der Grund gewesen, nicht zuletzt verursacht durch Clintons übermäßig langes Bad in der Pariser Menge, aber natürlich konnte das nicht das Problem des Präsidenten sein.

Die Air Force One flog eine Kurve und ging weiter runter. Guterson schaute aus dem Fenster, aber außer einer Wolkendecke sah er nicht viel. Er mochte es, wenn Clinton während der Landung hier saß und nicht in seinen Räumlichkeiten war. Die Air Force One bot dem Präsidenten und seiner Familie eine komplett eingerichtete Suite mit einem komfortablen Schlafzimmer, Ankleidezimmer, Bad und Dusche und WC, außerdem ein voll eingerichtetes Büro. Darüber hinaus gab es ein Esszimmer für die Präsidentenfamilie und ihren Stab an Bord, das auch als Konferenzraum benutzt wurde. Möglichkeiten, sich zurückzuziehen, boten sich viele, und viele Präsidenten hatten sie genutzt. Clinton war dafür zu bodenständig. Er hing lieber mit den SecurityLeuten und der Crew herum und schwatzte.

»Wie ist das Wetter?«, fragte er beiläufig.

»Es regnet«, sagte Guterson.

»Ich will auf jeden Fall in diese Brauerei.«

Auch das war typisch. Die schnellen Themenwechsel. Clintons Verstand war rastlos, er hatte immer mehrere Sachen gleichzeitig im Kopf. Guterson war auf die Sprunghaftigkeit des Präsidenten eingestellt. Langweilig war es nie mit Clinton. Der Präsident war ein blitzschneller Denker, der aus dem Stand heraus improvisierte und ein hohes Maß an Kreativität entwickelte. War er in der richtigen Stimmung, bekam man eine Menge Spaß mit ihm. Staatsbesuche mit Clinton waren immer eine Mischung aus ernsthafter Politik und der Vorbereitung einer Studentensause inklusive dreckiger Witze, alberner Streiche und konspirativem Gejohle.

Folgerichtig hatte der Präsident zuallererst die unterhaltsamen Seiten Kölns erspürt. Als man ihm die Mentalität der Kölner auseinander setzte und ihm erzählte, in der Stadt gäbe es eine Reihe uriger Brauhäuser und ein angenehm schmeckendes Bier, war er Feuer und Flamme gewesen.

»Wir müssen so ein Ding besuchen«, hatte er gesagt und Guterson in die übliche Verzweiflung gestürzt. Wenigstens hatte er es überhaupt angekündigt. Es war schwer genug gewesen, ihm ein bisschen Rücksichtnahme auf die Menschen anzugewöhnen, die sich um seine Sicherheit zu kümmern hatten und über Spontanbesuchen in öffentlichen Gaststätten und unabgesprochenen Bädern in der Menge graue Haare bekamen. Dabei lag es dem Präsidenten fern, diese Menschen zu brüskieren. Er hatte nur einfach Präsident werden und trotzdem weiterhin so leben wollen wie der nette Bursche von nebenan, der schnell mal mit Freunden ein Bier trinken oder joggen geht, wenn ihm danach ist. Irgendwie, obwohl er den Job nun lange genug machte, konnte oder wollte Bill Clinton nicht begreifen, warum der mächtigste Mann der Welt einen eingeschränkteren Handlungsspielraum haben sollte als ein Student.

Also hatten sie Wochen vorher damit begonnen, Kölns Brauhäuser abzuklappern, um den Besuch des Präsidenten vorzubereiten. Sie checkten die Malzmühle, das Päffgen, das Brauhaus Sion und die Küppers Brauerei, schauten sich um und aßen die Speisekarten rauf und runter. Natürlich wusste Clinton, was sie taten. Dennoch schärften sie den Gastwirten ein, die Sache vertraulich zu behandeln und niemandem davon zu erzählen, dass möglicherweise irgendwann zwischen dem 17. und dem 22. Juni der Präsident der Vereinigten Staaten hereingeplatzt käme und Kölsch bestellen würde. Sie wollten Clinton nicht den Spaß verderben. Es sollte spontan wirken. Für Clinton war es ein Vergnügen, für seinen Stab ein weiteres Steinchen im Gefüge der präsidentialen Wurstigkeit. Sie wussten, dass so etwas gut in der Öffentlichkeit ankam. Wenn der Präsident plötzlich ein Kölsch trinken wollte, sollte er eben plötzlich ein Kölsch trinken gehen, je plötzlicher, je lieber.

Da unten, dachte Guterson, während die riesige Maschine tiefer und tiefer ging, scheint jedenfalls alles in Ordnung zu sein. Sie hatten keine gegenteiligen Meldungen erhalten. Er schloss für eine Sekunde die Augen. Wirklich entspannt war er nie. Als Sicherheitschef des amerikanischen Präsidenten war man nicht entspannt. Man war vielleicht gelassen, aber immer in höchster Bereitschaft. Selbst an Bord des bestausgestatteten und bestbewaffneten Passagierflugzeugs der Welt. Vier Jahre lang hatten Generäle, Sicherheitsexperten, Geheimdienstler und Ingenieure an dem vierhundert Millionen Dollar teuren Überflieger getüftelt. Die Air Force One war Regierungssitz und fliegende Festung in einem. Ausgerüstet mit Warnanlagen und Abwehrsystemen gegen radar- und hitzegelenkte Raketen. So isoliert, dass ihr Kommunikationsnetz selbst gegen elektromagnetische Störungen nach Atombombenexplosionen immun war. Vierhundert Kilometer Kabel liefen durch den Bauch der Air Force One, sechzig Antennen, Dutzende abhörsicherer Telefone, Funk und Fax verbanden das Präsidentenflugzeug mit der Außenwelt. Wenn Clinton wollte, konnte er sich aus zehntausend Metern Höhe mit dem Kommandanten eines Atom-U-Boots auf Tauchstation unterhalten. Auf neunzehn Fernsehschirmen empfing die Air Force One Bilder aus der ganzen Welt. Zehn Piloten waren immer an Bord, der Proviant reichte für zweitausend Mahlzeiten, es gab einen OP und ein Team hoch qualifizierter Ärzte, die mitflogen, wenn Clinton auf Reisen ging. Heute war außerdem eine knappe Hundertschaft Agenten des Secret Service mit an Bord. Und es gab noch ein paar Tricks, die die Air Force One auf Lager hatte und über die man nicht sprach. Entsprechend wurde draußen spekuliert, über Rettungskapseln bis hin zu nuklearer Bewaffnung. Andrews Air Force, die Home Base, hüllte sich in beredtes Schweigen, aber so oder so war klar, dass es wahrscheinlich keinen sichereren Platz in der Welt gab als dieses Flugzeug.

Guterson öffnete die Augen wieder. Es gab keinen sicheren Ort in der Welt. Nur Leute, die für sichere Orte sorgten.

Seine Leute.

Ohne das geringste Ruckeln tauchte der blauweiße Rumpf der Boeing 747-200B mit der Leitwerknummer 29 000 in die Wolken ein.

Die Air Force One befand sich im Landeanflug auf Köln.

TERMINAL 2

Der Schrei war nicht das Schlimmste.

Schrecklich war, wie der Schrei abbrach, als Josef Peceks Körper geräuschvoll auf das Dach des Mannschaftswagens knallte, der vor dem Terminal parkte. Es klang, als habe jemand eine Granate auf einen Gong abgefeuert. Sein linker Arm rutschte über die Dachkante und baumelte sachte hin und her.

Am schlimmsten war die Gewissheit, dass er tot war.

Dass Pecek tot war. Und nicht O'Connor.

Mahder begann an allen Gliedmaßen zu zittern. Ihm war, als packe ihn ein Anfall schwersten Fiebers. Er hatte im Innern des Terminals gewartet und sich beiläufig mit einem der Arbeiter unterhalten, während sein Blick den Sandstreifen zwischen der Glasfassade und dem Vorfeld unter Beobachtung hielt. Er hatte den Sturz erwartet.

Nur nicht, dass es Pecek war, der stürzen würde.

Der Arbeiter neben ihm begann in Richtung des Unfalls zu laufen. Die beiden Polizisten, die unmittelbar nach dem Aufprall mit gezogener Waffe aus dem Wagen gesprungen und dahinter in Deckung gegangen waren, erkletterten die Flanken des Transporters. Weitere Menschen näherten sich. Nur Mahder stand wie angewurzelt. Mahder, der nicht fassen konnte, was passiert war.

Entsetzt sah er zu, wie Blut an Peceks baumelndem Arm herunterzulaufen begann, sich mit dem Regen vermischte und auf den Sand tropfte.

Panik befiel ihn.

Bis zu diesem Punkt hatte er gewusst, was zu tun war. Als O'Connor in seinem Büro gestanden und mit einem Mal die Wahrheit begriffen hatte, war Mahder gefasst geblieben. Er hatte seine Rolle gut gespielt. War ins Nebenzimmer gelaufen und hatte Jana über das FROG angerufen. Ihm war bewusst gewesen, dass sie zu diesem Zeitpunkt nur noch in absoluten Notfällen telefonieren wollten, aber das war ein Notfall. Auf keinen Fall durfte O'Connor noch mehr Leuten erzählen, was er unglaublicherweise herausgefunden hatte!

Schnell, in wenigen, präzisen Worten, hatte er ihr alles erklärt. Janas Antwort war ebenso kurz und deutlich ausgefallen, in der kaugummiverzerrten Sprache Cordula Maliks, ein weiteres Element des Bizzarren in einer ohnehin aberwitzigen Situation.

»'n Unfall, Mann. Vom Gerüst. Oder vielleicht vom Dach. Musst du mal checken.«

Mahder hatte gewusst, dass sie mitten in einem Pulk von Journalisten stand. Dennoch sprach sie mit normaler Lautstärke. Wahrscheinlich klang sie für die anderen wie jemand, der irgendeiner Story auf den Fersen war. Falls überhaupt einer zuhörte.

Also hatte er O'Connor ins Terminal gebracht und weiterhin so getan, als versuche er Lavallier auf dem Handy zu erreichen. Er hatte gewartet, bis der Physiker das Gerüst bestiegen hatte. Dann war er wie von Furien gehetzt nach unten gelaufen und hatte Pecek telefonisch angewiesen herzukommen. Er war zum Checkpoint gefahren, um den Techniker dort in Empfang zu nehmen. Als Abteilungsleiter durfte Mahder das Terminal jederzeit betreten, Pecek hingegen nicht, speziell nicht in diesen Stunden. Mahder hatte gehofft und gebetet, dass es keine Schwierigkeiten geben würde, und es hatte keine gegeben. Pecek war hineingelangt, Mahder hatte ihn zum Terminal gefahren, O'Connor von unterwegs angerufen und ihm vorgelogen, mit Lavallier gesprochen zu haben, um Pecek Minuten später an seine schmutzige Arbeit zu schicken.

Und jetzt war Pecek vom Dach gefallen.

Aber wo war O'Connor?

Mühsam versuchte er sich zu beruhigen. Jana würde inzwischen im abgesperrten Bereich sein. Vermutlich stand sie eng gedrängt zwischen Dutzenden anderer Journalisten.

Jetzt gab es nur noch ein Signal, das er ihr telefonisch übermitteln konnte. Auf alles andere würde sie nicht reagieren. Nicht reagieren können. Wie sollte sie mit ihm über Peceks Tod konferieren, wenn sie von allen Seiten eingekeilt war? Es gab nur dieses eine Wort, und es galt nur für den Fall eines unvorhergesehenen Scheiterns der Operation. Jeder von ihnen hatte die Option, es den anderen telefonisch zu übermitteln, um gleich darauf die Verbindung zu kappen.

Das Wort hieß »Abbruch«.

Es lag in Mahders subjektiver Entscheidung. Aber er würde sich dafür zu verantworten haben. Einen verdammt triftigen Grund vorweisen müssen. Die Operation vorzeitig abzubrechen, hieß, eine von zwei Chancen, für die sie monatelang gearbeitet hatten, im Handumdrehen zunichte zu machen. Vielleicht sogar die einzige.

Abbruch.

Mahder stellte sich vor, wie er Jana anrief, das Wort sagte und wieder auflegte. Sie würde augenblicklich den gesicherten Bereich verlassen. So schwer es war, hineinzukommen, so einfach und problemlos kam man heraus.

Bei dem Gedanken wurde ihm übel.

Er hatte nicht die Nerven dazu. Überhaupt wurde Martin Mahder in diesem Augenblick, als er zusah, wie sie Peceks zerschmetterte Leiche vom Dach des Mannschaftswagens hievten, die volle Tragweite dessen bewusst, worauf er sich eingelassen hatte, damals, gleich nach Neujahr, als Mirko in Janas Auftrag an ihn herangetreten war, um ihn für das Projekt zu gewinnen. Sie hatten ihm eine Million geboten. Sie hatten herausgefunden, dass er sich von Lieferanten schmieren ließ, um seinen viel zu aufwendigen Lebensstil und seine Spielleidenschaft zu finanzieren. Sie hatten es gewusst und durchblicken lassen, dass andere es auch erfahren könnten, und im Gegenzug mit der versöhnlichen Lösung all seiner Probleme aufgewartet.

Sie hatten gewusst, dass er darauf einsteigen würde.

Bestechlichkeit war eine Charakterhaltung. Man war es entweder gar nicht, oder man war es immer. Ein rückgratloses Etwas, das sich verkaufte. Eine charakterlich amorphe Masse. Oder, auf Deutsch gesagt, ein Schwein.

Aber mit einer Million war man zumindest ein sehr reiches Schwein.

Dennoch verfluchte sich Mahder in diesem Augenblick in den tiefsten Abgrund aller Höllen, nicht standhaft geblieben zu sein. Er starrte noch eine Sekunde auf Pecek, dann machte er kehrt, rannte hinüber zum Treppenschacht und hastete hinauf zur Abflughalle.

Auch dort drängten sich Menschen. Sie umlagerten das Hochgerüst an der seitlichen Schmalseite, gleich unterhalb der Stelle, wo Pecek abgestürzt war. Einige turnten auf der höchsten Ebene herum, liefen hin und her und bückten sich über eine Gestalt, die dort oben lag.

Es war das Gerüst, auf das er O'Connor geschickt hatte. Wohl wissend, dass es dort oben keinen Spiegel gab. Hierin hatte der Doktor geirrt. Es hätte gar keinen dort geben können, die Höhe reichte nicht aus. Die beiden Spiegel, die Paddy und Jo unter seinem Schutz in mehreren Nächten installiert hatten, waren woanders. Niemand würde sie finden. Niemand wusste davon. Mahder hatte die Einsätze nicht gemeldet, also hatten sie nicht stattgefunden.

Alles, was noch schief gehen konnte, war, dass O'Connor auch dieses Rätsel löste.

Falls er noch Rätsel lösen konnte.

Mahder ging näher heran. Die Gestalt lag reglos auf den Pritschen. Über ihr war eine der gläsernen Dachplatten in Scherben gegangen. Wie es aussah, war O'Connor durch das Dach ins Innere gebrochen und drei Meter tief auf das Gerüst gestürzt. Das war nicht viel. Aber möglicherweise genug für eine Gehirnerschütterung, bestenfalls für einen Genickbruch.

Zeit. Sie brauchten Zeit.

Hinter sich hörte Mahder hastige Schritte. Er drehte sich um und sah mehrere Sanitäter, einen Polizisten und eine Polizistin auf sich zurennen. Instinktiv überkam ihn der Gedanke an Flucht. Er zwang sich zur Ruhe, und die Sanitäter und Beamten liefen an ihm vorbei zur Schmalseite des Terminals.

Er blickte ihnen nach und hob die Augen zur obersten Gerüstebene.

Die Gestalt bewegte sich.

O'Connors Kopf erschien über den Pritschen. Er versuchte, sich aufzurichten, und sackte wieder zurück. Die Polizisten und Sanitäter begannen, nach oben zu klettern.

Er lebte. Pecek hatte es gründlich vermasselt.

Mahder fühlte sich wie taub. Er hatte nicht die mindeste Ahnung, was er tun sollte. Mit bleischweren Beinen trat er zu der Frontverglasung und sah in die Tiefe. Auch unten war jetzt der Notarztwagen eingetroffen, schwirrten Uniformierte und Männer in weißen Overalls herum. Peceks Körper wurde auf eine Bahre gelegt, ein Tuch über ihn gezogen.

Würde Lavallier jetzt alles stoppen? Würde O'Connor mit dem Finger auf Martin Mahder zeigen, der seit vierzehn Jahren zuverlässig und ohne Makel seinen Dienst für den Flughafen verrichtet hatte, und ihn anklagen, ihm einen Killer auf den Hals geschickt zu haben?

Er sah auf die Uhr. Es mochte ein Wettlauf mit der Zeit werden, aber Jana konnte es immer noch schaffen! Sie hatten Pech gehabt. Paddy. Pecek. O'Connor. Auch, dass es regnete. Als hätte sich alles gegen sie verschworen.

Aber der Regen war nicht so stark, und hinten wurde es wieder heller.

Nur Minuten! Wenige Minuten waren alles, was Jana brauchte.

Mutlosigkeit überkam ihn. Jana mochte es schaffen, aber was würde aus ihm? Seine Rolle in dem Spiel war soeben aufgeflogen.

Er sah hinaus auf das Vorfeld.

Direkt vor seinen Augen hing ein gewaltiges Flugzeug in der Luft, so nah und tief, dass er glaubte, es mit ausgestreckter Hand berühren zu können. Unterhalb des gewaltigen weißen Rückens stand in großen Buchstaben »United States of America«. Kopf und Nase des Jumbos erstrahlten in kräftigem Blau, die Unterseite und die vier CF6-Triebwerke in hellem, freundlichen Mint. Auf dem Leitwerk prangte das Sternenbanner.

Majestätisch zog die Air Force One an Mahder vorbei und

setzte ihre dreihundertfünfundsiebzig Tonnen fast behutsam auf den Super-Runway.

Mahder sah ihr nach.

Dann ging er zum Treppenschacht, erst bemüht langsam, dann immer schneller. Im Schacht begann er zu laufen, mehrere Stufen auf einmal nehmend. Er rannte aus dem Terminal, stieg in seinen Wagen und gab Gas.

Jana und ihre Leute hatten sich in sein Leben gemischt. Sie hatten ihm gar keine andere Wahl gelassen, als Verrat zu begehen. Was immer in den nächsten Minuten geschehen würde, am Ende käme ihn jemand holen. Er würde vor Gericht gestellt und wegen Beihilfe verurteilt werden.

Er hatte ein Haus und eine Familie. Im Gefängnis hätte er nichts von alledem. Also konnte er ebenso gut untertauchen und wenigstens seine Freiheit behalten.

Sie schuldeten ihm immer noch eine Million.

Er würde sie einfordern. Eine Million reichte, um den Abschied zu erleichtern.

WAGNER

Leise Sinustöne fügten sich zu einer Melodie.

Ihre Finger glitten über die Tasten des Handys, und im Display erschien O'Connors Nummer.

Zu guter Letzt hatten Sehnsucht und die Sorge um Kuhn zu einem argumenteschweren Doppel gefunden und sich angeschickt, Wagner auf unerträgliche Weise zu bedrängen, noch während sie mit den Filmleuten verhandelt hatte. Den Spielregeln war Genüge getan, und schließlich, wer würde deren Anwendung besser verstehen als O'Connor!

Sie hatte genügend Zeit verstreichen lassen. Genug, um ihre Unabhängigkeit, wenn nicht ihm, so doch sich selbst zu beweisen. Ein albernes Unterfangen, so viel war ihr klar, hinter dem sich unverändert die kleine, klamme Angst vor Zurückweisung und Enttäuschung verbarg, aber wenigstens tarnte sie sich einigermaßen respektabel im dezenten Grau der Vernunft.

Die Filmleute hatten sich als angenehme Gesprächspartner

erwiesen. Natürlich ging es um Geld. Der Verlag respektive Wagner als Vertreterin der publikatorischen Interessen, hatte mit einem Scheck gewedelt und im Gegenzug gewisse Zusagen erwirkt hinsichtlich der Berücksichtigung von Neuerscheinungen. Niemand würde sich sonderlich aufregen über eine derartige Einflussnahme. Die Sendung verstand sich als neutrales Forum, aber man kaufte ja keine positiven Rezensionen, sondern lediglich die Zusage, rezensiert zu werden. Was, wie Reich-Ranickis historischer Grass-Verriss bewiesen hatte, in jedem Fall gut fürs Geschäft war.

Irgendwie passte die Art und Weise des Agreements in die Zeit. Ohnehin war nur verkäuflich, was ein Label trug, Personen des öffentlichen Lebens nicht ausgenommen.

Wagner verließ den Flachbau des Senders und trat hinaus auf den Parkplatz, während sie wählte. Es hatte zu nieseln begonnen. Sie beschleunigte ihre Schritte. Als sie zu ihrem Golf hinüberging, erklang das Freizeichen. Sie lächelte. Jetzt, nachdem sie sich dazu durchgerungen hatte, endlich zu tun, was sie die ganze Zeit über schon hatte tun wollen, freute sie sich darauf, seine Stimme zu hören.

Es rauschte in der Leitung, dann sagte eine Frauenstimme: »Hallo?«

Wagner stutzte und blieb stehen.

»Ich möchte gern Dr. O'Connor sprechen«, sagte sie zögernd.

Wahrscheinlich verwählt, dachte sie. Oder hatte sie seine Nummer falsch notiert? Ersteres wäre nicht schlimm, das Zweite ärgerlich.

Die Frau schwieg eine Sekunde. Dann sagte sie:

»Dr. O'Connor hatte einen Unfall. Er kann nicht mit Ihnen sprechen.«

Die Worte klangen sachlich und beinahe lapidar.

»Unfall?«, echote sie tonlos. »Was für einen Unfall?«

»Er ist gestürzt. Wer spricht denn da?«

»Wagner«, sagte sie tonlos. »Ich bin seine ...«

Sie stockte. Ihre Gedanken rasten ziellos durcheinander. Paddy, Kuhn, O'Connor, der Flughafen, die Landungen, Lavallier, der Verdacht, etwas Schreckliches könne passieren, die schleichende Gewissheit, dass es bereits angefangen hatte, schon passiert war.

Er hatte einen Unfall gehabt. Was hieß das: einen Unfall gehabt?

Etwas verdickte sich in ihrer Kehle.

»Ist er…?«

»Nein«, sagte die Frau. Im Hintergrund waren andere Stimmen zu hören. Es klang, als spreche sie aus einer großen Halle zu ihr. »Dr. O'Connor ist durch ein Glasdach gebrochen. Er hat eine Reihe von Schnittverletzungen, aber offenbar nichts gebrochen.«

»Warum kann er nicht selbst mit mir sprechen?«

»Er hat das Bewusstsein verloren. Wir wissen nicht, ob es etwas Ernstes ist. Möglicherweise Gehirnerschütterung. Ist erst vor wenigen Minuten passiert. Sind Sie eine Verwandte?«

»Ich bin seine… Presseagentin. Wer sind Sie?«

»Polizeimeisterin Gerhard.«

»*Wo* sind Sie, mein Gott?

»Flughafen. Terminal 2.«

»Ich muss zu ihm«, sagte sie hastig.

»Kommen Sie am besten raus zur Wache«, sagte die Polizistin. »Kennen Sie sich aus?«

Wagner starrte durch den Regen über den Parkplatz.

Die letzten Meter zu ihrem Wagen rannte sie.

VORFELD FRACHT WEST

Jana fühlte eine beinahe überirdische Ruhe. Auch der Umstand, dass es regnete, konnte daran nicht sehr viel ändern.

Ohnehin war der Regen nicht sehr dicht. Aber selbst wenn er es gewesen wäre, hätte sie sich damit abfinden müssen. Alle Teilnehmer der Operation waren sich von Anfang an darüber im Klaren gewesen, dass starker Regen das Unternehmen gefährden konnte. Auch das ominöse Trojanische Pferd wusste es. Und selbst wenn es heute nicht funktionierte, hatten sie immer noch eine zweite Chance. Dann nämlich, wenn Clinton wieder abflog. Es wäre lästig, das Spiel der doppelten Identität bis dahin weiterspielen zu müssen, pendeln zwischen Laura Firidolfi und Cordula Malik. Aber vielleicht war die zweite Chance sogar die bessere. Beim Rückflug würde der Präsident mit seiner Frau Hillary und Tochter Chelsea über das Rollfeld gehen. Sie würden dabei sein, wenn es passierte. So wie Jackie Kennedy damals in Dallas, als man ihren Mann erschoss.

Kein Programmdirektor auf der Welt konnte sich bessere Bilder wünschen.

Die Sache mit Clohessy war ärgerlich gewesen. Auch, dass sie den Lektor hatten entführen müssen und dass es ihm gelungen war, eine SMS an diese Frau zu schicken. Sehr dumm! Am schlimmsten von alldem war jedoch, was Mahder vorhin durchgegeben hatte. O'Connor wusste Bescheid. Jana ahnte, wie er es herausgefunden hatte. Er war Physiker, und er beschäftigte sich mit Licht. Jeder, der das tat, wusste, was ein YAG war. Am Ende musste es ihm gelungen sein, Kuhns Nachricht zu entschlusseln.

Was passiert war, war passiert. Kein Grund, sich jetzt darüber aufzuregen. Sie hatte entschieden, die Sache durchzuziehen. Nur noch darauf galt es sich zu konzentrieren.

Offenbar hatten sie Glück im Unglück. Wie immer Mahder das Problem gelöst hatte, er musste es irgendwie gelöst haben. Er hatte die Operation nicht abgebrochen. Niemand kam, um der Presse zu sagen, dass Clinton nicht in KölnBonn landen würde, dass sein Flug umgeleitet worden war. Keine bewaffneten Truppen stürmten den Pressebereich, um alle Anwesenden in Haft zu nehmen.

Vor Jana drängten sich die Journalisten mit ihren Kameras und Richtmikrofonen. Sie selbst hatte sich in die letzte Reihe zurückgezogen. Für das, was sie vorhatte, reichte es nicht nur, es war möglicherweise besser. Obwohl Jana davon ausging, dass man alle Journalisten nach dem Anschlag stundenlang festsetzen würde, auch sie, war es immer besser, den Rücken frei zu haben.

Sie hatte sich nicht lange in den Pressezelten aufgehalten, wo man an Stehtischen bei Wasser und belegten Brötchen Gipfelthemen wälzte. Sie hatte ein Wasser getrunken und war zur Absperrung hinausgegangen. Es war eine recht geräumige Ecke des Vorfelds, die man der Presse vorbehalten hatte. Von hier aus hatte man das Vorfeld gut im Blick, die hereinrollenden Maschinen, die Politiker, das VIP-Zelt. Jenseits der Lärmschutzhalle zog sich eine weitere Absperrung entlang, die das Vorfeld längs durchschnitt und den Bereich Fracht West vom General Aviation Terminal auf der anderen Seite der Halle abtrennte. Durch diese Absperrung würde Clintons Wagenkolonne einfahren. Ob der Präsident sofort seine Limousine besteigen oder vorher ein paar Worte an die Presse richten würde, war ungewiss. Man hoffte auf jede Kleinigkeit, möglichst auf etwas Ungewöhnliches. Letzteres war der Grund, dass sich alle fast noch mehr auf Jelzin freuten als auf Clinton. Jeder hatte in bester Erinnerung, wie der russische Bär bei seiner Deutschlandvisite seinerzeit zuerst Helmut Kohls Namen vergessen und anschließend das Bundeswehrorchester dirigiert hatte. Zur Freude der anwesenden Journalisten – und wohl zum tiefsten Leidwesen aller anderen – hatte er sogar gesungen. Es hatte geklungen, als hätte er ganz Russland leer gesoffen. Die Presse war hellauf begeistert gewesen.

Clinton war Clinton. Jeder wollte ihn, man drängte und verzehrte sich nach ihm, aber unterm Strich war er natürlich nicht halb so unterhaltsam wie Zar Boris.

Jana sah hinüber zum VIP-Zelt. Einzig der WDR hatte zu beiden Seiten des Zeltes zwei Tribünen zugestanden bekommen, die der Air Force One frontal zugewandt sein würden. Die Logenplätze für die öffentlich-rechtliche Fernsehberichterstattung.

Sie würden ihre Bilder bekommen!

Vor ihr wurden Rufe laut. Plötzlich drängte sich der Pulk dichter an die Absperrung. Kameras wurden hochgehalten, erste Bilder wurden geschossen. Auf der gegenüberliegenden Seite des Vorfelds, in einigen hundert Metern Entfernung, sah Jana, was die anderen so erregte.

Die Air Force One fuhr über die angrenzende Rollbahn und verschwand für kurze Zeit jenseits der Lärmschutzhalle. Das Geräusch der Triebwerke wurde erst leiser und veränderte sich dann, als die Maschine eine Einhundertachtzig-Grad-Drehung vollführte und zurückkam.

In wenigen Sekunden würde sie wieder in Sichtweite geraten. Sehr viel näher. Sie würde ausrollen, und der Präsident würde winkend auf der Gangway erscheinen.

Janas Finger umschlossen die Nikon.

Sie wartete.

VIP-ZELT

Im Grunde war es nichts weiter als die Landung eines Jumbos. Und dennoch eine beinahe mythische Erfahrung. Die Gewissheit darüber, wer im Innern saß, strafte jede Routine Lügen. An Außen- und Wirtschaftsminister hatten sie sich gewöhnt. An Augenblicke wie diese würde sich niemand gewöhnen.

Im Nu lagen Buffet, Sitzgruppen und Stehtische verlassen da. Mit dem Auftauchen der blauen Kanzel hinter der Lärmschutzhalle hielt es niemanden mehr im Zelt. Die VIPs verließen ihr Refugium und traten nach draußen, um ja nichts von dem historischen Ereignis zu verpassen. Für die Delegierten des Auswärtigen Amts, denen das Protokoll oblag, die Protokolloffiziere und die vierzig Angehörigen der US-Botschaft begann der erhebende Teil, für die Sicherheitsleute die zweite Phase.

Die Landung war überstanden. Auch während des Rollvorgangs gab es gefährliche Momente. Naturgemäß war die Air Force One am sichersten, solange sie sich in beträchtlicher Höhe aufhielt, wo sie theoretisch – weil in der Luft mit Treibstoff und Sauerstoff betankbar – bis ans Ende aller Tage bleiben konnte. Trotz ihrer Wehrhaftigkeit gehörten Start und Landung zu den kritischen Phasen. Dennoch stand der kritischste Moment erst noch bevor. Sobald Clinton seine fliegende Festung verließ, war nicht mehr die Maschine das Ziel möglicher Angriffe, sondern die Person. Zwar war Clinton alles andere als ungeschützt. An allen Eckpunkten des Vorfelds waren fahrbare Fluggastbrücken mit Scharfschützen darauf postiert worden. Weitere Scharfschützen lagen auf den Dächern sämtlicher umstehender Gebäude. Niemand würde eine Waffe ziehen können. Kein Überraschungsangriff hätte eine Chance. Dallas war nicht wiederholbar.

Dennoch fühlte sich Lavallier wie kurz vor einer fürchterlichen neuen Erfahrung, als er mit den anderen vor das Zelt trat und zusah, wie die Präsidentenmaschine hereinrollte.

Es gibt keinen Grund, sagte er sich. Er wiederholte es wie einen Trancegesang, aber tatsächlich war es ein immer wiederkehrendes Stoßgebet. Wir haben alles überprüft. Es gibt keinen Grund. Gibt keinen Grund. Keinen Grund. Keinen Grund.

Sein Blick wanderte zu der Lärmschutzhalle. Die Überprüfung hatte nichts ergeben. Im Wettlauf gegen die Zeit hatten sie jeden Quadratzentimeter des ausladenden Gebäudes mit den außen liegenden Rohrkonstruktionen unter die Lupe genommen, die Rohre abgeklopft.

Nichts.

Nichts war anders, als es hätte sein sollen.

Er rieb sich die Augen. Es war 19.55 Uhr. Inzwischen war die Maschine fast zum Stillstand gekommen. Die Einweisung hatten Major Thomas Nader und ein Kollege übernommen. Nicht einmal das hatte der amerikanische Air Attaché den Deutschen überlassen. Nader selbst war mit dem Messrad das Vorfeld abgeschritten und hatte die Position für das Bugrad bestimmt, und es war unerfreulich weit draußen.

Lavallier erinnerte sich an die nicht enden wollenden Diskussionen, die der Flughafen mit dem Auswärtigen Amt darüber geführt hatte, wo die Air Force One stehen sollte, wenn der Präsident ausstieg. Wäre es nach dem Secret Service gegangen, hätten die Journalisten Clinton nur aus beträchtlicher Entfernung zu Gesicht bekommen – sie wollten die Maschine gar nicht erst aufs Vorfeld rollen lassen. Am liebsten hätten sie den Präsidenten noch auf der Landebahn aussteigen lassen, eine Herausforderung für jedes Teleobjektiv. Eine Brüskierung, hatte der Flughafen eingewandt, eine grobe Missachtung der Medien, unvertretbar in der Medienstadt Köln. Was nützte die Landung des amerikanischen Präsidenten, wenn keiner ein vernünftiges Foto davon schießen konnte?

Das Tauziehen war eine Zeit lang hin- und hergegangen. Der Flughafen insistierte auf *Nose in*, was hieß, dass die Air Force One auf das VIP-Zelt zufahren und kurz davor stoppen sollte, um der Presse den Präsidenten möglichst hautnah zu präsentieren. Das Auswärtige Amt beharrte auf der Landebahn und ließ sich am Ende zu einem Kompromiss erweichen. Seitlich zum VIP-Zelt würde die Maschine stehen, weit genug draußen, um im Notfall mittels einer Neunzig-Grad-Drehung unverzüglich wieder auf den Runway rollen und das Weite suchen zu können, womöglich ohne gestoppt zu haben.

Immerhin hatten sie wenigstens die Japaner *Nose in* am heutigen Abend. Sie kamen nach Clinton, die Letzten für heute. Kein wirklicher Trost, aber einer, den man sich wichtig reden konnte.

Lavallier sah Stankowski und Knott im Gespräch mit dem Leiter SI. Brauer wirkte nicht gerade glücklich. Er hatte sechs seiner Leute mitgebracht, hinzu gesellten sich Lex mit einer zwölf Mann starken Abordnung des Secret Service und Lavalliers eigene Leute. Die Botschaftsangehörigen gingen miteinander plaudernd in Richtung Maschine. Die deutsche Abfertigungscrew, vom Sektionsleiter bis zum Oberlader überprüft, hatte die Maschine fast erreicht

Und überall lagen die Scharfschützen. Sichtbar. Unsichtbar.

Wer wollte dem etwas entgegensetzen, was sie nicht schon längst bedacht hatten?

Vor allem – was?

Lavallier fiel nichts ein. Er seufzte und hoffte, dass es anderen ebenso gegangen war.

O'CONNOR

Die blaue Fronttür der Air Force One schwang auf. Zeitgleich rollte die Gangway heran. Der oberste Absatz der fahrbaren Treppe schmiegte sich mit metallischem Poltern an den Rumpf des Jumbos, dann entstieg der Maschine ein Sicherheitsbeamter, warf einen Blick in die Runde und gab ein Zeichen nach drinnen.

Bill Clinton erschien in der dunklen Öffnung.

Der Präsident trug das gewinnende Lächeln im Gesicht, dem die Republikaner zwei Wahlkämpfe lang nichts hatten entgegensetzen können als Häme und Hass. Er hob den rechten Arm hoch in die Luft und winkte den Menschen auf dem Rollfeld zu, lächelte weiter, während der Wind durch seinen Haarschopf fuhr. Die Bewegungen seines Arms und seiner Finger wurden zusehends langsamer, als habe sich die Luft um ihn herum sirupartig verdickt, wirkten siegessicher und gequält zugleich.

Die Umstehenden hielten den Atem an.

Clintons Lächeln bekam etwas Verzerrtes. Schmerz lag plötzlich darin. Immer ungestümer zerrten die Böen an den weißen Haaren, rissen sie nach allen Seiten, bis sie zu flackern schienen. Der Schopf färbte sich rötlich. Feuer züngelte aus Clintons Kopfhaut empor, aber der Präsident lächelte tapfer weiter. Auf seiner Gesichtshaut bildeten sich schwarze Blasen. Im nächsten Moment schossen grelle Flammen aus Mund, Nase und Augen, und immer noch winkte die brennende Gestalt wie in extremer Zeitlupe.

Dann begann sie zu schreien.

Es war ein unirdisches, hohles Schreien, als vergehe in dem Inferno nicht ein Mensch, sondern etwas anderes. Schreiend, brennend und winkend begann der Präsident, die Gangway herabzuschreiten. Die Hitze, die von ihm ausging, fegte über das ganze Vorfeld hinweg, setzte die Zelte in Brand, Menschen, Hallen und Hangars, Fahrzeuge und Flugzeuge.

Dann explodierte er.

Sein Körper flog in tausend Stücken auseinander, und O'Connor schoss hoch, riss die Augen auf und starrte in das Gesicht eines sehr hübschen Polizisten.

»Der YAG«, sagte er.

Das Schreien erstarb. Es war überhaupt kein Schreien gewesen, sondern das Dröhnen von Düsentriebwerken, das sich rasch entfernte.

»Dr. O'Connor.« Der Polizist beugte sich vor. »Können Sie mich hören?«

Er trug eine schwarze Lederjacke und hatte kurze schwarze Haare. O'Connors Blick klärte sich, und der Polizist verwandelte sich in eine Polizistin.

»He! Sind Sie in Ordnung?«

O'Connor streckte eine Hand nach ihr aus. Sie ergriff seinen Arm. Mühsam zog er sich hoch und kam unsicher auf die Beine. Sein Rücken schmerzte, als habe man ihn stundenlang mit Knüppeln verdroschen.

Alles fiel ihm wieder ein.

»Wo ist Lavallier?«, stöhnte er. »Ich muss mit ihm reden, schnell!«

»Lavallier?« Die Polizistin runzelte die Stirn. »Er ist draußen auf dem Vorfeld. Was wollen Sie denn jetzt von Lavallier?«

O'Connor ließ ihren Arm los. Jetzt bemerkte er weitere Leute, Bauarbeiter, Sanitäter und einen zweiten Polizisten. Sie standen oder knieten um ihn herum und trugen alle dieselbe Mischung aus Ratlosigkeit und Bestürzung im Gesicht.

»Nur die Ruhe.« Einer der Sanitäter legte ihm besänftigend die Hand auf die Schulter. »Erst mal werden wir Sie verarzten, okay?«

»Kommen Sie um Himmels willen nicht auf die Idee, mich zu verarzten!« O'Connor schüttelte ihn ab. »Jedes Mal, wenn ich bisher zu einem Arzt gegangen bin, war ich hinterher drei Wochen krank.« Er packte das Geländer und trat einen Schritt vor. Sein Blick fiel in die Tiefe. Sofort begann sich alles um ihn herum zu drehen. Hastig stolperte er zurück und schaute auf seine Hände.

Aus mehreren Schnittwunden drang Blut. Hier und da hingen Mullbinden herunter. Der Sanitäter hatte offenbar angefangen, ihn zu verbinden.

»Wie viel Uhr ist es?«, keuchte er.

»Es ist acht«, sagte die Polizistin. »Warum wollen Sie das wissen?«

Acht Uhr!

O'Connor brauchte einen Moment, um zu begreifen. Dann drehte er sich ruckartig um und schaute über das alte Terminal hinweg in Richtung des Frachtflughafens. Sein Magen krampfte sich zusammen.

»Mein Gott«, flüsterte er.

»Dr. O'Connor!«

Er wandte ihr den Kopf wieder zu.

»Sie sind doch Dr. O'Connor?«

»Clinton«, sagte er beinahe flehentlich.

»Ja, klar.« Der Sanitäter begann zu grinsen. »Und ich bin Madeleine Albright. Wollen Sie jetzt bitte –«

»Er darf nicht aussteigen, hören Sie!« O'Connor sah hilfesuchend von einem zum andern, aber sie starrten ihn nur verständnislos an. »Er darf auf keinen Fall seine Maschine verlassen!« Unter Schmerzen begann er, auf die Leiter zuzuhumpeln, die nach unten führte. Die Polizistin stellte sich ihm in den Weg.

»Bill Clinton?«

»Ja, zum Teufel!«, explodierte O'Connor. »Verdammt, rede ich in Rätseln? Warum gehen Sie mir nicht aus dem Weg, wenn Sie schon nichts begreifen?«

Er packte sie bei den Schultern, um sie beiseite zu schieben. Im nächsten Moment fühlte er sich selbst im Klammergriff. Blitzschnell hatte sie den Arm um seinen Hals geschlungen und ihn gegen das Gitter gedrückt.

»Vorsicht, Freundchen«, sagte sie warnend. »Wir wollen doch hier keinen Aufstand machen. Erklären Sie mir lieber, was auf dem Dach los gewesen ist. Da unten liegt einer, der ist mausetot! Was habt ihr da oben getrieben?«

O'Connor hätte sie am liebsten im hohen Bogen vom Gerüst geschmissen und wäre ihr hinterhergesprungen, aber in seiner augenblicklichen Situation konnte er nur hoffen, nicht selbst hinuntergeworfen zu werden. Allmählich kehrte sein klares Denken zurück und damit die Erkenntnis, wie seine Worte auf die anderen wirken mussten.

»Ist ja gut«, würgte er hervor. »Lassen Sie mich los.«

»Ich weiß nicht, ob das eine gute Idee wäre«, sagte die Frau skeptisch. »Sie sind mir entschieden zu temperamentvoll.«

»Sie mir auch.«

»Also?«

O'Connor wand sich. Sie zog den Griff fester zu.

»Okay, Schlangenmädchen!« Allmählich blieb ihm die Luft weg. »Ich mache Ihnen einen Vorschlag. Hören Sie mir eine Minute zu, ohne mich zu unterbrechen. Danach können Sie machen, was Sie wollen, aber lassen Sie mich um Himmels willen los!«

»Jetzt ist aber Schluss«, fuhr ihn der andere Beamte an. »Sie haben keine Vorschläge zu machen, sondern sich zu erklären!«

»Will ich ja«, krächzte O'Connor zwischen zusammengebissenen Zähnen. »Es ginge schneller, wenn Sie nicht versuchen würden, mitzudenken.«

»Sie…« Der Polizist lief rot an. Seine Mundwinkel zuckten. »Wir machen hier unseren Job! Haben Sie darüber schon mal nachgedacht?«

»Ich zerbreche mir nicht den Kopf anderer Leute und strecke mich auch nicht nach deren Decke«, sagte O'Connor mühsam beherrscht. »Ich zermartere mir grundsätzlich kein Gehirn, das kleiner ist als meines. Wollen Sie mir jetzt zuhören oder nicht?«

Der Griff um seinen Hals lockerte sich. Dann ließ die Polizistin ihn los. O'Connor schnappte nach Luft und drehte sich schwankend zu ihr um. Sein Atem ging pfeifend. Er fühlte sich wie nach einem Anakonda-Angriff.

»Reden Sie«, sagte die Frau. »Eine Minute.«

»Werde ich nicht brauchen. Ist Clinton schon gelandet?«

»Ja. Mit Verspätung.«

»Hat er die Maschine verlassen?«

»Das weiß ich nicht.«

»Er darf sie nicht verlassen«, sagte O'Connor sehr bestimmt. »Falls er das tut, wird er sterben. Er wird von einem Laserstrahl getroffen werden. Wenn es ein Laser der Größenordnung ist, wie ich vermute, wird die Entladung reichen, ein Loch in seine Brust zu reißen. Oder in seinen Kopf.«

Einen Moment lang starrten ihn alle an.

»Ein *Laser*?«, echote der Polizist. »Sie sind doch nicht ganz dicht.«

O'Connor überhörte die Bemerkung. Unverwandt sah er der Polizistin in die Augen.

»Wo steht dieser Laser?«, fragte sie ruhig.

»Ich weiß es nicht. Irgendwo in einem Radius von einigen Kilometern. Ein Neodym-YAG-Laser. Wahrscheinlich ein gewaltiges Gerät.

Der Strahl wird über ein System von mehreren Spiegeln umgeleitet werden. Mindestens zwei dieser Spiegel müssen sich in unmittelbarer Nähe des Vorfelds befinden. Wichtig ist nur der letzte, der Clinton am nächsten ist. Sie müssen ihn zerstören.« Er machte eine Pause. »Ich muss es mit eigenen Augen sehen. Bringen Sie mich zu Lavallier. Bitte!«

Ihre Züge blieben unbewegt. O'Connor stellte sich vor, wie die Gedanken hinter ihrer Stirn einander jagten.

Ein Stück Glas barst unter seinem Absatz.

Krrk.

Die Polizistin griff nach ihrem Funkgerät.

»Machen Sie das während der Fahrt«, drängte O'Connor.

»Es ist besser, wenn wir erst –«

»Himmel, haben Sie immer noch nicht verstanden? Ich muss das Gelände *sehen!* Wir haben keine Zeit. Ich muss es sehen, um sagen zu können, wo die verdammten Dinger sind!«

Die Polizistin ließ langsam und vernehmlich den Atem entweichen. Dann nickte sie.

»Okay. Kommen Sie mit.«

AIR FORCE ONE

»Nein, Herr Präsident«, sagte der Präsident.

Guterson warf einen Blick auf die Uhr und sah durch die offene Tür des Büros zu Clinton herüber. Seit einigen Minuten telefonierte er mit Boris Jelzin, und es schien ein längeres Gespräch zu werden. Gleich nachdem sie gelandet waren, hatte der Russe angerufen.

»Sie kennen meinen Standpunkt, Boris«, sagte Clinton gerade. »Die Befugnisse der Kfor sind im Appendix B klar geregelt. Natürlich sollen sich Ihre Truppen im Kosovo frei bewegen können, alles andere wäre ja blanker Unsinn. Ich meine nur, wir sollten Belgrad nicht den Eindruck vermitteln, als zögen Russland und die Nato nicht an einem Strang.«

Er lauschte einige Sekunden konzentriert. Dann sah er zu Guterson herüber und wies ihn mit einer Handbewegung an, die Tür des Büros zu schließen.

»Ganz genau«, sagte er herzlich. »Wir wollen doch beide nicht, dass dieses Treffen von so einem Husarenstück wie in Priština...«

Guterson zog die Tür zu und ging nach vorne, wo Clintons Leibwächter und Mitglieder der Crew versammelt standen. Sie unterhielten sich und lachten. Die Stimmung war gut. Niemanden interessierte es, wie lange sie noch in der Maschine bleiben würden. Wenn Clinton zu telefonieren hatte, telefonierte er eben. Wenn die Erfordernisse es mit sich brachten, dass der Präsident der Vereinigten Staaten ein paar Nächte in der Air Force One zu campen wünschte, würden sie auch darüber keine Miene verziehen. Im Flugzeug des Präsidenten lebte man ohnehin nicht schlecht, die beiden Bordküchen leisteten hervorragende Arbeit, und man schlief besser als in den meisten Hotels.

Guterson ahnte, worum es in dem Gespräch mit Jelzin ging. Die Verteilung der Kompetenzen innerhalb der Kfor-Friedenstruppe war seit dem Militärisch-Technischen Abkommen vom 9. Juni eher unbefriedigend geregelt. Weniger für die Staaten der Nato als vielmehr für die russischen Streitkräfte. Moskau hatte immer noch daran zu beißen, dass die internationale Friedenstruppe im Grunde eine Nato-Truppe mit ein paar russischen Soldaten war. Dennoch hatte sich die Lage mittlerweile entspannt. Auch Jelzin hatte offenbar keine Lust mehr, mit dem Säbel zu rasseln. Guterson schätzte, dass er Clinton in Köln um den Hals fallen und Madeleine Albright küssen würde. Er hoffte beinahe, dass es dazu käme. Das Gesicht der Außenministerin im Augenblick des russischen Schmatzers war ihm, um es mit David Letterman zu sagen, *a million bucks* wert – mindestens!

Er trat zu einem der Seitenfenster der Air Force One und sah hinaus auf das Vorfeld. Es hatte aufgehört zu regnen. Erste Sonnenstrahlen brachen sich durch die Bewölkung Bahn und schufen glitzernde Reflexe auf dem Beton. Die Gangway war herangefahren, der rote Teppich ausgerollt, gesäumt von zwei Dutzend Soldaten der Bundeswehr im großen Dienstanzug, grünes Barett, Schlips und Kragen, weiße Koppel, schwarz gewienerte Stiefel. Sie sahen zackig und kampfbereit aus mit ihren Gewehren. Wahrscheinlich furchtbar stolz, obwohl es ein Scheißjob war, wie Guterson fand. Jeder Job, bei dem man sich nicht kratzen konnte, wenn es einen juckte, war ein Scheißjob, egal, vor wem man sich respektvoll zu versteifen hatte. Aber dafür waren sie schließlich auch da, um im Ernstfall den Scheißjob zu machen. Und die Ankunft des amerikanischen Präsidenten war der Ernstfall.

Sein Blick ging hinaus aufs Vorfeld. Draußen tummelte sich das Begrüßungskomitee. Einige der Delegierten sahen verstohlen auf die Uhr. Es tat Guterson von Herzen leid, dass sie warten mussten, aber er konnte es nicht ändern.

Sie würden ihren Präsidenten schon bekommen.

WAGNER

Die Flughafenautobahn war unbefahrbar.

Wagner sah ungläubig auf die Mannschaftswagen. Die Zubringer, die von der A4 auf die A559 überleiteten, waren sämtlich abgeriegelt. Sie hatte den Golf über die Autobahn hergeprügelt, hatte rechts überholt, geschnitten und konsequent das Tempolimit überschritten, und jetzt ließ man sie nicht auf die richtige Autobahn.

Natürlich, die Amerikaner und die Sicherheit. Die Kolonne des Präsidenten würde den Weg über die A559 nach Köln und zum Hyatt nehmen. Sogar die Autobahnbrücken sollten abgesperrt werden. Ein Wunder, dass sie überhaupt noch drunter herfahren durfte, aber wahrscheinlich würde sich auch das in den nächsten Minuten ändern.

Fluchend fuhr sie weiter und wechselte auf die A3. Der Verkehr wurde dichter. Auf dem letzten Kilometer vor der Ausfahrt Königsforst schob er sich zäh dahin, dann endlich konnte sie von der Autobahn entwischen und sich dem Flughafen über die Landstraße nähern. Auch hier ging es nicht wesentlich schneller voran. Radio Köln brachte eine Staumeldung nach der anderen. Sie wählte die Nummer der Auskunft und ließ sich mit der Polizeiwache des Flughafens verbinden, was die Telefonistin vor einige Probleme stellte. Als Wagner endlich durchgestellt wurde, erhielt sie ein Nichts von Information. Weder war etwas über den Verbleib O'Connors noch der Polizeimeisterin Gerhard bekannt. Man wusste von einem Unfall im Terminal 2, aber auch nur, dass dort jemand zu Tode gekommen war.

Wagner fühlte ihren Herzschlag stocken. Sie bat um eine Verbindung mit der Polizeimeisterin, aber das schien aus irgendwelchen Gründen nicht möglich zu sein.

Die Blechlawine quälte sich auf den Flughafen zu und wurde immer langsamer.

Den Tränen nahe, wählte Wagner die Nummer von Silberman.

20.07 UHR. LAVALLIER

Abseits zu stehen, konnte Vorteile haben.

Lavallier hatte sich in einiger Entfernung von der Diplomatengruppe postiert und hielt sie im Auge. Hin und wieder wanderte sein Blick routinemäßig zum VIP-Zelt und zu den Absperrungen ringsum. Immer noch war die vordere Tür des Flugzeugs verschlossen. Über die hintere Treppe hatten sich wenige Minuten zuvor Heerscharen von Agenten des Secret Service ergossen und waren zu den Fahrzeugen der Kolonne hinübergegangen. Der Repräsentant des Auswärtigen Amts hob gerade seine Stimme, und Gelächter brandete auf. Offenbar hatte er einen Witz gerissen.

Die Atmosphäre war entspannt. Dennoch wusste Lavallier im selben Moment, als jemand im Funkgerät seinen Namen sagte, dass es nichts Gutes verhieß. Es war die falsche Stimme für gute Nachrichten: »*Monsieur le Commissaire!* He, Lavallier, bitte kommen.«

Er riss das Funkgerät hoch und drückte auf Senden.

»O'Connor, zum Teufel, was ist los? Wenn das wieder einer Ihrer Scherze ist –«

»Ich mache keine Scherze«, quäkte O'Connors Stimme aus dem Funkgerät. »Wo ist Clinton?«

»Was?«

»Ist er schon ausgestiegen?«

»Nein, er ist noch im Flieger. Was soll das, O'Connor?«

Dumme Frage, dachte er im selben Moment. Du weißt genau, was es soll. Soeben passiert, wovor es dir am meisten gegraut hat.

»Hören Sie mir genau zu«, sagte der Physiker. »Clinton darf nicht aussteigen. Ich habe keine Zeit für lange Erklärungen, wir sind auf dem Weg zu Ihnen. Achten Sie auf die Gebäude, die Clinton am nächsten sind. Hohe Gebäude, die höchsten. Suchen Sie nach Spiegeln.«

»Was heißt, Sie sind auf dem Weg? Wovon reden Sie überhaupt?«

Es knackte in dem Funkgerät, dann sagte die Stimme einer Frau:

»Kommissar Lavallier, hier ist Polizeimeisterin Gerhard. Weisen Sie Ihre Leute an, uns durchzulassen. Wir sind an der Sperre West. Eiszeit 0.«

Eiszeit.

Lavallier war plötzlich, als vibriere der Boden unter seinen Füßen. Intuitiv erwanderte sein Blick die Fassade der Lärmschutzhalle.

Eiszeit. Das Codewort für den Attentatsfall.

Gerhard Schröder hatte Eiszeit 16. Toni Blair Eiszeit 5. Jacques Chirac Eiszeit 1.

Bill Clinton hatte Eiszeit 0.

20.08 UHR. JANA

Was immer es war, das den Präsidenten seit einer Viertelstunde daran hinderte, die Air Force One zu verlassen, es konnte nur zweierlei bedeuten.

Entweder er war gewarnt.

In diesem Fall hatte O'Connor gewonnen. Die Sicherheitsleute ließen Clinton nicht aussteigen, weil sie wussten, dass er im Innern der Maschine geschützt war. Was wiederum vermuten ließ, dass sie auch über die Art und Weise des Anschlags im Bilde waren. Andernfalls hätte die Air Force One längst schon das Weite gesucht.

Oder sie hatten keine Ahnung.

Dann allerdings erwies sich die Verspätung des Präsidenten als Segen. Mittlerweile hatten sich die Regenwolken verzogen. Spätes Sonnenlicht fiel schräg auf die Betonfläche und ließ sie warm erstrahlen.

Idealbedingungen für den YAG.

Janas Blick suchte das Vorfeld ab. Nichts deutete darauf hin, dass irgendjemand dort beunruhigt war. Die Herren vom Begrüßungskomitee übten sich in Geduld, sie standen beisammen und sahen hin und wieder hoch zur verschlossenen Tür im Rumpf der Air Force One. Währenddessen hatte das Abfertigungsteam damit begonnen, die Maschine zu entladen. Von jenseits der Lärmschutzhalle, wo das Vorfeld zum benachbarten GAT hin abgesperrt war, fuhren die ersten Fahrzeuge der Wagenkolonne mit der Präsidentenlimousine ein. Offenbar hatte die SI entsprechende Order erhalten. Lange konnte es nicht mehr dauern.

Noch stand ihr frei, die Operation abzubrechen. Aber falls O'Connor sein Wissen hatte weitergeben können, war es ohnehin zu spät. Die SEKs hätten den Pressebereich längst geräumt. Sie hätten den Kontrollcontainer dichtgemacht, so dass niemand mehr rein und vor allem niemand raus konnte, und die Journalisten in den Zelten festgesetzt.

Jana wusste, dass nach dem Attentat genau das passieren würde. Der Abend versprach lang zu werden. Es würde Stunden dauern, die Journalisten einzeln zu überprüfen. Auch Cordula Malik standen Leibesvisitation, Observierung des technischen Equipments, Überprüfung mit Rückfragen bei allen möglichen Stellen bevor, das ganze Procedere.

Aber Cordula Malik war das Produkt hochprofessioneller Planung. Ihre Vita war absolut wasserdicht. Nicht einmal der Schatten eines Verdachts würde auf die zierliche Journalistin fallen.

Sie wandte sich um. Weiter hinten standen die Türen des Containers unverändert offen.

20.09 UHR. O'CONNOR

»Wir stecken fest«, sagte die Polizeimeisterin.

»Lavallier«, rief O'Connor in das Mikro des Funkgeräts. »Wir kommen nicht weiter. Die verdammte Kolonne blockiert alles.«

Er rutschte unruhig auf dem Beifahrersitz des Streifenwagens hin und her und spähte nach draußen. Hinter der Sperre konnte er deutlich den Rumpf der Air Force One sehen. Links vor ihnen lag riesig und zum Greifen nah die Lärmschutzhalle. Von dort zog sich die Sperre quer über das Vorfeld, umlagert von Polizei. Die Durchfahrt war geöffnet.

Lavallier hatte im selben Moment Anweisung gegeben, den Wagen passieren zu lassen, als das erste Fahrzeug der Kolonne hindurchgefahren war, gefolgt von fünfundvierzig Vans und Limousinen. Die Hälfte der Kolonne stand jetzt auf dem Vorfeld Fracht West, die andere Hälfte wartete auf dem GAT.

»Kommen Sie von der Ostseite rein«, sagte Lavallier. »Wir treffen uns am VIP-Zelt. Ich lege unterdessen hier alles lahm.«

Die Polizistin legte den Rückwärtsgang ein. In hohem Tempo fuhren sie von der Sperre weg. Der Wagen drehte sich auf der Stelle, schoss in entgegengesetzter Richtung davon und beschrieb eine Kurve. O'Connor wurde in die Rückenlehne gedrückt. Er sah hinüber zur Lärmschutzhalle und zog das Funkgerät zu sich heran.

»Sie haben keine Zeit, irgendwas lahmzulegen«, sagte er eindringlich. »Sie kämpfen gegen die Lichtgeschwindigkeit, Lavallier! Es sind kleine Spiegel von zehn bis zwanzig Zentimetern Durchmesser. Keine üblichen Spiegel, transparentes Glas wahrscheinlich. Wenn Sie einen zerstört haben, ist das ganze System zum Teufel, also schießen Sie die Dinger ab, bevor Sie sonst was machen!«

»Wo?«, rief Lavallier. »Wo, O'Connor?«

»An der Lärmschutzhalle.«

»Da war nichts.«

»Es muss einer da sein!«

Der Wagen schlitterte mit quietschenden Reifen in die nächste Kurve. Plötzlich waren sie auf einer bemerkenswert breiten Straße und jagten in einigem Abstand an der Halle und der geparkten Air Force One vorbei. Wie es aussah, umfuhr die Polizistin das Vorfeld weiträumig. O'Connors Blick glitt über die Gebäude, die sich hinter der Halle erhoben.

»Zweite Möglichkeit, der Tower«, sagte er schnell. »Oder das Gebäude davor, das große gelbe.«

Er sah hinüber zu der Polizistin, die unerbittlich das Gaspedal durchdrückte.

»So wie Sie fahren, heben wir gleich ab.«

»Das wäre kein Problem«, erwiderte sie trocken. »Wir sind auf der Startbahn.«

»Das hat alles viel zu viel Zeit gekostet«, stellte Clinton fest.

Er hatte sein Büro verlassen und war nach vorne gekommen, wo die Crew und die Bodyguards bereitstanden. Der Präsident sah großartig aus. Vielleicht machte er selbst in seinen schwärzesten Stunden noch die sprichwörtlich gute Figur, weil er sie tatsächlich besaß. Bill Clinton überragte die meisten Menschen, nicht unbedingt an Charakter, dafür aber an Statur und sichtbarer Würde. Der dunkle Anzug saß perfekt, die leuchtend blaue Krawatte schien den gleichen Optimismus und die unerschütterliche Zuversicht auszustrahlen wie das Gesicht darüber, an dessen ewiger Jugend auch der weiße Schopf nichts ändern konnte.

Ein bisschen war Guterson stolz darauf, dass sein Präsident sich nicht die Haare färbte, wie es Reagan getan hatte, oder von der Aura eines Besenstiels umgeben war wie Bush.

Das erste Mal seit langem war Clinton wieder uneingeschränkt guter Laune. Die Nato hatte den Krieg der Werte gewonnen. Im Nachhinein hätte ihm kaum etwas Besseres passieren können als Slobodan Milošević. Dem Bombengewitter über Belgrad war gewissermaßen auch eine kleine, dickliche Praktikantin zum Opfer gefallen. Die Stadt des Friedens hatte den roten Teppich ausgerollt, nicht nur für den Präsidenten der Vereinigten Staaten, sondern für den legitimierten Feldherrn der freien Welt. Es war eine unglückliche Fügung, dass die gute Laune des Präsidenten durch die Verspätung getrübt worden war.

»Gut, Norman«, sagte Clinton. »Sind wir so weit?«

Hinter ihm machten sich die Bodyguards bereit, die Air Force One zusammen mit dem Präsidenten zu verlassen. Guterson warf einen letzten Blick durch das kleine Fenster in der Tür und trat einen Schritt zurück.

»Aufmachen«, sagte er.

20.09 UHR. LAVALLIER

Der Tower. Das UPS-Gebäude. Die Lärmschutzhalle.

Irgendwo schien eine Uhr zu ticken, um ihn mit jeder verstreichenden Sekunde daran zu erinnern, dass er nicht zwei Dinge gleichzeitig tun konnte.

Lavallier starrte auf die Lärmschutzhalle.

Er hätte beides gleichzeitig tun müssen, Lex Bescheid geben, der ein Stück weiter unter der Tragfläche stand, und die Scharfschützen anweisen. Fatalerweise ging es nicht zur gleichen Zeit. Also fiel die Entscheidung für die Reihenfolge: Erst die Schützen. Dann Lex.

»An alle«, sagte er ins Funkgerät. »Eiszeit 0. Ausschau halten nach Spiegeln oder Glasplatten, Durchmesser zehn bis zwanzig Zentimeter, an der Lärmschutzhalle, möglicherweise am Tower und am UPS-Gebäude. Abschießen, wo immer ihr die Dinger seht.«

Dann fiel ihm noch etwas ein.

»Schalldämpfer«, fügte er hastig hinzu. »Kein Geballere!«

Alles, was ihm zum Glück noch fehlte, war eine Panik, wenn es plötzlich anfing zu knallen.

Im selben Moment veränderte sich hinter ihm die Geräuschkulisse.

Lavallier fuhr herum und sah, dass sich die Tür der Air Force One geöffnet hatte.

Ein Mann trat heraus. Lavallier kannte sein Gesicht von Fotos. Es war Norman Guterson, Clintons Sicherheitschef, der jetzt die Empore der Gangway betrat und einen routinierten Blick auf das Vorfeld warf. Dann gab er ein Zeichen ins Innere der Maschine.

Lavallier stöhnte auf. Er wusste, was das Zeichen zu bedeuten hatte.

Guterson winkte den Präsidenten nach draußen.

Jana sah durch den Sucher der Nikon und drehte am vorderen Ring des Teleobjektivs. Ein Funksignal erreichte Gruschkows Laptop in der Spedition dreieinhalb Kilometer weiter, durchlief das Programm und veranlasste es, seinerseits zwei Signale zurückzuschicken, eines zur Lärmschutzhalle, ein weiteres zum UPS-Gebäude, dem großen gelben Bauwerk gleich unterhalb des Towers.

Die Scharfschützen auf dem Dach des UPS-Gebäudes richteten ihre Aufmerksamkeit auf den Tower und die Lärmschutzhalle. Sie wussten, dass es wenig Zweck hatte, ihren eigenen Standort zu observieren, das taten andere auf den gegenüberliegenden Dächern und Fluggastbrücken. So entging ihnen, was sich in dem Wäldchen aus Belüftungsrohren und Antennen vollzog, das der Mitte des Daches entspross und einige Meter weit in den Himmel ragte. Keiner von ihnen sah, wie sich im oberen Bereich ein doppelt handbreites Stück Rohrverkleidung nach unten schob. Niemand hörte es, weil der Mechanismus nahezu geräuschlos arbeitete. Der Vorgang vollzog sich innerhalb von zwei Sekunden und gab eine rechteckige, bläulich schimmernde Glasscheibe von zwanzig Zentimetern Kantenlänge frei. Auch die Scharfschützen auf den anderen Gebäuden, den erhöhten Gangway-Positionen und die Beobachter im Tower übersahen, was passierte. Vermutlich übersahen sie es vor lauter Konzentration.

Gleichzeitig öffnete sich am außen umlaufenden Gestänge der Lärmschutzhalle, zwölf Meter über dem Erdboden, eine zweite Klappe. Sie war so nahtlos in die gebogene Fläche eingefügt worden, dass man die Ränder selbst aus kürzester Distanz nicht hatte wahrnehmen können. Die Fernsteuerung zog die kleine metallene Fläche leicht nach innen und schob sie seitlich in das Rohr. Auch dieser Mechanismus, in seiner Funktionsweise nicht komplizierter als die Schublade eines CD-Players, gab keinerlei Geräusch von sich. Die entstandene Öffnung war noch kleiner als das Pendant am Belüftungsrohr des UPS-Gebäudes und weder vom Boden noch von den anderen Standorten aus zu erkennen, sofern man nicht genau wusste, wo man hinzusehen hatte.

Dahinter wurde ein Kameraobjektiv sichtbar. Vor der Linse schimmerte eine ebensolche Glasplatte wie drüben am UPS-Gebäude, nur dass diese hier erheblich kleiner und dem Objektiv beweglich vorgelagert war. Das ganze Gebilde maß nicht mehr als zehn Zentimeter im Quadrat der Platte und fünfundzwanzig Zentimeter in der Länge. Es schob sich auf einem Schlitten ein kurzes Stück ins Freie, über ein Drehgelenk damit verbunden, und richtete sein geschliffenes Auge auf die Air Force One.

Im Sucher der Kamera sah Jana, was das Objektiv im Gestänge übermittelte. Es schickte das Bild auf digitalem Wege in die Nikon. Jana drehte an den Ringen des Tele, und das Objektiv hoch oben drehte sich auf dem Kugelgelenk mit. Wenige Grade reichten, um die geöffnete Tür der Air Force One in den Blick zu bekommen.

Ein Mann war darin zu sehen, der ins Innere der Maschine winkte. Jana wusste, dass er zum Sicherheitsstab des Präsidenten gehörte. Dann erschien Clinton selbst im Türrahmen.

Die Konstruktion des Zielobjektivs hatte ihnen das meiste Kopfzerbrechen bereitet. Ursprünglich war die Glasplatte starr auf das Objektiv montiert gewesen. Dann hatten sie eine ebenso einleuchtende wie bestürzende Entdeckung gemacht. Sie schossen daneben. Bewegte sich das Objektiv um zehn Grad, um das Ziel zu fokussieren, veränderte sich der Austrittswinkel des Laserstrahls um zwanzig Grad. Das Objektiv mochte sein Ziel erfassen, aber man würde dennoch niemals treffen können.

Gruschkow hatte ein paar schlaflose Nächte darüber verbracht. Nun bewegte sich die gläserne Platte auf elektronisch ausfahrbaren Teleskopstangen halb so schnell wie das dahinter liegende Objektiv. Das Ganze war eine Meisterleistung der Steuerungstechnik. Das System synchronisierte die Bewegungen der beiden Komponenten und glich sie einander simultan an. Gruschkow hatte sich damit selbst übertroffen. Der Austrittswinkel stimmte wieder.

Die hochgewachsene Gestalt Bill Clintons war deutlich in der offenen Tür zu erkennen.

Blitzschnell zoomte sie auf den Kopf des Präsidenten. In wenigen Sekunden würde es vorbei sein. Sie drehte weiter an dem Tele, und das Objektiv im Gestänge veränderte seine Position um weitere drei Grad.

Lavallier ahnte den Lichtreflex mehr, als dass er ihn sah. Im Moment, als er zu Lex hinüberlaufen wollte, geschah alles gleichzeitig. Clinton erschien in der Türöffnung, und zugleich blitzte oben am Gestänge der Lärmschutzhalle etwas für den Bruchteil einer Sekunde im Sonnenlicht auf.

Lavallier wirbelte herum und starrte in die Höhe.

Da war es!

An der Ecke, dort, wo sich das Gestänge am äußeren Rand entlangzog. Etwas von der Größe einer Handfläche. Dunkler als das umgebende Metall

Es bewegte sich.

Später wusste er nicht mehr genau, was er in das Funkgerät geschrien hatte, während die Diplomaten ans untere Ende der Treppe traten. Niemand achtete auf ihn. Alle Blicke waren Bill Clinton zugewandt. Nur Lavallier, O'Connor und die Polizeimeisterin ahnten in diesem Moment, als die Sonne auf das Vorfeld schien und dem Präsidenten der Vereinigten Staaten einen Bilderbuchempfang bereitete, dass die nächste Eiszeit fast schon angebrochen war.

»Abschießen!« war alles, woran er sich erinnerte.

Lex, der Lavallier am nächsten stand, hörte als Einziger, wie der Hauptkommissar etwas in sein Funkgerät schrie. Er konnte nicht verstehen, was es war, aber ein Blick reichte ihm. Lavalliers Körperhaltung war angespannt, sein Gesicht verzerrt, sein Blick zur Lärmschutzhalle gerichtet.

Lex runzelte die Stirn. Er konnte sich irren.

Aber möglicherweise gab es gerade ein Problem.

Lavalliers Worte erreichten die Scharfschützen auf den Gangways, auf den Dächern der Frachthallen, auf dem Dach des UPS-Gebäudes.

Einige der Männer fühlten sich hilflos und wie gelähmt, während sie durch ihre Zielfernrohre fieberhaft das Gestänge absuchten. In ihrer Hast übersahen sie die winzige schimmernde Glasplatte in der Öffnung. Andere suchten zu tief unten, wieder andere zu weit rechts oder an ganz verkehrten Stellen.

Es war ein neunzehnjähriger Spezialist, der das Ding im Gestänge als Erster sah. Der Mann lag flach auf dem Dach des UPS-Gebäudes, gleich unterhalb des Spiegels im Belüftungsrohr. Er hatte sich in seiner Ausbildung durch besondere Treffgenauigkeit und Kaltblütigkeit hervorgetan, ein ruhiger, zurückhaltender Zeitgenosse, dem seine Kameraden ein hohes Maß an Fairness und einen eklatanten Mangel an Phantasie bescheinigten. Er war weit davon entfernt, einen Augenblick wie diesen herbeizusehnen, ebenso wenig wie er ihn verwünschte. Weder empfand er Angst danebenzuschießen noch Befriedigung oder gar ein Gefühl des Triumphs, das Objekt entdeckt zu haben. Er kannte die Entfernung zur Lärmschutzhalle – etwas weniger als ein halber Kilometer –, war sich der Konstanten und Variablen bewusst, die auf sein Geschoss einwirken würden, Gravitation, Drallabweichungen, Seitenwind, wusste, wo das Projektil die Visierlinie zum ersten und zum zweiten Mal schneiden und wo es auftreffen würde.

Ruhig hielt er das Gewehr im Anschlag, nahm das Ziel auf und visierte.

Jetzt.

Die Spitze ihres Zeigefingers ruhte auf dem Auslöser. Clinton trug das Fadenkreuz mitten auf der Stirn. Jana konzentrierte sich.

Dann entschied sie sich anders und fokussierte den Punkt exakt zwischen den Augen des Präsidenten, auf einer Achse mit seinen Pupillen.

So gefiel es ihr besser.

Mit sanftem Druck löste sie den Impuls aus.

Und der Soldat schoss.

Er drückte den Abzug eine halbe Sekunde früher durch, als Janas Finger den Auslöser betätigte. Das Projektil verließ den Lauf des halbautomatischen Präzisionsgewehrs und raste mit einer Geschwindigkeit von achthundert Metern in der Sekunde auf das Spiegelding zu.

Und dennoch kroch es, verglichen mit der Geschwindigkeit des Lichtimpulses, der Bill Clinton töten sollte.

Die Chips in Janas Nikon schickten ein Radiosignal in die Spedition, das den YAG aktivierte.

In dem riesigen metallenen Kasten vollzog sich in unvorstellbar kurzer Zeit eine komplexe Abfolge von Funktionen. Stoßartig entluden sich die beiden 20-KVA-Starkstromaggregate und ließen mehrere Tausend daumennagelgroße Diodenlaser synchron erstrahlen und einen Lichtimpuls in einen Resonator schicken.

Der Resonator war der eigentliche Neodym-YAG. YAG stand für Yttrium-Aluminium-Granat. Ein röhrenförmiger Kristall von einigen Metern Länge, versetzt mit Neodym-Atomen, dessen Enden planparallel geschliffen und nach innen vor spiegelt waren. Zwischen diesen Spiegeln baute sich im Moment, da Jana den Auslöser betätigte und die Diodenlaser elektromagnetische Energie in den Kristall pumpten, eine Lichtwelle auf, schoss zwischen den Spiegeln hin und her und verstärkte sich mit jedem Durchgang, bis das System die Welle emittierte und in den ersten von drei Verstärkern schickte.

Dort schaukelte sich die Welle weiter auf, synchronisierte sich, traf auf einen weiteren Spiegel und wurde im rechten Winkel in den zweiten Verstärker geschickt, verstärkte sich erneut, gelangte in den dritten Verstärker und trat aus diesem in ein kleines Spiegelteleskop von dreißig Zentimetern Durchmesser, das sie fokussierte und durch das Loch in der Schmalseite des Kastens nach draußen schickte. Zu diesem Zeitpunkt betrug die Frequenz des Laser 1,6 µm. Der Strahl war damit für das menschliche Auge unsichtbar, das eben noch in der Lage war, 0,75 µm als sichtbares Licht im roten Bereich wahrzunehmen.

Aber selbst im sichtbaren Spektrum hätte man die Welle nicht gesehen, denn der YAG erzeugte keinen kontinuierlichen Strahl, sondern einen ultrakurzen Impuls.

Der vielfach gebündelte Lichtstoß, der den Kasten verließ, dauerte nur eine 100 000stel Sekunde, aber seine Leistung betrug ein Giga-Watt! Der Impuls reichte, um dreißig Kubikzenti-

534

meter Wasser explosionsartig verdampfen zu lassen. Oder dreißig Kubikzentimeter menschliches Gewebe, das zum überwiegenden Teil aus Wasser bestand. Es würde explosionsartig aufgebläht werden von rund vierzig Kubikmetern schockartig ent-
stehendem Wasserdampf – mehr als genug, um jede bildende
und umgebende Struktur augenblicklich in Fetzen zu reißen.

Der Impuls wurde von dem Spiegel auf dem Dreifuß eingefangen, der mit einer Kamera gekoppelt und auf winzigen Piezomotoren gelagert war, ein System, das man als adaptive Optik
bezeichnete. Im Moment des Ausstoßes maß es über die komplette Entfernung bis zum Zielsystem an der Lärmschutzhalle
die Partikelverunreinigungen in der Atmosphäre und schickte
die Informationen zurück. Blitzartig justierten die Motoren die
Oberfläche des Spiegels, indem sie ihn auf eine Weise verbogen,
dass der Impuls unterwegs nicht abgelenkt werden konnte.

Die Welle raste aus dem Innenhof hinaus und hoch in die Luft
zu einem zweiten Spiegel, der wenige hundert Meter weiter an
der Spitze eines Strommasts befestigt war, wurde von diesem reflektiert und auf seine drei Kilometer lange Reise über die umliegenden Vororte, Wiesen und Wäldchen zum UPS-Gebäude
geschickt. Kein Regentropfen zerstreute die synchronisierte
Welle, in keinem Dunst verlor sich ihre geballte Kraft. Konisch
verengt traf sie auf den Spiegel am Ende des Belüftungsrohrs
und bewegte sich von dort weiter zur Lärmschutzhalle.

Das alles vom Moment an, da Jana den Auslöser der Nikon
gedrückt hatte, vollzog sich mit 300 000 Sekundenkilometern, in
Lichtgeschwindigkeit also. Das Projektil des Scharfschützen
und der mörderische Lichtimpuls lieferten sich auf den letzten
paar hundert Metern zur Lärmschutzhalle sozusagen ein Rennen. Und nur die Tatsache, dass Jana die Position des Fadenkreuzes in letzter Sekunde nach unten verschoben und dadurch
Zeit verloren hatte, rettete dem Präsidenten der Vereinigten
Staaten das Leben.

Das Projektil schlug in das Drehgelenk des Objektivs ein, als
der Impuls auf den vorgelagerten Spiegel traf. Es reichte, um den
Mechanismus zu zerstören und den Spiegel nach oben zu verbiegen. Anstatt auf Clintons Kopf zu treffen, wurde der Impuls
steil in die Höhe reflektiert.

Sechzehnhundert Meter über dem Erdboden traf er mitten in einen Vogelschwarm.

Das Tier, in dessen Brust er sich bohrte, überlebte nicht annähernd lange genug, um schreien zu können. Die Wassermoleküle im Körper des Vogels verwandelten sich binnen eines Sekundenbruchteils in Gas und blähten den Organismus um ein Vielfaches auf. Sehnen und Fasern zerrissen. Der ganze Körper explodierte und schleuderte Fetzen von Gewebe, Federn und Blutpartikel in den Schwarm.

Die Vögel, die dem Geschehen am nächsten waren, erlitten einen Schock. Sie kreischten und schrien, verloren für kurze Zeit die Orientierung und fielen hinter die Formation zurück.

Dann beruhigten sie sich. Ihr Gedächtnis tilgte den bewussten Teil der Erinnerung und legte den Rest unter Erfahrung ab.

Mit kraftvollen Flügelschlägen schlossen sie wieder auf.

PHASE 4

JANA

Ihr erster Eindruck war, dass etwas in der Bildübermittlung nicht stimmte. Im Moment, als sie den Auslöser betätigt hatte, war der Präsident aus dem Sucher verschwunden. Ein Defekt vielleicht, verursacht durch den Impuls, nur dass die Tests keine derartigen Probleme ergeben hatten.

Dann begriff sie, dass die blassblaue Fläche vor ihrem rechten Auge der Himmel war. Fassungslos drehte sie am vorderen Ring des Teleobjektivs, aber Clinton tauchte nicht wieder auf. Die Vorstellung, das System könnte versagt haben, brachte Jana fast um den Verstand. Sie musste die Kiefer aufeinander pressen, um nicht laut loszufluchen.

In der nächsten Sekunde endete die Übertragung vollständig.

Mit einem Blick über die Kamera sah sie, dass der Präsident keine Anstalten machte, die Treppe herunterzugehen. Wahnsinnig vor Wut drückte sie erneut auf den Auslöser. Die Akkus, die den YAG speisten, hielten genügend Energie für einen zweiten Schuss bereit, aber nichts geschah. Falls die tödliche Ladung Licht den YAG überhaupt verlassen hatte, war sie wirkungslos verpufft.

Clinton verschwand wieder im Innern der Air Force One.

Es war vorbei.

Mit einer schnellen Bewegung ihres linken Zeigefingers legte Jana den kleinen Hebel für das Batteriefach um. Die Chip-Einheit glitt aus der Nikon und fiel zu Boden. Jana zertrat sie. Die Nikon war wieder eine ganz normale Kamera. Jana richtete das Tele auf die vordere obere Ecke der Lärmschutzhalle und zoomte, bis sie den zerstörten Mechanismus erkennen konnte.

Das Objektiv auf seinem Schlitten war nur noch ein splittriger Klumpen. Der Plan war aufgeflogen. Sie hatte keinen Schuss gehört, vermutlich hatten sie Schalldämpfer benutzt, aber fest stand, dass die Scharfschützen ihren Job gemacht hatten.

Es half alles nichts. Ab jetzt würde Cordula Malik tun, was jeder um sie herum tat. Warten und Fotos machen.

LAVALLIER

»Abgeschossen.«

Dreimal kurz hintereinander war das Wort aus dem Funkgerät gedrungen. Vor Lavalliers geistigem Auge wurde es in goldene Lettern gegossen, auf eine polierte Marmorplatte verfügt und an der Tür zu seinem Büro aufgestellt. Es war das schönste Wort der Welt. Es war schöner als »Ich liebe dich« und alles, was Lavallier je in seinem Leben gehört hatte.

Zumindest in diesem Augenblick.

Ihm schien, als hätte er den Befehl zum Abschuss vor Stunden gegeben. Tatsächlich konnten allenfalls einige Sekunden vergangen sein. Den Blick über die Schulter zur Lärmschutzhalle gerichtet, das Funkgerät mit der Rechten umklammert, ging er hinüber zu Lex.

»Wie hat das Ding ausgesehen?«, fragte er in das Gerät.

»Komisch«, sagte einer der Scharfschützen über Funk. »Wie ein Kameraobjektiv. Ich habe mehrere Male reingeschossen. Ist zu nichts mehr gut.«

»Sucht weiter«, sagte Lavallier in das Gerät.

Clinton war nirgendwo zu sehen. Lavallier wusste nicht recht, ob er dem Frieden trauen konnte.

Noch konnte er höchsten Alarm geben. Was dann passieren würde, war ihm klar. Ungeachtet dessen, ob tatsächlich noch konkrete Gefahr bestand oder nicht, würde der Information unverzüglich der totale Abbruch folgen. Die Sicherheitsleute würden augenblicklich die Türen schließen lassen.

Die Air Force One würde das Rollfeld verlassen und möglicherweise ohne weitere Rücksprachen zu einem anderen Flughafen starten. Das Chaos wäre perfekt.

Es war seine Entscheidung.

Lex sah zu ihm herüber und runzelte die Stirn.

»Was ist denn los?«, fragte er leise.

Lavallier sah irritiert zur Gangway.

»Wo ist Clinton?«

»Drinnen. Ich habe Sie beobachtet, das hat mir nicht gefallen. Ich habe Guterson das Zeichen gegeben, ihn wieder reinzuschicken.«

»Scheiße«, sagte Lavallier, ohne zu wissen, ob er es aus Wut oder Erleichterung sagte.

»Keine Angst«, beruhigte ihn Lex. »Erst mal ist er nur wieder drinnen. Keiner denkt was Böses, ich habe einfach nur signalisiert, dass wir das Okay aussetzen. Gibt es ein Problem?«

Lavallier rang nach Worten. Er wollte kein Chaos entfesseln, aber O'Connor hatte von mehreren Spiegeln gesprochen. Unwillkürlich blickte er auf das Funkgerät, als könne er ihm die Lösung entlocken.

»Eric«, sagte Lex noch einmal. »Was ist los?«

Und die Lösung kam.

Es knackte erneut, dann hörte er eine andere Stimme:

»Noch einer, abgeschossen. UPS-Gebäude, oben an einem der Rohre.«

»Sucht den Tower ab«, sagte Lavallier.

Aber am Tower würden sie nichts finden, dachte er grimmig. Kein verdeckter Einsatz war dort möglich gewesen. Wenn es einen einzigen Platz auf diesem ganzen verdammten Flughafen gab, an dem Clohessy und seine Bande nichts hatten anstellen können, dann war es der Tower.

Oder auch nicht. Woran sollte man noch glauben nach einem Tag wie diesem?

»Das komplette Gelände sperren«, sagte er ins Funkgerät. »Sofort. Pressebereich, alles. Keiner kommt mehr rein und raus. Das Protokoll läuft weiter, Clinton wird den Flughafen wie geplant verlassen.« Er machte eine Pause, dann sagte er noch einmal: »Es besteht kein Grund zur Beunruhigung. Alles läuft weiter wie geplant.«

SPEDITION

Mit offenem Mund starrte Maxim Gruschkow auf den Bildschirm.

Er wusste, dass Jana den Laser zweimal gezündet hatte. Die Akkus hatten sich hörbar entladen. Auf dem Bildschirm seines Laptops waren die Impulse als heftige Ausschläge zu sehen gewesen. Weil das Spiegelsystem die Daten der Impulsbahnen umgehend zurückspielte, wusste Gruschkow auch, dass der erste Ausstoß vom Zielspiegel in viel zu steilem Winkel und der zweite gar nicht mehr reflektiert worden war.

Allein diese Daten boten Anlass zu Bestürzung. Aber der Laptop zeigte außerdem das Bild, das Jana in ihrer Kamera sah. Oder gesehen hatte, denn es gab kein Bild mehr.

Damit war das Scheitern zur Gewissheit geworden. Hätte Jana den Präsidenten getroffen, wäre sein Tod zu sehen gewesen – zwangsläufig, denn das Spiegelobjektiv im Gestänge der Lärmschutzhalle war ja zugleich das Zielfernrohr. Und tatsächlich war Clinton auch zu sehen gewesen. Wie auf dem Präsentierteller hatte er dagestanden. Mit einem Fadenkreuz auf der Stirn, das auf die Nasenwurzel gerutscht war, bevor Jana den Auslöser betätigt hatte.

Plötzlich eine diffuse Fläche.

Dann Bildausfall.

Irgendetwas war schrecklich schief gelaufen.

Gruschkows Finger glitten in fiebernder Hast über die Tastatur und schickten einen schwachen Testimpuls in das System. Die Rückmeldung erfolgte prompt. Sie besagte, dass an der Lärmschutzhalle keine Messung mehr erfolgte. Nichts wurde dort reflektiert, nichts kam überhaupt erst an.

Fluchend schickte er einen zweiten Teststrahl auf die Reise. Diesmal kam auch vom UPS-Gebäude nichts mehr zurück. Der Strahl verlor sich im Irgendwo. Das System, so wie Paddy und Jo es installiert hatten, existierte nicht mehr.

Er rief die letzten Sekunden der Filmübertragung auf und wartete, bis die winkende Gestalt des Präsidenten nach unten wegkippte. Mehrmals wiederholte er die Sequenz, den entscheidenden Moment, Bild für Bild, bis er sicher war.

Kein Defekt in der Steuerung konnte ein solches Versagen herbeigeführt haben.

Langsam ließ Gruschkow die Luft entweichen und sank in seinem Stuhl zurück.

Sie mussten die Spiegel entdeckt haben. Entdeckt und zerstört. Alles andere war ausgeschlossen.

Sein Blick wanderte über die Computer, die er an der gegenüberliegenden Wand aufgereiht hatte. Seit einer halben Stunde empfingen sie unterschiedliche Radio- und Fernsehsender. Eine diffuse, halblaute Melange aus Geräuschen, Stimmen und Musik erfüllte den Raum. Der WDR spielte leicht verdauliche Popmusik, die ARD brachte einen Krimi, NTV und CNN Talkrunden mit Wirtschaftsfachleuten und Politikern. Niemand unterbrach das Programm, um die Meldung durchzugeben, dass Bill Clinton auf dem KölnBonn Airport einem Attentat zum Opfer gefallen war. Ereignislosigkeit, wohin man blickte und hörte.

Gruschkow sprang auf, verließ den Raum durch die offene Tür und betrat die Halle. Er sah nach draußen auf den Hof, wo der YAG auf seinem rollenden Untersatz ruhte.

Dann fiel sein Blick auf den angeketteten Lektor.

Hass stieg in ihm hoch. Mit knallenden Absätzen lief er zu dem Gefangenen hinüber, der sich auf dem Boden niedergelassen hatte und mit dem Rücken an der Wand lehnte. Bei Gruschkows Herannahen hob Kuhn den Kopf. Seine Augen weiteten sich, als er den Russen quer durch die Halle auf sich zustürmen sah. Er versuchte, auf die Beine zu kommen, hob den freien Arm zum Schutz, aber da stand Gruschkow bereits vor ihm und rammte ihm die Stiefelspitze in den Unterleib.

Ein erstickter Schrei kam von den Lippen des Lektors. Er klappte zusammen. Gruschkow trat ihn in die Seite. Kuhn wimmerte und versuchte davonzukriechen. Die Kette der Handschellen straffte sich, Metall kreischte über Metall. Gruschkows Wut steigerte sich zur Raserei, und er trat weiter auf den am Boden liegenden Körper ein, bis das Wimmern erstarb.

Schwer atmend hielt er inne.

So war es gewesen damals. In Russland. Als er die Frau totgetreten hatte. Und das Kind. Das Kind hatte noch drei Tage gelebt. Diese schreckliche Wut, die ihn mitunter heimsuchte, dass er nicht mehr klar denken konnte, sie hatte sich seiner bemächtigt und seine Familie gefordert.

Bis an die Grenze der Amnesie hatte er den Tag verdrängt, und dennoch waren die Bilder der verkrümmten Körper immerzu präsent, selbst wenn er schlief. Der große, schlanke und der kleinere daneben. Auf dem Fußboden in der Küche. Dort, wo sie es getrieben hatte mit ihrem Liebhaber, den es gegeben haben musste! – Ungeachtet ihrer Beteuerungen, ein solcher Mann habe nie existiert.

Und das Kind, es hatte die Mutter beschützt. Auch das Kind war gegen ihn gewesen. Alle waren gegen ihn gewesen.

Man hatte ihn nicht gefasst.

Gruschkow war geflohen und hatte Leute um Hilfe gebeten, Leute mit Verbindungen, die andere Leute kannten. Teuer, das Ganze, aber er war ein hervorragender Wissenschaftler gewesen in Moskau, und er hatte ein bisschen Geld. Jana war auf ihn aufmerksam geworden und hatte ihn rausgeholt aus Russland. Nie hatte sie ihn verurteilt, obwohl sie sehr genau wusste, was er getan hatte.

Nie ein Wort des Vorwurfs. Stattdessen eine Karriere als Terrorist.

Es war so überraschend einfach gewesen, all diese Waffen zu entwickeln. Nicht in technischer Hinsicht, sondern an sich, als bereitwillig vollzogene Handlung. Waffen, mit denen Jana für Geld Menschen tötete. Es war so einfach geworden, kein Gewissen zu haben, dass er sich mitunter gefragt hatte, ob er je eines besessen hatte.

Und immer wieder kamen die Bilder aus der Küche über ihn.

Das war Janas einzige Bedingung gewesen. Nie wieder ein Wutanfall mit derartigen Folgen. Nichts dergleichen.

Der Lektor vor seinen Füßen rührte sich nicht. Gruschkow ging in die Hocke und streckte zögerlich die Hand nach ihm aus, zog sie wieder zurück, betrachtete ihn.

Es war zu spät. Er hoffte, dass der Mann noch lebte, aber er konnte nichts tun. Nur noch warten, bis Jana kam. Er schätzte, dass auch Mahder irgendwann aufkreuzen würde, falls der sich überhaupt noch irgendwo hintraute nach dem Fehlschlag. Gut möglich, dass sie alle schon gesucht wurden.

Ja, allerdings. Sehr gut möglich.

Besser, den YAG wieder einzufahren!

Gruschkow erhob sich, ging hinüber zu dem Schaltkasten und betätigte den Mechanismus. Klirrend schnappten die Arretierungsklammern zurück und gaben die Räder frei. Das Gefährt setzte sich in Bewegung und rollte aus dem Hof zurück in die Halle. Gruschkow wartete, bis es so weit im Innern war, dass er die Tore schließen konnte. Dann drückte er auf HALT. Unnötig, das ganze Riesending zurück bis in die Mitte der Halle fahren zu lassen. Wie es aussah, brauchten sie den YAG ohnehin nicht mehr.

Andererseits – man konnte nie wissen.

Sicherheitshalber warf er die Akkus wieder an. Binnen einer Stunde würde der YAG wieder einsatzfähig sein. Wofür auch immer.

Er schloss die Tore mit der Fernbedienung, strich sich über die Glatze und ging zurück in den Computerraum, um fernzusehen.

O'CONNOR

Sie hoben nicht ab.

Die Polizeimeisterin steuerte den Wagen in einer weiträumigen Kurve um das Vorfeld herum und hielt auf das VIP-Zelt zu, als wolle sie geradewegs hindurchfahren. Über Funk war zu hören, wie Lavallier den Befehl zum Abschuss gab. Während die Polizistin auf die Bremse trat und den Wagen mit quietschenden Reifen quer zum Zelt setzte, kamen die Abschussmeldungen der Scharfschützen durch.

O'Connor öffnete die Beifahrertür und sprang hinaus, kaum dass sie standen. Clinton war nicht zu sehen. Er begann, um den Wagen herum in Richtung Maschine zu laufen.

»He!« Die Polizistin war nicht weniger schnell draußen und packte ihn am Ärmel. »Was soll das werden?«

»Das Ende Ihrer Karriere, wenn Sie mich nicht auf der Stelle loslassen!«

»Sie rennen nirgendwohin!«

»Wofür sind wir dann wie die Irren hergebrettert?«, polterte O'Connor. »Ich muss näher heran.«

Sie warf ihm einen warnenden Blick zu. O'Connor erinnerte sich des Würgegriffs und griff unwillkürlich nach seinem Hals.

»Wir gehen da jetzt hin, aber zusammen«, sagte sie sehr bestimmt. »Und Sie bleiben dicht bei mir.«

»O'Connor, hören Sie mich?«

Lavalliers Stimme drang aus dem Funkgerät an ihrem Gürtel. Sie zog es heraus und drückte es O'Connor in die Hand.

»Wir haben zwei von den Dingern abgeschossen«, sagte Lavallier. »Lärmschutzhalle. UPS-Gebäude. Zwei Spiegel.«

»Sind Sie sicher?«, fragte O'Connor atemlos.

»Nein, ich mache Spaß. War's das, verdammt? Besteht weiterhin Gefahr? Ich muss das wissen!«

O'Connors Augen suchten die umliegenden Gebäude ab. Der Tower war eindeutig zu hoch, um mit bloßem Auge etwas von der Größe eines Rasierspiegels erkennen zu können. Ohnehin wirkte von hier alles wieder ganz anders als von der Rollbahn aus oder auf der Luftaufnahme in Mahders Büro. Größer und unübersichtlicher.

Mahder.

»Sie können Entwarnung geben«, sagte er ruhig. »Wenn Sie zwei getroffen haben, ist das System vernichtet.«

»Sind Sie sicher?«

»Ja. Ach, und Lavallier, damit Ihnen nicht langweilig wird – Sie haben einen Verräter.«

LAVALLIER

»Und?«, fragte Lex.

Lavallier seufzte und sah hinüber zur Gangway.

»Lassen Sie ihn aussteigen.«

»Was war los?«

»Möglicherweise ein Zwischenfall. Keine Ahnung. Definitiv haben wir es verhindert.«

»Ein Attentat?« Lex schnappte nach Luft. »Und Sie erwarten, dass ich Bill Clinton aussteigen lasse?«

Lavalliers Blick wanderte zum VIP-Zelt. Er konnte O'Connor dort sehen. Der Physiker mochte ein verdammter Idiot sein, aber merkwürdigerweise hatte Lavallier das Gefühl, sich auf seine Aussage mehr als verlassen zu können.

»Es ist vorbei«, sagte er zu Lex. »Geben Sie den Leuten ihren Präsidenten. Wir treffen uns am VIP-Zelt, in Ordnung?«

Lex verzog die Augenbrauen.

»Wenn ich ja nicht so grenzenloses Vertrauen in Sie hätte...«, sagte er gedehnt. Dann gab er die Anweisung, und der Sicherheitsmann oben auf der Gangway winkte Bill Clinton das zweite Mal an diesem Tag vor die Öffentlichkeit.

Erst jetzt wurde Lavallier bewusst, dass er in Schweiß gebadet war. Er fuhr sich über Stirn und Augen. Seine Handfläche wurde noch nasser, als sie ohnehin schon war. Schnell wischte er sie an der Hose ab. Auf der Empore der Gangway erschien der Präsident mit mürrischer Miene. Ohne sich mit Winken aufzuhalten, schritt er zügig die Stufen zum roten Teppich herunter.

Lavallier überlegte, was die Presse mitbekommen hatte von dem Vorfall. Die Schalldämpfer hatten die Schüsse verschluckt, die Einschläge in der Lärmschutzhalle durften im Lärm untergegangen sein, den die Journalisten bei Clintons Erscheinen selbst veranstaltet hatten. Möglicherweise hatte der eine oder andere etwas zu hören geglaubt, aber Geräusche ließen sich im Nachhinein erklären.

Wie immer das Nachhinein aussehen mochte.

Es konnte immer noch geschehen, dass er Clinton die Hand schüttelte. Vor dem Hintergrund der jüngsten Ereignisse würde es eine völlig neue Bedeutung bekommen. Eine existentielle sozusagen. Eine unausgesprochene Gratulation zu einem neu geschenkten Leben.

Lavallier zögerte.

Dann entschied er sich anders. Er hatte zu tun. Seine Hände waren ohnehin zu feucht nach dem ganzen Theater. Ein Händedruck mit dem Präsidenten der Vereinigten Staaten sollte frei sein von den Absonderungen ausgestandener Ängste.

Während Clinton über den roten Teppich und zwischen den starr aufgereihten Spalieren der Infanterie hindurchschritt, eilte Lavallier zum VIP-Zelt.

KOLONNE

Norman Guterson stellte sich eine lange Reihe von Fragen. Sie war noch länger als die Wagenschlange, die beim Eintreffen der Air Force One zweireihig auf das Vorfeld gerollt war.

Alles war voller Menschen. Die Fahrer und sonstigen Insassen der Kolonne waren ausgestiegen und sahen zu ihnen herüber, durchsetzt von den Agenten aus der Maschine und Einheiten des erweiterten Personenschutzes mit ihren Panzerwesten und MPs. Etwa dreißig Diplomaten umstanden das Ende des roten Teppichs. Zivile und uniformierte Sicherheitsleute hielten sich unterhalb des Heckbereichs der Maschine auf, weitere Polizisten flankierten die Absperrungen, hinter denen sich die Journalisten drängten. Nicht viel ließ darauf schließen, das etwas Unvorhergesehenes stattgefunden hatte oder noch zu erwarten war, sah man davon ab, dass Clinton mit einiger Verzögerung und erst bei seinem zweiten Erscheinen ausgestiegen war.

Lex' Signal konnte alles oder nichts bedeutet haben. Lex hatte ihm lediglich signalisiert, den Präsidenten noch nicht aussteigen zu lassen. Möglicherweise wegen einer Lappalie, einer fehlenden Rückbestätigung, dass alles in Ordnung war. So was kam vor.

Dennoch ahnte Guterson, dass nichts anderes der Grund gewesen sein konnte als der Attentatsfall. Er hatte ein Gespür für derlei Situationen entwickelt. Wahre Gefahr offenbarte sich nicht augenfällig. Während er vor Clinton herging, legte er erhöhte Wachsamkeit an den Tag. Sein Hirn verarbeitete die Informationen, die ihm seine Sinne lieferten, in Hochgeschwindigkeit. Er studierte Gesichter, Bewegungen, Fahrzeuge, Fassaden. Was immer zu der Verzögerung geführt hatte, Lex war einem Verdacht gefolgt und auf Nummer Sicher gegangen.

Wie es aussah, hatte sich die Sache erledigt. Schon drei Minuten später hatte er den Präsidenten endgültig herauswinken können, kein nennenswerter Zeitverzug angesichts des Umstands, dass Clinton ohnehin zwanzig Minuten auf sich hatte warten lassen. Selbst sein plötzliches Auftauchen und Verschwinden würde sich erklären lassen. Die Frage war immer, was man wie erklärt haben wollte. Und was überhaupt passiert war.

Und natürlich am Ende, ob überhaupt etwas passiert war.

Guterson wusste, dass Clinton ziemlich sauer auf ihn war. Der Präsident hasste Schlampereien in der Sicherheit. Clinton wollte auf seine außerprotokollarischen Alleingänge nicht verzichten, aber ihm war auch bewusst, dass er sich das Bad in der Menge nur erlauben konnte, wenn die Security ohne jede Panne funktionierte. Und Guterson hatte ihn heute zurückgeschickt, nachdem er schon fast draußen gewesen war.

Es würde ein Donnerwetter geben.

Er stellte sich seitwärts und wartete. Mehrere seiner Leute gingen in kurzem Abstand hinter dem Präsidenten her, andere hatten beidseitig der Gangway Posten bezogen. Clinton schüttelte dem Chef des deutschen Protokolls die Hand, wechselte lächelnd ein paar Worte mit ihm, entschuldigte sich für die Verzögerung, begrüßte dann nacheinander den Bonner US-Botschafter und seine Frau, die anwesenden Offiziere und ein paar weitere Diplomaten. Es geschah für Clintons Verhältnisse außergewöhnlich knapp. Dann war die Begrüßung zu Ende, und das Lächeln wurde wieder ausgeknipst. Der Präsident sah hinüber zu Guterson und winkte ihn mit einer knappen Geste zu sich heran.

»Was sollte das eben?«, zischte er. »Dieses Raus und Rein.«

»Ich weiß es noch nicht«, sagte Guterson betreten.

»Klären Sie das. Umgehend! Sie sind für meine Sicherheit verantwortlich, Norman, machen Sie verdammt noch mal Ihren Job.«

»Natürlich!«

»Das war für heute Ihre letzte Panne.«

Clintons Miene blieb unbeweglich, während er Guterson zusammenstauchte. Er mochte nicht eben als Inbegriff guter Laune erscheinen in diesen Sekunden, aber solange das Auge eines Menschen oder einer Kamera auf ihn gerichtet war, verlor er niemals die Fassung oder zeigte auch nur ansatzweise Verunsicherung. Schon '78 in Arkansas, als Clinton mit zweiunddreißig Jahren jüngster Gouverneur der Vereinigten Staaten seit über vier Jahrzehnten geworden war, hatte er seine Lektion im Rollenspiel perfekt gelernt. Noch im Angesicht des Weltuntergangs vermochte er Menschen das Gefühl zu geben, es sei alles in bester Ordnung, abgesehen vielleicht von seinem persönlichen Armageddon vor den Untersuchungsausschüssen. Selbst Kenneth Starr hatte er vergleichsweise souverän aufklatschen lassen. Die Kehrseite der enormen Selbstbeherrschung war, dass sie ihm half, aufrechten Gesichts die Unwahrheit zu sagen. Clinton einer Lüge zu überführen, war ein kräftezehrender Faktenjob und darum auch so schwierig. An der Nase war sie ihm jedenfalls nicht anzusehen.

Guterson nickte, erspähte Graham Lex, der vom Heck der Maschine herangetreten war, und ging zu ihm hinüber. Einige Sekunden lang sprach er leise mit dem Bereichsleiter. Dann ging er weiter zur Kolonne. Türen wurden geöffnet, schlugen zu, als sich die Hundertschaft Agenten und die Besatzung in ihre Fahrzeuge verdrückten. Clinton stieg soeben in seine Limousine. Schon am Vortag hatte eine US-Galaxy-Maschine drei gepanzerte, überlange Lincolns eingeflogen. Sie brachten alles in doppelter und dreifacher Ausfertigung mit, wenn sie auf Reisen gingen. Soeben war, wie Guterson wusste, auch die Spare-Maschine gelandet, eine 707 mit nahezu derselben Ausstattung wie die Air Force One, Clintons Ersatzflieger für alle Fälle. Sie ließen es nicht drauf ankommen. Zufälle konnten nett sein, wenn einem unvermittelt alte Schulkameraden oder die Frau fürs Leben über den Weg liefen. In der Politik hatten sie nichts zu suchen.

Vermutlich hatten sie die Deutschen mit den Stretchlimousinen ein weiteres Mal brüskiert, aber es war ihm gleich. Das Auswärtige Amt und das BKA hatten einen gepanzerten Audi A8 offeriert, der Secret Service hatte abgelehnt. Die Geschichte lehrte, dass sich Amerikaner nicht mal auf Amerikaner verlassen konnten. Wie also dann auf ein anderes Land?

Missmutig sah er zu, wie der Präsident in seiner Limousine verschwand, und rutschte selbst auf den Rücksitz des Ersatzwagens. Die sechsundvierzig Fahrzeuge der Kolonne »USA 1« setzten sich in Bewegung, rollten vom Vorfeld, passierten das Zelt, in dem die Diplomaten gewartet hatten, und durchquerten ein kurzes Stück Heidelandschaft mit kleinen Waldstücken zu beiden Seiten. Wie es aussah, hatten sie hier sogar einen Golfplatz. Guterson sah berittene Polizei und Hundeführer. Nach einer Minute wendeten sie, fuhren über eine breite Straße zurück, passierten den Tower und die rückwärtige Seite des Zelts und unterquerten eine Brücke. In dreihundertsechzig Metern Höhe begleitete sie ein Polizeihubschrauber und funkte über eine hochauflösende Kamera Echtzeitbilder an die Zentrale am Waidmarkt. Dort hatte man die Fahrzeuge der Delegation ohnehin auf dem Monitor. Sie waren ausgerüstet mit GPS und elektronischem Stadtplan. Was immer in den nächsten Tagen geschah, verloren gehen konnte Clinton nicht.

Guterson nahm den Hörer des Autotelefons im Fond und wählte den Anschluss des Präsidentenfahrzeugs.

»Mr. President«, sagte er, »wir haben noch keine definitiven Informationen. Die Initiative ging von der deutschen Polizei aus, Lex wusste nur, dass der Verdacht eines Anschlags bestand.«

»Ein Anschlag!« Clinton schwieg eine Sekunde. »Welcher Art?«

»Keine Ahnung. Sie halten uns auf dem Laufenden. Es besteht keine Gefahr mehr, wie man mir versichert hat. Trotzdem sollten wir ein bisschen Vorsicht walten lassen. Ich weiß nicht, ob es eine gute Idee ist, heute Abend in diese Brauerei zu gehen.«

»Das eine hat mit dem anderen nichts zu tun«, sagte Clinton. »Ich weiß auch nicht, ob es eine gute Idee ist, Präsident zu sein, aber ich bin es trotzdem.«

»Im Hyatt haben sie einiges vorbereitet«, sagte Guterson. »Ein Abendessen.«

»Kommen Sie, Norman, es ist langweilig, immer nur in Quarantäne zu essen«, schnaubte Clinton. Er wirkte ziemlich unbeeindruckt von der Nachricht. »Gehen wir dahin. Kein langes Procedere mit der Presse vor dem Hotel, ich will sofort aufs Zimmer und mich frisch machen. In einer halben Stunde erwarte ich Ihren ausführlichen Bericht.« Er machte eine Pause, dann fügte er hinzu: »Sorgen Sie dafür, dass ich eine Verbindung mit dem Kanzler bekomme, sobald wir in der Sache schlauer sind.«

Es ist Ihr Lieblingsessen, hätte Guterson am liebsten gerufen, aber es war offenkundig, dass er verloren hatte. Und dabei war es tatsächlich Clintons Lieblingsessen: Steak mit Kartoffeln aus Idaho. Im Hyatt hatten sie Erleseneres für den Gaumen des Präsidenten vorgesehen, aber die folgenden Tage würden Gourmet-Menüs im Übermaß bereithalten. Im Grunde war es ohnehin egal. Clinton war weder ein Feinschmecker noch ein Kostverächter, er folgte nur einfach einem weiteren seiner Triebe, nicht anders als beim Sex. Wenn es ums Essen ging, kannte der Präsident kein Halten. Er schlang in sich hinein, was er greifen konnte, undiszipliniert und manchmal unter Umgehung gewisser Tischmanieren. Ganz klar, dass er sich auf einen Abend mit Bier und irgendwas Deutschem freute, das in großer Portion verabreicht wurde.

Während sich die Kolonne aus dem Flughafengelände herausund auf den Zubringer zur Autobahn hinbewegte, tätigte Guterson eine Reihe weiterer Anrufe, um eine Hand voll Kölner Lokalitäten darauf vorzubereiten, möglicherweise in einer Stunde den Präsidenten der Vereinigten Staaten zu empfangen.

Wenn schon spontan, dann wenigstens geplant.

FEUERWEHRCONTAINER

In dem kleinen Innenraum war es eng und stickig, obgleich die Tür offen stand. Lavallier hatte die Einsatzzentrale im VIP-Zelt vorgeschlagen, aber der Mann, der Lex hieß, drängte auf Intimität. Also hatten sie sich zu fünft nach nebenan in den Feuerwehrcontainer gedrängt. Es folgte eine Vorstellung im Eiltempo, der O'Connor im Wesentlichen entnahm, dass er es mit dem Bereichsleiter Flughafen des Secret Service, dem Verkehrsleiter und dem stellvertretenden Verkehrsleiter sowie dem Leiter der Flughafensicherheit zu tun hatte. Sie holten einen Sanitäter, der O'Connors Hände ordentlich verband, gaben ihm ein Glas Wasser zu trinken und begannen, ihn mit Fragen zu bombardieren.

»Wo ist Martin Mahder? Was hat er –«

»Wo steht dieser Laser?«

»Woher hatten Sie Kenntnis von der Position der Spiegel? Wie konnten Sie so genau –«

»Kannten Sie Mahder schon vorher?«

»Woher wussten Sie –«

O'Connor hörte nicht hin. Nachdem er gesehen hatte, wie

Clinton wohlbehalten seine Limousine bestiegen hatte und darin abgerauscht war, fand er zu alter Gelassenheit zurück. Am liebsten hätte er jetzt einen Macallan getrunken, hübsch ordentlich mit einem Spritzer Quellwasser versetzt und zimmertemperiert kredenzt, und außerdem wünschte er, dass Kika bei ihm wäre. Er hob die bandagierten Hände und schickte einen hilfesuchenden Blick zu Lavallier.

»*Monsieur le Commissaire,* dieses Interview wird in babylonischer Verwirrung enden. Ich schlage vor, Sie lassen mich einfach reden.«

»Das ist es, worum wir Sie bitten«, sagte Lavallier.

»Ja, aber Sie tun es alle zur gleichen Zeit, und jeder von Ihnen hat seine eigene Vorstellung davon, wie man ›bitte‹ sagt. Bevor wir über irgendetwas sprechen, lege ich Wert auf die Feststellung…«

»Uns interessiert im Wesentlichen, ob noch eine Gefahr für den Präsidenten besteht«, sagte Lex dazwischen.

»…eben diesem Präsidenten das Leben gerettet zu haben«, endete O'Connor und sah in die Runde.

Einen Moment lang war es still. Lavallier breitete die Hände aus.

»Gut, wir sind Ihnen alle sehr dankbar. Sie sind ein Held. Wir haben ein paar Spiegel zerdeppert, ohne zu wissen, ob es diesen Laser, von dem Sie reden, überhaupt gibt. Also – was macht Sie so sicher?«

O'Connor nippte an seinem Wasser. Seltsamerweise fühlte er kaum Schmerz in seinen zerschnittenen Händen.

»Die Tatsache, dass ich bisher in allen Punkten Recht hatte.«

»Wie müssen wir uns diesen Laser vorstellen?«

»Ein Neodym-YAG ist ein Festkörperlaser«, sagte O'Connor. »Festkörper steht für das Medium, in dem sich die Lichtwellen aufschaukeln, das heißt… ach, egal. Kommen wir lieber –«

»Glas oder Kristall mit beigemischten Atomen«, ergänzte Lex ungerührt. »Derartige Laser gibt es in allen Größen. Wie groß schätzen Sie unseren?«

»Festkörperlaser werden durch Lichtquellen angeregt«, erläuterte O'Connor, um den Sicherheitsmann auf seinen Platz zu verweisen. »Dabei geht Wärme verloren. Sie setzen kaum fünf

Prozent der einfallenden Energie in Licht um. Bei 2 kW Ausgangsleistung brauchen Sie eine elektrische Anschlussleistung von 80 kW, und hier dürften wir es mit mindestens 4 bis 5 kW Ausgangsleistung zu tun haben. Allein die Akkus dürften Tonnen wiegen. Kühlaggregate, Umlaufpumpen, Steuergeräte – selbst wenn sie den YAG mit Diodenlasern gepumpt haben, wird er immer noch von beachtlicher Größe sein, wenn der Impuls einen Menschen töten soll.«

»Ich verstehe nur Bahnhof«, sagte der Verkehrsleiter mit einem Blick auf Lex. »Hat er die Frage nun beantwortet oder nicht?«

»Hat er«, sagte der Amerikaner. »Wir müssen nach einem Kasten von zehn Metern Länge oder mehr suchen.«

»Und zwar im Umkreis einiger Kilometer«, ergänzte O'Connor.

»Dr. O'Connor«, sagte Brauer, »mir ist eines noch nicht klar. Unsere Leute sind dabei, die zerstörten Spiegel zu untersuchen. Der eine war starr, aber der andere war verbunden mit etwas, das auf den ersten Blick einem Kameraobjektiv zu ähneln scheint...«

»Ja, das macht Sinn«, nickte O'Connor. »Wir haben im Institut bereits mit ähnlichen Aufbauten gearbeitet. Sie werden feststellen, dass die Spiegel beidseitig transparent sind wie Klarglas. Spiegel heißt in diesem Fall nicht, dass Sie sich drin spiegeln können. Die Oberflächen sind auf eine spezielle Art bedampft, wir nennen das dielektrische Vielfachbeschichtung. Sie sollen einzig die Laserwellenlänge reflektieren. Für normales Licht sind sie durchlässig, weshalb sie problemlos ein Objektiv dahinter installieren können.«

»Aber wozu dient das Objektiv?«

»Ist das nicht offensichtlich?«

»Ich fürchte«, seufzte Brauer geduldig, »Sie werden es uns erklären müssen.«

O'Connor stürzte den Rest seines Wassers herunter und stellte das Glas auf den Tisch.

»Ich darf um Nachfüllung bitten. Das Objektiv übermittelt ein Bild, Herrschaften. Irgendwohin, wo es jemand empfangen kann. Ich vermute, in diesem Fall haben wir es mit einer Doppelfunktion zu tun. Bildübertragung und Zielfernrohr in einem.« Er lehnte sich zufrieden zurück. Die Sache begann ihm plötzlich Spaß zu machen. »Ja, Sie werden genau das feststellen. Das Objektiv ist der Zielmechanismus.«

»Ferngesteuert?«

»Natürlich. Über Radiowellen, schätze ich. Infrarot bietet sich auf solchen Distanzen nicht an.«

»Also hat das Objektiv ein Bild gesendet«, sagte Brauer gedehnt. »Wo ist dann aber der Schütze?«

O'Connor suchte nach einer Antwort. Die Frage war schwierig. Er kannte den Aufbau von Festkörperlasern in- und auswendig. Ein Todesschütze kam darin im Allgemeinen nicht vor.

»Wenn das Ding ferngesteuert war«, sinnierte Lavallier mit zusammengezogenen Brauen, »kann der Schütze ein ganzes Stück weit weg gestanden haben, nicht wahr?«

»Er könnte das Signal auf einem Laptop empfangen haben«, schlug der stellvertretende Verkehrsleiter vor. »Dort, wo auch der Laser steht.«

Nein, dachte O'Connor, das macht keinen Sinn. So wie Lavallier den Ablauf der Ereignisse geschildert hatte, bevor sie in den Container gegangen waren, hatten sich die Spiegel erst in letzter Sekunde gezeigt. Sie waren aus dem Nichts aufgetaucht, was bedeutete, dass Clohessy, Pecek oder Mahder sie getarnt hatten. So, dass sie erst zum Vorschein kamen, wenn der Präsident die Air Force One verließ. Als Folge hatte das Objektiv im Verborgenen kein Bild übermitteln können. Der Schütze musste sich in Sichtweite der Maschine befunden haben, um zu sehen, was geschah. Im entscheidenden Augenblick hatte er die Spiegel aus ihren Verstecken befreit und sofort geschossen.

Womit hatte er geschossen? Wie konnte er den Präsidenten so genau ins Visier nehmen?

Und wenn es das Visier einer Kamera war?

Nur eine Personengruppe hatte die Möglichkeit gehabt, mit dem entsprechenden Equipment nah genug an die Air Force One heranzukommen, ohne dass jemand Verdacht schöpfte.

»Die Journalisten«, sagte O'Connor.

JANA

Alles an der Situation war zutiefst deprimierend.

Ein halbes Jahr lang hatten sie an dem System gefeilt. Sie hatten es immer wieder getestet. Mehrmals hatten sie den YAG in den Hof gefahren, die Klappen am Gestänge der Lärmschutzhalle und am Entlüftungsrohr des UPS-Gebäudes geöffnet und den Testimpuls ausgesandt, um feinste Korrekturen vornehmen zu können. Selbst Gruschkow hatte sein Erstaunen nicht verbergen können, dass es so reibungslos funktionierte.

Und nun das.

Technisches Versagen war ausgeschlossen.

Die Tatsache, dass die Journalisten zusammengedrängt in den Zelten darauf warteten, einzeln überprüft zu werden, bevor sie das Gelände verlassen durften, ließ keine andere Deutung zu, als dass O'Connor sie geschlagen hatte.

Schwerer noch als das heutige Versagen wog die Tatsache, dass mit der Zerstörung des Systems auch die zweite Chance dahin war. Sie hatten gewusst, dass es Schwierigkeiten geben konnte. Dass der Lichtimpuls bei starkem Regen nicht durchkommen würde. Aber solange niemand etwas von dem YAG ahnte, wäre niemand auf die Idee gekommen, nach Spiegeln zu suchen. Sie hätten es am Tag von Clintons Abreise ein weiteres Mal versucht. Auf demselben Vorfeld, mit Hillary an seiner Seite. Zweimal Juniregen war sogar im wechselhaften Rheinland unwahrscheinlich. Spätestens beim zweiten Mal hätte es funktioniert.

Aber sie waren aufgeflogen. Die Operation »LAUTLOS« war geplatzt.

Jana fragte sich nicht, was aus Mahder oder Pecek geworden war. Alles, was noch zählte, war, hier wegzukommen und sich schnellstmöglich abzusetzen.

Die Journalisten um sie herum tranken Mineralwasser oder Cola und unterhielten sich. Wer rausgewunken wurde und die Kontrolle überstanden hatte, durfte entweder zurück zur Absperrung gehen, um die Ankunft des japanischen Premiers zu erleben, dessen Maschine in diesen Minuten einrollte, oder den Bereich verlassen.

Sie dachte an die Summen auf ihren Schweizer Konten. Wenigstens ein Teil des Geldes war ihr sicher. Auch ohne die restlichen Millionen, die das Trojanische Pferd ihr jetzt natürlich nicht mehr zahlen würde, besaß sie immer noch mehr als genug, um irgendwo ein neues Leben zu beginnen.

Vorausgesetzt, Mirko und seine Hintermänner ließen das Desaster mit Paddy als höhere Gewalt durchgehen. Falls das Regime in Belgrad die Fäden zog, konnte ihr durchaus blühen, dass man das bereits gezahlte Geld zurückverlangen würde. Milošević hatte schon manch einen über die Klinge springen lassen, um nicht bezahlen zu müssen.

Aber sie würden es nicht bekommen.

Ricardo hatte ein teuflisch ausgeklügeltes System erdacht, um Geld aus Transfers wie diesem in einem Labyrinth Potemkin'scher Bankverbindungen verschwinden zu lassen. Ein Rücktransfer war unmöglich. Wenn sie es wiederhaben wollten, müssten sie schon Jana in die Finger bekommen.

Und Jana würde sehr bald aufhören zu existieren.

So niederschmetternd das Ergebnis war, auch diesen Fall hatte sie mit einkalkuliert. Vielleicht nicht exakt in der Art, wie es gelaufen war. Aber so, dass sie unbehelligt das Land verlassen konnte.

Sie musste lediglich hier raus. Dann in die Spedition, wieder Laura Firidolfi werden und am folgenden Morgen abreisen. Niemand verdächtigte Laura Firidolfi. Niemand würde je auf den Gedanken kommen, es zu tun. Und selbst wenn, würde sich die Spur der italienischen Geschäftsfrau im Nichts verlieren. Lauras Existenz würde im Laufe der nächsten vierundzwanzig Stunden aus der Weltgeschichte getilgt werden.

Fürs Erste musste sie weiterhin Cordula Malik sein.

Sie gähnte ostentativ, nuckelte an ihrer Cola und begann ein Gespräch mit einem Journalisten des Kölner Stadt-Anzeigers. Eine halbe Stunde war vergangen, seit die Polizei den Pressebereich zugemacht hatte. Vor ihr lag ein ganzes Leben.

Sie konnte warten.

FEUERWEHRCONTAINER

Lavallier sah ihn an. Sein Blick verriet, dass er sofort begriffen hatte, was O'Connor meinte.

»Die Journalisten«, wiederholte er.

»Ganz klar.«

»Sie glauben, die Spiegel sind durch eine Kamera am Boden gesteuert worden?«

O'Connor beugte sich vor.

»Das ganze System ist so gesteuert worden. Ein Journalist konnte alles sehen. Wenn er das Spiegelobjektiv über eine umgebaute Kamera bedient hat, war nahezu alles möglich. Er konnte Clinton in aller Ruhe ins Visier nehmen und abdrücken. Für die Zündung des Lasers spielt die Entfernung keine Rolle.«

»Alle Journalisten waren aber doch akkreditiert«, sagte Brauer hilflos.

»Na und?« Lavallier blickte finster drein. »Sie hatten Plastikkärtchen um den Hals hängen mit ihrem beschissenen Foto drauf. Wir haben einen Blick darauf geworfen und es mit den Bildern auf der Liste verglichen, das war alles.«

»Klingt professionell«, sagte O'Connor. »Untersuchen Sie vor allen Dingen die Kameras. Ein paar elektronische Komponenten, die da nicht reingehören, und Sie haben ihn.«

»Das tun wir ja schon alles«, sagte Lavallier gereizt. »Die Überprüfung ist in vollem Gange. Wir haben einen Experten für Kameratechnik mit rausgeschickt, Computercheck, der ganze Zinnober. Aber ich fürchte, es wird nichts bringen.«

»Warum?«

»Wenn dieser Anschlag wirklich stattgefunden hätte, wäre das Gleiche passiert. Wir hätten die Journalisten auseinander genommen wie die Weihnachtsgänse. Unser Freund muss seine Vorkehrungen getroffen haben. Wenn er unter den Journalisten zu suchen ist, wird er uns trotzdem durch die Lappen gehen.«

»Könnte nicht Mahder der Schütze gewesen sein?«, sinnierte Brauer.

»Mahder ist kein Journalist«, wandte der Verkehrsleiter ein.

»Nein, aber er muss ja nicht auf dem Vorfeld gestanden haben. Sichtweite reicht.«

Lavallier schüttelte den Kopf. »Wenn irgendwo jemand mit einer Kamera herumgestanden hätte, wäre uns das komisch vorgekommen. Falls es Mahder war, muss er es anders angefangen haben. Aber ich glaube nicht mal das. Nach dem missglückten Mordversuch an O'Connor dürfte ihm klar gewesen sein, dass er aufgeflogen ist. Das war lange bevor Clinton die Maschine verließ. Die Fahndung nach Mahder läuft auf Hochtouren. Glauben Sie im Ernst, er wäre eine Minute länger am Flughafen geblieben als absolut notwendig?« Er machte eine Pause und sah sie skeptisch der Reihe nach an. »Überhaupt, jemand wie Mahder! Er soll der Mann sein, der Clinton erschießt?«

»Gute Killer tarnen sich auch gut«, bemerkte Lex. »Krüppel, Bettler, senile Greise, alles schon da gewesen.«

»Schön, spielen wir's durch. Mahder, Clohessy und Pecek. Hätte Clohessy einen solchen Laser bauen können?«

»Er musste ihn nicht bauen«, sagte O'Connor. »Es gibt ja welche. Vielleicht haben sie ihn einfach ins Land geschmuggelt. Fakt ist, dass Clohessy zu allen Zeiten eine arge Schlampe war. Desorganisiert und auf wirkliche Führungspersönlichkeiten angewiesen. Paddy hätte das nie auf eigene Faust durchgezogen.«

»Es ist immer noch nicht sicher, ob überhaupt ein Schuss abgefeuert wurde«, sagte Brauer. »Ich meine, vielleicht war Mahder ja als Schütze vorgesehen, aber dann musste er untertauchen und –«

»Vergessen Sie endlich Mahder, die Spiegel sind ausgefahren im Moment, als Clinton erschien«, erwiderte Lavallier entschieden. »Jemand hat zumindest schießen *wollen*! Ich stimme Dr. O'Connor zu. Wir müssen uns auf die Journalisten konzentrieren.«

Einen Moment lang herrschte unbehagliches Schweigen.

»Ich möchte darauf zurückkommen«, sagte Lex zu O'Connor, »ob Sie noch eine Gefahr für unseren Präsidenten sehen.«

O'Connor zuckte die Achseln.

»Wenn die Spiegel zerstört sind – nein.«

»Die Spiegel am Flughafen wurden zerstört.« Lex lächelte höflich. »Sie sind mehr als ich der Experte, Dr. O'Connor. Wie weit kann der YAG maximal von uns entfernt sein?«

O'Connor überlegte.

»Das Äußerste der Gefühle sind zehn Kilometer. Aber ich schätze, sie haben nicht so viel riskiert. Im Umkreis von bis zu fünf, sechs Kilometern sollten Sie fündig werden.«

»Dann könnte er auch woandershin schießen, nicht wahr? Zum Beispiel in die Innenstadt.«

Einen Moment lang herrschte atemlose Stille.

»Ganz richtig«, sagte O'Connor langsam.

»Gesteuert von einem Attentäter, der uns, wie Herr Lavallier zutreffend bemerkt hat, gerade durch die Lappen geht.«

Lavallier sprang auf. »Das reicht. Alles andere wird zurückgestellt. Wir müssen das Ding aufstöbern, und zwar schnell. Los, O'Connor, tun Sie was für Ihren unverhofften Ruhm. Worauf haben wir zu achten?«

»Hohe Punkte«, sagte O'Connor. »Erhebungen.«

»Wie hoch? Wie sehen die aus?«

»Unmöglich zu beurteilen von hier unten, *Monsieur le Commissaire*. Bedauerlicherweise kenne ich Ihre schöne Stadt vornehmlich aus der Perspektive einer Theke.«

Lavallier grinste ihn an.

»Das ist ja fein. Dann freut es mich, Ihnen zu einem touristischen Highlight verhelfen zu können.«

HYATT

»Er ist in Kalk!«

Vor dem Hyatt standen sich seit über einer Stunde Hunderte Schaulustiger und Journalisten die Beine in den Bauch. Einige hörten den Polizeifunk ab. Jetzt schwenkte einer sein Handy, über das er soeben die Botschaft empfangen hatte. Bewegung kam in die Menge. Sie hatten geduldig auf den Präsidenten gewartet, aber jetzt wurde es auch Zeit, dass er tatsächlich kam. Wenn er in Kalk war, konnte es sich nur noch um Minuten handeln.

Wie immer war es ein Vabanquespiel mit Ereignissen dieser Art. Nie wusste man so recht, ob es die Mühe wert war, sich herzubegeben und auszuharren, sich angestellt zu haben, um die Poolkarte zu ergattern. Mal wurde es ein journalistisches Eldorado, mal ein Reinfall. Mal nahm sich die Prominenz Zeit, dann wieder ließ sie sich gar nicht erst blicken. Die meisten der Anwesenden hatten schon über Handy erfahren, dass die Landung weniger hergegeben hatte als erhofft und dass sich die Journalisten am Flughafen zu allem Überfluss einer nicht angekündigten Überprüfung unterziehen mussten. Kein Winken des Präsidenten, kein Wort an die Presse. So war es nun mal. Wer sich der Illusion hingab, der Beruf des Berichterstatters sei es, Bericht zu erstatten, musste sich belehren lassen, dass der größte Teil davon aus Warten bestand und sich das Objekt der Begierde allzu oft als Godot erwies. Und dennoch – immer wieder postierte man sich aufs Neue an den Orten der Verheißung, samt Equipment, wartete und hoffte und hoffte und wartete.

Das Gelände war von allen Seiten durch Polizei abgesichert. Auf dem Dach des Landschaftsverbands kauerten Scharfschützen hinter Sandsäcken mit Ferngläsern und Präzisionsgewehren. Boote der Wasserschutzpolizei und kleinere Spezialboote mit vermummten Tauchern an Bord patrouillierten auf dem Rhein.

Hoffen und warten.

Zuerst hörten sie den Hubschrauber. Er näherte sich aus südöstlicher Richtung, drehte eine Runde über dem Hotel und knatterte weiter auf den Rhein hinaus. Die ersten Fotoapparate wurden gezückt, Filmkameras in Bereitschaft gebracht, Mikrofone auf Teleskopstangen vorgestreckt.

Dann ging alles blitzschnell.

Polizeiwagen unter Blaulicht, drei schwarze Stretchlimousinen mit verdunkelten Scheiben und weitere Kolonnenfahrzeuge kamen in schneller Fahrt heran, nahmen rasant die Kurven und bogen in hohem Tempo um die letzte Ecke vor der Auffahrt.

Es wurde ein Reinfall.

Die Limousinen verschwanden ohne anzuhalten in der Tiefgarage des Hyatt, derart schnell, dass es unmöglich war zu sagen, in welcher der Präsident überhaupt saß. Die anderen Wagen stoppten vor dem Haupteingang. Jede Menge Leute entstiegen den gepanzerten Vans und Geländewagen und gingen ins Innere.

Als klar war, dass man den Präsidenten hier nicht mehr zu Gesicht bekommen würde, wurden halbherzig ein paar Fotos geschossen und einige nichts sagende Sequenzen aufgenommen, in denen Mitarbeiter des Secret Service und des FBI von hier nach da gingen.

Clinton war ihnen entgangen. Vielleicht würde er ihnen morgen gnädiger sein. Zu einer anderen Zeit an einem anderen Ort, nach neuerlichem Warten und Hoffen, Hoffen und Warten.

Schon auf der Zufahrt zur Tiefgarage verlangsamten die Limousinen ihre Fahrt und glitten gemächlicher dahin. Guterson hatte die Zeit vom Flughafen hierher mit Telefonieren verbracht. Mittlerweile wusste er eine ganze Menge mehr, und was er wusste, erfüllte ihn nicht mit Freude.

Ein Laserattentat.

Gott und alle Gerechten! Sie hatten versucht, Clinton mit einem Laser umzubringen.

Die Lincolns wurden langsamer und stoppten. Guterson stieg aus und sah zu, wie dienstbare Geister Clinton den Schlag öffneten. Ein roter Teppich war ausgerollt worden. Von den Aufzügen, die ins Innere des Hotels führten, näherte sich eine Hand voll Menschen. Der Präsident kam zum Vorschein, die Herzlichkeit selbst. Keine Spur mehr von Übellaunigkeit. Guterson hoffte, dass sich Clintons Laune tatsächlich gebessert hatte und nicht nur auf der Oberfläche seines Gesichts. Im Geiste rekapitulierte er, wem Mr. President gerade die Hand schüttelte: Erstens Nadja Horst, Verkaufsdirektorin des Hyatt. Zweitens Jan Peter van der Ree, Hoteldirektor. Die anderen waren Beiwerk, unwichtig für den Augenblick. Aber natürlich waren auch sie einer dezidierten Prüfung unterzogen worden. Wer immer in diesem Hotel Dienst tat und auch nur im Entferntesten mit der Anwesenheit des Präsidenten zu tun hatte, war von Carl Seamus Drake, dem Abteilungsleiter Sicherheit für den Bereich Wohnen, dermaßen unter die Lupe des Secret Service genommen worden, dass ein Röntgenapparat dagegen ein Topf trüber Suppe war.

Aus der dritten Limousine gesellten sich Botschafter Kornblum und seine Frau hinzu. Clinton plauderte angeregt mit seinen Gastgebern. Getränke wurden gereicht. Gemeinsam gingen sie zu den Aufzügen. Van der Ree erkundigte sich nach Hillary und Chelsea. Clinton erwiderte, sie würden wie geplant in zwei Tagen aus Palermo eintreffen, und er freue sich darauf, sie wiederzusehen. Wohlklingende Worte über das Wesen der Familie wurden gewechselt. Guterson beorderte drei Männer zu sich, dann fuhren sie mit dem Präsidenten in den sechsten Stock. Clinton hieß ihn mit in seine Suite kommen, schloss hinter Guterson die Tür und nahm einen Schluck von seiner Cola light.

»Also«, sagte er.

Guterson sah aus dem Augenwinkel den gigantischen Strauß champagnerfarbener Rosen, den das Hyatt für seinen Gast bereitgestellt hatte. Die Suite sah phantastisch aus. Nichts erinnerte daran, dass sie ausgebrannt war und die Instandsetzung seinen Leuten zusätzliche Sorgen bereitet hatte.

»Mr. President«, sagte er langsam, »wie es sich im Augenblick darstellt, hat man auf dem Flughafen versucht, Sie mit einer… ähem… Laserwaffe anzugreifen.«

Clinton starrte ihn an.

»Das ist ja mal was ganz Neues«, sagte er.

Tatsächlich war es nicht das erste Mal, dass der Secret Service Clinton vor einem Anschlag bewahrt hatte, aber derlei drang für gewöhnlich nicht in die Presse. Wer sich schlau machte, konnte bei der CIA ein paar Daten abrufen – rund achttausend potentielle Clinton-Attentäter allein in den Staaten waren den Sicherheitsorganen namentlich bekannt. Dass einige es bereits versucht hatten und gescheitert waren, andere darüber ihr Leben verloren hatten, fand Einzug in geheime Akten. Man wollte keine Atmosphäre der Verunsicherung schaffen. Bill Clinton hatte sich angewöhnt, unkompliziert mit dem fortwährenden Risiko umzugehen, das ihm vor allem aus den Reihen der weißen Suprematisten und fundamentalistischen Milizen drohte. Rechtslastige Homepages im Internet brachten unverhüllte Aufrufe zum Präsidentenmord, und immer wieder fühlten sich Hitzköpfe dazu bemüßigt, schlecht geplante Angriffe durchzuführen. Das meiste flog auf, bevor es überhaupt den Status der Praktikabilität erreicht hatte.

Guterson erläuterte dem Präsidenten in kurzen Zügen, was Lex ihm berichtet hatte.

»Dubios«, sagte Clinton schließlich. »Aber es gibt keinen wirklichen Beweis dafür, dass der Anschlag mir gegolten hat.«

»Wir geben uns keinen Illusionen hin«, erwiderte Guterson. »Eher könnten wir uns fragen, ob an der ganzen Geschichte überhaupt was dran ist. Sie haben ein paar Spiegel gefunden, na schön. Lex meinte, es gäbe einen Mann, der ihnen den Floh ins Ohr gesetzt hat. Im Augenblick vertrauen sie im Wesentlichen seinen Aussagen, und er scheint Recht zu behalten. Andererseits deutet vieles darauf hin, dass Mitglieder der IRA involviert sind. Das klingt, falls es diesen Laser tatsächlich gibt, eigentlich eher, als hätten sie Tony Blair ans Leder gewollt.«

»Hm.« Clinton begann, im Raum auf und ab zu wandern.

»Wir können die Sicherheit verstärken«, sagte Guterson. »Und das tun wir auch. Wenn Sie meine Empfehlung hören wollen, nehmen Sie ein Essen im Hyatt ein und gehen Sie schlafen.«

»Ihre Empfehlung in allen Ehren«, sagte Clinton. »Aber glauben Sie im Ernst, wenn ich heute Abend in einem dieser Brauhäuser auftauche, werden sie mit einer Laserkanone in der Küche auf mich warten?«

Guterson seufzte.

»Nein. Natürlich nicht.«

Das Dumme war, dass Clinton Recht hatte. Im Grunde waren Orte wie die Malzmühle oder das Küppers Brauhaus sicherer als jeder andere Platz.

»Der Hoteldirektor hat mir übrigens gerade was Interessantes erzählt«, grinste Clinton. »Gleich hier in der Nähe muss es eine Kneipe geben, in der sie Koteletts dick wie Bibeln servieren. Lommetsman oder so ähnlich.«

»Nie gehört«, sagte Guterson, geplagt von bösen Vorahnungen. »Haben wir garantiert nicht gecheckt.«

»Dann tun Sie's jetzt. Mein Gott, Norman, machen Sie kein Gesicht! Sie können doch mal fragen, oder?«

»Das ist unklug. Wir wissen nicht –«

»Wenn der Laden voll ist, hocken sie sich auf Kisten und legen Telefonbücher drauf«, kicherte Clinton. »Als Kissen. Und das Bier muss großartig sein. Van der Ree sagt, es sei das beste.«

»Wir kümmern uns drum«, versprach Guterson.

Clinton wurde augenblicklich wieder ernst.

»Kümmern Sie sich vor allem um diese Attentatsgeschichte, Norman. Keine Pannen.«

»Bestimmt nicht.«

»Meine Familie trifft übermorgen ein. Ich will keinerlei Risiken eingehen.«

»Nichts wird geschehen, Mr. President.«

Das Telefon klingelte. Guterson wollte zum Apparat eilen, aber Clinton hielt ihn zurück und ging selbst ran.

»Ah, guten Abend!«, sagte er. »Ja, danke… Ja, ich warte…«

Guterson wandte sich ab und ging nach draußen.

»Herr Bundeskanzler«, hörte er noch. »Besten Dank, ich bin gut angekommen. Traumhaftes Hotel, alles ausgesprochen nette Leute. Ich liebe die Stadt jetzt schon. Wie bitte? Nein, keine Probleme, überhaupt nicht… Bis auf eines vielleicht…«

HYATT. SECRET SERVICE HEADQUARTER

»Mr. Carl Seamus Drake?«

»Am Apparat.«

»Colonel Graham Lex für Sie, Sir. Ich verbinde.«

Drake stand am Fenster der Hotelsuite im sechsten Stock, die zur Zentrale des Secret Service, Bereichsleitung Wohnen, umfunktioniert worden war, und sah hinaus auf den Rhein. Er hatte gewusst, dass der Anruf kommen würde. Er hatte ihn regelrecht herbeigesehnt, nachdem Norman Guterson ihn vor einer halben Stunde telefonisch über die Vorkommnisse am Flughafen informiert hatte. Der Sicherheitschef hatte aus der fahrenden Kolonne angerufen, im Moment, als Clintons Tross den KölnBonn Airport verließ, und Drake hatte augenblicklich Anweisung gegeben, die Sicherheitskräfte im und um das Hotel herum zu verstärken.

Wie immer bei derartigen Anlässen war der Secret Service mit erheblich mehr Personal angereist, als für den routinemäßigen Ablauf des Staatsbesuchs vonnöten war, damit die Bereichsleiter notfalls auf umfangreiche Reserven zurückgreifen konnten. Guterson war keineswegs sicher gewesen, ob es sich tatsächlich um einen Notfall handelte. Ungeachtet dessen hatte er durchblicken lassen, dass der Präsident auf seinem Besuch in der Malzmühle insistierte, so schmackhaft die Steaks im Hyatt auch sein mochten. Also war Drake seiner Pflicht und Schuldigkeit nachgekommen und hatte sich mit Pete Nesbit kurzgeschlossen, der den Bereich Innenstadt leitete. Nesbit war bereits auf demselben Kenntnisstand gewesen und hatte die Zahl der Secret-Service-Leute in den Brauereien drastisch erhöht, während Drake dafür Sorge trug, dass auf dem Weg vom Hotel bis zur Brauerei nichts schief gehen konnte. Noch war nicht sicher, in welchen der Läden Clinton gehen würde.

Er schätzte, dass auch das BKA seine Kontingente erhöht hatte. Aus allen Teilen Deutschlands waren die SEKs der Polizei zusammengezogen worden. Drake wusste, dass die Kathedrale auf der anderen Seite des Rheins von Scharfschützen regelrecht befallen war. Sie hingen zu Dutzenden in den Winkeln, Bögen und Gesimsen, auf Gerüsten und Türmchen. Inzwischen durfte sich ihre Zahl noch erhöht haben. Gleiches galt für die Eisenbahnbrücke. Sogar die Möglichkeit, dass jemand aus einem fahrenden Zug mit einer Panzerfaust auf Clintons Suite schoss, hatten sie mit einkalkuliert.

Im Grunde gab es nichts, womit der Secret Service hypothetisch nicht rechnete. Oblag der CIA im weitesten Sinne die Sicherheit des Landes, verantwortete der Secret Service das Wohlergehen der Präsidentenfamilie und des engsten Regierungsstabes. Eine erstaunliche Entwicklung für eine Behörde, die vor einhundertfünfunddreißig Jahren mit dem eigentlichen Zweck gegründet worden war, dem Umlauf von Falschgeld entgegenzuwirken. Erst 1901, nach der Ermordung von Präsident William McKinley, hatte der Kongress die Kompetenzen des Secret Service erweitert. Seitdem war die Verantwortung der Behörde in gleichem Maße gewachsen wie der Erfindungsreichtum potentieller Attentäter. Jeden nur erdenklichen Verlauf eines Präsidentenbesuchs als Planspiel durchzuexerzieren, stellte den Secret Service im ausgehenden zwanzigsten Jahrhundert vor eine fast unlösbare Aufgabe. Den Unwägbarkeiten begegnete man darum mit größtmöglicher Risikominimierung.

So spielte es an diesem Abend keine Rolle, woher der Hinweis auf ein Attentat kam. Die Sicherheit des Präsidenten war unteilbar, weil der Präsident unteilbar war. Wenn er sich nach B begab, weil A als kritisch eingestuft worden war, galt automatisch auch B als kritische Zone.

Drei Bereichsleiter waren sie insgesamt in Köln, Lex, Drake und Nesbit, sämtlich einem Supervisor unterstellt, der für den Besuch als Ganzes verantwortlich zeichnete. Sie genossen alle erdenklichen Freiheiten und konnten nach eigenem Gutdünken Sicherheitskräfte aufstocken oder abziehen, aber wenn einer von ihnen einen Verdacht meldete, galt er automatisch für alle drei. Wer versucht hatte, Clinton am Flughafen zu attackieren, würde es womöglich auch in der Innenstadt versuchen oder im Hotel. Es war unwichtig, ob es sich wirklich so verhielt. Clintons Aufenthalt in Köln unterlag von nun an verschärften Sicherheitsbedingungen.

Drake trat vom Fenster weg und setzte sich auf die Kante eines Schreibtischs. Der Raum war durchdrungen vom leisen Summen der Computer. Mehrere *Special Agents* telefonierten auf anderen Leitungen. Über ein Observierungsflugzeug, das unablässig in zehntausend Metern Höhe über Köln kreiste, standen sie in ständigem Kontakt mit Washington.

»Was ist denn los bei euch da draußen?«, sagte Drake zu Lex.

»Wenn wir das so genau wüssten«, ließ sich Lex im Hörer vernehmen. »Es klingt aberwitzig, aber du weißt ja, was von aberwitzigen Sachen zu halten ist. Wie es aussieht, haben irgendwelche Irren versucht, Clinton mit einem Laser zu attackieren.«

»Einem Laser?«, echote Drake.

Lex begann ausführlich zu berichten, was er wusste. Es war eine ganze Menge, wie Drake befriedigt feststellte. Mehr als genug, um ihm Gelegenheit zum Handeln zu geben.

»Und das Ding, dieser YAG«, hakte er nach, »ist hier in Köln?«

»So sieht es aus«, sagte Lex. »Oder im Umland. Dieser irische Doktor erwähnte einen Radius von fünf bis sechs Kilometern. Er befindet sich im Augenblick mit Lavallier in der Luft...«

»Wer ist Lavallier?«

»Nicht dein Ressort. Flughafenpolizei.«

»Das ist sehr bedenklich«, sagte Drake. »Solange dieser Laser nicht gefunden wird, steht die Sicherheit des Präsidenten nach wie vor auf dem Spiel.«

»Die Suche läuft.«

»Wie sollen sie diesen YAG finden in einer Großstadt?«

»Oh, sie haben eine Menge Polizei aufgeboten. Das Biest dürfte an die zehn Meter lang sein. Es muss sich in unmittelbarer Nähe eines sehr hohen Gebäudes oder einer anderen exorbitant hohen Erhebung befinden.«

»Warum das?«

»Weil der Impuls des Lasers von irgendwoher über das Land geleitet werden muss, ohne in Bäume oder Häuser zu krachen.«

»Verstehe«, sagte Drake nach einer Pause. »Ich denke, wir werden uns hier ein bisschen in die Ermittlungen einschalten. Vielleicht halten wir selbst mal Ausschau nach hohen Punkten.«

»Ich weiß nicht, ob das eine so gute Idee ist, Carl. Du kennst die Stadt nicht, und wahrscheinlich wäre das BKA wenig begeistert davon.«

»Ich war schon mal hier, als Attaché in Bonn vor einigen Jahren. Ich kenne Köln ganz gut. Wir hatten einen Attentatsversuch auf Clinton, da interessiert es mich herzlich wenig, ob das BKA begeistert ist. Außerdem sollten sie es mittlerweile gewohnt sein, dass wir unsere eigenen Vorstellungen haben.«

»Mach, was du willst«, sagte Lex. »Er ist jetzt dein Präsident. Geh sorgfältig mit ihm um. Wo ist er übrigens?«

»Eben eingetroffen«, erwiderte Drake. »Habe ihm die Hand geschüttelt, da sah er sehr entspannt aus.«

»Ja, Clinton ist der Optimismus in Person. Will er immer noch in diese Brauerei?«

»Er wird überallhin gehen«, sagte Drake und versuchte, ein bisschen Resignation durchklingen zu lassen. »Wir werden ihn in Bodyguards verpacken. Ich habe alles veranlasst. Nichts wird passieren.«

»Gut. Wir halten euch auf dem Laufenden.«

Drake beendete das Gespräch und starrte vor sich hin.

Es war alles schief gegangen, was schief gehen konnte. Wenigstens würde er jetzt dafür sorgen, dass der letzte Teil des Plans reibungslos über die Bühne ging. Soeben hatte ihm Lex die Legitimation dafür erteilt.

Er wählte die Nummer eines Special Agents, der mit seiner Gruppe in einem Hotel in der Nähe untergebracht war und der Reserve angehörte.

»Es geht los«, sagte er und legte gleich wieder auf.

LAVALLIER

»Ich muss zugeben, dass ich ein gewaltiger Idiot bin«, sagte O'Connor.

Lavallier sah ihn schief an.

»Kommt es mir nur so vor, oder klingt selbst so etwas aus Ihrem Mund, als machten Sie sich Komplimente?«

Der Hubschrauber zog über die Autobahn in Richtung Rhein. Seit einer Viertelstunde kreisten sie über dem Umland des Flughafens. Die Sonne stand tief und tauchte die Vororte und die Heide in warme Farben, durchbrochen von langen Schatten. O'Connor wies auf eine Gruppe höherer Gebäude.

»Wohnbaracken in Porz-Eil«, sagte Lavallier.

»Näher ran«, sagte O'Connor.

Der Hubschrauber senkte die Nase ab und hielt auf die Häuser zu. Nach wenigen Sekunden winkte O'Connor ab.

»Zu niedrig.«

»Warum sind Sie denn ein Idiot?«, fragte Lavallier. »Ich hätte gern die historische Chance, es aus Ihrem Mund zu hören.«

Der Physiker zog eine Grimasse.

»Na ja, die Sache mit Mahder.«

»Ah!«

»Es war vielleicht nicht einer meiner luzidesten Momente. Ich meine, nur Mahder konnte wissen, dass ich hinter die Sache mit dem YAG gekommen war. Danach ging alles viel zu leicht. Ich hätte stutzig werden sollen, dass er mich so einfach auf Gerüste steigen ließ.«

»Sie hätten stutzig werden sollen, dass er nicht mit Ihnen auf die Wache oder gleich aufs Vorfeld gefahren ist«, sagte Lavallier streng. »Was haben Sie sich eigentlich dabei gedacht, auf eigene Faust im T2 herumzuturnen? Als gäbe es nicht tausend Möglichkeiten, uns Bescheid zu geben!«

»Wollte ich ja«, verteidigte sich O'Connor.

»Nein, O'Connor!«, sagte Lavallier mit dünnem Lächeln. »Sie wollten Detektiv spielen, weil Sie uns für dämlich hielten. Stimmt's?«

»Nur anfangs.«

»Wenn Pecek sich auf dem Dach nicht verraten hätte, lägen jetzt Sie da unten. Vom Zustand des Präsidenten will ich gar nicht erst reden.«

»Wäre ich nicht aufs Dach gestiegen, hätten Sie gar nicht erst erfahren, dass Mahder ein Verräter ist«, gab O'Connor ungerührt zurück. »Und mir wäre nicht klar geworden, dass Mahder gelogen hat, was Paddys Einsätze betraf. Bedeutsame Erkenntnisse über das UPS-Gebäude und die Lärmschutzhalle verdanken Sie mir, schon vergessen?«

»Wir haben die Lärmschutzhalle auch ohne Ihre freundliche Hilfe abgesucht«, sagte Lavallier.

»Gut. Patt. Was ist, schließen wir endlich Frieden?«

O'Connor streckte ihm die bandagierte Rechte hin. Lavallier zögerte, dann ergriff er behutsam die Hand des Physikers.

»Wir hatten eigentlich nie Krieg«, sagte er.

»Nein, aber es macht so viel Spaß, sich zu vertragen. Was ist das da?«

»Was meinen Sie?«

»Die Industrieanlage. Das ausgedehnte Gelände.«

»Die Shell-Raffinerie in Godorf«, sagte Lavallier skeptisch. »Aber das sind mindestens zehn Kilometer.«

»Und dahinten?«

»O'Connor, wo bleibt Ihr räumliches Vorstellungsvermögen? Das Lufthansa-Hochhaus ist noch viel weiter weg, der Messeturm ebenso. Als Nächstes kommen Sie mir noch mit dem Dom!«

O'Connor breitete die Hände aus, als wolle er deutlich machen, dass seine guten Gaben alle verteilt seien. Lavallier nagte an seiner Unterlippe. Sie hatten eine ganze Reihe hoher Gebäude in der Umgebung entdeckt, die in Frage kamen. Von einigen hätte man durchaus über die Wälder des Königsforsts hinwegschießen können. Andere wiederum lagen weit jenseits des Flughafens im Bergischen. Eine Fabrik, ein Kraftwerk, ein alter

Wasserturm, Sendemasten. Zum Rhein hin verteilten sich mehrstöckige Wohnhäuser wahllos in den Ortsteilen von Porz.

Das Ergebnis ihrer Suche war nicht sonderlich ermutigend. Einige Kilometer weiter kreiste der zweite Hubschrauber. Sie standen miteinander in Funkverbindung und gaben sofort nach unten weiter, was ihnen wert schien, untersucht zu werden. Dennoch würden die Einheiten ewig brauchen, um den Laser zu finden. Falls sie ihn überhaupt fanden. Selbst der dritte Spiegel würde ihnen nur verraten, dass sie dem YAG näher gekommen waren, nicht aber, wo er sich befand.

Immerhin, damit ließ sich leben. Sofern sie alle Spiegel an erhöhten Positionen aufgespürt und zerstört hatten, war der YAG wertlos für die Terroristen.

Aber die Suche am Boden fiel ohnehin nicht mehr in Lavalliers Ressort. Mit dem Helikoptereinsatz hatte Lavallier die Grenzen seiner Befugnisse ausgeschöpft. Sein Revier war die Sicherung des Flughafens und der Politiker, die dort landeten.

Unablässig fragte er sich, wer hinter dem Anschlag stecken mochte. Ganz sicher nicht Martin Mahder. Im Licht der Ermittlungen entwickelte sich der Abteilungsleiter immer mehr zum klassischen Innentäter, der geschmiert worden war oder erpresst wurde. Zu Hause war er bislang nicht eingetroffen. Seine Frau hatte keine Angaben über seinen Verbleib machen können, wahrscheinlich, weil sie tatsächlich von allem nichts wusste. Bei der Gelegenheit war ihnen aufgefallen, dass Mahder ein bisschen feudal wohnte. Wahrscheinlich war er bestochen worden. Der typische Fall. Mahder besaß nicht das Format, eine solche Aktion zu planen. Weder er noch Clohessy oder Pecek.

Vor allem besaß keiner der drei ein Motiv, sah man davon ab, dass Clohessy schon vorher im Terrorismus aktiv gewesen war. Über Pecek hatten sie inzwischen immerhin herausgefunden, dass sein Vater aus Serbien stammte und ein Großteil seiner Familie dort lebte, aber das änderte nichts an den Ergebnissen der ersten Überprüfung. Peceks Lebenslauf blieb untadelig.

Immer vorausgesetzt, dass es überhaupt sein Lebenslauf war.

Und dann war da noch die Sache mit dem verschwundenen Lektor.

Für Lavallier bestand kein Zweifel daran, dass er den Terroristen entweder in die Hände oder zum Opfer gefallen war. Auch nach Kuhn liefen die Nachforschungen mittlerweile auf Hochtouren. Ein Gefühl sagte Lavallier, dass sie – sobald sie den Laser finden würden – auch den Lektor gefunden hätten, und die Vorstellung machte ihm auf unbestimmte Weise Angst.

Er beugte sich zu dem Piloten vor und tippte ihm auf die Schulter.

»Wir brechen ab«, sagte er.

Der Pilot nickte und ging in eine rasante Abwärtsschraube. O'Connor erbleichte und hielt sich unwillkürlich an Lavallier fest.

Das war ja wenigstens mal was!

»Höhenangst?«, fragte Lavallier in übertriebener Besorgnis. »Sie sind doch heute schon mal geflogen. Wenn auch nur drei Meter tief.«

»Der Magen«, japste O'Connor.

»Der Magen.« Lavallier konnte sich ein Grinsen nicht verkneifen. »Vielleicht sollten Sie auf festkörperreiche Nahrung umschwenken, mein Freund. Man steht so was dann besser durch.«

»Lavallier«, sagte O'Connor schwer atmend, während es weiter abwärts ging, »Sie haben den Sinn und Zweck des Genusses nicht verstanden. Er besteht darin, sich auf hohem Niveau zu ruinieren. Ich bin in dieser Disziplin der unangefochtene Meister. Wollen Sie es mit mir aufnehmen?«

Lavallier dachte darüber nach.

»Nein«, sagte er.

»Schade. Wir könnten viel Spaß dabei haben.«

»Offen gestanden, diese Art Genuss enthält mir irgendwie zu wenig Perspektive.«

»Oh Gott, Lavallier!«, stöhnte O'Connor. »Wie säuerlich! Solange man seinen Mangel an Perspektiven in Champagner ersäufen kann, gibt es keinen Grund, sich welche zuzulegen. Das heißt, ich muss mich korrigieren, eine Perspektive hätte ich anzubieten, falls der Ikarus am Steuerknüppel nicht endlich seinen Sturzflug beendet.«

»Und die wäre?«, fragte Lavallier amüsiert.

»Ihnen den Hubschrauber voll zu kotzen.«

Lavallier sah O'Connor unsicher an.

»Fliegen Sie ein bisschen schonender«, sagte er nach vorne.

Er hätte den impertinenten Doktor gern noch ein bisschen leiden sehen, auch wenn er Bill Clinton tausendmal das Leben gerettet hatte. Aber der Mann war bekanntlich zu allem fähig.

Außerdem begann er, O'Connor irgendwie zu mögen.

SPEDITION

Mahder schickte ängstliche Blicke über die Straße, aber niemand war zu sehen. Das kleine Industriegebiet, mehr eine Industriestraße, lag weitestgehend verlassen da. Gegen eine Umzäunung gedrückt, wartete er auf Jana.

Er wusste, dass sie irgendwann eintreffen musste, es sei denn, man hatte sie am Flughafen verhaftet. Aber das war unwahrscheinlich. O'Connor mochte so ziemlich alles herausgefunden haben, von Jana konnte er unmöglich wissen. Selbst wenn er oder die Polizei zu dem Schluss gelangten, der Attentäter müsse unter den Fotografen zu suchen sein, würden sie bei ihr nichts finden.

Natürlich konnte sie dennoch verhaftet werden. Vielleicht hielt ihre falsche Identität den Überprüfungen nicht stand. Vielleicht hatten sie jemanden, der sich mit Kameras gut genug auskannte, um den winzigen Schlitz zu entdecken, durch den der Chip geschoben wurde.

Vielleicht, vielleicht.

Er wusste nicht einmal, ob das Attentat gelungen war, seit er überstürzt den Flughafen verlassen hatte. Zuerst war er zu einem kleinen Friedhof gefahren, der wenige Straßen von der Spedition entfernt lag, hatte den Wagen unter einen Baum gestellt und sich voller Angst in die Kapelle verkrochen, bis ihm das Warten unerträglich wurde. Er war kein Profi in solchen Dingen. Er wusste, dass man in Fällen wie diesem untertauchte, aber keineswegs, wie man das am besten anstellte, ohne erwischt zu werden.

Sie würden natürlich auch nach seinem Wagen suchen. Das war bitter! Den Wagen konnte er vergessen. Schließlich hatte er sich schweren Herzens entschieden, ihn unter den Bäumen stehen zu lassen. Er würde eben versuchen, sich in den Besitz eines Mietwagens zu bringen, sobald Jana oder Gruschkow ihm das Geld gegeben hatten.

Beim Heraushuschen aus der Kapelle war er sich vorgekommen wie der Hase auf der Flucht vor den Hunden. Er hatte sich im Schatten der Hauswände gehalten und sich wahrscheinlich so verdächtig bewegt, dass jeder Idiot stutzig werden musste. Beim Überqueren der Hauptstraße war ihm das Herz in die Hose gerutscht in Erwartung, plötzlich von Autos umstellt zu sein, aus denen Polizisten stürmten. Er hatte sich gefühlt wie gebrandmarkt. Sah nicht jeder, wer er war und was er getan hatte?

Aber niemand hatte ihn beachtet, war stehen geblieben und hatte mit dem Finger auf ihn gezeigt, und dann war er schon in der schmalen, ruhigen Straße mit den Zweckbauten gewesen, wo um diese Zeit nicht mehr gearbeitet wurde und niemand mehr unterwegs war.

Er sah hinüber zur Spedition auf der anderen Straßenseite. Hatte er zu viel Zeit in der Kapelle verbracht? Die Ungewissheit war schrecklich. Vielleicht war Jana schon längst eingetroffen und hatte sich mit Gruschkow abgesetzt. Was war dann mit dem Lektor, von dem er wusste, dass sie ihn drüben gefangen hielten? War auch er tot? Hatte dieser Mirko einen weiteren Menschen getötet?

Dann fiel ihm ein, dass Jana gesagt hatte, Mirko werde am Tag des Anschlags gar nicht mehr zugegen sein. Irgendwie bestätigte dies Mahders Verdacht, dass hinter dem Kommando eine andere Macht stehen musste. Sie hatten ihm so gut wie nichts erzählt, und er war klug genug gewesen, nicht zu fragen. Er wollte nichts wissen, was seinen Kopf kosten konnte. Er wollte auch nicht wissen, ob der verdammte Lektor tot war, aber um diese Erfahrung würde er kaum herumkommen.

Ein Geräusch mischte sich in seine Gedanken, wurde lauter. Ein gleichmäßiges Knattern, das rasch näher kam. Mahder hob den Kopf zum Himmel und erstarrte.

Ein Hubschrauber!

Er kam aus Richtung des Flughafens ziemlich dicht über den Häusern herangeflogen und schien geradewegs auf ihn zuzuhalten. Mahder erschrak zu Tode. Fluchtinstinkt überkam ihn. Aber sie würden ihn rennen sehen, würden womöglich auf ihn schießen. Zitternd blieb er an seinem Platz und heftete seinen Blick auf die Maschine. Deutlich war zu erkennen, dass es sich um einen Polizeihubschrauber handelte.

Sie suchten ihn.

Sein Magen krampfte sich zusammen vor Angst. Das Dröhnen brachte die Luft zum Erzittern. Einen Moment fürchtete er, der Helikopter werde direkt vor seinen Augen auf der Straße runtergehen, Scharfschützen würden herausstürzen, er würde die Hände heben, und sie würden es missverstehen und ihn erschießen. Er schloss die Augen und rang nach Luft.

Dann war der Hubschrauber über ihn hinweggezogen und entfernte sich. Das Knattern wurde leiser. Nach einer Weile war es erstorben.

Mit einem leisen Fluch setzte sich Mahder in Bewegung und lief über die Straße, während er das FROG hervorzog und Gruschkows Nummer wählte.

»Mahder hier«, sagte er, als der Russe sich mit neutralem »*Da!*« meldete, russisch für Ja.

»Nicht Namen«, sagte Gruschkow.

Der Glatzkopf sprach wenig Deutsch, anders als Jana oder Mirko, die beide eine Menge Sprachen beherrschten. Wenn Jana und Gruschkow sich miteinander unterhielten, geschah es im allgemeinen auf Italienisch, mit Mirko hatte sie serbisch gesprochen. Für Mahder machte es keinen Unterschied. Außer ein paar Brocken Englisch konnte er überhaupt keine Fremdsprachen.

»Schon gut«, zischte er in das FROG. »Wo sind Sie? Sind Sie in der Spedition?«

Gruschkow ließ ein kurzes Schweigen verstreichen.

»Wo Sie?«, fragte er.

»Hier draußen. Ist Jana schon eingetroffen?«

»Njet. Nicht Namen!«

Natürlich, sie hatten sich darauf geeinigt, während der kurzen Telefonate auf Namen zu verzichten. Na und? Es war doch ohnehin alles egal, oder nicht?

»Tut mir leid«, sagte Mahder beschwichtigend. »Lassen Sie mich rein, ja? Hier draußen ist mir das zu ungemütlich.«

»Draußen?«

»Mann, Gruschkow, ich bin direkt vor der Spedition! Überall sind die Bullen unterwegs, also machen Sie das Tor auf, verdammt noch mal!«

Über Mahder setzte sich etwas summend in Bewegung. Er sah hoch und gewahrte das Auge der Überwachungskamera. Langsam schob sich das Tor zur Seite, und Mahder hastete über den Innenhof hinüber zur Halle. Er hatte erwartet, den YAG draußen postiert zu sehen, aber Gruschkow hatte den Laser entweder schon wieder hinein- oder gar nicht erst in den Hof gefahren. Der adaptive Spiegel auf seinem Stativ war wieder unter der Kistenattrappe verschwunden. Hatten sie überhaupt geschossen?

Unwichtig. Er wollte sein Geld, und er wollte es schnell. Möglicherweise konnte Gruschkow ihn auszahlen. Wenn der Russe Zicken machte, würde Mahder eben ungemütlich werden. Er konnte es sich nicht leisten, auf Jana zu warten. Mit Schwung stieß er die Tür auf und betrat die Halle.

»Gruschkow, wo –«

Etwas Kühles drückte sich gegen seine Schläfe.

»Ruhig«, sagte Gruschkow.

Mahder erstarrte. Sein Mut war wie weggeblasen. Der Russe hielt den Lauf einer Pistole gegen seinen Kopf gepresst, während er mit der anderen Hand die Tür zuwarf. Mahders Blick erwanderte die Halle. Der YAG war nicht an seinem Platz in der Mitte, sondern nahe der geschlossenen Wand zum Hof. Offenbar hatten sie ihn doch bewegt, möglicherweise wie geplant, und dann in die Halle zurückgefahren, eben so weit, wie es nötig war, um die Tore zu schließen.

Von der gegenüberliegenden Seite drang ein Stöhnen herüber. Ein Mann lag dort am Boden. Mahder schätzte, dass es der Lektor war.

Er lebte.

»Ist schon in Ordnung, Gruschkow«, sagte er so ruhig wie möglich. »Ich mach ja nichts. Ich bin ganz kusch.«

»Jemand bei dir?«, erkundigte sich Gruschkow.

»Ich bin allein. Ich will nur mein Geld und dann verschwinden. Ist das in Ordnung? Nur mein Geld.«

Gruschkow trat einen Schritt zurück und senkte die Pistole, hielt sie aber unverändert auf Mahder gerichtet.

»Warten«, sagte er. »Jana warten.«

Mahder nickte heftig. »Okay, okay. Jana warten. Wir warten auf Jana. Ich bin allein, Gruschkow, wirklich, Sie können aufhören, mir Angst zu machen. Tun Sie das verdammte Ding weg.«

Gruschkow zögerte. Dann nickte er und steckte die Waffe in seinen Gürtel. Mahder atmete auf. Er ging ein paar Schritte weiter in die Halle hinein und drehte sich zu dem Russen um.

»Und?«, fragte er. »Hat es geklappt?«

»Klappt?«, echote Gruschkow.

»Clinton!«

Gruschkow schüttelte den Kopf. Seine Brillengläser blitzten.

»Nicht funktionieren«, sagte er.

Mahder schluckte. Er hatte kaum etwas anderes erwartet, aber die Gewissheit, dass alles schief gegangen war, verstärkte seine Angst nur noch mehr. Sie waren ihnen draufgekommen. Der Himmel mochte wissen, was die Polizei schon alles in Bewegung gesetzt hatte.

»Können Sie mir nicht das Geld geben?«, sagte er. »Ich muss unbedingt verschwinden.«

»Geld Jana«, sagte Gruschkow.

Mahder seufzte. Dann zuckte er die Achseln. Sich mit Gruschkow anzulegen, würde nichts bringen. Leute wie er waren halt doch eine Nummer zu groß für den unbescholtenen Abteilungsleiter Technik Martin Mahder, dessen Leben bis vor einem halben Jahr noch in beschaulichen Bahnen verlaufen war.

Jana warten. Wenn Jana kam.

WAGNER

Die schlimmsten zwei Stunden ihres Lebens endeten, als sie O'Connor den Hubschrauber verlassen sah. Er wirkte unbeholfen und wackelig auf den Beinen, als er über das Vorfeld zu ihr herüberkam. Seine Hände waren verbunden, sein eleganter Anzug dunkel befleckt von etwas, das Blut sein konnte. Alles in allem kam er ihr vor wie nach drei Runden mit Mike Tyson, aber seine Augen strahlten, als habe er die Gameboy-Meisterschaft gewonnen.

Hinter ihm sprang Lavallier aus dem Helikopter.

»Kika«, sagte O'Connor.

Er schaffte es, einen halben Roman in diese beiden Silben zu legen.

Sie erzählten vom Whiskytrinken in Jameson's Pub, von der Versunkenheit im Halbdunkel eines Hotelzimmers und von fremden Universen im Innern alter Bäume. Sie erklärten jedes Empfinden von Distanz für obsolet. Vor allem aber ließen sie keinen Zweifel daran, dass der Vorhang in diesem Stück so schnell nicht fallen würde. Alles, sagten sie, hat seine Gültigkeit. Erklären wir das Ereignis zum Zustand. Schreiben wir die Geschichte fort.

O'Connor grinste. Sie tauschten einen flüchtigen Kuss. Eine Begrüßung nicht anders als der Abschied am Nachmittag. Es lag etwas Beruhigendes darin, als sei gar nichts Besonderes geschehen. Fortsetzung des Vorangegangenen.

Sie erzählte ihm, wie sich die Polizistin auf seinem Handy gemeldet hatte. O'Connor hob die Brauen.

»Das hat sie mir verschwiegen«, sagte er konsterniert. »Ich hätte natürlich zurückgerufen und die Welt später gerettet.«

»Ich dachte, du seist tot.«

»Ach, Kika! Ich war viel zu sehr damit beschäftigt, an dich zu denken, um sterben zu können.«

»Du lügst«, sagte sie fröhlich. »Du siehst zum Fürchten aus.«

»Natürlich lüge ich. Lügen sind die Höflichkeit der Liebenden. Oh, die Stimme Amerikas!«

Aaron Silberman hatte sich bis jetzt im Hintergrund gehalten. Nun trat er lächelnd hinzu. O'Connor ergriff seine Rechte, drückte sie und zuckte zusammen.

»Passen Sie auf Ihre Hände auf«, sagte Silberman mit einem skeptischen Blick auf die Mullverbände. »Was haben Sie bloß angestellt, Sie sehen aus wie Boris Karloff am Set von ›Die Mumie‹.«

O'Connor zuckte die Achseln.

»Nichts Außergewöhnliches«, sagte er. »Ich bin beinahe umgebracht worden, durch ein Dach gekracht und in einen Haufen

Scherben gefallen. Danach haben Lavallier und ich Bill Clinton ein bisschen unter die Arme gegriffen.«

»Verstehe. Was man so jeden Tag erlebt.«

O'Connor lachte. Sie gingen gemeinsam zum VIP-Zelt hinüber. Nur eine Hand voll Uniformierter war noch dort sowie Bär und ein weiterer PPK-Hauptkommissar aus der Kölner Zentrale, der kurz nach Wagner eingetroffen war und sich die letzte Viertelstunde über im Zelt mit Silberman unterhalten hatte. Die japanischen Diplomaten und Vertreter des Auswärtigen Amts hatten das Gelände sofort verlassen, nachdem Obuchi wohlbehalten seiner 747 entstiegen und abgefahren war. Es war die letzte wichtige Landung an diesem Tag gewesen, wie man ihr erzählt hatte, sah man davon ab, dass man ihr ansonsten gar nichts erzählt hatte. Lavallier kam ihnen in einigem Abstand hinterher. Es war neun Uhr vorbei. Der abgesperrte Pressebereich weiter hinten lag menschenleer da. Umso mehr spielte sich zwischen den Pressezelten und dem Checkpoint ab. Wagner wusste im Wesentlichen nur, dass dort eine ausgedehnte Kontrolle im Gange war und die Journalisten den Bereich einzeln verließen, alle mit erheblicher Verspätung. Hoch oben an der Fassade der Lärmschutzhalle waren Leute in Overalls damit beschäftigt, eine bestimmte Stelle im Gestänge zu untersuchen.

Wagner hätte Silberman küssen können. Die Sperrung der Flughafenautobahn hatte den kompletten Verkehr ringsum lahm gelegt. Als sie Silberman auf seinem Handy erreicht hatte, in Sorge aufgelöst, eingekeilt zwischen zwei Dreißigtonnern und dem definitiven Stillstand entgegenkriechend, hatte Clintons Wagenkolonne den Flughafen eben verlassen. Das Erste, was Silberman ihr am Telefon versichert hatte, war, dass O'Connor lebte und wohlauf sei. Sofort hatte der Stau jeden Schrecken für sie verloren, und plötzlich ging auch alles wieder schneller – die Sperrung war aufgehoben worden, der Verkehr normalisierte sich. Etwa zeitgleich mit der Landung der japanischen 747 hatte Wagner die Polizeiwache des Flughafens erreicht und dort gekonnt auf die Tränendrüse gedrückt. Nachdem der japanische Premier in Richtung Innenstadt entschwunden war, hatte sie ein Streifenwagen rausgefahren aufs Vorfeld. Sie war eingetroffen, als O'Connor und Lavallier bereits über Köln kreisten. Silberman hatte ihr das Wenige erzählt, was er wusste. Als White-House-Berichterstatter über ein Dasein im Presseghetto erhaben, hatte er direkt vom Vorfeld berichten dürfen und hätte der ursprünglichen Planung zufolge mit der Kolonne zum Hyatt fahren sollen. Allerdings hatten ihn Bärs Leute gebeten zu bleiben. Ein Wunsch, dem der Korrespondent bereitwillig nachgekommen war in der Hoffnung, die wirklich interessanten Dinge zu erfahren. Bär und der zweite Kommissar hatten danach zu Protokoll genommen, dass er und O'Connor in dialektischer Gemeinschaft zu größeren Mengen Portwein und einer kühnen Theorie gefunden hatten, Silbermans höfliche Fragen indes ebenso höflich ignoriert. Einzig, dass es von Kuhn immer noch keine Spur gab, hatte der Korrespondent erfahren.

Entsprechend neugierig fragte er O'Connor, ob sie denn nun Recht behalten hätten.

»Haben die Ihnen nichts verraten?«, staunte O'Connor.

Lavallier trat hinzu und schüttelte den Kopf.

»Wir werden auch weiterhin nichts verraten. Ich muss Ihnen den Doktor leider noch einmal entführen«, fügte er mit Blick auf Wagner und Silberman hinzu. »Das PPK muss seine Aussage aufnehmen.«

»Schon wieder?«, fragte O'Connor mit einem Stirnrunzeln. »Können wir nicht endlich mal nach Hause?«

»Sie haben mit *uns* geredet«, meinte Lavallier. »Normalerweise müsste ich Sie ins PPK überstellen, Ihre Rolle war ja zwischenzeitlich mehr als dubios. Seien Sie froh, dass die zu uns rausgekommen sind.«

»Lavallier, Sie werden mir allmählich lästig.«

»Freut mich, dass es Sie nicht kalt lässt.«

O'Connor zog ein Gesicht.

»Kann ich dabei sein?«, fragte Wagner.

Lavallier schüttelte den Kopf. »Das wäre gegen die Vorschriften.«

Sie lächelte ihn freundlich an.

»Ich hoffe, Sie können es mit den Vorschriften vereinbaren, ihn baldmöglichst zurückzubringen.«

»Oh, das werden sie«, beruhigte sie O'Connor und gab ihr einen Kuss. »Wenn sie darin genauso schnell sind wie in der

Aufklärung gewisser Untaten, solltest du im Holiday Inn auf jeden Fall ein Zimmer anmieten.«

»Ach ja?« Lavallier grinste schief. »Höre ich da eine gewisse Ironie heraus, werter Doktor?«

»Keineswegs.« O'Connor fasste den Kommissar freundschaftlich um die Schultern und ging mit ihm zum Zelt herüber. »Ich habe mir schon lange abgewöhnt, ironisch zu sein. Es lohnt nicht. Jedes Mal, wenn ich glaubte, ironisch zu sein, gaben mir hinterher alle die Gewissheit, dass ich einfach nur die Realität beschrieben hatte.«

JANA

Die Reihe war an ihr.

Sie beendete ihren Plausch mit einer Gruppe männlicher Journalisten, die offenbar allesamt großes Vergnügen daraus zogen, sich mit ihr zu unterhalten. Niemand in den Zelten wusste, was vor sich ging. Die Polizeikräfte waren höflich und entschuldigten sich mehrfach für die Prozedur. Es hieß, die Amerikaner hätten in letzter Sekunde darum gebeten, den umfangreichen Check auch beim Verlassen des Geländes durchzuführen. Außergewöhnliche Vorkommnisse? Habe es nicht gegeben. Amerikanisches Sicherheitsdenken halt. Dallas-Trauma. Kennt man ja.

»Ich weiß nicht«, sagte Peter Fetzer zu ihr, als sie nach draußen ging. Er stand am Eingang des Zelts auf einen Stehtisch gestützt und drehte ein Glas Mineralwasser zwischen seinen Fingern. »Komische Routine, finden Sie nicht auch? Die Amerikaner machen ständig, was sie wollen.«

»Wer sagt, dass wir die Warterei den Amis zu verdanken haben?«

»Wem sonst? Es ist typisch für sie.«

»Tja.« Jana blieb stehen und zuckte die Achseln. »Die Amis sind schon komisch drauf, die bewachen ihren Präsidenten besser als die Briten ihre Kronjuwelen.«

»Ja, aber Clinton ist längst weg. Was wollen die noch von uns?«

Sie tat, als müsse sie nachdenken.

»Vielleicht wollen sie einfach nur sichergehen«, sagte sie. »Ab morgen ist Bad in der Menge angesagt und so was. Kann ja nicht schaden, uns alle noch mal unter die Lupe zu nehmen.«

Fetzer hob die Brauen und sah sie zweifelnd an.

»Sie sind ja sehr verständig.«

Jana ließ ihren Kaugummi kreisen.

»Überhaupt nicht«, sagte sie. »Ich will einfach nur hier raus.«

Sie folgte dem Beamten über den Rasen. Weitere Polizisten, einige mit kugelsicheren Westen, standen über das Gelände verteilt. Es war beinahe mehr Polizei da als Journalisten.

»Ich find's echt scheiße«, sagte sie, als sie den Container betrat. Im Innern erwarteten sie zwei Männer und eine Frau in Uniform und eine weitere Frau in Zivil.

»Was finden Sie scheiße?«, fragte einer der Beamten.

»Na, alles. Das hier.« Es war gut, sich ein bisschen zu echauffieren. Sie würden nach jemandem Ausschau halten, der sich möglichst unauffällig zu geben suchte. Den Gefallen würde sie ihnen nicht tun.

»Wir können auch nichts dafür«, sagte ein anderer, älterer Polizist mit verhaltenem Bedauern. »Haben Sie Fotos gemacht?«

»Was denn sonst?«

»Schießen Sie die restlichen Bilder auf den Filmen ab und entnehmen Sie sie bitte den Kameras.«

»Mensch, ich leb von den Bildern«, fuhr sie ihn an.

»Darum wollen wir ja auch, dass Sie die Filme entnehmen. Wir müssen Ihre Kameras untersuchen.«

Mit offensichtlichem Unwillen verschoss sie zuerst die restlichen Bilder der Nikon und spulte den Film zurück. Dann wiederholte sie die Prozedur mit der Olympus.

»Blöder Mist«, knurrte sie. »War ohnehin so ein Scheißtag.«

Erneut entschuldigte man sich knapp und förmlich, nahm die Kameras in Empfang und schickte sie in die Durchleuchtung. Jana murrte und grummelte noch ein wenig weiter und gab sich schlecht erzogen, während sie ihre Taschen leerte und durch die Detektorschranke ging. Der Kaugummi half ihr, möglichst viel zu vernuscheln. Ihr Deutsch war perfekt, allerdings gefärbt von einer gewissen Härte in der Aussprache. Darum hatte sie sich für eine österreichische Identität entschieden. Wer nicht selbst Österreicher war, würde ihren Akzent nicht einordnen können. Damit war sie im Zweifel das, was sie vorgab zu sein.

Als sie das erste Mal im Container kontrolliert worden war, hatte den Beamten ein Blick auf ihren Akkreditierungsausweis gereicht. Diesmal wurden ihre Personalien aufgenommen und über Funk gegengecheckt. Um ihre Identität machte sich Jana keine Sorgen. Cordula Malik würde hier durchmarschieren, sofern nicht jemand auf die Idee kam, sich nach ihrem Tod zu erkundigen. Jana hatte die Geburtsurkunde und die gefälschten Dokumente im Zuge der Akkreditierung beim BKA und beim Bundespresseamt vorgelegt. Sie wusste, dass man sich dort rückversichern würde und nicht in Österreich. Sofern die Beamten in diesem Container nicht zu dem Schluss gelangten, sie sei hochgradig verdächtig, gab es an der Person Cordula Malik nichts zu entdecken oder auszusetzen. Eine Publizistikstudentin, die auf freier Basis für mehrere Zeitungen arbeitete. Sogar die Zeitungsausschnitte lagen dem BKA vor.

Die Beamtin tastete sie ab und sah in ihren Mund. Jana musste den Gürtel aus der Hose ziehen und erneut durch den Detektor gehen. Die Gürtelschnalle wurde untersucht, gleichfalls ihr Portemonnaie, dann wurden der Hotelschlüssel und ihr Wagenschlüssel unter die Lupe genommen.

»Sie wohnen im Hotel Flandrischer Hof?«

»Mhm.«

»Heute eingecheckt?«

»Mhm.«

Währenddessen beschäftigte sich die Zivilistin zuerst mit ihrem Handy und dann mit den Kameras.

Ostentatives Wegsehen wäre den Beamten verdächtig vorgekommen, also legte Jana Interesse an den Tag und sah zu.

»Sie machen doch nichts kaputt?«, sagte sie nörgelig.

»Natürlich nicht«, erwiderte die Frau.

»Wissen Sie, was die Dinger kosten? Ich bin frei. Ich hab keinen Verlag, der mir neue kauft, wenn Sie die hier kaputtmachen.«

Die Frau studierte aufmerksam das Innere der Nikon. Dann machte sie sich am Objektiv zu schaffen.

»Wir machen nichts kaputt.«

Jana kaute Kaugummi und sah weiter zu.

»Sind Sie aus Köln?«, fragte sie die Frau.

Sie sah kurz auf.

»Ja.«

»Wo kann man denn hier hingehen?«

»Was meinen Sie?«

»Clubs und so.«

Die Frau antwortete nicht. Sie sah mit zusammengezogenen Brauen erneut ins Innere der Nikon. Ihr Zeigefinger strich am Innengehäuse entlang und verweilte.

Plötzlich herrschte Totenstille in dem Container.

Jana neigte nicht dazu, die Nerven zu verlieren. Sie verhielt sich weiterhin so, wie Cordula Malik sich verhalten hätte, wenn sie nicht Jana gewesen wäre, aber ihr Herz begann zu rasen.

Langsam ließ die Expertin die Kamera sinken. Eine steile Falte war über ihrer Nasenwurzel entstanden. Sie sah ihr Gegenüber mit einem merkwürdigen Ausdruck in ihren Augen an.

Es konnte nicht sein!

Jana schluckte. Aller Speichel schien zur Gänze in dem Kaugummi verschwunden zu sein. Ihre Mundhöhle war trocken und klebrig.

»Warten Sie mal …«, sagte die Frau. Dann erhellten sich ihre Gesichtszüge. »Ich bin zu alt für so was, aber meine Tochter geht regelmäßig in Clubs. Es gibt einen Paul's Club am Rudolfplatz, ich glaube, im Crowne Plaza. Keine Ahnung, ob es das ist, was Sie suchen, aber Sie können's ja mal ausprobieren.«

Sie legte die Nikon weg und nahm sich die Olympus vor.

»Danke«, sagte Jana. »Riesig nett von Ihnen.«

Der Rest ging schnell. Die Frau schloss die Untersuchung der Kameras ab. Ein Foto wurde von ihr geschossen, ihre Fingerabdrücke genommen. Dann erhielt sie ihre Habseligkeiten zurück und konnte gehen.

Als sie aus dem Container nach draußen trat, war ihr, als betrete sie eine neue Welt. Frei von Ängsten und Zwängen. Die Welt des Mädchens mit dem bauchfreien T-Shirt. Und vielleicht einem Piercing im Nabel.

Irgendwann.

Ihr Blick wanderte über den Parkplatz. Ein Shuttlebus wartete mit laufendem Motor. Die Verantwortlichen für die Kontrolle hatten immerhin dafür Sorge getragen, dass in regelmäßigen Abständen Busse zum Heumarkt fuhren und die Journalisten zurück zum Pressezelt brachten.

Sie warf einen Blick auf die Uhr.

Viertel nach neun.

Es war schneller gegangen, als sie gedacht hatte. Vom Heumarkt würde sie ein Taxi zum Rudolfplatz nehmen – Laura Firidolfis Wagen stand in der Tiefgarage des Crowne Plaza, in dem auch der Paul's Club war.

Beinahe ein Grund, sich zu amüsieren.

WAGNER

»Wir hatten also Recht«, sagte Silberman, während sie vor dem VIP-Zelt auf O'Connors Rückkehr warteten. »Ganz sicher hatten wir Recht.«

Wagner betrachtete den Himmel. Er war von quecksilbrig getöntem Blau. Die Sonne berührte den Horizont, wo ihr Licht von Schlieren aufgesogen wurde. Eine Schar Schwalben zog dicht über sie hinweg auf der Jagd nach Insekten. Trotz des fortgeschrittenen Abends war es immer noch sehr warm.

»Womit hatten Sie Recht?«, fragte sie.

»Wir waren zu dem Schluss gekommen, Liam und ich, dass jemand versuchen wird, den Präsidenten der Vereinigten Staaten zu töten. Ich kenne die Sicherheitsgebräuche Amerikas zur Genüge. Der Secret Service weiß vorher, was er tut. Mit Kontrollen nachkarten, als wär's ihnen gerade eingefallen, das ist nicht deren Art. Wir hatten Recht, und Liam weiß über alles Bescheid.«

»Wir wussten schon gestern Bescheid«, sagte Wagner. »Wir haben's nur nicht geglaubt, sonst hätten wir nicht alle diese Fehler begangen.«

»Ja, ich weiß. Liam hat von Ihren nächtlichen Aktivitäten erzählt.«

Sie hob in gespieltem Entsetzen die Brauen.

»Doch nicht alles, will ich hoffen!«

Silberman schmunzelte. Wagner sah nach Osten, wo jenseits des Frachtflughafens ein Linienjet landete.

»Ich glaube«, sagte sie nach einer Weile, »unser Problem ist, dass wir mit dieser Art der blanken Realität nicht umgehen können.«

»Wie meinen Sie das?«

»Was hier passiert ist, kennen wir nur aus Filmen.« Sie zeigte dorthin, wo der Jet eben jenseits der Frachthallen verschwand. »Das da ist unsere Realität, Aaron. Normalität. Ich weiß nicht, wie es Ihnen geht, aber ich durchlebe meine Abenteuer für gewöhnlich im Kopf. Ich sitze vor dem Fernseher und gucke Nachrichten. Wenn mir der Sprecher erzählt, dass überall auf der Welt täglich Menschen entführt und umgebracht werden, ziehe ich das keine Sekunde lang in Zweifel, aber würde er mich anschauen und sagen, dass es morgen mich trifft, würde ich ihm einfach nicht glauben. Echten Menschen passiert nicht, was denen im Fernsehen widerfährt. Sie werden lachen, aber es fällt mir schwer, zwischen Werbespots und Nachrichten überhaupt noch eine Grenze zu ziehen. Es wirkt alles so… auf uns zugeschnitten. *Part of the show.*« Sie machte eine Pause. »Dass Liam und ich gestern losgefahren sind, um Paddy zu beschatten, ist kein Indiz dafür, wie ernst wir es gemeint haben, sondern dass wir es eben *nicht* ernst gemeint haben. Liam ist ein Spieler, und ich habe mitgespielt. Andernfalls wären wir auf die nächste Polizeiwache gefahren. Ich habe nicht wirklich darüber nachgedacht, was wir da machen. Für mich war klar, dass keinem von uns was passieren wird, ich hatte keinen Moment lang Angst. Ist das nicht verrückt? Wir sind irgendeiner abstrusen Kinodramaturgie gefolgt, nicht unserem klaren Menschenverstand. Hätten wir es getan, wäre Kuhn nicht verschwunden. Basta!«

Silberman nickte.

»Kommen Sie«, sagte er. »Wir gehen ein paar Schritte.«

Sie schlenderten am VIP-Zelt entlang in Richtung Pressebereich. Wagner fühlte die Blicke der Polizisten auf sich ruhen, die von der Absperrung zu ihnen herübersahen.

»Sie machen sich Vorwürfe wegen Kuhn«, sagte Silberman. Es war keine Frage, sondern eine Feststellung.

»Ja.«

»Das müssen Sie nicht. Sie haben ihn zu nichts gezwungen.«

»Wir hätten zur Polizei gehen sollen.«

»Was Sie hätten tun sollen und getan haben, betrifft *Ihren* Umgang mit der Wirklichkeit, was Kuhn getan hat, *seinen*. Ich bin sehr betroffen über sein Verschwinden. Aber Sie sind nicht verantwortlich.«

»Wären wir zur Polizei gegangen, hätten wir niemanden in Gefahr gebracht.«

»Kika.« Er blieb stehen und sah sie an. Sie mochte sein rundes, freundliches Gesicht mit den kleinen Augen. »Ich verstehe Sie sehr gut. Was mich betrifft, habe ich andere Erfahrungen gemacht als Sie, ich war Korrespondent in Bosnien und Kuwait. Ich habe die Bilder geliefert, die Sie aus dem Fernsehen kennen. Die einen haben mit Waffen draufgehalten, wir mit Kameras. Natürlich haben wir uns um Objektivität bemüht, aber schon die Wissenschaft lehrt uns, dass wir nichts beobachten können, ohne es allein durch die Tatsache der Beobachtung zu verändern. Die Vorgänge passen sich an. Ich war ganz vorne mit dabei, ich habe Elend und Gewalt erlebt, und wir taten nichts weiter, als darüber zu berichten. Trotzdem habe ich mich oft genug gefragt, ob wir die Wirklichkeit mit unseren Kameras nicht schon veränderten. Ob das, was ich mit eigenen Augen sah, überhaupt im umfassenden Sinne als Wirklichkeit verstanden werden konnte. Jeder macht sich seinen Ausschnitt. Auch die Menschen, die wir filmten, wussten das und versuchten, auf ganz bestimmte Weise darin zu erscheinen. Hätten sie ihren Krieg auch so geführt, wenn sie nicht gewusst hätten, dass Kameras auf sie gerichtet sind, dass die Bilder um die Welt gehen werden? Wie viele Kriege sind mittlerweile nicht über Bomben, sondern über die Medien entschieden worden, wie viel tragen wir dazu bei, ohne es zu wollen und zu wissen? Wir mussten darüber befinden, welche Bilder wir senden, aber handelten wir richtig? Sie haben vorhin gesagt, wir können mit der blanken Realität nicht umgehen, das ist wahr. Nicht mal ich konnte das. – Nun, am Ende dieses Krieges im Kosovo, den wir alle bis vor wenigen Wochen geführt haben, was wissen wir denn da? Was weiß der durchschnittliche Amerikaner, der Deutsche, der Russe über Kosovo-Albaner, was über Serben? Beide sind in letzter

Konsequenz Platzhalter in einer abstrakt geführten Diskussion über Menschen- und Völkerrechte. Jedermann fühlt sich bemüßigt, über die Führbarkeit von Kriegen und die Verteidigung von Werten zu diskutieren, aber hat sich auch nur einer derer, die mahnend den Zeigefinger erheben, wirklich mit der Geschichte des serbischen und des kosovarischen Volkes beschäftigt? Was haben wir, was haben die Berichterstatter erreicht? Worüber reden wir? Milošević ist gefährlich und amoralisch, aber wenn meine Arbeit dazu führt, dass wir die Serben verteufeln, hat mein Ausschnitt der Wirklichkeit die Wirklichkeit verbogen. Und da hadern Sie mit sich, ob es richtig war, Detektiv zu spielen! Sie waren an keiner Front, Kika, aber Sie waren dennoch bereit, einer ungeheuerlichen Vorstellung Raum zu geben, nämlich dass jemand an diesem Flughafen ein Attentat verüben könnte. Wie wollen Sie da richtig handeln? Wie viel Normalität haben Sie im Schockverfahren über Bord werfen müssen? Sie haben keine Übung in diesen Dingen, es ist bemerkenswert, dass Sie überhaupt gehandelt haben, Sie und Liam, und wie es aussieht, mit Erfolg. Wäre Clinton gestorben, hätte das der Welt einen schrecklichen Schlag versetzt. Willentlich haben Sie dazu beigetragen, ein Verbrechen zu verhindern, und wenn im Zuge dessen ein anderes geschehen ist, tragen Sie keine Schuld daran. Wollen Sie das bitte begreifen?«

Wagner sah ihn an. Dann beugte sie sich zu ihm hinunter und gab ihm einen Kuss auf die Wange.

»Also sollten wir darangehen, der Wahrheit auf die Spur zu kommen«, sagte sie.

»Ich fürchte, das ist ein zu hohes Ziel«, lächelte Silberman. »Eigentlich glaube ich, dass die Welt die Wahrheit gar nicht wissen will.«

»Stimmt«, sagte O'Connor von hinten.

Er trat zu ihnen und rümpfte die Nase. »Ich stinke wie ein Schwein! Schweiß, Blut, alles. Das *kann* die Welt nicht wissen wollen. Was ist, Kika, fahren wir duschen?«

VIP-ZELT

Lex kam hinter dem Paravent hervor, der die Einsatzzentrale vom Besucherteil des VIP-Zelts abgrenzte. Er ging ohne Eile zu der Sitzgruppe hinüber, ließ sich in einen der ausladenden Sessel fallen und sah sie der Reihe nach an. O'Connor war eben gegangen.

»Ist er vertrauenswürdig?«, fragte er.

»Wir können nur urteilen aufgrund der Fakten«, sagte Bär. »O'Connor ist auf Herz und Nieren überprüft worden. Es finden sich eine Reihe absonderlicher Aspekte in seiner Persönlichkeit, aber er ist sauber. Und er hat uns geholfen.«

»Er könnte seine Gründe haben, uns zu helfen.«

»Ich sehe keinen Grund, ihn festzuhalten«, sagte Lavallier. »Wir haben seine Handynummer, wir können ihn notfalls überall erreichen. Gleiches gilt für Kika Wagner und Aaron Silberman.«

Lex nickte langsam.

»Die Polizei hat reichlich zu tun in diesen Stunden«, sagte er.

Lavallier wusste, worauf Lex anspielte. Parallel zur Suche nach dem Laser, die mittlerweile verstärkt durch ostdeutsche Einheiten im Gange war, liefen die Fahndungen nach Clohessy, Mahder und die Suche nach Kuhn, von der Kontrolle der Presseleute ganz zu schweigen.

»*You got no dog in this fight*«, sagte Lavallier lächelnd.

Lex lächelte schwach zurück.

»Ich habe einige Telefonate geführt«, sagte er. »Natürlich muss ich anmerken, dass ich lediglich der Überbringer bin. Amerika hat nicht vor, sich in deutsche Ermittlungen einzuschalten, wenn man uns nicht explizit darum bittet, aber … na ja, wir sind gebeten worden.«

»Natürlich«, sagte Brauer, der Chef der SI.

Lex schlug die Beine übereinander.

»Status ist, dass der amerikanische Präsident und der Bundeskanzler in groben Zügen informiert wurden. Die Nachricht gab das Auswärtige Amt an den Supervisor des Secret Service, die drei Bereichsleiter, also Nesbit, Drake und mich, sowie an Ihren Polizeichef Granitzka weiter. Über Einzelheiten wurde nicht gesprochen.«

Der andere PPK-Kommissar räusperte sich.

»Das BKA hat in Zusammenarbeit mit dem Secret Service eine Blitzanalyse gewagt«, sagte er. »Bloße Vermutung, versteht sich. Bevor ich weiter darauf eingehe – Kollege Lavallier hat einen sauberen Job gemacht, können wir uns dahingehend verständigen?«

»Das steht außer Zweifel«, sagte Bär.

Lex nickte.

»Ihr habt bereits …« begann Lavallier.

»Ja, sicher. Die Untersuchung der demontierten Spiegel ergab, dass wir es mit einer High-Tech-Aktion der Ausnahmeklasse zu tun haben. Etwaige Motive eines Martin Mahder oder Josef Pecek sind vernachlässigbar, sie wurden unserer Meinung nach gekauft, aber bemerkenswert scheint uns dennoch die Involvierung eines serbischstämmigen Technikers zu sein. Wenn Peceks Legende stimmt, ist er zwar in Deutschland aufgewachsen, aber die Hälfte seiner Familie lebt in Uzice.«

»Clohessys Legende stimmte auch nicht«, sagte Brauer.

»Wie gesagt, wir sind erst am Anfang. Ganz offensichtlich handelt es sich tatsächlich um den Versuch eines Laserattentats. Über diesbezügliche Experimente ist uns wenig bekannt. Militärische Projekte finden sich in den USA, wo seit *Star Wars* immer wieder an Laserwaffen gearbeitet wurde, aktuell an etwas, das …« Der Mann stockte, griff nach einem Faxausdruck und las den Begriff ab. »… US Air Force Airborne …«

»US Air Force Airborne Laser theater ballistic-missile defense system«, ergänzte Lex. »Laser Defense.«

»Richtig, so wird es genannt. Zur Raketenabwehr. Ferner in Israel, Projekt NAUTILUS, ebenfalls Raketenabwehr, aktuell wiederbelebt unter der Bezeichnung THEL. In Deutschland finden seit einigen Jahren ebenfalls Forschungs- und Entwicklungsarbeiten auf dem Gebiet der Mittelenergielaserwaffen statt.« Er machte eine Pause. »Der vierte Innovator auf dem Gebiet der strategischen Laserforschung ist Russland.«

Lavallier legte die Fingerspitzen aufeinander und sah zu Boden. Er war an dieser Stelle nur noch Vertrauensperson und Zuhörer. Seine Rolle in dem Fall war abgeschlossen. Dennoch sagte er:

»Wenn als Lieferant für den Laser entweder Russland, die USA, Deutschland oder Israel in Frage kommen und wir einen deutschen, einen irischen und einen serbischen Verdächtigen haben, was schließt das BKA daraus? Oder der Secret Service?« fügte er mit einem Blick auf Lex hinzu.

»Dasselbe, was Sie daraus schließen«, sagte der PPK-Mann. »Wir machen's wie die Schuljungen beim Bruchrechnen. Wir streichen weg. Es gab einen Krieg gegen Serbien, der den Russen nicht gefallen hat. Amerika wird in diesem Konflikt als Feind russischer und serbischer Interessen betrachtet. Israel und Amerika sind Verbündete, Deutschland in Betracht zu ziehen wäre lächerlich. Und wir haben es hier«, betonte er, »ganz augenscheinlich mit einem Fall von staatlichem Terrorismus zu tun.«

»Wie kommen Sie denn darauf?«, fragte Brauer.

»High-Tech-Terrorismus ist immer das Resultat immenser finanzieller und wissenschaftlicher Ressourcen«, erklärte Lex. »Die Nummer mit dem Laser riecht nach Russland.«

»Staatlicher Terrorismus?«, schnappte Brauer. »Sind Sie wahnsinnig? Warum sollten die Russen Bill Clinton töten?«

»Nicht die Russen! Die Russen haben das Ding vielleicht geliefert, aber die Serben haben es eingesetzt.«

Eine Weile herrschte Stille in dem Zelt.

»Ein serbisches Attentat also«, sagte Lavallier schließlich.

Lex lächelte und schüttelte den Kopf.

»Gar kein Attentat.«

»Wie bitte?«

»Es hat kein Attentat gegeben. Ich sagte vorhin, der Bundeskanzler und der Präsident wurden ins Bild gesetzt, wenn auch nicht detailliert. Sie haben übereinstimmend –«

»Augenblick!« Lavallier hob die Hände. »Nur, dass ich das richtig verstehe: Sie wollen jetzt schon behaupten, die Serben –«

»Lavallier, es ist scheißegal, ob es die Serben waren«, sagte der PPK-Mann kategorisch. »Und ob sie mit einem Laser oder mit einer Wasserpistole geschossen haben, ist genauso schnuppe. Fakt ist, dass die Nato einen Krieg gewonnen hat und Stärke demonstrieren konnte. Fakt ist, dass ein kleiner Pisser vom Balkan keinen amerikanischen Präsidenten in Gefahr bringt. Fakt ist, dass Deutschland wenig Interesse hat, sich Mängel in der Personensicherung vorwerfen zu lassen.«

»Wir haben das verdammte Attentat vereitelt!«

»Und dass hier gerade ein Flughafen entsteht, der in Europa einen Spitzenrang einnehmen könnte. Das Ersuchen ging von der Stadt aus, und die Regierungsoberhäupter haben zugestimmt.«

»Die hatten doch gar keine Zeit, irgendetwas zuzustimmen.«

»So was geht schnell.«

Lavallier starrte Lex an.

»Ich bin nur der Überbringer«, sagte Lex.

»Das ist doch Blödsinn«, schnaubte Lavallier. »Wenn die es für opportun halten, dass wir die Sache unter den Tisch kehren, meinetwegen. Es ist praktisch nicht machbar. Was wollen Sie den Scharfschützen erzählen? Alle möglichen Leute waren involviert, unsere Leute, O'Connor, seine Presseagentin, Silberman, das komplette Management des Flughafens, und wir halten draußen gerade die Presse fest. Clinton latscht aus seiner Maschine und verdrückt sich gleich wieder ins Innere, und Sie kommen hier mit Vertuschung.«

»Da war gar nichts«, sagte der PPK-Mann. »Dieser Sicherheitsknilch hat Clinton zurück ins Innere dirigiert, als er noch gar nicht richtig draußen war. Es sah aus, als sei der Präsident von selbst wieder reingegangen, vielleicht, weil er was vergessen hatte oder jemandem noch was sagen wollte.«

»Also spielen wir hier James Bond, oder was?«

»Bitte, Eric.« Bär hob mit unglücklichem Gesicht die Hände. Das Ganze war ihm offenbar peinlich. »Niemand hier zieht deine Arbeit in Zweifel.«

»Auch wenn Sie sich vertan haben«, ergänzte der Mann vom PPK.

»Vertan?«

»Sie sind nur einem Hinweis nachgegangen«, sagte Lex. »O'Connor hat sich ebenfalls geirrt. Wir hatten ein IRA-Problem am Flughafen, das uns zeitweise ein bisschen nervös gemacht hat. Richtigerweise schickten wir den Präsidenten wieder in die Maschine und schossen sicherheitshalber ein paar harmlose Überwachungskameras ab. Erster Entwurf, vielleicht ist uns bis morgen ja was Besseres eingefallen. Falls überhaupt jemand fragt, wird fleißig dementiert. Irgendwann wird sogar O'Connor zu dem Schluss gelangen, dass er Gespenster gesehen hat.«

Lavallier war sprachlos. Er sah zu Brauer hinüber, aber der SI-Leiter zuckte nur die Schultern.

»Ich habe mich vertan?«

Lex beugte sich vor.

»Lavallier, wir verdanken Ihnen *alles*. Niemand wird Ihnen je vergessen, was Sie getan haben. Aber niemand möchte andererseits, dass es rauskommt. Verstehen Sie das doch! Nichts wäre schlimmer, als einem demoralisierten Feind etwas zu liefern, woran er sich wieder hochhangeln kann. Wenn der Westen sich verletzlich zeigt, wäre das ein schlimmes Signal. Für den Iran, den Irak, für die russischen Falken, für Libyen, Nordkorea und für wen sonst alles. Wir haben einen Krieg gewonnen, wir haben das Recht auf unserer Seite. Darum geht es.«

Lavallier nickte langsam.

»Das Recht«, sagte er. »Ja, natürlich.«

Lex lächelte.

»Ich wusste, dass Sie es verstehen würden.«

JANA

»Sind Sie Fotografin?«, fragte der türkische Taxifahrer.

Sie nickte.

»Ich habe gesehen wegen Kamera«, sagte der Mann. »Machen Sie Fotos für Zeitung?«

»Mhm.«

»Amerikanischer Präsident ist hier.«

»Ich weiß.«

Er lenkte den Wagen auf den Parkstreifen des Taxistandes am Crowne Plaza und schaltete den Taxameter aus.

»Alles voll Polizei«, sagte er missbilligend. »Übertreiben, die Stadt. Überall Straßen gesperrt.«

»Ist halt 'n wichtiger Mann«, sagte Jana.

»Ja, aber hier kein Problem. Köln ist anders. In andere Städte ist viele Kriminalität. Frankfurt, sagt mir ein Kollege, ganz schlimm. Düsseldorf auch. Aber Köln? Dreizehn Mark, bitte.«

»Fünfzehn«, sagte Jana und reichte ihm einen Zwanzigmark-schein.

Der Mann kramte in seinem Portemonnaie und gab ihr das Wechselgeld zurück, lauter Einmarkstücke.

»Ist in Hyatt heute Abend«, sagte er. »Wenn Sie Foto machen wollen.«

»Wer? Clinton?«

»Ja.«

»Danke.« Sie öffnete die Tür und stieg aus. »Ich werd's mir überlegen.«

In gemäßigtem Tempo ging sie bis zu dem Schacht, der hinunter zu den Parkebenen führte. In den Grünanlagen vor dem Hotel lungerte ein halbes Dutzend Punker mit struppigen Hunden herum. Sie tranken Bier und unterhielten sich lautstark. Einer urinierte auf den Gehsteig. Jana betrat den Aufzug und fuhr auf die zweite Ebene, wo der Audi stand. Sie verstaute die Kameras im Kofferraum, startete den Motor und fuhr den Wa-gen aus dem Parkhaus hinaus auf die Straße. Nach wenigen Me-tern kam sie vor eine rote Ampel, griff nach dem FROG und wählte Gruschkows Nummer.

»*Da*«, meldete sich die Stimme des Russen.

»Negativ«, sagte Jana ohne Überleitung.

»Ich weiß. Wo sind Sie?«

»Auf dem Weg. Beim Rauskommen gab es keine Probleme. Irgendwas Bedenkliches bei Ihnen?«

»MM ist hier und will sein Geld.«

»Gibt es sonst was, worauf ich achten muss?«

»Nichts. Noch hat uns keiner aufgespürt.« Gruschkow zö-gerte. Dann sagte er: »Unserem Gast geht es nicht gut. Ich fürchte, ich habe ihm ein paar Rippen gebrochen. Oder sonst was.«

Jana seufzte.

Sie hatte gehofft, Gruschkow würde nie wieder die Nerven verlieren. Sie hatte die Hand über ihn gehalten unter der Bedin-gung, dass er sich unter Kontrolle behielt.

Andererseits – was änderte es jetzt noch?

»Brechen Sie ihm nicht noch mehr«, sagte sie. »In zehn Minuten bin ich da, wenn nichts dazwischenkommt.«

»Es ... es tut mir leid.«

»Schon gut.«

Sie beendete die Verbindung und bog auf die Hahnenstraße ein. Während sie mit der Linken steuerte, wanderte ihre Rechte zum Handschuhfach und öffnete es. Ihr Blick fiel auf das Schulterhalfter mit der Glock 17 und auf die kleine Walther PP. Der Anblick der beiden Waffen beruhigte sie. Mit leichtem Schwung ließ sie die Klappe wieder zufallen und ging die nächsten Schritte durch.

In die Spedition. Dort wieder Laura werden. Zwei Probleme lösen: Mahder. Dann Kuhn.

Für eine Nacht zurück ins Hoppers.

Abreisen am nächsten Morgen. Am liebsten hätte sie schon jetzt die Zelte abgebrochen, aber die Polizei würde jeder Unregelmäßigkeit nachgehen. Sie würden sämtliche Hotels checken, um herauszufinden, wer an diesem Abend überstürzt aufgebrochen war.

Sie und Gruschkow würden abreisen, wie es sich gehörte. Nach dem Frühstück. Die Rechnung bezahlen und losfahren. Über die Grenze in die Schweiz. Von dort auf verschlungenen Wegen weiter. Gruschkow in seine Richtung, Jana in die ihre.

Nein, dachte sie, Jana wird nirgendwohin fahren. Jana wird es dann nicht mehr geben.

Wie sollte sie sich nennen?

Wer sollte sie sein?

Wer *konnte* sie sein?

WAGNER

Sie nahm Silberman an Bord, der andernfalls auf den nächsten Shuttlebus hätte warten müssen. Wagner lenkte den Golf durch den Frachtflughafen bis zum Checkpoint, der den flughafeninternen Teil der Heinrich-Steinmann-Straße vom offiziell befahrbaren trennte. Die Beamten des Checkpoints waren informiert. Sie warfen einen kurzen Blick auf das Nummernschild und ließen den Wagen passieren.

Dahinter begann das Straßengewirr der Riesenbaustelle. Während Wagner versuchte, sich nicht zu verfahren, berichtete O'Connor in kurzen Zügen von den Ereignissen der letzten Stunden.

Silberman hörte mit wissendem Lächeln zu und sagte nichts.

»Bär und dieser Muffel vom PPK haben mir übrigens eingeschärft, den Mund zu halten«, schloss O'Connor. »Das gilt auch für euch. Wie im Krimi.«

»Nix wie. Wir *sind* in einem Krimi«, bemerkte Wagner.

»Na ja, eigentlich sind wir fast schon wieder draußen.« O'Connor seufzte. »Der arme Kuhn. Das ist jetzt unser Krimi.«

»Wenn das Attentat ohnehin misslungen ist«, sagte Silberman, »lassen sie ihn vielleicht laufen.«

»*Wenn* es misslungen ist«, sagte O'Connor.

»Was heißt das?«

»Es könnte irgendwo in Köln ein zweites Spiegelsystem geben. Solange der höchste Punkt nicht gefunden ist, gibt es keinen Grund zur Entwarnung. Bär muss den Laser finden, um den Fall abzuschließen.«

»Du bist der Experte«, sagte Wagner. »Die werden dich nicht das letzte Mal bemüht haben.«

Er sah sie von der Seite an und krauste die Nase.

»Ich hoffe, Frau Wagner, Sie werden mich auch nicht das letzte Mal bemüht haben.«

Sie lachte leise. Der Wagen näherte sich der Autobahnauffahrt.

»Wie geht's dir?«, fragte sie. »Schmerzen?«

»Kaum.« O'Connor hielt seine bandagierten Hände vor sich und betrachtete sie beinahe mit Stolz. »Gefallen fürs Vaterland. Wenn deutsche Regisseure in den Staaten die patriotischsten Filme drehen, kann ein Ire ja auch mal dem Präsidenten der Vereinigten Staaten das Leben retten. – Tja. Es hätte ein großer Spaß werden können, wenn nicht Kuhn…« Er stockte und sah zum Fenster hinaus. »Okay, es war kein Spaß. Vergessen wir's. Da wir alle den Mund halten müssen, kommen wir nicht mal auf die Titelseiten mit unserer Geschichte, also können wir ebenso gut

594

meine Tournee fortsetzen. Ein paar saubere Anzüge habe ich noch.«

»Falls sie dich lassen.«

»Papperlapapp. Ich reise, wohin ich will.«

Wagner schwieg. Da war es wieder, das Gefühl von... nein, nicht Distanziertheit. Angst, er könnte einfach aus ihrem Leben verschwinden. Ein fahrender Zug, aus dem man bei voller Fahrt hinausgeworfen wird. Und zugleich Angst davor, an Bord zu bleiben. Eine Liebe mit O'Connor wäre das Paradies, aber ein Leben?

O'Connor schien ihre Gedanken erraten zu haben.

»Ich fahre natürlich nur unter der Voraussetzung, dass du mitkommst«, fügte er hinzu. Er wedelte hilflos mit seinen Händen und grinste. »Du musst die Seiten wenden, wenn ich lese. Es, ähm... hat rein praktische Gründe.«

»Praktischen Gründen kann ich mich nicht verschließen«, erwiderte sie. Dann schüttelte sie traurig den Kopf. »Aber ich kann nicht. Ich muss hier bleiben, Liam. Bis ich weiß, was mit Kuhn ist.«

Er sah sie ernst an. Dann nickte er.

»Ja. Natürlich.«

Sie fuhren auf die Autobahn. O'Connor drehte sich zu Silberman um und wollte etwas sagen, aber er tat es nicht. Stattdessen blieb sein Mund einige Sekunden lang geöffnet, und er starrte wie paralysiert an dem Korrespondenten vorbei.

»Halt mal an«, sagte er endlich.

Wagner glaubte sich verhört zu haben.

»Ich kann hier nicht anhalten.«

»Mist! Es ist weg.« O'Connor drehte sich wieder nach vorne und machte ein nachdenkliches Gesicht. »Kannst du noch mal zurückfahren?«

»Was war denn da?«

»Vielleicht irre ich mich. Ich muss es noch mal sehen, okay?«

»Was immer du willst«, sagte Wagner. »Nur gedulde dich zwei Minuten.«

Sie steuerte die nächste Ausfahrt an, wendete und fuhr zurück. Nach kurzer Zeit näherten sie sich wieder dem Kreuz Flughafen.

»Fahr langsamer«, sagte O'Connor.

Er spähte nach draußen.

»Soll ich hier abfahren?«

»Nein. – Da! Das ist es!«

Wagner drosselte das Tempo noch mehr. Silberman hatte sich vorgebeugt. Beide folgten O'Connors ausgestrecktem Zeigefinger. Rechts vor ihnen, etwas abseits der Autobahn, ragte ein einzelner, dünner Mast in den Himmel. Das untere Ende war verdeckt von Bäumen.

»Sieht aus wie ein Strommast«, sagte Silberman.

»Ein sehr hoher Strommast«, bemerkte Wagner.

»Ja.« O'Connor wies aufgeregt nach vorne. »Nimm die nächste Abfahrt. Ich will ja nicht die Pferde scheu machen, aber das Ding könnte hoch genug sein. Komisch, wir müssen darüber hinweggeflogen sein.«

»Ihr habt nach Gebäuden Ausschau gehalten, nicht nach einzelnen Masten.«

»Wir haben nach allem Ausschau gehalten. Trotzdem, immer dasselbe. Was offensichtlich ist, übersieht man. Aber du hast Recht, alles drum herum ist flach. Weißt du, wie du hinkommst?«

»Du stellst einen vor echte Probleme.« Wagner sah den Mast im Rückspiegel kleiner werden. »Ich kenne Köln seit Jahren nur von Besuchen. In dieser Ecke war ich noch nie.«

»Du bist Kika, die Göttliche«, sagte O'Connor im Tonfall des Selbstverständnisses. »Du schaffst auch das.«

»Vielleicht sollten Sie Lavallier anrufen«, schlug Silberman vor.

»Schauen wir erst mal nach. Ich kann mich irren.«

Die nächste Ausfahrt kam nach knapp drei Kilometern, ausgewiesen als Anschlussstelle Porz-Wahn. Wagner bog zweimal rechts ab, bis sie parallel zur Autobahn zurückfuhren. Eine Weile durchquerten sie freies Feld, dann tauchten rechts und links Häuser auf.

»Porz-Urbach«, las sie auf dem Ortsschild. »Und jetzt?«

»Er war ganz dicht am Autobahnkreuz. Wir müssen in den Ort hineinfahren.«

»Wenn's weiter nichts ist.«

Es war eine Siedlung. Nur Ein- und Mehrfamilienhäuser, eine Kirche, ein kleiner Friedhof, kaum Geschäfte und Kneipen.

»Wohngegend«, stellte Silberman fest, während sie sich im Zickzackkurs durch die Straßen bewegten. Mehrere Male wurden sie von Einbahnstraßen zur Umkehr gezwungen. Kaum jemand war unterwegs. Dann plötzlich, ohne es recht zu merken, hatten sie die Autobahn unterquert.

»Zurück«, sagte O'Connor.

»Aye, Captain.«

»Rechts.«

Sie bogen in eine schmale Straße ein, die nach wenigen hundert Metern abknickte. Flachbauten erstreckten sich dort, offenbar ein Industriegebiet. Ein mehrere Meter hohes Gitter umgab ein größeres Areal.

Mitten heraus wuchs der Mast.

Sie fuhren bis dicht vor die Absperrung und stiegen aus. Ein Schild wies verschiedene Unternehmen sowie die Gas- und Elektrizitätswerke aus. Kein Mensch war weit und breit zu sehen. O'Connor strich mit den Fingern über das Gitter und zog die Stirn in Falten.

»Und?«, wollte Silberman wissen. »Nur ein Mast, oder müssen wir uns auf den nächsten Ärger vorbereiten?«

»Es gibt Tausende solcher Masten«, murmelte O'Connor halb zu sich selbst. »Allerdings wenige, die strategisch so günstig stehen. Ich glaube, zwischen hier und dem Flughafen liegen vornehmlich Bäume.«

»Woher willst du das so genau wissen?«, fragte Wagner.

»Ich hab's vom Hubschrauber aus gesehen.«

»Hatten Sie nicht was von einem Fünf-Kilometer-Radius erzählt?«, sagte Silberman. »Meiner Schätzung nach sind wir hier bei weitem keine fünf Kilometer vom Flughafen entfernt.«

»Drei bis fünf Kilometer hatte ich gesagt.« O'Connor ging ein Stück am Gitter entlang. »Womöglich sogar mehr. Aber Sie haben Recht, es sind maximal drei Kilometer. Eher zwei. Das heißt, der Frachtflughafen liegt noch mal einen Kilometer weiter draußen, stimmt. Wenn man vom Flughafen spricht, hat man immer das Terminal vor Augen. Doch drei? Vier sogar?« O'Connor winkte sie mit einer Handbewegung heran. »Kommt mal her.«

Sie traten neben ihn und folgten seinem Blick nach oben.

»Dieses schöne Gitter besticht durch handliche Querstreben im oberen Bereich«, sagte O'Connor munter. »Wenn ihr mir ein bisschen hochhelft, komme ich dran.«

»Du kommst an gar nichts dran«, sagte Wagner entschieden. »Weil du nämlich nichts greifen kannst mit deinen Händen.«

O'Connor betrachtete sie gedankenverloren. Dann sprang er unvermittelt an dem Gitter hoch und bekam die unterste Strebe zu fassen. Er stöhnte leise auf, zog sich aber weiter nach oben.

»Sie haben einen spannenden Freund«, sagte Silberman zu Wagner.

»Ja«, nickte sie düster. »So kann man's auch betrachten.«

JANA

Jana wollte ihren Augen nicht trauen.

Sie hatte den Audi unter der Autobahnbrücke geparkt und die Kameras im Kofferraum gelassen. Ihr Blouson verbarg das Halfter mit der Glock und die Walther PP hinten in ihrem Hosenbund. Dann war sie das kurze Stück zu Fuß gegangen. Mit allem hatte sie gerechnet, schlimmstenfalls damit, die Spedition umstellt zu sehen. Nun musste sie voller Verblüffung feststellen, wer sich dort am Gitter des GEW-Geländes herumtrieb.

Sie erkannte O'Connor auf den ersten Blick. Nachdem Gruschkow die Homepage des Physikers im Internet aufgestöbert hatte, hatte Jana sein Bild genauestens studiert. Der Doktor war eitel, augenscheinlich zu Recht. Nicht zufrieden damit, dem Nobelpreis entgegenzusehen und die Bestsellerlisten anzuführen, hatte er offenbar beschlossen, sich nun auch noch zu Janas persönlicher Geißel zu entwickeln.

Rasch drückte sie sich in eine Einfahrt und spähte die Straße hinunter.

Die Frau musste Kika Wagner sein. Kuhn und Gruschkow hatten sie als sehr groß beschrieben. Den Schwarzen kannte sie nicht.

Voller Zorn pirschte sie sich näher heran. Unter anderen Umständen hätte sie die Spedition mit aller Selbstverständlichkeit betreten. Die Mitglieder des Kommandos waren mehrfach ein und aus gegangen in den letzten Monaten, wenn Leute oder Fahrzeuge unterwegs gewesen waren. Die beste Tarnung war, sich öffentlich zu zeigen. O'Connors Hiersein jedoch änderte die Parameter. Es verhieß nichts Gutes, dass er da oben im Gitter hing und offensichtliches Interesse an dem Mast bekundete. Sie brauchte keine langen Erklärungen, um zu begreifen, was er da tat.

Und was er herausgefunden hatte.

Ungewollt empfand sie Bewunderung.

Während sie der Gruppe näher kam, überlegte sie fieberhaft, was zu tun sei. Viel Zeit blieb ihr nicht. Mittlerweile konnte sie Fetzen von dem aufschnappen, was sie untereinander besprachen. Niemand sah zu ihr herüber, und wer es getan hätte, dem wäre nichts weiter aufgefallen. Jana hätte sich noch auf freiem Feld unsichtbar machen können. Es gab unzählige Möglichkeiten, sich zu verbergen, wo Stromkästen, Einfahrten und Bäume das Straßenbild unterbrachen. Die Menschen waren blind.

Aber leider nicht dumm.

Es war nicht auszuschließen, dass sie bereits die Polizei verständigt hatten. Jana wusste, dass sie zum Handeln gezwungen war. Sie hoffte inständig, die drei würden wieder verschwinden. Fünf Minuten, mehr brauchte sie nicht, um Cordula Malik in der Spedition zu begraben und als Laura Firidolfi hier herauszuspazieren, Gruschkow im Schlepptau.

Aber O'Connor kletterte noch höher.

Und dann reckte er den Kopf und sah über die Autobahn hinweg dorthin, wo der Flughafen war.

WAGNER

»He!«, rief O'Connor ihnen zu. Er hing wie ein Affe in den Streben und winkte mit der Hand. Es sah aus, als bettele er um Nüsse. Wenn er fallen würde, wären es mindestens fünf Meter.

»Kannst du bitte ein bisschen aufpassen«, rief sie zurück. »Ich meine, wegen der Lesungen. Es hat rein praktische Gründe.«

»Keine Sorge. Ihr würdet platzen vor Neid, dass ich mal wieder draufgekommen bin. Ich kann über die Autobahn hinwegsehen, und wisst ihr, was ich noch sehe?« Er lachte zufrieden.

»Den Flughafen!«

»Was ist mit dem Mast?«

»Hoch genug ist er. Glatter Schuss bis zum Vorfeld möglich. Stabil ist das Ding ebenfalls, sieht massiver aus, als ich dachte. Wartet, ich komme runter.«

»Ich kann nicht hinsehen«, sagte Wagner leise zu Silberman, als sie den Physiker mit seinen verbundenen Händen mehr rutschen als klettern sah.

»Ob ein Spiegel da oben ist, kann von hier kein Mensch erkennen«, sagte O'Connor, als er wieder vor ihnen stand. »Aber der Mast wäre geeignet. Er ist gut genug nach allen Seiten abgestützt, um in der Spitze nicht zu schwanken. Ein, zwei Zentimeter allenfalls, wenn es wie der Teufel stürmt, und das gleicht die adaptive Optik aus.«

Silberman sah skeptisch zu dem Mast hin.

»Trotzdem eine Chance von eins zu tausend, würde ich sagen.«

»Nicht unbedingt. Ich hatte Stroh im Kopf, als wir mit dem Hubschrauber rumgeknattert sind. Irgendwie ging es mir da oben nicht besonders gut.« O'Connor wies in die Richtung, in welcher der Flughafen lag. »Der Strahl wurde vom UPS-Gebäude zur Lärmschutzhalle geleitet, und die Lärmschutzhalle ist uns am nächsten. Wisst ihr, was mich bei Kuhns Nachricht so in Atem gehalten hat? Es war die intuitive Gewissheit, dass ich den Text entschlüsseln könnte, wenn ich nur den richtigen Einstieg fände. Ich wusste, dass irgendwas daran nicht stimmte, nur nicht, was. Hier ist es genauso. Ich habe diese Laseraufbauten im Kopf, in jeder nur erdenklichen Form. Ich habe x-mal damit gearbeitet. Versteht ihr, ich muss nicht nachdenken, dieser Mast ist mir nicht aufgefallen, weil er hoch war, sondern weil er dort stand, wo er steht. Im Moment, als ich ihn sah, erkannte ich das Muster eines Aufbaus, um ein Vielfaches überdimensioniert, verglichen mit den Laboraufbauten, aber im Prinzip gleich.«

Wagner kniff die Augen zusammen.

»Und dieser Platz wäre ideal?«

»Er ist es! Von hier aus könnte der Impuls zum UPS-Gebäude geschickt und in spitzem Winkel zurückreflektiert worden sein, geradewegs aufs Vorfeld.«

Wagner sah sich unwillkürlich um. Es war immer noch ziemlich hell, aber hier und da brannten die ersten Lichter. Das GEW-Gelände war nicht groß, es erstreckte sich jenseits des Knickes, den die Straße machte, über die Länge von ein- bis zweihundert Metern. Einige Leuchtstoffröhren erhellten die Gebäude, aber soweit man durch die Fenster sehen konnte, war niemand mehr dort. Auf der gegenüberliegenden Straßenseite lagen kleinere Gewerbebauten, flache Hallen und Container, zum Teil hinter Mauern und Toren verborgen. Die Giebel der Wohnhäuser begannen erst ein ganzes Stück weiter.

»Mir ist nicht wohl bei dem, was wir hier tun«, sagte sie.

Dann sah sie die Begeisterung in O'Connors Augen, und ihr wurde klar, dass der Spieler wieder die Oberhand gewonnen hatte.

»Rufen Sie Lavallier an«, drängte Silberman.

»Natürlich.« O'Connor blickte versonnen zu den Bauten auf der anderen Seite hinüber und dann wieder zum Mast. »Lasst mich nur eine Sekunde noch überlegen.«

»Sie können später überlegen.«

»Später ist das Jetzt der Toten. Wenn da oben ein Spiegel ist, muss er leicht schräg zu uns stehen. Der Impuls sollte ihn im Idealfall ebenfalls in einem spitzen Winkel treffen, aber in diesem Fall reichen vierzig bis fünfzig Grad.« Sein Blick suchte die Phalanx der Gewerbebauten ab. Dann ging er hinüber und ein Stück die Straße entlang. Wagner folgte ihm. Vor einer Mauer mit einer Einfahrt blieb er stehen. Sie trat neben ihn und sah, dass das stählerne Tor in einer Schiene ruhte. Eines von denen, die sich zur Seite wegschieben ließen. In der Mauer war ein Schild eingelassen.

»Eine Spedition«, sagte sie.

»Ich würde drauf wetten«, sagte O'Connor beinahe ehrfürchtig.

»Liam, du spinnst.«

Er wandte ihr sein Gesicht zu. Seine Augen glühten.

»Kika, ich spinne nicht, Herrgott noch mal! Ich arbeite seit Jahren mit derartigen Aufbauten, das ist der perfekte mathematische Punkt.«

Sie ließ langsam die Luft entweichen und sah auf das Tor.

»Dann unternimm was.«

O'Connor nickte. Er begann, in den Taschen seines Anzugs nach Lavalliers Karte zu kramen. Wagner verspürte Erleichterung und wandte sich zu Silberman um.

»Er ist endlich vernünftig geworden«, rief sie.

Ihre Augen fielen auf den Berichterstatter.

»Liam«, flüsterte sie.

»Was...?«

Er drehte sich gleichfalls um und hörte auf, nach der Karte zu suchen.

Schräg hinter Silberman stand eine junge Frau. Sie sah aus wie ein Girlie, aber sie hielt eine Waffe auf den Hinterkopf des Korrespondenten gerichtet. Ihre Linke umfasste ein Handy. Langsam schüttelte sie den Kopf.

Das Tor begann sich zu öffnen.

DRAKE

Ein anthrazitfarbener Chrysler Voyager mit abgedunkelten Scheiben parkte zwei Straßen weiter am Rand einer Wiese. Er stand dort seit etwa einer halben Stunde. Im Innern fassten sich vier Männer in Geduld. Sie trugen Anzüge und dezent gemusterte Krawatten auf weißen Hemden, die typische Kluft des Secret Service. Einer von ihnen hatte einen Knopf im Ohr, der über Kabel mit einem Handy verbunden war.

Die vergangenen Minuten hatte er mit halb geschlossenen Lidern einfach nur gewartet und gelauscht. Jetzt richtete er sich kerzengerade auf.

»*Da!*«, sagte der Russe in seinem Ohr.

Drake drückte den Knopf ein wenig tiefer in den Gehörgang. Die anderen Männer sahen ihn aufmerksam an.

»Wir haben sie«, sagte er leise.

»Ich bin hier«, antwortete Janas Stimme auf Italienisch. »Öffnen Sie.«

»Alles in Ordnung?«, erkundigte sich Gruschkow.

»Nein. Ich bringe Besuch mit.«

»Was? Wen?«

»Den Mann, der alles versaut hat. Keine Zeit für Erklärungen. Öffnen Sie.«

Drake stutzte. Die Verbindung brach ab.

»Sie hat O'Connor dabei, wie es aussieht«, sagte er.

»Was heißt das?«, fragte einer der Secret-Service-Männer. »Was machen wir mit ihm?«

»Er ist einer von den Guten«, sagte Drake nachdenklich. »Genau wie Kuhn. Egal. Es läuft alles wie besprochen. Haltet auf Jana. Wir haben die Überraschung auf unserer Seite. Wenn wir sie erledigt haben, ist der Rest ein Kinderspiel. Erst sie, dann Gruschkow, zuletzt Mahder, in der Reihenfolge ihrer Gefährlichkeit. Ich will, dass das in drei Sekunden erledigt ist, und passt auf, dass die Geiseln nichts abbekommen.«

»Schon klar.«

Drake nahm den Knopf aus seinem Ohr.

»Danach«, sagte er. »gibt's dann eben ein bisschen mehr zu tun.«

Er überprüfte den Sitz des Halfters mit den beiden Colt-1911-Pistolen unter den Achseln und nickte den anderen zu.

»Dann mal los.«

JANA

Während das Tor zur Seite glitt, trieb sie den dicken Schwarzen vor sich her auf die andere Straßenseite. O'Connor und die Frau bewegten sich nicht. Sie starrten Jana an, als sei sie ein Gespenst.

In gewisser Hinsicht war sie das auch. Es musste den anderen vorgekommen sein, als sei sie geradewegs aus dem Boden gewachsen.

Wohl oder übel hatten sie nun ein paar Geiseln mehr. Aus den Augenwinkeln suchte sie die Straße ab, aber kein Mensch und kein Fahrzeug zeigte sich. Wenn jetzt jemand kam, war es aus. Sie konnte sich den Weg freischießen, aber was dann? Wen sollte sie noch alles töten?

Sie hatte es satt.

Mit leisem Rumpeln kam das Tor zum Stillstand. Jana ließ das

FROG in ihren Blouson gleiten und deutete mit der Waffe ins Innere der Spedition.

»Da rein«, sagte sie. »Schnell.«

O'Connor starrte sie an.

»Sie können uns jetzt nicht entführen«, sagte er. »Wir müssen dringend duschen und haben Hunger und –«

»Ich werde schießen«, sagte sie ruhig.

Es verfehlte seine Wirkung nicht. Die drei betraten den Hof. Jana folgte ihnen. Sie hörte, wie sich das Tor hinter ihr schloss, dann öffnete sich die Tür zur Halle, und Gruschkow kam zum Vorschein. In seiner Rechten ruhte eine Glock, wie sie selbst eine trug.

»Gleich drei?«, sagte er auf Italienisch. »Ließ sich das nicht vermeiden?«

»Nein.«

Sie dirigierte O'Connor, Wagner und den Schwarzen hinein. Gruschkow trat zur Seite und ließ sie durch. Jana sondierte die Lage. Der YAG war eingefahren, allerdings ein gutes Stück von seinem ursprünglichen Platz entfernt. Der Testaufbau stand immer noch. Kuhn lag regungslos am Boden. Aus der Hallenmitte kam ihnen Mahder entgegen.

»Jana«, rief er. »Endlich!«

Beim Anblick des Lektors ließ Wagner alle Vorsicht fahren und lief zu ihm hinüber. Er drehte ihr den Kopf zu und ließ ein Ächzen hören. O'Connor bedachte Jana mit einem Blick, als wolle er ihr im nächsten Moment an die Gurgel springen, und Gruschkow hob drohend seine Waffe. Jana hielt ihn zurück. Sie deutete mit dem Pistolenlauf zur Wand, wo Wagner neben Kuhn auf die Knie gesunken war.

»Alle da rüber«, sagte sie.

»Jana«, flehte Mahder. »Bitte geben Sie mir das Geld. Ich muss weg, ich kann keine Sekunde länger hier bleiben.«

Jana schenkte ihm keine Beachtung.

»Warum mussten Sie die ganze Bande mitbringen?«, flüsterte Gruschkow. »Hier wird alles außer Kontrolle geraten, wenn wir nicht augenblicklich verschwinden.«

»Weil die ganze Bande drauf und dran war, uns reinzureiten«, antwortete sie leise. »In fünf Minuten hätten wir hier die halbe

Kölner Kripo gehabt, und auf offener Straße konnte ich sie ja wohl schlecht erschießen.«

»Dann erschießen Sie sie jetzt!«

»Jana!«

Mahder trat vor sie hin. Er wirkte nervös und aggressiv. Über den falschen Zähnen sträubte sich sein blonder Schnurrbart.

»Halten Sie den Mund«, sagte Jana.

»Ich werde meinen Mund halten, sobald ich mein Geld bekommen habe. Sie haben alles vermasselt, Sie blöde Kuh.«

»Ich sagte, Sie sollen schweigen.«

»Ich will keine Minute länger hier bleiben als unbedingt nötig, hören Sie?«

»Sie bleiben exakt so lange hier, wie ich es für richtig halte.«

»Scheiße!«, schrie Mahder. »Einen Scheißdreck werde ich tun, ich habe Angst, verstehen Sie? Herrgott, die suchen mich! Ich will hier raus!«

»Mahder!«

»Lecken Sie mich am Arsch! Geben Sie mir endlich, was mir zusteht.«

»Sie bekommen, was Ihnen zusteht«, sagte Jana.

Mit einer schnellen Bewegung richtete sie die Pistole auf den Abteilungsleiter und drückte ab. Der Schuss traf Mahder zwischen die Augen. Er wurde nach hinten geschleudert, schlug auf und blieb regungslos liegen.

Jana starrte einen Moment lang auf die Leiche. Sie fühlte sich seltsam unbeteiligt.

Dann richtete sie die Waffe auf die Gruppe an der Wand.

DRAKE

Mittlerweile herrschte dämmriges Zwielicht.

Die vier Männer näherten sich der Spedition von der rückwärtig gelegenen Straße. Sie liefen an der Mauer entlang, bis ihnen Drake mit einer Handbewegung gebot, stehen zu bleiben.

»Hier«, sagte er leise.

Vor seinem geistigen Auge entstand der Grundriss des Geländes. Er kannte die Anlage bis ins letzte Detail. Die Fläche der

Spedition war annähernd quadratisch und maß etwa vierzig mal vierzig Meter, die Halle lag von der Einfahrt gesehen rechts hinten, also ihnen zugewandt, und war in die umgebende Mauer hineingebaut worden; Rückseite und rechte Längswand bildeten zugleich die Begrenzung zur Straße und zum Nachbargrundstück. Der größte Teil der hofzugewandten Seite ließ sich über Rolltore öffnen, an der Vorderseite gab es eine Tür, das einzige Fenster lag im hinteren Bereich zur Mauer hin. Es gehörte zu einem der drei Räume, die von der Halle abgeteilt waren. Früher war da ein Büro gewesen, jetzt barg es Feldbetten, Kaffeemaschine, Kochmöglichkeit, Kühlschrank und diverse Gegenstände, die Jana für ihre Metamorphosen benötigte. Im zweiten Raum lag Gruschkows Zentrale, dahinter die Toilette.

Drake gestattete sich ein dünnes Lächeln. Sie würden ganz schön überrascht sein. Aber wahrscheinlich würde ihnen nicht mal dazu Zeit bleiben. Alles würde blitzschnell gehen.

Er sah an der Mauer hoch. Annähernd drei Meter fünfzig. Ein Kinderspiel. Natürlich hätten sie ebenso gut durch den Haupteingang hineinmarschieren können. Drake besaß eine Fernbedienung für das Rolltor, aber Jana hätte den Lärm gehört.

Also von hinten über die Mauer.

»Noch mal in Kurzfassung«, sagte er. »Wenn wir drüben sind – geräuschlos! –, begebt ihr euch zur Vordertür. Sprengsatz anbringen, zünden, rein und draufhalten. Es kann allenfalls O'Connor im Weg rumstehen, Kuhn ist an die Wand gekettet, aber ihr dürft keinen von beiden erwischen. Wenn wir die anderen erledigt haben«, er machte eine Pause, um die Genialität des Plans noch ein wenig auszukosten, »kommt der Rest.«

Den Handschuh überstreifen. Jana die Waffe aus den erstarrten Fingern nehmen.

O'Connor und Kuhn erschießen.

Verstärkung anfordern. Secret Service, deutsche Polizei. Perfekt.

»Wir gehen rein«, sagte er.

WAGNER

Im Fernsehen sah es irgendwie spektakulärer aus, dachte sie. Es wurde eindrucksvoller gestorben, und es klang ganz anders, wenn jemand schoss. Die Waffe der Frau hatte lediglich einen seltsam trockenen Knall von sich gegeben, und der blonde Mann war umgefallen. Kein Schrei, nichts, einfach so. Er hatte sie angebrüllt, sie hatte die Pistole auf ihn gerichtet, er hatte aufgehört zu brüllen.

Sie starrte, Kuhns Kopf in ihren Schoß gebettet, auf die Terroristin. Wie in Trance registrierte sie, dass die Waffe nun auf sie gerichtet war. Silberman neben ihr schnappte nach Luft. Seine Lippen bebten. Die Frau kam mit raschen Schritten näher, die Waffe gezückt, gefolgt von dem Kahlköpfigen. O'Connor trat ihr in den Weg und hob beschwörend die Hände.

»In Ordnung«, sagte er. »Alles in Ordnung. Okay? Wir tun, was Sie verlangen.«

Wagner fühlte den unbändigen Drang zu schreien. Zugleich war ihr, als pressten eiserne Klammern den letzten Atem aus ihr heraus. Schlagartig wurde ihr klar, was überhaupt geschehen war. Ihr Blick fiel auf die merkwürdige Konstruktion auf der anderen Seite der Halle. Das Ding ruhte auf Schienen und war riesig. Wie ein flacher Güterwagon mit quer gestellten Rädern sah es aus, und unvermittelt begriff sie, was es wirklich war.

Sie hatten den Laser gefunden.

Sie würden alle sterben.

Die Frau musterte sie finster.

»Rührt euch nicht«, zischte sie. »Keiner von euch.«

Sie sagte etwas zu dem Mann mit der Glatze. Er nickte und machte eine unmissverständliche Gebärde des Halsdurchschneidens, während er weiter die Waffe auf sie gerichtet hielt.

»Kika«, stöhnte Kuhn. Er schlug die Augen auf und hustete. Wagner stellte fest, dass ein stechender Geruch von ihm ausging. Urin, Blut, Ausdünstungen der Angst. Es machte alles nur noch schrecklicher.

Sie wartete auf weitere Plops, darauf, auch O'Connor umfallen zu sehen und Silberman, und auf den Moment, da das Projektil auf sie zufliegen würde, aber nichts dergleichen geschah.

Sie sah die Frau ihre Waffe senken und an ihr vorübergehen, den Blick auf Kuhn gerichtet. Eine seltsame Traurigkeit lag plötzlich auf ihren Zügen. Kuhns Augen weiteten sich. Er hob unter Mühen den Kopf und verzog den Mund zu einem schiefen Grinsen.

»Nett, dich wiederzusehen, Jana«, sagte er.

Die Frau betrachtete ihn.

»Ich habe das nicht gewollt«, sagte sie. »Das kannst du mir glauben.«

Kuhn kicherte.

»Hast du wenigstens bekommen, was du gewollt hast?«

Sie zögerte. Dann wandte sie sich ab und ging weiter in den hinteren Bereich der Halle.

Im selben Moment explodierte die Tür.

60 SEKUNDEN

Der Lauf der Zeit verlangsamte sich.

Im Blitz der Detonation erschienen Jana, Gruschkow, Silberman, O'Connor und Kuhn wie Figuren auf einem Foto. Der Knall hallte in Wagners Schädel wider, dann kippte seine Frequenz nach unten weg und verwandelte sich in hohles, dumpfes Dröhnen. Die Bruchstücke der Tür flogen nicht in den Raum, sondern schoben sich herein, kamen inmitten von Skulpturen aus feurigem Rauch herangekrochen, schwarz und zerdehnt.

Alles stagnierte für die Dauer einer hundertstel Sekunde.

Stillstand.

Dann hatte Wagners Rezeptionsvermögen die Realität wieder eingeholt, und die Ereignisse vollzogen sich umso schneller. Es krachte, splitterte, barst. Kuhn bäumte sich auf und rutschte neben sie. Stimmen schrien durcheinander, Teile der Tür prasselten zu Boden. Von einem Augenblick auf den anderen brach die Hölle los.

Mit aufgerissenen Augen sah sie die Männer aus dem Rauch auftauchen und mit erhobenen Waffen in die Halle stürmen.

Wir werden befreit, dachte sie. Sie holen uns hier raus.

Sie sprang auf.

Der vorderste Eindringling hatte O'Connors Bild genau vor Augen. Er sah den Doktor zu sich herüberstarren, und sein inneres Programm sonderte ihn ohne Zeitverzug aus, ebenso den angeketteten Mann, der am Boden lag. Der Agent wusste, dass er auf jede andere Person schießen konnte, weil jede andere Person entweder Jana, Gruschkow oder Mahder war.

Er brachte die Waffe in Anschlag.

Und stockte.

Verwirrung bemächtigte sich seiner. Der Raum war voller Leute. Eine Frau schien aus dem Boden zu wachsen. O'Connor stand seitlich vor ihr, neben ihm ein weiterer Mann, ein Schwarzer, der entsetzt zurückwich.

Irgendwo dahinter Gruschkow und Jana.

Die langjährige Ausbildung des Secret Service, Jahre unerbittlichen Trainings, in denen neben seinen körperlichen auch seine geistigen Fähigkeiten, seine Sinneswahrnehmung und sein Reaktionsvermögen geschult worden waren, befähigten ihn zu einer blitzartigen Analyse, noch während er durch die Rauchschwaden weiterlief. Die unbekannten Personen konnten Geiseln sein. Mit Sicherheit gehörten sie nicht zu Janas Kommando. Ganz gleich, wer sie waren, er durfte sie auf keinen Fall treffen, aber es würde unweigerlich geschehen, wenn er jetzt schoss, weil sie ihm den Blick verstellten.

Einen Herzschlag lang fühlte er sich hilflos und überfordert, dann sprang er zur Seite, um bessere Sicht zu erlangen.

Der kaum messbare Moment des Zögerns besiegelte sein Schicksal.

Jana wirbelte herum, noch während die Trümmer der Detonation umhersausten. Sie sah den Agenten mit ausgestrecktem Arm seitlich von O'Connor auftauchen, während Silberman mit panischem Blick an ihr vorbeirannte, und feuerte mehrmals schnell hintereinander.

Der Agent prallte mit zerfetzter Brust zurück und stürzte in den Rauch. Zwei weitere Männer erschienen und liefen in die Halle hinein. Das Donnern ihrer Waffen wurde von den Wänden zurückgeworfen und zu einem rollenden Echo verstärkt, durchbrochen vom schrapnellartigen Zischen der Einschläge.

Jana vollführte einen Satz. Ohne im Feuern innezuhalten, hechtete sie zu dem Schaltkasten in der Mitte der Halle und schlug mit der freien Hand auf den grünen Knopf.

Von der gegenüberliegenden Wand erklang dumpfes Grollen.

Langsam setzte sich der tonnenschwere Untersatz des YAG in Bewegung.

Gruschkow reagierte bei weitem langsamer als Jana. Er war im Schießen nicht geübt. Seine Schnelligkeit lag im Programmieren und Knacken von Codes, seine Gedanken eilten den meisten Menschen davon, aber dieser Situation war er nicht gewachsen. Es war sein Glück und sein Verhängnis zugleich, dass O'Connor und die Frau, die vor seinen Augen aufsprang, den Agenten die Sicht nahmen. Er sah den ersten der Angreifer fallen, riss die Frau zu sich heran und hob die Waffe.

Etwas prallte schmerzhaft gegen seinen Unterarm. Die Pistole entglitt seinen Fingern.

Der zweite Agent rannte auf Gruschkow zu und versuchte, den Russen ins Visier zu nehmen. Vor seinen Augen spielte sich ein heilloses Durcheinander ab. Jana schien durch die Halle zu fliegen, während Gruschkow plötzlich Mittelpunkt eines Getümmels war. Einen Moment lang hielt der Russe die große Frau als lebenden Schutzschild vor sich, dann wurde er von O'Connor attackiert.

Unmöglich, Gruschkow zu treffen.

Der Agent fuhr herum und zielte auf Jana.

Sie sah es aus den Augenwinkeln, pirouettierte um den Schaltkasten herum und drückte ab. Der Agent schrie auf und schlug in vollem Lauf hin, dann spürte sie einen brennenden Schmerz am rechten Oberarm.

Sie war getroffen worden!

Ein Streifschuss. Es war nur oberflächlich. Sie rannte weiter.

O'Connor holte aus.

Er hatte nicht die mindeste Ahnung, wer die Eindringlinge waren, aber sie schossen auf die Terroristen, also konnten sie keine Gegner sein. Nachdem es ihm gelungen war, Gruschkow die Waffe aus der Hand zu schlagen, flog seine Faust ein weiteres Mal heran. Er war im Prügeln nicht unerfahren. Der Schlag hätte dem Russen das Nasenbein zertrümmert, aber diesmal war Gruschkow schneller. Er stieß Wagner von sich weg und begann, mit langen Schritten von ihnen fortzulaufen.

O'Connor kam ins Wanken, als sie gegen ihn fiel. Jemand schrie. Es war einer der Männer, die zur Befreiung gekommen waren. Er wälzte sich am Boden und schoss wahllos um sich.

Befreiung? Was zum Teufel war das für eine Befreiung?

Etwas pfiff dicht an seinem Ohr vorbei.

»Kuhn«, heulte Wagner auf. »Wir müssen Kuhn –«

Er packte sie bei den Schultern und begann, mit ihr nach hinten zu laufen.

»Kuhn!«

»Nein!«

Silberman hatte gelernt, dass es keine Feigheit war, die Flucht zu ergreifen, wenn die Kugeln flogen. Dennoch rannte sein schlechtes Gewissen mit. Fürchterliche Angst hielt ihn gepackt, und zugleich schalt er sich einen Narren, nicht überlegter und mutiger zu handeln. Er war Kriegsberichterstatter gewesen. Er hatte so etwas schon mehrfach erlebt.

Nein, Unsinn! Er hatte so etwas noch nie erlebt.

Die Kugeln waren in sicherem Abstand geflogen in Bosnien, die Raketen am Horizont eingeschlagen in Kuwait. Sie hatten gefilmt, was man filmen konnte, ohne jeden Augenblick befürchten zu müssen, Opfer eines Krieges zu werden, den andere gegeneinander führten. Sie waren auch nie weggelaufen, sondern hatten allenfalls überstürzt die Zelte abgebrochen, und immer hatte ein Wagen bereitgestanden, um sie aus der Gefahrenzone zu bringen.

Nie zuvor war er mit einem halben Dutzend Menschen in einer Halle eingesperrt gewesen, die wie die Wahnsinnigen aufeinander schossen. Die Eindringlinge sahen aus wie Agenten des Secret Service, aber sie trugen nicht eben dazu bei, die Atmosphäre erträglicher zu machen.

Es war entschieden zu viel für seinen Geschmack, was in diesen Sekunden passierte.

Er musste raus hier!

Er hastete auf die Türen zu, die er schon beim Eintreten bemerkt hatte. Offenbar führten sie zu Räumen im hinteren Teil der Halle. Ein Rumpeln und Poltern mischte sich plötzlich in das Schreien und Schießen. Mit halbem Blick sah er das riesige Ding näher kommen, das an der Längswand gestanden hatte, lief weiter, riss eine der Türen auf und stolperte in den dahinter liegenden Raum.

Der Zusammenprall warf ihn zurück.

Entsetzt registrierte er, dass er mit jemandem zusammengestoßen war. Ein Mann starrte ihn verdattert an, taumelte. Er trug einen dunklen Anzug wie die anderen Angreifer und eine Pistole. Hinter ihm zeichnete sich das Karree eines Fensters ab. Auch diesmal erkannte Silberman die Kluft des Secret Service. Es war ihm gleich. Ohne nachzudenken drängte er weiter vorwärts, versuchte, den Mann zur Seite zu schieben, um zum Fenster zu gelangen.

Der andere packte ihn wortlos. Silberman fand sich in eiserner Umklammerung und griff nach dem Gesicht des Mannes, aber es war zwecklos.

Mit einem Aufschrei flog er zurück in die Halle.

O'Connor sah Silberman in der Tür verschwinden und fast im selben Moment wieder zum Vorschein kommen. Die Art und Weise, wie dies geschah, ließ keinen Zweifel daran, dass man den Raum besser nicht betrat.

Er riss die Tür danebenen auf.

Der Raum sah aus wie eine Schaltzentrale. Computer, Laptops und laufende Fernseher.

»Kika…«

»Wir müssen zurück, Liam. Wir können ihn nicht da liegen lassen.«

»Du bist wahnsinnig. Rein mit dir, um Himmels willen!«

Ihr Blick war ein einziges Flehen.

»Kuhn«, sagte sie.

O'Connor nickte mit zusammengekniffenen Lippen. Während sie sich rückwärts in den Raum hineinbewegte, zog er die Tür zu und rannte geduckt zurück zu dem Lektor.

Er hoffte inständig, dass niemand sie in dem Raum suchen würde.

Gruschkow sah den YAG heranrollen und Jana an sich vorbeilaufen. Sie blutete am rechten Oberarm.

»Wir nehmen ihn in die Zange«, rief sie.

Er sah sich um. Zwei der Angreifer waren ausgeschaltet, der dritte nicht auszumachen. Auch Jana verschwand auf der anderen Seite des YAG. Fluchend sprang er zurück, bevor das Ding ihn über den Haufen fahren konnte.

Der Plan war gut, aber er hatte keine Waffe.

Gleichgültig. Jana würde ihm Feuerschutz geben. Er würde für die nötige Überraschung sorgen.

Der dritte Agent schickte hektische Blicke nach rechts und links. Der Koloss, der sich mit einem Mal in Bewegung gesetzt hatte, brachte alles restlos durcheinander, aber wenigstens bot er ihm Schutz.

Der Verschluss seiner Waffe stand offen, das Magazin war leer geschossen. Atemlos klickte er es heraus und lud nach. Das Schießen hatte aufgehört. Nur das schleifende Geräusch der schwarz glänzenden Räder in ihren Schienen erfüllte die Halle. Mit klopfendem Herzen bewegte er sich mit dem YAG, die auseinander gesprengte Tür in seinem Rücken, wohl wissend, dass auf der anderen Seite des dahinrollenden Lasers sein Tod wartete, wenn er nicht schneller reagierte als die verdammte serbische Killerin.

Er hatte sie erwischt. Er war ganz sicher, dass er sie erwischt hatte, aber ebenso sicher wusste er, dass sie nicht tot war.

Schreckliche Angst erfasste ihn.

Nichts von dem, was Drake gesagt hatte, stimmte. Innerhalb weniger Sekunden hatte es seine beiden Kameraden erwischt, kaum dass sie durch die zerborstene Tür ins Innere gestürmt waren. Einer war tot, der andere wälzte sich stöhnend am Boden. Es hatte ein Kinderspiel werden sollen, aber wie es aussah, entwickelte sich die Operation zu einem Desaster.

Dann hörte er die Schritte. Sie kamen von zwei Seiten.

Mit beiden Händen packte er die Waffe.

Der Mann, der sich Drake nannte, zählte zwei und zwei zusammen.

Sie hatten sich verschätzt.

Er hatte keine Ahnung, wer der dicke Schwarze war, den er gerade durch die Tür gestoßen hatte, und drinnen war schon viel zu viel geschossen worden. Es war nicht so gelaufen, wie er es geplant hatte.

Ohne ein Geräusch betrat er die Halle, gerade rechtzeitig, um O'Connor zu dem angeketteten Lektor laufen zu sehen.

Er starrte auf den YAG. Der Pritschenwagen rollte langsam in die Mitte der Halle. Jemand bewegte sich seitlich daran vorbei.

Sein Blick suchte Jana.

Mit einem Satz war sie aus dem Schutz des YAG heraus und Auge in Auge mit dem dritten Agenten.

Er schoss, als habe er nur auf sie gewartet. Jana wirbelte zur Seite und kam zu Fall. Gleichzeitig feuerte der verletzte Agent am Boden auf sie. Mit aller Kraft stieß sie sich ab. Im Herumrollen drückte sie den Abzug durch, immer wieder, entleerte das Magazin. Die Projektile schossen dicht über dem Boden dahin und schlugen in Kopf, Schultern und Oberkörper des Mannes, der herumgerissen wurde und endgültig still dalag.

Ihr verletzter Arm schmerzte höllisch, als sie hochkam. Ihre Hand fuhr nach hinten, wo die Walther PP in ihrem Gürtel steckte.

Der dritte Agent hatte auf sie angelegt.

Seine Augen glühten.

Gruschkow war hinter ihm und rammte ihm seine Faust zwischen die Schulterblätter. Der Agent taumelte. Die Waffe schlug auf den Boden und rutschte unter den YAG.

Gruschkows nächster Schlag streckte ihn zu Boden.

Der Agent sah seine Waffe auf der anderen Seite der Schiene liegen. Der Russe stand schreiend über ihm. Aus irgendeinem Grund, an dessen Natur er keinen Gedanken verschwendete, schoss Jana nicht auf ihn, sondern starrte wie paralysiert an Gruschkow vorbei.

Er würde keine zweite Chance mehr bekommen. Erst der Russe, dann die Frau. Blitzschnell rollte er sich auf die Seite, griff nach der Waffe und umfasste den Griff.

Das schwere, eiserne Rad des Pritschenwagens trennte ihm die Hand direkt am Gelenk ab, als rolle es durch Butter.

Gruschkow jubelte auf. Er riss die Arme hoch und mischte seinen Freudengesang in das markerschütternde Gebrüll des Mannes unter ihm.

»Nein!« schrie Jana.

Der Russe verstummte. Schrecken trat in seine Augen.

Er versuchte sich umzudrehen.

Das Krachen von Munition zerriss die Luft. Gruschkow wurde nach vorne geschleudert und fiel als blutiges Bündel auf den Körper des schreienden Agenten. Seine polierten Brillengläser zersplitterten. Er spürte, wie das Leben ihn verließ, fühlte alles in sich erkalten. Die Gewissheit, sterben zu müssen, war schrecklich. Ihm war danach, etwas zu sagen, aber kein Laut kam von seinen Lippen. Seine Mundwinkel zuckten, und ein Ausdruck gelinden Erstaunens legte sich auf seine Züge.

»Nein«, flüsterte Jana.

Hinter Gruschkows Leiche wurde die Gestalt des vierten Agenten sichtbar.

»Jana«, sagte er lächelnd.

Sie starrte ihn an, fassungslos und voller Hass.

»Mirko.«

O'CONNOR

Kuhn atmete schwer. In seiner Brust rasselte es, als sei dort alles in Stücke gegangen.

»Aufhören«, flüsterte er mit geschlossenen Augen. »Aufhören!«

Im Gewitter der Schüsse hatte er unablässig gezuckt, als werde er selbst getroffen, aber O'Connor wusste es besser. Er lag halb neben, halb auf dem Lektor und schirmte ihn ab.

Etwas Besseres war ihm nicht eingefallen, als er von Kikas Versteck zurückgelaufen war. Vielleicht konnte er den hilflosen Lektor so vor Querschlägern bewahren. Gezielte Schüsse würden sie beide nicht überleben. O'Connor hatte nicht die mindeste Ahnung, wer in dem Inferno welche Absichten verfolgte, also hielt er die Arme um Kuhn geschlungen und zog die Schultern hoch, als könne das etwas gegen den Kugelhagel nützen.

»Ruhig«, sagte er. »Es ist ein Spiel, Franz. Alles nur ein Spiel.«

»Ein Scheißspiel«, keuchte Kuhn.

»Ja, ich weiß. Aber wir werden gewinnen. Wir werden gewinnen!«

Er war ein bisschen erstaunt über das Maß an Altruismus, das ihn veranlasste, sein Leben für diesen Mann zu riskieren. Seltsamerweise empfand er wenig Angst. Beinahe gelassen registrierte er, dass die Aussicht zu sterben eine neue, interessante Erfahrung verhieß, über die man trefflich würde plaudern können bei Tee und Gebäck oder einer Flasche gekühlten Champagners. Und selbst *wenn* er sterben müsste, jetzt und hier – wäre es nicht der würdige Abschluss eines ebenso sinnlich vollkommenen wie vollkommen sinnlosen Daseins, tragisch umflort von Laster, Genialität und Trunkenheit?

Seltsame Gedanken für einen Showdown.

Seine Grabredner würden ihm Großes unterstellen, die Kirchenwände widerhallen vom Stahl schöner Worte. Er habe das Licht domestizieren gelehrt und Menschen zu Millionen in fiktive Universen gelockt. Viel getrunken habe er auch, um das Profane aus seinem Geist zu spülen. Geringere als er selbst habe er trefflich beleidigt und auf die Plätze verwiesen. Er sei ganz allgemein ein begnadeter, genialer, gedankenloser, egoistischer, undisziplinierter und arroganter Scheißkerl gewesen.

Es war ein Spiel. So viel wirklicher als das Leben. Nur, dass er den Einsatz diesmal nicht erhöhen konnte.

Kuhn sah ihn an.

»Ich will hier nicht verrecken«, sagte er.

Wurden Prominente aufgebahrt? Vor aller Augen? Wie grauenhaft. Was sollte er anziehen? Sie würden die falsche Krawatte zum Anzug aussuchen, den Ton des Hemdes verfehlen.

Alles würde hinten und vorne nicht stimmen. Er würde sich noch im Tode unsterblich blamieren.

»Nein«, flüsterte O'Connor. »Ich auch nicht.«

MIRKO

Auge in Auge, unfähig zum Handeln.

Keiner von ihnen konnte gewinnen, so wie sie da standen. Sie waren einander ebenbürtig, beide gleich gut, gleich schnell. Wer immer zuerst schoss, würde vom anderen getroffen werden. Sie würden beide sterben, versetzt um ein Minimum an Lebenszeit.

Es lohnte nicht.

Mirko sprang zurück hinter den YAG, gleichzeitig verschwand Jana auf der anderen Seite. Das tonnenschwere Gerät rollte gemächlich auf ihn zu. Mirko trat einen Schritt zurück, und der YAG kam mit dem Geräusch eines Gongschlags zum Stehen.

Erst jetzt wurde ihm bewusst, wie viel Lärm das Ding gemacht hatte. In der plötzlich eintretenden Stille war nur das unterdrückte Stöhnen des Agenten zu hören, der langsam auf das Loch zukroch, wo die Tür gewesen war, den blutigen Stumpf mit der anderen Hand umklammert. Er hatte es geschafft, Gruschkows Körper wegzustemmen. Mirko schenkte ihm keine Beachtung. Er stand vor der mächtigen Flanke des Lasers und versuchte, irgendein Geräusch auszumachen, das Janas Position verriet.

Aber Jana war wie er. Sie machte keine Geräusche. Er musste sich auf seine Intuition verlassen, und die besagte nur, dass sie rechts, links, oben oder unten auftauchen konnte.

Schnell ließ er sich zu Boden fallen und sprang sofort wieder auf. Der kurze Moment hatte gereicht, um unter dem Pritschenwagen hindurchzusehen. Janas Füße hätten dort irgendwo sein müssen, aber da war nichts. Augenblicklich begriff er, was sie vorhatte. Ohne Verzug feuerte er über die Kante des YAG hinweg, während er rückwärts durch die Halle lief. Mit zunehmender Entfernung von dem Laser sah er Jana darauf liegen – eine Sekunde später, und sie hätte ihn gehabt. Er feuerte mit solcher Frequenz, dass ihr nichts anderes übrig blieb, als sich mit einem Sprung jenseits des YAG in Sicherheit zu bringen, dann war er aus der Halle heraus und im Innenhof.

JANA

Sie hörte Mirko entkommen und widerstand dem Impuls, ihm hinterherzulaufen. Er würde sie erwischen, sobald sie die Halle verließ. Draußen war er in der besseren Position.

Jana schenkte dem Streifschuss an ihrem Oberarm keine weitere Beachtung. Ohne den Griff um die Pistole zu lockern, trat sie hinter dem YAG hervor. Die Halle bot einen schrecklichen Anblick. Innerhalb einer Minute war ein Sturm der Vernichtung hindurchgefegt. Gruschkow war tot. Im vorderen Bereich lagen Mahder und die erschossenen Agenten. An der Wand gewahrte sie O'Connor, der sich langsam aufrichtete, ebenso wie der Schwarze weiter hinten. Kuhn versuchte, sich gleichfalls hochzustemmen, und knickte wieder ein. Von der Frau war nichts zu sehen.

Jana steckte die Walther PP zurück in ihren Gürtel und schob ein neues Magazin in die Glock. Sie sah zu dem Büro hinüber, durch das Mirko eingedrungen war. Es stand offen. Mit schnellen Schritten war sie dort und zog die Tür zu. Mirko konnte auf die Idee verfallen, ein zweites Mal das Fenster zu benutzen. Sie rechnete nicht wirklich mit einem solchen *Dacapo*, aber sie hatte auch nicht damit gerechnet, dass er ein doppeltes Spiel trieb.

Irgendwie musste sie den Ausgang blockieren.

Sie stieß die Tür zum Computerraum auf und sah sich Kika Wagner gegenüber.

»Raus«, fuhr sie die Frau an. »Zu den anderen.« Dann kam ihr eine Idee. Während sie versuchte, alles gleichzeitig im Blick zu behalten, Wagner, O'Connor und den gesprengten Eingang, gab sie der Frau den Befehl, einen Stuhl mit herauszubringen und den Zugang zum Büro zu blockieren.

Ihr Blick fiel auf den langen Holztisch.

»O'Connor!«

Er sah zu ihr herüber und rappelte sich hoch. Mit seinen weiß bandagierten Händen glich er auf bizarre Weise einem Butler.

Sie fragte sich, ob er in der Lage war zuzupacken, aber er hatte auch die Absperrung des GEW-Geländes hinaufklettern können. Ohne die Türöffnung aus den Augen zu lassen, ging sie zu dem Schwarzen und zerrte ihn hoch. Der Mann ließ einen Schmerzenslaut hören. Sie bemerkte Blut auf seinem Oberschenkel und sah, dass er angeschossen worden war. Eigentlich ein Wunder, dass überhaupt jemand in der Halle überlebt hatte bei Hunderten herumpfeifender Projektile.

»Ihr beide«, sagte sie barsch, »du und O'Connor. Rüber zu dem Tisch.«

Der Schwarze blinzelte verständnislos mit schmerzverzerrter Miene. Sie wiederholte die Anordnung auf Englisch. Diesmal reagierte er, aber er humpelte auf O'Connor zu.

»Stopp!«

Er verharrte.

»Zum Tisch, habe ich gesagt«, schrie Jana. »Schnappt euch das Ding und verstellt die Tür damit. Los, beeilt euch.«

»Er ist verletzt«, sagte O'Connor. Sein Brustkorb hob und senkte sich. Er funkelte Jana zornig an.

»Dann mach es allein!«

Den Blick unverwandt auf Jana gerichtet, machte sich der Physiker an dem Tisch zu schaffen und begann, ihn über den Hallenboden zu schleifen. Das Geräusch war enervierend. Sie sah abwechselnd zu ihm und Wagner. Die Frau hatte den Stuhl unter der Klinke verkeilt und kam langsam herüber.

»Hilf ihm«, sagte Jana.

Wagner gehorchte. Zu zweit schafften sie es schneller. Aus irgendeinem Grund schätzte Jana, dass Mirko nicht auf die Frau oder O'Connor schießen würde. Noch nicht. Er hatte es ganz klar auf das Kommando abgesehen, aber ganz offensichtlich war ihm ebenso wenig an der Befreiung der Geiseln gelegen. Welche Pläne auch immer er verfolgte, er würde an allen Verrat üben, die noch in diesem Raum waren.

Voller Bitterkeit machte sie sich klar, dass das Trojanische Pferd zu keiner Zeit beabsichtigt hatte, das Kommando entkommen zu lassen. In ohnmächtiger Wut presste sie die Kiefer aufeinander. Nie zuvor in ihrem Leben war sie auf so perfide Weise getäuscht worden. Nie hatte sie sich selbst so schrecklich getäuscht! Wie eine Fata Morgana manifestierte sich die Zukunft vor ihr, das andere Leben, friedlich, unspektakulär, möglicherweise langweilig – aber was hätte sie alles gegeben für ein bisschen Langeweile am richtigen Ort! –, und verging, als hätte es die Vision niemals gegeben. Alles schien verloren. So kurz vor dem Ziel war sie ihrem Frieden ferner denn je, gefangen in dieser Halle, umdünstet von Blut und Angst. Übel konnte einem werden. Sie hasste Massaker. Massaker hatten nichts gemein mit einem sauber ausgeführten Mord, einer professionellen Tötung. Sie hatte die Gemetzel an den Krajina-Serben gehasst, an den Bosniern, an den Kosovaren, die Menschenverachtung eines Karadzic, die willkürlichen Hinrichtungsorgien von Arkan, all die Überfälle auf Bauernhäuser in der Nacht, das Hervorzerren von Menschen, das dumpfe Johlen der Horde, wenn Dutzende von Frauen und Kindern in Gruben gestoßen und Handgranaten hinterhergeworfen wurden, die Geräusche menschlichen Leids. Niemand, den sie je getötet hatte, hatte leiden müssen. Selbst der amerikanische Präsident, dessen Arroganz sich wie Säure ins Herz des Balkans gefressen hatte, der Mann, dem in wenigen Wochen gelungen war, was der monströse Apparat kommunistischer Propaganda in einem halben Jahrhundert nicht hatte zuwege bringen können, nämlich den Hass der Serben auf Amerika zu entfachen, sogar er wäre einen gnädigen, schnellen Tod gestorben, er hätte einfach aufgehört zu existieren, ein Symbol der Macht in diesem und des Scheiterns im nächsten Moment.

Ungeduldig sah sie zu, wie Wagner und O'Connor den Tisch vor die geschwärzte Öffnung wuchteten und zurückkehrten. Silberman war auf Händen und Knien zu Kuhn gekrochen und redete leise mit dem Lektor.

Was, wenn das Attentat gelungen wäre? Hätten Mirkos Männer auch dann die Spedition gestürmt? Wollte das Trojanische Pferd auf diese Weise alle Spuren tilgen? Aber dann stellten sie es grundverkehrt an, denn so legten sie die Spuren erst recht, die unweigerlich nach Belgrad führen würden oder nach Moskau. Man würde die Leichen identifizieren und herausfinden, wer sie waren. Sie und Gruschkow. Eine serbische Nationalistin und ein russischer Schwerverbrecher.

Es ergab keinen Sinn!

Es sei denn – dass sie genau dies beabsichtigten!

Jana konnte es nicht glauben. Warum sollten Mirko und seine Auftraggeber so etwas tun?

Sie musste dahinterkommen, was er vorhatte. Viel Zeit würde ihr nicht bleiben, und solange Mirko die Halle belagerte, konnte sie nicht fliehen. Sie überlegte, was sie an seiner Stelle tun würde. Es bestand kein Zweifel daran, dass Mirko sich verschätzt hatte. Würde er Verstärkung anfordern? Wenn ihm daran gelegen war, Tabula rasa zu machen, stand auch er unter enormem Zeitdruck. Im Umkreis einiger hundert Meter gab es zwar keine Wohnhäuser, aber die Explosion oder die Schießerei konnte dennoch jemanden auf den Plan gerufen haben. Irgendwann würde die Polizei die Spedition ohnehin ausfindig machen. Jeder würde gegen jeden stehen.

Sie musste hier raus und Mirko zur Strecke bringen, bevor es so weit war.

Ihr Blick fiel auf den verletzten Angreifer, der sich mit der unversehrten Hand vom Boden hochstemmte. Einen Moment lang erwog sie, ihn zu töten.

Dann kam ihr eine bessere Idee.

O'CONNOR

»Wir könnten fliehen«, flüsterte Wagner, während sie die zerborstene Öffnung mit dem Tisch blockierten. »Du könntest fliehen, und ich bleibe bei Kuhn. Vielleicht sind noch einige von denen draußen.«

»Du meinst, die sollten uns hier rausholen?«, fragte er leise.

»Du nicht?«

»Ich weiß nicht. Wo sind die so schnell hergekommen? Vielleicht sollten sie die Terroristen fertig machen, aber wir schienen eher im Weg gestanden zu haben. Silberman ist getroffen worden.«

»Warum sonst sollten sie die Halle gestürmt haben?«

»Gute Frage. Ich weiß es nicht, aber wegen uns kann es nicht gewesen sein. Und warum dann nicht die Polizei? Ich glaube, wenn wir rausgehen, ist es noch unsicherer als hier drinnen.«

Tapsende Geräusche erklangen dicht hinter ihnen. Sie fuhren herum und sahen einen der Angreifer auf sich zutaumeln. Er sah schrecklich aus. Sein Gesicht war eine Grimasse der Qual.

Jana sprang auf und hob die Waffe.

»Weg von der Tür!«

Der Mann blieb stehen. Er hob die Arme. Dort, wo die rechte Hand hätte sein müssen, war ein blutiger Stumpf, den er mit der Linken abdrückte. Ein Stöhnen kam über seine Lippen. Er tapste ein paar Schritte rückwärts, verdrehte die Augen und fiel auf die Knie.

»Mein Gott«, sagte Wagner.

Sie lief zu ihm.

»O'Connor«, rief Jana. »Können Sie die Blutung stoppen?«

Der Mann war gegen Wagner gesunken, die ihn an den Schultern festhielt. O'Connor sah zu dem Verletzten herab. Mit schnellen Bewegungen löste er seine Krawatte. Der Mann war verzweifelt bemüht, mit der gesunden Hand die Arterie abzuklemmen und dem Spritzen des Blutes Einhalt zu gebieten, aber es würde nicht reichen, ihn vor dem Verbluten zu bewahren.

»Bitte«, wimmerte er auf Englisch. »Helfen Sie mir.«

Wagner hielt den Mann weiterhin aufrecht, während O'Connor seinen Arm abzubinden begann. Er fühlte eine schreckliche Ernüchterung, als er dem anderen in die Augen blickte.

Das war kein Spiel mehr.

Ausgespielt, dachte er. Und die Krawatte war auch zum Teufel. Armani, Einzelstück.

Game over.

WAGNER

Sie brachten den Verletzten zu Kuhn und Silberman, wo er sich mit dem Rücken gegen die Wand sinken ließ. Seine Brust hob und senkte sich unter tiefen, kontrollierten Atemzügen. Es war offensichtlich, dass er unter Schock stand, dennoch schien er bestrebt, die Kontrolle über sich zurückzugewinnen. Er lehnte es ab, sich zu setzen, bat aber um Wasser. Die Terroristin wies Wagner an, eine Flasche aus dem Computerraum zu holen, und der Mann trank wie ein Verdurstender. Allmählich wich das Glasige aus seinem Blick. Der Schock milderte die körperlichen Schmerzen, womöglich auch die der Erkenntnis, was ihm widerfahren war.

Wagner versuchte, Mitleid mit ihm zu empfinden. Aber der Fundus ihrer Emotionen war den Bedarfsanforderungen entweder nicht gewachsen oder brachte sie schlicht durcheinander. Hätte man ihr die Situation a priori geschildert, wäre sie zu der unabdingbaren Überzeugung gelangt, keine Minute davon durchstehen zu können – jetzt ließ sie die schreckliche Verwundung des Mannes merkwürdig kalt. Eine Ahnung dämmerte in ihr empor, wie Soldaten empfinden mochten, die längere Zeit Bildern des Grauens und des Elends ausgeliefert waren. Natürliche Schutzmechanismen waren gut, solange sie sich nicht zu unüberwindbaren Traumata auftürmten, die der Schrecken ebenso wenig überwinden konnte wie die Seele.

Sie kniete neben Kuhn und strich ihm beruhigend übers Haar. Der Lektor schien in Katatonie verfallen zu sein. Während sich Silbermans Verletzung als oberflächlicher Streifschuss herausgestellt hatte, ging es Kuhn zusehends schlechter. Er schnappte nach Luft und hielt die Augen halb geschlossen, so dass nur das Weiße zum Vorschein kam. Wagner sah hoch zu O'Connor.

»Er muss in ein Krankenhaus«, sagte sie.

O'Connor schüttelte grimmig den Kopf. »Erst mal muss er überhaupt hier raus«, sagte er mit einem Blick auf die Terroristin. »Und das geht wohl nicht so einfach, habe ich Recht?«

Die Frau starrte an ihm vorbei auf den verwundeten Angreifer.

»Das wird er uns verraten«, sagte sie. Sie trat dicht an den Mann heran und drückte den Pistolenlauf gegen seine Schläfe. Er zuckte zurück. Seine Lippen bewegten sich.

»Bitte nicht.« Seine Stimme war kaum mehr als ein Keuchen. »Erschießen Sie mich nicht, bitte.«

Die Frau reagierte, als sei sie geohrfeigt worden. Sie prallte zurück und sah ihn ungläubig an.

»Du bist Amerikaner«, rief sie.

Er schwieg, aber sein Gesicht verzerrte sich nur noch mehr.

»Du bist Amerikaner«, wiederholte sie leise und eindringlich. In plötzlicher Wut packte sie seine Kehle und drückte ihn gegen die Wand. Er stöhnte auf und versuchte, sie abzuwehren. Sie schien vor Zorn förmlich in Flammen zu stehen. Die Waffe in ihrer Hand fuhr hoch über ihren Kopf, als wolle sie ihm damit den Schädel einschlagen. Für einen Moment ließ sie sich hinreißen, achtete nicht mehr auf die anderen, verlor die Kontrolle.

O'Connor sprang sie an.

Die Terroristin stolperte rückwärts, und er setzte nach, holte aus und schlug ihr ins Gesicht. Sie taumelte, fiel über Kuhns Füße und prallte hart auf den Rücken.

»Liam!«, schrie Wagner.

Mit einem Satz war sie auf den Beinen und stürzte zu ihm. Er machte Anstalten, sich auf die am Boden liegende Terroristin zu werfen. Wagner fiel ihm in den Arm und riss ihn zurück.

»Sie tötet dich!«, flehte sie. »Hör auf! Du hast keine Chance, sie erschießt dich, sie erschießt uns alle.«

O'Connor zitterte am ganzen Leib. Schwer atmend stand er über der Frau, die ihre Waffe auf ihn gerichtet hielt. Die Mullbinden um die geballte Faust, mit der er sie getroffen hatte, verfärbten sich an zwei Stellen rot.

»Na los«, keuchte er. »Mach schon. Warum legst du uns nicht einfach alle um, du Miststück? Wäre doch viel einfacher. Bumm, weg!«

»Ich warne Sie«, zischte die Terroristin.

»Du warnst mich? Wovor? Davor, dass ich sterben könnte? Davor muss mich keiner warnen, das weiß ich schon lange! Das Problem ist, dass *du* sterben wirst!«

»Zurück mit Ihnen.«

»Wenn du da rausgehst«, schrie O'Connor, »wirst du sterben! Ist es nicht so? Du bist mit deinem Latein am Ende, du wirst abkratzen!«

»Ich sagte, Sie sollen zurück an die Wand gehen!« Sie robbte über den Boden nach hinten, die Pistole starr von sich gestreckt. Dann kam sie mit plötzlichem Schwung auf die Beine. Ein Zucken ihrer Schulterblätter hatte genügt, um sie wieder in die Senkrechte zu katapultieren.

»Jana«, flüsterte Kuhn.

Alle Köpfe fuhren zu ihm herum.

Der Lektor hatte sich auf den Ellbogen gestützt. Sein angeketteter Arm stand in unnatürlichem Winkel ab. Er wirkte wie zerbrochen, aber sein Blick war klar. Die wässrigen Augen ruhten gelassen auf der Terroristin. Ohne ihre Körperspannung zu verlieren oder die Position zu verändern, erwiderte sie den Blick.

»Ich habe dir gesagt, dass sie den Preis für dich ausgehandelt haben.« Er hustete und spuckte aus. In dem Speichel, der vor ihn hinfiel, waren Blutfäden zu sehen. »Du wolltest nicht hören. Es ist immer dasselbe mit euch Nationalisten, Patrioten, Traumtänzern. Du hast verloren, Jana. Warum fragst du den armen Kerl nicht, weswegen er überhaupt gekommen ist?«

»Das hatte ich vor«, sagte Jana zwischen zusammengebissenen Zähnen. »Dein idiotischer Freund ist mir dazwischengekommen.«

»Lass den Mann, er ist Schriftsteller.« Kuhn gluckste. Offenbar hatte er in den Stunden seiner Gefangenschaft ein merkwürdig entspanntes Verhältnis zu der Terroristin entwickelt. »Er kann nicht anders als übertreiben. Sorry, Liam, das war prima, aber völlig unnötig. Sie hat gar nicht vor, uns zu töten. Es ist nicht ihr… Stil. Stimmt's, Jana? Du glaubst immer noch an die Moral des Mordens, dein Verständnis von Gerechtigkeit ist guillotinesk. Prozessieren, verurteilen, töten, das von Rechts wegen verurteilte Opfer. Wie altmodisch. Du wirst ebenso enden wie Robbespierre, an deiner eigenen Gerechtigkeit.«

»Halt den Mund, Kuhn.«

»Jana, hör zu, das hat alles keinen Sinn hier, wir…« Er schüttelte heftig den Kopf. »Du begreifst einfach nicht, was passiert. Wenn die Typen uns befreien wollten, in Ordnung, aber falls nicht… Ich meine, wir sind immer noch innerhalb des hermetischen Denkens, wir müssen den Gegebenheiten mehr Raum schaffen…«

Wagner sah langsam von Kuhn zu der Terroristin. Jana hatte sich etwas entspannt. Sie heftete ihren Blick auf den verstümmelten Killer.

»Rede endlich«, sagte sie.

»Ich weiß nichts«, stammelte der Mann. »Wirklich, ich…«
Jana feuerte.

Silberman warf sich zu Boden, O'Connor wich zurück. Der Mann schrie auf und schlug schützend die Arme über dem Kopf zusammen. Es sah schrecklich aus mit dem blutigen Stumpf. Wagner fühlte ihr Herz im Halse schlagen, dann sah sie, dass Jana vorbeigeschossen hatte.

»Wir sollten euch alle töten«, heulte der Killer. »Alle, ihr solltet sterben, das war der Auftrag, Sie, Gruschkow, Mahder, o Gott…«

»Mahder habe ich selbst erledigt«, sagte Jana. »Was noch?«

»Es war nicht meine Idee, nicht meine Idee! Wir sollten euch töten, und dann… dann…«

»Die Geiseln«, ergänzte Silberman tonlos.

Kuhn sah zu ihm hinüber und nickte matt.

»Ja, Aaron, guck mal an«, sagte er. »Prima Befreiungsaktion.«

»Wir sollten es mit euren Waffen machen, es sollte aussehen, als hättet ihr sie getötet, bevor wir kamen«, sprudelte der Mann atemlos hervor. »Das war der Plan, ich schwöre, das ist die Wahrheit!«

»Wer – seid – ihr?«, flüsterte Jana.

Der Mann nahm die Arme langsam wieder runter. Er zitterte am ganzen Körper.

»Sie wissen es doch schon.«

»Sag es.«

»Das Trojanische Pferd. Wir… wir sind das Trojanische Pferd.«

»Ihr?«, sagte Jana fassungslos. »Mirko ist…«

»Nein. Ja. Die Leute, die den Auftrag erteilt haben. Uns und Drake.«

»Drake? Wer ist Drake?«

»Drake. Draković. Mirko. Wie… wie immer Sie ihn nennen wollen.«

Sie starrte ihn ungläubig an.

»Aber… ihr seid Amerikaner!«

»Ja.« Er ließ ein kurzes, gepeinigtes Lachen hören. »Sie merken aber auch alles.«

MIRKO

Vom Dach der Halle aus hatte er den gesamten Innenhof im Blickfeld.

Wenn Jana es wagen sollte, sich herauszutrauen, würde sie nicht einmal Zeit finden, es zu bedauern.

Aber Mirko wusste, dass sie nicht kommen würde.

Es wurde Zeit, dass er sich etwas einfallen ließ. In die Halle hereinzugelangen stellte kein Problem dar, es zu überleben, schon. Er konnte die provisorische Blockade des Eingangs ebenso wegsprengen wie die Tür, aber diesmal würde Jana vorbereitet sein.

Mirko grinste ohne Freude. Im Grunde hätte er stolz auf sich sein müssen. Er hatte die Richtige ausgesucht.

Zum wiederholten Male überlegte er, was schief gelaufen war. Sein Fehler war es gewesen, daran gab es nichts zu beschönigen! Der vielleicht einzige und zugleich dümmste Fehler, der ihm je unterlaufen war. Sich darauf zu verlassen, dass Jana nur O'Connor und weiter niemanden gemeint hatte, als sie Gruschkow Besuch ankündigte.

Nie durfte man sicher sein.

Er hatte seine Männer in den Tod geschickt. Es waren gute Männer gewesen, aber es gab andere, die nicht weniger gut waren. Das Problem bestand darin, dass zwar ein Anruf genügte, um kraft seiner Autorität Dutzende weiterer Agenten herzubeordern, die binnen weniger Minuten hier sein würden. Er war der Bereichsleiter Wohnen des Secret Service. Nur dass sie sämtlich einem ehrenvollen Ruf folgen würden, nämlich den Präsidenten der Vereinigten Staaten zu schützen und nicht, ihn zu ermorden. Niemand außer den Dreien, die er verloren hatte, wusste, dass Karel Zeman Draković alias Carl Seamus Drake – einer Anwandlung von Sentimentalität folgend hatte er diesen Namen vor langer Zeit gewählt, als die Amerikaner ihm den Gebrauch eines englisch klingenden empfohlen hatten – identisch war mit einem phantomgleichen Terminator namens Mirko, der auf der schwarzen Liste der CIA stand und etwas anderen amerikanischen Interessen diente.

Er legte sich auf den Rücken und sah hinauf in den dämmrig

werdenden Himmel. Dies war ein Industriegebiet. Die Explosion musste für die Gefangenen im Innern der Halle geklungen haben wie ein Donnerschlag, aber hier draußen hatten die Bewegungen der Luft den Schall rasch zerstreut, und die nächsten Wohnhäuser lagen eine ganze Strecke weit entfernt. Gleiches galt für die Schusswechsel. Dennoch durfte er sich nicht darauf verlassen, hier noch lange allein zu bleiben. Es war und blieb ein Dilemma. Allein konnte er gegen Jana wenig unternehmen, solange sie sich nicht zeigte, und jede Art von Verstärkung würde den Geiseln das Leben retten, was genauso schlecht war.

In jedem Fall wäre es das Ende für Carl Seamus Drake und alle seine synonymen Erscheinungen. Bedauerlich im Angesicht des Reichtums, den das Trojanische Pferd ihm offerierte. Selbst jetzt noch, nachdem das Attentat misslungen war, gab es eine gute Chance, den Plänen der Verschwörer Geltung zu verschaffen, wenigstens zu Teilen.

Wenn Jana nicht bald kam, würde er sie herauslocken müssen. Oder hineingehen. Am Ende doch.

HALLE

»Wieso die Amerikaner?«

Jana sah den Agenten an, als habe er eine Erklärung für ihr persönliches Scheitern zur Hand. Sie konnte nicht glauben, dass sie für die Amerikaner gearbeitet hatte. Sie hatte die Möglichkeit in Betracht gezogen, dass Mirko sie mit der Nase auf Belgrad gestoßen hatte, weil in Wirklichkeit jemand anderer dahintersteckte. Moskau schien involviert, vielleicht aber auch der Nahe Osten. So viele Regimes haßten die Amerikaner und ihren Präsidenten. Selbst an Kuba hatte sie für kurze Zeit gedacht. Alle die Länder auf Amerikas schwarzer Liste. Und wenn nicht die offiziellen Machthabenden, dann doch einflussreiche und zahlungskräftige Investoren in einer Ökonomie des Terrors, die aus dem Sturm, mit dem sie die Welt überzogen, Nutzen schöpften.

Dann wieder war sie überzeugt gewesen, Mirko habe ihr diese Gedankengänge einzugeben gesucht, weil der Auftrag eben doch aus Belgrad kam! Warum hätte eine andere Nation, die

Auftragsterroristen suchte, ein derartiges Fintenspiel veranstalten sollen, diesen verstohlenen Appell an ihren Patriotismus? Vielleicht, weil sie befürchteten, niemanden dafür zu gewinnen, Bill Clinton zu ermorden?

Darum eine Patriotin?

Lächerlich! Indiskutabel! Alle möglichen Leute hätten nichts lieber getan, als den Herrn des Präventivschlags unter die Erde zu bringen. Die religiösen Fundamentalisten in der ganzen Welt, allein sie rekrutierten ein kaum überschaubares Potential von Attentätern, die in dem Vorhaben eine sakramentöse Handlung erblickt hätten. Jemand von Janas Fähigkeiten war selten in der Szene, aber er hätte sich dennoch auftreiben lassen in den Lagern der algerischen GIA, der libanesischen Hisbollah, selbst in den Reihen ultraorthodoxer jüdischer Siedlerblöcke wurde man fündig.

Sie hatte sich im Kreis gedreht. Jede Spur, die nicht nach Serbien führte, ergab keinen rechten Sinn. Zum Schluss war sie allzu bereit gewesen, der serbischen Variante Vorrang einzuräumen.

Jede Spur, die nicht nach Serbien führte ...

Und welchen Sinn ergaben Spuren, die nach Serbien führten? Oder nach Moskau, woher der Laser stammte?

Mirko hatte alles über den Gipfel gewusst. Interna der Amerikaner. So, wie man es von einem Meisterspion erwarten konnte. Jetzt erschien sein Wissen in völlig neuem Licht.

Eine Ahnung dämmerte in ihr hoch. Eine ungeheuerliche Vorstellung.

»*Wieso nicht* die Amerikaner?«, ächzte Kuhn. »Die Welt ist konzernisiert. Schon gehört, dass die PLO vom Mossad gekauft wurde? Die IRA gehört jetzt zur Disney-Gruppe. Aufwachen, Jana. Frühstück!«

Sie hörte nicht hin. Die Gedanken jagten einander.

»Wer sind Mirkos Hintermänner?«, fuhr sie den Agenten an. »Was verbirgt sich hinter dem Trojanischen Pferd?«

»*Im* Trojanischen Pferd, Jana«, korrigierte sie Kuhn fröhlich. »Es war hohl. Dich haben sie nicht mit reingenommen, du solltest den Gaul nur vor die Tore ziehen.«

Der Agent schüttelte den Kopf. Er schien langsam an Kraft

zu verlieren. Seine Gesichtsfarbe hatte sich von wachsweiß zu grau entwickelt.

»Weiß es nicht«, antwortete er matt. »Wirklich nicht, ich… schwöre. Drake weiß es… Mirko.«

»Mirko war mein Auftraggeber«, schrie Jana ihn an. »Und jetzt versucht er uns alle umzubringen, also soll ich rausgehen und ihn fragen?«

»Mirko… Er…«

»Wer ist Mirko, verdammt? Wer ist dieses Arschloch, dem ich vertraut habe?«

»Dra… Drakovíc.« Die Aussprache des Agenten wurde immer undeutlicher. Er machte längere Pausen, wenn er sprach. »Sein richtiger Name… Serbien geboren… aufgewachsen USA. Mehr weiß… nicht. Heißt, er war… Doppelagent. Für Russen spioniert. Die Fronten gewechselt. Irgendwann, lange her. Er… Sie sagen, er hat der CIA ein paar Geheimnisse verraten… Seine Karriere… CIA, dann… Secret Service…«

»He, Jana, was höre ich da?«, ächzte Kuhn. »Du arbeitest für den Secret Service? Donnerwetter!«

»Sei endlich still!«, fuhr sie ihn an.

»Machen Sie sich nichts draus«, sagte Silberman. Es war das erste Mal, dass er sich vernehmen ließ seit der Schießerei. Unbeholfen humpelte er näher und sah den Agenten an. »Leute wie Mirko täuschen noch ganz andere. Es gibt ein paar brisante Personalentscheidungen in der Geschichte der CIA, und beim Secret Service auch, nicht wahr? Fachleute für Terrorismus, ehemalige Agenten der Gegenseite, Ausländer. Wertvoll. Oft die besseren Amerikaner. Uns selbst können wir ja kaum noch trauen. Anfang der Neunziger wurde der höchste Agent der CIA als Doppelagent entlarvt, und der stammte – glaube ich – aus Chicago. Er hat Reagan und Bush jahrelang weisgemacht, die Sowjetunion sei viel mächtiger, als sie in Wirklichkeit war, und alle sind drauf reingefallen. Wir haben Milliarden investiert in die Protektion gegen ein Reich des Bösen, das eines schönen Tages wie ein morscher Schuppen auseinander fiel.«

Der Agent bäumte sich auf und sackte in sich zusammen.

»Wenn Sie eine Antwort wollen, Jana«, sagte Silberman, während er zusah, wie der Körper des Mannes an der Wand nach unten rutschte, »schauen Sie in mein Land. Wir haben eine lange Tradition in der Ermordung unserer Präsidenten. Was überrascht Sie also?« Er drehte sich zu ihr um und breitete die Arme aus. »Allerdings muss ich zugeben, dass wir den rituellen Königsmord lieber selbst begehen, als es Ausländern zu überlassen. Ihr treibt zu viel Aufwand, und am Ende geht es schief.«

»Und was ist mit dem hier?«, fragte Wagner mit Blick auf den bewusstlosen Agenten. »Warum wollen diese Leute ihren Präsidenten töten?«

»Der arme Hund da, der noch nicht begriffen hat, dass er sich mit rechts nicht mehr am Hintern kratzen kann? Schwer zu sagen. Ich schätze, er gehört zu einer Seilschaft. Die offiziellen staatlichen Organe sind infiltriert davon. Von Extremisten, Nationalisten, Rassisten. Oder einfach nur Killer, die ihr mageres Staatssalär aufbessern. Die Frage ist, wer am Ende des Seils ist. Das hier ist Mirkos Truppe, aber Mirko hat sich auch nur instrumentalisieren lassen. Wenn Sie die politischen Verhältnisse in den USA besser kennen würden, könnten Sie darauf tausend mögliche Antworten finden, ohne es am Ende zu wissen.«

»Ich will es aber wissen«, sagte Jana heftig. »Ich will wissen, wem ich diesen Verrat verdanke!«

»Du würdest es doch gar nicht verstehen«, sagte Kuhn gepresst.

»Was?«

»Selbst wenn du es wüsstest, könntest du nichts damit anfangen.« Er keuchte und sog unter Schmerzen Luft in seine Lungen. »Amerika ist dir ebenso unbekannt wie Serbien dem amerikanischen Präsidenten. Ihr unterscheidet euch durch gar nichts. Wie willst du den Bösen finden, wenn du nicht mal die Guten kennst? Geh, koch uns einen Kaffee, der Kaffee heute war gut, aber lass die Politik in Ruhe, ja?«

»Ich weiß nicht, wovon du redest«, sagte Jana mühsam beherrscht. Kuhn tat ihr wider Willen leid, sie hatte nicht gewollt, dass Gruschkow ihn halb tot trat, aber er begann ihr auf die Nerven zu gehen.

»Nein, er hat Recht«, sagte Silberman. Seine Stimme war fest, nur das gelegentliche Zucken seiner Gesichtsmuskeln verriet, dass er Schmerzen hatte. »Und das ist das Traurige. Wir sitzen in dieser Halle aufgrund tragischer Irrtümer. Ihr Irrtum, Jana, beginnt vor vielen hundert Jahren und findet sein vorläufiges Ende im Scheitern eines despotischen Nationalisten, der sein Volk fortgesetzt mit seiner eigenen Geschichte vergewaltigt. Unser Irrtum besteht darin, dass wir die Weltgesellschaft mit der Mediengesellschaft verwechseln. Wir sind ernsthaft der Meinung, Menschen unsere Werte verordnen zu können, ohne uns über ihr Leben, ihre Besonderheiten, ihre Kultur und ihre Geschichte kundig machen zu müssen, und wenn Sie genauer hinschauen, stellen Sie fest, dass wir selbst gar keine klar umrissenen Werte haben. Amerika ist in tiefem Zwiespalt, der Amerikaner selbst sein größter Feind. Das müssen Sie begreifen, wenn Sie nach Verrätern suchen.«

»Sagen Sie mir, wer hinter Mirko steht.«

»Ich weiß es nicht.« Der Berichterstatter schüttelte den Kopf. »In meinem Land gibt es zwei Lager. Kaum ein Präsident hat das so deutlich zutage gefördert wie Clinton. Mit jedem Schritt, den er in Richtung Liberalisierung gegangen ist, hat er sich den Hass der Reaktionäre umso mehr zugezogen. Die meisten Republikaner halten nichts von einem Präsidenten, der Schwule zum Militär zulässt, wo doch ein nach wie vor gültiges texanisches Gesetz Homosexuelle als geistig verwirrt einstuft und der Oralverkehr zwischen Ehepartnern in jedem dritten Bundesstaat gesetzlich verboten ist. Ihrer Meinung nach nimmt der Präsident dem amerikanischen Mann jede Würde. Er beleidigt sein Anstandsgefühl durch Sex-Skandale und will die Waffengesetzgebung umkrempeln. Die Löhne sinken, die Arbeiter bekommen ihre alten Jobs nicht wieder, ihre Frauen müssen härter arbeiten. Das wurmt die Jungs im tiefen Innern von Tennessee, Georgia, Mississippi, Oklahoma, Arkansas, Wisconsin, wenn die Frauen das Geld nach Hause bringen, und dann will Clinton ihnen auch noch die Kanone wegnehmen, so einer muss verschwinden!«

»Als ob Schröder den deutschen Männern das Vögeln verbieten wollte«, kicherte Kuhn. »Viel schlimmer, die Erektion.«

»Sie wollen behaupten«, sagte Jana lauernd, »die *Republikaner* hätten Mirko beauftragt? Und damit mich?«

»So einfach ist das nicht, Jana. Es ist verdammt schwer zu sagen, aus welcher Ecke Mirko kommt. Ich kann Ihnen eine

ganze Jagdgesellschaft bieten! Clinton ist auf eine Weise gehetzt
worden wie kein anderer vor ihm, und Kenneth Starr ist nur der
Hund, den andere von der Leine gelassen haben. In seinem Gefolge findet sich eine korrumpierte Justiz, die sich politisch hat
missbrauchen lassen. Faschistoide Richter. Ultrakonservative
Anwälte, Internet-Schmierfinken, religiöse Extremisten, fanati-
sche Fernsehprediger, die zu öffentlichem Widerstand aufrufen
und Clinton mit dem Teufel gleichsetzen, das Böse im White
House exorzieren wollen – stellen Sie sich das in Deutschland
vor, Schröder als inkarnierter Luzifer auf allen Kanälen! Dann
Paula Jones, die Frau, der Clinton angeblich vor Jahren unaufgefordert sein bestes Stück gezeigt haben soll, seit Jahren führt
sie einen hanebüchenen Kleinkrieg gegen ihn, den sie gar nicht
finanzieren könnte, wenn nicht auf geheimnisvolle Weise immer
wieder Geld und Staranwälte auftauchen würden. Auch sie wird
instrumentalisiert von den wahren Clintonhassern, ebenso wie
die einfachen, enttäuschten Arbeiter, die gewaltbereiten Suprematisten, die ganze rechtsextreme Szene.«

»Alles Splittergruppen«, sagte Jana zornig. »Ich kenne diese
Szene. Niemand hätte einen solchen Auftrag vergeben können.«

»Es geht nicht darum, was die können, Jana. Es geht darum,
wer sie manipuliert. Wo kommt das Geld her, um diese Leute zu
finanzieren? Wer finanziert *Sie*?«

Jana schwieg.

»Das Problem mit unserer extremen Szene ist nicht, dass es
viele sind«, fuhr Silberman fort. »Im Gesamtvergleich zur Bevölkerung sind es immer noch wenige. Die meisten Amerikaner
sind anständige und gute Menschen. Ich bin sicher, in Serbien ist
das nicht anders. Die Skins in Deutschland müssen uns keine
Sorgen bereiten. Besorglich ist, wer all diese Leute kontrolliert
und benutzt, und es ist das Kapital. Aber vor dem Kapital haben
wir einen Heidenrespekt, also doktern wir lieber an den Symp-
tomen rum. Auch Sie, Jana, sind nicht das Problem. Sie wissen
ja nicht mal, für wen Sie arbeiten. Das Problem ist, dass Auftraggeber wie jene, die hinter Ihrer Operation stehen, vor allem
Geldgeber sind, das heißt, sie haben genug davon. Also reprä-
sentieren sie den entscheidenden Faktor in der Ideologie des Kapitals, der wir folgen, genießen Respekt, haben Macht und Ein-

fluss, verdiente Leute, die gar nicht Unrecht haben können, sonst wären sie ja arm. Jedes Land wird auf die Dauer Probleme mit seinen Extremisten bekommen, wenn es nur Sündenböcke jagt und sich weigert, die wahren Ungeheuer in seinen eigenen etablierten Kreisen zu suchen und die Allmacht des Kapitals zu überdenken. Wie Sie sehen, kann man sogar den Tod des amerikanischen Präsidenten kaufen. Man kauft Mirko, und der kauft Sie.«

»Tausend Gründe, eurem sauberen Amerika einen Denkzettel zu verpassen.«

Silberman hatte sich in Rage geredet. Nun stand er still da. Plötzlich wirkte er sehr niedergeschlagen.

»Glauben Sie das wirklich?«, sagte er.

»Ja. Euer verdammter, arroganter Westen!«

»Und wie viele Gründe hatte jemand, der in den letzten Monaten und Jahren ferngesehen hat, Bomben auf Ihr Land zu werfen?«

Eine kurze Stille trat ein.

»Hören diese Irrtümer niemals auf?«, seufzte Silberman. »Nicht die Amerikaner sind die Feinde der Serben, nicht die Kosovaren, nicht die Bosnier, und ihr seid nicht unsere. Nicht die Russen waren die Feinde der Deutschen, nicht die Franzosen. Der Feind ist immer die Verblendung im eigenen Land, unser Nichthinsehen, die allzu schnelle Akzeptanz fadenscheiniger Ideologien. Haben Sie je von Vince Henrik gehört?«

»Henrik?«

»Ein Multimilliardär aus Knoxville. Verleger einiger radikaler Law-and-Order-Blätter. Geheimnisvoller Erbe aus dem Clan einer berühmten Industriellenfamilie. Er gilt als Pate des amerikanischen Konservativismus und großzügigster Förderer der Republikaner. Sein Vermögen wird auf zehn Milliarden Dollar geschätzt, und seine Verbindungen reichen bis ganz oben, wahrscheinlich aber auch bis ganz unten, mitten in den Sumpf. Bei genauerem Hinsehen stellen sie plötzlich fest, wer die Anwälte der Clintonhasser bezahlt. Wer Kenneth Starr finanziert. Henrik. Der freundliche alte Herr mit den Knitterfalten um die blauen Augen und dem weißen Märchenonkelhaar. Sein Lebenswerk ist es, Clinton zu vernichten.« Silberman machte eine Pause. Er wirkte erschöpft. »Henrik ist der Chefprediger des Hasses, und er bewegt sich im Zirkel anderer, deren Vermögen ähnlich dimensioniert sind. Die Rüstungsindustrie ist gar nicht gut zu sprechen auf einen Präsidenten, der den Kalten Krieg abschaffen will –«

»Die amerikanische Rüstung dürfte ganz gut daran verdient haben, mein Land zu bombardieren!«

»Und darum wollen Sie Clinton töten? Er hatte keine Lust auf diesen Krieg. Nicht wirklich, und das weiß die Rüstungsindustrie verdammt genau. Auch die Waffenlobby ist sauer, weil Clinton keinen Respekt vor dem Pioniergeist seiner Vorväter hat. Und die Kohle- und Stahlbarone aus Pennsylvania, die den Sozialstaat abschaffen wollen, mit dem er sie drangsaliert, sie alle würden ihn am liebsten umbringen. Nicht zu vergessen die Tabaklobby, die sich übrigens gleich den richtigen Anwalt genommen hat, nämlich Kenneth Starr, der – wir erinnern uns – von Henrik bezahlt wird. Henrik hier, Henrik da! Clinton hat sich mit den fundamentalistischen Werten Amerikas angelegt und, viel schlimmer noch, mit dem Kapital.«

Jana hatte die Waffen sinken lassen. Plötzlich fühlte sie, wie aller Mut von ihr wich.

»Warum sollten diese Leute ein serbisches Kommando vorschieben?«, sagte sie tonlos.

»Ich weiß es nicht«, sagte Silberman.

O'Connor räusperte sich.

»Ich verstehe ja nichts von Politik«, sagte er gedehnt.

»Nicht so genant, Liam«, presste Kuhn hervor. »Machen Sie uns glücklich.«

»Es ist nur eine Theorie, die mir gerade ein bisschen aufdringlich kommt«, sagte O'Connor. »Also, wenn Geld keine Rolle spielt, um Clinton loszuwerden, gibt man es eben aus. Ist er tot, ist er weg, aber wem könnte man es in die Schuhe schieben? Zufälligerweise geht es auf dem Balkan gerade zur Sache. Die Nato hat angedroht zu intervenieren. Wunderbar. Dann waren es eben die Serben. Im Zweifel waren es dann nämlich auch die Russen, was den Interessen der Mörder noch mehr entgegenkäme. Sie können sich öffentlich entrüsten, es gibt wieder Argumente für den Kalten Krieg und für die generelle Notwen-

digkeit, sich zu schützen, heiße Strafmaßnahmen mit eingeschlossen. Gut für die Waffenlobby, für die Rüstungsindustrie,
für die Republikaner. Das Timing ist ideal gewählt, weil Al Gore
nicht genügend Zeit bliebe, sich zu profilieren. Er würde in die
aufgepflanzten Bajonette der Republikaner rennen – irgendetwas würden sie schon finden, um ihn kleinzukriegen. Also
wäre der nächste Präsident ein Republikaner.«

»Man engagiert ein serbisches Kommando«, ergänzte Silberman, »lässt sie den Präsidenten killen, bringt sie hinterher um
und präsentiert sie dem Westen auf dem silbernen Tablett. Die
Spuren führen nach Serbien.«

»Und alle haben, was sie wollten«, schloss O'Connor. »Die
Rüstung einen neuen Kalten Krieg, die Republikaner einen neu-
en Präsidenten.«

Jana wollte das nicht hören. Angewidert, voller Abscheu und
zugleich fasziniert von der Möglichkeit lauschte sie trotzdem.

Die Ahnung, die vorhin in ihr aufgestiegen war.

So würde alles einen Sinn ergeben.

»Das klingt furchtbar«, sagte Wagner.

O'Connor zuckte die Achseln. »Nur eine Theorie.«

»Geben Sie auf, Jana«, sagte Silberman sanft. »Sie haben sich
mit den Falschen angelegt. Die Verschwörung der Rechten ist
eine Verschwörung der Reichen. Letztlich geht es nur darum,
wer der nächste Präsident wird. Dafür müssen die nicht nur
Clinton vernichten, sondern auch sein Amt. Sie müssen die einzige nationale Institution schwächen, die der Allgewalt des Kapitals noch Grenzen setzen kann. Stecken Sie Ihre Waffen weg.
Lassen Sie uns frei und bringen Sie sich in Sicherheit, bevor noch
mehr Unheil geschieht.«

O'Connor trat neben ihn.

»Sie kann uns nicht laufen lassen«, sagte er grimmig. »Ihr
amerikanischer Freund da draußen wird seinen Humor eingebüßt haben, er muss handeln. Sie kann nicht raus und er nicht
rein, ist es nicht so?«

Jana schüttelte den Kopf.

»Ihr könnt auch nicht raus«, sagte sie. »Mirko steht unter
Zeitdruck. Er wird euch töten, notfalls mit seiner eigenen Waffe.«

»Und wenn wir einfach die Polizei rufen?«, schlug Wagner vor. »Wir haben Telefone im Dutzend. Was will er dagegen unternehmen?«

»Das wäre nicht in meinem Interesse«, gab Jana trocken zurück.

»Welch ein Dilemma«, bemerkte O'Connor. »Ein etwas fader Abschluss nach einer an sich schönen und gelungenen Entführung.« Er legte den Zeigefinger auf die Nasenwurzel. Dann sagte er: »Es gibt dennoch eine Möglichkeit, mit der wir alle irgendwie leben können.«

»Welche wäre das?«, fragte Wagner.

»Nun ja.« O'Connor begann auf und ab zu gehen. »Wir haben keinen Grund mehr, uns hier drinnen zu beharken. Das Problem heißt Mirko, und dieses Problem hat hier jeder auf seine Weise, richtig?«

Jana nickte langsam. »Richtig.«

»Du willst entkommen. Wir wollen leben.« O'Connor blieb vor ihr stehen. Jana sah ihm in die Augen und wusste, was er meinte.

»Gut«, sagte sie. »Holen wir uns den Scheißkerl. Gemeinsam.«

MALZMÜHLE

Schon dreimal war Guterson auf die Toilette gegangen, ohne sie ein einziges Mal zu benutzen.

Lommerzheim, wie das ominöse Etablissement hieß, in dem van der Ree zufolge Menschen auf Kisten saßen und monströse Koteletts verzehrten, hatte sich selbst ins Aus geschossen. Tatsächlich hatten sie blitzartig Informationen über das Lokal zusammengetragen, das offenbar eine Legende in der Domstadt darstellte, und schließlich den Chef des deutschen Protokollstabs dort anfragen lassen, ob ein Tisch für zwanzig Personen frei sei.

Der Mann am anderen Ende der Leitung war schlecht zu verstehen gewesen. Er hatte grummelige Antworten gegeben, denen zu entnehmen war, dass der Laden voll sei. Daraufhin hatten sie den Zauberspruch gebracht, der normalerweise jedes Eis brach:

»Wir kommen aber mit dem Präsidenten der Vereinigten Staaten.«

Die Antwort erfolgte prompt.

»Und ich bin der Kaiser von China.«

Dann Stille. Die taube, unangenehme Stille im Hörer, nachdem jemand kommentarlos aufgelegt hatte. Guterson war nicht traurig darüber. Die Malzmühle wenigstens hatten Drake und Nesbit schon am Vortag inspizieren lassen und dem Wirt hinterlassen, er werde am folgenden Tag einen stressigen Abend haben. Also hatte sich die Kolonne erneut in Bewegung gesetzt, diesmal reduziert auf die Präsidentenlimousine und einige gepanzerte Vans, voll besetzt mit Agenten des Secret Service und des FBI, gefolgt von den Audi-8-Limousinen des BKA. Da der Zufall in Präsidentenkreisen etwas weniger zufällig funktionierte als anderswo, waren jegliche Vorkehrungen bereits getroffen und die Deutzer Brücke für die Überfahrt gesperrt worden. Auch der Schiffsverkehr hatte für eine kurze Weile stillgestanden. In den kommenden Tagen würde es nicht anders sein. Wann immer Clinton aus protokollarischen oder persönlichen Gründen wünschte, den Rhein zu überqueren, würde sich kein Schiff der Brücke nähern dürfen. Regeln, die Amerika machte.

Vor einer Viertelstunde waren sie in der Malzmühle aufgekreuzt, Clinton in Begleitung von John Kornblum, einen vergleichsweise abgespeckten Tross im Gefolge. Der Präsident hatte sich im Hyatt umgezogen, grünes Polohemd, dunkelbraunes Jackett. Er wirkte darin noch jugendlicher als sonst, war bester Laune und schüttelte unablässig Hände.

Guterson hasste es.

Gleich nachdem sie eingetroffen waren, hatten BKA und Secret Service die Brauerei abgesperrt. Wäre es nach Guterson gegangen, hätten sämtliche Gäste das Lokal räumen müssen, aber Clinton hatte darauf bestanden, dass dies nicht geschah. Zumindest durfte nun niemand mehr hinein. Mittlerweile hatten sich einige hundert Schaulustige vor den Türen eingefunden nebst größeren Kontingenten Polizei, die das Gelände sicherten. Die Kneipe war rappelvoll. Clinton, Kornblum und Guterson saßen an einem Ecktisch, umgeben von Gutersons Getreuen, die es verstanden hatten, sämtliche Nachbartische in Beschlag zu nehmen. Dennoch waren sie von den nächsten regulären Gästen nicht weiter entfernt als maximal fünf Meter. Seltsamerweise hatte anfangs kaum jemand die Ankunft des Präsidenten richtig registriert, bis einige Damen einer amerikanischen Reisegruppe im Nebenraum aus der Toilette gekommen und »ihren« Präsidenten erkannt hatten – von da an war es mit der Beschaulichkeit vorbei. Clinton drehte eine Runde durch den Laden, sagte jedem Hallo und signierte Bierdeckel. Guterson folgte ihm auf Schritt und Tritt. Er hörte Tuscheln und Lachen und merkte, dass es ihm und seiner grimmigen Miene galt. Fortan versuchte er zu lächeln, ohne dass ihm wirklich danach zumute war, aber Clinton liebte fröhliche Menschen, also sollte er welche bekommen.

Dreimal war er auf der verdammten Toilette gewesen, weil sich dort üblicherweise das meiste Unheil zusammenbraute. In der Malzmühle allerdings wurde nur Bier gebraut, wie es aussah, und eine Treppe tiefer dem ewigen Kreislauf zurückgegeben.

Dann war dieser Mann gekommen, den man hierzulande »Köbes« nannte, und hatte eine Frage von Shakespeare'scher Wucht gestellt.

Two beer or not to beer?

Sie hatten Humor, die Kölner, wenngleich merkwürdigen. Clinton war begeistert. Der Kellner fragte ihn, was er essen wolle, und der Präsident bestellte rheinischen Sauerbraten. Guterson enthielt sich und nippte an seinem Wasser. Kornblum, obwohl hungrig, mochte sich Clinton nicht anschließen und missdeutete eine weitere Spezialität der Stadt als Himmel auf Erden. Tatsächlich erhielt er ein zusammengematschtes Etwas aus Äpfeln und Kartoffeln, gekrönt von einer schwarzbraunen Masse, die aussah, als habe ein Dobermann reger Darmtätigkeit Ausdruck verliehen. Entsprechend ratlos stocherte Kornblum in der eigenartigen Komposition herum.

»Dieses Bier schmeckt gut«, sagte Clinton zu Kornblum. »Ich find's hier ziemlich prima, Sie nicht?«

»Warum importieren Sie es nicht?«, schlug Kornblum vor.

»Gute Idee, John.«

Sie redeten über alles Mögliche und erzählten einander Witze. Als Kornblum sich lachend auf die Toilette empfahl, sagte Clinton zu Guterson: »Sie haben doch dafür gesorgt, dass die Sache unterm Tisch bleibt, oder? Der Kanzler und ich legen allergrößten Wert darauf.«

Guterson nickte. Clintons Telefonat mit Schröder hatte kein weiteres Licht in die Angelegenheit gebracht, aber die Staatsmänner waren übereinstimmend der Meinung gewesen, den Vorfall nicht öffentlich thematisieren zu wollen. Er selbst hatte sich einige weitere Male mit Lex kurzgeschlossen. Inzwischen stand die IRA-Komponente auf wackligen Füßen. Eher sah es so aus, als sei Serbien in das Attentat verwickelt, möglicherweise sogar die serbische Regierung. Eine fieberhafte Suche nach dem Laser war im Gange.

»Was haben eigentlich die Deutschen ihren Leuten erzählt?«, fragte Clinton. »Sie müssen ihnen doch einen Grund gesagt haben.«

»Nichts«, sagte Guterson. »Sie suchen einen Laser. Die Hintergründe hat man ihnen nicht verraten.«

»Ist das realistisch?«, fragte Clinton stirnrunzelnd.

»So etwas geheim zu halten?« Guterson zuckte die Achseln. »Wir können alles geheim halten.«

»Haben nicht irgendwelche Akademiker das mit dem Laser herausgefunden?«, fragte Clinton. »So ein Professor?«

»Unwichtig. Wir können eine Million Menschen auf Trab halten und dafür sorgen, dass keiner von denen das Maul aufmacht. Meine Sorge gilt anderen Dingen.«

»Klären Sie mich auf.«

»Ein zweiter Versuch«, sagte Guterson gedämpft. »Solange dieser Laser irgendwo herumsteht, kann er Ihnen gefährlich werden.«

»Möglich.« Clinton trank den Rest seines Kölsch. »Sehen Sie, Norman, dazu fällt mir ein schönes Zitat ein. Kennen Sie Tschaikowsky?«

»Nein.«

»Russischer Komponist. Boris hört ihn gern.« Clinton grinste. »Wissen Sie, was er gesagt hat?«

Natürlich nicht, dachte Guterson. Woher soll ich das wissen?

»Was hat er denn gesagt?«

»Man kann nicht aus Angst vor dem Tod auf Zehenspitzen durchs Leben gehen. Gut, was? Gefällt mir sehr.« Der Präsident säbelte ein großes Stück von einer Scheibe Fleisch ab und steckte es in den Mund. »Also«, sagte er kauend, »seien Sie so freundlich und tun Sie alles Erforderliche, damit ich nicht auf den Zehen laufen muss.«

WAGNER

Sie brauchten größere Mengen Wasser, um den Agenten wieder wachzubekommen. Einen Moment lang fürchtete Wagner, sein Herz könnte zum Stillstand gekommen sein, aber dann schlug er die Augen auf. Sie gaben ihm zu trinken, und Jana wartete, bis er einigermaßen bei Kräften war.

»Kannst du stehen?«, fragte sie.

Er schüttelte den Kopf.

»Du wirst stehen«, sagte sie. »Du wirst sogar gehen können. Ein paar Schritte nur, weil wir dich andernfalls erschießen werden. Hast du das verstanden?«

»Ich brauche einen Arzt«, stöhnte er.

»Du bekommst einen Arzt. Die Frage, ob du weiterleben wirst oder nicht, kannst du dir selbst beantworten. Du hast verloren, so oder so. Mirko hat dich verraten, er hat dich in die Hölle geschickt. Wir hier sind deine einzige Hoffnung.« Sie machte eine Pause. »Oder dein Tod. Du kannst es dir aussuchen. Wirst du uns helfen?«

Der Mann zögerte. Er sah auf die Stelle, wo seine Hand gewesen war, und schluckte heftig. Dann nickte er.

»Gut. Versuche aufzustehen.«

In den letzten Minuten hatten sich die Verhältnisse in der Halle auf absonderliche Weise verändert. Jana hielt die Gruppe nicht länger mit ihren Waffen in Schach. Wagner versuchte, ihren Abscheu darüber zu verhehlen, mit der Terroristin gemeinsame Sache machen zu müssen, aber es verhieß die einzige Lösung. Natürlich hätten sie warten können, bis irgendwann die Polizei auf die Spedition stieß. Das Gedröhne und Geknalle des Überfalls hatte sie jedenfalls nicht herbeigerufen. Aber bis überhaupt jemand kam, konnte dieser Teufel Mirko ihnen allen das Lebenslicht ausgepustet haben. Sie wussten nicht einmal, ob er über weitere Verstärkung gebot, ob er allein oder mit einem neuen Kommando darangehen würde, seine Probleme zu lösen.

Sie mussten handeln! Es gab keine Alternative zu dem abstrusen Bündnis, das sie geschlossen hatten.

Jana würde dabei entkommen, wenn alles glatt lief. Sie und O'Connor hatten den Plan skizziert, und er war irrsinnig genug, dass er funktionieren konnte. Der Gedanke, sie laufen zu lassen, bereitete Wagner beinahe körperliche Schmerzen. Sie sah Kuhn am Boden liegen, der das Bewusstsein verloren hatte, und dachte daran, wie sie ihn zugerichtet hatten. Allein schon seinetwegen konnten sie nicht länger warten. Er musste so schnell wie möglich in ein Krankenhaus. Es war offensichtlich, dass er innere Verletzungen davongetragen hatte. Wenn er nicht bald behandelt würde, würde er sterben. Sie war sich dessen bewusst, ohne dass sie seinen Zustand medizinisch hätte deuten können. Es war einfach ein Gefühl. Auch Silberman brauchte ärztliche Hilfe, aber er war wenigstens bei Kräften und würde so schnell nicht schlappmachen.

Sie sah, wie sich O'Connor und der Korrespondent hektisch an den Vorbereitungen zu schaffen machten, und dachte an die Aufgabe, die ihr bevorstand.

Ein Teil des Plans gründete darauf, dass Mirko wahrscheinlich nicht wusste, wer tatsächlich alles in der Halle war. Sie hatten die Ereignisse kurz rekonstruiert. Er konnte Wagner nicht gesehen haben. Daraus entwickelten sie ein Vorgehen, das ihr noch mehr Widerwillen einflößte als Jana selbst, aber sie willigte ein. Nur die Umstände waren abscheulich. Der Plan war gut und Mirko auszuschalten das einzig Richtige.

Falls sie es schafften.

Es war riskant und lebensgefährlich. Erneut staunte Wagner, wie wenig sie angesichts dessen empfand. Anstatt vor Angst den Verstand zu verlieren, dachte sie über Kleinigkeiten nach. Über die Abschürfungen an Kuhns Handgelenk, die von den Handschellen herrührten. Jana hatte ihn endlich von dem Rohr befreit, das Einzige, wofür Wagner ihr dankbar war, zumindest der

Sache wegen. Über Details grübelte sie nach. Ob sie alles verstehen würde, was Jana ihr zu erklären beabsichtigte, und ob sie schnell genug sein würden. Seit dem Überfall war eine Viertelstunde vergangen. Würde Mirko noch lange genug in seiner Lauerstellung verharren?

Dann, mittendrin, kam ihr ein neuer Gedanke.

War er überhaupt noch da draußen?

Die ganze Zeit über waren sie davon ausgegangen, weil Jana es gesagt hatte. Aber was, wenn Jana sich irrte? Seit Mirko aus der Spedition geflohen war, hatten sie nichts von ihm gehört oder gesehen. Es gab keinen Beweis für seine Anwesenheit.

Sie sah auf ihre Uhr. Es war erschreckend, wie viel in so kurzer Zeit geschehen war und wie wenig tief es ging.

Es ist gut so, dachte sie.

»Kika«, sagte die Terroristin. Sie benutzte ihren Vornamen. Nicht einmal dazu besaß sie das Recht, aber Wagner hatte keine Lust, sich deswegen mit ihr anzulegen. »Komm mit nach hinten.«

Sie zögerte. Dann sah sie zu O'Connor herüber.

Er hob den Kopf und lächelte. Sein Lächeln erwärmte sie und versprach ihr Schutz. Und noch etwas glaubte sie darin zu erkennen. Für eine Sekunde fühlte sie sich glücklich und leicht. Alles würde gut werden.

Sie ging mit Jana in den Computerraum. Immer noch liefen die Fernseher ohne Ton, während die Radioempfänger leise dazwischenplärrten. Jana wies sie mit kurzen, präzisen Worten ein, und plötzlich verlor das, was sie Wagner sagte, seinen Schrecken. Eigentlich schien es ziemlich leicht zu sein.

»Täusch dich nicht«, sagte Jana. »Du musst sehr genau hinschauen.«

»Und wenn es nicht klappt?«

»Dann klappt die Variante.«

Sie nickte.

Einem plötzlichen Drang nachgebend, sagte Wagner:

»Warum tun Sie so etwas?«

Jana sah von Gruschkows Arbeitstisch auf und blickte ihr in die Augen.

»Was? Töten?«

»Wenn Sie es geschafft hätten, Clinton zu töten, was hätten Sie damit erreicht? Noch mehr Mord und Gewalt? Sie nehmen sich das Recht heraus, Leben auszulöschen, Sie misshandeln Menschen, die Ihnen nichts getan haben, warum? Ich will wissen, was Sie für ein Mensch sind, Jana!«

»Das willst du nicht wissen«, sagte Jana kühl. »Du möchtest wissen, was für eine Bestie ich bin. Welche Sorte Monster. Du hast dein Urteil gefällt, jede Erklärung wäre Zeitverschwendung, also lassen wir's.«

Sie ging zur Tür.

»Mehr haben Sie nicht zu bieten?«, sagte Kika.

Jana blieb stehen und drehte sich zu ihr um.

»Was soll das werden?«, fragte sie spöttisch. »Ein Gespräch von Frau zu Frau?«

»Ich will wissen, warum Sie Kuhn so zugerichtet haben.«

»Gruschkow hat Kuhn so zugerichtet. Vielleicht hätte ich Kuhns Leben geopfert, um meines zu retten. Das gebe ich zu. Aber ich hatte niemals vor, ihm das anzutun, ich hasse es, Menschen zu quälen. Sie können es glauben oder nicht.«

»Nein«, sagte Wagner. »Sie haben Recht, das kaufe ich Ihnen tatsächlich nicht ab. Leben ist Ihnen doch vollkommen gleichgültig.«

Die Frau sah sie aus ihren großen, dunklen Augen an. Wagner hätte erwartet, Zorn darin zu entdecken, aber sie las nichts, was sie kannte. Sie blickte auf die Oberfläche einer anderen Welt.

»Ich bin in Belgrad aufgewachsen«, sagte die Terroristin. »Eine sehr schöne Stadt. Warst du mal dort? Wenn du von den Brücken auf die Häuser siehst im Spätsommer, liegt ein ganz eigenartiges Licht darauf. Aber die Brücken sind ja wohl zerstört. Wir haben immer nur gelernt, wer wir nicht sind, bis Milošević kam. Davor waren wir ein Rippenstück des sowjetischen Torsos. Danach haben wir erfahren, wer wir sein könnten, wenn man uns nicht immer alles weggenommen hätte. Meine Eltern interessierten sich nicht für Mythologie, dafür habe ich sie verachtet. Ich wollte etwas tun. Kämpfen. Nicht gegen, sondern für die Menschen. Also ließ ich mich ausbilden, Waffenkunde, Kampftechniken, Schießtraining, all das. Ich wollte nicht töten, verstehst du, nur stark sein und gewappnet, weil ich mein Land geliebt habe. Als Kind war ich oft bei meinen Großeltern in der Krajina – kennst du die Krajina?«

Wagner schwieg.

»Natürlich nicht. Du weißt nichts über mein Land. Das waren die schönsten Jahre. Meine Großeltern haben sich nie Gedanken darüber gemacht, ob es richtig oder verkehrt ist, irgendwo zu leben. Serbien hatte die alten angestammten Gebiete besetzt, Westslawonien und die Krajina, und da lebten sie halt. Aber die Kroaten erhoben Anspruch darauf, also sind sie '95 dort eingefallen. Sie haben die Serben aus dem Land gejagt. Die Welt hat flüchtig hingesehen und nicht mit Bombardierung gedroht, obwohl zweihunderttausend Menschen wie Vieh vertrieben und viele abgeschlachtet wurden. Meine Mutter weilte zu der Zeit dort. Sie und meine Großmutter sind von kroatischen Militärs erschossen worden.« Sie machte eine Pause. »Ich konnte nichts tun. Ich konnte mich bei meiner Mutter nicht für meine Verachtung entschuldigen, und mein Vater hatte sich aufgehängt, weil er damit nicht fertig wurde.«

Jana schien in sich hineinzublicken.

»Ich dachte, wenn ich im Kosovo verhindere, was in der Krajina passiert ist, mache ich was gut. Die haben mich gern genommen bei den Paramilitärs, mit meinem Studium und meiner militärischen Ausbildung. Aber sie taten da auch nichts anderes als die Kroaten. Ich wollte Gerechtigkeit, keine Säuberungen. Wir lebten wie die Fürsten und handelten wie die Barbaren. Also beschloss ich, eine bewaffnete Opposition aufzubauen, die alles besser macht. So etwas wie eine gemäßigte PLO oder IRA, die gezielt kämpft, ohne Massenmord zu begehen. Dazu brauchte ich Geld. Ich war eine ausgezeichnete Schützin und dachte, wenn ich ein paar Aufträge annehme, irgendwas, dann kann ich die Sache finanzieren. Ich erledigte einen Job für den Mossad, tötete in Syrien einen Industriellen für einen Konzern, liquidierte in Russland einen General. Dieser dritte Auftrag war, als hätte ich eine Tür aufgestoßen. Das Geschäft begann lukrativ zu werden, ich wurde reich, und Milošević fing einen Krieg an. Es hatte eine Zeit gegeben, da hatte ich mein Land geliebt, und nun verlor ich jeden Glauben. Ich tat nichts. Was hätte ich noch ändern sollen mit meiner kleinen Armee?«

Wagner hörte ihr zu und war wider Willen gefesselt.

»Also sind Sie geblieben, was Sie waren«, sagte sie verächtlich. »Eine Killerin.«

»Die beste. Weltklasse. Im Ideal gescheitert, aber auf sehr erlesenem Standard. Ich bin steinreich, Mädchen. Das Leben war nicht nur schlecht. Aber dafür ziemlich sinnlos.«

»Und Clintons Tod hätte das geändert?«

»Es hätte mich befreit.«

»Mein Gott!« Wagner schüttelte den Kopf. »Sie glauben das wirklich. Warum haben Sie mir das alles erzählt?«

»Ich habe es nicht dir erzählt.« Jana schien kurz nachzudenken. Ein Lächeln zog über ihr Gesicht. »Übrigens, ich heiße Sonja. Sonja Ćosić. Das ist mein Name.«

»Es interessiert mich nicht, wie Sie heißen«, sagte Wagner voller Trotz, obschon ihr andere Worte auf der Zunge lagen.

Jana zuckte die Achseln.

»Mag sein«, sagte sie im Hinausgehen. »Aber mich.«

MIRKO

Fliehen.

Natürlich konnte er sich einfach aus dem Staub machen. Es war unkomfortabel auf dem Dach. Idiotisch.

Aber fliehen? Mit welchem Resultat? Abhauen, obwohl die einzigen Menschen, die ihm gefährlich werden konnten, in dieser Halle saßen und wahrscheinlich verwirrt und demoralisiert waren?

Die Amerikaner würden ihn jagen. Man würde ihn zum meistgesuchten Verbrecher der USA erklären. Mit seiner Entlarvung wurde er auch für das Trojanische Pferd zum untragbaren Risiko. Sofern ihn die CIA oder Interpol nicht erwischten, würden ihm die Leute des Alten eben den Fangschuss verpassen. Es mochte ein paar Winkel auf der Welt geben, wo er in Sicherheit würde leben können. Aber was sollte er in Grönland, in Ecuador oder im Senegal ohne einen Cent?

Berauschende Aussichten.

Mitunter drangen aus der Halle gedämpfte Stimmen und Geräusche an sein Ohr. Es war unmöglich auszumachen, was dort vor sich ging. Der Himmel hatte sich verdunkelt. Wo die Sonne untergangen war, verteilte sich noch milchiges Licht. Mehrfach waren Helikopter in unmittelbarer Nähe vorbeigeflogen. Bisher hatten sie ihn nicht entdeckt, aber der Ring zog sich zu. Mit jeder Sekunde, die verstrich, verringerte sich seine Chance, das Problem zu lösen. Er durfte nicht länger warten.

Wieder und wieder wälzte er den Gedanken, wie er am besten hineingelangte, ohne sofort von Jana liquidiert zu werden. Es half alles nichts, er würde ins Innere stürmen müssen und niederschießen, wer und was sich ihm in den Weg stellte. Es war geradezu peinlich, grob und unelegant. Vor allem hatte es zur Konsequenz, dass er mit seiner Waffe auf die Geiseln schießen musste. Aber gut, auch das ließ sich hinterher korrigieren. Ein bisschen mühsam halt, seine Fingerabdrücke abzuwischen und Janas auf der Waffe zu platzieren. Die Ballistiker würden herausfinden, dass es seine Waffe war, aber dann konnte er immer noch zu Protokoll geben, er habe sie an Jana verloren während der Schießerei. Irgendetwas würde ihm einfallen, das plausibel klang. Letzten Endes würden alle einfach nur froh sein, dass er den Laser gefunden und das Kommando ausgeschaltet hatte.

Vielleicht würde der Präsident ihm danken. Persönlich.

Amüsanter Gedanke.

Mitten in seine Überlegungen hinein fiel in der Halle ein Schuss.

Er hielt den Atem an.

Etwas war dort unten im Gange.

Besser, noch ein paar Minuten zu investieren. Es trieb ihn, hineinzugehen. Dennoch. Fünf Minuten würde er der Entwicklung geben, die sich in der Halle vollzog, was immer es war.

Flach auf dem Dach liegend, die Augen geschlossen, wartete er.

Keine drei Minuten waren vergangen, als zwei weitere Schüsse fielen. Erregt sah er auf. Wer sollte da unten noch aufeinander schießen?

Seine Leute?

Aber seine Leute waren tot. Zwei zumindest, und der dritte

war schwer verletzt gewesen, soweit er das auf die Schnelle hatte erkennen können. Er hatte neben dem YAG gelegen und geschrien und dann begonnen, zur Tür zu kriechen, den Arm voller Blut.

Unten begann sich jemand am Eingang zu schaffen zu machen, dann ertönte ein lautes Poltern.

»Drake!«

Mirko erstarrte. Das war Francis. Die Stimme des Mannes, der unter den YAG gekommen war.

»Drake, wo bist du? Hilf mir!«

Wie ein Reptil robbte Mirko an den Rand des Daches. Er zückte eine der Waffen und spähte vorsichtig nach unten. Der Innenhof war leer. Dort, wo der gesprengte Eingang war, fiel ein lang gezogenes Rechteck aus Licht auf den Asphalt.

»Drake!« Die Stimme des Agenten erklang unmittelbar unter ihm. »Verdammt, du kannst mich hier nicht allein lassen. Ich habe das Miststück erledigt, wo bist du?«

Die Schüsse.

Francis hatte Jana erschossen?

»Komm raus«, rief Mirko.

»Ich... ich kann nicht, ich kann nicht mehr. Drake! Meine Hand, ich... ich bin verletzt!«

Konnte das sein?

Mirko kam auf die Beine und lief über das Dach zum hinteren Teil der Halle. Auf dem letzten Drittel sprang er herunter. Vier oder fünf Meter waren kein Problem, wenn man Springen gelernt hatte. Er kam auf, ging in die Knie und federte wieder hoch. Dicht an der Wand entlang lief er bis zur vorderen Ecke.

»Drake!«

Er trat vor den Eingang und zielte hinein, während sein Hirn synchron alle Daten verarbeitete, die es erhielt, beurteilte und Schlussfolgerungen ableitete. Francis hockte neben dem Tisch, mit dem sie die Tür zugestellt hatten. Offenbar war es ihm gelungen, ihn von dort wegzuschieben und umzukippen. Seine rechte Hand fehlte, die linke hielt die Pistole umklammert. Sein Anzug war voller Blut. Überall in der Halle lagen reglose Körper.

»Was ist passiert?«, fragte er.

»Ich kann nicht mehr. Bitte, Drake…«

»Alles in Ordnung, Francis«, sagte Mirko in beruhigendem Tonfall. »Hab keine Angst, ich hol dich hier raus. Was ist passiert, wo ist Jana?«

»Hinten.« Der Agent keuchte und richtete sich auf. »Sie… hat O'Connor erschossen, der Schwarze war schon tot, wir… müssen ihn… getroffen haben. Jana… sie dachte, ich… auch tot… tot gestellt… sie ging nach hinten… umziehen.«

»Du hast sie erwischt, als sie sich umgezogen hat?«

»Als… rauskam. Fertig.« Es schien Francis große Mühe zu bereiten, sich auf das Sprechen zu konzentrieren. Wahrscheinlich litt er fürchterliche Schmerzen. Mit zusammengebissenen Zähnen kam er ganz hoch und ließ die Waffe fallen. Sie scheppertte zu Boden. Mirko trat langsam über die Schwelle. Links und rechts von ihm lagen die Leichen seiner Männer. Vor dem YAG konnte er Gruschkow sehen, mitten im Raum Mahder. An der Wand zwei Körper. Kuhn, halb über ihn gestreckt O'Connor.

Mit schnellen Schritten war er bei Francis, fasste ihn mit dem freien Arm unter den Achseln und zog ihn zu sich heran. Der Agent würde ihn abschirmen, falls aus dem hinteren Teil der Halle ein Angriff erfolgte. Er würde Francis ohnehin töten müssen. Mit Janas Waffe, damit das Bild in allen Einzelheiten stimmte.

»Komm«, sagte er. »Gehen wir nachsehen.«

»Kann… nicht mehr«, flüsterte der Agent.

»Das war sehr gut, Francis. Du warst klasse. Wirklich. Halt dich aufrecht, gleich haben wir es hinter uns.«

Er schob den verletzten Agenten vor sich her, während sein Blick den hinteren Teil der Halle absuchte. Schräg hinter dem YAG war Janas Oberkörper zu sehen. Sie trug wieder den dunklen Blazer von Laura Firidolfi und Lauras Langhaarperücke. Er wusste, dass sie sich für die Rolle der Cordula Malik von ihren echten Haaren hatte trennen müssen. Sie lag auf der Seite und kehrte ihm den Rücken zu. Von dem Schwarzen sah er nur die ausgestreckten Beine ein Stück weiter.

»Tot?«, sagte er. »Bist du sicher?«

Francis nickte kaum merklich.

Mirko feuerte dreimal kurz hintereinander in Janas liegenden Körper. Die Geschosse schlugen ein, ohne dass sie zuckte.

Sie war tot.

»Durchhalten, Francis«, sagte er wie jemand, der seinen besten Mann unter Lebensgefahr durch den feindlichen Dschungel schleppt. »Wir gehen weiter.«

WAGNER

Es würde nicht klappen.

Vorhin, als Liam noch einmal zu ihr in den Raum mit den Fernsehern und Computern gekommen war, hatte sie Zuversicht empfunden. Sie hatte nie in ihrem Leben eine Waffe in der Hand gehalten, aber sie war eine gute Fotografin mit einem guten Auge, und die Nikon war nicht schwer zu bedienen.

Wenige Sekunden hatten sie sich in den Armen gelegen. Er hatte kaum etwas gesagt. Keine geistreiche Bemerkung, kein falsches Aufmuntern. Nur ein paar Worte.

»Shannonbridge. Wenn das hier vorbei ist.«

Whiskytrinken im Lebensmittelladen zwischen Toilettenreiniger und Würstchen. Welch seltsame Dinge einem Menschen Kraft gaben!

Dann hatte er gesagt, was sie sich gewünscht hatte zu hören.

Im selben Moment war ihr klar geworden, dass sie seine Liebeserklärung keinen Moment früher hätte ertragen können. Sie war verliebt, aber es hätte sie vertrieben. Wie eine Überdosis von dem Zeug, das er in rauen Mengen konsumierte. Bis vor einer Stunde, trotz der Ungewissheit, was Kuhn passiert sein mochte und was am Flughafen vor sich ging, hatte sie jeden Gedanken an die Zukunft noch einem inneren Gesetzbuch unterworfen, auf dessen Vorderseite in schmucklosen Buchstaben das Wort »Normalität« prangte. Sie wäre ins Grübeln verfallen über die Frage, welches Leben man an der Seite eines Mannes führte, der unablässig trank und sein exzessives Leben ganz sicher nicht für eine Beziehung aufgeben würde, sie hätte sich hinter tausend Wenns und Abers verschanzt und die Vernunft vorgeschoben, die einem das Jetzt verdarb, weil sie ständig ein mäkeliges Morgen und Übermorgen einbrachte.

Aber ein Ja war für den Augenblick geschaffen. Man konnte

nicht ja sagen zur Zukunft, nur zu einer Vorstellung von der Zukunft. Die Zeit war eine Aufeinanderfolge von Augenblicken. Zukunft entstand einzig aus dem, was der Geist zuließ.

Ein Lied der isländischen Sängerin Björk sagte: Am Morgen, wenn du gehst, kommt mein Herz zum Stillstand, und der Teufel rollt unsere Liebe mit einem Grinsen auf ein großes Garnknäuel und gibt sie nie wieder her. Darum müssen wir sie jeden Abend neu erfinden.

Die Frage war, ob sie noch einen weiteren Abend erleben würden.

Sie hatte sich so stark und sicher gefühlt nach Janas kurzer Einweisung. Bereit, die schreckliche Aufgabe zu übernehmen. Der YAG stand wieder an seinem Platz, die Akkus waren aufgeladen. Das System war intakt, weil Jana und Gruschkow den Testaufbau nicht verändert hatten, und es gab eine zweite Kamera. Jana musste über eine außergewöhnlich perfide Phantasie verfügen, aber was Wagner tatsächlich frappierte, war, dass es nicht bei einer Phantasie geblieben war. Als sie durch den Sucher der Nikon geblickt und die Menschen in der Halle gesehen hatte, wissend, dass ein leichter Druck ihres Zeigefingers ein Leben auslöschen würde, hatte sie plötzlich den Rausch begriffen, der sich einstellen musste, wenn man über ein so machtvolles Instrument wie den YAG verfügte. Sie hatte nicht versucht, gegen die Faszination anzukämpfen, wenngleich sich ihr der Magen herumdrehte.

Du drehst am Objektiv, bis du das Ziel im Fadenkreuz hast, hatte die Terroristin gesagt. Dann drückst du ab. Stell dir einfach vor, es sei ein Videospiel.

Es hatte tatsächlich mehr von einem Videospiel als von einer Waffe.

Zielen, schießen, Freispiel.

Jetzt, da Wagner – hinter der verschlossenen Tür des Computerraums – Mirko im Sucher der Nikon erblickte, überkam sie plötzlich fürchterliche Angst. Sie versuchte, ihn ins Visier zu nehmen, aber er verschanzte sich hinter dem Agenten. Wann immer das Fadenkreuz ihn erfasste, veränderte er seine Position, und sie musste befürchten, an seiner Statt den falschen Mann zu treffen.

Dann schoss Mirko, ohne dass sie sehen konnte, auf was oder wen.

Ihr wurde übel vor Entsetzen. Hatte er jemanden getötet? Oder war er auf Janas Trick hereingefallen?

Immer noch hielt er den Agenten fest.

Komm schon, dachte sie, lass ihn los.

Sie wollte den Agenten nicht treffen. Aber ihr blieb keine Wahl. Es entsetzte sie, so zu denken, aber vielleicht würde der plötzliche Tod des anderen die nötige Verwirrung stiften.

Jemanden opfern für ein Ziel. So ging das also.

Dann sah sie, wie eine Veränderung in Mirkos Zügen vorging.

MIRKO

Etwas war seltsam. Eine ganze Menge Dinge waren seltsam, obschon alles zu stimmen schien. Jana war tot. Alle waren tot außer ihm und Francis und vielleicht Kuhn, der sich unter O'Connors dahingestrecktem Körper nicht rührte.

Sein Blick fiel auf den verstümmelten Arm des Agenten. Etwas hing aus dem blutgetränkten Ärmel, baumelte heraus.

Eine Krawatte?

Der Arm war abgebunden. Wie konnte sein Arm abgebunden sein, wenn Francis sich tot gestellt hatte?

Sie hatten ihn reingelegt.

In plötzlichem Begreifen starrte er auf Janas Leiche. Das vertraute lange Haar. Die Jacke. Die Schultern, die bei näherem Hinsehen irgendwie zu breit waren, so dass es wahrscheinlich gar nicht Jana war, die dort lag, sondern …

Er stieß Francis von sich weg und sprang zurück.

COMPUTERRAUM

Wagner drückte den Auslöser.

Sie hatte keine Vorstellung von dem, was passieren würde. Vielleicht, dass der Laser einfach nur ein Loch in ihn brannte. Oder dass sein Körper zerplatzen würde wie eine reife Frucht.

Vor allem davor graute ihr, dass es scheußlich sein würde und sie es anschauen müsste, weil sie anders nicht zielen konnte.

Stattdessen geschah gar nichts.

Eben noch hatte sie Mirko vor Augen gehabt, ungeschützt, und jetzt war er verschwunden.

Sie hatte ihn verfehlt!

Wagner fluchte.

In panischer Hast versuchte sie, ihn wieder in den Fokus zu bekommen.

HALLE

Mirko hörte das Knallen der Akkus im Moment, als sie sich entluden. Er wusste, dass der Sprung nach hinten sein Leben gerettet hatte. Aber er wusste auch, dass die Akkus noch einen zweiten Schuss hergaben. Jana musste im Büro oder im Computerraum sein.

Verdammte, schlaue Jana!

Aber nicht schlau genug für Mirko. So einfach ließ er sich nicht hereinlegen von dem Miststück.

Im Augenblick, da seine Füße den Boden berührten, wirbelte er herum und zielte auf das Objektiv unter der Decke. Er sah, wie es sich drehte, ihn suchte, sah den Spiegel aufblitzen und schoss.

Mit einem Knallen flog der Mechanismus auseinander.

Mirko konnte einen Triumphschrei nicht unterdrücken. Jana, verdammte Jana! Sie war so gut wie tot! Er drehte sich herum, um zum hinteren Teil der Halle zu laufen.

Vor ihm stand einer der toten Agenten.

Der Mann hatte rechts vom Eingang gelegen, blutüberströmt in seinem zerschossenen schwarzen Anzug. Aber jetzt lebte er, und er hatte Janas Gesicht und eine Pistole in der Rechten, die auf Mirko gerichtet war.

Aus der Pistole kam der Tod.

Das Letzte, was Mirko empfand, war eine Mischung aus grenzenloser Bewunderung und namenlosem Entsetzen.

Dann endete alles.

MALZMÜHLE

»Das war schön. Wirklich schön. Vielen Dank.«

Der Präsident strahlte. Guterson strahlte auch. Innerlich, weil der Abend endlich vorbei war. Um ein Haar wäre es noch zum improvisierten Gipfeltreffen gekommen, nachdem das BKA in der Kneipe angerufen und Gerhard Schröder avisiert hatte. Schröder kam dann doch nicht. Stattdessen verlieh der Wirt Clinton irgendeinen Orden, und der Präsident schrieb ins Gästebuch, wie ausgezeichnet das Essen gewesen sei, und signierte mit William J. Clinton. Ihm war die Begeisterung abzukaufen. John Kornblum sah nicht so aus, als wolle er sich zu den dargebotenen Speisen in ähnlicher Weise äußern, aber er wurde auch nicht darum gebeten.

Sie beglichen die Zeche. Überwiegend hatte Clinton Afri Cola getrunken, eine deutsche Variante der guten alten Coke. Vielleicht war es besser so. Ein Kölsch hatte gereicht, ihn in Kennedys Fußstapfen treten zu lassen. Es war unüberhörbar gewesen, vorgetragen mit dem Lächeln, das Geschichte schreibt:

»Ich bin ein Kölsch.«

Guterson sprach nur wenige Brocken Deutsch, aber selbst ihm war nicht entgangen, wo der Fehler lag. Dass Kennedy sich seinerzeit als Berliner geoutet hatte, Historie! Dass er den Kölnern vor dem Rathaus 1963 bei seinem Besuch in der Domstadt ein markiges »Kölle Alaaf« entgegengeschmettert hatte, legendär. Clintons verspätetes Eingeständnis, dass er eigentlich ein Bier sei, nahm sich dagegen rührend und blässlich aus.

Es war der kleine Schönheitsfehler, der vieles zunichte machte. Clinton hätte so gut und über jeden Zweifel erhaben sein können, dachte Guterson, ohne diese ständige Nacheiferei seines Jugendidols. Ganz klar war die Zuneigung, die Köln dem Präsidenten jetzt schon entgegenbrachte, auch auf die offensichtlichen Parallelen zu JFK zurückzuführen. Seit Kennedy hatte kein Politiker in den USA das höchste Amt im Staat so kontinuierlich angestrebt und auch gewonnen wie Bill Clinton. Ebenso wie Kennedy war der Präsident ein Berechner, der sich auf dem schmalen Grat zwischen dem Verbotenen und Noch-vertretbaren bewegte. Er hatte Amerika aus der Isolation befreit, ein Hoffnungsträger, der einen langen amoralischen Schatten warf und darum jeden potentiellen Sünder faszinieren musste. Wie Kennedy war auch Clinton ein unbändiger Optimist, der automatisch davon ausging, man könne sich immer irgendwo treffen, und gerade darum hatten beide sich so gut verkauft. Clinton war überzeugt, dass insgeheim sogar republikanische Hardliner wie Newt Gingrich oder Pat Buchanan eine Basis mit ihm wollten – von Leuten wie Jassir Arafat oder Hafez al-Assad ganz zu schweigen –, die man nur entdecken müsse. Impulsiv neigte er zu Toleranz und Ausgleich, was ihm Stimmen einbrachte, zugleich aber auch sein größtes Problem darstellte. Wenn Bill Clinton eines nicht konnte, und auch darin glich er Kennedy, dann seine Gegner richtig einschätzen. Beide waren Kämpfer und zugleich Spieler, populistische Grenzgänger, die alles auf eine Karte setzten, ohne recht zu wissen, wer ihnen gegenübersaß.

Der eine hatte am Ende verloren. Alles, das Leben. Dafür war er in den Olymp der Unantastbarkeit entstiegen, den er mit den Größten der Geschichte teilte. Wenn die Laserattacke wirklich Clinton gegolten hatte, wäre ihm der arme Aufsteiger aus Arkansas womöglich in eine Art Vorzimmer gefolgt. Trotz des Lewinsky-Skandals betrachteten die meisten Amerikaner das Vorgehen Starrs gegen den Präsidenten mit Skepsis und Widerwillen. Sie fanden, es sei seine Sache, was er mit seinen Zigarren tat. JFKs Liebeleien hatten den Präsidenten nicht daran gehindert, die Kubakrise zu meistern, warum also sollten Clintons eher harmlose Abenteuer ihn davon abhalten, die USA aus dem psychologischen *Black Hole* herauszuführen, in das die Weltmacht nach dem Zusammenbruch der Sowjetunion gestürzt war?

Wie bei Kennedy waren es – trotz oder gerade wegen seiner offen zur Schau gestellten Triebhaftigkeit – gerade die Frauen, die Clinton die Stange hielten. Ihnen verdankte er die Wiederwahl. Sie hätten vermutlich am meisten um ihn getrauert, wenn er dem Anschlag zum Opfer gefallen wäre, weil sie wesentlich mehr Akzeptanz für Clintons Seitensprünge aufbrachten als für Starrs Sittenpolizei, die sie zurückzwingen wollte in die finsteren Abgründe des Kolonialismus, zurück an den Herd und ins puritanische Abseits. Im Grunde war es nur logisch, dass Clinton den Rummel um seine Person in der Malzmühle nicht den Kölnern verdankte, sondern einer weiblichen amerikanischen Reisegruppe.

Vielleicht, im Falle der Katastrophe an diesem Tag, hätte Clinton posthum sogar von seinen Gegnern so etwas wie Liebe erfahren. Nur, Verehrung blieb Kennedy vorbehalten. Hier endete die Parallele. Clinton träumte den historischen Traum. Von Friedensschlüssen unter seinem Patronat, von der Lösung der Nahostfrage, von der Unsterblichkeit. Kennedy hatte diesen Traum verkörpert. Geschichte war nicht wiederholbar, sosehr man sich auch darum bemühen mochte.

Es war 23.00 Uhr, als sie hinaus auf die Straße traten. Der Präsident winkte in die Menge, verschwand in seinem Lincoln, und sie fuhren zurück, während ein weiteres Mal die Deutzer Brücke gesperrt und die Schifffahrt eingestellt wurde.

Wenn schon, dachte Guterson.

Auf diese Weise würden sich die Kölner wenigstens daran gewöhnen, was ihnen in den nächsten Tagen noch bevorstand. Wenn sie Clinton wollten, mussten sie den Secret Service, die CIA und das FBI eben mit in Kauf nehmen. Und sie konnten sich dabei noch glücklich schätzen. So entspannt und freundschaftlich die Zusammenarbeit mit dem BKA im Wesentlichen verlaufen war, hatten einige Gespräche weitaus weniger freundliche Züge getragen. Die Reibereien etwa mit dem FBI, das sich – zugegeben – um fremde Hoheitsrechte wenig scherte. Oder als sie verlangt hatten, für Clinton die komplette Innenstadt räumen zu lassen oder wenigstens einen eigenen Weg vom Rathaus zum Römisch-Germanischen Museum festzulegen. Das BKA war fuchsteufelswild geworden. Jeder gehe diesen Weg, der Franzose, der Italiener, der Kanzler, der Japaner, warum nicht Clinton? Sie hatten versucht, den Deutschen klar zu machen, dass Clinton der Präsident der Vereinigten Staaten und nicht der Franzose oder der Italiener war, aber die Gegenseite war hart geblieben. Zeitweise war es zugegangen wie auf dem Basar. Zugeständnis gegen Forderung. Der Secret Service hatte sich darin behauptet, dass während des G-8-Gipfelfotos auf dem Heinrich-Böll-Platz Eisenbahnwaggons als Sichtblende auf die Hohenzollernbrücke gerollt werden würden, dass Clinton nie über Kabel schreiten dürfe oder darunter hindurch, was bei achttausend Journalisten und zig Kilometern verlegten Leitungsnetzes alptraumhafte Züge für die Organisatoren annahm, dass Clintons Limousine grundsätzlich nur auf der rechten Seite einer Straße oder Zufahrt zu parken habe – und dass der Secret Service, wenn es ihm gefiel, all dies binnen weniger Stunden über den Haufen werfen und neue Regeln aufstellen konnte.

Dafür waren sie bekannt, ihren Gastgebern so etwas zuzumuten. Sie galten als arrogant und gefühllos. Der Punkt war, dass sie es wussten und dass es ihnen gleich war. Andere Nationen wollten nicht begreifen, dass der Secret Service an einem Trauma litt, obwohl er definitiv nichts für das gekonnt hatte, was damals in Dallas geschehen war. Guterson war klar, dass sie sich allzu oft im Ton vergriffen. Wann immer dies in den vergangenen Wochen geschehen war, hatte das BKA kalt lächelnd mit »Ingelheim« gekontert. »Ingelheim« war als Argument ein Totschläger. Dort hatten sich Clinton und Schröder unlängst getroffen. Schröder hatte dort gestanden, wo er eben stehen musste, um den Präsidenten zu begrüßen, und eine amerikanische Protokollbeamtin hatte ihn angeherrscht, er solle unverzüglich seinen Arsch einpacken und auf die Seite gehen. Sie hatte es nicht ganz so harsch formuliert, aber den deutschen Kanzler darauf hinzuweisen, er dürfe dort nicht stehen, hatte auch so für einen Sack Probleme gereicht.

Es war eines der seltenen Male gewesen, dass der Secret Service wirklichen Ärger bekommen hatte.

Auch das war ihnen egal.

Guterson sah aus dem Fenster. Die Kolonne fuhr über den Rhein, und einen Moment lang berührten ihn der angestrahlte Dom und die kleinere Kirche davor auf eigenartige Weise.

Er führte ein kurzes Gespräch mit dem Präsidenten, während sie auf die lange, gewundene Auffahrt zum Hyatt einbogen.

Es hatte kein Attentat gegeben. Jeder wollte die rückhaltlose Aufklärung mit allen Mitteln, um die Auftraggeber zu ermitteln, und jeder hatte zugleich Angst davor, es herauszufinden. Sollte sich der Verdacht einer serbischen oder gar russischen Beteiligung bewahrheiten, würden die Konsequenzen schauerlich sein.

Aber zugleich wollte niemand, dass überhaupt etwas passiert war. Nicht in der Friedensstadt Köln. Keine Risse im Gefüge.

Wie immer blieb es sein Problem. Seines und das der deutschen Kollegen.

Sie würden es lösen.

WAGNER

»Ja. Nein. Nein. Ja.«

Wagner hatte das Gefühl, immer wieder die gleichen Fragen zu beantworten, aber vielleicht lag es auch einfach nur an ihrer Unfähigkeit, das Geschehene zu erklären.

Vor allem fühlte sie sich müde, schrecklich müde. Sie saßen auf der Pritsche eines offenen Mannschaftswagens und halfen den Polizisten zu verstehen, was sie in der Halle vorgefunden hatten. Die meiste Zeit redete ohnehin O'Connor. Die Männer, die sie vernahmen, waren schließlich zu der Überzeugung gekommen, dass er ihnen die präziseren Informationen lieferte, und behelligten Wagner nur sporadisch. Einer von ihnen war Bär, der Hauptkommissar vom Flughafen, den anderen kannte sie nicht. Sie waren höflich und rücksichtsvoll, offenbar aber fest entschlossen, in wenigen Minuten umfassendes Wissen zu erlangen.

Wagner konnte es ihnen nicht verdenken. Sie suchten Jana.

Und Jana war verschwunden.

Wieder frei zu sein und außer Gefahr, hinterließ gemischte Empfindungen in Wagner. Zum einen kaum zu beschreibende Erleichterung, andererseits bleierne Gleichgültigkeit. Es ist normal, dachte sie, wahrscheinlich haben die Nerven abgeschaltet oder irgendwas. Geist und Körper wollen ihre Ruhe. Selbstschutz. Wovon man so las. An O'Connor gelehnt, hörte sie teilnahmslos zu, wie er den Plan schilderte, den er gemeinsam mit der Terroristin entwickelt hatte, wie sie den kleineren der beiden erschossenen Agenten in ihre Kluft gesteckt und ihm die Perücke übergezogen hatten, während sich Jana mit Blut beschmierte und in die Kluft des Toten schlüpfte. Die Maskerade war beinahe lächerlich in ihrer Unbeholfenheit gewesen, eine makabre Travestie. Mirko hatte es nur darum nicht sofort erkannt, weil er nichts anderes zu sehen erwartet hatte. In seiner Erinnerung lagen die beiden Agenten dort, wo er sie auch vorfand. Seine Aufmerksamkeit hatte anderen Dingen gegolten, nicht einem blutigen Bündel, das verdreht dalag, mit einem Arm den halben Kopf verdeckend, ganz offensichtlich einer seiner Männer.

Wagners Blick wanderte hinüber auf die andere Straßenseite.

Zwanzig Minuten nachdem O'Connor Lavallier angerufen hatte, glich die Spedition einem Testgelände für Polizeieinsätze. Auf der Straße parkten mehrere Mannschaftswagen. Flutlichtstrahler waren herbeigeschafft worden. Das Rolltor stand weit offen und gab den Blick frei auf hektische Aktivitäten im Innenhof und in der Halle. Uniformierte liefen ein und aus, Teams der Spurensicherung untersuchten die beiden Lastwagen, den YAG und überhaupt alles. Zwischen den Polizeifahrzeugen parkten quer über den Gehsteig zwei Notarztwagen. Die Ärzte und Sanitäter waren in der Halle verschwunden und noch nicht wieder zum Vorschein gekommen. Das Letzte, was sie gehört hatte, war, dass es offenbar Schwierigkeiten gab, Kuhn zu transportieren. Er litt an inneren Verletzungen und Knochenbrüchen und hatte das Bewusstsein verloren. Sie konnten nicht genau sagen, wie sein Körper reagieren würde, wenn man ihn bewegte. Sie kämpften um ihn. Das war alles. Silberman war bei ihm, dessen Streifschuss sich unproblematisch hatte versorgen lassen. Der überlebende Agent befand sich bereits im Innern eines der Notarztwagen. Wagner wusste nicht, ob sie ihn verhörten oder ob er überhaupt in der Lage war, zuzuhören und Fragen zu beantworten.

Es war ihr gleich.

Sie fragte sich, ob sie den Anblick der Halle je würde vergessen können. Zumindest weit genug zurückdrängen, dass die Bilder sie nicht in ihren Träumen heimsuchten. In einer Anwandlung von Selbstquälerei versuchte sie, sich in Erinnerung zu rufen, wie viele Leichen da drinnen herumlagen, aber es gelang ihr nicht. Ihr Verstand weigerte sich, darüber nachzudenken, und sie ließ ihn dankbar seine Barrieren errichten.

Das Einzige, was sie wirklich glücklich machte, war, dass sie

Mirko nicht hatte töten müssen. Es war misslungen. Die Gewissheit, versagt zu haben, hatte ihr Schauer des Entsetzens und der Angst über den Rücken gejagt, aber im Nachhinein erwies sich der Fehlschuss als Segen. Vielleicht würde sie in Zukunft schweißnass und schreiend aufwachen, aber wenigstens nicht wegen eines Menschen, dessen Leben sie genommen hatte. Auch wenn er Mirko hieß und eine Bestie gewesen war.

»Wann können wir nach Hause?«, fragte sie.

Bär lächelte.

»Sobald wir hier fertig sind«, sagte er. »Es tut mir leid, aber so lange müssen wir Sie bitten, uns zur Verfügung zu stehen.«

»Wir haben doch schon alles drei Mal erzählt.«

Er machte eine Notiz in einem Buch, ohne darauf einzugehen. »Mir ist immer noch nicht klar, wohin Jana ... nein, Sie sagten, ihr Name sei Sonja. Sonja ... helfen Sie mir auf die Sprünge.«

»Irgendwas mit K. Ich erinnere mich nicht mehr. Sie hat den Namen nur einmal genannt.«

»Ja, richtig. Was mich wundert, ist, dass niemand von Ihnen gesehen hat, wie sie die Halle verließ.«

»Wir hatten genug anderes zu sehen«, sagte O'Connor.

»Obwohl sie gerade einen Mann erschossen hatte?«

»Es war ein schreckliches Durcheinander danach«, sagte Wagner. »Wir wussten nicht, ob er wirklich tot war und –«

»Mit einem Loch in der Stirn? Sie wussten es nicht?«

»Wir mussten uns überzeugen. Was erwarten Sie? Wir hatten Angst, da war Kuhn, der sich nicht mehr rührte, dieser verletzte Agent ...«

»Jana hatte immerhin Zeit, die Perücke mitgehen zu lassen.«

»Dann wird es ja kein Problem sein, sie zu finden«, sagte O'Connor, Erleichterung simulierend. »Wenn Ihre Leute jede Frau an den Haaren ziehen ...«

Der andere Kommissar beugte sich vor.

»Ich möchte Ihnen nichts unterstellen, Dr. O'Connor. Ihre Kooperation am Flughafen ist sehr positiv zu Buche geschlagen, trotzdem ist Ihre Rolle aus unserer Sicht nicht hinreichend geklärt. Ich muss Sie darauf aufmerksam machen, dass es den guten Eindruck verderben könnte, wenn Sie Informationen zurückhalten.«

»Ich habe bis jetzt noch jeden guten Eindruck von mir verdorben«, sagte O'Connor höflich. »Ich gebe mir alle Mühe.«

»Das ist schön.«

»Dafür halte ich es mit der Wahrheit. Zum Teufel mit Ihrem berufsmäßigen Misstrauen, warum sollten wir diese Frau decken? Ihre Unterstellungen sind idiotisch.«

»Niemand sagt, dass Sie Jana decken«, beeilte sich Bär zu versichern. »Bitte verstehen Sie uns. Sie haben in diesem Fall unglaubliche Hilfe geleistet. Ich brauche Ihnen nicht zu sagen, wie dankbar wir Ihnen sind. Aber Sie wissen auch, was es bedeutet, wenn die Frau in der augenblicklichen Situation durch Köln läuft. Es ist Gipfel.«

O'Connor schüttelte den Kopf.

»Sie wird keinen zweiten Versuch unternehmen, Clinton zu töten.«

»Was macht Sie da so sicher?«

»Wir haben den Laser gefunden. Das Ding ist nicht mehr einsatzfähig. Was würden Sie an Janas Stelle tun? Ins Hyatt marschieren und Clinton im Schlaf mit dem Kissen ersticken?«

»Hat sie gesagt, dass sie fliehen will?«

»Darüber haben wir uns nicht unterhalten. Sie ist weg. Wenn wir wüssten, wo sie ist, würden wir es Ihnen sagen.«

Bär kaute an seinem Kugelschreiber.

»Ich glaube«, sagte Wagner, »sie wird fliehen.«

»Warum glauben Sie das?«

Sie wollte darauf antworten, als sie Silberman aus der Spedition humpeln sah. Er kam langsam zu ihnen herüber. Dahinter schob das Team des Notarztwagens eine Bahre heraus.

»Kuhn«, rief sie aus, als er näher kam. »Wie geht es ihm?«

Plötzlich sah sie, dass der Korrespondent geweint hatte. Seine Augen waren verquollen und gerötet.

Er schüttelte den Kopf und ging an ihnen vorbei.

Wagner versuchte, Trauer zu empfinden. Es gelang ihr nicht. Der Tag würde kommen, irgendwann. Jetzt wollte sie nur noch ins Bett und einschlafen, während O'Connor ihre Hand hielt, sie festhielt, damit sie nicht zurückgleiten konnte in den Alptraum der letzten Stunde.

Bär lächelte wieder.

»Wir lassen Sie erst mal in Ruhe«, sagte er leise.

O'Connor legte den Arm um ihre Schultern und begann sie sanft zu wiegen. Wie zwei Kinder saßen sie in dem offenen Wagen, ließen die Beine herausbaumeln und sahen den Polizisten bei der Arbeit zu.

»Sind wir schuld?«, flüsterte sie nach einer Weile.

Er ließ ein kurzes Schweigen verstreichen.

»Wir sind alle schuld«, sagte er. »An allem.«

20. JUNI. MARITIM

Die Sonne schien. Das Thermometer verzeichnete siebenundzwanzig Grad Celsius. Durch das geöffnete Fenster ging ein leichter Wind und bauschte die weißleinenen Vorhänge.

O'Connor lag auf dem Bett und las in einer Illustrierten, als Wagner aus der Dusche kam. Sie warf das Handtuch auf den Boden, nahm ihm die Zeitschrift weg und küsste ihn.

»Mhmm«, machte O'Connor.

»Ich bringe dir alles durcheinander«, sagte sie. »Ich bin nicht so besonders ordentlich.«

»Ist das eine Warnung?«

»So ungefähr.«

»Zieht nicht«, murmelte er. »Unordnung ist sexy.«

»Was du nicht sagst.«

»Liebe war noch nie ordentlich und Sex schon gar nicht. Du weißt doch, man verlegt seine Grundsätze und Zurückhaltung und gibt sich im Folgenden alle Mühe, sie nicht wiederzufinden.«

Er zog sie an sich. Sie lachte und sprang vom Bett herunter.

»Keine Zeit für Sex«, sagte sie, während sie in einem Haufen Wäsche herumstocherte. »Wir sind verabredet.«

»Du lieber Gott! Pünktlichkeit ...«

»... stiehlt einem die Zeit. Schon klar. Lass dir was Besseres einfallen.«

Seit drei Tagen hatte O'Connor so gut wie keinen Alkohol getrunken. Sobald er wirkliche Probleme hatte, schien sein Interesse an Alkohol zu erlahmen, und derzeit hatte er Probleme. Er durfte Köln nicht verlassen. Vorläufig, wie es hieß, aber vorläufig entwickelte sich zum dehnbaren Begriff. Theoretisch konnte er hingehen, wohin er wollte, praktisch war er in Köln festgesetzt. Der Gipfel war noch nicht vorüber. Das Interesse des BKA wie auch der Amerikaner war überaus groß, den Fall bis ins Detail aufzuklären, und O'Connor wurde als Experte zwangsrekrutiert.

Wagner empfand Erleichterung darüber, dass er auch ohne seinen geliebten Whisky zurechtkam. Zugleich hatte sie die bemerkenswerte Entdeckung gemacht, dass er ihr als Abstinenzler auf die Dauer dubios und unvollständig erschienen wäre. Sie fragte sich, ob am Ende auch der Alkoholiker O'Connor nur eine Rolle in der Posse war, die er spielte. Im Augenblick war ihnen beiden nicht nach Trinken. Dafür liebten sie sich mit einer Intensität, deren Skala nach oben offen schien, und sie war abwechselnd euphorisiert, glücklich über jede Minute, die sie miteinander verbrachten, und niedergeschlagen, wenn sie an Kuhn dachte. Nicht allein sein Tod stimmte sie traurig. Auch, dass es ihr nach drei Tagen nicht gelungen war, das Maß an Trauer zu empfinden, das ihm ihrer Meinung nach zugestanden hätte. Sie fühlte sich schuldig und verwirrt. Das Ausbleiben von Schmerz verunsicherte und beschämte sie. Eine Weile trug sie das Problem mit sich herum, dann erzählte sie O'Connor davon.

Er schwieg eine Weile. Dann sagte er:

»Trauer ist ein ungebetener Gast. Sie kommt und geht, wann sie will, nicht, wann du willst. Ich schätze, das ist ihre beste Eigenschaft.«

Hin und wieder dachte sie an Jana, die ihre Familie verloren hatte. Ebenso wenig, wie sich das heulende Elend für Kuhn einstellen wollte, vermochte sie Wut oder gar Hass zu empfinden. Sie fragte sich, wann Janas Schmerz eingesetzt hatte und ob er je enden würde. Aber wahrscheinlich ließ sich der Vergleich nicht ziehen. Kuhn war kein Freund und schon gar kein Verwandter gewesen, eher ein guter Bekannter, den man mochte, ohne es zu merken. Sie stellte sich vor, wie er zur Tür hereinkam und eine blöde Bemerkung über ihre Größe machte, und dann dachte sie an die Art, wie er mit der Terroristin umgegangen war, als hätte eine geheime Verbindung zwischen ihnen bestanden. Erst im Nachhinein fiel ihr auf, dass der Lektor seiner Peinigerin offenbar nicht richtig böse gewesen war. Ob es daran gelegen hatte, dass er ihr vertraute und hoffte, sie würde ihn gehen lassen, oder ob einfach eine bizarre Sympathie zwischen ihnen entstanden war, blieb auf ewig ein Geheimnis. Etwas musste vorgefallen sein, dass sie ihm all den Spott verzieh, mit dem er sie bedacht hatte. Auf Wagner hatte es den Eindruck gemacht, als hätte er alles zu ihr sagen können, und sie hätte ihm nur weiterhin halbherzig den Mund verboten und ansonsten zugehört.

Opfer und Täter entwickelten oft merkwürdige Abhängigkeiten. Eine Abhängigkeit war es sicher nicht gewesen, aber vielleicht hatte er ihr zu denken gegeben. Durch eine Äußerung, eine Geste.

Eine Warnung.

Er hatte sie gewarnt.

Ich habe dir gesagt, dass sie den Preis für dich ausgehandelt haben. Du wolltest nicht hören.

War Kuhn am Ende von tieferen Einsichten geprägt gewesen als sie alle zusammen?

Dort angekommen, begannen sich Wagners Gedanken für gewöhnlich im Kreise zu drehen, und sie dachte an etwas anderes. O'Connor, der nichts zu tun hatte, war begierig, Köln kennen zu lernen. Seine Lesereise war geplatzt, offiziell wegen Erkrankung. Dafür, dass man ihn als Experten in der Stadt festhielt, zeigte die Polizei erstaunlich wenig Interesse an ihm. Wagner schleppte ihn durch Museen, Galerien und Clubs. Sie genoss es, sich nach den Jahren der Kasteiung wieder auf eine Stadt einzulassen, die ihre war und in der es Neues zu entdecken gab und keine abgestandenen Ängste und Irrtümer. Der Gipfel überstrahlte das Kölner Selbstverständnis wie ein Glorienschein, während den Bürgern allmählich das Interesse an dem ganzen Theater abhanden kam. Der Himmel über ihnen hallte wider vom Geknatter der Hubschrauber. Die Allgegenwart der Polizei und die Absperrungen ängstigten und beruhigten sie abwechselnd, konfrontierten sie immer wieder mit dem, was sie durchgemacht hatte – doch ganz allmählich, kaum dass es ihr auffiel, fand sie zu ihrem inneren Gleichgewicht zurück.

Sie lebte. Sie hatte allen Grund, dankbar zu sein.

Merkwürdigerweise schlief sie ausgezeichnet. Vielleicht lag es an O'Connor. Der Einfachheit halber war sie in seine Suite gezogen. Auch Wagner hatte man dazu verdonnert, die Stadt fürs Erste nicht zu verlassen, ebenso wie Silberman, der argwöhnte, nicht nur aufgrund seiner Verletzung von seinen Pflichten als Korrespondent entbunden worden zu sein. Sie hatten sich angewöhnt, zusammen zu frühstücken, abwechselnd im Hyatt und im Maritim, wo sie andere Gesprächsgegenstände zu finden suchten als das Attentat und die Stunde in der Halle. Irgendwie schien jeder von ihnen bestrebt, das Thema zu ignorieren wie einen unliebsamen Zeitgenossen, den man einfach so lange nicht beachtet, bis er vom Tisch aufsteht und geht.

Kuhns Leichnam war zügig nach Hamburg überführt worden. Der Befund hatte einen hypovolämischen Schock ergeben. Kuhn war an einem Milzriss gestorben, innerlich verblutet. Einzig wenn Wagner darüber nachgrübelte, wie Gruschkow den Lektor zusammengetreten haben mochte, entstand wirkliches Grauen vor ihrem geistigen Auge, und sie lenkte sich mit irgendetwas ab, bis die Bilder wichen.

An diesem Morgen war Silberman aufgebracht gewesen. Er hatte wütend in seinen Kaffee geblasen und seinem Unmut Luft gemacht.

»Ich soll Stillschweigen bewahren! Maul halten. Das trichtern sie mir jetzt seit Donnerstagabend ein, ich kann es nachbeten, aber gestern sind sie massiv geworden.«

»Wer sind sie? Die Polizei?«

»Nein. Doch, auch die, aber ich hatte Besuch von unseren eigenen Leuten. Völlig verrückt. Sie haben mir nahe gelegt, die Angelegenheit als nicht geschehen zu betrachten!«

»Was soll das heißen? Sie sollen nicht darüber reden?«

»Ich soll gar nicht dabei gewesen sein.«

»Unverständlich.«

»Ich versteh's ja selbst nicht. Ich glaube, Sie würden mich am liebsten in meinem Zimmer einschließen, damit ich bloß mit niemandem rede.«

»Na schön, gewissermaßen haben sie ja Recht. Sie wollen für

die Dauer des Gipfels eben keine schlechte Presse. Vielleicht möchten sie auch die Ermittlungen nicht gefährden und keinen Wirbel machen. Uns haben sie das Gleiche ans Herz gelegt.«

»Was? Ihr Gehirn waschen zu lassen?«

»Verschwiegenheit. Die Polizei in diesem Fall.« O'Connor hatte gelacht und achselzuckend Fatalismus bekundet. »Und das, wo ich verschwiegene Leute auf den Tod nicht ausstehen kann. Man findet nie heraus, ob sie interessant sind oder einfach dämlich.«

»Es hat nichts in den Zeitungen gestanden. Kein Wort von einem Attentat, nur was von verschärften Pressekontrollen. Es war alles voller Journalisten auf dem Vorfeld, die *müssen* was gemerkt haben. Clinton kam zu spät, verschwand wieder im Flieger, kam erneut raus, das ist doch nicht normal. Aber nichts! Nichts!«

»Doch. Es stand zu lesen, er hätte sich entschuldigt. Weltpolitisches Allerlei, das ihn an Bord festgehalten hatte, und so weiter.«

»Ich weiß nicht.«

»Ach, Aaron, die machen auch nur ihren Job. Warten Sie bis nach dem Gipfel. Wahrscheinlich ist der erste Leitartikel Ihrer.«

Silberman war nicht überzeugt gewesen.

Aber mehr gab es darüber nicht zu sagen, also hatten sie das Thema gewechselt und sich über Wirtschaftshilfe und Schuldenerlasse für die Dritte Welt unterhalten. Irgendwie war Köln politisiert. Ein großes Theater, an dem Politik gegeben wurde, und man diskutierte das Programm.

Wagner betrachtete sich prüfend in dem großen, frei stehenden Spiegel neben dem Bett.

»Ich find's nett, dass er uns besuchen kommt«, sagte sie, während sie die Knöpfe ihrer Levi's schloss.

»Ja, ich komischerweise auch«, rief O'Connor aus dem Bad. »Dabei konnte ich ihn anfangs nicht besonders leiden.«

»Ich glaube schon, dass du ihn leiden konntest. Du konntest lediglich nicht leiden, dass er nicht gleich vor dir in die Knie gegangen ist.«

Sie fuhr sich mit den Fingern durch das lange, honigfarbene Haar und überlegte, ob sie es zum Pferdeschwanz binden sollte. Dann beschloss sie, es zu lassen, wie es war. Lang und liebevoll in Unordnung gebracht. Neuerdings gefiel es ihr so besser als die glatt gekämmte, kontrollierte Variante.

»Wenn du so weitermachst, werde ich ihn noch richtig lieb gewinnen«, spottete O'Connor. Er kam aus dem Bad. Immer noch kündeten kleinere Verbände und Pflaster an den Händen von seinem Sturz durch das Glasdach des Terminals, aber es störte das Gesamtbild nicht. Er trug sandfarbene Jeans und ein schwarzes Poloshirt und sah blendend aus. Sie gingen über den Flur zum Aufzug und fuhren nach unten in die Lobby.

Die mehrstöckige Halle des Maritim unter dem gigantischen Glasgiebeldach war angelegt wie eine Straße, mit Geschäften, Restaurants und Cafés. Im hinteren Teil des Basements lag ein Bistro. Die Tische nahe der gläsernen Rückfront boten einen schönen Blick auf den Rhein.

Lavallier erhob sich, als er sie kommen sah.

»Sie sehen beide sehr gut aus«, sagte er.

»Danke«, sagte O'Connor.

Sie schüttelten einander die Hände und nahmen Platz.

»Sie wissen ja, wir haben Urlaub«, sagte Wagner. »Wenn auch keinen ganz freiwilligen.«

»Ja, ich weiß.« Lavallier lächelte. »Genießen Sie das schöne Wetter. Wir haben nicht so viel davon in Köln. Oh, bevor ich es vergesse…« Er griff in eine Tüte neben seinem Stuhl und förderte eine Flasche zutage. »Man sagte mir, dass Sie so was mögen, Doktor. Ich hoffe, es entspricht einigermaßen dem Niveau, auf dem Sie sich zu ruinieren gedenken.«

O'Connor nahm die Flasche in Empfang und betrachtete mit hochgezogenen Brauen das Etikett.

»Glenfarclas!« Er grinste. »Sie sind ein Experte, *Monsieur le Commissaire*! Wie hätte ich das ahnen können?«

»Gar nicht. Der Mann im Spirituosenladen hat mir gesagt, was ich kaufen soll. Ich dachte, da Sie in naher Zukunft ja wohl keine Flüge und Stürze mehr zu erwarten haben…«

Sie bestellten Kaffee und Sandwiches. O'Connor bestand darauf, den Inhalt der Flasche unverzüglich einer ausgiebigen Prüfung zu unterziehen, aber Lavallier war im Dienst, also blieb es bei Kaffee.

»Wir werden sie leeren und Ihrer gedenken«, sagte O'Connor herzlich.

Immerhin.

Es ging wieder los.

»Erzählen Sie schon, wie geht es Ihnen?«, sagte Wagner. »Noch viel um die Ohren wegen der... Geschichte?«

Lavallier zuckte die Achseln.

»Nein, eigentlich nicht. Es ist nicht mehr mein Fall.«

»Warum? Die falschen Fragen gestellt?«

Er lachte.

»Ich bin nicht suspendiert, wenn Sie das meinen. Nein, es ist schlicht eine Frage der Kompetenzen. Mein Einsatzbereich ist der Flughafen. Die Sache ist über Bundesebene hinausgegangen, das heißt, die Jungs vom BKA kümmern sich drum, Europol, Interpol, die Amerikaner. Bär leitet jetzt die Ermittlungen und ein paar andere über ihm. Ich bin nicht unglücklich damit.« Er ließ ein kurzes Schweigen verstreichen. »Es tut mir sehr leid um Ihren Freund. Das wollte ich Ihnen sagen.«

Wagner nickte. Plötzlich verspürte sie wieder diese Traurigkeit. Um Kuhn. Und darum, dass sie nicht wirklich trauern konnte.

»Danke, dass Sie gekommen sind.«

Lavallier zögerte.

»Na ja«, sagte er. »Ich glaube, ich bin nicht nur deswegen gekommen.«

O'Connor betrachtete ihn aufmerksam.

»Irgendetwas Neues?«

»Ja und nein. Die Ermittlungen sind in vollem Gange.«

»Und Jana?«

»Keine Spur. Um ehrlich zu sein, ich glaube nicht, dass wir sie jemals finden werden.«

»Warum so pessimistisch?«

»Bin ich nicht. Es ist einfach nur unwahrscheinlich. Das heißt, wir haben sie ja sogar gefunden.«

Wagner sah auf. Unbehagen beschlich sie.

»Also doch.«

»Es sieht ganz danach aus. Sie war in einem Hotel in der Kölner Innenstadt abgestiegen. Herausgefunden haben wir es über

Gruschkow. Der Mann mit der Glatze, Sie erinnern sich, der bei der Schießerei ums Leben gekommen ist. An der Rezeption haben sie ihn eindeutig als denjenigen identifiziert, in dessen Begleitung sie vor vierzehn Tagen angereist war.«

»Das klingt doch gut«, sagte O'Connor.

»Klingt.« Lavallier nippte an seinem Kaffee. »Sie war unter anderem Namen abgestiegen. Geschäftsfrau mit einem Unternehmen im Piemont. Hatte übrigens die Frechheit, gleich nach ihrer Flucht in aller Seelenruhe ihre Zimmerrechnung zu bezahlen und ihr Gepäck abzuholen. Die italienischen Behörden haben ihre Identität bestätigt. Sehr gesunder Laden, den sie da hatte, es bestand nicht der geringste Grund, ihn zu liquidieren.«

»Und das ist geschehen?«

»Vor drei Tagen. Ihr Finanzdirektor hat sich ebenfalls abgesetzt, er hatte die Liquidation vorbereitet.«

»Und Mirko?«

»Noch undurchsichtiger.«

O'Connor runzelte die Stirn. »Hat Bär Ihnen von meiner kleinen Theorie erzählt?«

»Kleine Theorie? Ach so, der amerikanische Hintergrund der Sache. Ja, hat er. Ich hörte, sie quetschen den verletzten Agenten aus wie eine Zitrone, aber er weiß auch nicht alles. Die Amerikaner sind auf das Äußerste besorgt. Es stimmt sie nicht gerade glücklich, dass einer ihrer ranghöchsten Beamten in diese Geschichte verwickelt ist, zu allem Überfluss auch noch der Mann, der im Hyatt für Clintons Sicherheit sorgen sollte.«

»Was? Das war Mirko?«

Lavallier tat, als habe er nicht richtig hingehört.

»Was meinen Sie?«, fragte er.

»Sie sagten gerade –«

»Ich habe gar nichts gesagt.«

O'Connor drehte sein Sandwich um und um und legte es zurück auf den Teller.

»Der Kerl hat uns fast umgebracht«, sagte er missmutig. »Ich wüsste wirklich gern, wer der Schweinehund war.«

»Möglicherweise ein Kontaktmann zur rechtsextremen Szene in den Staaten. Die ganz großen Kaliber. Vorgestern hörte ich, er sei Amerikaner serbischer Herkunft. Gestern, dass wahrscheinlich nicht mal das stimmt. Sie wissen nicht, woher er stammt und wie er heißt.« Er machte eine Pause. »Und welches seine Ziele waren.«

Wagner betrachtete den Hauptkommissar. Sie mochte ihn. Lavallier war ein netter Kerl, und er versuchte, ihnen Verschiedenes zu sagen. Vielleicht würde er noch mehr erzählen, wenn sie ihrerseits offener zu ihm waren.

Sie dachte zurück an den Moment, als sie um Mirkos Leiche herumgestanden hatten.

Die Sorge um Kuhn. Silberman bei dem Lektor. Alarmiert, weil er keinen Puls mehr fühlte.

Sie in O'Connors Arm.

Ihr Blick hatte auf Jana geruht. Einen Moment lang war sie wieder in der Halle. Sah, wie die Terroristin dem maskierten Agenten die Perücke herunterzog und zur Tür ging. Dort stehen blieb, sich noch einmal umdrehte. Niemand, der ihr Beachtung schenkte in diesen Sekunden.

Sie hatten sich in die Augen geblickt.

Es war der seltsamste Teil ihrer Erfahrung gewesen.

Seltsam, zu *wollen,* dass sie entkam.

Nur einer sentimentalen Geschichte wegen?

Das Leben ist ein Buch, in dem du noch nach Jahren lesen kannst, dachte sie. Lass es ruhen. Verständnis reift.

»Was glauben Sie?«, fragte sie in unbekümmertem Tonfall. »Wie lange werden wir noch zur Verfügung stehen müssen?«

Lavallier hob lächelnd die Hände.

»Ich weiß es nicht. Wirklich nicht.« Er sah auf die Uhr. »Tja. Schade. Ich muss Sie leider verlassen. Das Programm geht weiter. Landungen, Abflüge, die ganze Routine.«

»Morgen hat es sich ausgegipfelt«, bemerkte O'Connor. »Ich schätze, dann haben wir es überstanden.«

Lavallier erhob sich.

»Bär hat Ihnen gesagt, dass Sie mit niemandem reden sollen, nicht wahr?«

Wagner nickte.

»Tun Sie es nicht. Er wird Ihnen noch andere Dinge sagen. Meine Quelle an Information ist hiermit versiegt.« Er lächelte erneut, ohne dabei besonders glücklich auszusehen. »Wissen

Sie, vielleicht wäre es am besten, Sie wachen morgen früh auf und kommen zu dem Schluss, alles geträumt zu haben. Träume verblassen. Das ist praktisch. Meiner verblasst auch.«

»Das soll ein Traum gewesen sein?«, sagte Wagner ungläubig.

»Warum nicht?«

Sie schüttelte den Kopf.

»Wie lange werden wir hier bleiben?«, fragte O'Connor noch einmal, drängender diesmal.

Lavallier sah ihn an.

»Versuchen Sie, es wie Bär zu sehen«, sagte er. »Und alle, die über ihm stehen. Überzeugen Sie ihn.«

»Wovon?«, rief O'Connor.

Lavallier antwortete nicht. Er sah durch die gläserne Front hinaus auf den Rhein.

Über dem Fluss hing regungslos ein großes Insekt. Es war ein Hubschrauber. Seine Scheiben reflektierten das Sonnenlicht.

Eine Weile verharrte er über dem Wasser.

Dann entschwand er ihren Blicken.

EPILOG

Der alte Mann starrte hinaus auf die Umrisse der Berge jenseits der baumbewachsenen Hügel, die Hände auf die steinerne Brüstung gestützt, den Kopf zwischen die Schultern gezogen. Er fror, obschon es heiß war. Anders als vor einem guten halben Jahr. Damals hatten andere gefröstelt, während er sich an Visionen wärmte.

Elf Millionen Dollar hatten sie ihr bezahlt. Für nichts!

Wie hatte er sich nur dazu breitschlagen lassen können, diesem Blödsinn zu vertrauen? Laserwaffen! Allein der YAG. Drei Millionen extra. Ein Irrsinnsaufwand, der Transport aus dem Institut für Hochenergielaserforschung im kalifornischen Redondo Beach über Moskau, damit Mirko seine falschen Fährten legen konnte. Und dann diese Frau, die man nicht zu Gesicht bekam. Lächerlich! Auch Mirko hatte nicht gehalten, was sie sich von ihm versprochen hatten.

Das war es! Genau hier lag das Problem. Dieser Präsident schuf ein Amerika, in dem nicht mal die Schurken noch was taugten.

Er drehte sich um und starrte auf die Inschrift über dem Portal der alten Klosterkirche.

»In God we trust.«

Alter, sentimentaler Narr, dachte er. Du solltest nicht mehr herkommen. Er hatte diese Klosterkirche in den Appalachian Mountains geliebt, als Ort der Einkehr fernab von seinen Büros, Gebäuden, Fabriken und Geldmaschinen. Jetzt war ihm alles fremd. Alles verdorben. Das Trojanische Pferd war auseinander gebrochen, die anderen verstimmt, weil sie fanden, er habe es verpatzt.

Er. Ausgerechnet!

Der Alte schnaubte.

Ohne den Bergen von Tennessee noch einen Blick zu widmen, ging er ins Innere, wo seine Leute warteten.

ANHANG

»Lautlos« streift eine Reihe von Themen, die unsere heutige Welt prägen: Terrorismus, Nationalismus, Krieg, Medienkultur, Menschenrechte, Wissenschaft und so weiter.

Dem einen oder anderen werden sich beim Lesen vielleicht Fragen dazu stellen. Natürlich kann und will das Buch nicht jede dieser Fragen erschöpfend beantworten. Es ist ein Roman und kein Sachbuch.

Für alle, die dennoch mehr wissen wollen über den Krieg im Kosovo, über Terrorismus, über mafiose Strukturen in Russland, über Amerika, über die Abbremsung von Licht und über Whisky, habe ich diesen Anhang geschrieben. Er vertieft einige der angesprochenen Aspekte, erleichtert das Verständnis und gibt vielleicht die eine oder andere Antwort.

ÜBER DEN KOSOVO-KONFLIKT

Die Geschichte des Kosovo ist sehr komplex. Für die Serben ist das Kosovo »Heilige Erde«. Es gilt ihnen als die Wiege der serbischen Nation, obwohl das erste serbische Reich im neunten Jahrhundert in Raszien entstand, dem heutigen Sandzak. Tatsächlich hatte das Kosovo bis zum 12. Jahrhundert zum byzantinischen Reich gehört, erst dann wurde es Teil des serbischen Reichs – für fast zweihundert Jahre.

Fast jeder dürfte von der Schlacht auf dem Amselfeld, dem *kosovo polje*, gehört haben. Mit ihr begann, was 1999 vorläufig endete – der beständige Kampf um ein Stück Land, das wie kaum ein anderes in Europa zum Mythos hochstilisiert worden ist. Am Veitstag, dem 28. Juni 1389, erlitt der serbische Fürst Lazar auf ebendiesem Amselfeld, dem heutigen Kosovo, eine

Niederlage gegen das Heer des türkischen Sultans Murad I.; in Lazars Heer fanden sich übrigens auch Albaner, Ungarn, Kroaten und Bulgaren.

Die Niederlage traf die Serben darum so hart, weil das Kosovo im 14. Jahrhundert der weltliche und religiöse Mittelpunkt des serbischen Reichs war, Kornkammer, Weideland und Weingebiet, reich an Bodenschätzen. Prizren war Hauptstadt des serbischen Großreichs, in Peć residierte der Patriarch. Mit Lazars Niederlage endete darum nicht nur eine Schlacht, sondern der gesamte serbische Feudalstaat. Das Ende einer Ära war besiegelt.

Die serbische Mythologie funktionierte die Niederlage denn auch schnell in einen Sieg um, genauer gesagt zu einer Verheißung des Sieges. Lazar sei für das christliche Abendland gefallen, den kulturellen Kampf hingegen habe er gewonnen, den Kampf um den Glauben und die christlichen Ideale. Der Tag werde kommen, da auf Niederlage und Tod Sieg und Auferstehung folgen würden – und dauere es Jahrhunderte!

Ebendiese Verheißung hat Milošević 1989 heraufbeschworen, als sich die Schlacht auf dem Amselfeld zum sechshundertsten Male jährte. Getrübt wurde seine flammende Vision nur durch den Umstand, dass im Kosovo zu dieser Zeit über neunzig Prozent Albaner und die restlichen Serben sozusagen in der Diaspora lebten.

Aber der Reihe nach.

Mitte des fünfzehnten Jahrhunderts findet sich das Kosovo endgültig unter osmanischer Herrschaft wieder. Gut fünfzig Jahre später umfasst die osmanische Herrschaft auch sämtliche albanischen Gebiete. Hatten die Albaner zur Zeit des Großserbischen Reichs keine bedeutende historische Rolle gespielt und vorwiegend in den Bergen gelebt, während die Serben die Hochebenen bewirtschafteten, konvertierten die meisten Albaner nun zum Islam und arbeiteten auf den osmanischen Feudalgütern im Kosovo. Sie begannen die Region zu besiedeln.

1690 verzeichnet die Geschichte die »Große Wanderung« der Serben aus dem Kosovo nach Ungarn, was genauer gesagt einem Exodus von mehr als dreißigtausend serbischen Familien gleichkommt. Damit haben die Serben das Kosovo endgültig verloren.

Anfang des neunzehnten Jahrhunderts erheben sich die Serben gegen die Osmanen. Es kommt zu Aufständen. 1830 wird das Fürstentum Serbien ausgerufen, ein halbes Jahrhundert später formiert sich die »Liga von Prizren«, die albanische Nationalbewegung, im Kosovo.

1912 bricht der erste Balkankrieg aus. Die Allianz aus Bulgaren, Serben, Griechen und Montenegrinern vertreibt die Osmanen endgültig vom Balkan. Die Serben erobern das Kosovo »zurück« und töten die Albaner zu Tausenden. Wenige Jahre später wird das Kosovo Teil des Königreichs der Serben, Kroaten und Slowenen, kurz SHS, aber die Kämpfe nehmen kein Ende. Bis in die zwanziger Jahre liefern sich serbische Cetniks und albanische Kacaks blutige Gefechte. 1929 wird aus SHS das Königreich Jugoslawien, bis Hitler 1941 dort einfällt und das jugoslawische Territorium zwischen Italienern und Deutschen aufteilt. Damit entsteht unter den Besatzungsmächten ein »Großalbanien« unter Einschluss des Kosovo.

Nach dem zweiten Weltkrieg schafft Tito die jugoslawische Monarchie zugunsten einer sozialistischen Föderation ab. Das Gebilde aus sechs Teilrepubliken und zwei autonomen Provinzen erweist sich als politisch stabil, das Kosovo kommt zeitweise zur Ruhe – 1966 wird sogar der serbische Innenminister wegen Repressalien gegen die Kosovo-Albaner abgesetzt. Acht Jahre später schließlich werden dem Kosovo umfassende Selbstbestimmungsrechte eingeräumt.

Tito stirbt 1980. Sechs Jahre danach gelangt ein Mann an die Macht, der bis dahin ein gehorsamer kommunistischer Apparatschik gewesen war, ein eher bürokratischer Typ. Sein Name ist Slobodan Milošević. Er wird Parteichef in Serbien.

Am 24. April 1987 kommt es zu Demonstrationen der Serben in Kosovo Polje westlich von Pritina. Milošević verspricht: *»Niemand darf euch schlagen!«* Die serbische Mobilisierung im Kosovo nimmt ihren Anfang. Bereits ein Jahr später spricht Milošević offen vom »Sieg im Kampf um das Kosovo« und der »Wiederherstellung der nationalen Einheit Serbiens«. Im März 1989 hebt das serbische Parlament verfassungswidrig die Autonomie des Kosovo auf. Im Mai wird Milošević serbischer Präsident. Zusammen mit über einer Million Serben begeht er im

Kosovo den sechshundertsten Jahrestag der Schlacht vom Amselfeld und verspricht den Serben, ihnen zurückzugeben, was ihnen zustehe. Er erklärt die Albaner zu »Feinden seit sechshundert Jahren«. Zwietracht und Verrat hätten das serbische Volk in seiner langen Geschichte wie ein Fluch verfolgt. Nun aber gelte es, »den Geist der Eintracht, der Zusammenarbeit und der Ernsthaftigkeit zu pflegen!«.

Für die Albaner im Kosovo beginnt ein Jahrzehnt der Repression, Apartheit und Erniedrigung.

1990 erklärt sich das Kosovo für unabhängig und gibt sich unter Ibrahim Rugova eine eigene Verfassung. Zugleich hebt eine neue serbische Verfassung die Autonomie des Kosovo nun auch formell auf. 1992 gewinnt Rugova mit seiner Partei LDK die Parlamentswahlen im Kosovo, die Serbien zwar verboten, aber kaum behindert hat. Man nimmt Rugova und seinen Schattenstaat nicht sonderlich ernst.

1995 erobert Kroatien die serbisch besetzten Gebiete in Westslawonien und in der Krajina zurück. Eine serbische Massenflucht setzt ein. Viele Serben werden umgebracht, einige zehntausend schließlich im Kosovo angesiedelt. Mit dem Friedensabkommen von Dayton endet kurze Zeit später der Krieg in Bosnien-Herzegowina. Den Friedensplan hat die so genannte Kontaktgruppe ausgearbeitet, Amerikaner, Russen, Franzosen, Briten und Deutsche. Die Friedenslösung für das ehemalige Jugoslawien umfasst auch das Kosovo, aber Milošević zeigt sich verstockt und verweigert jedes Gespräch. Zu diesem Zeitpunkt wird internationalen Beobachtern klar, dass die Eskalation unabwendbar ist.

Im Jahr darauf setzt eine neue Kraft Impulse im kosovo-albanischen Unabhängigkeitskampf. Als nach der Erschießung eines Albaners durch die serbische Polizei fünf Serben erschossen werden, bekennt sich eine gewisse UÇK zu dem Anschlag, die Befreiungsarmee Kosova.

Der Konflikt zwischen Albanern und Serben verschärft sich ein weiteres Mal, ungeachtet einer Vereinbarung über die »Normalisierung des Ausbildungssystems für die albanische Jugend«, die von Rugova und Milošević unterzeichnet wird. Es ist eines von Miloševićs Täuschungsmanövern. Tatsächlich wird das Vorgehen der jugoslawischen Polizei und des Militärs gegen die Kosovo-Albaner immer brutaler. Vom Frühjahr bis zum Spätsommer 1998 vertreibt die jugoslawische Armee über eine Viertelmillion Albaner, mordet und plündert, bis Milošević unter dem massiven Druck der Nato zusagt, seine Truppen aus dem Kosovo abzuziehen.

Man wiegt sich in dem Glauben, die Androhung von Luftangriffen habe Milošević zur Räson gezwungen. Tatsächlich akzeptiert der jugoslawische Präsident eine zweitausend Mann starke Mission der »Organisation für Sicherheit und Zusammenarbeit in Europa«, OSZE, die als Beobachter im Kosovo stationiert wird. Aber schon wenige Monate später kommt es zu den bis dahin schlimmsten Massakern im kosovarischen Recak, direkt unter den Augen der OSZE-Beobachter. Hinein mischt sich die UÇK. Milošević schickt immer neue Einheiten der Sonderpolizei und Armee ins Kosovo, unterstützt von paramilitärischen Schlächterbanden unter Leitung von Männern wie Arkan und Dugi. Nach dem Jahreswechsel treten die Kämpfe und Vertreibungen in eine Phase, die jedem Abkommen Hohn spricht. Die Lage im Kosovo wird immer verworrener, die Meldungen über Gräueltaten häufen sich.

Am 6. Februar 1999 beginnen auf Schloss Rambouillet bei Paris Gespräche zwischen Serben und Albanern, aber man gelangt zu keinem Ergebnis. Elf Tage später werden die Verhandlungen erneut aufgenommen. Die Kontaktgruppe legt einen neuen Friedensplan vor, den die Kosovo-Albaner unterschreiben. Er sieht vor, dass das Kosovo unter serbischer Hoheit verbleibt, aber seine umfassende Autonomie zurückerlangt, dass die UÇK entwaffnet wird und Nato-Truppen in der Provinz stationiert werden. Milošević lehnt die Unterzeichnung des Vertrags ab.

Am 19. März startet Richard Holbrooke, der mittlerweile fast schon legendäre »Architekt von Dayton«, einen letzten Versuch, Milošević zum Einlenken zu bewegen.

Der jugoslawische Präsident bleibt hart.

Am 24. März 1999 beginnt die Nato ihre Luftangriffe gegen Jugoslawien und greift damit erstmals in ihrer Geschichte einen souveränen Staat an.

Es ist viel darüber spekuliert worden, warum die Verhandlungen von Rambouillet gescheitert sind. Und ob alle Beteiligten gleichermaßen einen Erfolg angestrebt haben. Die Verhandlungen fanden in einem nahezu hermetischen Universum statt, nicht einmal Handys waren den Delegationsmitgliedern während der Verhandlungstage im Schloss erlaubt. Diese Abgeschiedenheit führte zu verschiedenen Spekulationen.

Eine davon sagt, schuld am Scheitern sei ein gewisser Annex B gewesen, ein militärischer Zusatz zum Kapitel 7 des endgültigen Vertragsentwurfs, den die Kontaktgruppe damals vorlegte. Ihm zufolge sollten sich die Nato-Truppen nach einem Abzug der jugoslawischen Verbände aus dem Kosovo in der gesamten Föderation Jugoslawien – also in ganz Serbien und Montenegro – frei bewegen und alle Infrastrukturen jederzeit gebührenfrei benutzen dürfen, immun gegen jede Verfolgung durch die örtlichen Behörden.

Einen solchen Annex hätte tatsächlich kein jugoslawischer Politiker ohne weiteres unterschreiben können. Entsprechend wurden Gerüchte laut, die Konferenz von Rambouillet sei durch den Annex B bewusst sabotiert worden. Wenn es sich so verhält, muss man sich die Frage stellen, wer ein Interesse daran gehabt haben konnte, die Gespräche scheitern zu lassen. Denn der Preis für ein Scheitern hieß Krieg.

Angeblich war die Bundesregierung zumindest zeitweise nicht über den Annex B informiert. Joschka Fischer sagte seinerzeit, der besagte Annex sei verhandelbar gewesen. Dem widersprachen russische Diplomaten. Ihnen zufolge waren der Annex B und andere in Kapitel 7 enthaltene Bestimmungen zur Implementierung von Nato-Truppen in der zweiten Verhandlungswoche von den USA und Großbritannien vorgelegt worden – und zwar ohne Absprache mit den anderen Mitgliedern der Kontaktgruppe und als nicht verhandelbar.

Etwa zu dieser Zeit verschlechterte sich das Klima zwischen Russland und der Nato drastisch. Ob daran tatsächlich der Annex B schuld war, bleibt dahingestellt. Er steht symbolisch für die Vielzahl widersprüchlicher Informationen, die man damals erhielt und die den Verdacht aufkommen ließen, in Rambouillet sei nicht richtig verhandelt worden. Fest steht, dass sich in Rambouillet Interessen mischten, welche die Verhandlungen nicht eben erleichterten – und schließlich den Krieg nach sich zogen, den die Nato bis zum Abkommen von Kumanovo am 9. Juni 1999 führte. Ein Krieg, in dem sich alle Parteien grob verschätzten: die Nato, weil sie glaubte, Milošević würde nach wenigen Tagen einknicken, und Milošević, weil er die Entschlossenheit der Nato unterschätzt hatte.

Darüber, ob der Krieg der Werte am Ende tatsächlich ein gerechter Krieg war, gibt es unterschiedliche Meinungen. Fest steht, dass Miloševićs mörderische »ethnische Säuberungen« unter dem »Schutz« des Nato-Bombardements intensiviert wurden. Fest steht ebenso, dass die Massaker und die Vertreibungen begonnen hatten, lange bevor die Nato ihre erste Bombe abwarf.

TERRORISMUS

Die wichtigste Aussage zum internationalen Terrorismus liefert die Geschichte des Buches selbst. Dass nämlich die alten Terrorismus-Regeln nicht mehr gelten. Janas Probleme bei der Konzipierung einer Waffe erwachsen der verschärften Wachsamkeit der internationalen Sicherheitsorgane, und die wiederum gründet auf der berechtigten Angst vor Anschlägen, die den Tod von Millionen Menschen zur Folge haben könnten.

Hier ein paar vertiefende Anmerkungen dazu.

Die Frage, ob es zu rechtfertigen sei, ganze Stadtviertel oder sogar Megastädte dem Erdboden gleichzumachen, hätten die Aktivisten der Siebziger und Achtziger noch mit einem klaren Nein beantwortet. Gerry Adams, einer der legendären Köpfe der IRA, hatte sich im gleichen Atemzug zur öffentlichen Gewalt bekannt, in dem er jeden unnützen Akt der Brutalität verurteilte: »*Wenn ich eine Situation herbeiführen kann, in der mein Volk blüht, werde ich zur Waffe greifen.*« Auch der politische Flügel der Irisch-Republikanischen Armee, *Sinn Fein,* hat gezielten Terrorismus seitens der IRA mit einkalkuliert beziehungsweise nicht versucht zu verhindern. Nie aber hätte sich die IRA zu Aktionen hinreißen lassen, die den sinnlosen Tod Hunderter oder Tausender Menschen zur Folge gehabt hätten. Es verlief eine unsichtbare Grenze im Selbstverständnis des Nachkriegsterrorismus, die viel mit der Psychologie der Akteure und ihren Zielen zu tun hatte. Sie zu überschreiten, hätte die Ächtung der Szene nach sich gezogen, die noch in den achtziger Jahren auf der Klaviatur der öffentlichen Meinung klimperte und dabei ganz beachtliche Resultate erzielte.

Lange Zeit waren die Gruppierungen bemüht gewesen, die Waage zwischen akzeptabler Gewalt und Gewaltfreiheit zu halten. Akzeptabel hieß in diesem Zusammenhang natürlich, aus der Sicht des jeweiligen Betrachters. Dennoch hatten Organisationen wie die RAF oder die Roten Brigaden ihr Tun grundsätzlich auf eine verquere, seltsam hilflose Moral gebaut. Der Linksterrorist Michael Baumann missbilligte Ende der Siebziger die Entführung einer Lufthansa-Maschine durch seine Gesinnungsgenossen, weil er fand, die Revolutionäre Front dürfe sich nur auf schuldige Personen konzentrieren, und das Hineinziehen Unschuldiger sei unethisch. Im freien Fall dieser Argumentation bewegte sich auch Mario Moretti, Kopf und Planer der Roten Brigaden, als er sich 1984 vor Gericht für die Entführung und Ermordung von Aldo Moro zu verantworten hatte. Man habe nicht den Menschen Moro entführt, erklärte er den Ausschüssen, sondern seine Funktion. Nicht Menschen veränderten die politische Landschaft, sondern Symbole und symbolische Werte. Nie hätten die Roten Brigaden Leid über Menschen bringen wollen.

Lässt man die Ethik beiseite, offenbaren sich ziemlich handfeste Gründe für die Eingrenzung des Schreckens. In letzter Konsequenz ging es darum, Anhänger zu gewinnen, die keine Terroristen waren. Man erzwang die Bereitschaft zuzuhören, um sie dann sinnvoll zu nutzen, Nachdenklichkeit und Sympathie zu erzeugen und seine Lobby zu vergrößern. Die Aktivisten der frühen Jahre waren sich darüber im Klaren, wie schnell man gewonnene Anhänger wieder verschrecken konnte, und die Hemmschwelle in den Siebzigern und Achtzigern lag ganz woanders als heute.

Hin und wieder war diese alte Form des Terrorismus sogar erfolgreich. Im Buch wird die Verleihung des Friedensnobelpreises an Jassir Arafat erwähnt. Er ist vielleicht das beste Symbol für die Kunst, gezielten Terror in Politik umzuwandeln (was sicherlich keine Entschuldigung für jedweden Akt der Gewalt ist). Gerade die PLO hatte sehr geschickt mit den Gefühlen der Menschen jongliert. Sie hatte intelligent und gezielt operiert. Sie hatte einer breiten Weltöffentlichkeit Verständnis dafür abgerungen, dass sie so und nicht anders handeln musste. Nicht nur mit dem legendären Handschlag zwischen Arafat und Rabin, abgesegnet von Clinton als salomonischer Instanz, war der Weg des Terrorismus in Facetten salonfähig geworden – die britische Königin Elisabeth II. empfing Nelson Mandela als legitimen Regierungschef seines Landes genau ein Jahrzehnt, nachdem Maggie Thatcher gesagt hatte: »*Jeder, der glaubt, dass der African National Congress irgendwann einmal die Regierung in Südafrika übernehmen wird, lebt in einem Wolkenkuckucksheim.*«

Die PLO ist insofern interessant für das Verständnis des Terrorismus jener Jahre, weil sie den klassischen Weg der Zielerreichung des Terrorismus dokumentiert: Aufmerksamkeit schaffen, Bestätigung und Anerkennung erlangen, Autorität gewinnen, die Regierungsgewalt übernehmen. Und – nicht zu vergessen – sich beizeiten von der Vergangenheit distanzieren.

Vor diesem Hintergrund wird verständlich, warum der Tokioter Giftgasanschlag eine solche Welle der Erschütterung auslöste. Niemand war auf eine solche Entwicklung vorbereitet gewesen. Nur wenige Wochen später starben beim Sprengstoffanschlag auf das Bundesverwaltungsgebäude in Oklahoma City einhundertzwanzig Menschen. Zwei Jahre zuvor hatte bereits der Anschlag auf das World Trade Center in New York City für Furore gesorgt. Wie es aussah, war der internationale Terrorismus in eine Phase erhöhter Gewalttätigkeit und gesteigerten Blutvergießens eingetreten, die auf diffusen religiösen und rassistischen Maximen gründete. Gerade der religiöse, aber auch der staatlich geförderte Terrorismus totalitärer Regimes macht uns heute Angst, weil es diesen Terroristen egal ist, wie viele Menschen sie töten – beziehungsweise je mehr, desto besser. Und weil selbst ausgebuffte Terrorismusexperten nicht mehr sagen können, was diese Organisationen eigentlich wollen.

So sinnlos Taten wie der Anschlag von Tokio anmuten mögen, fußen sie doch zumindest teilweise auf hoher technologischer und logistischer Intelligenz und enormen finanziellen Ressourcen. Das lässt vermuten, dass nicht nur die ideologischen Urheber daran beteiligt sind, sondern auch gekaufte Profis, und genauso ist es. Der Markt der Auftragsterroristen war noch nie so groß – und zeigte noch nie so wenig Skrupel. Selbst Carlos, der legendäre »Schakal« und Topterrorist der Siebziger und Achtziger, der 1994 von den französischen Behörden verhaftet wurde, verstand sich ansatzweise noch als Mann mit Überzeugungen, dem repressive Staaten keine Alternative gelassen hatten, als zur Waffe zu greifen. Spätestens seit Beginn der Neunziger hat sich die Frage nach Moral weitestgehend erledigt. Die Schattenwelt der Auftragskiller erhält ständigen Zufluss – Überbleibsel gescheiterter nationalistischer Gruppen aus aller Welt, ehemalige Offiziere des KGB, Scharfschützen aus den Reihen der Söldner und Elitetruppen, Fremdenlegionäre und gescheiterte Polizisten. Mit den diffuser werdenden Zielen weltweit operierender terroristischer Vereinigungen und deren allmählicher Umwandlung in Profit-Center sind die Skrupel einer Leila Khaled verschwunden und nüchterner Exekutive gewichen. Ein Vater des modernen Terrorismus, Abu Nidal, verwaltete in den Achtzigern rund vierhundert Millionen Dollar. Die ANO, die Abu Nidal Organization, erhielt ihre Aufträge vornehmlich aus Syrien, Libyen und dem Irak. Sie stellt das vielleicht beste Beispiel dafür dar, dass ein politischer Attentäter nicht notwendigerweise ein radikaler Ideologe, religiöser Fanatiker oder extremer Nationalist sein musste. Verlangt wurden Dienstleistungen. Die ANO hat ihre ursprüngliche Motivierung, religiöse oder politische Veränderungen herbeizuführen, schließlich fallen gelassen, sich ausschließlich auf Gelderwerb verlegt und die Gewinne geschickt in Unternehmen und Grundstücken angelegt. Zur ANO gehören eine höchst profitable multinationale Waffenhandelsgesellschaft mit Sitz in Polen sowie Institute für technologische Forschung und diverse Stätten der Vergnügung. Die gigantischen Profite machen ein Finanzdirektorium innerhalb der Gruppe erforderlich, das Abu Nidal, wie es heißt, persönlich leitet. Aus dem religiösen Bombenleger ist der Chairman einer Holding geworden, und viele eifern ihm nach. Selbst die ideologisch untadelige marxistisch-leninistische JRA hat zur selben Zeit wie Abu Nidal ein Vermögen durch Auftragsterrorismus angehäuft.

Die Frage der Auftragsterroristen von heute lautet nicht mehr, ob man für Geld tötet, sondern wie weit man geht. Hier schrecken möglicherweise selbst Leute wie Carlos, Abu Nidal oder Abu Abbas zurück, wenn ihnen anheim gestellt wird, in der New Yorker Innenstadt eine Atombombe zu zünden. Andere hingegen würden es tun.

Die Terrorismusforschung hat alle Hände voll zu tun, dem zuvorzukommen. Man weiß heute, dass nur der gesteigerte Austausch von nachrichtendienstlichen Erkenntnissen und eine polizeiliche und militärische Zusammenarbeit auf allen Ebenen den neuen Gefahren erfolgreich entgegenwirken kann. Nachdem die englische Armee schon vor Jahren zugegeben hat, dass sie der IRA technologisch unterlegen ist, wird man sich hinsichtlich des Terrors von morgen auf ganz andere Kaliber einzustellen haben.

ÜBER DIE RUSSISCHE MAFIA

Dieses Thema erschöpfend abzuhandeln, ist fast unmöglich. Die Russenmafia hat sich mittlerweile zu einem amorphen Gebilde entwickelt, das weltweit operiert und zum Teil mit Russland gar nichts mehr zu tun hat.

Im Buch ist die Rede vom Moskauring. Dazu ein paar Anmerkungen, die beispielhaft sein mögen für das, was wir heute unter der russischen Mafia verstehen.

Erstmalig Erwähnung gefunden hat der Ring in der Moskauer Zeitung *Rossijskaja Gaseta,* die Mitte der Neunziger mit der Mutmaßung an die Öffentlichkeit getreten war, im Schatten des Kreml hätten sich einflussreiche Beamte und Geschäftsleute zu einer mächtigen und finanzstarken Gruppe zusammengeschlossen, die sich selbst Moskauring nenne und das Ziel verfolge, aus der prosperierenden Hauptstadt Kapital zu schlagen.

Angeblich, heißt es, hat der Ring sogar das Moskauer Bürgermeisteramt vereinnahmt. Über das Finanzdepartment, das dem

Bürgermeisteramt angegliedert ist, werden eigene Firmen gegründet, die der Abwicklung von Finanztransaktionen dienen. Den Erlös kassieren Politiker und Geschäftsleute, die dem Ring angehören. Das Geld wandert nun auf deutsche, schweizerische oder österreichische Konten. Zum Beispiel hat sich das Bürgermeisteramt gleich nach dem Zusammenbruch der Sowjetunion das Besitzrecht am früheren Hauptsitz des Rates für gegenseitige Wirtschaftshilfe gesichert. Allein durch die Vermietung von Büroflächen werfen solche Liegenschaften Profite in Millionenhöhe ab. Vor allem aber unterstehen sie nicht der staatlichen Kontrolle, sondern sind halb privatwirtschaftlich. Das heißt, die offizielle städtische Kasse sieht nichts von den Gewinnen, denn die fließen in die vorgeschobenen, vom Ring kontrollierten Unternehmen. Der Ring kauft davon Hotels und Spielcasinos, die wiederum vom Finanzdepartment kontrolliert werden. Daraus erwirtschaftete Devisen werden über ausländische Firmen auf europäische Konten transferiert, und so entsteht außerhalb von Russland russischer Reichtum.

Das Wiener Innenministerium hat festgestellt, dass im Schnitt jeden Monat zehn russisch-österreichische Handelsfirmen gegründet werden, in denen die Österreicher vornehmlich Strohmänner sind. Längst ist das Firmengeflecht aus mafiosen und legalen Unternehmen unüberschaubar geworden. In der Schweiz warnt die Zentralstelle zur Bekämpfung des organisierten Verbrechens davor, die Russenmafia Schweizer Unternehmen erwerben zu lassen, deren Mitglieder nach und nach ausgetauscht würden, bis hinter der legalen Fassade eine mafiose Schattenwirtschaft entstehe. In England berichtete die *Financial Investigation Unit* der Stadtpolizei von London 1996, die Russenmafia wasche Hunderte von Millionen Pfund über den Londoner Börsenhandel.

In Deutschland sieht es nicht viel besser aus.

Russlands Problem ist, dass die russische Führung ohne das Geld der Mafia nicht überlebensfähig wäre. Und dass diese Mafia irgendwann aufhört, Mafia zu sein. Die Spitze wird ehrbar. Es fragt sich, welche Diskussionen über Recht und Unrecht man noch führen will, wenn Staat und Halbwelt eins werden, ob sie nun wollen oder nicht. Das Geld verwischt alle Grenzen. Für die Janas und Mirkos dieser neuen Welt, überhaupt für den gesamten Auftragsterrorismus, tun sich faszinierende Möglichkeiten auf. Ein Dienstleistungsmarkt ist geboren, wie es ihn ansatzweise allenfalls im Italien der großen Paten und im Amerika Al Capones gegeben hat.

Gerade die russische Mafia zeigt uns die Schwächen in der legalen Politik auf und lässt uns den Glauben an die Seriösität von Spitzenpolitikern verlieren. Wir fragen uns, warum etwa ein Boris Jelzin nicht mehr dagegen unternehmen konnte. Die Antwort ist schnell gegeben: Wir neigen dazu, unsere Politiker zu überschätzen. Wir glauben, alles, was sie tun, sei von langer Hand geplant, gut durchdacht und in nüchterner Atmosphäre gewissenhaft erarbeitet.

Dazu eine kleine Geschichte.

In den letzten Tagen der Gorbatschow-Regierung fanden sich der russische Präsident Boris Jelzin, der ukrainische und der weißrussische Regierungschef zu einem konspirativen Treffen zusammen. Man traf sich in der Datscha des Weißrussen und tagte. Beobachter – ehemalige Leibwächter – sprechen davon, dass man eher nächtigte und dass in jener Nacht das Ende der Sowjetunion beschlossen wurde, als der Tisch voll leerer Flaschen stand. Ebenso wie die Putschisten, die Gorbatschow seinerzeit hatten stürzen wollen, allesamt stockbetrunken gewesen waren (und völlig ahnungslos, was sie am Tag nach dem Putsch tun sollten), fiel auch hier die Entscheidung nicht gerade nüchtern. Irgendwann war es ausgesprochen, und nun ging es darum, wer Gorbatschow die unerfreuliche Nachricht überbringen sollte. Niemand hatte dazu Lust. Sie hatten soeben das Ende der größten Union der Welt beschlossen, aber es war ihnen aus persönlichen Gründen peinlich, Gorbatschow damit den Tag zu verderben. Keiner traute sich richtig. Wie Schuljungen, die einen Streich gestehen sollen, feilschten sie darum, wer denn nun die Katze aus dem Sack lassen sollte. Als Jelzin den damals noch als Staatspräsident der Sowjetunion amtierenden Gorbatschow schließlich anrief, um es ihm zu sagen, gerüchtete es in dessen Umfeld schon gewaltig. Gorbatschow war fassungslos – und von einem Tag auf den anderen entmachtet.

So viel zur politischen Kontrolle.

Das soll nicht heißen, dass politische Entscheidungen grundsätzlich auf eine solche Weise gefällt werden. Aber es zeigt, dass Politiker auch nur Menschen sind. In Situationen, denen sie allzu oft nicht gewachsen sind, können auch sie nur tun, was ihnen persönlich – oder ihren Beratern – richtig erscheint. Gorbatschow, einer der mächtigsten Männer der Welt, stürzte am Ende über ein Trio, das sich zusammengefunden hatte wie die kleinen Strolche. Dass Politiker auch über straff organisierte Unterweltorganisationen stolpern können, verwundert da kaum.

Im Augenblick ist die russische Regierung unter Putin sehr daran interessiert, der Unterwanderung durch mafiose Strukturen entgegenzuwirken. Das wird nicht einfach sein. Denn das Problem sind nicht die klassischen Gangster, sondern die halblegalen Strukturen. Dort, wo sich ehrbare Politik und Unterwelt die Hand reichen, lauern die Gefahren, zeichnet sich der Weg in eine durch und durch kriminalisierte Welt ab. Wollte man fatalistisch sein, könnte man sagen: Wenn alle Lumpen sind, sind wir im Ganzen wieder ehrlich, also was soll's. Und genauso funktioniert die russische Mafia.

Aber sie muss nicht funktionieren. Was Europa braucht, ist ein länderübergreifender Austausch. Eine engere Zusammenarbeit des Westens mit Russland könnte sicherlich dazu beitragen, dass es nicht zur globalen Kriminalisierung von Politik und Wirtschaft kommt.

ÜBER AMERIKA

Silberman, der White-House-Korrespondent in diesem Buch, thematisiert den *American way of life* anhand der Medienkultur. Zwangsläufig kommt dabei auch ein gewisser präsidentialer Fehltritt zur Sprache. Mittlerweile kann zwar keiner mehr den Namen Lewinsky hören, aber die Republikaner werden nicht müde, immer wieder aufs Neue davon anzufangen, also sollte man sich nicht täuschen lassen. Sosehr die Affäre allen Beteiligten und Nichtbeteiligten zum Halse heraushängen mag, hat sie die Art und Weise, wie politische Auseinandersetzungen in Zukunft geführt werden, nachhaltig beeinflusst.

Wie es so weit kommen konnte, dass ein hochrangiger Politiker wegen eines Seitensprungs an den Pranger der Weltöffentlichkeit gestellt wurde, ist die eine Frage. Die andere stellt sich in direktem Zusammenhang: Was muss geschehen, damit Politik kein weiteres Mal derart unter die Gürtellinie geht? Und welche Gefahren birgt ein gesellschaftliches System, das einen politischen Totschlag wie diesen ermöglicht?

Natürlich maßt sich dieses Kapitel nicht an, ein Bild von Amerika zu entwerfen. Aber es vertieft einige Aspekte, die dem besseren Verständnis dienlich sind.

Grundsätzlich muss man die Unterschiede betrachten, die zwischen der europäischen und der amerikanischen Wertauffassung liegen. Das Europa von heute, speziell Mitteleuropa, ist trotz rechter und linker Auswüchse von ausgleichenden Kräften geprägt. Man neigt zur Verständigung. Alle großen Parteien fahren einen mehr oder weniger gemäßigten Kurs, selbst das Verhältnis zur Kirche stellt Versöhnlichkeit in den Vordergrund. Nach Jahrhunderten und Jahrtausenden, die geprägt waren vom Erbe alter und dem Erwachen neuer Kulturen, von ständigen Grenzverschiebungen, von der Durchmischung unterschiedlichster Volksstämme, von Kreuzzügen, Revolutionen und Weltkriegen, von Primitivität und Brutalität einerseits und enormen geistigen und ethischen Errungenschaften andererseits, sind wir (vorläufig) auf einem Stand der allgemeinen Harmonisierung angelangt. Nicht, weil wir so tolerant sind, sondern weil wir erkennen, dass Toleranz und Koexistenz Sachzwänge sind.

Demgegenüber blicken die USA auf eine wesentlich jüngere Geschichte zurück. Die Weltkriege haben hier nicht stattgefunden, eine abgeklärte Rückschau auf die eigene Geschichte ebenso wenig. Die hausgemachten Probleme der Gründerzeit dauern an. Die Rassenproblematik, die unrühmliche Geschichte der Indianerkriege, die Religionsfrage, all das. In Europa haben die kulturellen Entwicklungen gemächlich stattgefunden, in den Staaten sind die Menschen aus einer Zeit archaischer Moralvorstellungen und erzreligiöser Auffassungen, provinziellen Wildwestdenkens und gesellschaftlicher Primitivität in ein High-Tech-Universum katapultiert worden – und das innerhalb kürzester Zeit, in nur zwei Jahrhunderten.

Amerika hat seine Entwicklung zwar vollzogen, aber längst nicht verarbeitet. Es brodelt, als habe die Besiedelung gerade erst stattgefunden. Und es brodelt umso mehr, als die Amerikaner mit aller Macht versuchen, es anders darzustellen, weil sie so gern auf eine lange Geschichte zurückblicken würden, die sie nicht haben (darum auch das große Interesse Amerikas an europäischer Historie und Kultur). Die USA sind zerrissen zwischen extremen Auffassungen, die Geschichte der Vereinigten Staaten geprägt von moralischer und physischer Gewalt. Das amerikanische System krankt an seiner eigenen Diffusität. Innerhalb einer machtvollen Union, die sich als Symbol der Einigkeit versteht wie keine zweite in der Welt, stehen einander fünfzig Staaten im Wege, deren Identitätsverständnis zum Teil extrem differiert. Als Folge gehen weltumspannende Interessen und globale Allmacht der USA einher mit bauerndummer Ignoranz gegenüber allem, was hinter dem nächsten Maisfeld liegt. Nirgendwo sonst in der Welt sind die Widersprüche so groß.

Dementsprechend hat Amerika keine nationale Identität wie etwa Deutschland, Frankreich oder England. Der Patriotismus mancher Hollywood-Produktion kann darüber nicht hinwegtäuschen. Er dient vielmehr dazu, den Mangel an innerem Gleichtakt zu kompensieren. De facto ist die amerikanische Gesellschaft ein lockeres Konglomerat aus Interessen und Werteauffassungen, die unterschiedlicher nicht sein könnten. Sie setzt sich zusammen aus wenigen, die viel, und vielen, die wenig haben, aus Liberalen und Demokraten auf der einen und Republikanern auf der anderen Seite, deren radikale Vertreter das Rad der Geschichte notfalls mit allen Mitteln zurückdrehen möchten.

Natürlich sind die USA auch großartig in vielerlei Hinsicht. Tatsächlich gibt es dieses Land der unbegrenzten Möglichkeiten, das dem Einzelnen unvorstellbare Offerten zur Entfaltung seiner Individualität bietet. Dieses Amerika ist eine einzige Geschichte der Freiheiten und Erfolge – das andere hingegen eines, das im Justizvollzug täglich die Menschenrechte verletzt, in dem Minderjährige und Geisteskranke hingerichtet werden, dreißig Millionen Menschen private Sicherheitsdienste in Anspruch nehmen müssen und eineinhalb Millionen Menschen hinter Gittern vegetieren. Ein Land, das für Gefängnisse mehr ausgibt als für Hochschulen, und in dem der Ku-Klux-Klan eine beispiellose Renaissance erlebt.

Und – zugegeben – in kaum einem anderen Teil der Welt hat es derart überzeugende Aufrufe für Toleranz und Gleichheit gegeben wie in Amerika, hat der Fortschritt eine solche Chance erhalten. Umso mehr aber sind die Reaktionäre zurückgewichen in die Vergangenheit der *pilgrim fathers,* der ultraprüden Sexualneurotiker und religiös motivierten Rassisten. Selbsternannte Christen ohne jede Nächstenliebe, die ihren Glauben notfalls mit Gewalt predigen, gewinnen Oberwasser. Dumpfe Moralwächter, zu allem bereit, sehnen mittelalterliche Zustände herbei. Das freieste Land der Welt steht hinter dem islamischen Fundamentalismus in nichts zurück, wenn man einen Blick auf die erzkonservative Szene wirft.

In diesem Land kann kein Präsident regieren, der es jedem irgendwie recht macht. Bis heute wurde jeder amerikanische Präsident Opfer von Feindseligkeit, Spott und Verachtung, weil es in den Staaten unmöglich ist, eine Richtung zu vertreten, die jedem akzeptabel scheint. Egal, was der Präsident sagt, immer hat er einen Teil des Volkes gegen sich. Lincoln, McKinley und Kennedy haben das nicht überlebt, Roosevelt und Reagan fast nicht, selbst Gerald Ford sollte umgebracht werden, und der war nun wirklich ein harmloser Zeitgenosse.

Und plötzlich kam Bill Clinton. Er kam als Hoffnungsträger eines neuen und weltoffeneren Amerika. Weniger prüde als seine Vorgänger, friedensorientiert, auf Abrüstung und Verständigung bedacht, randgruppenfreundlich, idealistisch, jung. Er brachte Sinnlichkeit und Spaß mit in die Politik. Der Wahlkampf wurde auf dem Saxophon geführt. Clinton kam und brachte die Welt der Reaktionäre in Unordnung. Eine mächtige Welt. Eine Lobby.

Er legte sich mit der Rüstung an, und die Rüstung ist konservativ, sie kann es nur sein. Vor allem aber repräsentiert sie in den USA eine Säule, auf der ein Großteil des amerikanischen Wohlstands ruht. Die amerikanischen Steuerzahler haben sechs Billionen Dollar in die atomare Aufrüstung gesteckt. Fast zwanzig Billionen Dollar hat das Gleichgewicht des Schreckens bis heute insgesamt gekostet – verständlich, dass der Kalte Krieg der Rüstungsindustrie ans Herz gewachsen ist. Aber Clinton wollte den Kalten Krieg beenden.

Auch die Waffenlobby tobte. Wie konnte Clinton den öffentlichen Verkauf von Handfeuerwaffen verbieten wollen? Opa die harmlose kleine Maschinenpistole abnehmen, so dass die Kinder nicht mehr die pädagogisch wertvolle Erfahrung des Schießens machten, wo doch alles voller Nigger, Juden, Kommunisten und Pazifisten war? Dieser Präsident musste ja wohl selber Kommunist sein. Oder Pazifist!

Bis jetzt haben wir einen Blick auf die offizielle, die legale Fraktion geworfen, die schlicht und einfach anderer Auffassung ist als die demokratische. Diese Gegner Clintons sind Personen des öffentlichen Lebens, die ihre politischen und wirtschaftlichen Interessen formulieren. Ihr Anspruch gründet – ob sie es wollen oder nicht – auf eine breite, extremistische Bewegung, die weiter am rechten Rand steht, als man es sich in Europa vorstellen könnte. Da sind die gewaltbereiten Suprematisten, die aufwieglerischen, antisemitischen und rassistischen *Christian Patriots*, die rund achthundert regierungsfeindlichen Milizen, die jede Waffenkontrollgesetzgebung ablehnen, Verschwörungstheorien verbreiten und Clinton verdächtigen, die Amerikaner entwaffnen zu wollen, um die Russen und die Chinesen ins Land zu lassen, die ganze rechtsextreme Szene. Ein Blick ins Internet reicht. Die *Michigan Militia* zum Beispiel erzählt dort, was Clinton vorhat. Mit kommunistischen Horden, sowjetischer Ausrüstung und Latinobanden die Opposition zu zerschmettern. Dagegen proben sie den Aufstand. Ihre Theorien sind mehr als lächerlich, dennoch haben sie zwölftausend Mitglieder, und sie können auf beachtliche Summen zurückgreifen! Die rechtsextreme Szene wird auf zwölf Millionen Mitglieder geschätzt, und sie sind in der Gesellschaft ähnlich stark verankert wie Le Pen oder Schirinowski in Europa, mehr als die Skinheads in Deutschland.

Das alles bezieht das republikanische Amerika achselzuckend in seinen Sittenkodex mit ein, aber wegen einer schmierigen kleinen Nummer im Oval Office nageln sie einen Präsidenten ans Kreuz, der zumindest versucht hat, den Missständen abzuhelfen. Das ist nur möglich in einem Land, in dem sich gesellschaftliche Strömungen mit rasender Geschwindigkeit auseinander entwickelt haben, und das keine Zeit hatte, zu einer nationalen Identität zu finden. Einem Land, in dem die Oberfläche gemäßigt erscheint, während darunter die Konflikte schlimmer aufbrechen denn je, und ausgerechnet die Tugendwächter jede Moral und Ethik mit Füßen treten, weil sie befürchten, Opfer der Modernisierung und eines neuen Denkens zu werden.

Clinton ist ein Symbol, das muss man begreifen. Es geht nicht um seine Person, sondern um seine Funktion, um das, was er repräsentiert. Er steht stellvertretend für den Krieg zwischen Fortschritt und Rückschritt, den das zerrissene Amerika mit sich ausfechtet. Die Methoden sind in den letzten Jahren immer rücksichtsloser geworden, und alle haben begeistert mitgemacht. Mit verstörenden Resultaten. Dass Clinton am Rande des Abgrunds stand, verdankte er beispielsweise den Medien – paradoxerweise hat das modernste Medium, das Internet, die mittelalterliche Hexenjagd am meisten begünstigt. Wahrscheinlich ist die Rechnung der Medienverantwortlichen sogar aufgegangen: Subtrahiere vom zu erwartenden Umsatzplus mögliche Schadensersatzforderungen. Ist das Ergebnis größer als null, wird eine mies recherchierte und moralisch verwerfliche, dafür aber spektakuläre Berichterstattung ohne Bedenken in Gang gesetzt. Andererseits haben die Medien Clinton aber auch gerettet. Verwirrend? Nicht in einer Medienwelt wie unserer. Am Ende sind Präsident und Medien einander ähnlicher geworden, als beiden lieb sein kann. Beide haben ihre moralische Reputation eingebüßt.

Gleiches gilt für andere öffentliche Kräfte. So hat das FBI von Monica Lewinsky verfasste Liebesbriefe an Clinton, die sie nie abgeschickt und sogar am PC gelöscht hatte, durch EDV-Spezialisten wieder sichtbar gemacht – um was zu beweisen, fragt man sich? Sind gesellschaftliche Wertvorstellungen nur noch durch Tabubruch und Outing darstellbar? Wer oder was soll hier geschädigt werden? Der Präsident? Oder die Demokratie, die Freiheit des Einzelnen?

In der Tat ist die Entwicklung bedenklich. Bei Nixons Watergate waren Politiker und Medien noch zurückhaltender. Nixon ist nie derart demontiert worden wie Clinton, nie so in der Öffentlichkeit bloßgestellt worden. Aber die Zeiten haben sich geändert.

Ein anderes Beispiel. Jeder wusste, dass Roosevelt behindert war, aber man ging darüber hinweg. Der Anstand wurde gewahrt, auch von den Medien, die seine Behinderung einfach nicht thematisierten. Es gab keine Bilder des Präsidenten auf Krücken oder im Rollstuhl. Keine Zensur hätte es verboten, aber man war der Ansicht, es ginge um Politik und Integrität und um nichts anderes. Demgegenüber guckte man Clinton in die Hose, und seine Inquisitoren mit ihren moralisierenden Parolen weideten sich genüsslich und öffentlich an der Tatsache, dass der Präsident einen krumm gewachsenen Penis hat. So viel zum Stil der aktuellen politischen Auseinandersetzung.

Immerhin haben die Reaktionäre ihre Schlammschlachten bisher verloren. Wohl, weil sie in ihrem Hass und ihrer Verblendung übersehen haben, dass sie mit der Veröffentlichung des Kenneth-Starr-Reports eine unsichtbare Grenze überschritten haben, die ihnen zwar das Interesse der Bevölkerung sicherte, zugleich aber deren Abscheu eintrug. Sie haben darum verloren. Dennoch ist unverkennbar, dass sich hier beispielhaft eine neue Unkultur anbahnt, welche die politischen Auseinandersetzungen der Zukunft zu bestimmen droht.

Auch Europa ist von solchen Entwicklungen im Ansatz betroffen. Wenn sich erst rechte Lobbyisten mit religiösen Fundamentalisten zusammentun, haben wir die Lewinsky-Affäre morgen in Deutschland mit all ihren fatalen Folgen.

ÜBER LICHTBREMSUNG

Nicht Professor Dr. Liam O'Connor ist es gelungen, das Licht abzubremsen, sondern dem Münchner Physiker Achim Wixforth.

Licht hat ein paar überaus interessante Eigenschaften für die Datenübermittlung. Zum einen sind Photonen (Lichtteilchen) virtuell, sprich körperlos, zum zweiten legt Licht in der Sekunde 300 000 Kilometer zurück. Das heißt, mittels Lichtimpulsen lassen sich ungeheure Datenmengen in atemberaubender Geschwindigkeit übermitteln. Darum werden unzählige Kilometer Glasfaserkabel täglich in der Erde verlegt, um die Datennetze von morgen zu knüpfen.

Die Geschwindigkeit ist aber zugleich auch das Problem. Um Lichtimpulse zu verlangsamen – genauer gesagt, um zu erreichen, dass sie verzögert eintreffen – müssen Techniker derzeit endlose Mengen Glasfaserkabel in ihre Netze schalten, die um Spulen gewickelt sind. Sie müssen das Licht auf einen zeitraubenden Umweg schicken, um millionstel Sekunden herauszuschinden.

Könnte man Licht hingegen nach Belieben verlangsamen und wieder beschleunigen, täten sich ungeahnte Möglichkeiten auf – bis hin zu optischen Computern, die gewaltige Datenmengen in Geschwindigkeiten verarbeiten können, wie es kein gängiger Computer kann.

Der Forschungsgruppe um Achim Wixforth ist es gelungen, das Licht in eine Falle zu locken. Wixforths Lichtbremser ist ein wenige Millimeter großer Kristall. Man nennt solche Kristalle Quantentöpfe. Sie bestehen aus verschiedenen Galliumarsenid-Verbindungen und sind eigentlich nichts Besonderes. Man findet sie als Basis vieler Halbleiter-Bauelemente, zum Beispiel in den Lasern von CD-Playern.

Wenn man Licht in einen solchen Kristall schickt, entstehen darin positive und negative Ladungen, die einander sogleich vernichten und ihrerseits einen Lichtblitz erzeugen. Vereinfacht gesagt – das Licht flitzt durch den Kristall mit der üblichen Geschwindigkeit. Wixforth hat nun zeitgleich mit dem Lichtimpuls Schall in den Kristall geschickt. Die Schallwellen sind winzig, nur millionstel Millimeter hoch, aber wir müssen uns das Ganze auf dem Gebiet der Nanostrukturen vorstellen. Und da präsentiert sich der Effekt plötzlich anders. Im Kristall entsteht ein regelrechtes Erdbeben. Man kann sich auch vorstellen, dass es zugeht wie auf der Oberfläche eines stark bewegten Ozeans. Riesige Wellen treffen hintereinander ein. Sie zwingen das Licht, auf ihrer Oberfläche zu surfen, auf und ab.

Gemessen an der Lichtgeschwindigkeit bewegen sich die abgebremsten Lichtimpulse nun geradezu im Kriechtempo. In der

Zeit, die ein Lichtstrahl für gewöhnlich braucht, um einen Kilometer zurückzulegen, schaffen die surfenden Lichtimpulse eben mal einen Zentimeter.

Wixforth will dieses System weiterentwickeln, und der Effekt könnte in der Tat bahnbrechend sein. Je besser es gelingt, Licht durch gezielt eingesetzte Schallwellen zu domestizieren, desto größer können die Speicherkapazitäten werden. Ein Kristall, der einen Lichtimpuls eine Sekunde lang festhielte, weil die Schallwellen die Lichtimpulse im Kreis herumschubsen, wäre eine phantastische Leistung – es würde das Licht immerhin daran hindern, in dieser Zeit 300 000 Kilometer zurückzulegen.

Leider hat Wixforth bis heute nicht die Aufmerksamkeit für seine Forschung erfahren, die sie verdient. Zwar erhielt er renommierte Preise, aber Lorbeeren sind keine Währung, und finanzielle Unterstützung für die Weiterentwicklung der Lichtbremsung blieb bisher aus. Das ist das Dilemma der Forschung. Je abhängiger sie ist von den Fördergeldern der Konzerne, desto weniger innovativ kann sie sein. Entwicklungen, die auch nur wenige Jahre von der Anwendung entfernt sind, haben kaum eine Chance, gefördert zu werden. Denn die Industrie interessiert sich primär für das, was marktreif ist – Bauelemente, so Wixforth, *»bei denen man nur noch über die Farbe des Gehäuses nachdenken muss«*.

ÜBER WHISKY

Liam O'Connor wäre nicht er selbst ohne seinen über alles geliebten Whisky. Ohne dessen stärkende Kraft stünde zu befürchten, dass er Janas Terrorkommando nicht so einfach auf die Spur gekommen wäre. Allerdings dürften die meisten Leser dieses Buches über der Vielzahl der erwähnten Whiskymarken schwer ins Grübeln geraten sein, und ich muss hinzufügen, dass es noch einige Hundert weitere gibt. Aus all diesen Gründen soll der letzte Exkurs in diesem Buch den Destillaten gelten.

Zuallererst muss ich anmerken, dass die Schreibweise Whisky ein Kompromiss ist, den ich eingegangen bin, um meine Lektorin nicht in den Wahnsinn zu treiben. Kika und Liam trinken nämlich in loser Reihenfolge sowohl irische wie auch schottische Destillate (einzig Bourbon verschmähen sie, ebenso wie ich selbst). Nun schreibt sich Whisky im Irischen jedoch Whiskey. Hin und wieder taucht noch die Bezeichnung *Uisge Beatha* auf (manche lassen das zweite a unter den Tisch fallen), was gälisch ist, *ischke baha* ausgesprochen wird, sich aber auch *usquebaugh* schreiben kann, wenn es dem Gälen gerade einfällt. So oder so lautet die Übersetzung »Wasser des Lebens«. Damit nicht genug, unterscheiden wir zwischen Blended Whisk(e)y und Single Malt Whisk(e)y, zweifach und dreifach destillierten Whisk(e)ys, irischem und schottischem Whisk(e)y, Lowland und Highland Malts, Islay und Speyside Malts, dies alles unterschiedlichen Alters und in allen möglichen Fässern gelagert, vom Oloroso-Sherryfass bis hin zum Portweinfass, und das ist erst der Anfang – alles klar?

Vereinfachen wir die Sache ein wenig. Dem kundigen Genießer des *Uisge Beatha* erzähle ich ohnehin nichts Neues. Allen anderen, die Lust haben, in O'Connors Fußstapfen zu treten (qualitativ, nicht quantitativ!), sei Folgendes verraten:

Am Anfang steht die Gerste. Sie wird in Wasser eingeweicht, bis sie keimt, und dann getrocknet, das nennt man Mälzen. In Schottland geschieht dies traditionell über Torffeuer, weshalb die schottischen Destillate weniger lieblich und rund schmecken als die irischen, dafür aber charaktervoller. Beides hat einiges für sich und ist wert, probiert zu werden. Die Qualität des Wassers ist übrigens von ausschlaggebender Bedeutung.

Es folgt das Maischen. Das geschrotete Malz wird mit warmem Wasser vermischt, was eine hübsche Pampe ergibt. Die daraus abgezogene Flüssigkeit nennt man *wort*, die Würze, der man Hefe beigibt, um die Gärung in Gang zu setzen. Als Folge wird der in der Würze enthaltene Zucker in Alkohol umgewandelt. Zuletzt wird die vergorene Würze in einer Brennblase erhitzt, der Alkohol verdampft, wird wieder kondensiert und aufgefangen. Dieser letzte Schritt ist der eigentliche Destilliervorgang. Schottische Single Malts werden im Allgemeinen zweifach destilliert (es gibt Ausnahmen), irische dreifach. Danach geht's ins Fass, dessen Beschaffenheit zusammen mit dem Ort der Lagerung und dem umgebenden Klima nach acht, zehn, zwölf, fünfzehn, sechzehn oder noch mehr Jahren über die Güte entscheidet.

Jeder Malt ist anders, und in Irland gibt es zudem eine ganze Reihe von Nicht-Single Malts, die ebenfalls ausgezeichnet sind. Man muss schon selbst seine Favoriten erschmecken. Ich kann an dieser Stelle nur eine kleine Starthilfe für den Einsteiger geben. Es sind meine ganz persönlichen Präferenzen. Ich denke aber, es handelt sich bei aller Subjektivität um eine ganz manierliche Auswahl, die man offen ins Regal stellen kann, ohne unter dem gestrengen Blick berufener Experten schrumpfen zu müssen.

Zwei milde schottische Single Malts sind der Highlander *Dalwhinnie, 15 years old,* sowie der Lowlander *Auchentoshan,* der als 10-jähriger ebenso wie als 12-jähriger schmeckt und schon eine Ausnahme ist: Er wird nämlich dreifach destilliert. Wir erinnern uns – genau!

Ausgezeichnete schottische Malts von komplexem Charakter, mal kräftiger, mal lieblicher, sind der 14 Jahre alte *Oban,* der *Macallan, 12 years old* (oder 18 *years old,* die Gelehrten streiten, welcher besser ist – ich finde beide exzellent!), *The Balvenie Double Wood, 12 years old,* der 12 Jahre alte *Cragganmore,* der ebenso alte *Highland Park* sowie *Aberlour, 10 years old.*

Kräftig bis heftig wird's bei *Talisker, 10 years old,* und dem 16-jährigen *Lagavulin,* den manche für Schottlands besten Whisky überhaupt halten. In beiden führen Torf, Rauch und Seeluft zu einzigartigen Geschmackserlebnissen. Wem das noch zu harmlos ist, den verweise ich an die Marke *Laphroaig.* Der 10-jährige haut schon mit dem keltischen Breitschwert auf die Geschmacksnerven, der 15-jährige schickt einen direkt in die schottische Mythologie.

Unter den Iren ist mir besonders einer ans Herz gewachsen, der zwar kein Single Malt ist, für mich aber den ganzen Zauber der grünen Insel birgt (Heiliger Sankt Patrick, ich werde sentimental!). Er heißt *Jameson 1780* und ist 12 Jahre alt. Gestandenen Schotten wird er wahrscheinlich zu gefällig sein. Aber wenn es stimmt, dass man sich beim Hören irischer Musik an Dinge erinnert, die man gar nicht erlebt hat, trifft das für den Genuss von *Jameson* nicht minder zu.

Bleibt die Frage, zu welchen Anlässen man Whisk(e)y trinkt. Die Antwort darauf möchte ich verweigern – W.C. Fields hat ohnehin die beste:

»Man sollte immer eine kleine Flasche Whisky dabeihaben für den Fall eines Schlangenbisses – und außerdem sollte man immer eine kleine Schlange dabeihaben.«

Slainté – zum Wohl!

DANK

Dieses Buch verdankt seine Existenz auch dem Engagement all derer, die sich Zeit genommen haben, meine Vorbereitungen zu unterstützen.

Mein besonderer Dank gilt dem Kaufmännischen Direktor des KölnBonn Airport, Heinz Gombel, sowie dem Technischen Direktor, Wolfgang Klapdor, für ihre Bemühungen. Viel Zeit nahm sich auch Verkehrsleiter Peter Wimberger. Cornelia Krahforst versorgte mich mit Bildmaterial, Andreas Nebelung stellte Kontakte her, Rainer Thienel brachte mich dem Flugbetrieb im wörtlichen Sinne näher.

Danken möchte ich Prof. Dr. Rolf Schieder vom I. Physikalischen Institut der Stadt Köln für seinen wissenschaftlichen Input bei der Konzipierung des YAG sowie Dr. Dieter Pfeifer, der diesen Kontakt hergestellt hat. Sehr geholfen haben mir Hauptkommissar Marcello Baldarelli von der Kölner Polizei, der während der Gipfeltage im Juni 1999 die operative Leitung am KölnBonn Airport innehatte, Oberkommissar Ulli Nockemann, Uwe Steen von der Öffentlichkeitsarbeit der Kölner Polizei sowie Polizeikommissarin Corinna Monschauer. Mein Wissen über Waffen verdanke ich Hauptkommissar Bernd Soens, weitere Einsichten den Polizistinnen und Polizisten der Flughafenwache.

Die authentische Schilderung der Ereignisse während des Gipfels wäre nicht möglich gewesen ohne den Beitrag von Günter Wienecke, dem Gipfelkoordinator der Stadt Köln, und Kerstin Görke, Leiterin für Öffentlichkeitsarbeit im Kölner Hyatt, wo Bill Clinton während des Gipfels residierte. Danken möchte ich Helmut Barten für Kontakte. Ebenfalls sehr geholfen hat mir der Hoteldirektor des Kölner Maritim, Jochen Geweyer.

Aus Journalistensicht erlebte ich den Gipfel dank Peter Berger und Jan Brüggelmann. Den Kontakt stellte Johannes Müller her. Über Dr. Alfred Gawenda lernte ich Dr. Boleslaw Wikarczyk kennen, der mir Wissenswertes über plastische Chirurgie vermittelte. Ein ganz lieber Dank gebührt Dr. Claudia Dambowy für ihren medizinischen Input. Jürgen Muthmann, voller Übermut zu finden in »Tod und Teufel«, hat neben meinem Bestand an Single Malts auch mein Wissen erweitert, nämlich über Radiosteuerung. Der Look des Buches wie auch die Gestaltung der Homepage »www.lautlos.com« trägt die Handschrift von Yvonne Eiserfey.

Auch vor meinem Verleger habe ich diesmal nicht Halt gemacht, er musste ran an die Recherche und tat es mit Freuden. Prost, Jupp. Dank auch an Tobias Doetsch, Dorothee Junck, Britta Schmitz, Christel Steinmetz und alle bei Emons. Tolle Fotos geschossen hat wie immer Paul Schmitz, dem dieses Buch gewidmet ist und dem ich auf eine Weise danke, die er am besten versteht: Schmunzel. Grins!

Wichtige Impulse zur Kosovo-Thematik lieferten mir zudem die Publikationen von Matthias Rüb, Thomas Schmid, Richard Herzinger, Fabian Schmidt, Andreas Zumach, Slavenka Drakulić, Adam Michnik, Jakovos Kambanellis, Felipe Gonzáles, Frank Schirrmacher, Paul Virilio und Viktor Kriwulin. Speziell die Szene im Restaurant des Maritim, in der Liam O'Connor mit den anwesenden Gästen über den Konflikt im Kosovo diskutiert, stützt sich auf einen bemerkenswerten Artikel von Robert Spaemann. Die Darstellung der Lichtbremsung basiert auf der Forschung des Physikers Achim Wixforth. Erkenntnisse über den amerikanischen Extremismus, über amerikanische Politik und die Clinton-Administration verdanke ich der Biographie von Robert Reich und Schriften von Hans-Henning Scharsach, Raimund Löw, Peter Pelinka, Eric Frey, Andreas Rudas, Benita Ferrero-Waldner, Joachim Riedl, Frederic Morton, Wolfgang Bachmayer, Monica Riedler und Eugen Freund. Die Arbeiten von Walter Laqueur und Bruce Hoffman gaben mir Einblick in das Wesen des internationalen Terrorismus, die Bücher von Alain Lallemand und Jürgen Roth in die Strukturen der russischen Mafia. Horst Weber komplettierte mein Wissen über Lasertechnologie.

Tja, und Bini, meine Frau Sabina – was soll ich sagen? Während ich diese Zeilen schreibe, geht draußen gerade die Welt unter in einem rabenschwarzen Gewitter, und trotzdem scheint die Sonne. Ich liebe dich, und ich danke dir. Für ein besseres Buch, als es ohne dich geworden wäre, für ein schöneres und glücklicheres Leben, als es ohne dich geworden wäre. Den Bären gehört die Zukunft – du weißt schon.

GOLDMANN

Bitte senden Sie mir das neue kostenlose Gesamtverzeichnis

Name: _____

Straße: _____

PLZ / Ort: _____